KB076525

현산어보를 찾아서

4

현 산 어 보 를 찾 아 서 4

모래섬에서 꿈꾼 녹색 세상

1판 1쇄 펴낸날 2003년 11월 25일
1판 6쇄 펴낸날 2012년 5월 10일

지은이 이태원
그린이 박선민
펴낸이 정종호
펴낸곳 (주)청어람미디어

편집 이현정 윤숙형 정미진 김희정 맹한승 조은미 이하영
디자인 조혁준 기민주
마케팅 김홍석 이효정
제작·관리 정수진
인쇄·제본 한영문화사

등록 1998년 12월 8일 제22-1469호
주소 121-895 서울시 마포구 서교동 400-3 아산빌딩
전화 02)3143-4006~8
팩스 02)3143-4003
이메일 chungaram@naver.com

ISBN 978-89-89722-19-5 03810
       978-89-89722-15-2 (전5권)

현산어보를 찾아서

4

모래섬에서 꿈꾼 녹색 세상

이태원 지음

청어람미디어

왜 『현산어보』인가

그동안 이우성, 임형택, 정민 등에 의해 『자산어보玆山魚譜』의 '자玆'를 '현'으로 읽어야 한다는 주장이 꾸준히 제기되어 왔다. 정약전은 책의 서문에서 "흑산이라는 이름은 어둡고 처량하여 매우 두려운 느낌을 주었으므로 집안 사람들은 편지를 쓸 때 항상 黑山을 玆山이라 쓰곤 했다. 玆은 黑과 같은 뜻이다"라고 하며 玆山이란 이름의 유래를 밝힌 바 있다. 비록 '玆'을 '자'로 읽는 것이 일반적이긴 하지만, '玆'이 '黑'을 대신한 글자라면 『설문해자說文解字』나 『사원辭源』 등의 자전에 나와 있듯이 '검을 현玄' 두 개를 포개 쓴 글자의 경우, 검다는 뜻으로 쓸 때는 '현'으로 읽어야 한다는 것이 현산어보설을 주장하는 이들의 논리였다. 나는 이들의 주장이 옳다는 근거를 하나 더 제시하면서 '자산어보'를 '현산어보'로 고쳐 읽기를 감히 제안한다.

정약전이 말한 집안 사람은 다름 아닌 다산 정약용이었다. 정약용은 〈9일 보은산 정상에 올라 우이도를 바라보며九日登寶恩山絕頂望牛耳島〉라는 시에 "黑山이라는 이름이 듣기만 해도 으스스하여 내 차마 그렇게 부르지 못하고 서

신을 쓸 때마다 '玆山'으로 고쳐 썼는데 '玆'이란 검다는 뜻이다"라는 주석을 붙여놓았다. 정약용이나 정약전이 '玆'을 '자'로 읽었는지 '현'으로 읽었는지에 대해서는 그들의 발음을 직접 들어보기 전에는 알 수 없는 일이다. 설사 '玆'의 정확한 발음이 '현'이라 해도 그들이 '자'라고 읽었다고 한다면 그뿐이기 때문이다.

그런데 신안군 우이도에서 구해본 『유암총서柳菴叢書』라는 책에서 이 문제를 해결해줄 만한 결정적인 단서를 발견했다. 이 책의 저자 유암은 우이도에 거주하면서 정약전의 저서 『표해시말』과 『송정사의』를 자신의 문집에 필사해놓았고, 정약용이나 그의 제자 이청과도 친밀한 관계를 유지했던 것으로 추정되는 인물이다. 정약전이나 정약용이 흑산도를 실제로 어떻게 불렀는지 알려줄 수 있는 사람이란 뜻이다. 『유암총서』중 「운곡선설」 항목을 보면 "금년 겨울 현주玄洲에서 공부를 하게 되었는데"라는 대목이 나오며, 이 글의 말미에서는 "현주서실玄洲書室에서 이 글을 쓴다"라고 하여 글을 쓴 장소를 밝혀놓고 있다. 현주는 흑산도를 의미한다.* 흑산을 현주라고 부른다면 玆山도 당연히 현산이라고 읽어야 할 것이다. 玆山이란 말을 처음 쓴 사람이 정약용이고, 그의 제자 이청이 절친한 친구였다는 점을 생각해볼 때, 유암이 흑산을 현주로 옮긴 것은 정약용이 흑산을 玆山이라고 부른 것과 결코 무관하지 않을 것이다. 아마도 유암은 이청으로부터 흑산도를 현산이라고 부른다는 말을 전해듣고 현주라는 말을 사용하게 되었으리라. '玆山魚譜'는 '현산어보'였던 것이다.

* 예전에는 우이도를 흑산도나 소흑산도라고 부르기도 했다.

차례

우이도 가는 길

서러운 유배의 길

날씨가 추워졌다. 라디오는 기온이 영하 10도 아래까지 떨어진다고 예보했다. 가족친지들과 헤어져 머나먼 유배지로 떠나는 정약전의 심정을 경험해 보라는 뜻인가 보다. 지난 여름의 남행길과는 출발부터 뭔가 다른 느낌이다. 공기가 차가워졌고 마음 또한 편치 않다. 출발 한두 시간 전까지도 인터넷에서 메일박스를 뒤지고 있었다. 그러나 기다리던 편지는 결국 오지 않았다. 이젠 마음을 비우고 떠나야 할 때다.

휴가철이 아닌데도 전국 각지로 향하는 사람들의 물결이 역내방송에 따라 이리저리 파도치고 있었다. 저마다 목적지에서의 새로운 만남과 경험을 머릿속에 그리며 한껏 들떠 있는 모습이다. 그러나 200년 전 정약전의 여행길은 이와는 전혀 다른 분위기였을 것이다. 그의 여행길은 즐기기 위한 것이 아니라 서러운 유배의 길이었기 때문이다. 정조가 죽은 후 격심한 당파 간 갈등과 천주교 박해의 와중에 정약전의 집안은 풍비박산이 났다. 동생 정약종은 서소문 밖에서 참수를 당했고 정약용은 경북 장기를 거쳐 강진으로, 정약전은 전남 완도군 신지도를 거쳐 흑산도로 유형을 받았다.

　조선시대에는 형벌을 중국의 대명률大明律에 의거해서 사형死刑, 유형流刑, 도형徒刑, 장형杖刑, 태형笞刑으로 구분했다. 정약전에게 내려진 유형은 유배 또는 귀양이라고도 불리던 형벌이다. 흔히 유배라고 하면 한적한 곳에서 여유로운 시간을 보내다가 얼마간 시간이 흐른 후에 다시 정계로 복귀하게 되는 명목상의 형벌을 떠올리는 경우가 많지만 사실 유배는 사형 다음의 중형이다. 차마 죽이지는 못할 죄인을 먼 곳으로 내보냄으로써 벌을 주는 것이 유배다. 유배는 원칙적으로 종신형이다. 사면령이 내리기 전에는 죽을 때까지 고향에 돌아갈 수 없다는 뜻이다. 가족친지들과 멀리 떨어진 채 언제 풀려날지 기약도 없이 낯선 곳에서 생활해야 한다는 것은 죽음보다 더한 괴로움일 수 있다. 또한 유배지에서는 자신이 스스로 생계를 유지해야 했으므로 별 어려움 없이 살아온 양반들로서는 당장 먹고사는 것 자체가 생명을 위협받을 정도로 힘겨운 일이었다. 유배지는 변경지역, 외딴 섬 등으로 다양했으며, 그 등급은 법전에 명시되어 있었다. 형량이 높을수록 서울에서 먼곳에 배소가 정해졌는데, 남쪽보다는 북쪽이, 북쪽보다는 추자도나 제주도 같은 외딴 섬이 더 험하고 고된 유배지로 여겨졌다. 정약전은 유배지 중에서도 가장 악명 높은 흑산도로 귀양가는 길이었다.

　당시 사람들의 눈에 비친 흑산도의 이미지가 어떠했는지는 『추관지秋官志』의 기록을 보면 쉽게 짐작할 수 있다. 다음은 당시 우의정이었던 민진원이 영조에게 건의한 내용이다.

경신년 역옥 때 선신先臣*이 판의금이 되어 역당을 나누어 정배한 일이 있습니다. 그 때 동료가 흑산도에 정배할 것을 제의하니 선신은 "옛말에 이곳에는 가시덩굴이 50년을 자랐다고 합니다. 흑산도는 사람이 사는 곳이 아닌데 어떻게 길을 열겠습니까?"라고 말하며 끝까지 허락하지 않았습니다. 그러나 갑술년에 숙묘의 특명으로 유명현을 흑산도에 유배하였으며, 신축 임인년간에 이르러서는 아래로부터 흑산도에 정배한 예가 한 둘에 그치지 않았습니다. 지사 신사철은 "흑산도는 타도에 비하여 풍토가 험악합니다. 전부터 특교特教가 아니면 아랫사람들이 그 곳을 배소로 정하지 못했는데 지난번에 간흉배들이 사사로운 원한으로 고상 조태채의 딸을 이 섬에 정배했습니다. 세상에 어찌 이처럼 참혹한 일이 있겠습니까?"라고 말한 적이 있습니다. 이제부터 승전을 받들어 특교 이외에는 흑산도를 배소로 정하지 말도록 하는 것이 어떻겠습니까?

중죄를 지은 사람들조차 보내기 꺼려할 정도로 흑산도는 멀고도 험한 곳이었다. 정약전은 문초를 받아 쇠약해진 몸을 이끌고 사람들이 그토록 두려워하던 섬 흑산도를 향해 서러운 유배의 길을 떠났던 것이다.

* 임금 앞에서 신하가 자기의 선친을 일컫는 말

다섯 가지 고통

정약전과 정약용은 모진 옥고를 겪었으리라 생각된다. 이는 이가환과 권철신이 문초를 겪다가 결국 죽음을 맞게 된 것만 봐도 쉽게 짐작할 수 있는 일이다. 다음은 권철신의 묘지명에 나오는 내용이다.

　　장차 공(권철신)을 사형시키기로 했는데, 고문으로 인해 입은 상처가 너무 커서 그만 기절하여 운명하고 말았다. 그런데도 그들은 결국 2월 25일 기시棄市하기로 의논까지 해버렸다.

정약용은 감옥을 '이승의 지옥'이라고 불렀다. 감옥에서 겪는 고통이 인간으로서는 견디기 힘들 정도였음을 표현한 말이다. 정약용은 그 중에서도 특히 심한 것으로 다섯 가지 고통을 들었다. 그 첫째는 형틀의 고통이었다.

　　칼이란 물건은 실로 옥졸을 위하여 만들어진 것이다. 이 칼을 씌우면 수

● 기시棄市 장차 공(권철신)을 사형시키기로 했는데, 고문으로 인해 입은 상처가 너무 커서 그만 기절하여 운명하고 말았다. 그런데도 그들은 결국 2월 25일 기시하기로 의논까지 해버렸다.

인은 감히 고개를 들어 쳐다볼 수 없으며, 숨통이 막혀 잠깐 동안이라도 견딜 수가 없다.

둘째는 토색질당하는 고통이었고, 셋째는 병들어 아픈 고통이었다.

옥중에서 토색질당하는 것은 남모르게 원통한 일이다.
병들어 아픈 고통은 제 집에 편히 있을 때에도 견딜 수 없는데 하물며 옥중에 있어서랴.

넷째는 추위와 굶주리는 고통이었다.

옥이란 것은 이웃 없는 집이요 죄수는 걸어다니지 못하는 사람이니 한 번 추위와 굶주림이 닥쳐오면 죽음이 있을 따름이다.

그리고 마지막으로 재판이 오래 지체되는 고통을 들었다.

옥에 갇힌 죄수가 풀려나기를 기다리는 것은 긴 밤에 새벽을 기다리는 것과 같으니, 다섯 가지 고통 중에서도 질질 끄는 괴로움이 가장 심하다.

특히 천주교와 관련된 죄목으로 잡혀온 이들이 겪는 고통은 상상을 초월

● **형틀의 고통** 칼이란 물건은 실로 옥졸을 위하여 만들어진 것이다. 이 칼을 씌우면 수인은 감히 고개를 들어 쳐다볼 수 없으며, 숨통이 막혀 잠깐 동안이라도 견딜 수가 없다.

한 것이었다. 『한국천주교회사』를 지은 다블뤼 주교의 말을 들어보자.

　우리는 다리를 뻗고 누울 수도 없을 만큼 감옥 안에 빽빽이 들어차 있었습니다. 심문할 때 당하는 고문조차도 오랫동안 갇혀 지내는 고통에 비하면 아무것도 아니라고들 했습니다. 수감자들의 상처에서 흘러내린 피와 고름은 이내 깔고 앉은 멍석에 절어 썩은 내를 풍겼습니다.

　질병이 번져 며칠 사이에 많은 사람이 목숨을 잃었습니다. 굶주림과 갈증은 가장 무서운 고통이었습니다. 고문을 이겨낸 사람들도 갈증에는 지고 말았습니다. 끼니라야 주먹만 한 작은 주발에 조밥이 하루 한 차례만 나올 뿐이어서 굶주림을 참지 못한 이들이 깔고 자는 썩은 짚을 씹어 먹을 지경에 이르렀고, 마침내는 말하기도 끔찍스러운 일이지만 감옥 안에 들끓는 이까지 잡아먹었습니다.

　정약전이 감옥에 갇혔던 때는 아직 추운 시기였다. 죄인들을 가두는 감방에 난방 시설이 있을 리 없었다. 맨땅에 지푸라기가 깔려 있고, 수감자들에게는 몸을 덮을 수 있도록 거적때기나 볏짚만이 제공되었다. 그리고 허술하게 지어놓은 지붕과 사방의 벽에서는 황소바람이 사정없이 들이쳤을 것이다. 법령 자체가 비인도적인 것은 아니었다.* 효종 때는 수인을 불쌍히 여겨 저고리와 땔나무를 줄 것을 명령했고, 세종도 다음과 같은 수형 시설의 기준을 세웠다.

◉ 추운 감옥 정약전이 감옥에 갇혔던 때는 아직 추운 시기였다. 죄인들을 가두는 감방에 난방 시설이 있을 리 없었다. 맨땅에 지푸라기가 깔려 있고, 수감자들에게는 몸을 덮을 수 있도록 거적때기나 볏짚만이 제공되었다. 그리고 허술하게 지어놓은 지붕과 사방의 벽에서는 황소바람이 사정없이 들이쳤을 것이다.

* 우리 나라는 상당히 발달한 법령을 갖추고 있던 법치국가였다.

가난하여 돌볼 가족이 없는 수인에게는 관사에서 음식을 주고 아프면 약을 주어라. 매년 음력 4월부터 8월까지는 냉수를 옥중에 넣어 주고, 5월부터 7월까지는 열흘에 한 번씩 목욕을 하고 달마다 한 번씩 머리를 감게 하며, 10월부터 동짓달까지는 옥 안에 볏짚을 두껍게 깔아 주도록 하라.

그러나 말단 관리에게까지 이런 의도가 제대로 전달될 리 만무했다. 죄수들에게 신경을 쓰는 사람은 감옥 부근 일가에 들어 밥을 붙이면서 뒷바라지하는 가족들뿐이었다.

당시 수사와 신문 과정에는 여러 가지 고문이 뒤따랐다.※ 사흘 안에 고신拷訊을 연거푸 두 번 당하지 않도록 한다거나 한 차례에 30대가 넘는 형문刑問을 가하지 않는다는 규정이 있었지만 이는 잘 지켜지지 않았고, 갖가지 방식으로 행해지는 고문은 당하는 사람에게 신체적으로나 정신적으로 치유하기 힘들 정도의 상처와 후유증을 남겼다. 고문을 할 때는 죄인을 몽둥이로 때리는 태형이나 곤장이 가장 일반적이었지만 그 이외에도 다양한 방법들이 동원되었다. 무거운 판을 죄인의 양쪽 무릎 위에 올려놓고 내리누르거나 정강이를 막대기로 찍어누르는 압슬, 쇠를 불에 달구어 몸을 지지는 단근질, 악명 높은 주리틀기도 있었다. 두 개의 막대기를 수형자의 발목 사이에 끼워 넣고 지렛대처럼 비트는 것이 주리틀기인데, 이를 당한 사람은 정강이뼈가 휘어지거나 뼈가 부러져 평생 불구가 되어버리는 경우가 허다했다. 수형자의 손을 등뒤로 잡아 묶은 다음 팔 안쪽에 막대를 넣어 공중에 매달아 놓고

※ 일반 피의자는 수사나 재판 과정에서 고문을 각오해야 했지만 신분이 높은 죄인들은 웬만해서는 고문을 받지 않고 속전을 바치는 것으로 처벌을 대신했다. 따라서 정약전이 고문을 받았는지 여부는 불분명하다. 그러나 함께 잡혀온 다른 이들이 심한 고문을 받고 죽기까지 했다는 기록들은 그가 고문을 받았을 가능성을 강하게 시사한다.

● 여러 가지 고문 수사와 고문 과정에는 학춤, 압슬, 태형, 주리틀기 등 갖가지 고문이 뒤따랐다.

때리는 학춤 등 한때 폐지되었던 고문들까지도 천주교 박해가 시작되면서
되살아났다. 이 밖에도 천주교인들이 받았던 고문에는 치도곤, 육모매질, 사
모창, 톱질, 용창 등 이름만 들어도 끔찍한 것들이 넘쳐나고 있었다.

유배의 길목에서

무거운 배낭을 짊어지고 열차에 오른 때가 10시 5분 전. 듬성듬성 비어 있는 좌석 가운데 하나를 골라 앉았다. 덜커덕거리는 소리와 함께 기차가 출발했다. 기차는 남영, 용산역을 지나고 한강철교를 건너 남쪽으로 향하게 된다. 정약전의 남행길이 시작된 곳도 서울역 부근이었다. 이는 정약용이 지은 '석우촌에서의 이별〔石隅別〕'이라는 시와 그 말미에 덧붙인 말로부터 추측할 수 있다.

　　쓸쓸한 석우촌에서
　　가야 할 길 세 갈래로 나뉘었네
　　장난하며 서로 우는 두 마리 말
　　어디로 가야 할지 모르는구나
　　한 마리는 남으로 가고
　　또 한 마리는 동으로 가야 하네

숙부님들 머리엔 백발이 성성하고

큰 형님 두 뺨엔 눈물이 줄을 잇네

젊은이는 다시 만날 기약이나 한다지만

노인들 앞일이야 누가 알리오

조금만 조금만 하는 사이에

해는 이미 서산에 기울었네

앞만 보고 가야지 뒤돌아보지 말고

앞으로 다시 만날 기약이나 새기면서

    신유년 정월 28일 나는 소내에 있다가 화가 일어날 것을 알고 서울 명례방(명동)에 머물고 있었다. 2월 8일 조정에서 의논을 발하여 그 다음날 새벽종이 칠 때 투옥되었다가 27일 밤 이고二鼓에 은혜를 입고 출옥하여 장기에 유배되었다. 그 다음날 길을 떠날 때 숙부님들과 형님들이 석우촌에 와서 작별을 했다. 석우촌은 숭례문에서 남쪽으로 3리 되는 곳에 있다.

    정약용 · 정약전 형제는 신유년 봄과 가을 두 번에 걸친 귀양길에서 석우촌*을 거쳐갔다. 서울역사에서 남쪽으로 뻗어 있는 철길의 어딘가에 이들 형제의 발자취가 남아 있겠지만 지금은 그 옛날의 풍광을 떠올리기조차 힘이 든다. 무상한 세월의 흐름이 형제의 설움이 맺힌 귀양길을 흔적도 없이 사라지게 했기 때문이다. 일제시대에 일본인들이 들어와 원래의 마을을 밀

---

  * 남대문의 남쪽에 있었다던 이곳은 지금의 어디를 말하는 것일까? '석우石隅'라는 말은 김정호의 『경조도京兆圖』나 『수선전도首善全圖』에도 나타나는데 '돌모루'라는 지명을 한자로 옮긴 것이다. 돌모루는 지금의 용산구청과 남영역 사이에 있던 마을로 예로부터 남도길의 중요한 길목인 데다 삼거리 갈림길인 까닭에 서울과 남부 지방을 오가던 길손들에게 잘 알려져 있던 곳이었다. 돌모루라는 지명의 유래도 재미있다. 길마재(무악)에서 발원하여 서대문구와 용산구의 청파동을 거쳐 온 내와 용산구 후암동 뒤 남산의 남쪽 골짜기에서 발원하여 남영동을 거쳐 온 내가 합쳐져서 지금의 용산전자상가를 거쳐 원효로 4가에서 한강으로 흘러들었는데, 돌모루는 합쳐진 물길이 산기슭을 따라 돌아든다고 해서 붙여진 이름이었다.

어내고 자신들의 전용 주거지로 만들면서 길을 넓히고 전찻길을 놓아버린 것이다.

『춘향전』을 살펴보면 정약전의 귀양길에 대한 더욱 자세한 정보를 얻을 수 있다. 다음은 이도령이 과거에 장원한 후 암행어사로 남도길에 오르는 장면을 묘사한 대목이다.

> 청파 역졸 분부하고, 숭례문 밖 내달아서 칠패 팔패, 이문동, 도제골, 쪽다리 지나 청파 배다리, 돌모루, 밥전거리, 모래톱 지나 동자기 밧비 건너 승방들, 남태령, 과천, 인덕원 중화하고…

춘향전은 영·정조시대의 작품으로 추측된다. 윗글이 정약전이 살았던 당시의 교통로를 보여주고 있을 가능성이 크다는 뜻이다. 위에 나타나 있는 노정은 옛날 서울 사람들이 남부 지방으로 갈 때 가장 보편적으로 이용하던 경로였다. 이를 추적해보면 '남대문→봉래동→동자동→청파동→원효로 입

구→한강로→동부 이촌동(나루를 건넘. 동작대교 부근)→동작대로→남태령→과천→인덕원'의 순서가 된다. 여기에서도 돌모루가 등장한다. 돌모루를 지나 한강로 동부 이촌동에 도착하면 동작나루를 건너게 된다.* 정

※ 동작나루는 지금의 동작대교 부근에 있는데 한강시민공원에는 이곳이 옛 나루터임을 알리는 비석이 서 있다.

● 동재기 나루터 표지석과 주변 풍경

약용은 막 얼어붙기 시작한 한강을 건너면서 다음과 같은 시를 남겨 쓸쓸한 자신의 처지를 표현했다. 정약전과 함께 떠난 유배길이었다.

청파역 앞길에 하늘은 어둡고
한 조각 초승달이 몽롱하게 떠 있는데
차가운 모래 위에 말굽소리 터덕터덕
기러기 날개에 삭풍이 급히 부네
흐르는 얼음덩이 뱃전을 스치는데
얼어서 미끄러운 상앗대 잡고
뱃사공 물러서서 손이 얼까 근심하네
큰 파도 출렁출렁 소리 점점 높아가고
교룡이 뛰어올라 삼킬 듯이 덤벼드네
삼성은 반짝반짝 북두칠성 빛나는데
하늘 가득 별빛이 북극성을 둘렀어라
싸늘한 물 기운이 산곽을 가로막아
종남산 바라보니 가슴에 눈물 젖네

한강을 건너면 지금의 잠원동 부근인 사평에 다다르게 된다. 정약용은 여기에서 더욱 절절한 시를 남기고 있다.

동녘 하늘 샛별 뜨자

하인들 떠들썩

산바람 불어와 가랑비 뿌리는데

서로가 가기 싫어 망설이듯 하는구나

주저하고 망설인들 무슨 소용 있으리오

끝끝내 이 이별은 피할 수 없는 것을

옷자락 떨치고 길을 떠나

멀리 들과 내를 넘어가는데

안색은 꿋꿋하고 늠름해도

마음은 처자식과 어찌 다르랴

하늘을 우러러 나는 새 바라보니

오르락내리락 쌍쌍이 날아가네

어미 소도 울면서 송아지 돌아보고

닭들도 구구구 병아리 부르는데

사평에서부터는 동작대로를 따라 남태령, 과천, 인덕원으로 길이 나 있었다. 이도령의 노정은 전라도에 이르기까지 다음과 같이 이어진다.

상류천 하류천 대판교 떡전거리 진개울 죽산 자고 천안 김계역 말 갈아 타고, 역졸에게 분부하고 금강을 얼른 건너 높은 한길 여기로다. 소개 널티 무덤이 경천 중화하고 노성 풋개 사다리 닥다리 황화정이 여산 숙소하고 서리 불러 분부하고 전라도 땅이로구나.

이도령이야 자랑스레 마패를 내보이며 역마를 얻어 타고 고향 땅으로 내달았겠지만 유배지로 떠나는 정약전의 모습은 어떠했을까? 흔히 귀양길이라고 하면 산발을 하고 포승줄에 묶여 짐승처럼 끌려가는 장면을 상상하는 이가 많겠지만 실제로는 정약전도 관원들의 인도 하에 말을 타고 귀양을 떠났던 것으로 보인다. 이 같은 사실은 '석우촌의 이별'에 나오는 '한 마리는 남으로 가고 또 한 마리는 동으로 가야 하네'라는 구절에서도 확인된다.[*] 역마를 타고 유배지로 향하던 그의 심정은 어땠을까? 육체적으로야 편했겠지만 말의 발걸음이 빨라질수록 사회와 격리되는 속도가 빨라진다는 것을 생각하면 오히려 거침없이 달려가는 말의 발걸음이 야속하게만 느껴지지 않았을까?

차창에 입김이 서렸다. 차가운 한기가 창을 뚫는다. 읽고 있던 책을 내려놓고 가만히 눈을 감았다. 요 며칠간 제대로 잠을 자지 못했다. 팽팽하던 줄이 끊기자 긴장도 풀어졌다. 머릿속으로 온갖 생각들이 스쳐간다. 서울역까지 바래다 준 손상호 씨에게 웃으면서 한 말이 자꾸 귀에 맴돈다.

'우린 정상인일까요?'

뭔가를 피해 달아나듯 잠 속으로 빠져들었다. 덜그럭거리는 기차소리가 말굽소리로 바뀌어갔다.

---

[*] 모든 경우에 해당되는 것은 아니지만 귀양객도 상황에 따라 역마의 편의를 이용할 수 있었다. 『조선왕조실록』에도 귀양 가던 자가 역마를 혹사하여 죽인 대가로 죄가 더욱 무거워졌다는 기록이 나온다.

율정점에서의 이별

어느새 기차는 나주벌로 접어들고 있었다. 정약전과 정약용 형제는 나주까지 함께 내려왔다가 율정점이라는 주막에서 이별을 맞이하게 된다.* 헤어지는 길, 기약 없는 이별 앞에서 정약용은 다시 시를 읊었다.

초가 주점 새벽 등불 깜박깜박 꺼지려는데
일어나서 샛별 보니 다가올 이별 더욱 슬퍼
두 눈만 말똥말똥 나도 그도 말이 없고
목청 억지로 바꾸려니 오열이 되고 마네
멀고 먼 흑산도는 하늘과 바다가 맞닿은 곳
형님이 어찌 그곳에서 살아갈 수 있을까
이빨이 산과 같은 고래가
배를 삼켰다 뱉었다 하며
쥐엄나무만 한 지네에

* 율정栗亭은 지금의 나주시 대호동 율정 마을을 말한다. 밤나무가 많이 있어 율정이라고 불리던 곳이다.

독사가 다래덩굴처럼 엉켰다네
내가 장기에 있을 때는
낮이나 밤이나 강진 바라보며
날갯죽지 활짝 펴고 푸른 바다 뛰어넘어
바다 가운데서 형님 보려 하였더니
지금은 내 높이 교목에 올랐으나
진주는 빼버리고 겉껍질만 산 것 같네
마치 바보스런 아이가
멍청하게 무지개를 잡으려는 것과 같아
서쪽 언덕 바로 앞에
아침 무지개 분명히 보이는데
아이가 쫓아가면 무지개는 더욱 멀어져
서쪽 언덕 가도 가도 늘 서쪽에 있네

　정약용의 격앙된 감정이 그대로 드러나고 있다. 두 손을 마주잡은 형제의 모습이 슬프게 그려진다. 이것이 마지막이었다. 형제는 두 번 다시 마주할 기회를 갖지 못했다.

동림사 독서기

율정점이 이별의 무대가 되었던 것과는 달리 율정에서 가까운 화순 땅은 이들 형제에게 젊은날의 추억이 깃든 그리움의 장소였다. 정조 원년 정유년 (1777) 정약전과 정약용 형제는 화순 현감으로 부임한 아버지를 따라 이곳으로 내려와 한동안 함께 생활하게 된다. 화순에서 머문 2년 가까운 세월 동안 이들은 명승지를 유람하며 즐거운 시간을 보냈다. 물론 놀기만 한 것은 아니었다. 아버지를 따라 내려온 이듬해 겨울 이들은 공부를 위해 인근의 한적한 산사를 찾게 되는데 이곳이 바로 동림사였다.

　　오성현(화순)에서 북쪽으로 5리 되는 곳에 만연사가 있다. 만연사의 동쪽에 수도하는 도량이 하나 있는데, 불경을 설법하는 중이 거처하는 곳으로 이름을 동림사라고 한다. 아버님이 이 고을에 현령으로 온 다음해 겨울 나는 약전 형님과 함께 동림사에 머물렀다. 형님은 『상서』를 읽고 나는 『맹자』를 읽었다. 이곳에 처음 도착했을 때 첫눈이 가루처럼 흩날리고 계곡 물은 얼어붙으려는 듯했다. 산에 자라는 대나무와 수목들도 서늘한 푸른빛의 잎다발을 축축 늘어뜨리고 있었다. 아침저녁으로 숲을 거닐 때마다 차가운 공기에 정신이 깨끗하게 정화되는 느낌이었다. 잠이 깨면 시냇물로 달려가 세수와 양치질을 했고, 식사시간을 알리는 종이 울리면 여러 비구니들과 늘어앉아 밥을 먹었다. 날이 저물어 별이 보이면 언덕에 올라 휘파람을 불고 시를 읊조렸으며, 밤이 깊으면 중이 게송을 읊고 불경을 외는 소리를 듣다가 책을 읽곤 했다. 이렇게 하기를 40일. 내가 약전 형님에게 "중이 중노릇을 하는 이유를 이제야 알겠습니다. 부모 형제 처자의 정을 느낄 수도 없고, 술과 고기를 먹을 수도 없으며, 음탕한 소리를 늘어 놓거나 아름다운 여색을 즐길 수도 없는데 어찌하여 저들이 고통스러운 중노릇을 하고 있겠습니까? 진실로 그와 바꿀 만한 즐거움이 있기 때문일 것입니다. 우리 형제가 학문을 시작한 지 이미 여러 해가 되었는데, 일찍이 이곳에서 맛본 것 같은 즐거움을 또 느낀 적이 있었습니까?"라고 말했더니, 형님도 "그러하네. 바로 그것이 중이 중노릇을 하는 까닭일 것이네"라며 고개를 끄덕였다.

스물을 갓 넘긴 정약전과, 결혼은 했지만 아직 어린 티를 벗지 못한 정약용 형제는 조용한 산골에서 학문 탐구에 정진하며 즐겁고 만족스런 나날들을 보냈다.

새벽까지 함부로 잠들지 않고
함께 앉아 풍경소리 들으니
세상 영달 애써 쫓을 것 없고
허랑방탕 또한 부럽지 않네
소년시절 재주만 믿고 있다간
나이 들면 대체로 무능하렷다
이를 경계 조금도 소홀히 말자
가는 세월 참으로 허무하거니

정약전과 정약용은 서로에게 너무나도 소중한 형제이자 학문적 동반자였다. 누구보다도 서로를 잘 이해했고 부족한 점이 있을 때는 충고를 아끼지 않았다. '절(동림사)에서 잠을 자며'라는 시는 두 사람의 형제애를 더없이 잘 묘사하고 있다.

활짝 갠 가을 하늘 끝없이 높고
얼기설기 산과 들 밝고도 멀어
새벽엔 단장 끌고 강물 건너고
저녁엔 산중에서 한숨 돌리네
울창하게 우거진 숲속 나무들
둘러보며 답답한 마음 푸는데

그윽한 곳 행랑채 활짝 트이어
유유자적 즐기기 충분하구나
우리의 아름다운 아가위꽃 이
안팎의 집안간에 서로 비치어
너그럽게 대하고 격려도 하니
가슴속에 정성이 일어나누나

장기에서 우두봉에서 강진에서 애타게 형을 부르던 정약용의 심정이 더욱 절절하게 가슴에 와 닿는다.

정약전은 동림사에서 나온 이후에도 경서를 열심히 공부했고, 25세 되던 해 과거에 응시했다. 봄에 한 번의 실패를 맛본 후 가을에는 높은 성적으로 합격하여 진사가 되었다.

임인년(1783) 가을 우리 형제는 윤모와 함께 봉은사에 머물며 경의과 준비를 하다가 15일 만에 돌아왔다. 그 다음해 봄에 백(정약현), 중(정약전), 계(정약용) 3형제가 함께 감시에 합격했고 회시에는 나 혼자만 합격했다. 가을에는 손암(정약전)이 감시에 장원하고 회시에도 높은 성적으로 합격하여 영화롭게 열상으로 돌아왔다.

정약전은 학문에 열과 성을 다했지만 벼슬에는 큰 관심이 없었다. 공부의

●아가위꽃

＊『시경』의 '아가위꽃이여 그 모습 아름답구나/세상 모든 사람 중에 형제만 한 이 어딨을까' 라는 구절에서 볼 수 있듯 아가위꽃은 뜨거운 형제애를 상징한다.

내용도 과거시험과는 전혀 무관한 것이었다. 천문, 역법, 수학 등 특별히 흥미 있어 하던 분야를 깊이 파고들었고, 천주교와 서학에 관심을 기울이기도 했다. 정약용은 형의 모습을 다음과 같이 묘사하고 있다.

계묘년(1783) 가을에 경전의 뜻을 밝혀 진사가 되었으나 과거 공부에는 노력을 기울이지 않았으며, 항상 "대과는 나의 뜻이 아니다"라고 말하곤 했다. 일찍이 이벽을 따라다니면서 역수曆數의 학문을 배웠고, 『기하원본幾何原本』을 연구하여 정밀하고 오묘한 뜻을 깨달았으며, 신교(천주교)의 학설을 듣고 흔연스럽게 기뻐하였으나 몸으로 종교를 믿지는 않았다.

아우 정약용이 벼슬길에 올라 정조의 신임을 받으며 정계에 자신의 이름을 뚜렷이 각인시키고 있는 동안 정약전은 벗들과 교유하면서 다양한 학문을 섭렵하는 일에 몰두했다. 그러나 순조가 탄생할 때를 즈음하여 그의 생각에 변화가 일게 된다.

경술년(1790) 여름에 지금의 임금(순조)께서 탄강하여 증광별시를 실시했다. 공은 "과거에 합격하지 않으면 임금을 섬길 수 없다"라고 말하고는 마침내 대책對策 공부에 힘써 과거장에 들어갔다. 논문 제목이 '5행五行' 이었는데 공의 답변 논문이 1위로 뽑혔으며, 회시에 대책으로 합격하여 호명을 마치자 승문원 부정자로 보직을 받았으며 대신들이 또 초계하

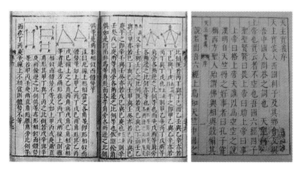

● 『기하원본』(좌)과 『천주실의』(우) 정약전은 학문에 열과 성을 다했지만 벼슬에는 큰 관심이 없었다. 공부의 내용도 과거시험과는 전혀 무관한 것이었다. 천문, 역법, 수학 등 특별히 흥미 있어 하던 분야를 깊이 파고들었고, 천주교와 서학에 관심을 기울이기도 했다.

여 규장각 월과의 임무를 맡게 되었다. 이 때 약용은 이미 기유년(1789)에 선발되어 서열이 더 높았기에 겨울이 되자 임금께서 "형이 아우를 뒤따르니 편치 않겠다"라고 말씀하시고는 규장각의 월과를 면해주도록 허락하셨다.

문과文科는 고급관리를 뽑는 과거로 대과大科라고도 한다. 대과에는 크게 3년에 한 번씩 시행하는 정기적인 시험과 나라에 특별한 경사가 있을 때 행하는 증광시가 있었는데 정약전은 순조 탄생을 기념하는 증광시에 합격하여 벼슬길에 들어서게 된다. 정조는 정약용에게 보였던 신뢰를 정약전에게도 아끼지 않았고, 늘 따뜻한 말로써 그를 격려했다. 형제간의 서열이 뒤바뀐 것을 염려하여 월과를 면해주는 조처를 내린 것도 그에 대한 세심한 배려의 결과였다. 월과를 면제받고 한결 여유가 생긴 정약전은 매일같이 한치응, 윤영희, 이유수, 윤지눌 등과 함께 어울리며 행복한 나날을 보냈다. 그러나 좋은 시절은 오래가지 않았다. 1798년 여름 정약전은 정적들의 공격을 받고 벼슬에서 물러나게 된다. 그리고 고향 소내로 돌아와 매심재라는 서재를 짓고 복권을 기다리던 그에게 돌아온 것은 잔혹한 유배의 운명이었다.

흑산 사람들

"이 열차는 잠시 후 영산포, 영산포역에 도착하겠습니다."

잠결에 들려오는 목소리가 목적지가 가까워졌음을 알리고 있었다. 영산포는 흑산 섬사람들의 힘겨운 역사를 방증하는 곳이다. 고려시대 이후로 끊임없이 강요되었던 공도空島정책의 결과 흑산 주민들이 강제로 이주당했던 곳이 바로 이곳 영산포였다.

섬사람들의 운명은 몽고의 침입과 더불어 절망으로 치닫기 시작했다. 몽고군들은 파죽지세로 몰려와 온 국토를 유린했다. 무신정권의 대몽항쟁이 실패로 돌아가고 정부가 항복을 선언하자 배중손이 이끄는 삼별초는 이에 반기를 들고 일어났다. 삼별초는 강화도를 거쳐 진도로 옮겨간 후 용장성을 쌓고 인근 30여 개의 섬을 거점으로 삼아 장기전에 대비했다. 삼별초의 세력이 점점 커져 위험 수위에 다다르자 몽고의 명을 받은 정부는 공도령을 발표하게 되는데, 이것은 진도 주위의 모든 섬 주민들을 몽땅 내륙으로 이주시켜버리라는 특단의 조치였다.* 결국 섬 주민들은 이유도 모른 채 대대

● 삼별초의 대몽항전도 삼별초의 세력이 점점 커져 위험 수위에 다다르자 몽고의 명을 받은 정부는 공도령을 발표하게 되는데, 이것은 진도 주위의 모든 섬 주민들을 몽땅 내륙으로 이주시켜버리라는 특단의 조치였다.

* 해전에 서툴렀던 몽고군 측으로서는 어쩔 수 없는 선택이었을 것이다.

로 살아온 정든 고향땅에서 쫓겨나 정부가 지정한 인접 내륙지방으로 내몰리는 참혹한 운명을 겪게 된다.

공도령이 성공을 거둔 것인지 삼별초는 결국 제주도로 물러나 최후를 맞게 된다. 그러나 전쟁이 끝난 후에도 공도령은 여전히 유효했고,* 고향으로 돌아갈 날만을 손꼽아 기다리던 섬 주민들은 아쉬움 속에 꿈을 접어야 했다.**

삼별초의 난으로 시작된 무인도 현상은 1350년 왜구들의 침입으로 인해 더욱 심해졌다. 고려는 몽고 지배하에서 사실상의 무장해제를 강요당했다.*** 이런 상태에서 몽고가 멸망하자 우리 나라는 심각한 국방력의 공백을 겪게 된다. 왜구들에게는 이보다 더 반가운 일이 없었다. 곧 대규모의 침략이 시작되었고, 약탈과 살인이 끝없이 이어졌다. 방어가 허술한 해안 도서 지방이 가장 큰 피해를 입을 것은 불을 보듯 뻔한 일이었다. 섬 주민들은 또다시 고향을 떠나 내륙으로 발길을 돌려야 했다. 정부도 이를 적극적으로 유도했다. 왜구의 침입은 조선 초에 접어들어 지방의 군사력이 강화되면서부터 점차 진정되기 시작했다. 그러나 도서 지역으로의 이주는 국가 시책에 의해 계속 금지되었다. 정부는 몰래 섬으로 들어가 살고 있는 사람들에게 육지로 나올 것을 명령했고, 섬에서 농사를 지을 수 없도록 하는 금경절도禁耕絶島의 원칙을 공포했다. 그 이유는 아직 연해 지역의 방어대책이 완비되지 않았다고 생각했기 때문이었다.

왜구의 침입이 진정국면으로 접어들면서 정부는 도서 지방의 활용 문제

---

* 원나라로서는 공도령을 해제하여 괜한 위험을 자초할 이유가 없었다.

** 이로써 수천 년 동안 이어져 내려오던 여러 섬들의 전통과 문화가 한꺼번에 사라지고 말았다. 고유 전통 문화유산의 보고인 진도와 다른 섬들의 운명을 비교해 보면 그 충격의 정도가 어느 정도였는지를 실감할 수 있다. 진도 주민은 삼별초가 진압된 다음 특별히 고향으로의 복귀를 허가 받았고, 이후 왜구의 침입이 심해져 영암으로 집단이주를 당했을 때도 얼마 지나지 않아 다시 고향으로 돌아올 수 있었다. 이렇게 원래의 주민들이 계속 모여 살아 섬의 역사와 전통이 이어질 수 있었던 진도의 경우와는 달리 오랜 세월 동안 원주민을 떠나보낸 채 비워져 있었던 나머지 섬들에서는 토착문화의 맥이 완전히 끊겨버리고 말았다.

*** 원나라 황제는 고려 사람들의 무장과 말의 소유를 제한하라는 명령을 내렸다.

를 다시 검토하기 시작했다. 도서 지방에 목장을 설치하고, 주민 이주를 허용하는 조처가 내려진 것도 바로 이때였다. 그리고 그 결과가 꽤 만족스러운 것으로 나타나자 정부는 아예 섬으로 이주하는 사람에게 각종 세금과 부역을 면제해준다는 파격적인 유인책까지 내놓게 된다. 삼별초의 난 이후 계속되었던 공도현상이 공식적으로 종료되는 순간이었다. 당시 이주를 권유받던 이들은 고려 말과 조선 초 왜구에 의해 삶의 근거를 파괴당하고 이리저리 떠돌아다니거나, 죄를 짓고 신분을 감춘 채 몰래 숨어 다니던 유랑민들이 대부분이었다. 따라서 섬에 정착한 후에도 생활은 어렵기 그지없었으며, 생활고 때문에 한 곳에 정착하지 못하고 좀더 나은 곳을 찾아 다시 다른 섬으로 이주하는 일을 반복해야 했다.

뒤이어 일어난 임진왜란은 조선 왕조의 지방 통제력을 현저히 약화시켰다. 사람들은 전란의 틈새에서 지금까지 살고 있던 곳의 갖가지 구속으로부터 벗어나 새롭게 정착할 땅을 찾고 싶어했고, 그러한 곳으로 섬은 가장 적격지였다. 정착민들의 생활 여건은 매우 어려웠지만 새로 정착한 땅은 노력한 만큼의 결과를 보장해주었다. 많은 사람들이 섬에 들어와 살기 시작했고 피땀을 흘려가며 버려진 황무지를 농토로 개간했다. 이들은 섬에 정착하고 자손을 퍼뜨림으로써 섬사람들의 시조, 즉 입도조入島祖가 되었다.

정약전이 유배생활을 할 당시의 흑산도는 공도정책 이후 사람들이 하나둘 다시 섬으로 모여들기 시작한 지 얼마 되지 않은 때였다. 좋은 환경일 리가 없었다.

● **동국신속 삼강행실도** 왜구의 침입과 그로 인한 사회의 피폐상이 잘 나타나 있다.

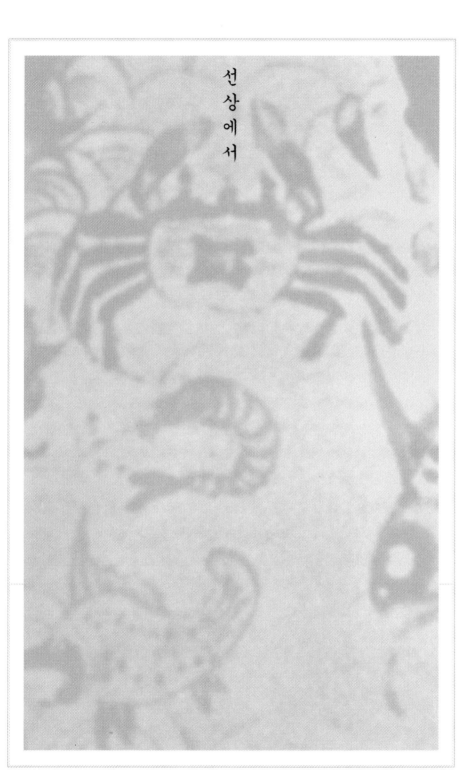

선상에서

곰탕과 모자반

3시 50분경, 목포역사에는 사람들이 꽤 모여 있었는데도 차디찬 한기가 돌았다. 역 광장에 나와 여객선터미널까지 걸어갈 것인지 택시를 잡을 것인지 잠시 망설였다. 걸어가면 30분 거리이지만 배낭이 무거웠다. 택시 뒷좌석에 배낭을 던지고 몸을 구겨 넣었다.

목포여객선터미널에는 아무도 없었다. 지난 여름 새벽의 왁자한 분위기는 어디에서도 찾아볼 수 없었다. 등나무 아래 벤치에 누워서 쉴 수도 없었다. 건물 출입구는 모두 닫혀 있었고 들어간다 해도 싸늘한 냉기만이 감돌 터였다. 건물을 뒤로하고 한참동안 도로변을 헤매었다. 마냥 버티기엔 남은 시간이 너무도 길었다. 문을 연 식당으로 발걸음을 옮겼다. 주인 아주머니는 난로를 켜고 자리를 권했다.

"섬에 들어가시려구요?"

"네…"

섬에는 들어간다는 표현을 쓴다. 마음이 따뜻한 이들에게는 군불 땐 사랑방에 들 듯 훈훈한 느낌을, 세상사에 지친 이들에게는 지친 영혼을 달래줄 요양소로 들어서는 느낌을, 절망한 이들에겐 다시 돌아오지 못할 어떤 문을 통과하는 느낌을 던지는 말이다. 지금 나의 느낌은 어떤 것일까?

곰탕 한 그릇을 시키고 옆에 놓인 신문을 펴들었다. 서평 코너에 윤대녕의 작품이 소개되어 있었다.

그녀에게 얘기해주고 싶은 것들

아침에 눈을 뜨면 대나무 사이사이로 햇빛이 부챗살처럼 틈입해 들어와 침대를 그물처럼 덮습니다. 그 그물에 갇혀 꿈틀거리며 한 달을 열대에서 보낸 것입니다. 그때 저는 알았습니다. 절망이란 빛조차도 그물이 된다는 걸 말입니다.

이남호는 고독을 두려워하지 않는다.

고독한 삶보다 고독을 잃어버린 삶이 더 견디기 힘들다.

박상우는 이렇게 말했다.

글을 쓰지 않으면 행복할 수 없고
글을 쓰면 절대고독 속에 들어가는 모순

　　높은 생산력을 진심으로 바랐던 적은 없지만 나의 생산력은 함께일 때보다 혼자일 때 늘 높았다. 잔뜩 오그라들었던 몸이 펴지며 훈기가 돈다. 이 추위가 한동안 나를 괴롭힐 테지만 난로는 어디에나 있다.

　　노트북을 켰다.

　　'남은 밧데리 용량 41%.'

　　%란 말이 싫다. 며칠 전 이메일을 통해 받은 이상한 장미. 누구인지도 모른다. 내 아이디의 일부를 공유한 이로부터 메일이 왔다. 차갑고도 짧은 메시지. 생각하고 싶지 않다. 인연이라는 것. 거부하기 힘들고 쉽게 찾아들지도 않는다. 내가 생각하는 운명. 나는 운명을 피하지도 거부하지도 않는다. 내가 피하거나 거부한다면 그것은 이미 운명이 아니다. 운명은 정해져 있는 것이지만 나는 자유롭다. 운명은 존재하지만 그에 대해 생각하지 않고 맘껏 행동하고 선택한다.

　　정약전처럼 막막한 기분이지는 않다. 정약전은 작은 배를 타고 파도를 헤치며 우이도로 향했다. 늦가을 얼음장 같은 해풍이 문초를 겪어 메마를 대로 메마른 그의 몸을 휘감았을 것이다. 그러나 지금 나는 목포여객선터미널 옆 조그만 식당 난로 곁에 앉아 잠이 덜 깬 몸을 녹이고 있다. 얼마 후면 주변이 밝아지고 터미널은 북적일 것이다. 약간의 돈을 지불한 다음 바람을 막아주는 선실 속에서 푹신한 의자에 몸을 묻고 기다리기만 하면 목적지가 가까워진다. 나는 힘겨워할 필요도 절망할 이유도 없다. 우이도에서 만나게 될 사람들은 나에게 또다시 새로운 희망을 불어넣어 줄 것이다. 나는 이들의 말에 귀를 기울이고 떠들어대며 길이 제대로 나 있지 않은 섬을 헤맬 것이다. 몇 십 미터 높이로 쌓여 있는 신비한 모래산에도 오를 것이다. 그 모래산에 오르면 넓게 펼쳐진 수평선을 바라보며 가슴을 펼 것이다. 모래산 뒤 바다로 향하다 껍질만 남긴 채 쓰러져 죽은 바다거북의 시체 앞에서 나는 따뜻한 위안을 받을 것이다.

'남은 밧데리 용량 13퍼센트.'

시간이 한정되어 있기에 삶엔 긴장과 흥분과 가슴을 쥐어짜는 기다림이 있다.

곰탕이 나왔다. 밥을 말아먹는다. 언제 무슨 일이 있었냐는 듯 나는 허기를 이기지 못하고 허겁지겁 밥을 입으로 퍼담는다. 모자반으로 버무린 해초 반찬이 상큼하다. 정약전이 해초 항목에서 처음으로 내놓은 종이 이 모자반이다.

해초海草

[해조海藻 속명 말ㅊㅊ]

길이는 20~30자쯤 된다. 줄기의 굵기는 힘줄과 같다. 줄기에서 가지가 나고 가지에서는 또 곁가지가 난다. 곁가지에서 또 무수히 가느다란 가지가 나고 그 끝에서는 잎이 나온다. 수천 수만 개의 실가닥 같은 몸체가 낭창낭창하게 흔들리는 모습이 매우 가늘고 연약해 보인다. 그 뿌리를 뽑아 거꾸로 걸어 놓으면 흡사 수천 개의 가지를 늘어뜨린 버드나무처럼 보인다. 조수가 밀려오면 그에 따라 흔들리는 모습이 춤을 추는 것 같고 술에 취한 듯하며 조수가 물러가고 나면 잎이 떨어지고 여기저기 찢겨 흩어져 있는 모습이 어지럽게 느껴진다.

빛깔은 검다. 세 가지 종류가 있는데, 가지 끝에 밀알 같고 속이 빈 것이 달려 있는 놈을 기름조其廩藻, 달린 것이 녹두알 같고 역시 속이 비어 있는 놈을 고동조高動藻라고 한다. 이 두 종류는 말리거나 데쳐서 먹기도 하고 국을 끓여 먹기도 한다. 줄기가 단단한 편이고 연보라색의 잎은 조금 크며, 가지 끝에 콩알만 하고 속이 빈 것이 달린 놈을 태양조太陽藻라고 부른다. 이 태양조는 먹어서는 안 된다.

해조는 음력 10월에 묵은 뿌리에서 돋아나 다음해 6~7월에 시들어 죽는다. 이것을 주워다 말리면 보리밭의 거름으로 사용할 수 있다. 모두 성질이 매우 차서 깔고 앉으면 오랫동안 서늘한 기운이 가시지 않는다.

대체로 해조는 모두 돌에 뿌리를 붙이고 있는데, 그 뿌리를 붙인 곳은 층차가 있어 서로 얽히지 않는다. 조수가 빠져나간 후에 자라고 있는 장소를 살펴보면 해조가 최하대에 서식한다는 사실을 알 수 있다.

이청의 주 『본초강목』에서는 해조를 단藫, 낙수落首, 해리海羅라는 이름으로 부른다고 했다. 도홍경陶弘景은 해조가 검은 빛깔을 띠며 엉클어진 머리카락처럼 보인다고 했다. 손사막孫思邈은 천하에서 가장 찬 것이 조채藻菜라고 했다. 이는 곧 해조를 가리킨 말이다. 진장기는 "대엽조大葉藻는 신라의 깊은 바다 속에서 난다. 잎은 수조水藻*와 비슷하게 생겼지만 더 크다. 바닷가에 사는 사람들은 허리에 새끼줄을 매고 물 속에 들어가 이것을 채취한다. 정월 이후에는 큰 물고기[大魚]가 사람을 해치는 일이 있으므로 이

---

* [원주] 민물에 사는 수초의 일종이다.

잎은 수직꼴 타원형, 피침꼴 등으로 변이가 심하다.

몸빛깔은 짙은 황갈색이다.

공기주머니는 위치에 따라 모양이 다르며
아래쪽의 것이 위쪽 것보다 크다.

하나의 줄기로부터 여러 개의 긴 가지를 내어
매우 무성한 몸체를 이룬다.

줄기의 단면은 삼각형 또는 사각형이다.

때에는 채취할 수 없다"라고 했다. 진장기는 대엽조가 우리 나라에서 나는 해조류라
고 했는데, 나는 아직 그런 이야기를 들어본 적이 없다.

흑산 일주도로를 따라가다가 해변 쪽을 내려다보면 모자반 군락이 푸른

● 모자반 *Sargassum fulvellum* Agardh

수면 아래 시커먼 그림자를 드리운 채 너울거리고 있는 모습을 관찰할 수 있다. 흑산 주민들은 모자반을 채취하여 도로변 곳곳에 잘 펴서 말린 후 내다 팔거나 찬거리로 삼는다.

모자반은 갈조류에 속하는 해조류로 우리 나라 전연안에 분포한다. 모자반의 형태적·생태적 특징은 정약전이 본문에서 묘사한 내용과 거의 일치한다. 모자반은 저조선 부근의 바위에 붙어서 자란다. 바위에 붙은 뿌리에서 한 가닥의 줄기가 올라온 다음 다시 여러 개의 긴 가지를 낸다. 원줄기 가까이에 붙어 있는 잎은 두꺼운 긴 피침 모양 혹은 주걱 모양이며, 끝 쪽에 붙어 있는 것은 막질의 피침 모양이다. 잎에는 중간맥이 불명확하거나 전혀 없고 잎 가장자리는 톱니 모양이다. 줄기의 중간중간에는 잎이 변해서 생긴 공기주머니가 있으므로 수중에서 몸이 자연스럽게 펼쳐지게 된다.

정약전은 공기주머니의 색깔과 형태에 따라 모자반을 세 가지 종류로 분

류하고 있는데 이는 지금의 분류학자들도 사용하는 방법이다. 그러나 사리 주민들은 모자반을 단지 두 종류로만 분류하고 있었다.

"모자반을 여그서는 몰이라고 해요. 참몰하고 개몰이 있어라. 방울 있는 게 참몰인데 데쳐서 초장에 찍어 먹으면 맛있지라."

◉ 모자반 군락 흑산 일주도로를 따라가다가 해변쪽을 내려다보면 모자반 군락이 푸른 수면 아래 시커먼 그림자를 드리운 채 너울거리고 있는 모습을 관찰할 수 있다.

◉ 모자반의 공기주머니 줄기의 중간중간에 공기주머니가 달려 있는 모습이 보인다.

　신지도의 송문석 씨는 모자반의 종류로 참몰, 개몰, 조랑몰의 세 가지를 들었는데 각각 어떤 종인지는 확인하지 못했다. 예로부터 전해오는 이름들이 완전히 소실되기 전에 수집 · 정리하는 작업이 이루어져야 할 것 같다.

　모자반은 더운물에 데친 다음 갖은 양념을 해서 무쳐 먹는 것이 보통이다. 그러나 제주도 사람들은 모자반을 이용해서 '몸국'이라는 독특한 음식을 만들어냈다. 모자반의 제주 사투리가 '몸'이니 몸국은 모자반국으로 풀이할 수 있다. 돼지고기나 돼지뼈, 내장을 삶은 물에 모자반을 넣어 끓이면 구수할 뿐만 아니라 돼지고기 특유의 냄새나 느끼한 맛이 전혀 느껴지지 않고 입안에서 오돌오돌 씹히는 맛이 일품인 몸국이 완성된다.

김양식의 시초

시계바늘은 6시 42분을 가리키고 있었다. 세 시간 가까이 버틴 셈이다. 주인 아주머니의 배려로 긴 시간을 따뜻하게 보낼 수 있었다. 정확히 6시 50분에 가게문을 나섰다.

대합실 안에는 꽤 많은 사람들이 모여 있었다. 옆을 지나가는 사람들이 하는 얘길 들어보니 전날에 있었던 폭풍주의보 때문에 오히려 사람이 준 것이라고 한다. 도초행 첫배는 7시 20분 발 대흥페리 9호였다. 2층 3등실에는 빨간 카펫이 깔려 있었다. 사람들이 하나둘 자리를 차지하고 앉았다. 나도 배낭을 내려놓고 창가에 기대어 앉았다. 갑판으로 나가기엔 날씨가 너무 추웠다. 무릎을 꿇고 서서 창 밖을 내다보니 아직 어슴푸레한 대기가 수면에 비친 가로등 불빛과 함께 무겁게 일렁이고 있었다. 갑자기 엔진음이 들려왔다. 배는 굉장한 소음을 일으키며 느릿느릿 물살을 가르기 시작했다. 온풍기가 작동하고 있었지만 벽면에서 침투하는 한기가 온몸을 파고들었다.

비몽사몽. 시끌벅적한 소리에 눈을 떴다. 팔금도였다. 주위는 어느새 밝아져 있었다. 창 밖으로 멀리 섬을 연결하고 있는 큰 다리가 보였다. 몇 사람을 내려놓고 배는 다시 출발했다. 정약전도 우이도로 건너갈 때 팔금도를 거쳤을 것이다. 한 때 우이도에 유배된 적이 있는 최익현의 기록을 통해 정약전의 이동경로를 추측해 볼 수 있다. 최익현은 전남 무안에서 배를 탄 후 당일 저녁 다경진*에 이르러 하룻밤을 묵는다. 다음날에는 아침부터 비가 내려 오후 늦게 길을 나섰다. 암태도에 도착하자 바람이 거세게 불었다. 이틀을 묶여 있다가 바람이 누그러진 후에야 다시 출발할 수 있었는데, 그 다음에 도착한 곳이 바로 이곳 팔금도였다. 뒤이어 안좌도, 도초도, 비금도를 거쳐 우이도에 도착하게 되는데 배를 타고, 비바람과 파도와 싸우고, 걸어서 먼 거리를 이동하는 일정의 연속이었다. 정약전의 상황은 더욱 나빴을지도 모른다. 누워 있는 것이 미안하다는 생각이 들어 갑판으로 나갔다. 내륙에서 한참을 나온 것 같은데도 물빛은 여전히 뿌옇다. 주위를 둘러보니 끝없이 펼쳐진 갯벌 위에 뭔가 삐죽삐죽 솟아 있는 모습들이 눈에 들어왔다. 김발이었다.

김양식은 남해안 주민들의 삶과 떼어놓을 수 없는 관계를 맺고 있다. '김개 겨울 가뭄에 딸 시집 보낸다' 라는 속담은 겨울 가뭄으로 김이 흉작인 해에 딸마저 시집 보내어 힘이 든다는 뜻으로 김양식이 이들의 경제생활에서 차지하는 비중을 잘 보여주는 말이다. '해태(김)고장 딸 시집 보낸 심정이다' 라는 말은 김양식을 하는 집안에는 워낙 일이 많아 시집간 딸의 고생문이 열렸다는 뜻으로 김양식이 얼마나 고된 노동을 필요로 하는지를 짐작케

● 갯벌 위의 김발 주위를 둘러보니 끝없이 펼쳐진 갯벌 위에 뭔가 삐죽삐죽 솟아 있는 모습들이 눈에 들어왔다. 김발이었다.

* 다경진은 지금의 무안군 운남면 성내리에 있던 수군진이다.

한다.

수요가 많았던 탓인지 김은 오래 전부터 양식법이 개발되어 있었다. 특히 우리 나라는 세계 최초의 김양식 국가라고 부를 수 있을 만큼 유구한 역사를 자랑한다. 1924년에 발간된 『조선의 수산朝鮮の水産』 1호에서는 '100여 년 전 완도군 조약도의 김유몽이 마을 앞 해안을 거닐다가 우연히 떠밀려온 나무에 해태가 많이 붙어 자라는 것을 보았다. 이를 본 따 나뭇가지를 바다에 꽂았더니 해태가 자라 이 방법을 마을사람들에게 전한 것이 해태양식의 시초가 되었다' 라고 하여 김양식의 완도 유래설을 주장했다. 그리고 1942년 간행된 『조선어업조합요람』이란 책에서는 완도해태조합의 연혁에 대해 '약 130여 년 전 완도군 고금면 장용리 주민 정시원이 고기잡이를 위해 쳐놓은 어살에 해태가 붙어 자라는 것을 보고 홍籦을 만들어 죽도포에 세운 것이 양식해태의 시초이다' 라고 기록하고 있다.

완도가 아니라 광양에서 가장 먼저 김양식이 시작되었다는 주장도 있다. 1910년 조선총독부에서 편찬한 『한국수산지』에서는 광양에서의 해태 생산량이 국내에서 수위를 차지한다는 사실과 함께 이곳에서 2백여 년 전에 이미 김양식이 시작되었다는 노인들의 구전을 전하고 있다. 1924년에 발간된 『조선의수산』 2호에서는 '지금으로부터 3백여 년 전 갈도* 사람들이 이곳을 순시하러 온 관찰사 수행원들로부터 해태양식법과 제조법을 배웠다' 라고 하여 1호와 다른 견해를 내놓았다. 광양현감이었던 허담은 1640년에서 1660년 사이에 태인도에서 살았던 영암 사람 김여익이 김양식법을 개발했

---

* 태인도의 부속섬이다.

다는 내용을 그의 묘표에 기록했다. 김여익의 후손들은 김여익이 이곳 해변에 떠내려온 시누대[山竹]에 해태가 붙어 자라는 것을 보고 애기섬*에서 양식을 시작했으며, 해태를 김이라고 부르는 것도 김여익의 성에서 유래했다고 주장한다. 자신이 양식한 김을 내다 팔 때 태인도 김가金家가 기른 것이라는 뜻으로 김이라고 불렀다는 것이다.

이처럼 김양식이 시작된 곳을 완도로 보는 견해와 광양으로 보는 견해가 팽팽히 맞서고 있지만, 어쩌면 이 두 곳에서 양식 방법이 각각 따로 개발된 것일지도 모른다. 완도와 광양에서 이루어졌던 김양식 방법이 약간씩 차이를 보이고 있기 때문이다.** 김정호는 여러 자료를 바탕으로 김양식의 기원을 다음과 같이 정리하고 있다.

입지조건이나 재료의 현지생산 여부에 따라 각각 그 시원과 발전이 달랐을 수밖에 없다. 고기잡이를 주로 하던 완도에서는 어전에 붙는 해의를 보고 어전용 쪽대를 발로 엮어 양식법을 개발했을 가능성에 견주어 하구 연안인 태인도에서는 갈대나 강에서 떠내려온 산죽에 붙어 자란 해태를 보고 인공양식을 연구했음직한 일이다.***

창 밖에 보이는 김발은 뻘밭에 길다란 막대기를 일정한 간격으로 꽂고 그 사이에 합성섬유를 격자 모양으로 엮어서 매달아 놓은 것이었다. 김은 수온이 낮은 가을에 나타나기 시작하여 겨울에서 봄에 걸쳐 번식하고, 그 후로

---

* 역시 태인도의 부속섬이다.
** 광양에서는 김양식이 산죽이나 갈대 등을 모래펄에 꽂는 방식으로 행해졌고, 완도에서는 이와 달리 시누대가 아닌 왕대를 쭉 지어 발을 만든 다음 좀 깊은 갯벌에 꽂는 방식으로 이루어졌다.
*** 정문기는 1937년 발간된 『조선의수산』에서 김양식의 기원이 훨씬 오래 되었다는 주장을 펼친 바 있다. "조선의 해태양식은 2백여 년 전 완도에서 어구의 울장에 해태가 자라는 것을 보고 시작했다고 하나 『동국여지승람』에 광양에 해의가 토산으로 적힌 것을 보아 돌김[石苔]이 나오지 않을 강어귀에서 나올 수 있는 해의는 지금 이곳에서 행하고 있는 본홍本葒의 양식이었을 수밖에 없다."

차차 줄어들어 여름에는 보이지 않게 된다. 물이 따뜻한 시기에는 곰팡이 같은 모습으로 조개껍질 속에서 살다가 수온이 내려가는 가을이 오면 각포자를 내어 김으로 성숙하게 되는데, 이때 김발을 바다에 설치해 놓으면 각포자가 달라붙어 생장하게 된다. 지금쯤이면 아마도 김발에 붙은 김이 꽤 많이 자라 있을 것이다.

김양식은 수온과 조도가 적당하고 파도가 고요한 내만으로 조류의 소통이 원활하며 하천수의 영향이 적당히 미치는 곳에서 잘 된다. 사실 흑산도는 파도가 세고 외양의 특징을 나타내므로 이 같은 조건과는 거리가 멀다. 정약전이 양식 김이 아닌 돌에 붙어 자라는 속칭 '돌김' 종류만을 기록해 놓은 이유도 흑산도에서 김양식이 이루어지지 않았기 때문일 것이다.

[자채紫菜 속명 짐朕]

뿌리는 돌 위에 부착한다. 가지는 없다. 바위 표면을 엉키듯 둘러싸고 있다. 빛깔은 검보라색이며 맛이 달다.

이청의 주 『본초강목』에는 "자채는 일명 자연紫莧이다. 바다에서 나며 돌에 붙어서 자란다. 빛깔은 새파랗지만 따서 말리면 보라색이 된다"라고 기록되어 있다. 이것은 곧 우리 나라의 자채를 말한다.

김은 홍조류 무리에 속하는 해조류로 자줏빛 또는 붉은 자줏빛을 띤다.

● **바위 위에 달라붙은 김** 뿌리는 돌 위에 부착한다. 가지는 없다. 바위 표면을 엉키듯 둘러싸고 있다. 빛깔은 검보라색이며 맛이 달다.

끝이 둔하다.

가장자리에는
주름이 있다.

몸은 긴 타원형 또는 타원형,
더러는 선형 혹은 난형이다.

가부는 쐐기꼴 원형
또는 심장형이다.

몸꼴은 보통 긴 타원형이며 가장자리에는 주름이 있다. 길이는 14~25센티미터 정도다. 몸이 세포 한 층으로 이루어져 있어 매우 얇은 느낌을 준다. 세계적으로 약 80여 종이 알려져 있는데 우리 나라에는 방사무늬돌김, 참김, 둥근돌김, 긴잎돌김, 잇바디돌김 등 10여 종이 서식하고 있다. 양식되는 종류는 대부분 참김과 방사무늬돌김이며, 외해에 면하여 파도를 많이 받고 있는 바위에는 돌김 종류가 자란다. 둥근돌김은 동·서·남해안에 널리 분포하는데, 모양은 둥글게 생겼고 때로는 주름이 많이 겹쳐져 마치 모란꽃처럼 보이기도 한다. 긴잎돌김은 동해안에서, 미역김은 서해안에서 자라며 두 종류 모두 이름처럼 긴 타원형 몸꼴을 하고 있다. 모무늬돌김은 남해안에서 볼 수 있다.

● 김 *Porphyra tenera* Kjellman

종이 같은 음식

정약전은 김을 가공하는 방법에 대해서도 자세히 설명해 놓았다.

　앞에서 설명한 여러 가지 자채를 가공하는 방법은 대략 다음과 같다. 우선 자채를 물에 넣고 흔들어서 깨끗이 씻는다. 이것을 걸러서 물기를 어느 정도 뺀 다음 억새로 만든 발에 두껍게 펴서 햇볕에 말리면 앙자채秧紫菜라는 음식이 만들어진다. 앙자채는 모내기 할 때 많이 먹는다고 해서 붙여진 이름이다. 조자채早紫菜는 나무틀을 반듯하게 짜서 그 안에 발을 걸고 종이를 뜰 때처럼 물에 담가 본을 떠서 만든 것인데, 사람들은 이를 해의라고도 부른다. 해태(파래)*를 다루는 방법도 이와 같다.

　이청은 중국 사람들의 김 가공법도 함께 소개하고 있다.

　이시진은 "자채는 민월閩越(복건성福建省)의 해변에서 많이 난다. 잎은 크고 엷다. 그곳 사람들은 자채를 손으로 다듬어 떡같이 만든 다음 볕에 말려서 내다 판다"라고

---

* 흔히 해태라고 하면 김을 떠올리지만 예전에는 김이 아닌 파래를 해태라고 불렀다.

했다. 이것이 지금 말하는 해의이다.

해외 여행 중 술안주로 김을 먹었더니 다들 신기한 눈초리로 바라보곤 하더라는 여행객들의 경험담에서 알 수 있듯 세계적으로 김을 식용하는 나라는 매우 드물다. 그러나 우리 나라에서는 소풍이나 나들이를 간다고 하면 바로 김밥을 떠올릴 만큼 김이 식생활에서 중요한 위치를 차지하고 있다. 김밥 외에도 맛김, 김조림, 김무침, 김자반 등 김을 재료로 한 음식들의 목록에는 끝이 없다. 김의 독특한 향기와 혀에 닿는 감칠맛이 우리 민족의 입맛에 잘 들어맞는 모양이다.

김은 맛뿐만이 아니라 영양가도 뛰어난 것으로 알려져 있다. 마른 김 다섯 장에 들어 있는 단백질은 달걀 한 개분에 해당된다. 같은 양이라면 김을 먹을 경우 훨씬 많은 단백질을 섭취할 수 있을 것이다. 김에는 각종 무기질과 비타민도 풍부하다. 특히 비타민A는 김 한 장에 들어 있는 양이 달걀 두 개분에 해당된다고 한다. 이로써 정월 대보름에 밥을 김에 싸서 먹으면 눈이 밝아진다는 옛어른들의 말이 한낱 허언에 그치지 않음을 알 수 있다. 이 밖에도 김에는 인체의 면역기능을 높이거나 콜레스테롤을 체외로 배설시켜 고혈압이나 동맥경화 등의 성인병을 예방하는 효과가 있다는 사실 등이 알려져 있다.

◉ 마른 김 해외 여행 중 술안주로 김을 먹었더니 다들 신기한 눈초리로 바라보곤 하더라는 여행객들의 경험담에서 알 수 있듯 세계적으로 김을 식용하는 나라는 매우 드물다.

※ 비타민A가 부족하면 야맹증에 걸리게 된다.

허노인과 산낙지의 꿈

갯벌은 팔금에서 비금·도초에 이르기까지 끝없이 펼쳐져 있었고, 물도 여러 가지 색의 물감을 한데 섞어 놓은 것처럼 우중충한 빛깔이었다. 갯벌이 흐린 물을 만들고 흐린 물이 다시 갯벌을 만든다. 이 기름진 부유물들이 가라앉아 거대한 갯벌을 이루게 되면 수많은 생물들이 이에 의지하여 둥지를 틀고 먹이를 찾을 것이다. 대자연의 순환은 상상하는 것만으로 언제나 벅찬 감동을 안겨준다.

김발 앞쪽에 가마우지가 한 마리 떠 있었다. 자세히 보니 몇 마리는 갯가에 나와 앉아 쉬고 있다. 꼿꼿이 서 있는 양이 남극의 펭귄을 연상케 한다. 그 너머에는 한 사람이 삽으로 갯벌을 열심히 파헤치고 있었다. 지나온 뒤쪽으로도 이미 꽤 많은 구덩이를 파놓은 것을 보니 낙지를 잡고 있는 모양이다. 백우암의 단편소설 『갯벌(자지 고부 치수)』이 생각난다. 이 소설의 주인공 허노인은 갯바닥에 들어섰다 하면 낙지들이 주눅이 들어 기던 걸음을 멈출 정도로 낙지잡이의 명수다. 평생을 낙지잡이로 늙어 환갑에 접어든

허노인은 외동딸과 함께 온다는 사위를 위해 한겨울 낙지잡이를 나선다.

허노인은, 오늘은 정말 많이 잡아야 한다고 두 번째 생각하고 있다. 그런데 늦게 나온 것이다. 써나가는 물끝을 따라가며 파야 하는 건데. 물끝이 너무 멀리 내려가 있다. 허노인은, 낙지 부럿(구멍 또는 눈)을 찾기에 바쁘다. 그의 눈이 갯벌 위를 날카롭게 더듬는다. 두 눈이 번뜩인다. 개흙벌에 들어와 서 있는 동안은, 허노인의 눈빛은 신령스럽게 광채를 낸다. 낙지들은 그 눈빛에 주눅이 들어 기던 걸음도 멈추는가 보다.

허노인이 낙지를 잡는 모습은 신기에 가깝다. 그리고 낙지의 생태에 대해서도 세세한 부분까지 속속들이 알고 있다. 정약전에게 바다 생물들에 대한 정보를 제공한 장창대나 흑산 주민들도 모두 허노인처럼 생활 속에서 대상과 부대끼며 살아 있는 지식을 쌓아올린 사람들이었을 것이다.

허노인이 첫 호미질을 한다. 단 한 번의 움직임에 낙척 없이 낙지가 걸려 나왔다. 여덟 개의 발로 호미를 감으며 늘어지는 놈을 쭉 훑어 망태에 넣는다. 낙지는 짚망태 구멍 새로 발을 내어밀어 보나 곧 헛수고임을 깨닫는다.
허노인의 손놀림이 빨라진다. 허리를 펼 새가 없다. 신묘한 동작이 연출된다. 낙지 부럿을 찾기란 쉽지 않았다. 갯가 쪽의 비교적 굳은 갯바닥에 사는 놈은 구멍이 깊다. 구멍은 반드시 둘이다. 갯가 쪽에 사는 놈은 그 구멍의 간격이 물 아래에 사는 놈보다 멀다. 근 반 발이나 간격을 이룬다. 그리고 부럿인 양쪽 구멍의 둘레에는 굴껍질 조각들을 둥그렇게 모아놓는다. 양쪽의 구멍이라야 지렁이 구멍 정도가 아니면 바늘구멍만 할 뿐이다. 한쪽은 드나드는 구멍이고 다른 한쪽은 집 속에서 숨쉬는 구멍이다. 그런데 대개 숨쉬는 쪽의 구멍에는 말간 물기가 흘러나오기 마련이다.

그리고 갯벌이 무른 데에 사는 놈은 양쪽 구멍도 반 걸음 정도로 가깝고 얕디얕게 산다. 부럿인 양쪽 구멍 입구의 둘레에는 굴껍질 대신 약간 파르스름한 색깔을 띤 속흙을 파내어 둘러놓는다. 언뜻 보면 알아보기 어려울 정도다. 아마 낙지란 놈도 온통 진회색의 갯바닥에 나왔다가 들어갈 때면 찾기가 어려워 표적으로 삼으려는 요량에서 그런가 보았다.

허노인은 낙지를 잡다가 허기가 졌는지 살아 있는 낙지를 그대로 먹는데 그 모습이 절로 웃음을 머금게 한다.

허노인은 흙물을 쪽 훑어내고 입에 넣어버린다.
'닭 대신 꿩이다.'
몇 번 우물우물 씹는 둥 마는 둥 하고는 꿀꺽 삼킨다.
'거 연해서 좋다.'
허노인은 호미질을 계속했다. 전에 더러 낙지발이 콧구멍으로 기어 나오던 일을 생각하며. 낙지를 파면서, 한 마리를 통째로 입에 물고 호미질에 정신을 팔다 보면 낙지발이 콧구멍으로 나왔었다.

낙지 얘기만 들어도 입맛을 다시는 사람들이 많을 것이다. 산낙지[*]를 판다는 간판을 보고도 소주 한 잔이 생각나지 않는 사람은 주당이라고 할 수 없다. 현춘식 시인의 '산낙지의 꿈'이라는 시는 산낙지를 먹는 모습을 실감나게 묘사하고 있다.

진저리 난다 간밤 꿈자리, 저승 문턱 갔다 왔다.

문어 꼴뚜기 사촌들과 긴 다리 짧은 다리
비비꼬고 휘어감고 뒤엉키고 또아리 틀고
밀치며 꾸물럭이며 엎어지며 자빠지며
배는 꼬르륵 하늘은 빙빙 얼빠지게 버둥대는데
두 발 달린 짐승 열두 군데 구멍 난 괴물
내 상투 후려쳐서 어디론가 어슬렁어슬렁
구길 대로 구겨진 채 내팽겨진 곳 횟집 수족관
눈도 벌겅 코도 벌겅 곤드레 된 놈 손가락질
차마 그 손짓이 낚싯바늘 될 줄이야
히죽히죽 주방장 놈 정수리 냅다 채서

● **최고의 술안주** 산낙지를 판다는 간판을 보고도 소주 한 잔이 생각나지 않는 사람은 주당이라고 할 수 없다.

[*] 산낙지는 살아 있는 낙지라는 뜻이다. 나는 어렸을 때 한동안 산낙지가 '산에 사는 낙지'라고 생각했다.

무 닦듯 닦아 내고 쌀 씻듯 씻어 내고

빨래처럼 쥐어 짜고 때 밀 듯이 밀어내고

짠물 빼고 쓸개물 빼고 창자마저 다 까발린 후

다리 가랑이 가릴 것 없이 뭉턱뭉턱 토막내어

잠기름 살살 쳐서 주안상 올려 바치니

걸신들린 놈들 침 질질 흘려 가며

초고추장 듬뿍 찍고 마늘 고추 마구 싸서

꾸역꾸역 밀어 넣는다. 하수구 같은 아가리 속

한 잔 부어라 바다도 마셔라. 꼴불견 이 머저리들아

낙지는 밤새 꿈꾼다. 가위눌린 사람들을

　한 번은 학교 선생님들끼리 회식을 하러 간 적이 있었다. 술안주로 산낙
지가 나왔는데 아무도 산낙지를 먹어본 경험이 없었다. 살아 꿈틀거리는 것
을 어떻게 먹어야 할지 모르는 데다 주인 아저씨가 잘못하면 목구멍에 들러
붙어 죽는 사람도 있다고 겁까지 주고 보니 꼭꼭 씹어 너덜너덜해진 후에
먹는 사람, 깻잎으로 몇 겹을 싸서 한 번에 꿀꺽 삼키는 사람, 낙지 다리가
꿈틀거리면서 흩뿌린 초고추장에 와이셔츠를 몽땅 버린 사람 별별 희한한
광경이 연출되었다고 한다. 다음날 내가 이 이야기를 듣고 산낙지를 먹을
때는 젓가락으로 머리를 끼운 다음 다리를 둘둘 말아서 먹는 것이라고 알려

●산낙지 먹는 법 다음날 내가 이 이야기를 듣고 산낙지
를 먹을 때는 젓가락으로 머리를 끼운 다음 다리를 둘
둘 말아서 먹는 것이라고 알려주니 그제서야 모두들 무
릎을 치며 웃어댔다.

주니 그제서야 모두들 무릎을 치며 웃어댔다.

현지인들이 갯벌에서 직접 잡아 올린 낙지를 먹는 장면은 더욱 엽기적이다. 보릿잎이 웃자랄 때쯤 잡아 올린 낙지는 가차없이 보리밭에 던져진다. 던져진 낙지는 여덟 발을 쫙 펴고 보릿잎 위를 기면서 몸에 묻은 점액질을 스스로 깨끗이 닦아낸다. 이제 한 마리씩 주워들고 몇 번 훑어서 젓가락에 끼워 만 다음 초고추장에 찍어 통째로 후루룩 삼키기만 하면 된다.

산낙지의 재료로는 서해 갯벌에서 나는 세발낙지를 최고로 친다. 이제 웬만한 사람이면 세발낙지가 발이 세 개가 아니라는 것쯤은 다 안다. 세발낙지는 가늘 '세細'자를 써서 발이 가는 낙지를 부르는 이름이다. 고흥만에서는 세발낙지보다 훨씬 커서 두 자나 석 자쯤 되는 놈들을 따로 '대大발낙지'라고 부른다.

석거와 돌드레

어린 시절 낙지는 환상적인 사냥감이었다. 외계인을 닮은 생김새, 아무데나 꿈틀거리며 들러붙는 다리, 무엇보다도 TV나 만화에서처럼 먹물을 뿜어대는 행동을 볼 수 있다면. 상상만 해도 가슴이 두근거렸다. 부산 근처의 한 해변마을에 놀러갔다가 마침내 그토록 꿈꿔왔던 일이 일어났다. 갯바위 돌 틈에서 조그만 낙지 한 마리를 잡아낸 것이다. 그러나 기쁨도 잠시. 동생에게 자랑하고 싶은 마음에 "낙지다" 하고 소리치며 내닫다가 넘어져 그만 이마에 큰 상처를 입고 말았다. 피를 흘리며 쓰러지던 그 순간에도 낙지를 손에 꼭 쥐고 있었던 것 같다. 이제 낙지에 대한 집착은 사라졌지만 아직도 이마에 있는 흉터를 볼 때면 옛날 내 모습이 생각나 절로 웃음이 난다.

 정약전이 살던 시대에는 낙지를 더욱 신비한 생물로 받아들였던 것 같다.

[석거石距 속명 낙제어絡蹄魚]

 큰 놈은 4~5자 정도이다. 모양은 문어를 닮았지만 발이 매우 길다. 머리는 둥글고 긴 모양이다. 뻘 속에 구멍을 파고 들어가기를 좋아한다. 음력 9~10월이면 배 안에 밥풀과 같은 알이 생기는데 꽤 먹을 만하다. 겨울에는 굴속에 틀어박혀 새끼를 낳는데 새끼는 그 어미를 잡아먹는다. 고깃살의 빛깔은 하얗고 맛은 감미롭다. 회·국·포에 모두 좋으며 사람의 원기를 돋우는 음식이다. 말라빠진 소에게 낙지 너댓 마리를 먹이면 곧 튼실해진다.

<u>이청의 주</u> 소송은 "장어章魚(문어)와 석거는 오적어와 비슷하게 생겼지만 분명히 다른 종류이다. 그러나 두 종류 모두 즐겨 먹을 만하다"라고 했다. 『영표록이기』에서는 "석거는 몸이 작고 다리가 길다. 소금에 절여서 구워 먹으면 맛이 아주 좋다"라고 했다. 곧 지금의 낙제어를 말한다. 『동의보감』에서 "소팔초어小八稍魚는 성질이 순(平)하고 맛이 달다. 속명은 낙제라고 한다"라고 한 것도 역시 낙제어를 말한 것이다. 사람들은 낙제어가 뱀과 교합하므로 잘라서 피가 나는 놈은 버리고 먹지 말아야 한다고 말한다. 그러나 낙제어는 분명히 알을 가지고 있다. 낙제어라고 해서 모두 뱀이 변한 것은 아니다.

　낙지와 문어는 비슷하게 생겼지만 정약전이 말한 바와 같이 낙지의 발이 더 가늘고 길다는 점으로 쉽게 구분할 수 있다. 그리고 낙지는 문어에 비해 몸이 더 여리고 날씬하다. 사는 곳도 달라서 문어가 비교적 깊

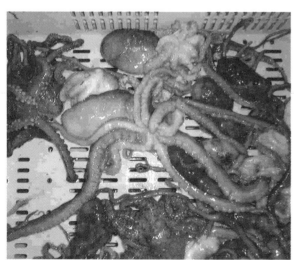

● 낙지 큰 놈은 4~5자 정도이다. 모양은 문어를 닮았지만 발이 매우 길다. 머리는 둥글고 긴 모양이다.

다리는 8개이며
몸통에 비해 긴 편이다.

머리는 달걀 모양이다.

문어에 비해
몸이 더 여리고
날씬하다.

다리가 매우 가늘다.

은 곳에 서식하는 반면 낙지는 해변의 돌 틈이나 갯
벌 속에 많다.

낙지는 끈적끈적한 점액을 뿜어대는 기분 나쁜 습성과 외계인
을 연상케 하는 기괴한 생김새에도 불구하고 음식으로서 절정의 인기를 누
리고 있다. 심지어 낙지요리만을 전문으로 하는 체인점까지 등장할 정도니
더 할 말이 없다. 낙지가 이처럼 대단한 인기를 누리고 있는 비결은 무엇일
까? 낙지는 낙지 자체만으로 훌륭한 요리가 되지만 어떤 재료와도 약방의

● 낙지 *Octopus minor* Sasaki

감초처럼 궁합이 잘 맞는다는 점을 그 이유의 하나로 꼽을 수 있겠다. 낙삼탕은 낙지와 인삼을, 낙곰탕은 낙지와 쇠고기를, 그리고 갈낙탕은 갈비에다 낙지를 섞은 음식이다. 해물 용궁탕에도 역시 낙지가 들어가며, 낙지볶음, 낙지비빔밥 또한 예외가 아니다. 낙지는 겨울 김장의 속감으로도 쓰인다.

낙지는 전통적으로도 인기 있는 먹을거리였다. 정약전은 본문에서 낙지를 맛이 감미로울 뿐만 아니라 회·국·포 어디에나 잘 어울리며, 사람의 원기를 돋우는 음식이라고 격찬했다. 『영표록이기』와 『동의보감』에도 이와 비슷한 내용이 나온다. 정약용이 강진의 유배지에서 지은 다음 시는 당시 낙지가 최고의 국거리로 인정받고 있었음을 잘 보여준다.

어촌에선 모두들 낙지국 많이 먹고
붉은 새우 푸른 맛〔蟹〕 쳐주지 않네

낙지는 음식으로 누렸던 인기만큼 그에 얽힌 속설도 많다. 일이 매우 쉽다는 뜻으로 '묵은 낙지 꿰듯 한다'라는 속담이 있고, 일을 단번에 해치우지 않고 두고두고 조금씩 할 때 '묵은 낙지 캐듯 한다'라고 말한다. 또한 제때가 되어야 제 구실을 한다는 뜻으로 '봄 조개, 가을 낙지' 혹은 '봄 주꾸미, 가을 낙지'라는 말을 쓴다. 낙지는 시험 보는 학생들에게는 금기식이 되기도 한다. 바나나나 미역국을 먹고 미끄러지는 것처럼 낙지(낙제어)를 먹고 낙제할지도 모른다는 염려 때문이다. 그런데 내가 대학시험을 보러 갈

✳ 이 시의 내용으로 짐작할 수 있듯 예전에는 낙지를 국으로 끓여 먹는 요리법이 일반적이었던 것 같다.

때는 낙지를 못 찾아 먹어서 안달이었다. 낙지의 찰싹 달라붙는 성질이 최고의 합격 예언으로 풀이되었던 것이다. 이래도 저래도 사람들에게 잡혀죽기는 매한가지다. 낙지는 최악의 생활미신에 희생당하는, 세상에서 가장 불행한 생물이 아닌가 생각된다.

정약전은 본문에서 음력 9~10월이면 낙지의 배 안에 밥풀과 같은 알이 생겨 먹을 만한 상태가 된다고 밝혔다.* 그런데 뒤에서는 다시 겨울철 낙지가 구멍 속에 틀어박혀 새끼를 낳는다는 둥 그 새끼가 어미를 잡아먹는다는 둥 전혀 엉뚱한 이야기를 늘어놓고 있다. 이 밖에도 당시 사람들 사이에서는 낙지가 뱀과 교합한다거나 뱀이 변해서 낙지가 된다 혹은 피가 흐르는 놈은 버리고 먹지 말아야 한다는 등의 기묘한 이야기들이 떠돌고 있었던 모양이다. 옛사람들의 말을 그대로 따른다면 어떤 낙지도 먹어서는 안 된다. 왜냐하면 낙지도 뱀이나 사람처럼 엄연히 몸 속에 피를 가진 동물이기 때문이다. 다만 연체동물인 낙지의 피는 투명한 빛깔이기 때문에 피가 없는 것처럼 보일 뿐이다. 피가 흐르는 놈을 먹지 말아야 한다는 이야기는 뱀처럼 붉은 피가 흐르는 놈을 먹지 말라는 뜻일 것이다. 그러나 어차피 붉은 피가 흐르는 낙지는 없었을 터이기에 여전히 모든 낙지는 사람의 식탁에 오르는 운명을 벗어날 수 없었다.

이청은 뱀이 변해서 낙지가 된다는 설을 과감하게 부정했다. 낙지는 분명 뱃속에 알을 가지고 있으므로 스스로 알을 낳아 번식하는 난생동물임을 주장한 것이다. 정약전과 정약용 둘 중 누구의 영향을 받아서였는지는 알 수

* '봄 주꾸미, 가을 낙지'라는 말은 바로 이 알 뱄 때의 낙지가 특별히 맛있다는 것을 뜻한다.

없지만 어쨌든 그의 실증적인 태도를 잘 보여주는 대목이다.

정약전은 낙지의 표제어를 석거石距로 기록했다.* 석거는 낙지를 잡을 때 빨판에 붙은 돌이 함께 딸려온다고 해서 붙여진 이름인데 재미있는 것은 우리 나라에도 이와 비슷한 방식으로 만들어진 이름이 있다는 사실이다. 하늘소의 별명인 돌드레, 돌다리, 돌드레미 등은 모두 돌을 들어올린다는 뜻을 가진 이름들이다. 어린 시절 가난한 아이들에게 대자연은 훌륭한 놀이터였고 하늘소는 너무나도 멋진 장난감이었다. 단단한 몸체에 작은 나뭇가지 정도는 쉽게 으스러뜨릴 만큼 강한 턱, 길다란 더듬이까지 부잣집 아이들의 로봇장난감이 하나도 부럽지 않았다. 어쩌다 하늘소를 잡을 때면 다른 곤충과 싸움을 시켜보기도 하고 친구 호주머니에 몰래 집어넣어 깜짝 놀라게 만들기도 했다. 돌 들기 시합도 절대로 빠뜨릴 수 없는 놀이였다. 놀이에 필요한 재료는 하늘소 한 마리씩과 돌멩이 몇 개가 전부다. 그 방법이란 것도 그저 돌멩이 위에 하늘소를 살짝 얹었다 들어올리기만 하면 된다. 그러나 누구 하늘소가 힘이 센가 내기하며 뿜어대는 열기는 월드컵 경기장에 못지 않았다.

◉ **참나무하늘소** 하늘소의 별명인 돌드레, 돌다리, 돌드레미 등은 모두 돌을 들어올린다는 뜻을 가진 이름들이다.

＊ 이 밖에도 소팔초어小八梢魚, 장어章魚, 장거어章擧魚, 낙제絡蹄, 낙체絡締 등이 모두 낙지를 가리키는 이름들이다.

피뿔고둥과 주꾸미

낙지의 친척뻘 되는 동물로 주꾸미라는 것이 있다. 정약전은 주꾸미를 준어, 속명 죽금어로 표기하고 그 크기와 형태를 다음과 같이 묘사했다.

[준어 蹲魚 속명 죽금어 竹今魚]
크기는 4~5치에 불과하다. 모양은 장어(문어)를 닮았지만 다리가 매우 짧아 몸 전체의 절반 정도에 불과하다.

　정약전이 잘 지적했듯이 주꾸미는 문어보다 크기가 훨씬 작다. 몸길이가 20센티미터를 넘기기 힘들고, 여덟 개의 다리도 문어에 비해서 매우 짤막하다. 그러나 일반인들이 몸의 크기나 다리의 길이만으로 주꾸미와 문어, 낙지를 구별해내기란 쉬운 일이 아니다. 보다 쉽게 이들을 구별할 수 있는 방법은 좌우 세 번째 다리가 시작되는 곳 바로 위에 황금색의 고리 모양 무늬가 있는지 살펴보는 것이다. 낙지나 문어에는 이런 무늬가 없다.

● **주꾸미** 크기는 4~5치에 불과하다. 모양은 장어 (문어)를 닮았지만 다리가 매우 짧아 몸 전체의 절반 정도에 불과하다.

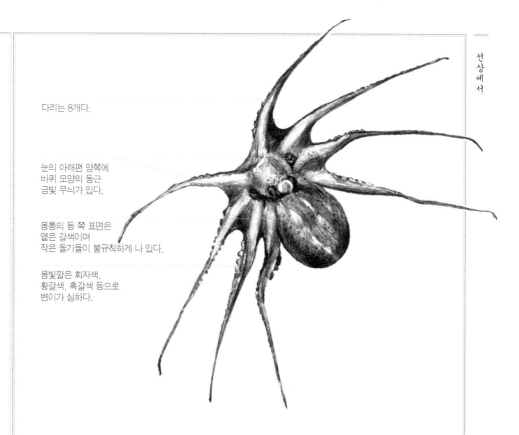

다리는 8개다.

눈의 아래편 양쪽에
바퀴 모양의 둥근
금빛 무늬가 있다.

몸통의 등 쪽 표면은
옅은 갈색이며
작은 돌기들이 불규칙하게 나 있다.

몸빛깔은 회자색,
황갈색, 흑갈색 등으로
변이가 심하다.

주꾸미는 얕은 바다의 자갈이나 모래진흙으로 된 곳에서 주로 서식하며, 왕성한 식욕으로 꽃게나 새우, 반지락 등을 잡아먹고 살아간다. 4월 하순으로부터 6월 중순까지 이어지는 산란기에 접어들면 주꾸미는 피뿔고둥 등 패류의 껍질 속에 400개 내외의 알을 낳는다. 알을 낳은 후에는 조개껍질이나 기타 다양한 재료를 사용해서 구멍을 막아버리는데,* 적의 침입으로부

● 주꾸미 *Octopus ocellatus* Gray

* 패류학자들은 주꾸미의 이런 습성을 이용하여 희귀한 패류 표본을 수집하기도 한다. 주꾸미가 뚜껑을 막을 때 주변에 흩어져 있는 조개껍질을 사용하므로 주꾸미만 잡으면 따로 잠수하지 않고도 새로운 종을 쉽게 채집할 수 있다.

터 보금자리를 보호하기 위한 행동으로 생각된다. 그런데 영악한 인간들은 주꾸미의 산란습성을 교묘하게 이용해서 주꾸미통발이라는 새로운 어업방식을 개발해냈다. 주꾸미통발은 구멍을 뚫은 피뿔고둥을 노끈으로 여러 개 연결시켜 만든 것인데, 이것을 바다 밑에 던져 놓고 기다리면 알을 가득 품은 주꾸미가 껍질 속으로 들어간다. 안락한 산란터라고 생각했던 곳이 자기도 모르는 사이에 죽음의 덫이 되어버리고 마는 것이다. 이제 주꾸미에게는 애써 낳아놓은 알과 함께 냄비 속에서 끓을 일만 남았다.

박도순 씨는 흑산 근해의 주꾸미 산출량이 얼마 되지 않으며, 피뿔고둥의 껍질을 이용한 어업방식도 전혀 행해지지 않는다고 했다.

"쭈끼미라 그라제. 다른 데서는 소라 같은 걸로 잡는데 여기서는 낭장망이나 장어통발 같은 데 들지라. 주꾸미 어장은 없어라."

그러나 주꾸미의 맛에 대해서만은 칭찬을 아끼지 않았다. 데쳐서 혹은 생으로 초장 찍어 먹으면 맛이 꽤 좋다는 것이다. 주꾸미는 탕, 찜, 구이, 볶음 등 다양한 요리에 사용되는데, 낙지와는 또 다른 특유의 쫄깃한 느낌으로 인기가 높다. 특히 봄철 산란기에 잡은 것은 오독오독 씹히는 알 맛까지 더해져 주꾸미의 참맛을 보여준다.

도초도에서 우이도로

배는 비금도에 먼저 닿은 후 종착지인 도초도에 정박했다. 내리자마자 우이도행 배표를 끊기 위해 매표소를 찾았다. 그런데 배가 뜨지 않는다고 한다. 황당하게도 배가 고장나서 목포로 고치러 갔다는 것이다. 다시 물어보니 오늘 중으로 오기는 하는데 정확히 언제 올지는 알 수 없다고 했다. 어차피 출발 시간까지는 여유가 있었으므로 쉬면서 생각하기로 했다.

12시쯤 되어 다시 선착장에 나가보니 다행히 수리를 마친 배가 이곳으로 오고 있다는 얘기가 들린다. 우이도와 도초도 사이를 왕복하는 연락선 신해 3호는 정말로 제시간에 도착했다. 안도의 숨을 내쉬고 있는 사이 배는 조용히 도초항을 빠져나왔다.

우이도로 향하는 정약전의 심정은 신지도를 향할 때와는 전혀 다른 것이었으리라. 신지도는 완도에서 철부선으로 10분 남짓한 곳에 위치하고 있다. 과장을 좀 보태면 육지에서 헤엄을 쳐서도 건너갈 만한 거리다. 그러나 우이도는 목포에서 100여 킬로미터 이상이나 떨어져 있다. 정약전보다 60년 후에 우이도를 찾은 최익현의 글을 보면 그 여정이 얼마나 힘겨운 것이었는지를 짐작할 수 있다.

금성읍 서쪽에서 백 리쯤 떨어진 다경포에 도착하여 수로를 따라 첩첩이 나열되어 있는 섬 사이를 지나면 비금내양에 이르고 곧 대해가 된다. 여기에서 서남 방면으로 40~50리를 가면 산 하나가 우뚝 솟아 있다. 산은 2층으로 되어 있는데, 앞쪽은 낮아서 북을 향하고 뒤쪽은 높아서 남을 향한다. 내외 24개의 섬 중에 가장 높고 웅장하게 떠 있으니 이 섬을 곧 우이도라 한다.

과연 다도해였다. 주위는 온통 섬으로 가득해서 뱃길이 좁은 수로처럼 느껴질 정도였다. 정약전이 하담 선산에 가기 위해 오르내렸던 남한강 물길이 연상될 만큼 좌우 사방이 조그만 섬들로 다닥다닥 메워져 있었다. 최익현은 이를 비금내양이라고 표현했다. 그러나 일단 이곳을 지나고 나면 상황이 달라진다. 그의 말처럼 대해가 펼쳐지게 되는 것이다.

비금도와 도초도 사이에 형성되어 있는 좁다란 수로를 벗어나자마자 파도가 일기 시작했다. 잘 무두질한 가죽처럼 매끄럽던 수면이 정전기를 받은 듯 삐죽삐죽 일어서기 시작했다. 그 조그만 봉우리들이 한데 모여 자라다가 결국 하늘로 솟구치며 하얗게 부서진다. 수천 수만 마리의 돌고래 떼가 뛰어오르는 것 같은 광경이다. 배가 심하게 흔들렸다. 좌우의 창 밖 풍경은 시

● **비금내양** 과연 다도해였다. 주위는 온통 섬으로 가득해서 뱃길이 좁은 수로처럼 느껴질 정도였다. 정약전이 하담 선산에 가기 위해 오르내렸던 남한강 물길이 연상될 만큼 좌우 사방이 조그만 섬들로 다닥다닥 메워져 있었다.

계추처럼 흔들리며 하늘과 수면 사이를 왕복하고 있었다. 절도유배가 큰 형벌이었던 이유 중 하나는 이처럼 바다를 건넌다는 자체가 커다란 모험이었기 때문이다. 며칠씩이나 걸리는 먼 바닷길에 조그만 풍랑이라도 일라치면 당장 목숨을 위협받게 된다. 정약전은 파도에 휩쓸리지 않을까 암초에 부딪히지 않을까 노심초사하며 우이도로 향했을 것이다. 하늘을 찌를 듯 뾰죽하게 솟아 있는 바위섬들은 온통 검은색 일색이어서 더욱 암담한 기분을 느끼게 했을 것이다.

　파도에 시달리며 얼마를 달렸을까. 거무스레한 섬의 형체가 나타나기 시작했다. 우이도였다. 상산봉에서 뻗어나온 산줄기들이 급경사를 이루며 해안으로 내리닫고 있었다. 첫 기항지인 진리에는 선착장 시설이 잘 갖추어져 있었다. 멀리서 보기에도 꽤 큰 마을이었다. 정약전이 머물렀던 곳이 진리였을까? 그렇지 않으면 흑산도 사리처럼 진이 있던 진리와 정반대쪽에 위치한 돈목 쪽이었을까? 배는 몇 안 되는 승객들 대부분을 내려놓고 다시 동소우이도 쪽으로 향했다. 동소우이도 선착장 앞 가두리 양식장에는 가마우

지 수십 마리가 떼를 지어 몰려 있었다. 괭이갈매기 떼와 어울려 가두리 안의 물고기를 노리는 듯 공중을 한참 맴돌다가 물가의 바위 위로 올라앉는다. 집이 몇 채 없는 선창구미, 얕은 골짜기를 따

◉ **우이도 원경** 파도에 시달리며 얼마를 달렸을까. 거무스레한 섬의 형체가 나타나기 시작했다. 우이도였다. 상산봉에서 뻗어나온 산줄기들이 급경사를 이루며 해안으로 내리닫고 있었다.

라 조그만 집들이 고즈넉이 들어앉은 예미를 거쳐 돈목으로 향하는 동안 해안선은 더욱 가팔라졌고, 수직으로 버티고 선 거무스레한 절벽들은 살벌해 보이기까지 했다. 우이도의 첫인상이었다.

파도가 거세어 원래의 선착장이 아닌 반대쪽 바위해안에 배를 댔다. 제대로 된 선착장이 아니었기에 조심을 했는데도 무거운 배낭이 뒤쪽으로 쏠리는 바람에 하마터면 바다에 빠질 뻔했다. 위험한 고비를 넘기고 내려선 '자연선착장'에는 박화진 씨 부부가 나와 있었다.

"혼자 왔어요? 나이가 든 사람인 줄 알았는데 아니네."

우이도에서 들은 첫마디였다.

정약전이 우이도에 처음 발을 들여놓았을 때가 44세. 언제 돌아갈지 기약 없는 입도길이었다. 우이도에 대한 그의 첫인상이 어땠는지 최익현의 글을 통해 짐작해 볼 수 있다. 그는 제주도라는 최악의 유배지를 겪고 왔음에도 우이도의 상황을 거의 절망적으로 묘사하고 있다. 최익현은 1876년 봄 우이도에 도착하자마자 이황계에게 다음과 같은 편지를 보냈다.

생은 온갖 고초를 겪으며 2월 16일에야 비로소 목적지에 도착했습니다. 수로가 험한 데다 풍토가 박하고 누추함이 제주도에 비해 열 배나 심하니, 지극히 흉악하여 천지간에 용납될 수 없는 자들만을 내던져 가두기에 적합한 곳이라 악을 벌 주는 이치가 분명한 것이 아니겠습니까? 천명은 피할 수 없는 것이니 그대로 받아들일 뿐입니다.

● **우이도 해안 절벽** 돈목으로 향하는 동안 해안선은 더욱 가팔라졌고, 수직으로 버티고 선 거무스레한 절벽들은 살벌해 보이기까지 했다.

그러나 하루 이틀 시간이 지나면서 점차 유배지에 적응하게 되는데 자포자기하는 모습에서 오히려 유배객의 서러움이 묻어난다.

저는 죄과가 쌓였으니 마음속으로 남해의 물귀신이 마땅히 벌을 주어 죽일 것이라고 생각하였으나 배에 오르자 바람이 그치고 물결은 가라앉아서 매우 편안하게 바다를 건널 수 있었습니다. 또한 이곳에 처음 도착했을 때에는 산의 형세나 바위의 모양이 거무칙칙하고 험하여 도저히 살 수 없을 것만 같았는데, 점차로 익숙하여지매 검은 것은 희게 보이고, 험한 것도 평탄해 보여 완연히 해변의 좋은 산천으로 느껴집니다. 가끔 내지의 경계를 관망하면 오히려 칠흑같이 보이니 본성을 잃어 눈마저 그 직분을 상실했기 때문일까요?

최익현의 말은 사실이었다. 거칠었던 첫인상과는 달리 섬 안쪽으로 들어갈수록 바람은 서서히 잦아들고 푸근한 기운이 온몸을 감싸오기 시작했다. 마을로 향하는 고샅길 주변에는 소나무, 광나무, 꽝꽝나무, 사철나무 등이 윤기 있고 짙푸른 잎을 자랑하며 빽빽하게 들어차 있었고, 파릇파릇한 새싹들이 막 머리를 내민 길가 텃밭에서는 인기척에 놀란 멧비둘기 떼가 푸드덕 소리를 내며 날아올랐다. 겨울을 건너뛰어 봄을 맞은 듯한 느낌이었다. 모퉁이를 돌아 고개를 넘자 멀리 그 유명한 모래산의 모습이 떠올랐다. 우이도였다.

모래밭의 생물들 1

1호방에 짐을 풀고 안방으로 자리를 옮겼다. 박화진 씨에게 궁금했던 몇 가지를 먼저 물어보았다. 예상했던 대로 정약전이나 『현산어보』에 대해서는 들은 바가 없다고 했다. 그리고 지금 돈목에는 옛이야기들을 많이 알 만한 노인들이 없다며 건너편 성촌에 있는 박안식 씨를 만나볼 것을 추천했다. 그러나 연락을 해보니 박안식 씨는 이미 목포로 떠난 후였다. 이번에는 우이도에 장씨 성을 가진 사람이 없느냐고 물었다. 장창대가 우이도 사람일 가능성을 염두에 두고 던진 질문이었다. 그러나 박화진 씨는 또 한번 고개를 가로저었다. 우이도에는 장씨가 없다고 했다. 문씨 성에 대해서도 물었다. 우이도에 사는 문채옥 씨 집에서 정약전 관련 문헌이 나왔다는 이야기를 들은 적이 있었고, 우이도로 귀양왔던 최익현이 머물렀던 곳도 '문인주'라는 사람의 집이었으므로 문씨 집안을 추적하면 당시 우이도 유배객들의 거처를 짐작할 수 있으리라 생각했기 때문이었다. 그러나 돈목에는 문씨가 없었고 진리에 살고 있는 문채옥 씨도 이미 인천에 있는 친지 집으로 올라

● **우이도 관광안내도** 마을을 가로지르는 큰길을 따라 내려가니 우이도 관광지도가 그려진 안내판이 나타났다.

간 후여서 접촉이 어렵다고 했다. 여러모로 실망스러운 답변들이 이어졌다. 일단 박안식 씨와 문채옥 씨의 연락처를 알아놓았다.

박화진 씨가 배를 살피러 나가봐야 한다고 해서 일단 방으로 돌아왔다. 녹음기와 간단한 필기도구를 준비하고 해변으로 나섰다. 마을을 가로지르는 큰길을 따라 내려가니 우이도 관광지도가 그려진 안내판이 나타났다. 잠깐 멈춰 서서 해안선을 확인하고 다시 백사장으로 발걸음을 옮겼다. 어선 한 척이 물 빠진 모래밭 위에 바닥을 드러내고 얹혀 있었다. 배는 밀물이 들어와야 힘을 내지만 나는 물이 빠졌을 때 길을 나선다. 지금 바다는 내 편이다.

선착장부터 멀리 보이는 모래산까지 드넓은 백사장이 펼쳐져 있었다. 『현산어보』에는 모래밭에 서식하는 생물들이 꽤 많이 등장한다. 사리의 모래밭은 그러한 생물들이 살아가기에 충분하지 않았다. 정약전이 우이도에서 꽤 오랫동안 머물렀고, 우이도가 흑산도로 불리기도 했다는 점을 생각하면 우이도에 서식하는 생물들도 충분히 『현산어보』의 주인공이 될 수 있었으리라 여겨진다.*

키잇키잇 하는 날카로운 울음소리가 하늘에서 들려왔다. 검은 그림자 하나가 공중에 점이라도 된 듯 붙박혀 있었다. 황조롱이였다. 낯선 방문객을 경계하는 것일까? 땅바닥 쪽으로 급히 내려오더니 뭔가를 채는 듯 하다가 다시 전봇대 위로 올라앉는다. 황조롱이가 앉은 전봇대 쪽으로 다가가니 조그만 개울이 나타났다. 위쪽은 거의 말라붙었지만 아래쪽에는 물이 꽤 많이 고여 있었다. 겨울이라 그런지 물 속에서는 어떤 움직임도 느껴지지 않았다.

---

* 일반적으로 『현산어보』가 흑산도에서 집필되었다고 생각하지만 우이도에서 일부 내용이 집필되었거나 자료 수집 과정이 있었을 가능성도 전혀 배제할 수 없다.

해변 왼쪽 선착장 주변부터 살펴보기로 했다. 선착장 쪽으로 가는 동안 대복 껍질이 많이 널려 있었고 보말고둥이나 비단고둥 같은 흔한 고둥류의 껍질들도 여기저기 흩어져 있었다. 선착장 석벽과 주변의 바위에는 조그만 굴과 고랑따개비, 조무래기따개비, 검은큰따개비, 말미잘, 거북손, 털군부, 줄군부, 총알고둥, 대수리, 맵사리 등이 붙어 있었다. 사리에서 나타나지 않았던 눈알고둥이 돈목에서는 총알고둥 다음으로 흔하다는 사실이 특기할 만했다. 무심코 내려다 본 조수웅덩이 속에서 구슬우렁이의 빈 껍질을 둘러 쓴 집게 한 마리를 발견했다. 몸을 뒤뚱거리며 급하게 걸어 다니는 품이 뭔가 심상치 않은 일이라도 생긴 듯하다. 시간을 더 지체하면 물때를 놓칠 것 같아 그만 몸을 일으켰다.

● **돈목 해수욕장** 선착장부터 멀리 보이는 모래산까지 드넓은 백사장이 펼쳐져 있었다.

무자비한 살육자

골뱅이

사리 후 며칠 지나지 않은 때라 물이 상당히 멀리까지 빠져 있었다. 돈목 해수욕장은 여름철이면 제법 많은 피서객들이 몰려드는 우이도 최대의 해수욕장이다. 모래등 너머로 울창한 해송 숲이 해변을 아늑하게 감싸고, 숲을 지나온 시원한 물줄기가 백사장 곳곳에 작은 개울을 이루며 바다로 흘러들어 멋진 풍광을 연출한다. 그러나 무엇보다도 드넓게 펼쳐진 모래밭 자체가 이곳의 가장 큰 자랑거리다. 우선 보기에 시원할 뿐 아니라 모래 알갱이가 고와서 발이 푹푹 빠지는 일도 없다. 발바닥에 닿는 모래의 감촉을 맘껏 즐기며 발걸음을 옮겼다.

파도가 닿는 끝자락에는 조개껍질이 잔뜩 밀려 있었다. 가장 흔한 것은 이곳에서 모시조개 혹은 꽃조개라고 부르는 대복의 껍질이었다. 그런데 수없이 굴러다니는 대복의 껍질에는 한 가지 공통점이 있었다. 한결같이 조그맣고 동그란 구멍이 뚫려 있었던 것이다. 어느 해 겨울인가 동해안을 따라 올라가는 여행을 한 적

● **구멍 뚫린 조개껍질** 수없이 굴러다니는 대복의 껍질에는 한 가지 공통점이 있었다. 한결같이 조그맣고 동그란 구멍이 뚫려 있었던 것이다.(사진은 동죽)

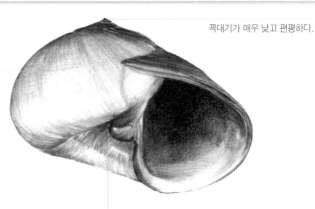

꼭대기가 매우 낮고 편평하다.

몸빛깔은 짙은 황갈색이며
아래로 갈수록 옅어져서
회백색으로 된다.

껍질은 반구형이며 매끄럽다.

배꼽 모양의 구멍이 있다.

이 있었다. 그때도 해변에 흩어져 있는 조개껍질들에 구멍이 뚫려 있는 것을 보고 의아해했던 기억이 난다. 구멍의 크기가 일정한 데다 모양이 완벽한 원형을 이루고 있어 조개목걸이를 만들기 위해 드릴로 뚫어놓은 것이 아닌가 하는 생각도 들었지만* 인공적이라고 하기에는 그 수가 너무 많았다. 꽤 시간이 흐른 후에야 이 구멍이 큰구슬우렁이나 그 밖의 육식성 고둥류가 먹이를 사냥한 흔적이라는 사실을 알게 되었다. 이들은 조개껍질 표면에 산성물질을 분비한 후 치설이라는 이빨로 잘게 긁어서 구멍을 뚫고 살을 빼먹는데, 특히 큰구슬우렁이는 엄청난 양의 조개를 잡아먹어 패류양식업자들이 가장 싫어하는 생물 중의 하나로 손꼽힌다.

　흑산도의 사리해변에서도 큰구슬우렁이의 껍질을 발견할 수 있었다. 박도순 씨는 마을 앞에서 그물을 끌면 큰구슬우렁이가 잡힌다고 알려주었다.

● 큰구슬우렁이 *Glossaulax didyma didyma* (Röding)

* 고고학자들 중에서도 이 구멍을 선사시대 사람들이 장식품을 만들기 위해 뚫은 것으로 생각한 이들이 많았다고 한다.

"이거 끌빵으로 끌면 나와요. 일반 고둥보다 살이 아주 푸지제."

박화진 씨는 큰구슬우렁이를 모래고둥이라고 불렀다. 사는 곳을 고려해서 붙인 이름일 터이다. 도초도에서 만나 함께 배를 타고 온 사람은 지난 여름 돈목을 찾았을 때 해변에 골뱅이가 무수히 널려 있었다고 말했다. 이 골뱅이가 바로 큰구슬우렁이다. 그리고 『현산어보』에 등장하는 '평봉라'도 큰구슬우렁이를 설명해놓은 것이 분명해 보인다.

[평봉라平峯螺]

큰 놈은 지름과 높이가 모두 두세 치 정도이다. 꼬리 쪽의 봉우리(尾峯)는 편평하다. 나선골은 점차 넓어지면서 돌아나가는데 그 횟수는 세 바퀴 정도에 불과하다. 각 나선층의 높이가 급속히 증가하므로 머리 쪽 기슭(頭麓) 부분이 매우 커지게 된다. 나선골은 매끄럽고 완만하며 돌기 같은 것도 발달해 있지 않다. 껍질의 바깥쪽은 황청색이지만 안쪽은 청백색이다. 얕은 물가에서 서식하며 모래를 파고들어 몸을 숨긴다.

큰구슬우렁이는 이름처럼 둥글고 매끄러운 겉모습을 하고 있다. 껍질 아래쪽에는 구멍이 하나 패어 있는데, 이것이 마치 사람의 배꼽처럼 보인다고 해서 서해안 여러 지역에서는 큰구슬우렁이를 배꼽고둥이나 배꼽골뱅이라고 부르기도 한다. 큰구슬우렁이의 또 다른 특징은 나사탑의 각 층이 매우 낮아서 여느 고둥들과는 달리 꼭대기가 편평해 보인다는 점이다.

● 큰구슬우렁이의 배꼽 큰구슬우렁이는 이름처럼 둥글고 매끄러운 겉모습을 하고 있다. 껍질 아래쪽에는 구멍이 하나 패어 있는데, 이것이 마치 사람의 배꼽처럼 보인다고 해서 서해안 여러 지역에서는 큰구슬우렁이를 배꼽고둥이나 배꼽골뱅이라고 부르기도 한다.

※ 우리가 먹는 골뱅이도 대부분 큰구슬우렁이로 만든 것이다.

정약전이 이 항목의 표제어를 평봉라로 정한 것도 바로 이 때문이다.

정약전은 평봉라가 얕은 곳에서 서식하며 모래를 파고들어 몸을 숨긴다고 했다. 실제로 큰구슬우렁이는 얕은 물 속에서 살아가며, 낮 동안 모래에 파묻혀 있다가 밤이 되면 활발하게 활동하는 습성이 있다. 큰구슬우렁이의 몸 구조는 모래가 많은 환경에 잘 적응되어 있다. 매끈한 껍질은 마찰력을 줄여주고, 두텁게 발달한 발 근육은 순식간에 모래를 파내어 몸을 숨길 수 있게 한다. 모래 위에서 이동할 때는 발근육을 몸 밖으로 내어 껍질을 거의 둘러싸다시피 하고 움직이는데 꽤 빠른 속도를 낸다.

몇 년 전 천리포에서 있었던 일이다. 해변을 거닐다가 이상한 물체를 발견했다. 연질의 매끄러운 플라스틱 같은 재료로 만들어졌는데, 천장이 뚫린 밀짚모자 형태였고 직경은 20센티미터 안팎이었다. 모래 속에 파묻힌 것도 있고, 파도에 떠밀려 아무렇게나 나뒹구는 것도 있었다. 처음에는 그냥 어느 공장에서 나온 폐기물이 아닐까 생각했다. 그런데 수가 너무 많았다. 이상한 생각이 들어 하나를 주워 들고 자세히 살펴보았다. 표면이 매끄러운 것이 이상했지만 아무리 봐도 모래알갱이로 만든 것이 분명했다. 사람이 만든 것은 아닌 듯하고 어떤 생물이 만든 것 같긴 한데 짐작되는 종류가 없었다. 숙소로 돌아와서 무척추동물학 책을 뒤져보았지만 원하는 내용을 찾아내지는 못했다. 그 이상한 모자의 정체를 알아낸 것은 다음날 후배들의 고둥 분류를 도와주고 있을 때였다. 패류도감을 뒤적이다가 똑같은 사진을 발견했던 것이다. 순간 탄성이 절

● **큰구슬우렁이의 알집** 큰구슬우렁이는 알과 모래를 점액과 섞어 모자처럼 생긴 알집을 만들어 낸다.

로 흘러나왔다. 그것은 다름 아닌 큰구슬우렁이의 알집이었다. 사진 아래쪽에는 큰구슬우렁이가 알과 모래를 점액과 섞어 모자처럼 생긴 알집을 만들어낸다는 설명이 나와 있었다. 내친 김에 어떤 구조로 되어 있나 살펴보기로 했다. 조각을 약간 떼어낸 다음 핀셋으로 잘게 분리하여 현미경으로 들여다보았다. 각진 모래알 사이에서 나타난 것은 동글동글 귀엽게 생긴 투명한 빛깔의 알이었다. 정약전은 모래모자에 대해 별다른 언급을 하지 않았다. 그도 분명히 이것을 보았을 텐데 어떤 생각을 했을지 궁금해진다.

해변의 작은 난폭자들

물고기가 한 마리 밀려 있었다. 풀망둑의 사체였다. 그냥 지나치려는데 뭔가 꼼지락거리는 것이 보였다. 허리를 굽혀 자세히 살펴보았더니 과연 풀망둑 주변에 뭔가 있었다. 갯가톡톡벌레 몇 마리가 옆으로 누워 이리저리 헤엄치고 있었던 것이다. 갑자기 파도가 밀려왔다. 그런데 물살이 풀망둑을 건드리자마자 놀라운 일이 벌어졌다. 어디에서 나타났는지 갑자기 수십 마리도 넘는 어리모래무지벌레들이 잔뜩 몰려와 어지럽게 쏘다니기 시작했다. 파도가 밀려갈 때마다 황급히 모래 속으로 파고드는 모습이 이름과 잘 어울렸다. 자세히 살펴보기 위해 허리를 굽혔을 때 풀망둑의 몸에 난 상처에 머리를 틀어박고 있는 녀석들을 찾아낼 수 있었다. 정약전이 말한 해조의 정체가 밝혀지는 순간이었다.

● **풀망둑의 사체** 물고기가 한 마리 밀려 있었다. 풀망둑의 사체였다. 그냥 지나치려는데 뭔가 꼼지락거리는 것이 보였다. 허리를 굽혀 자세히 살펴보았더니 과연 풀망둑 주변에 뭔가 있었다.

잡류雜類

해충海蟲

[해조海蛋]

크기는 밥알만 하고 잘 뛴다. 새우와 비슷하게 생겼지만 수염이 없다. 항상 물 밑바닥에 있다가 죽은 물고기를 보면 그 뱃속으로 들어가 고깃살을 뜯어먹는다.

정석조의 『상해 자산어보』에서는 해조를 바다개똥벌레로 보고 있다. 바다개똥벌레는 갑각류에 속하며 길이가 2~3밀리미터 정도 되는 작은 부유생물이다. 낮 동안에는 모래 속에 파묻혀 있다가 밤이 되면 활동을 시작하는데, 특히 죽은 물고기를 좋아하므로 생선이나 어육을 물 속에 30분 정도 넣었다 꺼내는 방법으로 쉽게 채집할 수 있다. 바다개똥벌레는 여러 가지 면에서 해조와 일치하는 특징들을 보인다. 그러나 문제는 바다개똥벌레의 크기가 너무 작다는 점이다. 기껏해야 1~2밀리미터에 지나지 않는 바다개똥벌레를 밥알에 비유한다는 것은 아무래도 무리가 아닐 수 없다.

내가 본문을 읽고 가장 먼저 떠올린 생물은 갯가톡톡벌레였다.

몸은 옆으로 납작하며
새우처럼 굽어 있다.

몸빛깔은 잿빛을 띤
갈색이다.

몸 뒤쪽의 다리를 사용해서
벼룩처럼 톡톡 튄다.

● 갯가톡톡벌레 *Orchestia platensis*

* 개똥벌레라는 이름은 입 주변에 있는 발광선에서 분비하는 발광물질로 희미한 빛을 낸다는 사실에서 유래한 것이다.

갯가톡톡벌레는 갑각류의 일종으로 하조선 근처의 해조류가 많은 곳, 조간대의 돌 밑이나 해조류 사이, 고조선 근처의 모래 속 등을 가리지 않고 살아가며 물고기들의 먹이로서 매우 중요한 역할을 하는 생물이다. 갯가톡톡벌레의 크기와 형태는 정약전의 설명과 거의 일치한다. 벼룩처럼 톡톡 잘 튀어오르는 습성 역시 해조海蚤(바다의 벼룩)라는 이름과 잘 어울린다.[*] 모든 면에서 갯가톡톡벌레는 해조의 후보로 손색이 없어 보인다. 그러나 사실 여기에도 문제점이 전혀 없는 것은 아니다. 물고기를 뜯어먹는 습성이 있다는 본문의 설명과는 달리 갯가톡톡벌레의 주식은 물고기의 시체가 아니라 해변에 떠돌아다니는 해조류이기 때문이다.[**] 대체 어찌된 일일까? 생각이 여기에 이르자 다시 한 생물의 이름이 떠올랐다.

천리포에서 플랑크톤을 채집하고 있을 때의 일이다. 플랑크톤 그물을 끌던[***] 후배가 플랑크톤이 잘 모이지 않는다며 도움을 청해왔다. 그물을 건네 받고 시범을 보이려는데 따라오던 후배가 갑자기 비명을 질렀다.

"형, 물 속에 뭐가 있어. 자꾸 물어."

"모기 아냐?"

"정말 물 속에서 문다니까."

"에이. 모기한테 물렸던 게 물 속에 들어가니까 따가운 거야."

그런데 내가 물 속으로 직접 들어가 플랑크톤 그물을 끌다보니 정말 뭔가 다리를 따끔따끔하게 무는 느낌이 왔다.

"형, 형은 안 물어?"

---

[*] 갯가톡톡벌레라는 이름 자체가 갯가에서 톡톡거리며 잘 뛰어다닌다는 뜻에서 붙여진 것이다.

[**] 풀망둑의 사체를 뜯어먹고 있던 놈들도 갯가톡톡벌레가 아니라 어리모래무지벌레였다.

[***] 가느다란 그물망 끝에 채집병을 매달고 바다 속에서 한참동안 끌면 플랑크톤이 농축된 상태로 모이게 된다.

"응. 정말이네. 정말 뭐가 있나?"

손으로 다리를 더듬던 후배가 갑자기 잡았다고 소리치며 뭔가를 내밀었다. 후배의 손바닥 위에는 밥알만 한 생물 하나가 놓여 있었다. 어리모래무지벌레였다.

어리모래무지벌레는 등각목等脚目 모래무지벌레과에 속하는 갑각류다. 쥐며느리와 비슷한 체형을 하고 있으며,* 몸길이는 1센티미터 안팎이다. 가늘고 긴 가슴다리는 걷는 데 쓰이고, 넓적한 배다리는 헤엄치는 데 쓰인다. 모래 속에 몸을 파묻기를 좋아한다. 어리모래무지벌레는 사람의 다리를 물어뜯을 만큼 강한 육식성을 보이며, 특히 동물의 시체나 썩은 고기에 잘 모여든다. 바다에서 밤낚시를 할 때 그물망에 넣어둔 물고기가 밤새 뼈와 가죽만 남는 일이 있는데, 이것도 대개는 어리모래무지벌레의 짓이다. 경남 거제도 앞의 작은 섬 연대도에서 어리모래무지벌레의 엄청난 식성을 직접 목격한 일이 있다. 살이 잔뜩 오른 보리멸을 몇 마리 낚아 물가에서 손질하고 있는데, 어리모래무지벌레 몇 마리가 서성이고 있는 모습이 눈에 띄었다. 회를 뜨고 남은 머리와 뼈 부분을 물 속에 던져주었더니 순식간에 수백 마리의 대군이 떼거지로 몰려들어 남아 있

몸빛깔은 잿빛을 띤 갈색이며 몸은 아래위로 납작하다.

등껍질 중앙이 불룩하게 부풀어 있다.

가슴다리는 가늘고, 걷는 데 쓰이지만 배다리는 넓적하여 헤엄치는 데 쓰인다.

● 어리모래무지벌레 *Cirolana thielemanni*

* 쥐며느리도 어리모래무지벌레와 같은 등각목이다.

는 살점을 게걸스럽게 뜯어먹기 시작했다. 물 속에 발을 담그기가 싫어질 만큼 섬뜩한 광경이었다.

어리모래무지벌레는 크기와 형태, 죽은 물고기를 좋아하는 식성까지 해조의 특징과 정확히 일치한다. 그렇다면 해조의 정체가 완전히 밝혀진 것일까? 이번에는 반대로 '잘 뛴다'라고 한 본문의 구절이 문제가 된다. 어리모래무지벌레는 갯가톡톡벌레와는 달리 톡톡 튀어오르는 습성이 없기 때문이다. 결국 두 종류 모두 해조의 후보로는 한 가지씩 결격사유를 가진 셈이 된다. PC통신상에서 나눈 함성주 씨와의 대화가 이 문제에 대한 실마리를 제공해 주었다.

"개강수도 있는데 육식성 동물 맞지요?"

"갯강구 말씀하시는 것 아닙니까? 바퀴벌레같이 생긴 것."

"아뇨. 우린 그걸 방구라고 부릅니다. 이건 쥐며느리같이 생겼죠. 오그리면 동그랗게 말리지요. 개강수는 바닷가에 밀린 시체를 먹고 삽니다."

"바닷물에 살아요? 크기는요?"

"예. 우리 지수(함성주씨의 딸) 새끼손톱만 합니다."

"네. 옆새우 종류를 말씀하시는 것 같네요."

"개강수는 수영할 때 사람 몸에 붙어서 살을 뜯어먹기도 합니다."

"뜯어먹는다는 건 속설 아닐까요?"

"아뇨. 피가 납니다. 많이 뜯기는 걸요. 저도 그거 무지 싫어했습니다."*

"아. 뭔지 알겠습니다. 그게 정말 아프더라구요. 그런데 그 개강수라고 부

---

* 우이도의 박화진 씨 역시 어리모래무지벌레가 사람을 무는 벌레임을 강조했다. "고니. 고니라고 하지라. 고기가 밀리면 많이 붙어 있어라. 사람을 물어요. 따끔따끔하제. 여름에 물 따뜻할 때 많은데 도시애들은 놀래요."

르는 것이 정확히 어떻게 생겼나요. 위에서 봤을 때 약간 납작한 편인가요, 홀쭉한 편인가요?"

"제가 아는 종류는 두 가지입니다. 하나는 볼록하고 위에서 보면 좁습니다. 그리고 하나는 전에 말씀드렸듯이 쥐며느리의 체형과 거의 비슷합니다."

"둘 다 개강수인가요? 둘 다 물어요?"

"네. 둘 다 육식입니다."

"불룩한 거 혹시 옆으로 누워서 다니지 않나요?"

"모래 파고 들어갈 때는요. 얕은 물에서 헤엄칠 때도 옆으로 헤엄치구요."

함성주 씨는 갯가톡톡벌레와 어리모래무지벌레의 형태를 분명히 구별하면서도 이들을 같은 이름으로 부르고 있었다. 또한 사람을 잘 깨무는 습성도 두 종류에 공통된 것으로 착각하고 있었다. 박도순 씨도 마찬가지였다.

"고기 시체 뜯어먹는 것들 있지라. 죽어 떠다니는 고기, 썩은 고기에 많이 붙어 있더만. 톡톡 튀지. 그래서 우리는 뗏배룩이라고 불러요."

그렇다면 정약전도 이들을 한 종류의 생물로 잘못 알고 있었던 것은 아닐까? 갯가톡톡벌레와 어리모래무지벌레는 크기가 작은 데다 생김새나 사는 곳도 비슷하여 구별하기가 매우 까다롭다.＊ 결국 정약전이 말한 해조는 물고기 시체에 몰려드는 어리모래무지벌레와 톡톡 뛰어 다니는 갯가톡톡벌레의 이미지가 겹쳐져서 만들어진 가공의 생물로 보아야 할 것 같다.

＊ 두 종류 모두 경제적으로 중요한 생물이 아니었기에 애초에 구별할 필요가 없었던 것인지도 모른다.

거머리말의 기억

뭔가 새로운 것이 없나 하고 주위를 살피는데 모래 위로 삐죽하니 고개를 내밀고 서 있는 낯익은 형체들이 눈에 들어왔다. 털보집갯지렁이의 집이었다. 털보집갯지렁이는 조간대의 모래밭에 조개껍질이나 자갈, 고둥 등의 잡다한 재료들을 모아 대롱 모양의 집을 짓고 살아가는 습성이 있다. 털보집갯지렁이가 지어놓은 집 중에는 어울리지 않게 기다란 거머리말의 잎을 붙여 놓은 것도 있었다. 그러나 특별한 의도를 숨긴 행동은 아닐 것이다. 털보집갯지렁이는 본래부터 무엇이든 집에 갖다 붙이길 좋아하는 족속들이기 때문이다. 또 이곳에서 거머리말은 너무나도 흔한 재료였다. 곳곳에 널브러져 있는 거머리말 잎사귀들을 보면 주변 어딘가에 커다란 거머리말의 군락이 자리잡고 있는 모양이다. 정약전은 거머리말을 녹조대라는 이름으로 소개하고 있다.

● **거머리말로 만든 털보집갯지렁이의 서관** 뭔가 새로운 것이 없나 하고 주위를 살피는데 모래 위로 삐죽하니 고개를 내밀고 서 있는 낯익은 형체들이 눈에 들어왔다. 털보집갯지렁이의 집이었다. 털보집갯지렁이는 조간대의 모래밭에 조개껍질이나 자갈, 고둥 등의 잡다한 재료들을 모아 대롱 모양의 집을 짓고 살아가는 습성이 있다.

[녹조대綠條帶 속명 진질眞叱]

뿌리[根]는 대나무와 같다. 뿌리에서 마디[節]가 있는 줄기[莖] 하나가 올라온다. 추위가 시작될 즈음 마디에서 잎이 두 장 돋아난다. 잎의 넓이는 8～9푼인데 아래부터 위까지 폭이 일정하다. 봄이 되면 시들기 시작하고 가을이 되면 완전히 시들어 떨어지는데 다음 마디에서 또 잎이 나온다. 해마다 이러한 과정을 반복하게 된다. 잎은 수면에 떠서 가지런히 퍼져 있다.

몇 년을 묵으면 줄기에서 끈이나 띠[條帶]처럼 생긴 가지[枝]가 나온다. 다소 편평한 모양이고 아래쪽이 넓지도 위가 뾰족하지도 않다. 마디는 울퉁불퉁하거나 모지지 않은데, 이곳에서 잎이 생겨난다. 끝마디는 풍성하게 갈라지며 길이는 한 자 정도이다. 그 위쪽에 난 잎은 중간에 줄기가 있고 끝 가까이에 이삭이 달려 있는 모습이 창포를 닮았다. 열매는 쌀알과 비슷하다. 줄기의 빛깔은 청백색이며 잎의 빛깔은 청록색인데 모두 곱게 윤기가 도는 것이 보기에 좋다. 그 길이는 물의 깊이에 따라 달라서 일정하지 않다. 모래와 뻘이 섞인 땅에서 번식한다.

잎 사이의 줄기는 맛이 달다. 풍랑이 있을 때마다 떨어진 잎이 물가에 밀리는데 이것으로 밭에 거름을 한다. 또한 잎을 불에 태워 재를 만들고 바닷물을 뿌려서 거르면 소금을 만들 수도 있다. 잎이 시들어 떨어지면 한 장의 흰 종이처럼 되는데 밝고 깨끗한 것이 매우 보기에 좋다. 여기에 풀[糊]과 닥나무를 섞어서 종이를 만든다면 좋을 것 같다는 생각이 든다. 그러나 아직 실험해보지는 못했다.

거머리말은 내 기억 속에 그리 좋은 인상으로 남아 있지 않다. 물결에 따

● 기분 나쁜 거머리말 군락 거머리말은 내 기억 속에 그리 좋은 인상으로 남아 있지 않다. 물결에 따라 너울거리는 기다란 잎을 보면 언제나 섬뜩한 느낌이 들었고, 헤엄을 치다가 살짝 닿기라도 하면 슬그머니 감겨오는 잎줄기가 내 몸을 물 속 깊은 곳으로 끌어당길 것만 같아 소스라치게 놀라 달아나곤 했다.

라 너울거리는 기다란 잎을 보면 언제나 섬뜩한 느낌이 들었고, 헤엄을 치다가 살짝 닿기라도 하면 슬그머니 감겨오는 잎줄기가 내 몸을 물 속 깊은 곳으로 끌어당길 것만 같아 소스라치게 놀라 달아나곤 했다. 그러나 정약전에게는 거머리말이 단지 학문적인 관찰대상이요, 백성들의 삶을 풍요롭게 할 천연자원으로만 느껴졌던 모양이다. 정약전은 일체의 감상적인 내용을 배제한 채 거머리말의 겉모습과 생태적 특성, 쓰임새를 객관적인 시선으로 담담하게 묘사하고 있다.

거머리말은 여러해살이 해초로 굵은 땅속줄기*를 옆으로 뻗치면서 자란다. 땅속줄기에는 마디가 잘 발달해 있는데, 각 마디의 아래쪽에서는 정약전이 대나무에 비유한 수염뿌리가, 위쪽에서는 길다란 잎깍지에 둘러싸인 잎이 돋아난다. 거머리말의 잎은 짙푸른 빛깔에 윤기까지 돌아서 꽤 볼 만한데, 가장자리가 밋밋하고 아래부터 위쪽까지의 너비가 일정한 것이 특징이다. 잎의 너비와 길이는 장소와 환경에 따라 다양한 변이를 보인다.

● **거머리말 군락** 거머리말은 여러해살이 해초로 굵은 땅속줄기를 옆으로 뻗치면서 자란다.

＊ 땅속줄기는 땅속에 묻혀 있는 줄기로, 마디에서 뿌리를 내어 몸체를 바닥에 고정시키는 역할을 한다.

해조가 아닌 해초

거머리말이 해조류인지 초본류인지 궁금해했던 적이 있다. 미역이나 다시마처럼 미끌미끌하지도 않고, 잎도 보통 외떡잎식물과 같은 나란히맥이어서 바다에서 나는 잡초인가 하는 생각이 들다가도 다른 해조류들 틈에서 무성하게 자라난 모습을 보면 또 영락없는 해조류였다. 그러다 대학에 들어와 두 번째 맞는 여름, 천리포의 거머리말숲에서 무성한 잎들 사이로 조그맣게 모습을 드러낸 꽃이삭을 보았을 때 비로소 거머리말이 해조류가 아니라 여느 잡초와 다름없는 종자식물*이라는 사실을 알 수 있었다.

거머리말은 봄에서 초여름 사이에 꽃을 피운다. 거머리말의 꽃은 잎집 속에 꼭꼭 숨겨져 있기 때문에 어릴 때부터 거머리말을 보고 자란 사람들 중에서도 거머리말에 꽃이 핀다는 사실을 알지 못하는 이들이 많다. 그러나 정약전의 예리한 시선은 이를 놓치지 않았다. 거머리말의 꽃을 발견했을 뿐만 아니라 이삭 모양의 꽃차례와 열매 하나하나의 모양까지 세밀하게 관찰했다. 본문에서 정약전이 묘사해 놓은 내용은 실제 거머리말의 모습과 정확

◉ 거머리말의 표본

※ 꽃을 피우고 열매를 맺는 현화식물顯花植物

ⓒ 이상용

가장자리는 밋밋하다.

위아래의 너비는 일정하며 서식 장소에 따라
5.5~13밀리미터 정도의 변이를 보인다.

잎 표면은 매끄럽고 윤기가 돌며,
짙푸른 빛깔을 띤다.

5~11개 정도의 잎맥이 평행하게 달리며 서로가 연
결되어 거미줄 모양의 무늬를 이룬다.

잎깍지가 잎을 둘러싸고 있다.

굵은 땅속줄기에서
수염 모양의 뿌리가 내린다.

● 거머리말 *Zostera marina* Linnaeus

히 일치하고 있다.*

성숙한 거머리말은 땅속줄기에서 잎과 꽃차례가 달리는 기다란 가지를
내어올린다. 정약전이 말한 '끈이나 띠처럼 생긴 가지'가 바로 이것이다.
가지의 모양도 본문의 설명 그대로다. 납작하고 마디가 긴 가지는 여러 차
례 갈라지면서 잎이나 꽃차례를 만들어내는데, 특히 위쪽에서 가지가 많이

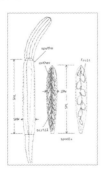

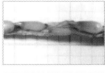

● 거머리말의 꽃차례 긴 가지의 위쪽에서 쌀알과 같은
열매를 맺는 꽃차례가 나온다.

* 이처럼 세밀한 묘사를 위해서는 여러 차례의 관찰
경험이 필요했을 것이다. 손발을 걷고 바다에 들어가
허리를 굽힌 채 이삭을 들여다보고 있는 그의 모습이
생생하게 그려진다.

© 이상용

갈라져 아래쪽보다 훨씬 풍성한 느낌을 준다. 쌀알 같은 열매를 맺는 꽃차례도 여기에서 나온다. 정약전은 거머리말의 꽃차례가 창포를 닮았다고 묘사했다. 거머리말의 꽃차례는 잎깍지가 길쭉하게 생긴 꽃이삭을 둘러싸고 그 위쪽이 다시 잎처럼 길게 연장된 구조로 되어 있다. 창포의 경우에도 역시 길쭉한 꽃이삭이 잎처럼 생긴 꽃줄기 중간에 달려 있어 과연 거머리말과 비슷한 느낌을 준다.

우리 나라 연안에는 거머리말, 왕거머리말, 수거머리말, 포기거머리말, 애기거머리말, 새우말, 게바다말 등 총 7종의 거머리말과 식물들이 서식하고 있다. 정약전은 거머리말이 분명한 녹조대 외에 2종류의 거머리말과 식물을 더 기록해 놓고 있는데, 이 중 단록대는 애기거머리말을 말한 것으로 보인다.

[단록대短綠帶 속명 모진질慕眞叱]

녹조대를 닮았으나 줄기가 없다. 간혹 줄기가 있는 놈도 있지만 포루布縷 처럼 가늘다. 길이는 한 자 정도에 불과하다. 잎은 약간 좁고 단단하며 열매는 없다. 얕은 물에서 번식한다.

단록대라는 이름이나 녹조대를 닮았다고 한 본문의 설명은 애기거머리말의 특성과 정확히 일치한다. 애기거머리말은 전체적인 모습이 거머리말과 비슷하게 생겼지만 크기가 작아서 마치 거머리말의 축소형인 것처럼 보인

● **창포의 꽃이삭** 정약전은 거머리말의 꽃차례가 창포를 닮았다고 묘사했다. 거머리말의 꽃차례는 잎깍지가 길쭉하게 생긴 꽃이삭을 둘러싸고 그 위쪽이 다시 잎처럼 길게 연장된 구조로 되어 있다. 창포의 경우에도 역시 길쭉한 꽃이삭이 잎처럼 생긴 꽃줄기 중간에 달려 있어 과연 거머리말과 비슷한 느낌을 준다.
＊ 거머리말을 창포에 비유한 것은 적절한 선택이었다. 거머리말과 창포는 꽃의 구조뿐만 아니라 잎의 빛깔과 모양까지 매우 비슷한 느낌을 주기 때문이다. 또한 창포의 옛이름이 잘피(거머리말의 방언)라는 사실도 시사하는 바가 크다. 예로부터 사람들은 거머리말과 창포의 이러한 유사성을 눈치채고 있었던 것이다.
＊＊ 옛날 세금으로 징수하던 베나 곤 실

다.[*] 애기거머리말이라는 이름도 이 때문에 붙여진 것이다.

나머지 설명들도 애기거머리말을 묘사한 것으로 보면 무리가 없다. 애기거머리말은 거머리말과 마찬가지로 옆으로 뻗는 땅속줄기를 가지는 경우가 많다. 그러나 장소에 따라 땅속줄기가 제대로 발달하지 않은 개체도 가끔 발견되는데, 정약전은 이를 '간혹 줄기가 있는 놈도 있다' 라고 표현했다. 단록대가 얕은 물에서 번식한다고 한 말도 애기거머리말의 생태적 습성과 잘 들어맞는다. 실제로 애기거머리말은 썰물 때 물 밖으로 몸체가 드러날 정도로 수심이 얕은 곳에서 주로 서식한다. 애기거머리말과 거머리말이 함께 서식하는 곳에서는 이러한 사실을 더욱 분명하게 확인할 수 있다. 애기거머리말은 거머리말보다 육지 쪽으로 훨씬 가까운 곳에서 자라므로 띠 모양의 뚜렷한 대상구조를 이루게 된다. 한 가지 이상한 점은 단록대에 열매가 없다고 주장한 부분이다. 애기거머리말은 5월에서 7월 사이에 꽃을 피운다. 꽃이 피면 열매도 맺기 마련이다. 아마도 애기거머리말의 꽃이삭이 워낙 작은 데다 뿌리 근처에 위치하고 있어 미처 발견하지 못한 것인지도 모르겠다.

성촌 넘어가는 갯바위 부근의 조수웅덩이나 파도가 직접 부딪치는 곳에서도 거머리말 종류가 무성하게 우거져 있는 모습을 관찰할 수 있었다. 게바다말의 군락이었다.

●게바다말 군락 성촌 넘어가는 갯바위 부근의 조수웅덩이나 파도가 직접 부딪치는 곳에서도 거머리말 종류가 무성하게 우거져 있는 모습을 관찰할 수 있었다. 게바다말의 군락이었다. 정약전은 이 종을 석조대라는 이름으로 기록하고 있다.

* 애기거머리말의 잎은 너비 2밀리미터 안팎, 길이 10~40센티미터 정도에 불과하다.

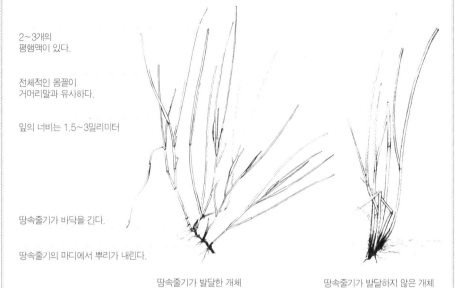

2~3개의
평행맥이 있다.

전체적인 몸꼴이
거머리말과 유사하다.

잎의 너비는 1.5~3밀리미터

땅속줄기가 바닥을 긴다.

땅속줄기의 마디에서 뿌리가 내린다.

땅속줄기가 발달한 개체   땅속줄기가 발달하지 않은 개체

◉ **애기거머리말** *Zostera japonica* Ascherson and Graebner

정약전은 이 종을 석조대라는 이름으로 기록하고 있다.

[석조대石條帶 속명 고진질古眞叱]

잎이 부추처럼 가늘고 길이는 너댓 자에 이른다. 열매가 없고 미역이 자라는 곳에 함께 섞여 자란다. 말려서 엮으면 부드럽고 질겨 지붕을 덮을 수 있다.

석조대는 바위 위에서 자라는 게바다말의 특성을 잘 보여주는 이름이다.

◉ **게바다말의 땅속줄기** 게바다말은 땅속줄기가 있지만 마디 사이가 짧아서 거머리말이나 애기거머리말과는 달리 잎과 뿌리가 한데 뭉쳐난 것처럼 보인다.

본문의 설명도 간결하지만 비교적 정확한 정보를 담고 있다. 게바다말의 모양이나 빛깔은 부추를 꼭 빼닮아서 전을 부쳐먹고 싶은 기분이 들 정도다. 잎의 재질은 꽤 질긴 편이어서 지붕을 이을 만하며, 길이도 너댓 자(80~100센티미터) 정도면 실제의 길이에 가깝다고 볼 수 있다.

게바다말은 땅속줄기가 있지만 마디 사이가 짧아서 거머리말이나 애기거머리말과는 달리 잎과 뿌리가 한데 뭉쳐난 것처럼 보인다. 3~5월경이면 이 땅속줄기에서 짤막한 꽃줄기가 올라오며, 5~6월경 열매를 맺는다. 열매가 없다고 말한 것은 정약전의 실수인 것 같다. 애기거머리말과 마찬가지로 게바다말의 꽃과 열매는 작고 뿌리 근처에 숨어 있어서 찾아내기가 쉽지 않기 때문이다.

잎 가장자리에 미세한 톱니가 나 있다.

잎은 너비가 2~3밀리미터로
부추잎처럼 생겼지만 훨씬 질기고 단단하다.

 게바다말 *Phyllospadix japonicus*

잎이 잔뜩 뭉쳐서 난다.

뿌리는 바위에 잘 붙을 수 있도록 납작하게 변형되어 있다.

바다 속의 숲

정약전은 거머리말이 얕은 사니질 땅에서 번식한다고 했는데 정확한 지적이다. 거머리말이 제대로 살아가기 위해서는 뿌리를 내릴 수 있는 모래질의 땅이 필요하다. 이런 환경이 갖추어지면 땅속줄기를 이리저리 뻗쳐가며 끝간 데 없이 펼쳐진 군락을 형성하지만 모래가 없는 곳에서는 단 한 개체의 거머리말도 찾아보기 힘들다.

정약전이 유배생활을 했던 흑산도 사리 마을은 거머리말이 좋아하는 모래 땅이 잘 발달한 곳이다. 사리沙里라는 마을 이름도 모래가 많은 곳을 의미하는

모래미 마을을 한자로 옮긴 것이다. 그래서 정약전이 이곳에서 거머리말을 관찰한 것이 분명하며, 조금만 둘러보면 거머리말의 군락을 쉽게 발견할 수 있으리라 생각했다. 그러나 박도순 씨의 대답은 전혀 뜻밖의 것이었다.

◉거머리말의 서식처 거머리말은 얕은 사니질 땅에서 서식한다.

"우리는 진질이라고 부르지라. 사리에는 없소. 파도가 치니까 뿌리가 못 견뎌요."

해변 구석구석을 돌아다녔지만 박도순 씨의 말대로 거머리말은 단 한 개체도 발견되지 않았다.* 물가에 떠밀려온 조각이 있는 것으로 보아 마을 주변 어딘가에 거머리말이 자라고 있으리라는 확신은 들었지만 시간이 모자라는 관계로 확인해 보지는 못했다. 이영일 씨가 찍어 보내준 사진을 통해 흑산도에도 거머리말이 서식하고 있다는 사실을 알게 된 것은 몇 달이 지난 후의 일이었다. 물이 한껏 빠져나간 배낭기미 해수욕장 모래밭에는 거머리말이 큰 군락을 이루고 있었다.**

거머리말이 우거져 있는 바다숲을 진질밭, 혹은 잘피밭이라고 부른다. 잘피밭은 바다에서 숲이 하는 것과 같은 역할을 한다. 숲이 온갖 육상생물들의 삶터가 되는 것처럼 잘피밭은 수많은 바다생물들의 생활터전이 된다. 무성한 잘피밭은 작은 생물들이 조류에 휩쓸리지 않도록 도와주며, 잎 표면에 유기물들을 흡착시켜 이를 먹고사는 다양한 생물들을 부양한다. 잘피밭은 치어들의 천국이기도 하다. 수많은 물고기들이 장차 태어날 새끼들을 위해 숨을 곳이 많고 먹을 것을 찾기 쉬운 잘피밭에 알을 낳는다. 잘피밭은 바다의 에어스톤이다. 한낮 잘피밭 주변의 물 속은 거머리말이 광합성을 하면서 내놓은 산소방울들로 가득하다. 잘피밭에서 뿜어져 나오는 산소는 생물들의 호흡을 원활하게 하고 자정작용을 일으켜 수질을 정화시킨다.

잘피밭은 바다에 의지하여 살아가는 어민들에게도 큰 도움을 준다. 앞에

---

* 그러나 정약전이 거머리말을 관찰했던 곳이 사리 마을이었을 가능성을 완전히 배제할 수는 없다. 마을 사람들의 말을 들어보면 예전에는 사리 마을 앞 해변 모래밭이 지금보다 훨씬 넓게 발달해 있었다고 한다. 수심이 얕고 모래가 더욱 풍부하던 시절에는 이곳에도 거머리말이 자라고 있었을 가능성이 충분하다.
** 이영일 씨는 배를 타고 다니다 보면 배낭기미 외에도 흑산도 곳곳에서 거머리말의 군락을 만날 수 있다고 했다.

서도 말했듯이 많은 물고기들이 잘피밭을 산란장으로 이용한다. 어부들이 잡아올리는 물고기들의 상당수가 잘피밭에서 태어나고 자란 놈들이다. 거머리말의 땅속줄기는 섬마을 아이들이나 갯일에 지친 어른들의 훌륭한 간식거리가 되기도 한다. 질긴 껍질을 살며시 벗겨내면 속에서 하얀 고갱이가 나오는데 이것이 의외로 달큰하니 맛이 있다. 박도순 씨도 이런 사실을 잘 알고 있었다.

"진질 뿌리는 먹으면 달달하지라."

정약전은 풍랑에 떠밀려온 거머리말을 모아서 밭에 거름으로 쓴다고 했다. 거머리말은 봄철에 꽃을 피우고 가을이면 시들기 시작한다. 늦가을쯤부터 시들어 떠밀려온 거머리말의 잎을 모아서 말리면 훌륭한 거름이 된다. 지금이야 화학비료가 대종을 이루지만 비료를 구하기 힘들었던 옛사람들에게 거머리말의 잎은 서로 먼저 걷어가려고 다투어야 했을 정도로 소중한 자원이었다. 박도순 씨도 "바람 불어 물가로 모이면 똥 섞어 거름으로 썼제"라고 말하며 옛 기억을 되살렸다.

● **거머리말의 땅속줄기(위)** 거머리말의 땅속줄기는 섬마을 아이들이나 갯일에 지친 어른들의 훌륭한 간식거리가 되기도 한다.

● **해변으로 떠밀려 나온 거머리말(아래)** 거머리말은 봄철에 꽃을 피우고 가을이면 시들기 시작한다. 늦가을쯤부터 시들어 떠밀려온 거머리말의 잎을 모아서 말리면 훌륭한 거름이 된다.

※ 본문에 나온 '잎 사이의 줄기는 맛이 달다'라는 표현을 통해 정약전도 거머리말의 땅속줄기를 먹어보았음을 짐작할 수 있다.
※※ 거머리말은 다년초이므로 겨울에도 완전히 죽지는 않는다. 위에 있는 것은 죽지만 땅 쪽에 있는 부분은 살아 남아 다음해를 기다린다.

식물의 잎에서 소금을 얻다

정약전은 비료나 먹을거리로 쓰는 이외에 거머리말의 잎으로부터 소금을 얻어내는 방법도 함께 설명하고 있다. 그런데 그 방법이란 것이 약간 묘하다. 잎을 불에 태워 재를 만들고 여기에 바닷물을 뿌려서 거르면 소금이 만들어진다는 것이다. 도대체 어떻게 소금을 만든다는 것일까? 흥미롭게도 송응성이 쓴 『천공개물』에 정약전이 말한 것과 비슷한 소금제법이 기록되어 있다. 정약전의 방법도 이와 유사한 것이 아니었나 추측된다.

해안을 둘러싼 고지가 있어 조수가 들어오지 못하는 곳에서 소금을 채취하는 방법이다. 제염업자는 각자 맡은 구역이 있어서 서로 침범하지 않도록 한다. 다음날 날씨가 맑을 듯하면 볏짚이나 밀짚, 혹은 갈대나 띠의 재를 땅 위에 약 한 치 두께로 뿌리고, 잘 다져서 고르게 한다. 이튿날 이른 새벽에 이슬이 많이 내리면 염모鹽茅가 재 밑에서 자라난다. 안개가 걷히고 날씨가 맑기를 기다렸다가 한낮에 재와 소금을 다 함께 쓸어모아 걸

러서 달인다.[*]

송응성은 『천공개물』 '제염製鹽' 항목에서 이 밖에도 소금을 만드는 다양한 방법들을 소개하고 있다. 그만큼 예전에는 소금이 중요한 재화였다는 뜻이다. 송응성은 소금의 중요성을 다음과 같이 설명하고 있다.

사람은 매운맛, 신맛, 단맛, 쓴맛 중 하나를 오래도록 끊더라도 별 문제가 없지만, 유독 소금만은 열흘 동안만 먹지 않으면 몸이 쇠약해지고 나른해져 닭을 묶을 힘조차 나지 않는다.

소금은 조미료로서 음식물의 맛을 돋울 뿐만 아니라 생선이나 다른 음식을 상하지 않게 절일 때도 유용하게 쓰인다. 무엇보다도 소금은 섭취량이 부족하면 생명이 위태로워질 만큼 인체에 꼭 필요한 물질이다. 따라서 예로부터 소금을 얻기 위한 사람들의 노력은 눈물겨운 것이었다. 특히 동물의 고기나 피를 먹음으로써 그 속에 포함된 염분을 간접적으로 섭취할 수 있는 수렵 · 유목민족과는 달리 초식을 위주로 하는 농경민족들의 경우 따로 소금을 섭취하는 일이 매우 중요했고, 우리 민족도 그런 부류 중의 하나였다.^{**}

물품의 유통이 활발하지 않았던 시절 내륙 지방에 사는 사람들이 소금을 구경하기란 결코 쉬운 일이 아니었다. 어떻게든 소금을 구해야 한다는 절박

---

[*] 최주는 이 항목에 대해 "밤에 기온이 이슬점 이하로 내려가면 공기 속의 수분이 응결하여 이슬이 된다. 이슬이 많이 생기면 지표의 염분이 녹아 간수가 되는데, 이것이 재에 흡수되어 농축된다. 다음날 햇볕이 쬐면 소금이 띠처럼 대량으로 석출된다"라고 주석을 달았다.

^{**} 소금장수가 전국 방방곡곡을 누비고, 우리 식생활에서 그토록 젓갈이 중요시되었던 이유도 이와 무관하지 않을 것이다.

감은 이들로 하여금 자연 속에서 소금을 얻어내는 방법을 터득하게 했다. 함경도 산간 지방이나 만주 영고탑 지방에서는 신나물 수채水菜를 이용하여 소금을 쓰지 않고도 짠맛이 나는 장을 만들 수 있었다고 한다. 이 밖에 소똥이나 말똥을 태워서 물에 탄 다음 이를 불로 졸여서 소금을 얻어내는 방법도 있었다. 충염蟲鹽을 만드는 방법은 더욱 엽기적이었다. 까마귀머루〔蔓蔞〕의 순을 잘라서 나무통 속에 재어 넣은 다음 바깥에 내놓아 햇볕을 쬐고 비를 맞게 하면 이것이 썩어 구더기가 생기게 된다. 구더기의 몸에서 염분이 배출되면 그 찌꺼기를 가라앉히고 나머지 염분을 포함한 액체를 거두어 짠맛을 내는 데 이용했다고 한다.

사방이 바다로 둘러싸인 해안 지방 사람들도 소금 구하기가 어려운 것은 마찬가지였다. 물론 바닷물을 증발시키면 소금을 얻을 수 있다. 그러나 바닷물은 염분농도가 너무 낮았다. 충분한 양의 소금을 만들어내기 위해서는 엄청나게 커다란 가마솥과 많은 양의 땔감이 필요했다. 시간과 비용이 만만치 않았던 것이다. 오랜 시행착오 끝에 소금을 대량으로 생산할 수 있는 염전법이 개발되었지만, 이것도 조수간만의 차가 큰 서해에서나 가능했지 입지조건이 갖추어지지 않은 나머지 지역에서는 엄두도 내지 못할 일이었다. 다음은 김정金淨의 『제주풍토록濟州風土錄』에 나오는 내용이다.

가장 우스운 일은 이 땅이 큰 바다로 둘러싸였으나 소금이 나지 않는다는 사실이다. 서해와 같이 전염田鹽을 얻고자 하나 물을 떠다 갈아도 소금

● 붉나무

＊ 식물들 중에는 이렇게 염분을 만들어내는 것들이 적지 않다. 중국 원산인 위성류渭城柳나 비파시枇杷柴나무의 잎을 따서 말리면 표면에 소금 버캐가 생기는 것을 관찰할 수 있다. 우리 나라의 야산에서 흔히 볼 수 있는 붉나무도 소금을 만들어내는 대표적인 나무다. 붉나무의 열매는 하얀 가루 같은 것으로 덮여 있는데, 여기에 혀를 대어 보면 짠맛이 나는 것을 느낄 수 있다. 소금이 돋아난 것이다. 붉나무를 염부목鹽膚木이라고 부르는 것도 이 때문이다.

이 없고, 동해와 같이 해염海鹽을 얻고자 하나 물이 싱거워서 공은 백 배나 들지만 얻는 바가 적다. 그러므로 반드시 진도나 해남 등지에서 사들이는 까닭에 민간에는 소금이 극히 귀하다.

서해이긴 하지만 수심이 깊고 해안선이 거의 절벽으로 이루어져 있는 흑산도의 사정도 제주도와 다를 바 없었을 것이다. 정약전은 백성들이 겪는 이 같은 어려움을 잘 알고 있었기에 해초를 이용하여 소금을 만드는 법을 기록으로 남겨두려 했던 것이리라.

잎을 모아
지붕을 덮다

정약전은 석조대의 잎을 말려 엮으면 부드럽고 질겨 지붕을 덮을 수 있다고 했다. 당시 사리 마을에서는 이처럼 해초로 지붕을 인 집들을 심심찮게 볼 수 있었을 것이다. 흥미롭게도 바다 건너 중국의 복건성 혜안惠安 지방에서도 해초로 지붕을 이는 풍습이 전해 내려온다고 한다. 다음은 치우환싱〔丘桓興〕이 지은 『중국풍속기행』의 한 대목이다.

바닷가 얕은 물 속에서 자라는 이 해초는 길이가 1미터, 넓이가 1센티미터 정도인데, 잎 표면이 매끄럽고 질기다. 햇빛에 말려 가지런히 다듬은 다음 한 움큼씩 묶어 지붕을 덮는다. 날이 갈수록 지붕은 더욱 탄탄해진다. 제대로 이어 올린 지붕은 방수성이 좋은 데다 경사가 급해서 빗물이 스며들지 않고 바로 흘러내린다. 또한 지붕선의 양끝을 새끼줄로 단단히 동여매면 태풍도 충분히 막아낸다.

네 칸짜리 집을 지으려면 5천 킬로그램 정도의 해초가 필요하다고 한다. 그런데 해초는 날이 갈수록 줄어들고 있다. 게다가 해초 값과 품삯을 합치면 벽돌집을 짓는 것보다 비용이 많이 든다. 그래서 새로 집을 짓는 젊은 사람들은 벽돌집을 짓는 편이 훨씬 낫다고 말한다. 그러나 나이 든 어민들은 해초로 지은 집에서 지내기를 좋아한다. 겨울에는 따뜻하고 여름에는 시원해서 쾌적하다는 것이다.

해초로 인 지붕이 꽤 쾌적한 주거환경을 제공하는 모양이다. 그러나 흑산도에서 지붕을 이는 데 해초를 사용한 것은 어쩔 수 없는 선택이었을 가능성이 높다. 논농사가 거의 발달하지 않은 흑산도에서는 초가에 얹을 볏짚 구하기가 쉽지 않은 상황이었기 때문이다. 일부 여유가 있는 주민들은 비금도나 도초도에서 볏짚을 사다가 지붕을 이기도 했겠지만, 사정이 여의치 않은 이들은 정약전의 말처럼 해초를 사용할 수밖에 없었을 것이다.*

정약전의 실학자적인 모습을 가장 잘 보여주는 대목은 거머리말을 이용해서 종이를 만들 수 없을까 고민하는 부분이다. 정약전은 말라서 탈색된 거머리말의 잎조각에 섬유소가 많이 포함되어 있는 것을 보고 닥나무처럼 종이 만드는 재료로 활용할 것을 생각해냈다. 만약 이 실험이 제대로 성공했더라면 우리는 거머리말로 만든 『현산어보』를 물려받게 되었을지도 모를 일이다.

---

* 그러나 당시에도 해초로 지붕을 인 집이 아주 많지는 않았을 것으로 생각된다. 치우환싱의 말처럼 지붕 하나를 이기 위해서는 다량의 해초가 필요한데 이를 구하는 일이 만만치 않았을 것이기 때문이다. 사람들은 해초를 구하러 다니는 대신 띠밭을 가꾸었다. 띠는 밭을 일굴 수 없는 비탈진 경사면이나 돌이 많은 곳에서도 잘 자라며 큰 노력 없이도 많은 수확을 거둘 수 있다. 게다가 해초처럼 내구성도 강하다. 볏짚으로 지붕을 이으면 1년 만에 다시 지붕을 이어야 하지만, 띠는 잘 썩지 않아 2년은 간다. 힘든 섬 생활 속에서 나온 생활의 지혜였다.

숲속에서 들려오는 이상한 소리

모래산 쪽을 둘러보려다가 시간이 너무 늦어질 것 같아 집으로 발길을 돌렸다. 박화진 씨 부부는 아직 돌아오지 않았고, 해가 지기까지는 시간이 조금 남아 있었다. 돈목에 있다고 알려진 패총을 찾아 나서기로 했다.

패총이란 선사시대 사람들이 조개를 까먹고 내다버린 껍질이 무덤처럼 쌓여 있는 곳을 말한다. 패총이 있는 곳 자체가 옛 사람들의 생활터전이므로 패총에서는 조개껍질 외에도 토기나 석기 등의 다양한 유물, 심지어 무덤이나 주거시설이 발견되기도 한다. 고고학자들이 패총에 깊은 관심을 기울이는 이유도 패총이 이처럼 과거를 들여다볼 수 있는 타임캡슐과 같은 역할을 하기 때문이다. 자연과학자들에게도 패총은 중요한 연구대상이 된다. 패총에서 발견된 생물들의 잔해를 조사하면 당시 주변 해역의 생태계나 기후, 지질적 특성에 대한 여러 가지 정보를 알아낼 수 있다. 그러나 내가 이번에 돈목 패총을 찾아 나선 이유는 『현산어보』의 한 항목에 대한 수수께끼를 풀기 위해서였다.

황백색 바탕에 적갈색 무늬가
불규칙하게 흩어져 있다.

껍질이 매우 단단하고 두껍다.

안쪽 껍질 가장자리를 따라
적갈색 무늬가 있다.

껍질의 안쪽은 희다.

[우각라牛角螺 속명 타래라他來螺]

큰 놈은 높이 두세 치 정도이다. 모양은 쇠뿔을 닮았다. 나선골은 6~7회 정도 돌아가며 별다른 돌기[瓜乳]가 없고 가죽이나 종이를 문질러 놓은 것 같은 무늬만 있다. 껍질의 안쪽은 희다. 창대는 "산속에도 이 고둥이 있습니다. 큰 놈은 높이가 두세 자 정도나 됩니다. 때로는 소리를 내는데 그 소리는 몇 리 떨어진 곳에서도 들을 수 있습니다. 그런데 막상 찾아가보면 소리가 또 다른 곳에서 들리는 것 같아 어디에서 나는지 알 수가 없습니다"라고 했다. 나도 더러 찾으러 다닌 일이 있지만 결국 찾아내지는 못했다. 지금 군대에서 부는 나각[螺]이 바로 우각라이다.

◉ 나팔고둥 *Charonia sauliae sauliae*(Reeve)

<u>이청의 주</u> 『도경본초圖經本草』에서는 "사미라梭尾螺는 모양이 베를 짤 때 쓰는 북〔梭〕과 같다. 지금 불제자들이 부는 것이 바로 이것이다"라고 했다. 우각라가 곧 사미라이다. 고둥 껍질을 부는 것은 원래 남만南蠻의 풍속이다. 우리 나라에서는 군대에서 사용하고 있다.

　　정약전과 이청은 우각라를 군대에서 부는 나각螺角이라고 밝혔다. 이청이 말한 바와 같이 나각은 원래 남방계의 민족들이 주로 사용해온 악기다. 우리 나라에서는 고려 의종 때 썼다는 기록이 처음 나오는데, 절이나 군대에서뿐만 아니라 궁중의 각종 행사에 광범위하게 사용되었다. 기록에 남아 있는 나각의 제조방법은 매우 간단하다.

　　　소라 중 큰 놈인 대라大螺를 잡아 살을 빼버린 다음, 꼭지 부분을 잘라내어 부는 구멍으로 삼는데 원형 그대로 쓰기도 하고 안쪽 면에 붉은 칠을 하기도 한다. 또한 겉을 노리개 등으로 장식하거나 천으로 둘러싸기도 한다.

　　나각을 만드는 데 쓰이는 큰 소라는 나팔고둥이다.* 나팔고둥은 높이 30센티미터에 달하는 대형 고둥류로 수심 20~30미터 깊이의 암초지대에서 불가사리나 해삼 같은 극피동물을 잡아먹고 살아간다. 껍질이 매우 딱딱하고 두꺼우며, 무늬가 아름다워서 예로부터 공예품의 재료로 많이 사용되었다. 제주도를 포함한 남해안 지방에 많이 서식했지만 지금은 그 개체수가 급격

● **나각** 나각은 원래 남방계의 민족들이 주로 사용해온 악기다. 우리 나라에서는 고려 의종 때 썼다는 기록이 처음 나오는데, 절이나 군대에서뿐만 아니라 궁중의 각종 행사에 광범위하게 사용되었다.

＊ 이것은 지금 남아 있는 나각을 보면 쉽게 확인할 수 있는 사실이다. 또한 나팔고둥이라는 이름 자체가 껍질로 군대의 신호 나팔, 즉 나각을 만들었다고 해서 붙여진 것이다.

히 감소하여 현재 환경부에 의해 멸종위기 야생동식물로 지정되어 있다.

　일정하지는 않지만 나각의 크기는 30센티미터 전후의 것이 보통이다.* 그런데 본문을 보면 이상하게도 우각라의 크기가 큰 놈도 두세 치 정도에 지나지 않는다고 기록되어 있다. 두세 치라면 4~6센티미터에 해당한다. 나팔고둥으로 보기에는 너무 작은 크기다. 도대체 어찌된 일일까? 아마도 단위가 잘못된 것 같다. 척尺을 촌寸으로 잘못 표기한 것으로 보이는데, 이는 두세 자 정도 되는 놈을 발견한 적이 있다고 한 창대의 말로도 뒷받침된다. 그렇다면 이제 우각라의 정체가 완전히 밝혀진 것일까?

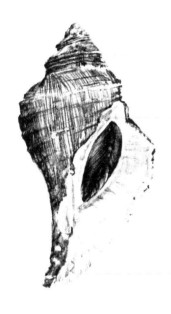

몸 전체에 일정한 굵기의 융기가 늘어서 있다.

껍질이 두껍고 고운 털로 덮여 있다.

껍질 안쪽은 희다.

아래쪽 끝이 왼쪽으로 휘어 있다.

● 매끈이털탑고둥 *Hemifusus ternatanus* (Gmelin)

＊ 현재 국립국악원에 보존되어 있는 것도 길이가 약 36센티미터 정도다.

'(우각라의) 무늬가 가죽이나 종이를 문지른 것과 같다' 라고 한 정약전의 표현은 해석하기가 더욱 곤란하다. 가죽이나 종이를 문지른 것 같다면 고둥의 껍질 표면을 덮고 있는 가죽질의 각피를 묘사한 것이 분명한데,[*] 이것은 나팔고둥에서는 찾아볼 수 없는 특징이기 때문이다. 그렇다면 이러한 조건을 만족시키는 고둥에는 어떤 종류들이 있을까? 박도순 씨는 소라 종류 중에 털가죽이 덮여 부들부들해 보이는 놈이 있다고 했다. 도감을 보였더니 수염고둥과와 털탑고둥과의 고둥들을 짚어냈다. 아마도 정약전이 말한 우각라는 나팔고둥과 형태가 비슷한 대형 고둥류 중에서 껍질 표면에 울퉁불퉁한 돌기가 없고 가죽질의 각피를 둘러쓰고 있는 종류일 것으로 생각된다.

창대는 정약전에게 전설 같은 이야기를 들려주고 있다. 커다란 고둥이 산 속에 있으며, 이리저리 옮겨다니면서 소리를 낸다고 한 것이다. 정약전은 창대의 말을 듣고 직접 이 고둥을 찾아 돌아다니기까지 했다. 이것을 어떻게 해석해야 할까? 나는 창대의 이야기가 패총과 관계 있을 것이라고 추측했다. 패총은 산속에서도 발견된다. 바다가 아닌 산중에서 조개나 고둥의 껍질이 나온다는 사실이 옛사람들에게는 어떻게 다가왔을까? 비록 보이는 것은 죽은 껍질뿐이지만 숲 어딘가에는 살아 있는 놈이 숨어 있을지도 모른다는 생각으로 연결되지 않았을까? 산속에 살고 있는 고둥 우각라에 대한 이야기는 점차 신비로운 색채를 띠어가기 시작한다. 산속에서 이상한 소리가 들려오면[**] 이것을 우각라가 내는 소리로 단정짓고, 아무리 찾으려 해도 눈에 띄질 않으니 우각라는 이리저리 옮겨다니며 소리를 내는 신출귀몰한

---

[*] 타래고둥이라는 속명도 거칠고 섬유질이 배열되어 있는 것처럼 보이는 각피의 모습이 실타래를 연상시킨다고 해서 붙여진 것으로 생각된다.

[**] 아마도 새의 울음소리였을 것으로 짐작된다. 내가 어렸을 때도 동네 뒷산에서 귀신의 울음소리가 들린다는 이야기가 돌고, 이 소문이 신문지상에까지 오르내린 적이 있었다. 조사 결과 이 소리는 어치의 울음소리로 밝혀졌다.

놈임에 틀림없다고 믿게 된다. 사건의 전말은 이런 것이 아니었을까?

　내가 패총을 찾으러 나섰던 이유는 운이 좋으면 오래된 조개껍질더미 속에서 정약전이 그토록 찾아 헤맸던 우각라를 발견할 수 있을지도 모른다는 한 가닥 기대 때문이었다. 그러나 패총을 찾는 일은 쉽지 않았다. 패총의 실제 모습을 본 일이 없는 데다 간단한 지형도와 패총의 위치를 큼직한 삼각형 점으로 표시한 보고서 한 장이 가지고 있는 정보의 전부였기 때문이다. 여기저기 쫓아다니다가 지도의 지형과 똑같은 곳을 발견했다. 돈목에서 도리산 쪽으로 가는 오솔길 왼쪽에 조그만 목을 형성하고 있는 곳이었다. 목은 야트막한 절벽을 이루고 있었고, 그 아래쪽으로는 조그만 모래밭이 형성되어 있었다. 조심스럽게 경사면을 타고 내려가며 구석구석을 살폈다. 그러나 약간의 조개껍질과 파도에 떠밀려온 스티로폼 조각들, 쓰레기들만 잔뜩 쌓여 있을 뿐 머릿속에 그렸던 패총의 모습은 어디에서도 찾아볼 수 없었다. 위치가 잘못되었거나 이미 발굴작업이 끝나버려 흔적조차 남지 않았거나 둘 중 하나일 것이다. 어쨌든 나의 패총 찾기는 이렇게 막을 내렸다. 날이 어두워지고 있었다. 대충 사진을 찍고 집으로 돌아왔다. 수첩에 적어두었던 것을 정리하고 일찍 잠자리에 들었다.

모래산과 거북

새벽부터 바람이 거세어지기 시작하더니 그 기세가 누그러지지 않고 아침까지 이어졌다. 방문을 열자 차가운 바람이 얼굴을 강하게 때린다. 박화진 씨 부부는 아침부터 배를 타고 어장을 살펴보러 나간다고 했다. 박화진 씨는 저녁 때 우이도에서 잡히는 물고기에 대해 이야기해 주겠다며 나갈 채비를 서둘렀다.

식사를 마친 후 모래산을 오르기 위해 곧바로 집을 나섰다. 마을은 조용했다. 휴가철에는 피서객들로 북적였겠지만 겨울에는 찾아오는 사람이 드

물고 주민들 중에서도 뭍으로 나가 생활하는 이들이 많다. 돈목에는 조그만 구멍가게가 하나 있을 뿐 상가가 없다. 그나마 겨울 동안에는 문을 닫아버려 음료수 한 병 사 마시기 힘들다. 그러나 오

● 우이도 모래산 우이도의 모래바람이 만들어낸 최고의 걸작은 돈목 해수욕장의 북쪽 끄트머리에 우뚝 솟아 있는 거대한 모래산이다. 높이 80미터에 이르는 이 모래산은 끝없이 밀려드는 파도와 어울려 한없이 이국적인 풍경을 자아내고 있었다.

히려 인적이 드문 이런 분위기에서 여행의 참맛을 느낄 수 있다. 하늘에서 "삐이 삐이" 하는 소리가 들려왔다. 또 어제 그 황조롱인가 하고 올려다보니 이번에는 훨씬 큰 놈이다. 날개 아래쪽에 박힌 검은 점으로 보아 말똥가리가 분명했다. 하늘 높은 곳에서 빙글빙글 돌며 이른 아침 돈목 해변을 정찰하고 있었다.

모래산 쪽으로 고개를 돌리자 눈앞에 너비 300미터, 길이 1.5킬로미터에 달하는 광활한 모래벌이 시원스럽게 펼쳐졌다. 때마침 해가 산봉우리 위로 고개를 내밀기 시작했다. 아침 햇살을 받은 돈목 해변은 온통 황금색의 물결이었다. 우이도는 모래의 섬이다. '우이도 처녀는 모래 서 말을 먹어야 시집간다'라는 말까지 있을 정도로 섬은 온통 모래땅 일색이다. 개흙이 전혀 섞여 있지 않고 순전히 모래로만 이루어진 백사장은 돈목 해수욕장의 가장 큰 자랑이다. 푹신푹신한 카펫 위를 걷는 듯한 느낌이 좋아 얼마간 젖은 모래톱을 거닐다가 다시 모래산으로 발걸음을 옮겼다.

사막처럼 모래바람이 일어나고 있었다. 질이 고운 모래 알갱이는 조그만 바람에도 쉽게 움직여 땅바닥 위를 미끄러지며 달리다 안개처럼 피어오른다. 파도에 의해 생긴 구불구불한 연흔은 뭍에 이르러서도 끝없이 이어지고 있었다. 역시 바람의 장난이다. 그러나 뭐니뭐니 해도 우이도의 모래바람이 만들어낸 최고의 걸작품은 돈목 해수욕장의 북쪽 끄트머리에 우뚝 솟아 있는 거대한 모래산이다. 높이 80미터에 이르는 이 모래산은 끝없이 밀려드는 파도와 어울려 한없이 이국적인 풍경을 자아내고 있었다.

● **모래산의 남쪽 비탈면** 돈목 쪽을 향해 있는 모래산의 남쪽 비탈면은 경사가 몹시 급해 금방이라도 무너져 내릴 듯하다. 어떻게 쌓인 모래가 굴러 내리지 않고 계속해서 그 형태를 유지할 수 있는지 불가사의하게 느껴지기도 한다.

돈목 쪽을 향해 있는 모래산의 남쪽 비탈면은 경사가 몹시 급해 금방이라도 무너져 내릴 듯하다. 어떻게 쌓인 모래가 굴러 내리지 않고 계속해서 그 형태를 유지할 수 있는지 불가사의하게 느껴지기도 한다. 한 대학 실험실에서는 이를 연구하기 위해 모래산 경사면과 정상부 주변에 실험장비를 설치해 놓았다. 그러나 꼭 무슨 이론을 들지 않더라도 주위를 가만히 살펴보면 모래산이 쌓이게 된 이유를 쉽게 짐작할 수 있다. 먼지처럼 피어오른 모래 알갱이들이 언덕을 기어오르는 모습이 곳곳에서 눈에 띄기 때문이다. 풍화와 퇴적은 중력 방향으로 일어나는 것이 일반적이다. 그러나 이곳에서는 중력을 비웃기라도 하듯 바람이 모래더미를 위로 밀어 올리고 있다. 피서객들은 모래산에 올라 비닐포대를 깔고 미끄러져 내려오는 장난을 즐긴다. 그때마다 모래더미는 아래쪽으로 조금씩 무너져 내리지만 하룻밤만 지나면 언제 그랬냐는 듯 모래산은 원래의 모습을 회복한다. 지난 여름 비가 많이 왔을 때 모래산 가운데 부분이 완전히 무너져 내린 적이 있었다고 한다. 그러나 역시 몇 주가 지나자 원래의 모습으로 되돌아와 버렸다. 태양이 지구에 열을 공급하는 한, 돈목 해변으로 바람이 불어오는 한 모래산의 생명력은 영원할 것이다.

힘들게 모래산을 직접 공략하는 것을 포기하고 오른편 풀밭을 타고 정상에 올랐다. 모래산 꼭대기에서는 돈목 해수욕장과 성촌 북쪽 해변이 한눈에 내려다보였다. 장대한 광경이었다. 남쪽 끝 숲이 우거진 도리산 봉우리에서 뻗어나온 해안선은 둥그렇게 휘어져 북쪽 성촌까지 이어지고 바다는 그 사

● 모래산 정상부에 설치된 실험장비 한 대학 실험실에서 모래산을 연구하기 위해 설치해 놓았다.

이에 호수처럼 갇혀 있었다. 부드럽게 물결치는 황금색 사구와 짙푸른 바다의 어울림 또한 신비로웠다. 한곳에서 사막과 바다를 동시에 볼 수 있으니 사진작가들이 우이도를 즐겨 찾는 것도 당연한 일이다. 한동안 모래산에 앉아 눈앞에 펼쳐진 풍경을 맘껏 즐겼다. 가슴속에 남아 있던 온갖 상념의 찌꺼기들이 한꺼번에 씻겨 내려가는 듯한 느낌이다.

산 능선으로 몰아치는 바람을 온몸으로 받으며 힘들게 넘어간 성촌 북쪽 해변 쪽은 더욱 이국적인 풍경을 자랑하고 있었다. 정상 부근에는 넓적한 돌로 쌓아올린 돌탑들이 늘어서 있었고 그 아래쪽으로 바위 너설이 마치 화성의 표면인 듯 황량하게 펼쳐져 있었다. 정상부의 세찬 바람이 모래를 모두 날려버렸기에 그 아래 묻혀 있던 바위 면이 드러난 것이다. 아래쪽은 거대한 사구와 통보리사초, 갯까치수영의 초원으로 이어졌고, 그 너머 해변 모래사장 쪽에서는 파도가 끝없이 밀려와 해안선에 나이테와도 같은 무늬를 남기고 있었다.

조심스레 주위를 살피며 해변 쪽으로 걸어 내려갔다. 사실 이번 산행의 목적은 모래산을 보는 것보다도 오히려 모래산 너머에 있다는 바다거북의 주검을 찾는 것이었다.

● **성촌 북쪽 해변 쪽 풍경** 산 능선으로 몰아치는 바람을 온몸으로 받으며 힘들게 넘어간 성촌 북쪽 해변 쪽은 더욱 이국적인 풍경을 자랑하고 있었다. 정상 부근에는 넓적한 돌로 쌓아올린 돌탑들이 늘어서 있고 그 아래쪽으로 바위 너설이 마치 화성의 표면인 듯 펼쳐져 있었다. 정상부의 세찬 바람이 모래를 모두 날려버렸기에 그 아래 묻혀 있던 바위 면이 드러난 것이다.

거북의 주검을 찾아서

인터넷에서 우이도 모래산 너머에 떠밀려온 거대한 바다거북의 사체를 묘사한 글을 읽고는 흥분을 감출 수 없었다. 바다를 향해 기어가다 쓰러진 거북의 주검 자체만으로도 묘한 감상을 불러일으키지만 무엇보다 흑산 근해에서 떠밀려온 거북이라면 정약전이 묘사한 거북과 같은 종일 가능성이 많다고 생각했기 때문이었다.

개류介類

해귀海龜

[해귀海龜]

해귀는 민물거북과 비슷하다. 등에는 대모瑇瑁와 같은 무늬가 있다. 때로는 수면 위로 떠오른다. 성질이 매우 느려서 사람이 가까이 가도 놀라지 않는다. 등에는 굴 껍질이 있으며 조각조각 벗겨져서 떨어진다. 이것이 혹시 대모일지도 모르겠다. 섬사람들은 재난을 입을까 두려워하여 해귀를 보아도 잡으려 하지 않는데 애석한 일이다.

정약전은 해귀를 개류介類로 분류했다. 개류는 껍질을 가진 생물이란 뜻이다. 『물명고』, 『재물보』, 『오주연문장전산고』 등 다른 문헌들에서도 거북류를 개충介蟲으로 분류해 놓은 것을 보면 우리 선조들은 단단한 등껍질을 거북류의 가장 큰 특징으로 여겼던 것 같다.

거북의 등껍질은 딱딱하게 경질화한 피부를 편평하게 변형된 척추와 늑골이 보강하고 있는 매우 튼튼한 구조로 되어 있다. 이처럼 단단한 방어막 덕분에 다 자란 거북은 상어나 인간을 제외하고는 별다른 천적이 없다. 거북의 등껍질에는 여러 가지 부착생물들이 붙어 자라기도 한다. 따개비, 조개삿갓, 파래 등의 생물들이 대표적인 예며, 정약전도 본문에서 거북의 등에 굴이 붙어 자란다고 밝힌 바 있다.

정약전이 흑산도에서 본 바다거북이 어떤 종류였는지를 밝혀내는 것은 그리 쉬운 일이 아니다. 우리 나라 연해에 도래하는 바다거북에 대한 기초조사가 제대로 되어 있지 않기 때문이다. 해마다 여름이면 신문지상이나 방송매체를 통해 바다거북과 관련된 소식들을 접하곤 한다. 몇 년 전에는 제주도에서 주민들에 의해 붉은바다거북의 산란과 부화 장면이 목격되기도 했다. 그러나 아직도 붉은바다거북이 우리 나라에 서식한다는 사실을 기록한 문헌은 좀처럼 찾아보기 힘들다. 우리 나라에 바다거북이 찾아오는 것이 분명하고, 바다거북 종류들이 한결같이 세계적으로 심각한 멸종위기에 처해 있다는 사실을 생각한다면 이들에 대한 보다 적극적인 조사와 연구활동이 이루어져야 할 것이다.

※ 몇몇 종류의 상어는 강한 턱과 이빨로 거북의 등껍질을 통째로 부수어 잡아먹는다. 그러나 뭐니뭐니 해도 거북의 가장 큰 천적은 우리 인간이다. 사람들은 오래 전부터 거북을 식용으로 장식용으로 마구 잡아왔으며, 가축을 풀어놓거나 해변을 무분별하게 개발함으로써 거북의 산란처를 파괴해왔다. 그 결과 오늘날 대부분의 바다거북은 멸종의 위기에 처해 있다.

※※ 더욱 재미있는 것은 '굴은 단단한 물체를 만나면 반드시 그 껍질을 붙인다'라고 한 대목이다. 이동성이 전혀 없는 부착생물의 자손들이 새로운 곳에 정착할 수 있는 이유는 이들의 생활사 중 물 속을 떠돌아다니는 유영시기가 있기 때문이다. 주로 유생 시기에 이런 일이 벌어지는데, 부착생물의 유생들은 물 속을 떠돌아다니다가 적당한 곳에 도달하면 비로소 고착생활을 시작하게 된다. 단단한 물체를 만나면 껍질을 붙인다는 말은 단단한 물체를 만나기 전에는 자유롭게 물 속을 떠돌아다녔다는 뜻으로도 해석할 수 있다. 정약전은 굴의 일생 중에 유영

정약전은 자신이 관찰한 거북에 대모의 무늬가 있다고 했다.* 해귀를 대모의 일종이라고 판단한 것도 이 때문이었다. 그러나 대모의 무늬를 가졌다고 해서 정약전이 본 해귀를 대모라고 단정지을 수는 없다. 우리 선조들은 바다거북을 종류에 관계없이 대모라고 부르곤 했기 때문이다. 대모의 무늬라고 한 것도 일반적인 거북의 등껍질 무늬를 말한 것일 가능성이 크다.

만약 거북의 사체를 발견한다면 흑산 근해에 나타나는 바다거북이 어떤 종류인지 확인할 수 있으리라 생각했다. 그러나 성촌 북쪽 해변의 이곳저곳을 샅샅이 뒤졌지만 거북의 사체는 보이지 않았다. 얼마간 더 둘러보다 그만 포기하고 발걸음을 돌렸다. 그런데 돌아와서 박화진 씨의 말을 들어보니 거북의 사체를 찾으려는 노력 자체가 부질없는 짓이었다.

"없어라. 진작 떠내려갔제."

인터넷에 오른 글을 보고 거북의 사체가 있는 곳이 꽤 높은 지대일 것이라고 상상했는데, 사실은 그냥 해변 가까운 곳에 밀린 것이었다. 모래톱에 밀린 거북의 사체가 태풍과 시도 때도 없이 불어닥치는 폭풍을 이겨내고 몇

◉ 거북(귀)과 대모

시기가 있다는 사실을 정확히 이해하고 있었던 것이 아닐까? 이를 허무맹랑한 추론이라고 생각할 수도 있겠지만 당시 김양식이 활발히 이루어지고 있었다는 사실을 상기해 보자. 김양식은 발을 세워 물 속을 떠돌아다니는 김 포자를 붙이는 것으로부터 시작된다. 눈에 보이지 않는 김 포자의 존재를 상상할 수 있었다면 부유하는 굴 유생을 상상하는 것도 어려운 일은 아니었을 것이다.

＊ 대모는 바다거북의 일종이다. 주둥이의 윗부리가 아래쪽으로 구부러져 마치 맹금류의 부리처럼 보이므로 영어권에서는 Hawk's bill(매의 부리)이라고 부른다. 심장 모양의 등껍질은 길이가 1미터에 달하며, 뒤쪽 가장자리는 톱니 모양으로 되어 있다. 사람들은 오래 전부터 대모를 잡아 고기와 알은 먹고 등껍질은 각종 장신구나 공예품을 만드는 데 사용해왔다. 그 결과 대모의 개체수는 급격히 감소하여 멸종할 지경에 이르렀다. 이에 국제자연보호연맹(IUCN)에서는 대모를 국제보호동물로 지정하여 절멸의 위험성을 경고하고 보호할 것을 호소하고 있다.

등껍질은 붉은 갈색이며
앞쪽이 높고 뒤쪽이 낮다.

머리는 크고
뭉툭하다.

늑갑판은 5쌍이다.

앞다리와 뒷다리는 넓은 지느러미 모양으로 변형되어 있다.

◉ 붉은바다거북 *Caretta caretta* (Linnaeus)

달씩이나 그 자리에 남아 있을 리 만무했다. 이야기를 듣고 실망스런 표정을 짓고 있는데 박화진 씨가 당시에 찍어둔 것이라며 사진 한 장을 내놓았다. 그토록 찾아 헤매던 거북의 사진이었다. 사진에 나타난 거북의 모습은 비참했다. 불에 탄 듯 곳곳에 거뭇거뭇한 자국이 선명했고, 등껍질의 표면은 하얗게 탈색되어 있었다. 부패가 심해 알아보기 힘들었지만 등껍질에 나 있는 무늬를 보고 푸른바다거북으로 동정同定할 수 있었다.

푸른바다거북은 바다거북과에 속하는 중형 거북으로 몸길이 1미터 안팎, 몸무게 180~300킬로그램까지 자란다. 등껍질은 푸른색 바탕에 회갈색 또

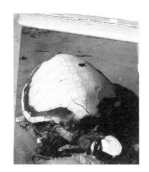

◉ **우이도에 떠밀려 온 거북** 사진에 나타난 거북의 모습은 비참했다. 불에 탄 듯 곳곳에 거뭇거뭇한 자국이 선명했고, 등껍질의 표면은 하얗게 탈색되어 있었다. 부패가 심해 알아보기 힘들었지만 등껍질에 나 있는 무늬를 보고 푸른바다거북으로 동정同定할 수 있었다.

는 암갈색을 띠고 있으며, 나이를 먹을수록 불규칙한 방사상의 갈색 무늬가 나타난다. 배 쪽은 대개 황백색이며 네 다리의 아랫면에 흑갈색 무늬를 두른 것도 있다. 주둥이는 짧은 편으로 끝이 둔하다. 해조류가 주식이지만 가끔 해파리, 해면, 연체동물, 갑각류 등의 동물성 먹이를 먹기도 한다. 태평양과 인도양의 열대·아열대 해역에 주로 서식하지만 일부 개체가 해류를 타고 우리 나라 연해에 표류해 오는 일도 있다. 그 중에는 흑산도까지 도래하는 개체도 분명히 있을 것이다. 정약전이 보았던 종이 푸른바다거북이었을 가능성을 생각해 보게 된다.

흑산 여행을 나서기 얼마 전 손상호 씨로부터 전화 연락이 왔다. 흑산도에서 바다거북이 그물에 잡혔는데 마침 그 자리에 있던 자연다큐멘터리작가 염기원 씨가 이것을 촬영해야 할 것인지 여부를 물어왔다는 것이다. 당연히 찍어두자는 쪽으로 의견을 모았다. 다음날 염기원 씨는 바다거북의 정확한 길이가 1미터 20센티미터이며, 1회용 카메라로 이를 촬영했다는 사실을 알려왔다. 후에 염기원 씨로부터 필름을 받아 확인해 본 결과 그 거북은 붉은바다거북으로 밝혀졌다. 이로써 흑산 근해에 붉은바다거북과 푸른바다거북이 서식한다는 사실을 알 수 있었다. 이 2종이 우리 나라에 흔히 떠밀려 오는 종이라는 점을 생각해 보면 정약전이 보았던 종류도 이들 중의 하나였을 가능성이 높을 것 같다.

● 흑산 앞바다에서 잡힌 거북 염기원 씨가 촬영한 거북은 붉은바다거북으로 밝혀졌다.

비를 내리는 거북

거북은 예로부터 용, 봉황과 함께 상서로운 동물로 숭상받아왔다. 〈구지가 龜旨歌〉에 등장하는 거북은 제왕의 출현과 관련된 매개자로서의 의미를 가지며, 곤경에 빠진 주몽朱蒙을 도운 거북(혹은 자라)은 신의 사자라는 의미로 해석된다. 『숙향전』에서는 거북을 신성하고 은혜를 갚을 줄 아는 동물로 보았고, 『역옹패설』에도 거북을 구해준 음덕으로 3대가 정승이 된 현령에 대한 이야기가 나온다. 예전에는 집을 지으면서 상량上樑할 때 대들보에 거북을 뜻하는 '하룡河龍' 또는 '해귀海龜'라는 문자를 써넣었으며, 벼루 뚜

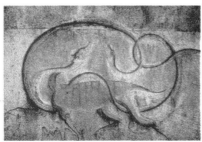

● 상서로운 동물 (위에서부터 귀부, 현무도, 십장생도, 거북 민화)

※ 거북은 일만 년을 사는 고령동물高齡動物이라고 해서 용, 봉황, 기린과 함께 사령四靈으로 불렸으며, 해, 산, 물, 돌, 구름, 소나무, 불로초, 학, 사슴과 더불어 십장생 十長生의 하나로 청송받았다.

껍이나 도장의 손잡이, 비석 받침 등에도 거북을 새겨 장생長生과 길상吉祥을 염원했다.

옛사람들은 거북의 등껍질조차 신성하게 여겼다. 거북의 등껍질 위에 구멍을 내어 심지를 박고 그 심지에 불을 붙인 다음, 심지가 타 들어간 후에 생긴 구멍 주위의 균열을 살펴 길흉화복을 점쳤던 것이다. 은나라 사람들은 점의 결과를 거북의 등껍질 위에 칼로 새겨놓곤 했는데, 이것이 바로 한문의 기원이 된 갑골문이다.＊ 갑골문의 내용은 제사, 군사, 날씨, 사냥, 농경 등 다양한 분야에 걸쳐 있으며, 이는 당시 거북의 등껍질에 나타난 점괘가 사회에 큰 영향력을 미쳤다는 사실을 잘 보여준다. 우리 나라에서도 거북은 예언능력이 있는 영물로 취급받았다. 『삼국사기』에 나오는 다음 기록은 거북을 백제의 멸망을 예언하는 존재로 묘사하고 있다.

웬 귀신이 대궐 안에 들어와 백제가 망한다고 크게 소리치고는 땅 속으로 들어갔다. 왕이 이상하게 생각하여 땅을 파보게 하니 석 자 깊이에서 거북이 한 마리가 나왔는데, '백제는 만월이고 신라는 신월이다'라고 적혀 있었다. 왕이 무당에게 물어보니 달이 찬 것은 기운다는 뜻이며, 달이 새롭다는 것은 가득 차지 못한 것이니 점점 차게 된다는 뜻이라고 해석했다. 이에 왕이 노해서 무당을 죽였다.

거북은 서식처가 물과 관계 있기 때문인지 농경문화권에서 특히 우대받

● 갑골문 옛사람들은 거북의 등껍질조차 신성하게 여겼다. 거북의 등껍질 위에 구멍을 내어 심지를 박고 그 심지에 불을 붙인 다음, 심지가 타 들어간 후에 생긴 구멍 주위의 균열을 살펴 길흉화복을 점쳤던 것이다.

＊ 갑은 귀갑龜甲으로 거북의 등껍질을 의미하며, 골은 우골牛骨로 소의 어깨뼈를 가리킨다. 따라서 본래 갑골이라고 하면 거북의 등껍질과 소의 어깨뼈를 동시에 뜻하지만 여기에서는 거북의 등껍질만을 다루었다.

는 동물이었다. 거북에게 가뭄과 홍수를 막아주는 영험이 있다고 생각했던 것이다. 몇 년 전의 신문기사에서 지금까지도 이러한 풍속이 남아 있다는 사실을 확인해 보는 것도 흥미로운 일이다. 다음은 1996년 5월 4일자 한겨레신문에 나온 기사다.

경북 지방에 계속되고 있는 오랜 가뭄에 종지부를 찍을 수 있을까. 해갈을 염원하는 경북 농민들의 뜻에 따라, 천 년 넘은 거북이 인간들에게 잡힌 지 1백 일만인 26일 바다로 되돌아갔다.

대한불교 법화종은 이날 오후 2시 부산 해운대 백사장에서 방생법회를 연 뒤 천년거북 암수 한 쌍을 해안경비정에 싣고, 거북들이 잡혔던 경북 영덕군 남정면 구계리 앞바다에 놓아주었다. 이 거북들 중 길이 120㎝, 무게 1백20㎏의 숫거북은 지난 6월20일께 구계리 영광횟집 주인 김상철(45)씨의 정치망 그물에 먼저 잡혔으며, 길이 120㎝, 무게 85㎏의 암거북은 바로 다음날 같은 그물에 걸렸다. 이곳 주민들은 거북 암수 한 쌍의 나이가 1백 년에 1개씩 생긴다는 목테가 12개나 나 있는 점으로 미뤄 적어도 1천 살을 넘는 것으로 보고 있다. 횟집주인 김씨는 그러나 거북을 잡고부터 뚜렷한 이유도 없이 횟집에 손님이 줄어들고 자신이 다리를 다치는 액운까지 겹치자 지난 8일 법화종 총무원장 김대호 스님에게 거북을 기증해 방생해주도록 요청했다. 또 이 사실을 뒤늦게 알게 된 이 지역 주민들은 석 달째 심한 가뭄을 겪고 있는 이유가 동해용왕인 천년거북을 잡았기 때문이라며 하루빨리 풀어 줘 더 이상 가뭄 피해가 없도록 해야 한다고 법화원 쪽에 요구했다. 이에 대해 법화원 종단 쪽이 방생법회 일정을 앞당길 수 없다며 팽팽히 맞서자 부산시와 경북도가 중재에 나서 방생 날짜를 지키는 대신 장소로는 애초 거북이 잡힌 구계 앞바다에서 풀어주기로 합의하기에 이른 것이다.

그런데 재미있게도 이후의 기사에서 거북을 방생한 후에 실제로 단비가 내려 가뭄이 해갈되었다는 내용을 찾아볼 수 있다. 실제로 거북의 영험이 작용한 것일까?

4개월째 계속된 가뭄 끝에 '효자 태풍'으로 내린 단비를 놓고 경북 포항과 영일 지역의 관공서 및 포철 등 사업장과 상가·농민들 사이에서는 이번 비가 누구 덕에 내렸는가를 놓고 갖가지 '해석'이 나오고 있다.

식수난과 농업용수 부족으로 가뭄 피해를 가장 크게 보았던 포항 시민들과 영일군 농민들은 이번에 내린 단비는 뭐니뭐니 해도 지난달 26일 방생한 천년거북 덕분이라는 데에 이의를 달지 않고 있다. 이들은 "거북이 동작만 빨랐더라면 방생 즉시 비가 내렸겠지만 원래 동작이 느린 탓에 용궁까지 가서 용왕께 가뭄 실정을 보고하는 데 보름이 걸렸기 때문에 늦어진 것"이라고 애교 있는 풀이를 하고 있다.

정약전은 섬사람들이 재난을 입을까 두려워하여 거북을 보아도 잡지 않는다고 했다. 이런 풍습은 지금까지도 전해 내려오는 것 같다. 다음은 박판균 씨가 한 말이다.

"거북이가 그물에 걸리면 무서워서 곧장 띠어버려요. 우이도 부근에서 한 번 봤지라. 다리가 날개같이 생기고 거머죽죽한 놈이었어라."

두려움과 신성함은 서로 통하는 바가 있다. 박화진 씨는 가끔 바다거북이 해변에 밀릴 때가 있는데, 마을 사람들이 이를 신성하게 여기고 거북에게 술을 대접한다고 했다. 동해안에서 자란 어머니로부터도 비슷한 이야기를 들은 기억이 있다. 정리하면 대략 다음과 같은 내용이다.

커다란 거북이 모래사장에 밀리면 동네사람들이 죄다 모여들었다. 호기심 많은 아이들은 막대기로 쿡쿡 쥐어박기도 하고 등위에 올라타기도 했는데, 몇 명이 올라타도 끄덕 없을 만큼 힘이 셌다. 물론 이런 장난을 치다 어른들한테 발각되면 혼쭐이 났다. 어른들은 거북이 올라온 곳에 천막을 치고 막걸리를 먹였는데, 거북은 꿀꺽덕꿀꺽덕 술을 잘도 받아먹었다. 며칠간 해변에서 머무르다 바다로 다시 돌아가면 그제서야 천막을 거두었다.

그러나 거북이 항상 신성한 대상으로만 여겨졌던 것은 아니다. 사람들은 오래 전부터 거북을 사냥해왔다. 알이나 고깃살은 식용으로, 등껍질이나 피, 오줌 등은 약재로 이용되었다. 특히 대모의 껍질은 값비싼 공예용 재료로 빗, 담뱃갑, 장식품, 안경테 등을 만드는 데 널리 쓰였다. 정약전은 거북의 쓰임새가 이토록 많은데도 미신 때문에 이를 잡으려 하지 않는다며 당시

● 대모로 만든 장신구 대모의 껍질은 값비싼 공예용 재료로 빗, 담뱃갑, 장식품, 안경테 등을 만드는 데 널리 쓰였다.

의 풍토를 한탄했지만 어쩌면 이런 풍습 덕분에 힘들게나마 거북이 멸종을 이겨내고 있는지도 모른다. 인간의 이성은 생태계에 바람직하기보다 해로운 영향을 미치는 경우가 많다.

사구, 거대한 자연사 박물관

성촌 북쪽 해변은 거대한 사막을 연상케 했다. 어디를 둘러봐도 모래뿐이었고 바람이 불 때마다 모래 알갱이들이 밀가루처럼 흩날려 신발이며 머리칼 속으로 사정없이 파고들었다. 축축한 갯바람에 젖은 얼굴도 온통 모래투성이가 되어 까실까실하게 수염이 돋아난 느낌이다. 80미터나 되는 거대한 모래 언덕과 광활한 평원을 만든 모래들은 모두 어디에서 온 것일까?

모래는 대자연이 시간의 도움을 받아 만들어낸 정교한 조각품이다. 조각의 재료는 거대한 바위덩어리다. 날마다 해가 떠오르면 뜨거운 열기가 바위 표면을 달구고, 해가 지면 바위는 차갑게 식으면서 수축한다. 이러한 과정은 계절을 바꾸어 가며 끝없이 반복된다. 결국 이를 견디지 못한 바위는 조금씩 껍질을 벗어 던진다. 물 또한 바위를 해체하는 일등공신이다. 틈새마다 파고들어 바위 성분을 녹여내는가 하면 기온이 영하로 떨어질 때면 얼음 쐐기가 되어 직접 바위를 부수기도 한다. 때로는 풀이나 나무의 뿌리도 바위를 뚫거나 반으로 쪼개는 괴력을 발휘한다. 이렇게 부서진 바위 조각은

● **성촌 북쪽 해변** 성촌 북쪽 해변은 거대한 사막을 연상케 했다. 어디를 둘러봐도 모래뿐이었고 바람이 불 때마다 모래 알갱이들이 밀가루처럼 흩날려 신발이며 머리칼 속으로 사정없이 파고들었다.

휘몰아치는 바람과 거센 물살, 은근하면서도 끈기 있게 잡아당기는 지구의 인력에 의해 조금씩 조금씩 바다로 이동한다. 이동하는 동안 바위 조각은 더 작은 조각으로 부서지게 된다. 바다에 도착해서도 사나운 파도는 이들을 가만히 내버려두지 않는다. 거친 물결에 이리 쓸리고 저리 쓸리다 보면 조그만 바위 조각은 더욱 잘게 쪼개어지고 모서리가 다듬어지는 과정을 거쳐 우리가 해변에서 흔히 볼 수 있는 고운 모래알로 변하게 된다. 모래 알갱이의 대부분은 우이도의 바위들로부터 만들어졌겠지만 주변의 다른 곳에서 물결을 타고 흘러온 것도 섞여 있을 것이다. 모래 알갱이 하나하나에는 오랜 세월 풍상을 겪은 저마다의 역사가 담겨 있다.

해변으로 몰려든 모래 알갱이들은 마치 생명이 있기라도 한 것처럼 끊임없이 움직인다. 파도에 흔들리고 조수에 떠밀리며 이동하다가 물 흐름이 약해지면 가라앉아 모래밭을 이루기도 한다. 그러나 이대로 머무르기에는 타고난 역마살이 너무 강하다. 모래 알갱이들은 파도가 칠 때마다 또 조수가 일 때마다 구름처럼 떠올라 끊임없이 주변을 떠돈다. 해변의 지형과 파도의 높이, 모래 알갱이의 크기 등 너무나도 많은 변수가 존재하기 때문에 그 움직임은 예측하기조차 힘들며, 이동 속도 또한 만만치 않다. 시간이 흘러감에 따라 해변의 지형은 미묘하게 변화한다. 흑산도의 사리 마을처럼 아름다운 모래사장이 몇 년 만에 자갈밭으로 변해버리는 경우도 있으며, 폭풍이 몰아치고 난 후 늘 보아오던 해변이 며칠 사이에 전혀 다른 모습이 되어버리기도 한다.

● 사구 바람에 날린 모래는 종종 해변에 사구(砂丘)라고 부르는 거대한 언덕을 만들어 놓기도 한다.

모래를 움직이는 것은 물뿐만이 아니다. 돈목 해변을 거니는 동안 따갑게 뺨을 때리며 지나가던 모래 알갱이들은 모두 바람에 날려온 것이었다. 바람에 날린 모래는 종종 해변에 사구砂丘라고 부르는 거대한 언덕을 만들어 놓기도 한다. 파도에 의해 해변으로 밀려온 모래 알갱이들이 햇볕을 받아 잘 마르면 조그만 바람에도 움직이기 쉬운 상태가 된다. 이때 강한 바람이 몰아치면 모래가 내륙 쪽으로 날려가 쌓이게 되고, 여기에 통보리사초나 갯메꽃 등의 식물 군락이 들어서게 되면 안정된 사구 지형이 만들어진다.

해변에 형성된 사구는 오랜 기간 동안 기후, 해류, 바람, 식생, 지형 등의 여러 가지 요인들이 힘을 합쳐서 만들어낸 귀중한 천연자원이다. 사구는 해변에서 살아가는 다양한 생물들에게 모래의 공급처로서, 먹이를 구하고 몸을 숨길 수 있는 서식처로서 중요한 생태적 의미를 가질 뿐만 아니라, 태풍이나 해일로부터 마을을 지켜주고 파도의 충격을 흡수함으로써 해안선의 급격한 침식을 막아주는 등 사람들에게도 큰 이익을 안겨준다. 또한 빗물을 깨끗하게 정화시키거나 지하수를 듬뿍 머금어 바닷물의 염분이 육지의 땅 속으로 침투하지 못하도록 막아주는 것도 사구의 역할이다. 외국에서 출입금지령을 내리고 건축허가를 내주지 않으면서까지 사구 지역을 보존하려고 하는 것도 사구가 이처럼 중요한 역할을 하고 있기 때문이다.

그러나 사람들은 오랫동안 사구를 쓸모 없는 모래덩어리로만 인식해왔다. 산업사회에 접어들면서 모래가 유리 원료와 골재용으로 값어치를 갖게 되자 이번에는 무분별한 채취가 이루어지기 시작했고, 한때 우리 나라의 해

※ 우이도는 사구의 발달에 좋은 조건들을 갖추고 있다. 넓고 경사가 완만한 조간대에서는 모래가 잘 마르고, 늘 휘몰아치는 강한 바람은 모래 먼지를 쉽게 일으킨다.
※※ 네덜란드에서는 사구의 이러한 특성을 이용하여 식수를 생산해내는 사업이 번창하고 있다.

안 어디에서나 쉽게 만나볼 수 있었던 사구들은 하나둘 사라져가는 운명을 겪게 된다. 직접적인 채취뿐만이 아니라 사소해 보이는 인간의 행동들 하나하나가 사구의 운명에 치명적인 영향을 미칠 수 있다. 사구는 살아 있는 생명체와 같아서 외부의 자극에 매우 민감하게 반응한다. 사구를 안정화시키는 초지 군락이 인간의 활동이나 가축의 방목, 화재 등에 의해 사라지게 되면 사구도 따라서 급격히 파괴되고 만다. 사구 부근에 무분별하게 집을 짓거나 도로를 건설하는 일, 해안선을 따라 옹벽을 설치하는 일은 모래가 움직이는 길을 끊어버림으로써 사구의 숨통을 틀어막는 효과를 일으킨다. 조그만 방파제 하나도 물길을 바꾸어 사구의 식량인 모래의 공급을 차단해 버릴 수 있으며,* 간척을 위해 모래의 공급원인 강 하구를 틀어막는 대규모의 방조제 공사는 최악의 사태를 초래하게 된다.

사구의 파괴는 해조류, 갑각류, 어류, 조류 등 다양한 해양생물들에게 재앙과도 같은 결과를 불러일으킨다. 생물들은 살아가야 할 터전과 함께 좋은 사냥터와 산란장을 잃게 된다. 사람도 이런 피해에서 벗어날 수 없다. 모래가 없어지고 나면 파도의 완충지대가 사라지므로 해변 침식은 더욱 가속화된다.** 해안지역 주민들의 생활공간이 위협받게 되는 것이다. 거대한 자연 정수기와 물저장고 역할을 하는 사구가 사라지게 되면 지하수도 그 기능을 잃게 된다. 수질이 나빠질 뿐만 아니라 지하수 수위가 낮아지면서 소금기를 품은 바닷물이 육지 쪽으로 밀려들어 맑은 물을 끊임없이 뿜어내던 지하수가 어느새 먹을 수 없는 짠물로 변해버리고 마는 것이다.

* 충남 만리포 해수욕장의 경우가 대표적인 예다. 70년대 초반 해수욕장 남단에 방파제가 들어서면서 연안류와 파도의 방향이 바뀌어 모래의 공급이 중단되어 버리는 사태가 벌어졌다. 날이 갈수록 남쪽 해안의 침식이 가속화되었고, 모래사장의 폭도 급격하게 줄어들기 시작했다. 모래의 유실은 심각한 정도여서 해수욕장 측에서는 해마다 큰돈을 들여 다른 곳에서 모래를 사다 붓는 일을 반복하고 있다. 만리포 옆 천리포의 상황은 더욱 심각하다. 해안선을 따라 설치된 콘크리트 옹벽이 사구와의 연계를 단절시켜 역시 모래의 공급을 막아버린 것이다. 얼마 전 천리포 해수욕장을 찾아갔더니 드넓은 백사장을 자랑하던 이곳이 몇 년 사이에 군데군데 자갈밭과 토양층이 노출된 흉물스러운 모습으로 변해가고 있었다.

** 실제로 서해안 곳곳에서 해안선이 빠른 속도로 내륙 쪽으로 후퇴하는 현상이 보고되고 있다.

이제 자연이 얼마나 민감한 존재인지 조금씩 깨달아가야 할 때다. 세상의 모든 것이 서로 연관되어 있으며 상호의존적이라는 사실을 배워야 한다. 자연을 바라보는 새로운 감수성을 길러보자. 조그만 모래 알갱이 하나하나가 오랜 시간에 걸쳐 만들어지고 이곳저곳을 떠돌아다니다가 다시 모여 모래밭을 형성하고 사구를 만들며 사라져가는 과정은 한 편의 장대한 드라마다. 우이도의 모래밭과 모래산과 사구는 시간과 계절에 따라 변해가는 자연의 모습을 그대로 반영하는 거대한 자연사박물관이다. 자연의 모습에 감동할 줄 안다면 더 이상 자연을 상처 입히는 일도 없을 것이다.

● **천리포 해안의 옹벽** 해안선을 따라 옹벽을 설치하는 일은 모래가 움직이는 길을 끊어버림으로써 사구의 숨통을 틀어막는 효과를 일으킨다.

그물에 잡힌 물고기들

물고기 문답

찍어놓은 사진을 정리하며 점심식사를 기다리고 있는데 밖에서 부산스러운 인기척이 들려왔다. 박화진 씨가 돌아온 모양이었다.

"어이, 얼른 나와봐요."

부르는 소리에 밖을 내다보니 박화진 씨가 둥그런 그물을 들고 와서 수돗가에 쏟아 붓고 있었다. 신발을 신는 둥 마는 둥 하고 허겁지겁 뛰어나갔다. 눈앞에서 갖가지 종류의 물고기들이 살아서 펄떡대고 있었다.

"고기 잡아 오셨네요. 무슨 그물로 잡으신 겁니까?"

"각망이요."

각망은 바다에 설치하는 함정그물의 일종인데, 그물이 물 밑바닥까지 닿아 있어 다양한 물고기들이 걸려든다. 사실 애초에 이 민박집을 선택한 이유 중의 하나도 박화진 씨가 돈목 주변에서 가장 좋은 어장을 보유하고 있다는 말을 들었기 때문이었다. 물고기를 하나씩 살펴보며 질문을 시작했다.

"쥐노래미네요."

● 그물에 잡힌 물고기들 "어이, 얼른 나와봐요." 부르는 소리에 밖을 내다보니 박화진 씨가 둥그런 그물을 들고 와서 수돗가에 쏟아 붓고 있었다. 신발을 신는 둥 마는 둥 하고 허겁지겁 뛰어나갔다. 눈앞에서 갖가지 종류의 물고기들이 살아서 펄떡대고 있었다.

"아 이게 쥐노래미여? 여기선 다 볼락이라고 불러요. 참노래미라 부르는 사람도 있고."

"참노래미 말고 그냥 노래미도 있나요?"

"빨간 거는 불노래미라 그라지라."

박화진 씨는 쥐노래미를 참노래미로, 노래미를 불노래미로 부르고 있었다.

"이거 뭔지 알아요?"

박화진 씨가 장난끼 있는 미소를 흘리며 물고기 한 마리를 내밀었다. 농어였다.

"농어네요."

"어, 아네."

"새끼는 깔따구, 껄떠기라 그러죠?"

"우리는 껄떡이라 그래요."

"여기 농께라는 곳에서 농어가 많이 잡힌다고 하던데 정말 그래요?"

"그거는 어디서 들었어요? 농께는 성촌 너머에 있지라. 그물로 많이 잡히는데 올해는 영…"

고기더미 속에 숭어 새끼가 한 마리 섞여 있었다.

"이건 어떻게 불러요? 모쟁이, 모챙이라고 많이 부르던데."

"여그서는 모치라 그래요. 숭어 새끼."

"간재미도 잡혔네요. 홍어는 안 잡혀요?"

"홍어는 거의 안 잽혀요."

"홍어랑 간재미는 어떻게 구별하죠?"

"홍어는 요기 주둥이 끝이 삐쭉하고 간재미는 안 삐죽해요. 몸 뒤쪽도 간재미는 둥그렇지라?"

이 밖에도 넙치를 닮은 도다리, 운저리라고 불리는 풀망둑, 쥐포를 만드는 쥐치 등이 몇 마리씩 눈에 띄었다. 박화진 씨는 삶아서 오리밥으로 준다며 풀망둑만을 따로 골라냈다.

썩혀서 먹는 물고기

새로운 것이 없나 하고 이것저것 살펴보고 있는데, 물고기더미 속에서 희한하게 생긴 놈 하나가 모습을 드러냈다. 생김새는 메기를 닮았고, 몸은 물컹물컹한 것이 꼭 상한 물고기를 만지는 느낌이었다.

"미기여. 물미기."

『현산어보』에 등장하는 '해점어'가 눈앞에 있었다.

[해점어海鮎魚 속명 미역어迷役魚]

큰 놈은 길이가 두 자를 넘는다. 머리가 크고 꼬리는 뾰족하다. 눈은 작다. 등이 푸르고, 배는 누렇다. 수염은 없다.* 고깃살이 매우 연하고 뼈 또한 무르다. 맛은 담박하고 좋지 않다. 술병을 치료하는 효과가 있다. 썩지 않은 것을 삶으면 고깃살이 다 풀어져버리므로 썩기를 기다렸다가 먹어야 한다.

박화진 씨가 미기라고 부른 물고기는 꼼치였다. 꼼치는 여러 가지 면에서

● 바다의 메기, 꼼치 큰 놈은 길이가 두 자를 넘는다. 머리가 크고 꼬리는 뾰족하다. 눈은 작다. 등이 푸르고, 배는 누렇다. 수염은 없다.

* [원주] 민물에서 사는 놈(메기)은 누렇고 수염이 있다.

머리가 매우 크고 납작하다.

몸 옆면에는 검은색 반점이 많다.

꼬리지느러미가 약간 튀어나와 있다. 꼬리 지느러미 앞에 흰 반점이 있다.

배에는 빨판이 있다.

몸은 메기형이며 매우 연하다.

● 꼼치 *Liparis tanakai* (Gilbert et Burke)

해점어의 후보로 손색이 없다. 우선 생김새가 메기와 비슷하다. 수염은 없지만 커다란 머리와 길고 납작한 몸뚱이는 바다의 메기[*]라는 이름과 더없이 잘 어울린다. 꼼치의 몸은 매우 연해서 막 뽑아낸 두부 같은 느낌이 들 정도다. 이는 고깃살이 매우 연하다고 한 본문의 설명과 정확히 일치하는 특징이다. 정약전은 해점어의 큰 놈이 두 자, 즉 40센티미터를 넘는다고 했다. 꼼치도 다 자라면 크기가 40~50센티미터 정도에 이른다.

---

[*] 해점어의 '점'은 메기를 가리키는 글자다. 속명으로 밝혀놓은 미역어는 당시 '미여기', '미기' 정도로 불리던 말을 음차한 것일 테니 역시 메기와 가까운 말이 분명하다. 그리고 본문의 설명은 이 물고기의 생김새가 메기를 닮았다는 사실을 보여주고 있다. 정약전은 메기처럼 생긴 바닷물고기라는 뜻으로 이 물고기에 해점어라는 이름을 붙여주었던 것이다.

꼼치는 그리 인기 있는 어종은 아니다. 이러한 사실은 꼼치의 방언들에서도 잘 드러난다. 꼼치는 메기 계열의 이름들 외에 곰치, 꼼치, 물곰 등의 이름으로도 불리는데, 사람들은 물고기가 곰처럼 미련해 보인다고 해서 이런 이름이 붙었다고 그 유래를 설명한다.[*] 그러나 뭐니뭐니 해도 꼼치를 가장 비하해서 부르는 이름은 단연 물텀벙이다. 옛날에는 꼼치를 잡아도 흉측하게 생긴 데다 살까지 흐물거린다고 해서 아예 생선 취급을 하지 않았으며, 재수가 없다고 하여 다시 바다로 던져버렸다고 한다. 이때 꼼치가 물에 빠지는 소리를 흉내내어 붙인 것이 바로 물텀벙이라는 이름이다.

온갖 천대와 멸시에도 불구하고 지역에 따라서는 꼼치를 중요한 식용어로 여기기도 한다.[**] 해파리를 조리할 때처럼 식초에 절였다가 회로 먹기도 하며, 말려놓은 것을 물에 불리고 양념을 해서 찜으로 조리해 먹기도 한다. 그러나 꼼치는 역시 국을 끓여 먹는 것이 제격이다. 무나 호박, 콩나물 등을 넣어 끓인 꼼치국은 시원하고 감칠맛이 뛰어나 인기가 높다. 특히 술꾼들이 꼼치국을 즐겨먹는 일이 많은데, 정약전이 말한 것처럼 술병을 치료하는 효과가 있기 때문인지도 모르겠다.

꼼치를 요리할 때는 주의해야 할 점이 하나 있다. 고깃살이 워낙 무른 탓에 잡아온 것을 그대로 삶으면 살이 다 풀어져버리는 것이다. 그래서 나온 방법이 미리 말려두었다가 요리하는 것이다. 박도순 씨도 이 같은 사실을 잘 알고 있었다.

"미기, 고것이 물컹물컹하제. 홍어랑 같이 먹어요. 말려서 국을 끓여 먹는

● 꼼치 말리기 박화진 씨 집 처마 밑에도 꼼치가 아귀, 간재미 등과 함께 매달려 꾸덕꾸덕하게 말라가고 있었다.

[*] 물곰의 '물'은 녹아내릴 듯 흐물거리는 살집을 표현한 말이다.
[**] 남해 일부 지역에서는 꼼치를 전문적으로 잡는 어업도 행해지고 있다. 겨울철 산란을 위해 얕은 곳으로 몰려온 꼼치를 통발을 사용해서 잡아내는 것이다. 이때 어미가 슬어 놓은 하얀 알 무더기가 통발에 달라붙어 함께 올라오는 경우가 많은데, 최근에는 이렇게 수집한 알을 인공부화시킨 다음 다시 방류하여 어자원을 늘리려는 계획이 활발하게 진행되고 있다.

데 해장국으로 많이 먹었지라. 그냥 국을 끓이면 살이 다 부서져버려요. 이빨 없는 노인들한테 양로에 좋지라."

　박화진 씨 집 처마 밑에도 꼼치가 아귀, 간재미 등과 함께 매달려 꾸덕꾸덕하게 말라가고 있었다. 그런데 정약전은 꼼치를 요리하는 또 한 가지 방법을 소개하고 있다. 홍어처럼 썩혀서 먹으면 국을 끓여도 풀어지지 않는다고 밝힌 것이다. 현지인들 여럿에게 물어보았지만 이 방법을 알고 있는 사람은 아무도 없었다. 누군가 이런 방법을 한 번 시도해 본다면 전통 음식의 복원이란 측면에서 의미 있는 작업이 될 것 같다.

삼식이와 쑤기미

꼼치도 재미있었지만 더욱 인상적인 모습을 한 물고기가 있었다. 온몸에는 지저분한 돌기 같은 것들이 잔뜩 돋아나 있었고, 툭 튀어나온 눈 아래 떡 벌어진 입은 머리 크기의 반은 되어 보일 듯했다. 배는 복어처럼 크게 부풀어 있었는데, 칼집을 내자 피식 소리를 내며 꺼지는 것이 공기를 잔뜩 들이마신 모양이었다. 가장 놀라운 것은 끈질긴 생명력이었다. 잡혀온 것 모두가 저녁때까지도 여전히 살아서 펄떡거리고 있었다. 삼세기였다.

"삼식이여. 테레비 보니까 경상도 사람들은 탱수라고 부르더만."

박화진 씨는 삼세기를 삼식이라고 불렀다. 우락부락하게 생긴 겉모습과 잘 어울리는 이름이다. 횟대목 물수배기과에 속하는 삼세기는 삼식이 외에도 삼새기, 삼숙이, 탱수 등 다양한 별명들을 가지고 있다. 사리의 박도순 씨는 삼세기의 또 다른 별명 하나를 가르쳐 주었다.

"삼세기를 멍청이라고도 하지라. 해녀들이 자주 잡아와요. 멍청하니께 잘 잡히지라. 매운탕 끓여 먹고 회로도 좋지라. 비린내 안 나고 속 푸는 데 좋

● **멍청이 삼세기** 온몸에는 지저분한 돌기 같은 것들이 잔뜩 돋아나 있었고, 툭 튀어나온 눈 아래 떡 벌어진 입은 머리 크기의 반은 되어 보일 듯했다. 배는 복어처럼 크게 부풀어 있었는데, 칼집을 내자 피식 소리를 내며 꺼지는 것이 공기를 잔뜩 들이마신 모양이었다.

아요. 겨울에 산란하는데 수초 틈으로 산란하러 올라옵니다."

평소 근해의 약간 깊은 바다에서 살아가던 삼세기는 겨울철 산란기가 되면 알을 낳기 위해 얕은 바다로 몰려온다.* 얕은 곳으로 몰려온 삼세기는 동작이 느려 해녀들뿐만 아니라 작살꾼들에게도 손쉬운 사냥감이 된다. 무서운 적이 다가와도 도망갈 생각조차 하지 않고 기껏 한다는 짓이 위협한답시고 배를 크게 부풀리는 일이니 과연 멍청이(멍청이)라는 별명이 붙을 만도 하다. 그러나 험상궂은 겉모습이나 굼뜨기 짝이 없는 행동과는 달리 삼세기의 맛은 그야말로 일품이다. 회, 매운탕, 조림, 찜 등 어떻게 요리해도 뛰어난 맛을 내며, 특히 고추장과 고춧가루를 한껏 풀어 얼큰하게 끓인 '삼숙이 매운탕'은 시원한 국물 맛과 쫄깃한 고깃살, 오도독 씹히는 연골의 촉감이 어울려 높은 인기를 누리고 있다.

삼세기는 매우 뛰어난 위장술을 갖추고 있다. 온몸에 돋아난 돌기와 칙칙한 피부색은 주위 환경과 절묘하게 어우러져 천적들의 눈에 띄지 않도록 몸을 숨겨주는 역할을 한다. 삼세기는 먹이를 사냥할 때도 자신의 특기를 유감없이 발휘한다. 마치 돌이라도 된 듯 가만히 엎드리고 있다가 아무것도 모르고 다가오는 먹잇감을 한입에 삼켜버린다.

"범치아재비라고도 하제."

박화진 씨는 삼세기를 범치아재비라고도 부른다고 했다. '아재비'는 꽁치아재비, 미나리아재비처럼 원종과 비슷하게 생긴 생물에 붙이는 말이다. 따라서 범치아재비란 범치와 비슷한 물고기라는 뜻이 된다. 범치는 서해안 지

---

* 현지인들의 말에 의하면 삼세기는 홍합밭에 산란하는 습성이 있다고 한다. 삼세기가 알집을 몸 밖으로 내놓고 홍합 앞에서 이리저리 흔들면 홍합이 입을 벌리고 그 알집을 물어 당긴다는 것이다.

입은 위를 향해 열려 있다.
머리는 납작하고 뒷면이 매우 울퉁불퉁하다.

등지느러미가시는 억세며 강한 독이 있다.

머리 양 옆과 턱 아래에 촉수
모양의 피질돌기가 돋아 있다.

몸빛깔은 변화가 심하고 보통 다갈색 바탕에
암갈색 반점 등이 이어져 줄무늬를 이룬다.

방에서 쑤기미를 달리 부르는 이름이다. 실제로 삼세기와 쑤기미는 매우 닮
은 모습을 하고 있다.

　모든 상품에 원조 열풍이 불어닥치고 있지만 범치아재비의 원조인 범치
는 어민들에게 결코 환영받지 못하는 존재다. 박화진 씨도 잡아 놓은 물고
기 중에 손가락만 한 쑤기미 몇 마리가 끼어 있는 것을 발견하자 아까 버린
다고 버렸는데도 딸려왔다며 심하게 투덜댔다. 쑤기미가 이토록 천대받는

● 쑤기미 *Inimicus japonicus* (Cuvier)

이유는 의외로 간단하다.

"삼식이나 범치나 가을에 많이 잡혀라. 한 10월쯤. 범치 작은 것들 그물에 많이 드는디 다 골라서 던져버려요. 고기는 맛있는데 찔리면 큰일 나니게. 범치는 쏘는 고기여."

쑤기미는 강한 독을 가진 물고기였던 것이다. 쑤기미의 등지느러미가시에는 독선이 있어서 찔리면 격심한 통증을 느끼게 된다. 통증은 간헐적으로 되풀이되다가 한두 시간 후에 잦아드는 것이 보통이지만 어린이나 노약자의 경우에는 위급한 상황이 닥칠 수도 있으므로 특별히 주의해야 한다. 쑤기미에 쏘였을 때 돼지띠인 사람이 쏘인 곳을 이빨로 씹어주면 금방 회복된다는 이야기가 있지만 이는 전혀 근거 없는 낭설일 뿐이다. 이처럼 허무맹랑한 이야기를 만들어낼 정도로 쑤기미의 독은 사람들에게 위협적으로 느껴졌던 것이다.

쑤기미에 대한 공포와 두려움은 이 물고기를 부르는 이름들에서도 잘 나타난다. 쑤기미의 속명인 *Inimicus*는 '적의를 가진'이란 뜻이다. 일본에서는 쑤기미를 오니오코제(オニオコゼ)라고 부르는데 오니는 귀신이란 뜻이다. 영어권에서는 쑤기미를 scorpionfish, 즉 전갈고기라고 부른다. 쑤기미란 이름 자체가 잘 쏘는 물고기라는 어감을 주며, 범치는 호랑이처럼 사납고 무서운 물고기라는 뜻에서 붙여진 이름이 분명하다. 『현산어보』에도 쑤기미는 석자어, 즉 쏘는 물고기라는 이름으로 기록되어 있다.

* 등지느러미가시의 끝 부분을 보면 쑤기미와 삼세기를 쉽게 구별할 수 있다. 삼세기의 등지느러미가시 끝 부분이 뭉툭한 데다 짙은 색을 띠는 것에 반해 쑤기미의 등지느러미가시는 끝이 매우 날카롭고 투명한 색깔을 띠고 있다.

** 쑤기미의 위험성은 결코 과장된 것이 아니다. 우리 나라에 서식하는 물고기 중 쏠베감펭, 미역치, 노랑가오리, 쏨뱅이 등이 강한 독을 가진 대표적인 어종들인데, 이 중에서도 쑤기미는 특히 위험하다. 삼세기와 마찬가지로 위장술이 잘 발달해 있어 눈에 쉽게 띄지 않는 데다 움직임이 둔해서 물속을 걸어다니다가 밟거나 건드리게 되는 일이 많기 때문이다.

[석자어螫刺魚 속명 수염어瘦髯魚]

모양은 철목어를 닮았으며 배가 크다. 성이 나면 배를 부풀린다. 등에는 가시가 있어서 사람을 쏘는데, 쏘이게 되면 매우 고통스럽다.

(원문에 빠져 있으므로 지금 보충함)

이청은 쑤기미에 대해 망둑어를 닮은 생김새와 성이 나면 배를 부풀리는 습성 외에 등지느러미의 독가시를 언급하는 일도 잊지 않았다. 직접 찔려본 경험이 이 글을 쓰는 토대가 되었던 것은 아닐까?

뜻밖에도 미식가들 사이에서는 쑤기미가 맛이 있는 최고급 생선으로 알려져 있다. 흰 살집과 깨끗한 맛이 복어와 비슷하다고 해서 회나 매운탕거리로 최고의 대우를 받고 있는 것이다. 그러나 본문에는 쑤기미를 식용으로 한다는 내용이 전혀 나와 있지 않다. 독가시 때문인지 몰라도 정약전이 살고 있던 당시에는 중요한 식용어로 대우받지 못했던 모양이다.

마지막으로 생각해 볼 것은 삼세기와 쑤기미의 유사성에 대한 문제다. 삼세기와 쑤기미는 각각 둑중개 아목과 쏨뱅이 아목으로, 속해 있는 분류군이 전혀 다르다. 그런데도 놀랄 만큼 닮은 모습을 하고 있는 이유는 무엇일까? 물론 사는 곳이나 먹이 습성이 비슷하다 보니 겉모습도 비슷하게 진화한 것일지도 모른다. 그러나 쑤기미와 삼세기는 닮아도 너무 닮았다. 이를 제대로 설명하기 위해서는 의태라는 개념을 이해해야 한다. 의태는 한 동물이 다른 동물이나 주위의 물체와 매우 비슷한 모양을 갖게 되는 현상을 말한

● 쏘는 물고기, 석자어 모양은 철목어를 닮았으며 배가 크다. 성이 나면 배를 부풀린다. 등에는 가시가 있어서 사람을 쏘는데, 쏘이게 되면 매우 고통스럽다.

＊ 수염어는 쏨뱅이의 전라도 방언이기도 하다. 쏨뱅이 역시 잘 쏘는 물고기라는 점을 염두에 둔다면 수염어와 쑤기미의 또 다른 방언인 쐬미의 연관성도 생각해 볼 수 있을 것 같다.

다. 의태의 목적은 크게 두 가지로 요약할 수 있다. 자신의 몸을 주위와 동화하여 적의 눈에 띄지 않도록 하는 것과 독침이나 악취 등 강한 무기를 가진 동물과 비슷한 형태를 취함으로써 적의 공격을 피하려는 것이 바로 그것인데, 삼세기의 경우는 이 중 후자에 해당한다. 강한 독침을 가진 쑤기미를 흉내냄으로써 천적의 공격을 피하려는 것이다. 삼세기의 배를 부풀리는 습성도 같은 방식으로 설명이 가능하다. 꼭꼭 숨어 있는 자신을 찾아내고 그것도 모자라 공격하려는 상대에게 "이것 봐. 잘 보라구. 난 삼세기가 아니고 쑤기미야. 쏘이면 무지하게 아픈 쑤기미라니까" 이렇게 외치고 있는 것이다. 이제 삼세기가 멍청하다는 말을 취소하는 일만 남았다.

● 삼세기를 닮은 쑤기미 쑤기미와 삼세기는 닮아도 너무 닮았다. 이를 제대로 설명하기 위해서는 의태라는 개념을 이해해야 한다. 의태는 한 동물이 다른 동물이나 주위의 물체와 매우 비슷한 모양을 갖게 되는 현상을 말한다.

된장 풀어 잡는
쏙,
돼지털로 잡던
갯가재

물고기들 틈에 새우를 닮은 놈이 하나 끼어 있었다. 꽤 닮긴 했지만 분명히 새우는 아니었다. 머리와 몸통은 납작한 편이고, 배마디와 꼬리발 가장자리에는 날카로운 가시가 돋아나 있었다. 무엇보다도 낫 모양의 앞발이 인상적인 이놈의 이름은 갯가재였다. 가시에 찔리지 않게 조심하면서 손가락으로 집어 올려 박화진 씨 앞에 이놈을 내밀었다.

"쪽이여."

"쪽이라구요? 쏙 아녜요?"

"쏙, 쪽. 쪽이여."

박화진 씨 부인 한영단 씨는 갯가재를 쪽이라고 불렀다.

"쪽이네. 여기도 있지라. 아주 얕은 데는 잘 안 보이고 그물에 가끔 잡혀라."

다른 곳에서도 사정은 비슷했다. 오리의 장복연 씨는 쪽, 사리의 박판균 씨는 쏙이라고 불렀다. 쏙과 쪽은 같은 말이었다.*

●새우를 닮은 갯가재 물고기들 틈에 새우를 닮은 놈이 하나 끼어 있었다. 꽤 닮긴 했지만 분명히 새우는 아니었다. 머리와 몸통은 납작한 편이고, 배마디와 꼬리발 가장자리에는 날카로운 가시가 돋아나 있었다. 무엇보다도 낫 모양의 앞발이 인상적이었다.

* 재원도 출신의 함성주 씨는 갯가재를 '잠오리'라고 불렀다.

껍질 윗면에 연한 털이 촘촘히 있다.
껍질은 다소 연한 느낌이다.

이마 윗면에 사마귀 모양의 돌기가 많고
돌기 위에는 털이 다발로 나 있다.

배는 길고 양쪽
옆면에는 연한 털이
빽빽히 자란다.

걷는 다리는 잘
발달해 있다.

집게가
불완전하다.

    세 사람이 말하고 있는 쏙은 갯가재임이 분명하지만 사실 쏙은 갯가재와
는 전혀 다른 종류의 동물이다. 쏙은 크기가 작고 껍질이 비교적 얇아 갯가
재보다 훨씬 연약해 보인다. 그리고 몸에는 털이 빽빽하게 자라고 있다. 집
게발은 좌우의 크기가 같고 집게의 모양은 불완전하다. 조간대의 모래 섞인
뻘흙에 깊이 약 30센티미터의 구멍을 파고 살아가는데, 썰물 때는 구멍 속
에 숨어 있다가 물이 들어오면 밖으로 나와서 먹이를 찾는다. 산란기는 5월
초순부터 6월 중순 사이로 알려져 있다.

● 쏙 *Upogebia major*(De Haan)

촉각의 끝이 세 갈래로
갈라진다.

두 번째 가슴다리가 사마귀
앞발 모양으로 변형되어 있다.

머리가슴은
뒤가 넓은 삼각형이다.

몸빛깔은 옅은 갈색이다.

등껍질에 4개의 붉은
세로줄이 있다.

꼬리 끝에
예리한 가시가 달려 있다.

● 갯가재 *Oratosquilla oratoria* (De Haan)

　쏙을 잡는 방법은 매우 독특하다. 지방 풍물을 소개하는 TV 프로그램에 쏙이 자주 등장하는 이유도 이 때문이다. 경남 남해 문항 마을의 쏙잡이가 특히 유명한데, 이곳에서는 된장을 풀어서 쏙을 잡는다. 갯벌 흙을 긁어내어 쏙 구멍이 드러나면 여기에 된장을 푼다. 그러면 쏙이 한 마리씩 구멍 밖으로 고개를 내밀게 되는데, 이때를 노려 잽싸게 낚아채는 것이다. 지역에 따라서는 뽕설기로 쏙을 잡기도 한다. 쏙이 살고 있는 구멍에 뽕설기를 슬그머니 집어넣었다가 갑자기 홱 잡아당기면 "뽕" 하는 소리와 함께 거짓말처

＊ 뽕설기는 기다란 나무막대의 한쪽 끝을 쏙 구멍에 집어넣기 쉽도록 둥그스름하게 다듬어 놓은 것이다.

럼 쏙이 밖으로 딸려 나오게 된다.* 뿅설기란 이름도 뿅소리를 내며 설기
(쏙)를 잡아낸다고 해서 붙여진 것이다.

　나는 정약전이 백석해라고 밝힌 생물이 쏙이 아닌지 줄곧 의심해 왔다.

[백석해白石蟹]

　석해石蟹를 닮았으나 크기가 대여섯 치에 불과하다. 허리 아래는 약간 길며 색은
희다.

　석해는 닭새우를 가리키는 이름이다. 그렇다면 백석해는 닭새우와 닮은
데다 크기가 10센티미터 남짓하며, 허리가 길고 몸빛깔이 흰색인 놈이 될
것이다. 쏙은 이런 조건을 모두 만족시킨다. 그러나 우이도나 흑산도 사람
들은 진짜 쏙을 잘 알지 못했다. 쏙은 진흙이 약간 섞인 흙을 좋아하므로 이
곳에서 보기 힘든 것은 어쩌면 당연한 일이다. 아무래도 쏙을 백석해로 보
기는 힘들어 보인다. 여기에서 대안으로 내세울 수 있는 것이 바로 갯가재
다. 갯가재는 겉모습이 쏙과 거의 유사하면서도 흑산도에서 흔히 볼 수 있
는 생물이기 때문이다.

　갯가재는 얕은 바다의 모래흙에 구멍을 파고 살아간다. 야행성이어서 주
로 밤에 활동하며, 새우나 게, 작은 물고기 등을 잡아먹는다. 쏙보다 몸집이
약간 커서 몸길이 약 15센티미터 정도까지 자란다. 갯가재의 가장 큰 특징
은 사마귀의 앞발처럼 생긴 두 번째 가슴다리다. 갯가재는 이 가슴다리를

* 어떤 이는 반대로 막대를 세게 밀어 넣기도 한다. 이때는 쏙이 반대쪽 구멍에서 밀려나온다.

마치 권투선수가 스트레이트를 날리는 것처럼 갑자기 내뻗어서 적을 공격하거나 먹이를 낚아챈다. 꼬리와 꼬리발은 강대하며 빠른 속도로 헤엄치거나 구멍을 파는 데 사용한다. 산란기는 5~7월이며 암컷은 알이 깰 때까지 알덩이를 입 부근의 턱발로 붙잡고 보호하는 습성이 있다.

어린 시절 갯가재를 잡을 때 쏙을 잡는 것과 비슷한 방법을 썼던 기억이 난다. 해변에서 동그랗게 생긴 갯가재 굴을 발견하면 강아지풀이나 돼지털로 만든 붓을 구멍 속으로 가만히 집어넣고 기다린다. 잠시 후 뭔가 당기는 듯한 감각이 오면 슬그머니 끌어당기기 시작한다. 갯가재가 입구 근처까지 따라 나왔다 싶을 때 구멍 옆으로 손을 집어넣거나 잽싸게 몸의 윗부분을 낚아채면 상황은 끝이다. 때로는 무작정 땅을 파헤쳐 새끼 갯가재를 한 마리 잡아낸 다음 허리에다 실을 묶어 구멍 속으로 집어넣기도 했다. 자신의 집에 남이 들어오는 것을 싫어하는 집주인이 침입자를 공격하기 시작하면 줄을 잡아당겨 입구로 유인하고 역시 앞에서와 같은 방법으로 잡아낸다.

갯가재는 얕은 바다에서 하는 던질낚시에도 가끔 걸려나온다. 이렇게 잡힌 갯가재를 다른 물고기들과 함께 매운탕을 끓일 때 넣으면 갑각류 특유의 시원한 국물맛을 낸다. 어릴 때 어머니는 갯가재탕을 많이 해 주셨다. 국물도 국물이지만 가시에 찔려가며 등껍질을 벗기고 알맹이를 골라먹는 재미가 제법 쏠쏠했던 것으로 기억된다.

처음 보는 게가 꽤 여러 마리 눈에 띄었다. 체형은 민꽃게와 유사한데 크기가 좀더 작고 등껍질의 아래쪽이 뾰족하게 끝나 전체적으로 다소 동글동글한 모습이었다.

"반기여. 이게 원래는 많이 안 잡히는데 올해는 이상하게 많이 잡히네. 반기는 종류가 두 가지여. 껍질이 단단한 거하고 무른 거하고. 이게 무른 거. 딱딱한 거는 모래밭에 사는데 안 먹어요."

깨다시꽃게였다. 박화진 씨는 별로 맛이 없는 게라고 했지만 매운탕에 들어간 깨다시꽃게는 껍질이 물러 통째로 씹어먹는 맛이 담백하니 좋았다. 껍질이 단단한 놈은 범게나 그물무늬금게를 말한 것으로 추측된다. 범게나 그물무늬금게는 모두 금게과로 꽃게과의 게들과는 다른 무리에 속하지만 깨다시꽃게와 꽤 닮은 모습을 하고 있어 착각을 일으키기 쉽다.

깨다시꽃게들 틈에 몸이 납작하고 등껍질이나 집게발이 훨씬 억세어 보이는 게가 몇 마리 섞여 있었다.

● 깨다시꽃에 처음 보는 게가 꽤 여러 마리 눈에 띄었다. 체형은 민꽃게와 유사한데 크기가 좀더 작고 등 껍질의 아래쪽이 뾰족하게 끝나 전체적으로 다소 동글동글한 모습이었다. 깨다시꽃게였다.

"그건 뻘덕기여. 뻘덕기가 맛있지라."

『현산어보』에 등장하는 무해, 즉 벌덕궤였다.

[무해舞蟹 속명 벌덕궤伐德蛫]

큰 놈은 타원형으로 생긴 등껍질의 폭이 7~8치에 이른다. 빛깔은 검붉다. 등껍질 곁에서 나온 집게발이 두 개의 뿔처럼 보인다. 왼쪽 집게발은 엄지손가락만 한데 자르는 힘이 매우 세다.* 집게발을 펴면서 일어나는 모습이 마치 춤을 추는 것과 같다. 맛은 감미로우며 항상 돌 틈에서 살아가는데 썰물 때 이를 잡는다.

이청의 주 소송은 "게 중에서 껍질이 넓적하고 색깔이 노란 놈을 직蟙이라고 한다. 남해에서 난다. 집게발은 매우 날카롭고 풀을 베듯 사물을 자를 수가 있다"라고 했다. 이것이 곧 무해이다.

뻘떡기나 뻘떡게는 주로 서해안 지방에서 통용되는 이름이다. 사실 『현산어보』를 읽기 전까지는 이 이름을 한 번도 들어본 적이 없었다. 그러나 본문의 설명을 보자마자 바로 한 종의 모습이 머릿속에 떠올랐다. '집게발을 펴면서 일어나는 모습이 마치 춤을 추는 것과 같다'라는 표현이 결정적인 단서였다.

충남 천리포에서 잘피밭을 뒤지고 있을 때였다. 풀숲 사이로 둥그스름하게 생긴 물체가 움직이는 것이 보였다. 마치 얼음 위를 미끄러져 가듯 유연

* [원주] 대개 게의 집게발은 왼쪽이 크고 오른쪽이 작다.

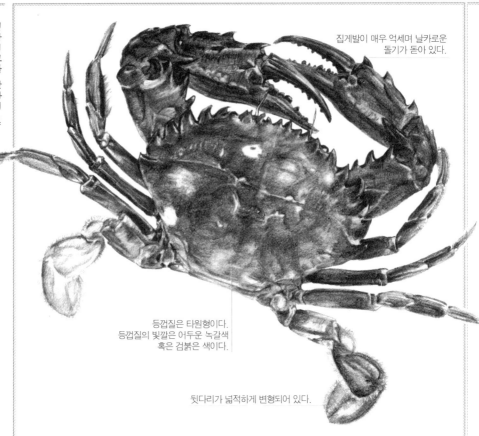

집게발이 매우 억세며 날카로운 돌기가 돋아 있다.

등껍질은 타원형이다.
등껍질의 빛깔은 어두운 녹갈색
혹은 검붉은 색이다.

뒷다리가 넓적하게 변형되어 있다.

한 움직임이었다.* 한참을 이동하던 물체가 멈춘 곳은 넓적하게 생긴 돌 밑이었다. 가만히 다가가서 돌을 들어올리는 순간 "딱" 하는 소리와 함께 무시무시한 집게가 튀어 나왔다. 민꽃게였다.** 만세를 부르듯 높이 쳐든 집

● 민꽃게 *Charybdis bimaculata* (Miers)

● 위험한 춤꾼 뻘떡게 큰 놈은 타원형으로 생긴 등 껍질의 폭이 7~8치에 이른다. 빛깔은 검붉다. 등껍질 곁에서 나온 집게발이 두 개의 뿔처럼 보인다. 왼쪽 집게발은 엄지손가락만 한데 자르는 힘이 매우 세다. 집게발을 펴면서 일어나는 모습이 마치 춤을 추는 것과 같다.

* 민꽃게는 맨뒤쪽의 걷는다리가 넓적한 모양을 하고 있어 헤엄을 잘 친다.
** 민꽃게는 꽃게와 매우 닮았지만 몸의 양옆에 길고 날카로운 가시가 없다는 점으로 쉽게 구별할 수 있다. 민꽃게라는 이름도 여기에서 유래한 것이다. '민'은 민머리나 민저고리에서처럼 뭔가가 없거나 빠져 있음을 의미하는 말이다. 따라서 민꽃게는 송곳 같은 가시가 없는 꽃게라는 뜻으로 풀이할 수 있다.

게발이 무척이나 위협적으로 느껴졌다. 민꽃게는 이렇게 멈춘 자세로 꼼짝도 하지 않고 있다가 조금만 가까이 다가가면 격렬하게 가위질을 해댔다. 춤을 추고 있었던 것이다.

무해라는 이름은 민꽃게가 위협하는 장면이 춤을 추는 것과 같다고 해서 붙여진 것이다. 벌떡궤라는 속명도 벌떡벌떡 일어서는 민꽃게의 독특한 위협자세에서 유래한 것이 틀림없다. 중얼거리기만 해도 그 생물의 특징이 머릿속에 떠오른다면 그 이상 좋은 이름은 없을 것이다. 뻘떡게라는 좋은 이름이 지방 사투리로만 남아 있다는 사실이 아쉽기만 하다.*

민꽃게의 가장 큰 무기는 역시 억센 집게발이다. 끝이 날카로운 데다 집는 힘이 매우 강해서 잘못해서 물리기라도 하는 날에는 피부가 찢어질 정도로 큰 상처를 입을 수도 있다. 박도순 씨는 민꽃게의 집게발에 대한 두려움을 물리면 약이 없다는 말로 대신했다.

"여기서는 뻘딱게라 그래요. 물리면 되게 아퍼요. 뻘딱게에 물리면 약도

없다 그라제. 밤에 뻘딱게가 물가로 올라올 때 잡았지라. 솜에 기름 묻혀서 횃불로 만들어 들고 다니면서 잡곤 했어요. 다리를 요렇게 잡거나 뒤로 잡거나."**

그러나 민꽃게가 제아무리 무서운 집게발을 가지고 있다 한들 결국 기

* 민꽃게는 곳에 따라 박하지, 박까시라는 이름으로 불리기도 한다. 그러나 무슨 뜻인지는 알 수 없었다.
** 민꽃게를 잡기 위해서는 약간의 요령이 필요하다. 발로 등껍질을 밟아서 움직이지 못하게 한 다음 잡아내는 것이 한 가지 방법인데, 이때 집게발에 물리지 않도록 반드시 몸의 뒷부분을 잡아야 한다. 약간 위험하긴 하지만 민꽃게가 발을 쳐들고 있을 때 양손으로 집게발을 동시에 잡아버리는 방법도 있다. 어떤 경우든 손에는 두꺼운 면장갑을 끼는 것이 좋다.

다리고 있는 것은 식탁에 오를 운명이다. 면장갑을 낀 누군가의 손에, 통발에, 자망에 잡혀 나온 민꽃게는 미식가들의 입맛을 당기게 한다. 민꽃게는 꽃게 대신 해물탕에 넣거나 게장을 담가먹는 경우가 많다. 민꽃게로 담근 게장을 보통 무젓이라고 부르는데, 무젓은 살아 있는 게를 토막쳐서 고춧가루와 마늘 등의 갖은 양념으로 짜지 않게 무친 다음 하루쯤 재웠다가 먹는 것으로 특별한 양념을 섞지 않고 간장이나 액젓에 오랫동안 숙성시켜서 만드는 일반적인 게장과는 전혀 다른 음식이다. 일반 음식점에서 많이 내놓는 것도 참게장이 아니라 대부분 민꽃게로 만든 무젓이다. 값이 싸고 금방 만들 수 있는 데다 얼얼하고 매운맛 속에 감도는 은은한 감칠맛이 손님들에게 인기가 높기 때문이다.

헤엄을 잘 치는 게

민꽃게와 비슷하게 생긴 꽃게도 눈에 띄었다. 꽃게는 민꽃게와 매우 닮은 모습을 하고 있지만, 몸의 양옆에 길고 날카로운 가시가 튀어나와 있다는 점으로 쉽게 구별할 수 있다. 박화진 씨는 꽃게를 살게라고 불렀다.

"큰 게를 살게라고 하지라. 옆에 가시가 삐죽하게 나와 있고."

살게라는 이름은 『현산어보』에도 등장한다.

[시해矢蟹 속명 살궤 殺跪]

큰 놈은 너비가 두 자 정도이다. 뒷다리 끝이 넓어서 부채와 같다. 두 눈 위에 한 치 남짓한 송곳 같은 것이 있어서 이 같은 이름을 얻었다. 빛깔은 검붉다. 대체로 게는 잘 기어다니지만 헤엄치는 데는 능숙하지 못하다. 그러나 시해만은 특별히 부채 모양의 다리를 사용해서 잘 헤엄쳐 다닌다. 이 게가 물 속에서 헤엄치는 것은 큰바람이 불어올 징조라고 한다. 맛은 달콤하다. 흑산에는 희귀하다. 항상 물 속에 있는데 때때로 낚시에 걸려 올라온다. 칠산 바다에서는 그물로 잡는다.

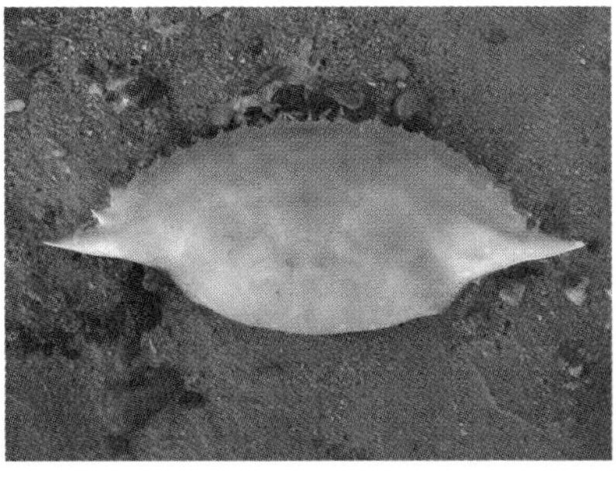

◉**꽃게의 등껍질** 꽃게는 민꽃게와 매우 닮은 모습을 하고 있지만, 몸의 양옆에 길고 날카로운 가시가 튀어나와 있다는 점으로 쉽게 구별할 수 있다.

이청의 주 시해는 추모蝤蟱의 일종이다. 소송은 "등껍질이 편평하고 게 중에서 가장 크며 뒷다리가 넓은 놈을 추모라고 한다. 남인南人은 이를 발도자撥棹子라고 부르는데, 그 뒷다리가 노(棹)를 닮았기 때문이다. 심蟳이라고도 한다. 썰물이면 조수와 함께 물러간다. 껍질을 벗을 때마다 커지는데 큰 놈은 됫박만 하고, 작은 놈은 술잔이나 접시〔盞碟〕만 하다. 두 집게발이 손같이 생긴 것이 다른 게와 다른 점이다. 힘이 매우 강해서 음력 8월이면 능히 호랑이와 겨룰 수 있을 정도가 되는데, 호랑이가 당해내지 못한다"라고 했다. 『박물지』에도 "추모의 큰 놈은 힘이 세어 호랑이와 싸울 정도이며, 집게발로는 사람을 잘라 죽일 수 있다"라는 내용이 나온다. 게 중에서 가장 몸집이 큰 놈은 요즘 사람들이 시해라고 부르는 종류이다. 이것이 곧 추모이다.

정약전이 꽃게의 눈 위에 있다고 묘사한 한 치 남짓한 송곳가시는 박화진씨가 말한 몸 양옆으로 삐죽하게 솟아 나온 가시와 같은 것이다. 이 가시 때문에 꽃게의 등껍질은 마름모 또는 화살촉 형태를 갖게 되는데, 시해나 살게라는 이름도 이 모양을 본 따서 붙여진 것이다.

양옆에 돋은 것 외에도 꽃게의 온몸에는 날카로운 가시가 수없이 돋아나 있다. 제상에 꽃게를 올리지 않는 것도 이 날카로운 가시 때문이라는 이야기가 있다. 젯밥을 먹으러 왔던 조상이 가시 때문에 상 앞에 앉아보지도 못하고 그냥 돌아가버린다는 것이다. 예로부터 가시에는 귀신을 물리치는 벽사의 힘이 있다는 믿음이 전해온다. 혼례를 올리지 못하고 죽은 처녀가 손각시(처녀귀신)로 변하는 것을 막기

● 수영의 명수 큰 놈은 너비가 두 자 정도이다. 뒷다리 끝이 넓어서 부채와 같다. 두 눈 위에 한 치 남짓한 송곳 같은 것이 있어서 이 같은 이름을 얻었다. 빛깔은 검붉다. 대체로 게는 잘 기어다니지만 헤엄치는 것에는 능숙하지 못하다. 그러나 시해만은 특별히 부채 모양의 다리를 사용해서 잘 헤엄쳐 다닌다.

집게발은 매우 억세고
날카로운 가시가 돋아 있다.

몸의 양옆에 날카로운
가시가 돋아 있다.

몸은 마름모꼴이다.
암놈은 어두운 갈색
바탕에 등껍질 뒤쪽에
흰 무늬가 있으며,
수놈은 초록빛을 띤
짙은 갈색이다.

뒷다리가 넓적하게 변형되어 있다.

위해 가시나무를 관과 함께 묻거나 가시 돋친 나무를 울타리로 즐겨 심었던
이유도 이 때문이다. 꽃게의 가시에 벽사의 의미가 있다는 사실을 가장 잘
보여주는 예는 경기도 일부 섬마을에서 찾아볼 수 있다. 이곳에서는 문설주
에 꽃게를 달아매어 귀신이나 부정한 것들의 접근을 막는다고 한다.

크고 억세게 발달한 집게발도 꽃게의 중요한 특징이다. 이청이 인용한 중
국 문헌들은 꽃게를 호랑이와 싸울 정도로 용맹하며, 집게발로는 사람을 잘

● 꽃게 *Portunus trituberculatus* (Miers)

라 죽일 수 있다고 묘사했다. 실제로 꽃게는 자신의 앞에서 거치적거리는 것은 무엇이든 집게발로 집으려 하는 성질이 있기 때문에 함부로 다루다가는 큰 상처를 입을 수도 있다.*

꽃게는 민꽃게와 마찬가지로 맨뒤쪽의 걷는다리가 넓적한 모양을 하고 있어 헤엄을 잘 친다. 박도순 씨도 헤엄을 잘 치는 것을 꽃게의 중요한 특징으로 들었다.

"꽃게자망으로 잡는데 사리에는 없어요. 흑산 부근에는 잘 안 나오지라. 헤엄을 잘 치는 게여."

꽃게는 보통 수심 약 30미터쯤 되는 내만의 모래바닥에서 서식하는데 뛰어난 수영 실력으로 날마다 꽤 먼 거리를 이동한다. 야행성이어서 낮에는 모래 속에 숨어 있다가 밤이 되면 헤엄쳐 나와 먹이를 사냥하는데, '봄철 그믐께 잡은 꽃게가 가장 맛있다' 라든지, '달이 밝을 때 잡힌 꽃게는 알이 없고 껍질이 여위다' 라는 말도 꽃게의 어둠을 좋아하는 습성 때문에 생겨난 것이다. 실제로 달이 밝은 음력 보름 전후의 꽃게는 달이 없는 그믐께 꽃게에 비해 먹이 활동이 활발하지 못해 살이 70~80%밖에 되지 않는다고 한다.** 주변에서 겉만 번지르르하고 실속이 없는 사람을 '보름게 잡고 있다' 라고 표현하는 것도 이러한 이유 때문이다.

우리 나라의 동해·남해·서해를 대표하는 게를 들라면 영덕의 대게, 통영의 털게, 서산의 꽃게를 꼽을 수 있다. 그러나 영덕대게나 통영털게는 너무 귀해졌고 서산꽃게만이 예전의 명맥을 겨우 이어가고 있을 뿐이다. 서산

---

* 꽃게잡이 어부들은 꽃게를 잡아 올리자마자 집게발 한쪽을 가위로 잘라버린다. 꽃게가 동족끼리 서로 잡아먹는 것을 방지하기 위해서다. 꽃게의 사나움과 폭력성을 잘 보여주는 예다.

** 경북 영덕에서도 게를 그믐게와 보름게로 구분한다. 달이 없는 그믐에는 속살이 차 있고, 달 밝은 보름을 전후해서는 살이 빠진다는 것이다.

지방에서는 우리 나라 총 꽃게 산출량의 70% 가량을 어획 집하하고 있다. 박도순 씨는 흑산 근해에 꽃게가 많이 나지 않는다고 했다. 꽃게는 모래가 깔린 얕은 바다를 좋아하는데, 흑산도는 수심이 깊고 모래밭이 드문 편이므로 이해할 만한 일이다. 이는 흑산도에 꽃게가 귀하다는 정약전의 말과도 일치하는 사실이다. 흑산도에 비해 모래밭이 잘 발달한 우이도는 예로부터 꽃게의 산지로 유명했다. 정약전이 꽃게를 맛보았다면 흑산도가 아닌 우이도에서였을 가능성이 높아 보인다.

정약전은 꽃게의 맛을 달콤하다고 표현했다. 꽃게의 향을 첨가한 과자와 어묵이 등장할 정도로 꽃게는 지금도 대중적인 인기를 누리고 있으며, 서해의 꽃게잡이 어선들이 생명을 담보로 한 채 군사분계선에 인접한 어업통제선을 넘나드는 것도 그만큼 꽃게를 찾는 이들이 많다는 사실을 반영한다. 꽃게는 대부분 코그물의 일종인 자망에 의해 어획되는데, 이렇게 잡아 올린 꽃게는 꽃게장, 꽃게무젓, 꽃게찜, 꽃게탕 등 갖가지 다양한 요리로 만들어진다. 어민들은 탈피 중인 꽃게를 산채로 찢어서 회로 먹기도 하며, 살코기만을 골라 양념으로 무쳐놓은 꽃게살양념무침이나 알과 내장을 분리하여 담근 젓갈도 꽃게로 만들 수 있는 독특한 요리다. 『동의보감』에서는 꽃게가 사람의 열기를 푸는 데 효과가 있다고 밝혔다. 그래서인지 꽃게는 여름철 더위를 식히는 음식으로도 인기가 높다.

박화진 씨와의 저녁식사

한양 우무 이야기

밤이 어두워지기 시작했다. 다음날 계획을 세우고 있는데 노크소리가 들렸다. 박화진 씨였다. 저녁 식사 때까지 시간이 좀 남으니 물어볼 것이 있으면 물어보라고 한다. 질문거리들을 적어 놓은 수첩을 꺼내들고 하나씩 짚어나갔다. 40여 분에 걸쳐 계속된 대화에서 갖가지 생물들에 대한 현장감 넘치는 정보들을 수집할 수 있었다.

뽀고뽀고 소리를 내는 보고치(보구치) 이야기, 전기가 겁나게 통하는 전기가오리 이야기, 맛이 없어 돼지한테나 먹인다는 상쟁이(상괭이) 이야기, 장골에 밀려왔던 집채만 한 고래 이야기, 배에 구멍을 뚫는 소 이야기, 석황도나 칠팔도에 많아 포수들이 잡으러 다녔다는 물개 이야기가 특히 재미있었다. 그러나 가장 인상 깊었던 것은 역시 '꽃제륙'에 대한 이야기였다.

"꽃제륙은 커요. 사람만 한 것도 있어요. 아버지가 줏어 와서 혼자 못 가져간다고 지게 들고 오라고 그랬지라. 고래 종류인데 생쟁이하고 비슷해요. 지느러미는 상어같이 생겼고 아가미가 있어요. 고기가 아주 맛있지라."

꽃제륙은 『현산어보』 우어牛魚 항목에 나오는 화절육과 같은 이름이다. '화花'를 '꽃'에 대응시키면 화절육은 꽃절육, 즉 꽃제륙이 된다. 박화진 씨는 꽃제륙이 고래의 일종이라고 주장했지만, 아가미가 있다고 한 대목을 보면 박화진 씨의 주장이 잘못이라는 사실이 분명해진다. 고래는 허파로 호흡하는 포유동물이기 때문이다. 어쨌든 박화진 씨의 말만으로는 이 물고기가 어떤 종류인지 짐작하기 힘들었다. 희귀하여 본 일이 별로 없고, 형태 묘사가 불분명하다는 점이 이 물고기에 대한 신비감을 더한다.

한참 대화를 나누다보니 어느새 저녁시간이 되었다. 저녁상의 하이라이트는 역시 집에서 직접 만든 우무였다. 박화진 씨는 우무를 만드는 과정에 대해 간단히 설명해주었다. 우뭇가사리를 따 와서 붉은 색깔이 희게 변할 때까지 비를 맞히고 햇볕을 쬐어 말린다. 그리고 이것을 잘 씻어 솥에 넣고 펄펄 끓인 다음 막걸리 거르는 채로 걸러서 흘러나오는 맑은 물을 받아 굳히면 우무가 된다. 말만으로는 별로 어려울 것이 없어 보이지만 실제로는 꽤 손이 많이 가는 작업이었으리라. 한 번 먹어보라며 권하기에 젓가락을 들었는데, 워낙 탄력성이 강한 데다 젓가락질이 서툴러 몇 번이나 놓친 끝에 결국에는 숟가락으로 떠먹어야 했다. 박화진 씨는 이를 보고 원래 양반이 우무를 숟가락으로 떠먹는 거라며 놀려댔다. 과연 집에서 먹던 우무와는 씹는 맛과 향이 달랐다. 박화진 씨는 우무 자랑에 여념이 없었다.

"우이도 건 틀리지라. 육지에서 나는 건 한 번밖에 안 하는데 우이도 것은 세 번까지 깍지에서 뽑을 수 있어라."*

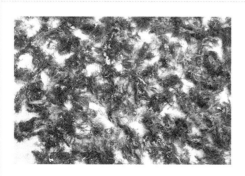

● 우뭇가사리 말리기 우뭇가사리를 따 와서 붉은 색깔이 희게 변할 때까지 비를 맞히고 햇볕을 쬐어 말린다. 그리고 이것을 잘 씻어 솥에 넣고 펄펄 끓인 다음 막걸리 거르는 채로 걸러서 흘러나오는 맑은 물을 받아 굳히면 우무가 된다.
＊ 세 번까지 뽑을 수 있다는 말은 우무를 거르고 남은 찌꺼기를 다시 끓여 우무를 뽑아내는 과정을 세 번이나 반복할 수 있을 정도로 이곳에서 나는 우뭇가사리에 우무질이 풍부하다는 뜻이다.

　정약전은 우뭇가사리의 형태를 개략적으로 묘사한 다음 우무를 만드는
방법에 대해서도 간단한 설명을 덧붙여 놓았다.

[해동초海東草 속명 우모초牛毛草]

　모양은 섬가채를 닮았다. 다만 몸이 납작하고, 가지 사이에 매우 가느다란 잎이 달려 있으며, 자색을 띤다는 것이 다른 점이다. 여름철에 삶아서 걸쭉한 죽처럼 만든 후에 다시 굳히면 맑고 윤기가 흐르는 것이 꽤 먹을 만한 음식이 된다.

　우뭇가사리는 조간대 중·하부의 바위에 붙어 자라는 홍조류로 물이 맑고 조류의 소통이 원활한 곳에서 많이 볼 수 있다. 몸체는 길이 10~30센티미터 가량이며, 납작하고 가는 줄기가 부챗살처럼 펼쳐진 모양을 하고 있다. 줄기 곳곳에서는 길고 짧은 가지가 깃 모양으로 갈려져 나오는데, 정약전은 이것을 가지 사이에 달려 있는 가느다란 잎이라고 표현했다. 우뭇가사

리는 다년생 식물이다. 대체로 5~11월간에 걸쳐 자라며, 이 시기가 지나면 밑동부분만 남겨두고 점차 녹아 없어진다. 그리고 다음해 봄에 남아 있던 기부에서 다시 새싹이 자라나게 된다.

　우무는 두부나 도토리묵처럼 네모나게 칼로 썬 다음 양념을 얹어 먹는 것이

● 한천 만들기 한천을 만드는 방법은 의외로 간단하다. 추운 겨울 우무를 적당한 크기로 자른 다음 바깥에 내놓고 잘 말리기만 하면 된다. 우무는 자연스럽게 얼었다 녹았다를 반복하며 물기를 잃고 한천으로 변해간다.

● 우무묵 우무는 두부나 도토리묵처럼 네모나게 칼로 썬 다음 양념을 얹어 먹는 것이 보통이다.

보통이다. 박화진 씨가 내놓은 것도 이런 형태였다. 그러나 우무 요리라고 하면 역시 한여름에 먹는 시원한 우무냉국을 빼놓을 수 없다. 우무냉국은 얼음을 띄운 콩국에 우무를 채쳐서 말아놓은 것인데, 입안에 착 달라붙는 콩국의 담백한 맛과 우무의 쫄깃하게 씹히는 맛이 기막히게 어울려 더위에 지친 입맛을 되살려준다. 서해안 지방에서는 우무냉국을 만들 때 콩국 대신 식힌 조개국물을 쓰기도 한다. 여기에 초를 약간 치고 양념을 곁들여 먹으면 색다른 맛을 느낄 수 있다. 정약전은 우무를 맑고 윤기가 흐르는 것이 꽤 먹을 만한 음식이라고 평가했다. 그가 먹었던 우무요리는 어떤 것이었을까?

박도순 씨는 우무에 관련된 재미있는 이야기 하나를 들려주었다.

"한양 우무 이야기 알아요? 어떤 사람이 한양에 과거 보러 가면서 먹을

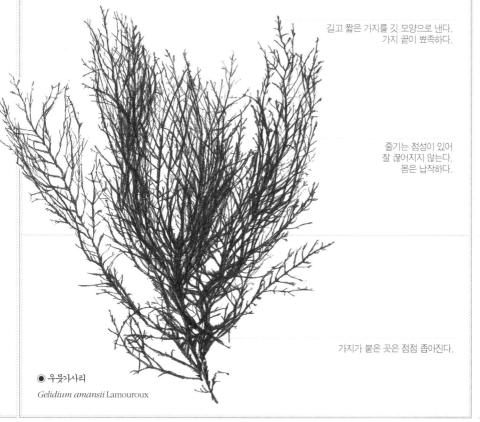

길고 짧은 가지를 깃 모양으로 낸다.
가지 끝이 뾰족하다.

줄기는 점성이 있어
잘 끊어지지 않는다.
몸은 납작하다.

가지가 붙은 곳은 점점 좁아진다.

● 우뭇가사리
Gelidium amansii Lamouroux

게 없고 하도 배가 고파서 가지고 간 우무를 먹었대요. 과거 보고 나서 돌아오는 길에 보니까 길가에 우무가 한 조각 떨어져 있더래요. 옳다구나 하고 주워 먹었다는 거여."

처음에는 무슨 얘긴지 몰라 고개를 갸우뚱거렸지만 잠시 후에야 그 뜻을 알아채고 웃음을 터뜨렸다. 이 사람이 길가에서 운 좋게 발견한 우무는 사실 자신이 싸 놓은 똥이었다. 한양 갈 때 먹었던 우무가 전혀 소화되지 않은 채 똥으로 나온 것을 그만 우무로 착각하고 주워 먹은 것이었다. 우무는 이렇듯 몸속에서 소화나 흡수가 잘 이루어지지 않는 데다 열량도 매우 낮아서 요즘에는 다이어트 식품으로 인기를 끌고 있다.

우무는 수분함량이 매우 높은 물질이다. 수분함량이 높다는 말은 그만큼 운반이나 저장이 힘들다는 것을 뜻한다. 우무를 처음 뽑아낸 상태 그대로 쓰기보다는 말려서 한천을 만드는 경우가 많은 것도 바로 이런 이유 때문이다. 바짝 마른 한천은 부피와 무게가 적게 나가므로 포장이나 운반이 간편할 뿐만 아니라 잘 상하지도 않는다.

한천을 만드는 방법은 의외로 간단하다. 추운 겨울 우무를 적당한 크기로 자른 다음 바깥에 내놓고 잘 말리기만 하면 된다.* 우무는 자연스럽게 얼었다 녹았다를 반복하며 물기를 잃고 한천으로 변해간다.** 완전히 마르는 데는 보름쯤 걸리며, 이렇게 완성된 한천은 그대로 혹은 가루로 가공되어 식품, 공업, 의약 및 미생물 연구 등 다양한 분야에 활용된다.

---

* 추운 겨울철이 한천 제작의 적기이며, 한천寒天이라는 이름도 겨울철의 한랭한 대기를 이용해서 만든다는 뜻으로 붙여진 것이다.
** 이러한 과정이 잘 일어나기 위해서는 일교차가 큰 곳이 유리하며, 얼음이 잘 얼도록 하기 위해 인위적으로 얼음가루를 뿌려주기도 한다.

가짜 우뭇가사리

정약전은 우뭇가사리 종류로 해동초 외에 두 가지를 더 기록해 놓았다.

[만모초蔓毛草 속명 나출우모초那出牛毛草]

사람의 머리카락처럼 가늘다. 가지와 줄기가 서로 뒤얽혀 풀어헤친 머리와 같이 어지럽다. 낚시로 끌어올리면 뭉쳐져서 덩어리가 된다. 이것으로 우무를 만들면 돌에서 나는 것만큼 단단하게 응결되지 않는다. 빛깔은 보라색이고 번식지대는 녹조대綠條帶 사이다. 땅에 붙지 않고 다른 해초에 의지해서 자란다.

[가해동초假海東草]

모양은 우모초를 닮았지만 더 거칠고 길다. 돌 위에 뭉쳐서 나는데 우모초보다 빽빽하게 자란다. 빛깔은 황흑색이다. 또 한 종류가 있는데 약간 길어서 한 자가 되는 놈도 있다. 자채 사이에서 번식하며 자채와 섞여 자란다.

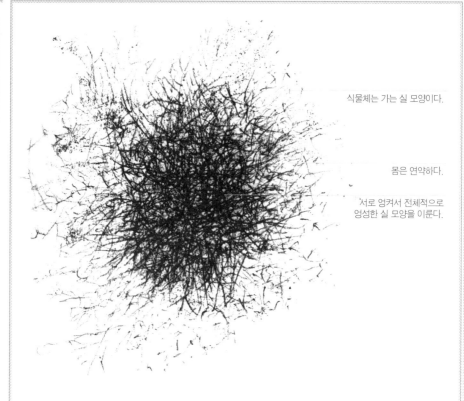

식물체는 가는 실 모양이다.

몸은 연약하다.

서로 엉켜서 전체적으로
엉성한 실 모양을 이룬다.

나출우모초는 나출, 즉 넌출이 의미하는 바와 같이 덩굴처럼 다른 식물체
에 매달려 자란다는 뜻으로 붙여진 이름이며, 가해동초는 우뭇가사리에 비
해 질이 떨어진다는 것에서 유래한 이름으로 추측된다. 흑산도 주민들 중
이 이름들을 댄 사람은 아무도 없었지만, 우무를 만드는 진짜 우뭇가사리와
그렇지 않은 가짜 우뭇가사리가 있다는 사실만은 모두 알고 있었다.

● 털비단풀 *Ceramium tenerrimum* (Martens) Okamura

가지의 끝은 뾰족하지 않다.
줄기는 점성이 부족하여 잘 끊어진다.

몸은 납작하다.

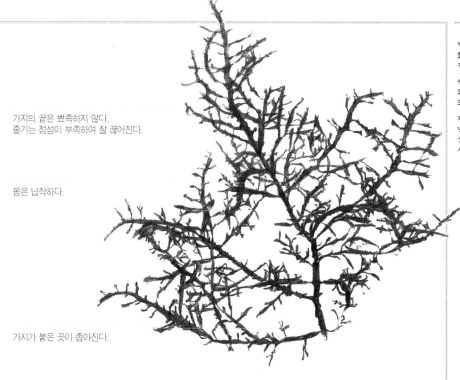

가지가 붙은 곳이 좁아진다.

　"우무 비슷하게 생긴 것이 있는데, 모르는 사람은 잘못 뜯어와요. 솥에 고
아도 퍼져버리고 우무가 제대로 안 나오제."

　"아줌마들 중에도 가짜만 뜯어오는 사람이 있어. 진짜 우무는 이렇게 뜯
어서 씹어보면 찐득하고 질긴 맛이 있제. 잘 안 끊어져. 그런데 가짜는 씹어
보면 질긴 기가 없고 금방 끊어져버려."

● 개우무 *Pterocladia tenuis* Okamura

만모초의 정체부터 추적해 보자. 겉모습이 우뭇가사리와 비슷하고 덩굴 형태로 다른 식물체에 기대어 자란다면 우선 갈고리가시우무(*Hypnea japonica*)나 갈고리서실(*Laurencia hamata*)이 떠오른다. 두 종 모두 모양이나 빛깔이 우뭇가사리와 비슷하며, 여러 갈래로 갈라진 가지는 사람의 머리카락에 비유할 수 있을 만큼 가늘다. 가지 끝이 갈고리 모양으로 되어 있어 모자반 등의 다른 해조류에 엉겨 붙어 자란다거나 서로 뭉쳐서 커다란 덩어리를 만드는 성질도 본문의 설명과 정확히 일치한다. 모든 점에서 이 두 종은 만모초의 후보로 손색이 없다. 그런데 신지도의 송문석 씨에게 본문의 내용을 들려주었더니 전혀 다른 이름을 댔다.

"금초 아닌가? 몰밭에 사는 우무 종류여. 배 타고 가다가 보면 몰 우에 뭉게뭉게 올라와요."

송문석 씨가 도감을 보고 지적한 종은 털비단풀(*Ceramium tenerrumum*)과 바늘비단풀(*Ceramium paniculaum*)이었다. 비단풀과에 속하는 이 해조류들도 모양, 빛깔, 생태가 본문의 설명과 거의 일치하여 앞에서 나온 두 종과 함께 만모초의 유력한 후보로 놓을 수 있을 것 같다.

가해동초는 가짜 우뭇가사리라는 뜻이다. 한영단 씨는 우뭇가사리와 비슷하면서 우무가 나오지 않는 종류를 모두 '가짜 우무'라고 불렀다. 정약전이 말한 가해동초도 우뭇가사리와 비슷하지만 품질이 떨어지는 종류를 말한 것일 가능성이 높다. 생물 이름에서 '가짜' 혹은 '원종이 아닌'이란 뜻을 가진 접두어로 '개'가 흔히 쓰인다는 점을 생각해 보면 가해동초를 개우무로 번역할 수도 있을 것이다. 그런데 실제로 개우무란 이름을 가진 해조류가 있다. 개우무는 우뭇가사리와 닮은 모습을 하고 있으며 몸체가 다소 거칠어 보인다. 한천의 재료로 쓰이기는 하지만 품질이 많이 떨어진다. 이러한 내용들을 종합적으로 고려해볼 때 개우무가 가해동초일 가능성은 상당히 높아 보인다.

송문석 씨도 개우무라는 이름을 알고 있었다.

"진질밭이나 뻘바닥에 사는 뻘우무를 개우무라 그라지라. 우무보다 굵고 꺼칠꺼칠하고 그라제."

그런데 도감에 나온 개우무의 사진을 보여주자 송문석 씨는 뜻밖에도 고개를 가로저었다. 자기가 아는 개우무와는 다르게 생겼다는 것이었다. 송문석 씨가 알고 있는 종이 개우무가 아니라면 이는 개우무 외에 가해동초로 볼 수 있는 종이 또 하나 존재한다는 이야기가 된다.* 정약전은 본문에서 가해동초에 길고 짧은 두 가지 종류가 있다고 밝혔다. 혹시 송문석 씨가 말한 개우무가 이들 중의 하나인 것은 아닐까?

---

* 아쉽게도 송문석 씨가 말한 개우무가 정확히 어떤 종인지는 확인할 수 없었다.

감성돔 구이

우무와 함께 나온 반찬 중에서 가장 맛있었던 것은 오전에 잡은 감성돔 새끼를 구운 것이었다. 한영단 씨가 솜씨 있게 구워놓아 맛이 아주 좋았다. 박화진 씨는 자기들은 늘상 먹는 것이니 많이 먹으라며 내 쪽으로 한 마리를 더 밀어놓았다.

"비드락이여. 여그서는 감성돔 새끼를 비드락이라고 부르제. 요고는 꿀(굴), 요고는 김."

박화진 씨는 비드락이라는 방언 하나를 알려주고는 또 장난기가 발동한 모양인지 이것저것 뻔한 이름들을 주워댔다.

내가 감성돔을 처음 만난 곳은 흑산도의 진리 포구였다. 배편을 기다리면서 장난 삼아 낚싯줄을 드리웠는데 곧바로 입질이 왔다. 급히 줄을 감았더니 손바닥만 한 물고기가 올라왔다. 망상어처럼 생긴 조그만 물고기였다. 이게 무슨 물고기일까 궁금해하고 있는데, 지나가던 낚시꾼 한 사람이 다가오더니 감성돔 새끼라고 알려주었다. 그리고 지금 저 바다 속에는 요만한 놈들 수천 수만 마리가 떼지어 헤엄쳐 다니고 있을 것이라며 미소를 지었다.[*] 흑산도 다음에 들렀던 홍도의 갯바위에서는 실제로 감성돔을 낚아 올리는 장면을 볼 수 있었다. 커다란 호를 그리며 휘어진 낚싯대와 한참 동안 힘겨루기를 하던 물고기는 마침내 못이긴 듯 슬며시 수면 위로 그 모습을 드러냈다. 커다란 몸집에 갑옷과도 같이 단단한 비늘, 노을빛을 받아 거무스레한 황금빛을 발하는 몸체는 장엄해 보이기까지 했다. 그러나 정약전은 이처럼 멋진 물고기를 단 몇 글자로 요약해버렸다.

[흑어黑魚 속명 감상어甘相魚]
색깔이 검고 약간 작다.

흑어는 글자 그대로 검은 물고기란 뜻이다. 정약전이 속명으로 밝힌 감상어나 감성어, 감생이, 가문돔, 감성도미 등의 방언들 역시 모두 같은 뜻으로 풀이된다.[**] 그런데 우이도에서는 특이하게도 감성돔을 청돔이라 부르고 있었다.

"낚시꾼들은 감성돔이라 그라는데 여그서는 청돔이라 그래라. 청돔."

어찌 보면 감성돔의 딱딱한 비늘에서 차가운 푸른빛이 뻗쳐 나오는 것 같기도 하다. 감성돔은 이 밖에도 맹이, 남정바리, 뺑성이 등의 다양한 이름으로 불린다. 그만큼 인기 있는 어종이란 뜻이다.

감성돔은 내만성 물고기로 수심 5~50미터의 얕은 바다에 많이 서식한다.

---

[*] 감성돔의 새끼는 얕은 곳에서 사는데 조간대의 물웅덩이에까지 들어온다. 나는 실제로 조수웅덩이를 뒤지다가 손가락 한 마디만 한 감성돔 새끼에게 손가락을 물려본 적이 있다. 그러다가 어느 정도 자라게 되면 좀더 깊은 곳으로 내려가 대군집 이동을 시작한다. 내가 만난 낚시꾼은 감성돔의 이런 습성을 잘 알고 있었던 모양이다.
[**] 제주 서귀포에서는 감성돔을 구릿이라고 부르는데 이것 역시 빛깔이 검다는 것을 나타낸 이름이다.

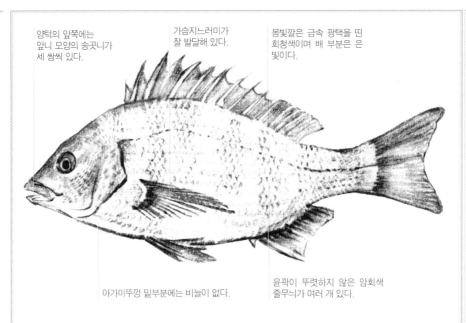

양턱의 앞쪽에는 앞니 모양의 송곳니가 세 쌍씩 있다.

가슴지느러미가 잘 발달해 있다.

몸빛깔은 금속 광택을 띤 회청색이며 배 부분은 은빛이다.

아가미뚜껑 밑부분에는 비늘이 없다.

윤곽이 뚜렷하지 않은 암회색 줄무늬가 여러 개 있다.

특히 바닥이 수심 10미터 이내의 해조류가 무성한 모래질이거나 암초지대인 곳을 가장 좋아한다. 몸길이는 40센티미터 안팎이며, 전체적인 몸꼴이 붕어를 닮았지만 등이 높이 솟아 있다. 몸빛깔은 금속 광택을 띤 검은 잿빛이고 배는 연한 빛인데, 옆구리에는 희미한 줄무늬가 여러 개 나 있다. 주둥이는 뾰족한 편이고, 이빨이 매우 강해서 소라나 성게처럼 단단한 것을 쉽게 깨물어 부순다. 감성돔은 이 밖에도 게, 새우, 홍합, 거북손 같은 동물성 먹이에서부터 김이나 파래와 같은 해조류에 이르기까지 무엇이든 먹어치우는 잡식성 어종으로 알려져 있다. 감성돔은 자라면서 성이 바뀌는 물고기로

● 감성돔 *Acanthopagrus schlegeli* (Bleeker)

도 유명하다. 알에서 깨어날 때는 모두 수컷이지만 5년 정도 자라서 몸길이가 30센티미터 이상이 되면 대부분 암컷으로 변한다. 낚시에 걸려 올라오는 대형급 감성돔들이 모두 암컷인 이유도 이 때문이다.

이번 우이도 뱃길에서는 나쁜 기상조건 때문인지 낚시꾼들을 전혀 볼 수 없었다. 그러나 날씨가 조금만 풀리면 두터운 외투를 껴입고 모자까지 눌러 쓴 사람들이 해안선을 따라 튀어나온 갯바위 곳곳에 갯강구 떼처럼 줄줄이 달라붙을 것이다. 아니 지금도 어느 곳엔가는 살을 에듯 매섭게 몰아치는 바닷바람을 나 몰라라 하고 갯바위에 걸터앉은 낚시꾼들이 있을지도 모른다. 일도 가족도 친구도 없다. 이들의 머릿속은 오직 한 가지 대물을 낚았을 때의 소름 돋는 손맛에 대한 기대만으로 가득할 것이다. 그리고 이들이 노리는 대물은 십중팔구 감성돔일 것이다.

민물낚시를 오래 한 사람들이 대부분 붕어낚시를 최고로 꼽듯 바다낚시를 즐기는 사람들 중에는 감성돔낚시를 최고로 꼽는 경우가 압도적으로 많다. 감성돔의 어떤 점이 낚시꾼들의 마음을 이토록 사로잡는 것일까? 감성돔은 경계심이 강한 데다 물고기 중에서는 지능도 상당히 높은 편이어서 낚아내기에 매우 까다로운 어종이다. 그래서 낚시꾼들은 감성돔을 낚기 위해 세심한 곳까지 신경을 쓴다. 감성돔은 그물을 만나면 뒷걸음질한다고 알려져 있을 만큼 시력이 뛰어나다. 목줄을 가능한 한 가는 것으로 쓴다든지 미끼를 꿸 때 바늘 끝이 밖으로 나오지 않게 한다든지 찌를 필요 이상으로 큰 것으로 쓰지 않는다든지 하는 것도 모두 감성돔의 뛰어난 시력을 경계하기

●감성돔 민물낚시를 오래 한 사람들이 대부분 붕어낚시를 최고로 꼽듯 바다낚시를 즐기는 사람들 중에는 감성돔낚시를 최고로 꼽는 경우가 압도적으로 많다.

때문이다. 감성돔은 청각도 발달되어 있기 때문에 낚시를 할 때에는 최대한 조용히 해야 한다. 찌가 물에 떨어질 때 나는 착수음도 감성돔을 쫓아버리기 일쑤다. 감성돔은 시기에 따라 가까운 연안과 수심이 깊은 먼바다 사이를 옮겨 다니는 습성이 있다.* 감성돔의 이러한 습성을 제대로 이해하지 못한다면 낚시를 나서봐야 허탕만 치고 돌아오기 십상일 것이다.** 어쩌면 이렇게 힘들여가며 잡아내는 어종이기에 감성돔을 낚아냈을 때의 성취감이 그만큼 큰 것일지도 모르겠다.

감성돔은 지방에 따라 차이가 있지만 대략 4~6월 정도에 산란기를 맞는다. 산란기 이후에는 고깃살이 스펀지처럼 푸석푸석하고 맛이 없어지는데 낚시꾼들은 이런 감성돔을 똥감생이라고 부르며 천시한다. '6월 감생이는 개도 안 먹는다'라는 말도 이 때문에 나온 것이다. 그러나 제철의 감성돔은 맛이 담백하여 어떤 요리에도 잘 어울린다. 어린 새끼로는 찜이나 구이를, 큰 놈으로는 회나 탕을 만들어 먹는 경우가 많은데, 특히 감성돔 회는 육질이 쫄깃쫄깃하고 씹을수록 감칠맛이 우러나 생선회의 정수로 평가받고 있다. 인기 있는 생선들이 흔히 그렇듯이 감성돔도 어디 하나 버릴 곳이 없다. 회를 뜨고 남은 서덜은 싱건탕이나 매운탕에 넣으면 그 맛이 일품이고, 머리는 반으로 쪼개어 말렸다가 구이로 만들어 먹으면 어두일미란 말을 실감할 수 있다. 심지어 몸에서 벗겨낸 껍질마저도 야들야들하고 고소한 맛을 낸다고 하여 별미로 대우받는다.

* 감성돔의 이 같은 습성은 낚시꾼들이 흔히 쓰는 오름감성돔이나 내림감성돔이라는 말에서도 잘 드러난다. 봄철에 남해의 먼 섬에서 산란을 하기 위해 내만이나 연안 가까이의 얕은 곳으로 올라오는 감성돔을 오름감성돔이라고 부르며, 반대로 9월 이후 수온이 낮아지면서 내만이나 연안으로부터 남해의 수심이 깊은 지대나 섬 주변의 겨울 수온이 높은 곳으로 빠져나가는 놈들을 내림감성돔이라고 부른다.
** 프로 낚시꾼의 경우 달력만 보고도 어떤 섬, 어떤 여에 물고기가 모여 있는지를 귀신같이 알아낸다고 한다.

북도어와 강성어

정약전은 '북도어' 라는 물고기를 도미류의 한 종으로 기록해 놓았다.

[북도어北道魚 속명을 그대로 따름]

큰 놈은 7~8치 정도이다. 모양은 강항어를 닮았고 몸빛이 희다. 맛 또한 강항어와 비슷하나 약간 담박한 편이다.

북도어가 속명 그대로를 따른 이름이라면 그 원말은 아마 '북도미' 정도가 될 것이다. 박화진 씨는 참돔·황돔·붉돔 등 몸빛깔이 빨간 도미를 모두 북(붉)도미라고 부른다고 했다. 사리의 조복기 씨도 "참도미나 북도미나 그게 그거여"라며 박화진 씨와 비슷한 의견을 내놓았다. 그러나 본문의 설명은 이들의 주장과는 전혀 상반된 내용을 담고 있다. 우선 정약전은 북도어의 몸빛깔을 흰색이라고 밝혔다. 몸빛깔이 희다면 북도어를 붉은 도미로 해석하는 것도, 참돔·황돔·붉돔을 북도어의 후보로 놓는 것도 불가능해진다. 또 한 가지 문제점은 이 물고기의 크기다. 정약전은 북도어의 큰 놈이 7~8치 정도라고 했다. 다 자란 놈이 15센티미터 안팎에 지나지 않는다면 도미 종류라고 보기에는 너무 작다. 비슷한 방언, 크기, 형태를 가진 물고기를 찾아보았지만 아무래도 적당한 종이 나타나지 않았다. 이렇게 북도어의 정체를 밝히는 일은 차일피일 미뤄지고만 있었다.

그런데 우이도 진리의 문채옥 씨와 물고기에 대한 이야기를 나누고 있을 때였다. 도미 종류에 대해 물어보다가 별생각 없이 박화진 씨로부터 들은 이야기를 꺼냈다.

"돈목에서는 감성돔 새끼를 비드락이라고 부르더라구요."

"비드락? 여그서는 비돔이라고 부르는디…"

문득 북도어의 '북北' 자가 견줄 '비比' 자의 오기가 아닌가 하는 생각이 들었다. 만약 그렇다면 북도어는 비도어가 되고, 비도어는 비돔을 한자로 옮긴 말로 볼 수 있게 된다. 감성돔 새끼를 비도어로 본다면 모든 수수께끼가 한꺼번에 풀린다. 감성돔의 새끼는 어미 물고기에 비해 몸빛이 옅다. 이것이 흰색 몸빛의 비밀이다. 어린놈이니 만큼 크기가 작은 것이 당연하며, 감성돔과 참돔의 생김새가 비슷하니 감성돔의 새끼도 참돔을 닮았다고 표현할 수밖에 없었을 것이다. 정약전은 감성돔의 새끼를 어미와 전혀 다른 이름으로 부른다는 사실을 알지 못했던 것 같다. 그래서 같은 물고기의 어미와 새끼를 두 개의 각기 다른 항목으로 묶어 놓는 중대한 실수를 범하고만 것이다.

※ 나중에 알게 된 사실이지만 박화진 씨도 원래 비돔이라는 말을 썼다고 한다. 비드락이라는 이름은 외지 낚시꾼들이 부르는 소리를 듣고 따라 배운 것이라고 했다.

※※ 또 다른 추측도 가능하다. 감성돔의 새끼를 부르는 이름으로는 비돔 외에 배돔, 배도미, 배드미, 배르미 등이 있다. 북도어의 '북北'은 '배'라는 음으로도 읽힌다. 그렇다면 북도어는 배도어가 되고, 배도어는 배돔이나 배드미, 배르미 등을 옮긴 말로도 볼 수 있게 된다.

적어, 즉 붉은 고기 강성어도 비도어의 경우와 마찬가지로 어쩌면 다른 물고기의 새끼를 말한 것일 가능성이 있다.

[적어赤魚 속명 강성어剛性魚]

모양은 강항어와 같으나 크기가 작다. 몸빛깔은 붉다. 강진현의 청산도青山島 근해에 많다. 음력 8, 9월에 나기 시작한다.

(원문에 빠져 있으므로 지금 보충함)

우이도와 흑산도에서 꽤 많은 사람들에게 물어보았지만 누구도 강성어라는 이름을 알지 못했다. 강성어라고 하면 모두 감성돔만을 떠올릴 뿐이었다. 감성돔의 새끼를 비도어로 본 것처럼 참돔·황돔·붉돔 등의 새끼를 강성어라고 본다면 모양이 도미와 같고, 몸빛깔이 붉으며 크기가 작다는 조건들을 모두 만족시킬 수 있다. 아직은 추측일 뿐이지만 강성어라는 이름은 이들 물고기의 새끼를 어미와 같은 이름으로 부르기 시작하면서 점차 사라지게 된 것이 아닐까 생각해 본다.

머리가 단단한 물고기

우리 나라에는 감성돔 외에도 돔*이라고 불리는 물고기들이 꽤 많다. 도미과의 참돔, 붉돔, 황돔, 청돔에서부터 돌돔과의 돌돔, 자리돔과의 자리돔, 놀래기과의 혹돔에 이르기까지 다양한 종류의 물고기들에 돔이라는 이름이 붙어 있다. 그러나 이 중에서 도미의 대표종을 들라면 단연 참돔을 꼽을 수 있을 것이다. 참돔은 진짜 도미라는 이름에 걸맞게 예로부터 맛이 있고 행운을 가져다주는 물고기라 하여 경조사에 빠지지 않고 등장했던 어종이다. 정약전이 '강항어' 라고 밝힌 종도 참돔을 말한 것으로 보인다.

[강항어強項魚 속명 도미어道尾魚]

큰 놈은 길이가 3~4자에 달하며 모양은 노어를 닮았다. 몸은 짤막하고 높은 편인데 높이가 길이의 절반쯤 된다. 등이 붉고 꼬리가 넓으며 눈은 크다. 비늘은 면어를 닮았고 매우 단단하다. 머리와 목도 단단하여 무엇을 받으면 거의 다 부서진다. 이빨 또한 매우 강하여 전복이나 소라껍질도 부순다. 낚시에 걸리면 낚싯바늘을 펴서 부러

---

* 돔은 도미의 준말이다.

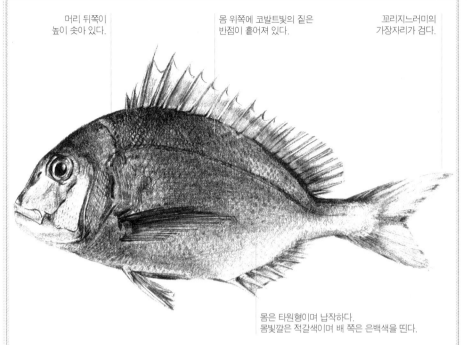

머리 뒤쪽이
높이 솟아 있다.

몸 위쪽에 코발트빛의 짙은
반점이 흩어져 있다.

꼬리지느러미의
가장자리가 검다.

몸은 타원형이며 납작하다.
몸빛깔은 적갈색이며 배 쪽은 은백색을 띤다.

◉ 참돔 *Pagrus major* (Temminck et Schlegel)

뜨린다. 살이 단단하며, 맛은 달고 진하다. 충청도[湖西]와 황해도[海西]에서는 음력 4
～5월에 그물로 잡는다. 흑산도에서도 이때부터 잡히기 시작하는데 겨울에 접어들
면 자취를 감춘다.

크기나 몸꼴, 빛깔, 습성에 이르기까지 본문의 묘사는 참돔의 특성과 정

◉ **물고기의 여왕** 참돔은 체형이 아름다운 데다 붉
은 바탕에 광택이 나는 청록색 반점이 박혀 있어
'물고기의 여왕'이라고도 불린다.

확히 일치하고 있다.* 참돔은 우리 나라 전 연안에 분포하며 특히 남해안이나 제주도 일대에 가장 많이 서식한다. 몸의 형태는 감성돔과 비슷하지만, 눈이 크고 이마가 급경사를 이루고 있어 머리 쪽이 둥그스름하게 보인다. 참돔은 체형이 아름다운 데다 붉은 바탕에 광택이 나는 청록색 반점이 박혀 있어 '물고기의 여왕'이라고도 불린다. 그러나 나이를 먹으면 몸색깔이 검어지고 광택을 띤 점도 사라지게 된다. 몸통에 있는 진한 적색의 가로무늬가 죽으면 곧 없어지는 것도 특이한 점이다. 그리고 참돔은 꽤 장수하는 물고기다. 수명이 20~30년 가까이 된다고 하는데, 40~50년까지 산다고 보는 학자들도 있다. 다 자란 놈은 1미터에 12킬로그램이 넘는 커다란 덩치를 자랑한다.

참돔은 폭식성 어종으로 유명하다. 강한 이빨과 턱으로 작은 물고기에서부터 게, 새우, 오징어, 성게, 소라, 전복, 불가사리 등에 이르기까지 눈에 보이는 것이면 무엇이든 닥치는 대로 잡아먹는다. 정약전도 여기에 깊은 인상을 받았는지 참돔을 소라나 전복껍질을 부수고 쇠로 만든 낚싯바늘을 부러뜨리는 괴력의 물고기로 묘사하고 있다. 참돔을 강항어, 즉 목이 강한 물고기라고 표현한 것은 좀 이상하다. 참돔의 머리가 단단한 것은 사실이지만 그렇다고 아무것이나 들이받아 부수는 얼빠진 짓은 하지 않는다. 아마도 참돔이 낚시나 그물에 잡혀 올라올 때 보이는 강한 반항의 몸짓을 이렇게 표현한 것이 아닌가 짐작된다.

---

* 붉돔과 황돔은 참돔과 매우 닮은 모습을 하고 있다. 이들도 강항어의 후보가 될 수 있지 않을까? 붉돔의 아가미뚜껑 가장자리가 진한 붉은색을 띠고 있다는 점, 황돔의 등면에 코발트색 점이 없다는 점, 두 종류 모두 참돔과는 달리 꼬리지느러미 끝이 검은색이 아니라는 점 등에 유의한다면 이들을 구별하는 것이 아주 힘든 일은 아니다. 그러나 구별할 수 있다는 것이 꼭 다른 항목으로 나누어야 함을 의미하지는 않는다. 만약 정약전이 이 세 종류의 물고기들을 같은 무리에 속해 있는 아주 가까운 종으로 보았다면 이들을 함께 묶어서 강항어라고 불렀을 가능성도 완전히 배제할 수는 없을 것 같다.

일본으로 건너간 도미장국

도미류는 세계적으로 보면 그리 인기 있는 어종이 아니다. 영국에는 '도미 같은 것은 유태인이나 먹는 잡어다'라는 말이 있고, 프랑스 사람들은 도미를 식충이 같은 물고기라고 부르면서 무시한다. 미국에서는 '낚시할 때는 재미있는 물고기다'라며 도미의 격을 낮추어 보고, 이웃한 중국에서도 도미를 잡어 중의 하나로 여길 뿐이다. 그런데 유독 우리 나라와 일본에서만은 도미 가 최고급 어종으로 대우받고 있다. 도미가 우리 나라에서 이 같은 인기를 끌게 된 이유는 무엇일까?

도미는 살코기에 불포화지방산이 적어서 오래 두어도 맛이 잘 변하지 않는다. 무덥고 습기가 많은 여름을 가진 우리 나라에서 저장이 잘 된다는 것은 다른 물고기들이 쉽게 따라올 수 없는 커다란 장점으로 받아들여졌을 것이다. 또한 도미는 제수용이나 여러 가지 경조사용으로 널리 쓰이던 물고기였다. 위풍당당한 몸매에 두껍고 큼직큼직한 비늘까지 갖춰 격식 있는 자리에 잘 어울렸을 뿐만 아니라 살이 푸짐해서 행사가 끝난 후 모인 사람들에

※ 도미는 도미과 어류를 총칭하여 부르는 이름이지만 우리 나라에서는 주로 참돔과 감성돔을 가리키는 말로 쓰인다.

게 반찬이나 안주거리로 돌리기에도 더없이 좋았다. 그러나 이처럼 구구한 설명보다는 어쩌면 도미의 맛이나 육질이 우리 민족의 입맛에 잘 맞았기 때문이라고 간단히 대답하는 편이 도미의 인기비결을 더 잘 설명해 줄 수 있을는지도 모르겠다. 어떤 사람에게는 눈살을 찌푸리게 하는 음식이 또 다른 사람에게는 구미를 돋우는 진미가 되기도 한다. 외국인들이 어떻게 생각했든 우리 선조들에게는 도미가 보기만 해도 군침을 돌게 하는 최고의 생선으로 여겨졌던 것이 아닐까?

우리 민족이 도미를 식용해 온 역사는 매우 길다. 부산 동삼동 패총에서 출토된 참돔의 뼈는 우리 민족이 선사시대부터 도미를 먹어왔다는 증거가 된다. 1647년 일본에서 편찬된 『요리물어料理物語』라는 책에는 고려자高麗煮라는 요리가 나온다.

냄비에 소금을 조금 뿌려서 그대로 도미를 넣고 술과 물을 섞어 도미가 잠길 만큼 붓는다. 이것을 술기운이 없어질 때까지 삶은 다음 밥물을 붓고 간을 맞춘다. 여기에 버섯이나 파를 조금 넣어서 먹는 맑은 장국이 바로 고려자라는 음식이다.

이 도미요리는 이름으로 미루어 우리 나라에서 건너간 음식으로 추측된다. 이로써 우리 나라에 도미를 이용한 요리가 일찍부터 발달해 있었으며, 생선요리의 왕국으로까지 불리는 일본이 우리 나라의 도미요리를 전수받았다는 사실을 알 수 있다. 도미가 한일 양국에서 인기 있는 생선이 된 이유도 혹시 이와 관련이 있는 것은 아닐까?

오랜 식용의 역사와는 달리 도미라는 이름이 본격적으로 문헌상에 기록되기 시작한 것은 조선시대에 들어와서부터였다. 『경상도지리지』에 고성현의 토산공물로 기록되어 있는 돔어〔都音魚〕나 각종 『읍지』에 실려 있는 도미어〔道味魚, 到美魚〕는 모두 도미를 음차한 것이다. 『역어유해』에서는 도미를 다소 낯선 이름으로 기록해 놓았는데, 그 내용은 『현산어보』에도 그대로 인용되어 있다.

이청의 주 『역어유해』에서는 도미어道尾魚를 가계어家雞魚라고 기록하였다.

『증보산림경제』에는 도미의 참맛이 머리에 있으며, 봄·여름보다 가을에 맛있고, 순채를 넣어 국으로 끓이면 좋다는 내용이 기록되어 있다. 서유구는 『난호어목지』 독미어禿尾魚 항목에서 도미의 분포와 형태적 특징에 대한 내용을 간단히 정리한 후 이름의 유래에 대해서도 나름대로의 설명을 시도했다.

서남해에서 난다. 동해에도 있다. 생김새는 붕어와 비슷하지만 더 크다. 큰 놈은 여러 자나 된다. 꼬리는 짧으며 가위처럼 가랑이가 갈라지지 않고 밋밋〔禿〕하므로 독미禿尾란 이름이 붙여졌다. 이 독미란 이름이 바뀌어 도미道尾가 되었다.*

* 도미의 꼬리는 끝이 밋밋하지 않고 V자 모양으로 약간 갈라진 형태를 하고 있다. 따라서 꼬리가 밋밋하여 독미라고 불렸다는 식의 설명은 처음부터 말이 되지 않는 민간어원설에 불과하다.

혹부리 옹이어

갯바위의 무법자 돌돔은 낚시꾼들에게 인기가 높다. 낚시에 걸렸을 때의 강력한 손맛 때문에 돌돔만을 노리는 사람들도 있을 정도다.

그런데 간혹 돌돔낚시에 엄청난 불청객이 걸려들 때가 있다. 그 크기가 돌돔을 훨씬 능가하며, 굵은 낚싯줄을 일시에 터뜨려버릴 정도의 괴력을 자랑하는 놈이다. 이 물고기는 한 번 보면 결코 잊을 수 없을 만큼 기괴한 모습을 하고 있다.

짙은 붉은색의 몸체에 돔이란 이름치고는 길쭉한 몸꼴, 그리고 무엇보다도 앞이마에 달린 커다란 혹이 인상적이다. 정약전은 이 물고기를 혹이 달린 물고기 유어瘤魚라고 기록했다.*

[유어瘤魚 속명 옹이어癰伊魚]

모양은 강항어를 닮았지만 몸이 약간 길다. 눈은 작은 편이고 몸빛깔은 적자색이다. 뒤통수에 혹이 있는데 큰 놈은 주먹만 하다. 턱 아래에도 혹이 있다. 혹을 삶아서

---

* 『한국어도보』와 유재명의 『물고기백과』에서는 붉돔을 유어로 지목했다. 색깔이 붉은 데다 크기가 30센티미터를 넘어가면 이마 쪽이 혹처럼 앞으로 튀어나오는 특성이 있기 때문에 이렇게 추측한 것 같다. 그러나 붉돔의 혹을 주먹만큼 크다고 표현하기에는 뭔가 부족한 점이 있다. 턱 밑에 혹이 있다거나 몸빛깔이 적자색이라는 표현 또한 붉돔의 특성과는 거리가 멀다. 여러 가지 정황으로 보아 붉돔보다는 역시 혹돔을 유어로 보는 편이 옳을 듯하다. 우선 혹돔은 본문의 설명과 거의 흡사한 외모를 하고 있다. 기다란 몸꼴과 적자색의 몸빛깔, 주먹만큼 크게 튀어나온 머리혹이며 턱 아래쪽이 혹처럼 부풀어 있는 모습까지 유어의 모든 조건을 완벽하게 만족시킨다. 혹돔의 지역 방언으로 옹이, 웽이, 엥이 등이 있는데, 이 이름들은 정약전이 유어의 속명으로 기록해 놓은 옹이어를 떠올리게 한다.

수놈은 성숙할수록 이마와 턱 밑부분이
튀어나와 혹 모양으로 된다.

이빨이 매우 튼튼하여
단단한 먹이를 잘 부순다.

몸빛깔은 전체적으로
진한 적갈색을 띤다.

기름을 만든다. 맛은 강항어와 비슷하지만 그만 못하다. 머리에는 고깃살이 많은데
맛이 매우 진하다.

　박도순 씨는 이마에 혹이 난 물고기 이야기를 꺼내자 곧바로 아는 체를
했다.
　"아. 그래. 그 혹 난 거 옹이라 그라제. 옹이 그것 혹이 꼭 돼지고기 같아
요. 미역국에 넣어서 끓여 먹기도 하지라."

● 흑돔 *Semicossyphus reticulatus* (Valenciennes)

옹이가 정확히 어떤 종을 말하는지 확인하기 위해 도감을 내밀었더니 박도순 씨는 주저 없이 흑돔의 사진을 가리키며 고개를 끄덕였다.

옹이어라는 속명은 흑돔이란 이름과 관련이 있다. 국어사전에는 '옹이'가 '나무의 몸에 박힌 가지의 그루터기'라고 풀이되어 있다. 짧고 뭉툭하게 튀어나온 것을 옹이의 속성으로 본다면 이는 곧 혹의 속성과도 연결된다. 이마에 옹이가 달린 물고기와 혹이 달린 물고기. 결국 흑돔과 옹이어는 표현만 달랐지 사실은 똑같은 뜻을 가진 이름이었던 것이다. 일본이나 중국에서는 흑돔을 각각 유조瘤鯛와 저유어猪瘤魚라는 이름으로 부른다. 정약전과 같이 혹 '유瘤' 자를 쓰고 있다는 사실이 재미있다. 흑돔의 혹은 정약전이 말한 바와 같이 기름덩어리로 이루어져 있으며, 미역국에 넣으면 좋은 맛을 낸다. 한 가지 주의해야 할 점은 흑돔이라고 해서 모두 커다란 혹을 가지고 있는 것은 아니라는 사실이다. 흑돔의 어린놈과 암놈에게는 혹이 전혀 발달하지 않는다. 주먹에 비견될 만큼 거대한 혹은 성장한 수놈만의 전유물이다.

정약전은 흑돔을 참돔이나 감성돔과 함께 도미류로 묶어 놓았다. 굳이 본문에 나온 '강항어를 닮았다'라는 표현을 인용하지 않더라도 둥글넓적한

흑돔의 몸꼴을 본다면 누구나 도미라는 이름을 떠올리게 될 것이다. 그러나 결론부터 말하자면 흑돔은 도미류가 아니다. 도미류가 농어아목 도미과에 속하는 반면 흑돔은 놀래기아목 놀래기과에

● 용치놀래기(위)와 청소놀래기(아래) 길쭉한 몸매에 화려한 색깔과 무늬를 가진 용치놀래기나 다른 물고기의 입속을 청소해 주는 조그만 청소놀래기가 놀래기과에 속해 있다는 것을 생각하면 흑돔이 도미류가 아니라 놀래기류라는 사실이 더욱 놀랍게 느껴진다.

속해 있어 분류군 자체가 완전히 다르다. 흑돔은 놀래기과 물고기 중에서도 덩치가 큰 편으로 다 자란 놈은 몸길이 1미터에 체중이 20킬로그램 이상이나 나가는 대물이다. 돌돔과 같이 주로 수심 20~30미터의 암초지대에서 살아가며, 단단한 이빨로 전복·소라·새우·게·성게 등의 단단한 먹이를 깨뜨려 쪼아 먹는다.

정약전은 이 물고기의 맛을 참돔과 비슷하지만 그보다는 못하다고 묘사했다. 실제로 흑돔은 다른 도미 종류들보다 맛이 떨어지는 데다 난소에 독성이 있다는 속설이 있어 먹을거리로서는 별로 환영받지 못한다. 사리 마을의 조복기 씨도 "옹이, 맛이 없는 고기다"라며 손을 내저었다.

샛서방고기

골도어의 경우도 크기가 작고 가시가 단단하다는 사실을 특별히 강조한 것으로 보아 일반적인 도미과 어류가 아님을 쉽게 짐작할 수 있다.

[골도어骨道魚 속명 다억도어多億道魚]

큰 놈은 4~5치 정도이다. 모양은 강항어를 닮았다. 색은 희고 가시는 매우 단단하다. 맛은 담박하다.

본문의 설명만으로는 골도어가 어떤 종인지 추측하기 힘들었다. 고민 끝에 이름을 수소문하기로 했다. 정약전은 골도어의 속명을 다억도어라고 밝혔고, 다억도어는 닥도미를 옮겨놓은 말로 추측할 수 있다. 사람들에게 이런 이름을 가진 물고기가 있느냐고 물어보았더니 의외로 답이 쉽게 나왔다.*

"딱도미. 새서방고기라고 해요. 맛이 있어서 본남편 안 주고 새서방 먹인

---

* 골도어는 뼈가 단단한 도미라는 뜻인데, 정약전이 직접 지어 붙인 이름으로 보인다. 당연히 골도어라는 이름을 아는 사람은 아무도 없었다.

머리가 삼각형이다.

등지느러미줄기가 강대하며 매우 높이 솟아 있다.

폭이 넓은 가로띠를 두르고 있다.

등지느러미와 배지느러미의 뒤쪽,
꼬리지느러미의 기부는 노란색을 띠며 검은색 테두리가 있다.

다고."

"딱돔 있어요. 여기서도 잡혀. 고기가 맛있긴 한데 보통 돔보다는 맛 없어
요. 뼈가 많제."

박판균 씨는 도감을 보고 딱돔의 후보로 여러 종을 지목했는데, 모두 하
스돔과 어류였다. 비슷하게 생긴 종류들을 모두 딱돔이라고 부른다는 것이

● 군평선이 *Hapalogenys mucronatus* (Eydoux et Souleyet)

었다. 그러나 박화진 씨는 하스돔과 어류 중에서도 특별히 군평선이를 딱돔으로 지목했다.[*] 군평선이는 한 번 보면 절대 잊혀지지 않을 만큼 독특한 외모를 가진 물고기다. 주둥이는 뾰족하고 턱 아래쪽에는 작은 수염이 여러 개 돋아나 있다. 눈 윗부분은 옴폭하게 패어 있고, 그 뒤쪽이 급경사를 이루며 솟아올라 마치 머리가 몸 쪽으로 찌부러든 것 같은 느낌을 준다. 몸 전체가 거칠고 단단한 비늘로 덮인 데다 등에는 날카롭고 억센 지느러미가시가 줄지어 돋아 있어 전체적인 인상이 매우 다부져 보인다. 몸빛깔은 회갈색이며, 폭이 넓은 검은색 가로줄무늬가 6개 늘어서 있다. 등지느러미 뒤쪽과 꼬리지느러미는 예쁜 노란빛을 띠고, 그 끝 가장자리는 검다. 서남해 연안에 많이 분포하며, 특히 여수 근해의 군평선이는 뛰어난 맛으로 유명하다.

군평선이는 뼈가 매우 억세고 단단한 물고기다. 골도어라는 이름도 여기에서 유래한 것으로 보인다. 그렇다면 다억도어는 무슨 뜻일까? 다억도어가 딱돔이나 딱도미로 읽힌다는 점을 생각한다면 이 이름 역시 골도어와 마찬가지로 뼈가 딱딱한 도미 정도로 풀이할 수 있을 것이다. 그러나 또 다른 추측도 가능하다. 다억도어를 닥(닭)도미로 읽으면 닭을 닮은 도미라는 뜻이 된다. 닭의 가장 큰 특징으로는 머리 위로 삐죽삐죽 돋아난 볏을 들 수 있다. 군평선이의 등 위에도 닭의 볏을 연상케 하는 커다란 등지느러미가 돋아 있다. 닭도미라는 이름은 뼈가 단단하다는 조건도 훌륭히 만족시킨다. 개에게 닭뼈를 주지 말라는 말이 있다. 뼈가 워낙 단단해서 제대로 씹지 않고 그냥 삼켰다가는 목숨을 잃게 될 수도 있기 때문이다.[**]

[*] 군평선이는 딱돔이나 딱도미 외에도 지역에 따라 꽃돔, 빗등어리, 딱때기, 쌕쌕이, 꾸돔 등 다양한 이름들로 불린다.
[**] 닭뼈는 부서질 때 세로로 길게 쪼개지는 성질이 있다. 이렇게 쪼개진 뼛조각들은 재질이 딱딱한 데다 끝이 비수처럼 날카로우므로 그대로 삼킬 경우 장기에 심각한 상처를 입힐 수도 있다.

모래밭의 생물들 2

최고의 구슬 공장

"나가려면 지금 나가봐야 되요. 물 들어오기 전에."

한영단 씨를 따라나섰다. 호미와 커다란 플라스틱 대야를 들고 백사장을 따라 성촌 쪽으로 향했다.

"얘기 들어보니까 모래사장에 게 종류가 많다면서요?"

"많지라. 날씨 따뜻해지면 오멩이라고 조그만 게 바글바글해요."

돈목에서는 달랑게와 엽낭게 등을 모두 오멩이라고 부르고 있었다. 엽낭게는 달랑게과에 속하므로 이러한 분류도 크게 문제가 될 것은 없다. 그러나 달랑게는 현저한 야행성이고 개체수로 보아도 엽낭게 쪽이 훨씬 많으므로 오히려 엽낭게를 오멩이의 대표종으로 보는 것이 옳을 듯하다. 엽낭게는 등껍질의 길이가 1센티미터도 채 안 되는 조그만 게다. 등껍질의 윤곽은 둥그스름한 사다리꼴이고, 몸이 전체적으로 부풀어 오른 느낌이다.

엽낭게는 『현산어보』에 두해라는 이름으로 기록되어 있다.

● **엽낭게** 엽낭게는 등껍질의 길이가 1센티미터도 채 안 되는 조그만 게다. 등껍질의 윤곽은 둥그스름한 사다리꼴이고, 몸이 전체적으로 부풀어 있는 느낌이다.

집게발은 가늘고 끝이
예리하며 안쪽으로 약간
휘어 있다.

등껍질에 작은 돌기가 많이 돋아 있다.
몸은 사다리꼴 염낭 모양이며
빛깔은 누런 갈색이다.

다리에 타원형의
고막이 있다.

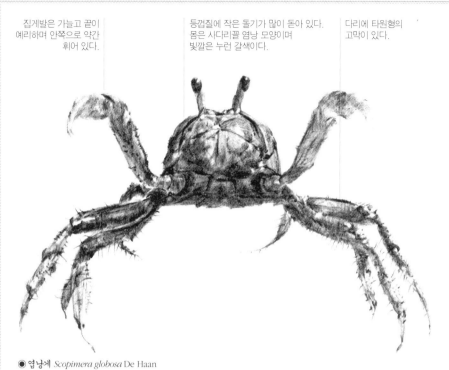

◉ **엽낭게** *Scopimera globosa* De Haan

[두해豆蟹 속명을 그대로 따름]

크기가 콩만 하고 색깔은 붉은 팥과 같다. 맛이 좋다. 섬사람들은 때때로 날것으로도 먹는다.

정약전은 엽낭게를 콩게라고 불렀다.

◉ **모래구슬의 융단** 해변을 돌아다니다 보면 조그만 모래덩이가 모래벌 위를 가득 채우고 있는 광경과 마주칠 때가 있다. 물이 밀려왔다 나가면 쌓여 있던 모래덩이들은 흔적도 없이 사라져버리지만 얼마 지나지 않아 모래벌은 또다시 작은 모래구슬의 융단으로 뒤덮이게 된다. 이 마술 같은 현상의 주범이 바로 엽낭게다.

콩만큼 작은 게라는 뜻이다. 엽낭게는 크기가 작은 탓에 도요새나 기타 다른 동물들의 먹이가 되는 경우가 많다. 본문의 설명을 들어보면 옛날에는 사람들도 엽낭게의 천적 목록에 올라 있었던 모양이다.* 엽낭게는 이러한 천적들의 공격을 피하기 위해 뛰어난 감각기관을 갖추고 있다. 머리 위로 볼록 튀어나온 눈으로는 몸을 돌리지 않고도 주위의 상황을 한꺼번에 살필 수 있으며, 다리에 나 있는 타원형의 고막으로는 적이 내는 미세한 소리까지 감지해낸다.

해변을 돌아다니다 보면 조그만 모래덩이가 모래벌 위를 가득 채우고 있는 광경과 마주칠 때가 있다. 물이 밀려왔다 나가면 쌓여 있던 모래덩이들은 흔적도 없이 사라져버리지만 얼마 지나지 않아 모래벌은 또다시 작은 모래구슬의 융단으로 뒤덮이게 된다. 이 마술 같은 현상의 주범이 바로 엽낭게다. 성촌에 살고 있는 한 할머니는 엽낭게의 먹이습성을 다음과 같이 표현했다.

"오멩이. 요만해 가지고 모래만 묵고 사는 거 있어."

엽낭게는 양 집게발로 모래를 집어올려 먹이만 골라먹고 남은 모래는 덩어리로 만들어 집 주위에 내다버리는 습성이 있다. 결국 엽낭게가 먹다 남

긴 식사의 흔적들이 해변에 펼쳐진 모래융단의 비밀이었던 것이다.

인터넷을 검색하다 보면 엽낭게라는 표준명 대신 염낭게란 이름을 쓰고 있는 웹문서가 자

● **엽낭게와 두루주머니(염낭)** 엽낭게의 모양을 가만히 들여다보면 둥글게 부풀어 오른 등껍질이 꼭 염낭처럼 생겼다는 사실을 알 수 있다.

* 정약전은 두해를 날로 먹으며 맛이 좋다고 밝혔다. 그러나 요즘에는 상황이 많이 달라진 것 같다. 재원도 출신의 함성주 씨는 엽낭게를 통게라고 부르며 먹지 않는다고 했고, 우이도나 흑산도에서도 엽낭게를 먹는다는 이야기를 들을 수 없었다.

주 눈에 띈다. 엽낭게를 발음대로 읽다보니 이 같은 실수를 저지르게 된 것이다. 그런데 나는 염낭게가 오히려 엽낭게의 원말이 아닌가 하는 의심을 떨쳐버릴 수가 없다. 엽낭을 염낭으로 본다면 이 게의 생김새와 이름을 쉽게 연결시킬 수 있기 때문이다. 염낭은 주머니의 일종이다.* 전통 주머니는 형태에 따라 모가 난 귀주머니(줌치)와 둥근 두루주머니로 나눌 수 있는데 이 중에서 둥근 두루주머니를 염낭이라고 부른다. 엽낭게의 모양을 가만히 들여다보면 둥글게 부풀어 오른 등껍질이 꼭 이 염낭처럼 생겼다는 사실을 알 수 있다. 옛사람들로서는 염낭처럼 생긴 작은 게를 염낭게라고 부르는 것이 매우 자연스러운 일이었을 것이다.

---

* 지금은 주머니라고 하면 누구나 옷에 있는 호주머니를 생각하지만 사실 전통 한복에는 호주머니가 없었다. 호주머니가 없으니 대신 소지품이나 돈 따위를 넣어 다닐 것이 필요한데, 이때 사용한 것이 바로 주머니였다. 주머니는 천으로 조그만 자루 모양을 만들고 아가리를 졸라매어 허리춤에 차거나 손에 들고 다닐 수 있도록 한 것이다. 한때 선조들의 필수품이었던 주머니는 호주머니의 등장과 함께 실용적인 기능을 잃고 장식품으로 전락하고 말았다. 호주머니라는 이름은 옷에 천조각을 붙여 주머니를 만드는 풍속이 중국(胡)에서 넘어왔다는 데서 유래한 것이다.

미역과 다시마를
닮은 해조류

"오중에널*이 많이 밀렸네."

오징어뼈뿐만이 아니었다. 밤새 휘몰아친 바람 때문인지 물이 빠진 모래밭
에는 조개껍질, 물고기 사체, 해초더미 등 온갖 잡동사니들이 잔뜩 밀려 있
었다. 이것저것 살피면서 걸어가고 있는데 다시마 줄기 하나가 눈에 띄었다.

"여기서 다시마도 납니까?"

"옛날에는 없었는데 요새 많이 나요. 작년에도 많이 해갔어라."

한영단 씨의 말처럼 우이도에 다시마가 서식하기 시작한 것은 비교적 최
근의 일이다.** 이는 다시 말해 200년 전의 흑산도에는 다시마가 서식하지
않았다는 뜻이다. 정약전은 흑산도에서 볼 수 없었던 다시마 대신 다시마와
비슷하게 생긴 해조류 몇 종을 해대, 가해대, 흑대초라는 이름으로 소개해
놓았다. 이 중에서 정체가 확실한 것은 해대뿐이다. 해대는 원래 다시마를
가리키는 말이지만 정약전은 이를 미역 항목의 표제어로 사용했다. 아마도
그에게는 해대가 띠처럼 생긴 미역의 모습을 본 따서 붙여진 이름으로 여겨

※ 한영단 씨는 오징어뼈를 '오중에널'이라고 불렀다. 오중에널은 오징어 몸 속에 박혀 있는 널빤지 정도로 해석
할 수 있을 것이다.
※※ 다시마는 원래 동해안 이북의 수온이 낮은 해역에서만 자라는 한해성 해조류인데, 양식기술이 발달하면서
여기저기 이식이 시도되었고, 결국 서해안까지 진출하게 된 것이다.

졌던 모양이다.* 가해대와 흑대초는 그 정체가 불분명한 종들이다.

[가해대假海帶 속명 감곽아자비甘藿阿子比]

매우 무르고 얇으며, 국을 끓이면 아주 미끄럽다.

[흑대초黑帶草]

빛깔이 해대처럼 검은 종류도 있고, 붉은색을 띤 종류도 있다. 모두 미세한 뿌리를 내리며 줄기가 없다. 모양은 검은 비단띠와 같은데 길이는 몇 자나 된다. 또 한 종류는 끈처럼 생겼으며 길이가 2~3장丈 정도에 빛깔은 검다. 해조와 같은 수층에서 난다. 쓰임새에 대해서는 아직 들은 바가 없다.

해대가 미역이니 가해대는 가짜 미역 정도로 해석해볼 수 있을 것이다. 가해대의 속명인 감곽아자비 역시 같은 뜻을 가진 이름이다.** 박화진 씨에게 감곽아자비란 이름을 들어본 적이 있느냐고 물었다.

"감곽아재비***는 모르고, 미역아재비는 들어봤어라. 미역하고 비슷하게 생겼는디 먹지는 않어라."

미역아재비는 감곽아자비와 같은 말이 분명하다. 송문석 씨도 미역아재비라는 이름을 알고 있었다.

"다시마같이 생겼제. 국 끓여 먹지라."

도감을 펼쳐놓자 이들은 미리 약속이라도 한 듯 똑같은 종을 가리켰다.

● **해변에 밀린 다시마** 밤새 휘몰아친 바람 때문인지 물이 빠진 모래밭에는 조개껍질, 물고기 사체, 해초더미 등 온갖 잡동사니들이 잔뜩 밀려 있었다. 이것저것 살피면서 걸어가고 있는데 다시마 줄기 하나가 눈에 띄었다.

＊ 해대는 띠 모양으로 생긴 해조류라는 뜻이다.
＊＊ 미역의 한자 이름이 감곽이다.
＊＊＊ 아자비와 아재비는 같은 말이다.

쇠미역이었다.

쇠미역은 저조선 부근의 바위에 붙어 자라는 다시마과의 1년생 해조류다. 잎 표면에 구멍이 많고, 3~5줄의 엽맥이 나 있다는 점이 가장 큰 특징이며, 다 자라면 너비 10~30센티미터, 길이 1~2미터에 이른다. 겉모습만으로 따지자면 쇠미역은 감곽아자비의 후보로 손색이 없다. 띠처럼 길게 발달한 잎 모양이 미역과 닮았고, 쇠미역이라는 이름에서도 미역의 유사종이라는 느낌이 물씬 풍겨난다. 그러나 쇠미역을 가해대로 보기에는 몇 가지 미심쩍은 부분들이 있다. 우선 쇠미역의 잎은 두껍고

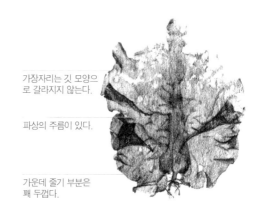

가장자리는 깃 모양으로 갈라지지 않는다.

파상의 주름이 있다.

가운데 줄기 부분은 꽤 두껍다.

● 넓곽 *Undaria undarioides* (Yendo) Okamura

몸은 연약하여 찢어지기 쉽다.

몸체는 엷은 막 모양이다.

줄기가 뚜렷하다.

● 넓미역 *Undaria peterseniana* (Kjellman) Okamura

점액 성분이 없어 '매우 무르고 엷으며, 국을 끓이면 아주 미끄럽다'라고 한 본문의 설명과 분명한 차이를 보인다. 또한 이 종은 다시마와 마찬가지로 동해안 중부 이북에서만 서식하는 한해성 해조류다.* 흑산도 근해에 있지도 않은 해조류를 정약전이 기록해 놓았을 리 만무하다.

본문에 나온 조건들을 대략 만족시킬 만한 종으로는 넓곽(*Undaria undarioides*)과 넓미역(*Undariopsis peterseniana*) 정도를 들 수 있을 것 같다. 두 종 모두 서해안에 자생하며, 미역과 닮은 데다 엽질이 얇고, 표면이 미끈미끈한 점액으로 덮여 있다는 공통점을 가진다. 현지에서 직접 표본을 채집하고 주민들에게 확인하는 과정을 거친다면 가해대의 정체가 더욱 분명하게 밝혀질 것이다.

흑대초는 속명조차 나와 있지 않아 어떤 종인지 짐작하기가 더욱 힘들다. 비단띠를 닮았다고 한 종은 미역이나 다시마 종류를 말한 것일 가능성이 높다. 그러나 미세한 뿌리를 내리며 줄기가 없다고 표현한 대목을 보면 이 종이 도박류 등 전혀 다른 무리에 속한 종류일 가능성도 배제할 수는 없을 것 같다.

● 끈말 *Chorda filum* (L.) Lamouroux

* 최근에는 동해 전역과 서남해 연안에서도 쇠미역 양식이 활발히 시도되고 있다.

몸 속에는 가스가 차 있어 물 속에서 곧게 선다.

몸은 원기둥 모양이며 속은 비어 있다.

가지가 갈라지지 않는다.

   기다란 끈 모양으로 생긴 종은* 길이가 20~30자에 이른다고 했다. 이를 환산하면 4~6미터 정도에 해당하는데, 과연 우리 나라에 이렇게 긴 해조류가 있을까? 생김새가 끈을 닮았고 길이가 특별히 긴 종류라면 단연 다시마목 끈말과에 속하는 끈말이 떠오른다. 끈말은 몸 전체가 가느다란 끈 모양을 하고 있으며, 5미터에 이를 정도로 길게 자란다. 흑산 근해에 끈말이 자생하고 있다는 사실도 직접 확인했다. 우이도 돈목 선착장에서 발견한 개체는 어림잡아 4미터가 훨씬 넘어 보였다.

---

* 정약전은 이 종의 형태를 조대條帶와 같다고 했다. '조'는 노끈이나 나뭇가지로 번역된다.

맛이 좋아 맛조개?

"여기서 맛조개는 나지 않나요?"

"나요. 맛조개는 저기 모래산 아래쪽 얕은 곳에 많이 있어라."

"소금 뿌려서 잡나요?"

"관광객들 중에 그런 사람도 있는데 우리는 그냥 파서 잡지라."

모래밭에 사는 맛조개는 간단한 방법으로 잡아낼 수 있다. 우선 모래를 약간 걷어낸 다음 맛조개가 숨어 있는 구멍을 확인한다. 그리고 여기에 맛소금을 살짝 뿌린다. 잠시만 기다리면 맛조개가 마치 불에 데기라도 한 듯 구멍 밖으로 쑥 튀어나온다.[*] 이제 맛조개를 주워담을 일만 남았다.[**]

뻘 속에 사는 맛조개를 잡아내는 일은 이보다 훨씬 힘들다. 우선 따가운 햇살 아래 발이 푹푹 빠지는 뻘밭을 헤매고 다니는 것 자체가 여간 고역스런 일이 아니다. 그리고 수없이 흩어져 있는 구멍들 중에서 어떤 것이 맛조개의 구멍인지 구별하기 위해서는 수많은 경험과 노련한 눈썰미가 필요하다. 운 좋게 맛조개가 숨어 있는 구멍을 찾아냈다 하더라도 이번에는 50센

---

[*] 맛조개가 소금에 반응하는 이유는 높은 염분 농도를 견딜 수 없기 때문이다. 맛조개는 조간대에 살고 있으므로 비교적 염분 변화에 잘 견디는 편이다. 그러나 소금을 뿌려 염분 농도가 지나치게 높아지게 되면 김장 배추처럼 절여질 수밖에 없다.

[**] 맛조개를 전문적으로 잡는 이들은 소금을 뿌리는 대신 구멍 속으로 길다란 쇠꼬챙이를 찔러 넣어 잡아내기도 한다.

티미터 이상의 깊은 곳에 숨어 있는 데다 조금만 위협을 느껴도 땅속을 파고드는 습성이 있는 맛조개를 손끝의 감촉에만 의지해서 빠른 동작으로 잡아내야 한다. 경험이 없는 이들은 아무리 노력해도 헛품만 팔기 일쑤다.

박화진 씨는 맛조개를 '마'라고 불렀다.

"맛조개 나는데 여그서는 마라 그라요. 맛조개 잡으러 갈 때 마 파러 간다 그라제."

'마'는 정약전이 '정'의 속명으로 표기한 이름과 같다.

정蟶

[정蟶 속명 마䗋]

굵기가 엄지손가락만 하고, 길이는 6~7치 정도이다. 껍질은 무르고 연하며, 빛깔은 희다. 맛이 좋다. 진흙탕 속에 묻혀 산다.

이청의 주 『정자통』에서는 민나라(閩)와 월나라(粵) 사람들이 정전蟶田에 종자를 뿌려 양식한다고 했다. 진장기는 "정은 바다의 뻘 속에서 산다. 길이는 두세 치 정도이고 굵기는 엄지손가락만 하며 양끝이 열려 있다"라고 했다. 이것이 곧 정이다.

흔히 가리맛조개과에 속하는 가리맛조개와 죽합과에 속하는 맛조개, 붉은맛, 큰죽합 등을 통틀어서 맛조개라고 부른다. 가리맛조개와 죽합과 조개들을 구별하는 방법은 의외로 간단하다. 가리맛조개는 모래 없이 뻘로만 이

◉ **정** 굵기가 엄지손가락만 하고, 길이는 6~7치 정도이다. 껍질은 무르고 연하며, 빛깔은 희다. 맛이 좋다. 진흙탕 속에 묻혀 산다.

껍질은 대나무를 쪼개 놓은 것 같은 모양이다.
딱딱한 편이지만 얇아서 부서지기 쉽다.

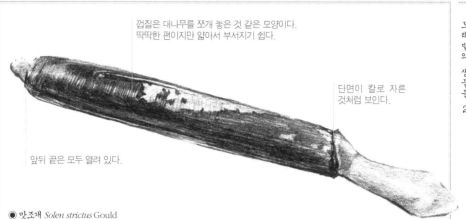

단면이 칼로 자른
것처럼 보인다.

앞뒤 끝은 모두 열려 있다.

● 맛조개 *Solen strictus* Gould

각피가 벗겨진 곳은 흰색으로 보인다.

껍질이 무른 편이며 황갈색 각피로 덮여 있다.

앞뒤 끝은 모두 열려 있다.

● 가리맛조개 *Sinonovacula constricta* (Lamarck)

● 맛조개와 가리맛조개 가리맛조개의 껍질은 각피가 쉽게 벗겨지고, 성장맥이 뚜렷해서 거친 느낌을 주는 반면 죽합과 조개들의 껍질은 매끈한 데다 광택이 있고 단단해서 훨씬 깔끔해 보인다.

루어진 갯벌에서 주로 서식하지만 죽합과 조개들은 모래가 많이 섞인 갯벌을 좋아한다. 가리맛조개가 폭이 넓고 짤막한 느낌이라면 죽합과 조개들은 가늘고 기다란 몸꼴을 하고 있다. 가리맛조개의 껍질은 각피가 쉽게 벗겨지고, 성장맥이 뚜렷해서 거친 느낌을 주는 반면 죽합과 조개들의 껍질은 매끈한 데다 광택이 있고 단단해서 훨씬 깔끔해 보인다. 빛깔은 양쪽 모두 황갈색이나 녹갈색으로 비슷하지만 가리맛조개의 경우 각피가 벗겨져 흰빛의 바탕색이 노출된 경우가 많다.

그렇다면 정약전이 관찰했던 종은 어느 쪽일까? 우이도와 흑산도에서는 가리맛조개가 살 만한 뻘 지형을 찾아볼 수 없었다. 이들 지역에서 확인한 종도 가리맛조개가 아니라 맛조개였다. 그러나 서식처만으로 이렇게 단정 짓기에는 무리가 따른다. 『현산어보』에는 뻘에서 서식하는 생물들이 심심치 않게 등장하기 때문이다. 흑산 근해를 구석구석 다 훑어본 것이 아니기에 아직 살펴보지 못한 어딘가에 가리맛조개가 서식하고 있을 가능성은 충분하다. 본문의 설명도 문제가 된다. 껍질이 무르고 연하다고 한 점, 빛깔이 희다고 한 점 등은 가리맛조개의 특징에 더 가깝다. 죽합과 조개들은 껍질이 딱딱한 편이며, 빛깔도 흰색이라고 말하기는 힘들다. '마'의 정체를 정확히 규명하기 위해서는 더 많은 연구와 노력이 필요할 것 같다.

"맛조개 맛있지라. 무쳐 먹기도 하고 국 끓여 먹으면 시원하지라."

맛조개는 살이 부드럽고 맛이 좋아서 사람들에게 인기가 높다. 맛조개의 조리법은 다양하다. 가장 흔한 방법은 생선매운탕이나 된장찌개에 함께 넣

※ 죽합과 조개들은 모양이 원통형으로 길쭉하고 표면이 매끄러워서 대나무와 비슷한 느낌을 준다. 죽합竹蛤이라는 이름도 여기에서 유래한 것이다.

는 것이다. 칼국수에 넣으면 바지락 칼국수보다 훨씬 진한 맛을 내며, 갖은 양념으로 볶아서 술안주나 밥반찬으로 사용하기도 하고 젓을 담기도 한다. 또한 익히지 않고 껍질만 깐 다음 생회를 만들어 초장에 찍어 먹거나 끓는 물에 살짝 데쳐서 먹기도 한다. 맛조개죽도 구미가 당기는 먹을거리다. 산지에서는 잡은 맛조개를 당장 먹지 않고 말려서 먹기도 한다. 껍질을 깐 것을 생으로 말리거나 삶아서 말리는데, 생으로 말린 것은 조림간장에 멸치 볶듯이 볶아서 밥반찬으로 하고, 삶아서 말린 것은 술안주로 쓴다.

"'맛'이 좋다고 맛이라 그래제."

사람들은 흔히 맛조개의 '맛'을 '맛이 좋다'라고 할 때의 맛과 연관 짓곤 한다. 과연 이 말이 사실일까? 맛이 좋은 음식이 얼마나 많은데 왜 하필 바다의 조개에 그 이름을 붙였단 말인가. 박화진 씨는 맛조개를 마라고 불렀고, 정약전도 맛조개의 속명을 '마麻'라고 기록했다. 맛조개의 맛이 음식의 맛을 뜻할 가능성은 더욱 희박해진다. 그렇다면 마가 혹시 식물의 이름을 뜻하는 것은 아닐까? 맛조개와 마는 모두 땅속에서 캐낸다는 공통점이 있다. 둥글고 길쭉하게 생긴 겉모습도 어딘지 모르게 비슷한 느낌을 준다. 맛조개를 마에서 나온 말로 보면 가리맛이나 갈맛이라는 이름의 의미도 명확하게 드러난다. '가리'나 '갈'이 물을 뜻하므로 두 이름 모두에 대해 '물가에서 자라는 마' 정도의 자연스러운 해석이 가능해지는 것이다.

마는 산에서 자라는 여러해살이 덩굴식물로 우리 선조들은 오래 전부터 그 뿌리를 식용이나 약용으로 사용해 왔다.

미더덕도 가리맛과 비슷한 방식으로 만들어진 이름이다. 미는 물의 옛말이며, 더덕은 약초의 일종이다. 따라서 미더덕은 '물에서 나는 더덕'이란 뜻으로 풀이된다. 과연 미더덕의 생김새를 가만히 들여다보면 더덕 뿌리와 닮은 구석이 있음을 쉽게 확인할 수 있다.

성촌 갯바위의 생물들

어느새 모래밭이 끝나가고 있었다. 성촌 쪽으로 건너가기 위해서는 모래산을 넘거나 갯바위를 타야 한다.* 한영단 씨는 주저 없이 갯바위 쪽을 택했다. 늘상 다니는 길인 듯 바위 위를 걸어가는 모습이 편안해 보였다. 갯바위 표면에는 흰삿갓조개, 혹배말, 배무래기 등 배말 종류들이 가득 달라붙어 있었다. 한영단 씨는 배무래기처럼 껍질이 납작하게 생긴 것을 납작배말, 나머지 종류는 모두 배말이라고 불렀다. 그리고 깊은 곳에는 전복처럼 크고 살이 많은 옥배말이란 종이 산다고 했다.

"배 타고 멀리 나가면 옥배말도 잡혀라. 껍데기가 삿갓같이 삐죽하게 높지라."

조간대 아래쪽 바위틈에는 말똥성게와 보말고둥이 빼곡하게 들어차 있었다. 한영단 씨는 보말고둥을 또가리고동이라고 불렀다. 또가리가 무슨 뜻이냐고 물었다.

"똥그랗게 생겼으니께 또가리라 그라제."

● 성촌 갯바위 풍경

* 얼마 전까지만 해도 갯바위 위쪽을 따라 콘크리트길이 나 있었지만 지난 여름 몰아친 태풍에 다 쓸려 가버리고 말았다고 한다.

너무나 자신 있는 대답에 질문을 한 내가 오히려 머쓱해졌다. 맛이 있는 고등으로는 또가리고등과 오도고동을 꼽았다. 오도고동은 눈알고등을 가리키는 말이다. 보말고동과 눈알고등이야 원래 인기가 있는 고등들이지만 총알고동을 먹는다는 말은 좀 의외였다.

"우리는 쌔고동이라 그라여. 쬐끄만데 맛있지라. 그래도 작으니까 잘 안 먹어라."

명지고동은 얕은 곳에서 나며 시커멓고 껍질이 고운 고등이라고 했다. 대수리, 두드럭고동, 맵사리, 어깨뿔고동, 피뿔고동에 대해서는 소라고동, 뿔고동, 매운고동 등의 이름들을 섞어서 부르고 있었다. 검은큰따개비, 거북손, 군부 등에 대해서도 재미있는 설명을 들을 수 있었다.

"꿀통(검은큰따개비)은 국 끓여 먹으면 맛있어라. 보찰(거북손)도 맛있고. 도시 사람들은 이걸 보고 거북손이라 그라더만."

"이거(군부)는 굼봇, 털 있는 거(애기털군부)는 송충이굼봇이지라. 딱지만 따고 꺼끌꺼끌한 거 문질러 먹으면 맛있어라. 이런 거는 참굼봇. 딱지가 크고 삐뚤빼뚤한 거(따가리)는 독굼봇인데 안 먹어요."

움푹 패인 조수웅덩이 속에서 별불가사리와 아무르불가사리를 발견했다. 박화진 씨는 별불가사리를 별, 나머지는 그냥 불가사리라고 불렀지만 한영단 씨는 대신 갯부전이란 이름을 댔다. 갯부전은 『현산어보』에도 나오는 이름이다. 파도가 닿는 바위 표면에는 홍합과 진주담치, 굵은줄격판담치가 크고 작은 군락을 이루고 있었다. 불그스름한 빛깔에 기다란 털이 나 있는 털

● **홍합류 군락** 파도가 닿는 바위 표면에는 홍합과 진주담치, 굵은줄격판담치가 크고 작은 군락을 이루고 있었다. 불그스름한 빛깔에 기다란 털이 나 있는 털담치도 가끔 눈에 띄었다.

담치도 가끔 눈에 띄었다. 박화진 씨는 바위에 달라붙어 있는 홍합류 중에서 작은 것을 담추, 큰 것을 홍합이라 부른다고 했다. 홍합의 새끼를 담추라고 부르는 것이 아니냐고 묻자 정색을 하며 고개를 가로저었다.

"홍합은 돋는 바위가 따로 있는데 담추는 아무데서나 자라요. 담추하고 홍합하고는 달라요. 담추는 수십 년 되어도 요만하게 그대로 있고 옆으로 퍼지기만 하제."

홍합류 중에는 굵은줄격판담치나 털담치처럼 일평생 작은 몸집으로 살아가는 것들이 있는가 하면 홍합이나 진주담치처럼 꽤 크게까지 자라는 종류들도 있다. 따라서 홍합에 큰 종류와 작은 종류가 있다는 말은 어느 정도 설득력을 가진다. 그러나 담추가 홍합의 새끼일 가능성도 전혀 무시할 수는 없다. 홍합 새끼는 성장함에 따라 껍질을 칼처럼 사용하여 족사를 끊고 점점 더 깊은 곳으로 이동한다. 박화진 씨는 아직 이동을 시작하지 않은 홍합의 어린 개체를 담추로 착각하고 있는 것인지도 모른다. 홍합 몇 개를 따내자 그 틈새에서 조그만 게들이 기어 나왔다. 홍합무더기 안쪽으로 파고들어 추위와 파도를 이겨내고 있었던 것이다. 그러고 보니 게와 함께 해변의 주인이라고 할 수 있는 갯강구가 전혀 눈에 띄지 않는다. 겨울은 겨울이다.

아들의 죽음

성촌 마을 앞에는 커다란 모래등이 발달해 있었다. 파도가 만들어 낸 작품이리라. 발이 푹푹 빠지는 모래등을 넘어가는데 모래 속에 반쯤 묻혀 있는 유리병 하나가 눈에 띄었다. 이상한 느낌이 들어 살펴보니 병 속에는 살모사, 유혈목이, 그리고 조그만 새끼 구렁이 대여섯 마리가 서로 몸을 뒤얽은 채 죽어 있었다.

"술 담았다가 술만 따라 먹고 버린 거여."

한영단 씨는 아무렇지도 않다는 듯 한 마디를 내던졌다. 우이도에는 뱀이 많다고 한다. 예로부터 흑산도와 인근 섬들은 뱀이 많은 것으로 유명하다. 홍도여행 때는 이를 직접 확인하기도 했다. 여행 전에 뱀이 많으니 조심하라는 얘기를 듣고 반신반의했었는데 산능선을 따라 섬을 종주하는 동안 서너 마리의 살모사와 마주쳤던 것이다. 울릉도처럼 비교적 최근에 생겨나 바다위로 솟아오른 화산섬에는 뱀이 살지 않는다. 그러나 흑산도나 우이도 같은 서해안의 섬들은 원래 육지였던 곳이 해수면의 상승과 함께 물에 잠기면서 생겨난 것이기에 육지와 다를 바 없이 다양한 종류의 뱀이 서식한다. 정약전은 섬에서 뱀을 만날 때마다 사안주를 만지작거리며 아들 학초의 얼굴을 떠올렸을 것이다.

집에 오랑캐 나라에서 나는 사안주 하나가 있었다. 사안주란 큰 구렁이의 눈동자를 말한다. 무릇 이 구슬이 있는 곳에는 뱀이 접근하지를 못하고 우연히 뱀과 마주칠 때에도 이것을 비추면 뱀이 모두 마른 나뭇가지처럼 되어 선 채로 죽어버리니 제법 기이한 보물이었다.* 학초가 울면서 "흑산도는 수풀이 칙칙 우거져 무서운 뱀들이 많은 곳입니다. 바라옵건대 이것을 가지고 가서서 몸을 보호하십시오"라고 말하니, 약전 형님은 이를 받아 주머니에 넣으면서 역시 눈물을 줄줄 흘리셨다.

정약전은 여러 차례 자식을 낳았지만 모두 오래 살지 못했다. 이런 그에게 느지막이 얻은 아들은 금지옥엽과도 같은 존재였다. 학초는 부모의 극진한 사랑과 보살핌 속에 무럭무럭 자라나 어느새 열한 살의 소년이 되었다. 그러나 이들을 기다린 것은 잔인한 운명의 사슬이었다. 신유박해가 시작되고 생이별의 순간이 찾아왔다. 울며 보채야 할 나이에 오히려 아비를 걱정하는 자식을 바라보며, 정약전은 가슴이 찢기는 듯한 괴로움을 맛보아야 했을 것이다.

학초는 흔히 말하는 영재 소년이었다. 예닐곱 살 때 벌써 경서經書와 사서

---

* 사안주가 구렁이 눈알이라는 정약전의 말을 곧이곧대로 받아들일 수는 없다. 예로부터 보석으로부터 어떤 기운이 발생하며, 보석이 묻혀 있는 곳에는 뱀이나 벌레가 접근하지 못한다는 말들이 전해온다. 아마 사안주도 이런 전설이 깃들여 있는 보석의 일종이었을 것으로 짐작된다.

史書를 읽고 그 내용의 잘잘못을 따져 주위 사람들을 놀라게 했고, 바둑에도 어른이나 노인과 대국을 벌일 정도로 뛰어난 재능을 보였다. 정약용은 정약전에게 보낸 편지에서 학초의 학문적 재질을 경악할 정도라고 표현했다. 당대의 대학자 입에서 나온 예사롭지 않은 칭찬의 말이었다.

학초가 지난 경신년(1800) 겨울에 독서하는 것을 보고 이미 큰그릇이 될 줄 알았는데, 작년에 학연(정약용의 큰아들)의 말을 듣고서는 이런 생각이 더욱 굳어졌습니다. 금년 봄에 조목별로 물어 온 글을 보니 실로 경악할 만하였습니다. 반고 대부께서 이미 이사가셨으니 온 마을에 다시 책을 끼고 가서 글을 배울 만한 곳이 없을 것입니다. 제 생각으로는 금년 가을에 이곳으로 데려다 가르치면서 겨울을 보내고 내년 봄에는 형님 곁에서 배우게 하면 그 사이가 4~5개월이 되니 반드시 개발되어 길을 얻게 될 것으로 봅니다. 학유(정약용의 둘째 아들)도 학초와 거취를 같이 하게 하고 싶은데 어떻겠습니까?

정약용은 학초를 친자식처럼 아꼈다. 학초를 생각하며 지은 다음 시는 그가 얼마나 조카를 아끼고 있었는지를 잘 보여준다.

앞길은 늘 막히는 운세로되
가문에는 준수한 인물이 나

독서하는 소리 항상 또랑또랑하고
부 짓는 솜씨도 여지가 창창해
뜻은 너대로 웅장하게 키우고
체구는 날 닮아 건장하려므나
애들 추키는 것 벽이 있어서가 아니라
늘그막 당해 잊기가 어려워서라네

　정약용은 자신이 이룩한 학문의 후계자로 아들보다도 학초를 염두에 두고 있었다. 학초는 재능이 뛰어날 뿐만 아니라 천성적으로 연구하고 사색하는 일을 좋아했다. 또한 문장 공부에만 마음을 기울이던 두 아들과는 달리 경전 공부에 관심이 많았다. 정약용은 경전에 대해 자신이 연구한 책을 학초에게 전해주고 싶어 안달을 했고, 학초는 경전 공부에 열중하여 삼촌의 기대에 부응했다. 귀양살이도 큰 문제는 되지 않았다. 학초는 공부를 하다가 궁금한 바가 있으면 강진으로 편지를 부쳐왔고, 정약용은 조카의 질문에 대해 정성을 다한 답장을 보냈다. 정약전도 나날이 발전해가는 아들의 성취에 흐뭇한 마음을 숨기지 않았다. 그리고 훌륭하게 성장한 아들과 다시 만나게 될 날만을 손꼽아 기다렸다.

　학초가 보내준 십여 편 시부는 학연의 수정이 없어 보이는데도 이미 문장이 자리를 잡았으니 걱정할 것이 없겠네. 또 학연이 육아에 대해 쓴 글

을 보니 말은 정성스러운 마음에서 나왔고 뜻은 금석金石과 같았네. 집사
람도 편지에서 이르기를 금년 봄 이후로 아이들이 친형제와도 같이 밤낮
으로 함께 어울려 떨어지지 않는다고 하니 내가 걱정할 일이 뭐가 있겠는
가. 기뻐서 잠이 오질 않네. 금년 가을에 아이를 데리고 오겠다고 하니 나
는 뜻대로 하라고 하겠지만 그들 모자가 용기를 내어 오려고 해도 집안사
람들이 못 가게 말려서 성사되지 못할 것 같네. 만약에 계획대로 이곳 남
쪽으로 올 수 있다면 얼마나 기쁘겠는가.

그러던 어느 날 정약전에게도 정약용에게도 청천벽력 같은 소식이 날아
왔다.

관례를 마치고 이미 장가까지 들었기에 다산으로 데리고 와 함께 배를
타고 흑산도에 있는 아버지를 뵈러 갈까 했는데 흉측한 소식이 갑자기 들
려왔으니 학초는 이미 죽어버렸다는 것이다.

정약용은 급작스러운 조카의 죽음에 크나큰 충격을 받았다. 다음의 시는
그가 받았던 충격과 슬픔을 생생히 보여준다.

학문을 좋아했는데 명이 짧아 죽었구나
하늘이 나를 돌보아 주려다

하늘이 나를 앗아가 버렸네
세태야 날로 더러워지고
옛 성인의 도 황무지 되니 슬픈지고
저급의 사람들 질탕하게 빠지고
상급의 사람들 뽀족이 모만 나니
슬퍼라 누가 있어 나의 글을 읽어 줄 것인지

　자식의 죽음에 대해 정약전이 남긴 글을 찾을 수는 없다. 그러나 화성 남쪽 유천의 주막까지 따라 내려와 사안주를 내밀며 눈물을 글썽이던 아들이 죽었다는 소식은 정약전에게 하늘이 무너지는 듯한 슬픔을 안겨주었을 것이다. 정약전이 거처를 대흑산도 사리 마을로 옮긴 지 얼마 되지 않아 생긴 일이었다.

예와 인정 사이에서

슬픔을 채 갈무리하기도 전에 또 문제가 터졌다. 학초의 후사 문제였다. 정약전의 부인은 학초의 후사를 들여 대를 잇고 싶어했다. 정약용의 두 아들도 이를 찬성하여 강진의 아버지에게 편지를 부쳐왔으나 정약용의 반응은 부정적이었다.

학기(정약용의 족질)가 그의 아들을 집 아이들에게 맡겨 글을 배우도록 했는데, 그 아이의 얼굴 모습이 준수하여 형수님이 보고서는 학초의 후사로 세우고 싶어했습니다. 학연과 학유 두 아이들도 큰 욕심이 생겨 그를 데려다가 당질로 삼고 싶어서 학기와 서로 의논하였더니 학기는 "현산과 다산의 뜻이 그러하다면 저는 당연히 아들을 바치겠습니다"라고 했답니다. 두 아이들이 다산으로 편지를 보내왔기에 "일로 보아서는 매우 좋으나 예로 보아서는 매우 어긋난다. 예를 어길 수는 없다"라고 답했더니, 두 아이들은 "예의 뜻이 그러하다면 마땅히 계획을 파하렵니다"라고 했습니다.

※ 당시에는 아들이 없는 사람이 그 형제 또는 종형제나 족형제의 아들을 양자로 맞아 대를 잇는 풍속이 있었다.

큰형 정약현의 의견도 이와 같았다.

내가 이런 말을 듣고 마음속으로 무척 그르게 여겼는데, 자네의 말이 이와 같으니 정말로 나의 뜻과 일치하네.

정약현과 정약용이 학초의 후사를 세우는 데 반대한 이유는 매우 선진적인 것이었다. 정약전에게는 우이도에서 얻은 아들 학소가 있었다. 정실에게서 얻은 아들인 학초가 죽었다면 서출이라 해도 친혈육인 서자를 내세워 대를 이어야 한다는 것이 이들의 주장이었다.

형수와 두 아이가 의논하여 친족 되는 사람의 아들을 데려다 학초를 위해서 양자를 세우겠다고 했다. 나는 형님에게 "비록 큰 종가집의 자식도 할아버지의 가계를 잇지 못하고 죽는다면 입후하지 않고 차자로 가계를 잇는 것이 예입니다. 더욱이 몸소 받들어야 할 선조가 없는데도 촌수가 먼 아들을 데려와서야 되겠습니까? 형님께서는 서자 학소가 있으니 앞으로 아들을 낳게 하여 학초의 뒤를 세워 준다면 고금의 예에도 위반됨이 없고 합당한 일이 될 것입니다"라고 편지를 띄웠다.

정약용은 정약전에게 보낸 편지에서 강한 어조로 자신의 생각을 일관하고 있다.

지금 학초는 아버지를 계승하지도 못하고 죽었으니 만약 어머니를 같이 하는 아우가 있다면 법으로는 마땅히 아우가 대를 이어야 하는 것으로 학초를 위해서 입후하는 일은 온당하지 않습니다. 서제는 비록 어머니를 같이하지는 않았지만 옛날의 경전이나 지금의 법에 모두 적출의 아들과 털끝만큼도 차이가 없는데 어떻게 학초를 위해서 입후할 수 있겠습니까. 학초에게 비록 친형제의 아들이 있다고 하더라도 입후하는 것이 부당한데 더구나 아득히 먼 족자에 있어서야…

그러나 정약전의 부인이 정약용에게 보낸 한 통의 편지로 인해 사태는 전혀 뜻밖의 국면을 맞이하게 된다.

아주버니여 나를 살려주시오. 아주버니여 나를 불쌍히 여기시오. 나를 도와주지는 못할망정 어찌하여 나에게 이렇게 하십니까? 현산玆山에게는 아들이 있으나 내게는 아들이 없습니다. 나야 비록 아들 이 있었다손 치더라도 청상과부인 며느리에게는 아들이 없으니 청상의 애절한 슬픔에 예가 무슨 소용이겠소. 예에는 없다 하더라도 나는 그 를 데려오겠소.

정약용은 이 편지를 읽고 "천 마디 만 마디 말이 원망하는 듯 사모하는 듯 우는 듯 호소하는 듯하여 읽자니 눈물이 흘러내리고 답변할 말이 없었습니다"라는 말로 안타까운 마음을 토로했다. 정약용의 부인은 자신이 몸져누운

조선 후기의 실학자들은 불합리한 신분제에 대한 개혁의지를 보이며 근대적인 인간 평등사상에 한발 다가서고 있었다. 유형원은 적서차별과 노비세습제를 비판했고, 이익은 노비 소유를 제한할 것을 주장했다. 유수원은 사농공상의 평등론을 내세우며 신분의 세습과 고착화를 반대했다. 홍대용은 신분이 아니라 재능과 학식의 여부로 사람을 평가할 것, 그리고 모든 백성에게 교육받을 기회를 균등하게 줄 것을 주장했다. 학초의 후사 문제를 둘러싼 가족들간의 논쟁도 이러한 시대적 상황과 무관하지 않다.

죽은 학초를 가리킨다.

학기의 아들을 가리킨다.

상황이면서도 동서를 걱정하여 남편에게 다시 한 번 부탁의 편지를 띄웠다.

한 마디 말이 떨어지자마자 환희가 우레처럼 울리고 비참한 구름과 처연한 서리가 변하여 따뜻한 봄이 될 것입니다. 다시는 예를 말하지 말고 조금이라도 인정을 살피십시오. 만약 다시 후사를 금하신다면 시어머니와 며느리 두 사람이 한 노끈에 같이 목을 맬 것입니다. 이런 상황에서 어떻게 다시 예를 말할 수 있겠습니까?

정약용은 두 사람의 처절한 편지 앞에 손을 들고 만다. 고향 마재에 편지를 띄워 자신이 더 이상 이 일에 관여하지 않을 것이니 정약전과 논의하여 결정하라고 말하며 한 발짝 뒤로 물러선 것이다. 그리고 정약전에게도 비슷한 내용을 담은 편지를 보냈다.

나는 이 일에 대해 감히 흑백을 말하지 못하겠습니다. 급히 두 통의 편지를 쓰셔서 하나는 학연에게 보내고 하나는 형수님께 보내어 한시라도 빨리 확실한 결정을 내려주시는 것이 어떻겠습니까?

결국 정약전은 아내와 며느리의 뜻을 받아들여 학초의 후사를 받아들이는 일을 허락하게 된다.

학초를 위해 양아들을 세우는 것이 예가 아님을 아네. 그러나 백 년이 지난 후에 사람들은 양아들을 가리키면서 "이 사람은 아무개(학초)의 양아들이다", "아무개(약전)가 아들(학초)을 두었지만 일찍 요절하여 양손자를 들였다"라고 말할 것이며, 그 양아들은 "나는 아무개(약전)의 양손자이다", "나는 아무개(학초)의 양아들이다"라고 자신을 소개할 것이네. 그리고 "이는 우리 할아버지와 아버지의 행적이다", "이는 우리 할아버지와 아버지가 남기신 글이다"라고 하여 우리 두 사람의 글과 행적을 수습하고 소장하여 후세에 전한다면 나도 생전에 마음을 의탁할 수 있고, 죽은 아이도 눈을 감지 못한 한을 조금이나마 풀 수 있을 것이네.

눈앞에 천출賤出인 아들이 하나 있고, 귀천의 차이가 없다는 것을 깨달은 지 이미 오래지만 내 형편을 생각하면 어찌 소나무를 심어 그늘을 기다리는 격이 되지 않겠는가? 젊어서 세 아들을 잃고 끝으로 하나를 기르다가 또 이 지경이 되었으니 내가 낳은 자식은 장성함을 감히 바라지 못하겠네. 하물며 이토록 좋지 않은 환경에서 키우는 데야… 다행히 아이는 무사히 잘 자라서 이제 두 돌이 되었네. 티 하나 없이 맑고 예쁜 데다 말은 아직 못하지만 능히 사람의 말을 이해하여 심부름을 시키면 이를 가리키고 알아듣는다네. 하지만 (죽은 학초가 그랬던 것을 생각한다면) 이를 결코 좋은 소식으로 여길 수만은 없네. 설사 아이가 잘 자란다고 하더라도 내게는 아들이 있는 셈이지만 죽은 아이에게는 다만 하나의 서제가 될 뿐이니 무슨 힘이 되겠는가. 또한 죄 없는 과부 며느리는 장차 어찌하겠는가. 내 나이 이미 오십이 넘어 얼마나 살지 알 수 없고 설사 오래 살더라도 반드시 십 년에 불과할 것이니 함께 살다가 내가 죽고 시어미마저 죽으면 고독한 몸으로 어떻게 홀로 살아가겠는가. 장래의 일은 미리 알 수가 없네. 그 아이가 이미 내 며느리가 되었으니 남편이 죽은 뒤에 돌보고 부양해줄 책임은 내게 있네. 이를 생각하여 일을 처리하지 않는다면 내 죄는 위로 하늘에 닿을 것이네. 이 어찌 두렵고 삼가야 할 처사가 아니겠는가. 일이 이 지경이 되도록 내버려둘 수는 없는 노릇 아닌가. 그러한즉 며느리를 위해 양자를 세워 삼종지륜三從之倫의 윤리가 끊어지지 않도록 하는 것은 천리와 인정에 거리낄 것이 없는 것이니 이 어찌 망상으로만 돌리고 힘을 기울이지 않을 수 있겠는가.

정약전 일가의 편지글에서 가부장적인 조선시대의 남성상은 흔적조차 찾아볼 수 없다. 자신이 원하는 바를 남편과 아주버니에게 주저 없이 요구하는 여자들과 이러한 인간적인 요청에 자신의 의견과 신념을 굽히는 남자들의 모습이 참신하기까지 하다.

정약전은 자신의 운명을 예측하고 있었던 모양이다. 이 편지를 보낸 지 9년 후, 자신이 말한 십 년에 일 년을 남겨두고 먼저 보낸 아들이 있는 세상으로 먼길을 떠나게 된다. 잠시 동안의 쓸쓸한 상념에서 깨어나 모래등을 넘어 성촌 북쪽 해변으로 향했다. 물이 꽤 많이 빠져 있었다.

김발에 파래가 일면

남도의 겨울은 중부지방과는 그 느낌이 다르다. 들판에는 파릇파릇한 새싹들이 돋아 있어 바람이 잦아들고 햇볕이 내리쬘 때면 겨울인지 봄인지 구별이 가지 않는다. 바다는 더욱 푸르고 활기에 넘친다. 추운 날씨에도 아랑곳하지 않고 짙푸른 식물체들이 왕성한 생명력을 자랑하고 있기 때문이다. 파래가 자라고 있는 것이다.

파래는 녹조류에 속하는 해조류로 갈파래목의 홑파래과와 갈파래과의 바닷말을 통틀어서 부르는 이름이다. 정약전은 파래 종류를 해태海苔라는 이름으로 기록했다.

[해태海苔]

뿌리가 돌에 붙어 있으며 가지는 없다. 돌 위에 가득 퍼져서 자란다. 빛깔은 푸르다.

이청의 주 『본초강목』에는 건태乾苔에 대한 기록이 보인다. 이시진은 장발의 『오록吳錄』

◉ **남도의 겨울바다** 남도의 겨울은 중부지방과는 그 느낌이 다르다. 들판에는 파릇파릇한 새싹들이 돋아 있어 바람이 잦아들고 햇볕이 내리쬘 때면 겨울인지 봄인지 구별이 가지 않는다. 바다는 더욱 푸르고 활기에 넘친다. 추운 날씨에도 아랑곳하지 않고 짙푸른 식물체들이 왕성한 생명력을 자랑하고 있기 때문이다. 파래가 자라고 있는 것이다.

을 인용하여 "홍리紅蘺는 바다 속에서 난다. 새파랗고 엉클어진 머리카락을 닮았다"라고 했다. 이는 모두 해태를 가리킨 말이다.

해태라고 하면 김을 떠올리는 사람이 많겠지만 사실 김을 해태라고 부르는 것은 일본에서 넘어온 관습이다. 우리 나라에서는 전통적으로 파래를 해태라고 불렀으며, 김을 가리킬 때는 보통 해의海衣라는 말을 썼다.[*]

조간대의 돌틈에서부터 낡은 밧줄이나 선박의 밑창, 열대지방에서 극지방에 이르기까지 파래가 자라지 않는 곳을 찾아보기란 거의 불가능한 일이다. 파래는 염분농도나 온도변화, 수질오염 등과 같은 환경변화에 대한 내성이 커서 어디에서나 뛰어난 적응력을 발휘하기 때문이다. 최근 내만이나 연안의 오염이 심해지면서 파래가 더욱 무성해지는 현상도 같은 식으로 설명할 수 있다.

지나칠 정도로 강인한 생명력 때문에 김양식업자들에게는 파래가 해적과도 같은 존재다. '김발에 파래 일면 김농사는 하나마나' 라는 말이 상황을 단적으로 보여준다. 파래는 김과 비슷한 지역, 비슷한 시기에 자라므로 김을 양식하기 위해 설치한 김발에 함께 달라붙는 경우가 많다. 김이 붙어야 할 자리에 엉뚱한 불청객이 자리를 잡았으니 김의 생산량은 떨어질 수밖에 없다. 더욱 심각한 문제는 파래의 성장속도가 김보다 훨씬 빠르다는 점이다. 쑥쑥 웃자란 파래가 햇빛과 양분을 다 차지해버리니 김이 제대로 자랄 리 없다. 결국 한 해의 김농사를 망치게 되는 것이다.[**]

[*] 파래와 김을 가장 간단하게 구별할 수 있는 방법은 빛깔을 보는 것이다. 녹조류인 파래는 푸른빛을 띠며, 홍조류인 김은 붉은빛을 띤다. 한영단 씨도 김과 파래를 어떻게 구별하느냐는 질문에 "파란 거는 파래고 빨간 거는 김이지라"라며 간단한 답변을 내놓았다.

[**] 김과 파래의 관계는 벼와 피 사이의 관계와 같다. 아무리 신경을 써서 없애려 해도 벼 사이에 섞여 자라며 벼로 가야 할 양분을 뺏어먹고 농사를 망치게 하는 피는 농민들의 눈에 흐르는 피눈물에 다름 아니다. 김양식업자들의 입장에서 파래는 피보다 더한 적이다.

　김양식업자들은 바다에 유기산을 뿌려가며 파래를 없애려 한다. 그러나 아무리 머리를 짜내고 애를 써도 파래는 결국 살아남아 우리가 먹는 김에까지 섞여 들어오기 마련이다. 파래를 많이 함유한 김은 유난히 푸른빛을 띠는데, 이런 김을 청김 또는 파래김이라고 부른다. 파래김은 일반 김에 비해 가격이나 품질이 낮게 매겨지는 것이 보통이다. 그러나 김의 구수한 감칠맛과 파래의 상큼한 향을 동시에 느낄 수 있다고 해서 이를 선호하는 이들도 의외로 많다. 사실 파래는 그 자체만으로도 훌륭한 맛과 향을 지니고 있어 예로부터 국, 전, 무침, 튀각, 갖가지 요리의 재료로 활용되어 왔으며, 요즘에는 무공해식품인 데다 니코틴을 해독하고 장운동을 돕는 기능이 있다고 해서 더욱 인기가 높아지는 추세다. 상황이 이렇게 되자 이제 어민들 중에서도 가격이 들쑥날쑥한 김에 비해 적은 노력을 들이고도 보다 안정적인 소득을 얻을 수 있는 파래양식 쪽으로 눈을 돌리는 이들이 하나둘 늘어가고 있다. 이러한 세태의 변화를 보여주는 대표적인 예가 바로 파래 중의 파래 매생이다.

미운 사위한테 차려주는 매생이

남해안에는 김양식을 생업으로 하는 이들이 많다. 김발로 자식 공부시킨다는 말이 흔하게 나돌 정도로 김양식은 어민들의 생계를 지탱하는 중요한 수단이다. 그런데 김을 붙이려고 쳐둔 김발에 머리카락같이 생긴 매생이란 놈이 자꾸 달라붙는다. 11월경부터 나타나기 시작한 매생이는 유성생식과 무성생식을 반복하면서 원주인을 물리치고 김발을 점령해버린다. 어민들은 한겨울 사나운 바닷바람을 맞으며 이를 악물고 매생이를 긁어내야 했다. 이들에게는 매생이가 원수 같은 존재였을 것이다. 그러나 김값이 점점 떨어지고 매생이의 깊은 맛이 사람들 사이에 입소문을 타고 전해지기 시작하자 상황은 완전히 반대가 되었다. 그토록 미움받던 매생이가 갑자기 이를 악물고 채취해야 할 돈덩어리로 변해버린 것이다. 어민들 중에는 아예 김양식을 그만두고 매생이양식으로 업종을 바꾸는 이들까지 생겨나고 있다.

　매생이양식은 김양식과 똑같은 방식으로 이루어진다. 바닷물의 가장 위층에는 매생이, 그 아래층에는 김, 더 아래층에는 파래가 붙는다. 따라서 김

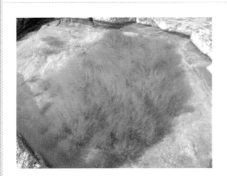

● 파래 중의 파래 매생이 명주실보다 가늘고, 쇠털보다 빽빽하다. 길이는 몇 자에 이른다. 빛깔은 검푸르다. 국을 끓이면 연하고 미끄러우며 서로 엉키면 풀어지지 않는다. 맛은 매우 달고 향기롭다.

발의 위치를 약간만 위로 올려주면 김발을 매생이발로 활용할 수 있다. 매생이는 워낙 생명력이 강한 식물이므로 별다른 관리도 필요 없다. 한창 추울 때인 12월부터 3월까지가 매생이 채취의 적기다. 일일이 손으로 뜯어서 채취한 매생이는 일단 바닷물로 헹군 다음 물기를 짜내고 단으로 뭉쳐놓는다. 잘 다듬어 놓은 매생이는 창포에 감은 머릿결처럼 은은한 윤기가 흘러 사람들의 입맛을 자극한다. 박도순 씨는 매생이라는 이름을 대자 금방 알아듣고는 곧바로 매생이 예찬론자가 되었다.

"매생이국 기가 맥혀. 겨울에 1, 2월에 나는데 매생이국 한 그릇 먹고 죽으면 한이 없다는 말도 있지라. 머리카락같이 미세하게 생겼는데 뻬주개(전복껍질)로 긁어 모아다가 채로 걸러서 가라앉은 것 버리고 위에 것만 떠서 국을 끓이제."

정약전도 매생이의 맛에 대해 '매우 달고 향기롭다' 라고 묘사하며 극찬한 바 있다.

몸은 머리카락 모양이며 짙은 녹색을 띤다.

물체가 매우 연약하여 서로 잘 뭉쳐진다.

[매산태 苺山苔]

명주실보다 가늘고, 쇠털보다 빽빽하다. 길이는 몇 자에 이른다. 빛깔은 검푸르다. 국을 끓이면 연하고 미끄러우며 서로 엉키면 풀어지지 않는다. 맛은 매우 달고 향기롭

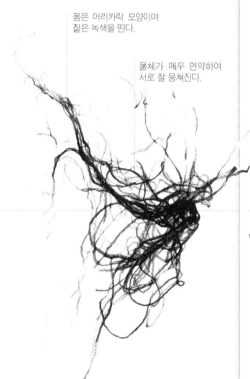

◉ 매생이 *Capsosiphon fulvescens* (Ag.) Setchell et Gardner

다. 발생하는 시기는 갱태보다 조금 이르다. 지채보다 위쪽에 서식한다.※

 사실 매생이는 오래 전부터 꽤 중요한 해산물의 위치를 차지하고 있었던 것으로 보인다. 『신증동국여지승람』에는 여러 지역의 토산물로 매산苺山이라는 이름이 올라 있는데, 이것은 매생이를 말한 것이 분명하다. 남해안 바닷가 사람들도 예전부터 매생이를 먹어왔고, 이 실처럼 생긴 해조류가 김보다 달고 구수하며, 된장에 굴과 함께 넣어 국을 끓이면 둘이 먹다 하나가 죽어도 모를 정도로 맛있다는 사실 또한 잘 알고 있었다. 다만 김에 비해 돈이 안 되다 보니 천덕꾸러기로 현지인들의 밥상에만 오르내리는 신세가 되고 말았던 것이다.

 매생이국은 아는 사람만 숨겨놓고 먹는다는 남도의 별미이기도 하지만, 경우에 따라서는 딸을 울린 사위에 대한 무서운 복수의 도구가 되기도 한다. '미운 사위한테 매생이국'이라는 말이 있다. 맛좋은 매생이국을 왜 딸의 애간장을 태우는 사위한테 대접한단 말인가. 그 비밀은 실제로 매생이국을 먹어보면 당장 알 수 있다. 하지만 조심해야 한다. 찐득찐득할 정도로 진하게 끓인 매생이국은 얼핏 보기에는 얼음을 동동 띄우고 싶을 정도로 시원해 보인다. 그러나 아무 생각 없이 한 숟갈 입으로 가져다 넣다가는 화들짝 놀라며 입천장을 홀라당 태우기 십상이다. 희한하게도 매생이국은 뜨거워도 김이 나지 않는 성질이 있기 때문이다. 이렇게 장모는 점잖으면서도 아주 잔인한 방법으로 미운 사위를 혼내주는 것이다.

※ 본문의 설명처럼 부드럽고 가느다란 몸체는 매생이의 가장 큰 특징이다. 정약전은 이를 '명주실보다 가늘고 쇠털보다 빽빽하다'라고 표현했다. 그런데 길이가 몇 자에 이른다고 한 부분은 아무래도 이상하다. 보통 매생이의 길이는 15센티미터 정도에 불과하기 때문이다. 어찌된 일일까? 몇 자라는 수치는 어쩌면 매생이를 모아서 뭉쳐놓은 단 전체의 길이를 말한 것일지도 모르겠다. 짧은 매생이를 뭉쳐서 다듬어 놓으면 여인의 머리채처럼 길게 늘어져 보인다. 본문에서 설명한 매생이와 오늘날 우리가 먹는 매생이가 다른 종류일 가능성도 생각해 볼 필요가 있다. 정약전이 실처럼 가늘면서 길이가 긴 파래류를 매생이와 착각했다고 가정한다면 매생이의 비정상적인 길이를 간단히 설명할 수 있을 것이기 때문이다. 실제로 예전에 나온 자료들 중에는 초록실(*Ulothrix flacca*)이나 잎파래(*Enteromorpha linza*)를 매생이로 기록한 예도 있어 이러한 추측에 힘을 싣는다.

보리파래와 갈파래

모래에 파묻힌 밧줄 위에는 가느다란 파래가 잔뜩 엉겨 붙어 있었다.

"보리포래 새끼여."

보리파래는 '맥태'라는 이름으로 『현산어보』에 등장한다.

[맥태麥苔]

잎이 매우 길고 가장자리가 부드럽게 주름져 있는 모양이 추태와 비슷하다. 음력 3
~4월에 나기 시작하여 5~6월에 가장 무성하다. 맥태라는 이름은 여기에서 유래했
다. 추태와 같은 수층에서 자란다.

"보리포래는 봄에 느지매 올라오지라. 보리 날 때."

송문석 씨의 말에서 짐작할 수 있듯이 맥태, 즉 보리파래라는 이름은 보
리가 익어갈 무렵 제철을 맞는다고 해서 붙여진 것이다. 우이도나 흑산도에
서도 '보리포래는 여름에 난다', '음력 4, 5월 지나서 난다'라는 말을 여러

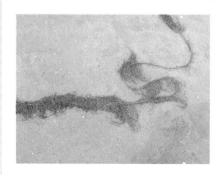

◉ 밧줄 위에 붙은 파래 모래에 파묻힌 밧줄 위에는 가느
다란 파래가 잔뜩 엉겨 붙어 있었다.

차례에 걸쳐 확인할 수 있었다.

도감을 펴놓고 보리파래가 어떤 종이냐고 묻자 박도순 씨의 작은어머니는 잎파래 종류를 가리켰다. 그러나 이 말을 곧이곧대로 받아들일 수는 없다. 해조류를 제대로 분류하기 위해서는 상당한 지식과 경험이 필요하다. 특히 파래 종류는 현미경으로 들여다보고 전체적인 생활사를 살펴야만 정확한 종을 구별할 수 있는 경우가 많기 때문에 현지인들도 종을 정확히 구별하지 못하는 예가 허다하다.* 흑산도 근해에서 채집한 표본을 현지인과 전문가에게 동시에 보여 방언과 정확한 종명을 확인하는 방법을 사용한다면 보리파래뿐만 아니라 『현산어보』에 나오는 다양한 파래들의 정체가 분명히 밝혀질 것으로 생각된다.

한영단 씨는 보리파래가 원래 기다란데 더 자라서 넓적해지고 뻣뻣해지면 갈포래가 된다고 말했다. 박도순 씨의 작은어머니도 같은 의견이었다.

"보리포래는 길쭉하제. 보리포래가 늙으면 갈포래가 되는디 갈포래는 질겨라."

갈포래는 갈파래나 구멍갈파래 등의 갈파래 무리를 가리키는 이름으로 보이는데, 『현산어보』에 나오는 '해추태'도 이 갈파래류의 일종인 것 같다.

[해추태海秋苔]

잎의 크기가 상치와 비슷하고 가장자리에는 주름이 잡혀 있다. 맛은 담박하고 씹으면 불어나 입안에 가득 찬다. 음력 5~6월에 생겨나기 시작하고 8~9월부터 시든다.

---

* 정약전과 흑산 주민들은 파래의 종류를 형태와 쓰임새, 맛, 씹히는 촉감, 발생시기 등에 따라 나누었는데, 형태를 제외하고는 봄에 나는 것과 가을에 나는 것, 씹기에 부드러운 것과 까끌까끌한 것, 국을 끓이면 좋은 것과 김치를 담으면 좋은 것 등 모두 먹을거리로 쓰기 위한 실용적인 성질을 분류의 기준으로 삼았다. 세세한 형태를 살피기보다는 계절의 변화에 따라 만져보고 먹어가면서 자연스럽게 종류를 익히는 방법을 선택했던 것이다. 이들의 분류법은 체계적이고 보편화할 수 있는 지식의 단계까지 이르지는 못했지만 일상생활에는 더없이 유용한 것이었다.

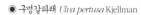

● 구멍갈파래 *Ulva pertusa* Kjellman

몸은 옆으로 퍼진다.
큰 주름살이 불규칙하게
늘어서 있으며, 작은 구멍이
많다.

몸의 아래 부분은
두껍고 단단하다.

가장자리는 엷은 막질이다.

추태라는 이름은 여기에서 유래한 것이다. 지종보다 위쪽에서 자란다.

갈파래 무리의 대표종인 갈파래(*Ulva lactuca*)는 몸이 길쭉하거나 댓잎
모양이며 가지를 치지 않는다. 잎은 길이 15~30센티미터, 너비 5~10센티
미터 정도로 크기가 상추와 비슷하고, 가장자리에 주름이 잘 발달해 있어서
해추태의 후보로 놓기에 손색이 없다. 자연보호중앙협의회에서 펴낸『자연
실태종합조사보고서』흑산제도편에는 1986년 7월 흑산도 인근해역에서 구

멍갈파래(*Ulva pertusa*)가 매우 번성하고 있었다는 기록이 나온다. 구멍갈
파래는 갈파래보다 크고 넓적하며 구멍이 뚫린 잎을 가진 종이다. 현지인들
이 두 종을 따로 구별하지 않는 것으로 보아 구멍갈파래 역시 해추태일 가
능성이 충분하다고 생각된다.

해추태라는 이름은 이 파래의 자라는 시기와 관계가 있다. 정약전은 해추
태가 음력 5~6월에 생겨나기 시작해서 8~9월에 시든다고 했다. 파래치고
는 자라는 시기가 꽤 늦은 편이다. 가을까지 자라는 파래라고 해서 현지인
들이 갈파래라고 부르던 것을* 정약전이 해추태라는 한자 이름으로 옮겼다
고 본다면 앞뒤가 대충 들어맞는다.

어린 갈파래는 먹기도 하지만 다 자란 갈파래는 퇴비나 가축사료로 쓰이
는 것이 보통이다. 박화진 씨도 갈파래의 맛을 묻자 고개를 절레절레 흔들
었다.

"깔깔하고 맛도 없소. 가끔 된장국에나 넣어서 끓여 먹제."

그러나 송문석 씨는 갈파래가 또 다른 용도로 쓰이기도 한다는 사실을 알
려주었다.

"갈포래는 보통 전복 사료로 쓰지라. 그란데 옛날에 이걸로 과자 만든다
그란 적이 있어라. 여그서도 한 번 사간 적이 있는디."

어렸을 때 먹던 둥글거나 부채꼴 모양으로 만든 파래전병을 말하는 모양
이었다. 이 밖에도 어촌 마을에서는 목 아래에 멍울이 생겼을 때 갈파래를
약으로 쓰는 일이 있다. 목 아래 생기는 멍울이라면 갑상선 이상을 말하는

◉ 가을에 자라는 갈파래 갈파래 무리의 대표종인 갈파래
(*Ulva lactuca*)는 몸이 길쭉하거나 댓잎 모양이며 가지를 치
지 않는다. 잎은 길이 15~30센티미터, 너비 5~10센티미터
정도로 크기가 상치와 비슷하고, 가장자리에 주름이 잘 발
달해 있어서 해추태의 후보로 놓기에 손색이 없다.

＊ 가을보리를 갈보리, 가을걷이를 갈걷이라고 부른다는 점
을 생각하면 가을파래를 갈파래라고 불렀다는 설명도 별 무
리가 없어 보인다.

것일 테니 이럴 때 요오드를 많이 포함한 파래를 먹는 것은 충분히 효과를 볼 수 있는 처방이다.

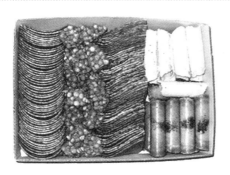

● **파래전병** "갈포래는 보통 전복 사료로 쓰지라. 그란데 옛날에 이걸로 과자 만든다 그란 적이 있어라. 여그서도 한 번 사간 적이 있는디."
어렸을 때 먹던 둥글거나 부채꼴 모양으로 만든 파래전병을 말하는 모양이었다.

부부금슬의 상징

물이 빠져 커다란 갯바위가 드러난 곳에 이르자 한영단 씨는 호미를 하나 건네주면서 조개를 잡아보라고 했다. 이리저리 옮겨다니며 열심히 땅을 팠지만 조개는 나타나지 않았다. 얼마나 깊이 파야 하는지 물으니 원래는 조금만 파도 잘 나오는데 요즘은 추우니까 많이 파야 한다고 일러준다. 이미 어떤 조개가 나올지 알고 있었기 때문에 별 소득도 없이 땅 파는 일을 그만 두기로 했다. 대복은 모래 해변에서 서식하는 대표적인 조개다. 삼각형으로 생긴 껍질은 매우 단단하고 두꺼우며, 매끈한 표면에는 다채로운 무늬가 그려져 있다. 돈목과 성촌 사람들은 대복을 모시조개나 꼬막이라고 불렀다. 하긴 캐내는 것마다 대복 일색이니 따로 이름을 붙일 필요가 없었던 것인지도 모르겠다.

조개는 이매패강에 속하는 연체동물을 총칭해서 부르는 이름이다.* 조개의 가장 큰 특징은 역시 여러 가지 형태와 무늬로 장식된 단단한 껍질이다. 맨 위의 뾰족한 곳은 양쪽 껍질이 서로 연결되는 부분으로 안쪽 면이 이빨

● 성촌 해변에서 잡은 대복 대복은 모래 해변에서 서식하는 대표적인 조개다. 삼각형으로 생긴 껍질은 매우 단단하고 두꺼우며, 매끈한 표면에는 다채로운 무늬가 그려져 있다.

* 이매패강은 껍질 두 장을 가진 조개류란 뜻이다. 사실 따지고 보면 조개[蛤]라는 글자 자체도 껍질 두 개가 합쳐졌다는 뜻에서 만들어진 것이다.

모양으로 서로 맞물리고 탄성이 강한 인대가 이를 보강하는 구조로 되어 있다. 껍질의 안쪽에는 한 쌍의 근육덩어리가 붙어 있어 껍질을 여닫는 역할을 한다. 단단한 조개껍질은 의외로 부드러운 외투막으로부터 만들어진다. 외투막은 조개껍질의 안쪽에 붙어 있는 얇은 막으로 석회질의 분비물을 내어 조개껍질을 만들거나 관 모양으로 합쳐져서 입수관과 출수관이 되기도 하는 부위를 말한다. 입수관은 물이 들어오는 구멍이고 출수관은 물을 내보내는 구멍이다. 조개는 입수관을 통해 들어오는 물로부터 산소와 먹이를 얻고, 몸에서 발생한 이산화탄소와 노폐물은 출수관을 통해 내보내는데, 아가

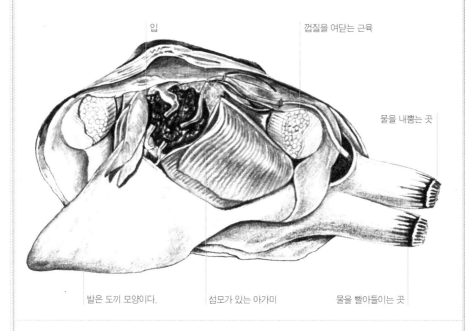

입

껍질을 여닫는 근육

물을 내뿜는 곳

발은 도끼 모양이다.

섬모가 있는 아가미

물을 빨아들이는 곳

◉ 조개의 내부 구조

미 표면에 나 있는 수많은 섬모들이 이 같은 물의 흐름을 일으킨다. 몸의 아래쪽에는 두터운 근육질로 된 발이 달려 있다. 조개는 이 발을 이용해서 몸을 이동하고 구멍을 판다.[*]

조개류는 예로부터 사람들의 식량자원으로 중요한 역할을 해왔다.[**] 「김해패총 발굴조사 보고서(1923)」에는 패총에서 11종의 조개류 껍질이 발견되었다는 기록이 나온다. 선사시대부터 다양한 조개류가 식용되었던 것이다. 『동국여지승람』의 토산편에는 석화, 토화, 합, 홍합, 죽합, 감합, 강요주, 회세합, 황합, 백합, 소합 등의 조개류가 기록되어 있다. 『재물보』, 『물명고』, 『전어지』에도 각각 14종 내외의 조개류가 기록되어 있다. 『동의보감』에는 조개류에 관련된 11가지의 약재가 설명되어 있으며, 『규합총서』에서는 조개와 초, 창출·백출과 초는 함께 먹어서는 안 된다는 등의 금기풍속과 각종 굴요리에 대한 기록들을 찾아볼 수 있다. 오늘날에도 조개류는 각종 요리의 재료로 변함없는 인기를 누리고 있으며, 어촌에서는 굴, 홍합, 피조개, 꼬막, 대합, 반지락, 가리비 등 다양한 조개류를 양식함으로써 이러한 수요에 대응하고 있다.

조갯살이 배고픈 이들을 먹여 살린 중요한 식량자원이었다면 조개껍질은 수저, 국자, 주걱 등의 생활용품으로 쓰이거나 고급스런 장식품으로 가공되어 선조들의 삶을 풍요롭게 했다. 조개껍질은 크게 손질하지 않아도 본래의 빛깔과 무늬가 워낙 아름다운 까닭에 다양한 장신구나 공예품으로 만들어지곤 했다. 원시시대부터 조개는 몸을 치장하는 중요한 장신구로 쓰였으며,

---

[*] 납작한 발이 도끼처럼 생겼다고 해서 조개류를 부족류斧足類라고 부르기도 한다.

[**] 함경도 연안에는 밥조개라는 것이 있는데, 밥 대신 먹는다고 해서 이런 이름이 붙었다고 한다. 『도문대작』에서는 제곡齊穀이란 조개에 대해 "강릉 경포산으로 흉년에 이것을 먹으면 굶주림을 면할 수 있기 때문에 곡식과 같다는 뜻에서 제곡이라 한 것이다"라고 그 이름의 유래를 설명했다. 심재는 『송천필담松泉筆談』에서 "경포는 본래 부자들이 살던 곳이었다. 어느 날 스님 한 분이 이곳을 찾아왔는데, 시주를 부탁하자 이곳 사람들은 밥 대신 똥을 내놓았다. 그 순간 갑자기 땅이 꺼지면서 마을은 커다란 호수로 변해버렸고 쌓여 있던 곡식들은 모두 조그만 조개로 변했다. 이 조개는 흉년이 들면 많이 나고 풍년이 들면 적게 나는데, 맛이 달고 향기로우며 요기를 할 수 있다고 해서 이곳 사람들은 이것을 적곡합積穀蛤이라고 부른다"라는 일화를 소개한 바 있다. 조개가 주식인 밥이나 곡식에 비유될 만큼 중요한 식량자원이었음을 보여주는 좋은 사례들이다.

옛 규방의 부녀자들은 연지, 곤지, 연분 등의 화장품을 조개껍질에 담아 보관했다. 여자아이들은 조개껍질을 두 쪽으로 서로 맞추어서 온갖 빛깔의 헝겊으로 알록달록하게 바르고 끈을 달아 허리에 차고 다녔으며, 조개껍질을 사용해서 만든 나전칠기는 오늘날까지도 최고의 공예품으로 인정받고 있다.

※ 이렇게 만든 노리개를 부전조개라고 한다. 사람 사이에 의가 좋거나 사물이 빈틈없이 서로 꼭 들어맞을 때 '부전조개 이 맞듯' 이란 표현을 쓰는데 이때의 부전조개도 조개껍질 두 짝으로 만든 노리개를 가리킨다.

조개 신기루를 일으키는

이청은 조개 항목에서 중국 문헌에 나오는 여러 종류의 조개류를 소개하고
있다.

[합蛤]

조개(蛤)의 종류는 매우 많다. 모양이 긴 놈을 방蚌 혹은 함장含漿이라고 부르며, 모
양이 둥근 놈은 합蛤이라고 부른다. 좁고 길며 양쪽 끝이 뾰족하고 작은 놈은 비蠯
혹은 마도馬刀라고 부른다. 색이 검고 가장 작은 놈은 현蜆 또는 편라扁螺라고 부른다.
이들은 모두 강이나 호수, 산골짜기를 흐르는 시냇물에서 서식한다. 여러 본초서들을
살펴보면 바다에서 나는 조개로 다음과 같은 종류들이 기록되어 있다. 문합文蛤은 한
쪽 끝은 작고 다른 한쪽은 크며 껍질에 꽃무늬 반점이 있다. 합리蛤蜊는 하얀 껍질에
보라색 입술(脣)을 가졌고 크기는 두세 치 정도이다. 합진蚶蜌은 편평하고 털이 있는
종류이다. 거오車螯는 조개 중에서 가장 크고 기氣를 내뿜어 누대樓臺를 만드는 종류
인데, 이것이 곧 대신大蜃이다. 담라擔羅는 신라국에서 난다는 말이 있다. 그러나 여기

● 중국 문헌에 나오는 조개들 이청은 조개 항목에서 중국 문헌에 나오는 여러 종
류의 조개류를 소개하고 있다.

에서는 흑산 바다에서 볼 수 있는 조개들에 대해서만 사람들이 부르는 대로 옮겨 적기로 한다.

이청이 인용한 내용 중 가장 재미있는 부분은 거오를 설명한 대목이다. 커다란 조개가 기를 내뿜어 누대를 만든다고 했는데, 누대라면 누각과 같이 높이 쌓은 건물을 말한다. 조개가 어떻게 건물을 만든다는 것일까?

거오는 신蜃의 다른 이름이며, 신은 커다란 조개(大蛤)를 뜻하는 말이다. 그러나 보통 조개는 아니다. 꿩이나 참새가 물 속에 뛰어들어 거대한 조개로 변하는 일을 수백 번 반복하여 신통력을 지니게 된 신령스런 생물이 바로 신이다. 신은 교룡蛟龍을 뜻하기도 한다. 교룡은 용의 새끼 중 하나로 홍수와 가뭄을 주재한다고 알려져 있는 상상 속의 동물이다. 뱀과 비슷하게 생겼지만 덩치가 훨씬 크고 머리에는 뿔이 나 있으며, 몸통에는 네 개의 발이 달려 있다. 그림에서 보던 용과 대략 같은 모습이다. 그런데 중국 사람들은 물 속에 살고 있는 커다란 조개나 교룡이 어떤 기운을 뿜어내어 공기 중에 허깨비 같은 건물을 만든다고 믿어왔던 것 같다. 그리고 여기에 신기루蜃氣樓라는 이름을 붙여주었다. 신기루는 '신蜃이 뿜어낸 기가 변해서 된 누각' 이란 뜻이다.

신기루의 정체가 밝혀진 것은 프랑스의 수학자 몽주(Gaspard Monge)에 의해서였다. 1798년 이집트 침공에 나선 나폴레옹의 병사들은 사막 한가운데에서 방금 전까지 눈앞에 보이던 호수가 순식간에 사라져버리곤 하는 기

◉ 누대를 만드는 조개 거오車螯는 조개 중에서 가장 크고 기氣를 내뿜어 누대樓臺를 만드는 종류인데, 이것이 곧 대신大蜃이다.

이한 현상을 경험하고 놀라움을 금치 못했다. 모두가 혼란 속에 빠져 있던 이때 원정대의 일원이었던 몽주는 과학적인 추론을 통해 이 현상이 사막에 접해 있는 더운 공기층 때문에 일어난다는 사실을 밝혀내게 된다. 사람들은 그의 업적을 기념하는 뜻으로 신기루에 '몽주의 현상'이라는 이름을 붙여 주었다. 몽주가 밝혀낸 사실은 대략 다음과 같다.

지표 부근의 공기가 햇볕을 받아 뜨거워지면 위쪽의 공기에 비해 밀도가 낮아지게 된다.* 빛은 공기의 밀도가 높을수록 속도가 느려지는 성질이 있으므로 밀도가 다른 공기층 사이를 통과할 때 자연스럽게 경로가 휘어지게 된다. 굴절이 일어나게 되는 것이다. 앞에 어떤 물체가 놓여 있다고 가정하자. 이 물체에서 반사된 빛은 아래로 진행하다가도 지표 가까이의 밀도가 낮은 공기층을 지날 때면 위로 구부러져 떠오르게 되고, 관측자의 입장에서는 마치 그 빛이 지표면 아래쪽에서 나온 것처럼 보이게 된다. 결론부터 말하면 나폴레옹의 병사들이 본 것은 호수가 아니라 이렇게 휘어져 들어온 하늘의 영상이었다. 하늘은 물과 비슷한 빛깔을 띠고 있는 데다 뜨거운 공기층을 통과하면서 아지랑이처럼 일렁이게 된다. 더위와 피로에 지친 병사들로서는

끝없이 펼쳐진 황금빛 사막 위에 떠오른 푸른 일렁임을 보고 수면을 떠올리지 않을 도리가 없었던 것이다.

신기루는 사막뿐 아니라 해안이나 커다란 호수 같은 곳에서도 일어난다.

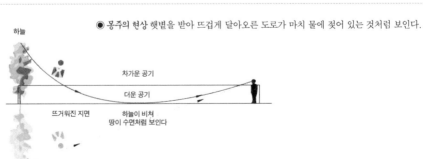

●몽주의 현상 햇볕을 받아 뜨겁게 달아오른 도로가 마치 물에 젖어 있는 것처럼 보인다.

하늘

차가운 공기

더운 공기

뜨거워진 지면

하늘이 비쳐 땅이 수면처럼 보인다

* 공기의 온도와 밀도는 서로 반비례한다.

이탈리아 반도와 시칠리아 섬 사이에 있는 메시나 해협은 신기루 현상이 자주 일어나기로 유명한 곳이다. 물이 잔잔하고 공기의 온도가 높아질 때면 구름 위에 아름답고 웅장한 항구도시의 모습이 층층이 떠올라 탑이나 궁전 같은 모습을 연출한다. 또한 선원들 중에는 배가 거꾸로 뒤집힌 채 항해하는 것을 보았다는 사람들이 의외로 많다. 대기 아래쪽의 온도가 낮고 위쪽의 온도가 높을 때는 이처럼 물체가 위로 떠올라 보이게 되는데 이를 '빈즈의 현상'이라고 부른다. 거오가 뿜어내는 누대의 정체도 이런 것이었으리라 짐작된다. 옛사람들은 멀리서 일렁이는 건물이나 뒤집힌 배의 모습에서 높이 솟은 누각을 떠올리고 이를 다시 물 속에 살고 있는 전설의 짐승 거오와 교룡에 연결지었던 것이다.

우리 나라 사람들은 신기루에 대해 어떤 생각들을 하고 있었을까? 정약용은 신과 신기루에 대한 자신의 의견을 다음과 같이 밝힌 적이 있다.

어떤 사람이 "신시蜃市란 큰 조개가 기운을 토하여 그 기운이 위로 솟아오른 것입니다. 당신은 이를 어떻게 생각하십니까?"라고 묻기에 나는 이

렇게 대답했다. "신이란 비합蜰蛤입니다. 비합 종류는 물가에 사는데 돌에 붙어 있습니다. 그런데 이것은 땅에 붙어 다닐 뿐 먼 곳의 깊은 물에서 헤엄쳐 다니지는 못합니다. 신시란 반드시 큰바다에서만 일

● **빈즈의 현상** 선원들 중에는 배가 거꾸로 뒤집힌 채 항해하는 것을 보았다는 사람들이 의외로 많다. 대기 아래쪽의 온도가 낮고 위쪽의 온도가 높을 때는 이처럼 물체가 위로 떠올라 보이게 되는데 이를 '빈즈의 현상'이라고 부른다.

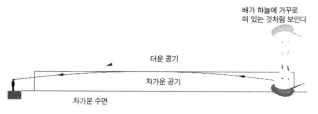

배가 하늘에 거꾸로 떠 있는 것처럼 보인다

더운 공기

차가운 공기

차가운 수면

어나는데 이를 어찌 신의 기운에 의한 것이라고 말할 수 있겠습니까? 기름이 결어 마른 것을 한 방울 개울물에 떨어뜨리고 잠시 후에 들여다보면 오색빛이 현란하며 모든 물건이 변하여 어른거리는 것처럼 보입니다. 또한 거울로 이것을 비춰본다면 사물이 어른거려 제대로 알아볼 수가 없을 것입니다. 신시의 원리도 이것과 마찬가지입니다. 고래가 죽어 그 기름이 뭉쳐 있다가 청명한 햇빛을 받게 되면 성시城市나 누각, 유막帷幕 같은 형상이 되어 발연히 솟아오르는데, 이것이 흘러 오색이 되고 변하여 여러 가지 물체가 됩니다. 몽기蒙氣가 여기에 임하면 거울처럼 물체를 반사하게 됩니다. 사람들은 멀리서 이것을 바라보고 신시가 뿜어올린 기운이라고 생각하며 마냥 신기하게 여길 따름입니다. 그리고 신시가 아득하게 바람에 나부끼듯 움직이는 것은 몽기가 바람을 타기 때문입니다."

정약용은 신기루에 대한 고전적인 관념을 과감하게 부정했다. 신은 비합이라는 조개이며, 비합은 얕은 물에 사는 생물인데 어떻게 큰바다에서 나타나는 신기루를 만들어낼 수 있겠느냐는 것이 반론의 요지였다. 정약용은 신기루 현상에 대해 전혀 다른 방식의 설명을 시도한다. 그는 먼저 기름막이 물 위에 퍼졌을 때 다양한 색깔과 형태를 나타낸다는 사실에 주목했다.* 성시나 누각 같은 형상은 구름을 보고 여러 가지 형상을 그리듯 기름막이 만들어낸 무늬를 사람들이 제맘대로 해석하여 만들어낸 한낱 허상일 뿐이었다. 이제 남은 문제는 어떻게 물 위에 떠 있는 무늬가 공중으로 떠오르게 되

---

* 사실 이는 빛의 간섭에 의한 것으로 신기루와는 전혀 무관한 현상이다. 그러나 정약용은 간섭무늬의 색깔과 형태의 변화가 무궁무진한 것을 신기루와 비슷한 특징으로 보았다.

는가 하는 점이었다. 정약용은 '몽기蒙氣'라는 개념을 도입함으로써 이 문제를 해결하려 했다.* 공중에 떠 있는 몽기가 수면의 기름막에 생긴 간섭무늬를 반사하면 사람들이 이를 보고 어떤 형상이 하늘에 나타났다고 생각하게 된다는 것이 그가 내린 결론이었다.

정약전도 정약용에게 보내는 편지에서 신기루에 대한 자신의 의견을 밝힌 바 있는데, 여기에서도 어김없이 몽기라는 말이 등장한다.

먼 산도 비가 내리려 하면 가까운 곳에 있는 것처럼 보이고 초목이나 바위도 갑절이나 분명하게 보이니 이것은 모두 몽기蒙氣의 작용으로 볼 수 있네. 망원경이 먼 곳에 있는 것을 가까이 보이게 하는 것 또한 몽기 때문에 일어나는 일로 전혀 신기하거나 이상할 바 없는 일이지. 신기루와 같은 것도 몽기의 작용을 받아 일어나는 일인데, 해상에 나가지 않으면 볼 수가 없으니 바다에 온 지 오 년이 되었는데도 아직 한 번도 보지 못했다네.

정약전과 정약용은 모두 미신적인 개념을 거부하고 자연현상을 객관적이고 합리적인 방식으로 해석하려 했다. 비록 몽기라는 것이 엄밀한 물리학적 개념은 아니지만 광학에 대해 이미 상당한 지식을 쌓았던 이들의 머릿속에

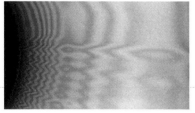

는 대기 중의 무엇인가가 빛의 성질을 변화시켜 여러 가지 현상을 일으키게 한다는 개념이 새롭게 싹트고 있었다.

● 기름막에 의한 간섭무늬 정약용은 신기루를 공중에 떠 있는 몽기가 수면의 기름막에 생긴 간섭무늬를 반사하면 사람들이 이를 보고 어떤 형상이 하늘에 나타났다고 생각하게 된 것이라고 해석했다.

* 몽기는 지금의 대기나 공기층과 비슷한 개념이지만 정확히 같은 것은 아니다. '기氣'가 공기와 특성이 비슷하지만 보다 함축적인 표현인 것과 마찬가지다. 홍대용의 다음 글은 당시 사람들이 생각하고 있던 몽기의 개념을 잘 보여준다. "수토水土의 기가 증발하여 지면을 싸고 있어, 밖으로는 해와 달과 별을 약하게 하고, 안으로는 사람의 눈을 어둡게 한다. 물처럼 비치고 유리처럼 어리어리하여 낮은 것은 높게 만들고 작은 것은 크게 만든다. 서양 사람은 이를 청몽淸蒙이라고 부른다. 쳐다보면 작게 보이는 것은 청몽이 얕기 때문이고, 비스듬히 보면 크게 보이는 것은 청몽이 두껍기 때문이다."

두 사람의 과학적인 태도로 보아 만약 당시 서구의 보다 발달된 지식이 도입되었더라면 별 무리 없이 그 내용을 받아들이고 발전시킬 수 있었을 것이다. 그러나 현실은 그렇지 못했으며, 이러한 변화를 용인하지도 않았다. 일찍부터 서양의 과학기술을 받아들였고, 정약전과 친밀한 관계에 있었던 이가환은 '청몽기靑蒙氣'라는 학설을 언급했다는 이유만으로 일평생 격렬한 비판에 시달려야 했다. 다음은 박장설이 정조에게 올린 상소의 일부다.

아, 서양의 요술이 윤상倫常을 파괴하고 가정과 국가에 화를 끼치는 점으로 말하자면 양주楊朱·묵적墨翟·노자·불교의 도보다도 심한 점이 있습니다. 만력萬曆 연간에 처음 중국에 들어 온 뒤로 서남의 여러 오랑캐 지역에 두루 유행하였고 급기야 일본의 종문宗文 당에까지 파급되었습니다. 화란禍亂의 요소를 조장하여 백성들에게 해독을 끼치는 점이 실로 미적米賊이나 풍각風角보다도 심한 점이 있고 보면, 그들이 얼마나 좌도左道를 끼고 요망한 말을 뇌까리며 화란을 퍼뜨리는 적인지를 알 수 있을 것입니다. (중략) 연전에 성상께서 책문을 내시며 역상曆象에 대해 물으셨을 때 감히 청몽기 등의 비정상적인 이야기를 가지고 새로운 법이라고 하면서 방자하게 지어 올렸는가 하면, 주시관으로서 책문의 제목을 오행으로 내었을 때 정약전이 대답한 것을 보면 오로지 서양 사람의 설에 입각해서 오행을 바꿔 사행이라고 하였는데 정약전은 바로 가환의 도제徒弟입니다. 과시의 문체로 말하면 금령이 지극히 엄한 만큼 비록 심상한 패설이라도 감히 따다가 사용할 수 없는 법입니다. 그런데도 가환은 과거에 없었고 지금에도 없는 요사스러운 말과 사리에 어긋난 내용을 일종의 관절關節로 간주한 채 사람들을 속일 수 있다고 생각하면서 조금도 거리낌없이 어려워하지도 않고 발탁하였습니다.

박장설은 양주 · 묵가 · 노장 · 불가 등의 중국 전통 사상들을 모두 부정하고 오직 주자학만을 정통으로 보았으며, 서양학설은 더욱 심각한 해악을 끼치는 사상이라고 생각했다. 정약전과 이가환은 비정통적인 학설을 주장했다는 이유만으로 탄압의 대상이 되었고, 생명의 위협까지 느끼게 된다. 이러한 환경에서 자유롭고 합리적인 사고와 추론이 발달할 리 없었다.

조선 후기 몇몇 선진적인 학자들은 시대의 변화를 감지하기 시작했다. 그리고 나름대로 비판적이고 합리적인 정신으로 새로운 시대에 대응하려 했다. 그러나 이미 단단한 조개껍질처럼 나라의 문을 걸어 닫고, 옛 성현의 말씀만을 진리라고 믿으며, 변화에 대처할 유연성을 잃어버린 정치 · 사회체제는 이러한 시도를 용납하지 않았다. 지식과 정보의 교류를 완강히 가로막는 벽이 조선의 앞날을 가로막고 있었다. 그리고 집권세력들은 이러한 벽 뒤에 숨어 자신이 속한 집단의 부귀공명을 뒷받침하는 속류 주자학의 신기루 속을 헤매고만 있었다.

굴도 조개다

한영단 씨는 갯바위를 부지런히 돌아다니며 굴을 따고 있었다. 성촌 쪽 갯
바위는 자연굴로 완전히 뒤덮여 있었다. 중학시절까지만 해도 늘상 대하던
풍경이다. 당시 나는 낚시의 재미에 흠뻑 빠져 있었다. 학교 성적은 곤두박
질쳤지만 바다로 나설 때마다 느끼던 그 야릇한 흥분감은 아직도 잊혀지지
않는다. 물론 프로와는 거리가 멀었다. 일단 낚시도구도 챙기지 않고 무작
정 집을 나선다. 현지에 도착하면 갯가를 따라 걸으면서 낚시채비를 마련한
다. 버려진 낚싯줄이며 추, 낚싯바늘을 주워 모아 적당히 연결시키면 훌륭
한 낚시도구가 된다. 일단 채비가 준비되면 넓적한 돌이나 나무 판자를 구
해 갯벌이나 모래땅을 판다. 갯지렁이를 잡기 위해서다. 이렇게 현지에서
마련한 낚시도구로도 노래미며, 도다리, 볼락 등 꽤 많은 물고기를 잡았다.
한참 낚시를 하다가 미끼가 떨어지면 주변 갯바위에 붙어 있는 고둥이나 집
게를 잡아다 쓰기도 했는데, 그래도 입질이 신통찮을 때는 최후의 수단으로
굴을 썼다. 물에 들어가면 금방 풀려버리지만 물고기를 불러모으는 데는 그

●성촌 갯바위에서 따 모은 굴 한영단 씨는 갯바위
를 부지런히 돌아다니며 굴을 따고 있었다. 성촌
쪽 갯바위는 자연굴로 완전히 뒤덮여 있었다.

만으로 담그자마자 입질이 시작되곤 했다. 낚시를 하다가 지치면 돌멩이로 굴을 깨어먹기도 했는데, 조그만 껍질 속에 담긴 그 달콤한 맛이란 말로 표현하기 힘들 정도였다. 바로 자연굴이요 석화였다.

정약전은 굴을 '모려'라고 기록한 다음 겉모습, 맛, 쓰임새 등을 자세히 설명하고 있다.

호蠔

[모려牡蠣 속명 굴掘]

큰 놈은 지름이 한 자 남짓 된다. 조개(蛤)처럼 껍질 두 쪽이 합쳐지는 구조로 되어 있다. 몸은 모양이 일정하지 않은 것이 구름조각 같으며, 껍질은 매우 두꺼워 종이를 겹겹이 발라놓은 것 같다. 바깥쪽은 거칠지만 안쪽은 매끄러우며 그 빛깔이 눈처럼 희다. 껍질 한쪽은 돌에 붙어 있고, 다른 한쪽은 뚜껑과 같이 위를 덮는다. 뻘 속에 있는 놈은 어디에도 달라붙지 않고 진흙탕 속을 떠돌아다닌다. 맛은 감미롭다. 그 껍질을 갈아서 바둑알을 만든다.

이청의 주 『본초강목』에서는 모려를 일명 여합蠣蛤이라고 했으며, 『별록別錄』에서는 모합牡蛤, 『이물지』에서는 고분古賁이라고 불렀다. 모두 이 굴을 말한 것이다.

굴은 보통 조개류와는 전혀 다른 모습을 하고 있는 것처럼 보인다. 그러나 정약전의 말처럼 한쪽 껍질은 위로 벌어져 올라오고, 다른 한쪽은 납작

●모려 큰 놈은 지름이 한 자 남짓 된다. 조개(蛤)처럼 껍질 두 쪽이 합쳐지는 구조로 되어 있다. 몸은 모양이 일정하지 않은 것이 구름조각 같으며, 껍질은 매우 두꺼워 종이를 겹겹이 발라놓은 것 같다. 바깥쪽은 거칠지만 안쪽은 매끄러우며 그 빛깔이 눈처럼 희다. 껍질 한쪽은 돌에 붙어 있고, 다른 한쪽은 뚜껑과 같이 위를 덮는다.

여러 개의 굵은 융기가 방사상으로 늘어서 있다.

서식하는 장소에 따라 몸꼴, 빛깔,
두께 등의 변이가 심하다.

비늘 모양 구조가 여러 겹으로
중첩되어 성장맥을 이룬다.

껍질 한쪽은 자유로이
여닫을 수 있지만 반대쪽 껍질은
바위에 단단하게 붙어 있다.

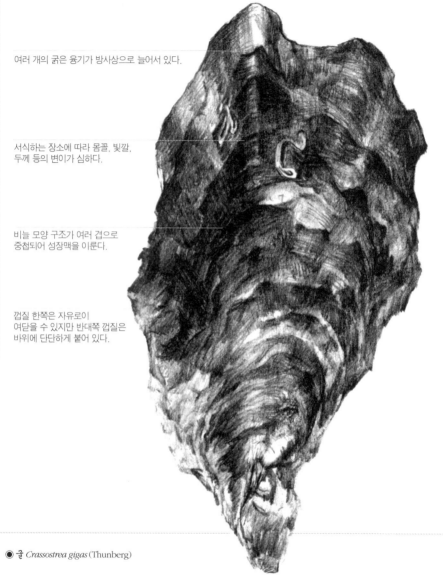

● 굴 *Crassostrea gigas* (Thunberg)

하게 변형되어 돌에 붙어 있는 것이라고 생각하면 굴 역시 조개류에 속한다는 사실을 쉽게 이해할 수 있다. 굴은 양 극지방을 제외한 모든 해역에 서식하며, 우리 나라에는 참굴, 토굴, 태생굴, 가시굴, 긴굴, 갓굴 등 9종 정도가 알려져 있다.

신석기시대의 패총에서 굴껍질이 대량으로 발견되는 것에서 알 수 있듯 우리 선조들은 오래 전부터 굴을 식용해왔다. 옛문헌들에서도 굴에 대한 기록들을 쉽게 찾아볼 수 있다. 『신증동국여지승람』에는 석화石花가 강원도를 제외한 7도의 토산물로 기록되어 있고, 『규합총서』에서는 우리 나라 팔도에서 나는 유명한 특산물로 남양南陽산 석화와 문천文川산 대석화大石花를 꼽았다.＊ 허준은 『동의보감』에서 모려牡蠣에 대해 "성질이 평平하고(약간 차다고도 한다) 맛이 짜며 독이 없다. 대소장을 조여들게 하고 대소변이 지나치게 나가는 증상과 식은땀을 멎게 한다. 정액이 저절로 흘러나오는 유정遺精, 꿈을 꾸면서 사정하는 몽설夢泄, 부인들의 적백대하赤白帶下를 치료하며, 추웠다 열이 났다 하는 온학溫瘧을 낫게 한다"라고 그 약성을 소개하고, 그 고깃살과 껍질의 효능에 대해서도 칭찬을 아끼지 않았다.

＊ 석화나 대석화는 모두 굴을 가리키는 한자어다. 굴이 바위 위에 다닥다닥 달라붙은 모습이 꽃처럼 보인다고 해서 이 같은 이름이 붙여졌다. 이에 반해 돌에 붙어 있지 않고 뻘에서 자라는 굴은 따로 토화土花라고 부른다.

바다의 우유

흔히 굴을 바다의 우유라고 부른다. 그만큼 맛과 영양이 뛰어나다는 뜻이다. 굴에는 비타민·무기질·단백질이 풍부하며, 타우린이 많이 들어 있어 콜레스테롤 수치를 낮추고 피로를 풀어주는 역할을 한다. 또한 굴은 소화가 잘 되므로 어린이나 노약자의 보양음식으로도 좋다. 맛으로 따져도 굴은 다른 조개류에 비해 결코 뒤떨어지지 않는다. 우윳빛 속살과 씹을 때의 부드러운 감촉, 그리고 사람들의 입맛을 돋우는 독특한 향기는 식도락가들 사이에서 최고의 진미로 평가받고 있다.

굴은 생으로도 많이 먹고, 살짝 데치거나 튀겨서, 혹은 전복처럼 죽으로 끓여서 먹기도 한다. 조선시대 궁중에서는 굴을 전골의 재료로 많이 썼다고 하며, 굴로 만든 젓갈도 예로부터 유명했다. 고흥의 진석화젓은 영암의 어란젓이나 해남의 토하젓과 어깨를 나란히 하는 최고의 진상품이었으며, 서해안 지방에서 나는 작은 자연산굴로 담근 어리굴젓은 지금도 그 명성이 하늘을 찌른다. 요즘에는 석화구이가 인기가 높다. 싱싱한 굴을 잘 씻은 다음

가스버너나 연탄불 위에 올려놓고 몇 분간 구우면 무르기만 하던 속살이 탱글탱글해진다. 다 익고 나면 알맹이만을 빼 먹는데 쫄깃쫄깃한 데다 입안에서 살살 녹는 감칠맛이 일품이다. 이 밖에도 굴밥·굴찜·굴전·굴젓·굴국·굴무침·굴회·굴깍두기·굴냉국 등 굴을 이용한 요리들의 목록에는 끝이 없다.

'보리가 패기 시작하면 굴을 먹지 않는다' 라는 말이 있다.[*] 굴은 보리에 이삭이 맺힐 즈음 산란기를 맞는다. 이때의 굴은 생식소를 발달시키느라 맛과 육질이 떨어져 있을 뿐만 아니라 연안의 식중독병원체에 감염되어 있을 가능성이 높으므로 함부로 먹었다가는 배앓이를 하게 될 수도 있다.[**] 굴의 제철은 역시 겨울이다. 굴은 수온이 내려가면 살이 차오르는데, 특히 구정을 전후한 때에 통통하게 살이 올라 가장 먹기 좋은 상태가 된다. 어느 해 겨울 변산 해수욕장을 거닐다가 굴 캐던 아주머니에게 얻어먹은 석화맛이 지금도 잊혀지지 않는다.

---

[*] 외국에서도 이와 비슷한 이야기가 전해온다. 이름에 r자가 없는 달, 즉 오월(May), 유월(June), 칠월(July), 팔월(August)에는 굴을 먹지 말라는 것이다.

[**] 그러나 지금은 한창 맛있을 때 채취한 굴을 급속냉동하여 보관하는 기술이 개발되어 일 년 내내 안전하고 신선한 굴을 먹을 수 있게 되었다.

석화맛의 비밀

알에서 깬 후 물 속을 떠다니던 굴의 유생은 적당한 크기가 되면 정착할 곳을 찾기 시작한다. 이 시기에 굴이나 가리비 껍질을 매단 밧줄을 바다에 늘어뜨려 놓으면 유생이 달라붙어 자라게 되는데, 이런 방식으로 굴을 재배하는 것을 수하식 양식이라고 부른다. 회나 구이로 먹는 커다란 굴은 거의 대부분이 이렇게 수하식으로 양식한 것들이다. 수하식으로 양식한 굴은 조수 간만에 관계없이 하루 종일 물 속에서 먹이를 섭취할 수 있으므로 성장속도가 빠르고 크기도 상당한 정도까지 자란다. 이에 비해 투석식은 갯벌에 큰 돌을 던져놓고 유생을 붙게 하는 방식이며, 이렇게 양식한 굴을 갯바위에 붙어 자라는 자연산 굴과 더불어 석화라고 부른다. 갯벌에서 자란다는 것은 썰물 때마다 공기 중에 노출된다는 사실을 의미한다. 먹이활동이 정기적으로 중단되다 보니 성장속도가 느리고 크기도 그만큼 잘아질 수밖에 없다. 그러나 탄력 있는 육질과 고소한 맛은 수하식으로 양식한 굴을 오히려 능가한다. 특히 간월도산 석화는 품질이 좋은 것으로 정평이 나 있는데, 이를 사

● **간월도 어리굴젓** 간월도산 석화는 품질이 좋은 것으로 정평이 나 있는데, 이를 사용해서 만든 대표적인 음식이 바로 임금의 수랏상에까지 올랐다는 '간월도 어리굴젓' 이다.

용해서 만든 대표적인 음식이 바로 임금의 수랏상에까지 올랐다는 '간월도 어리굴젓'이다.[*] 간월도산 어리굴젓은 간을 적게 하여 굴 특유의 풍미가 그대로 살아 있으며, 굴 자체의 육질이 단단하여 오돌오돌 씹히는 맛을 제대로 느낄 수 있다고 해서 지금도 최고의 인기를 누리고 있다.[**]

간월도 주민들에게 물어보면 한결같이 간월도 석화맛의 비밀이 발달한 물날개에 있다고 대답한다. 다른 지역의 석화에는 물날개가 서너 개밖에 없는데 비해 간월도 석화에는 이것이 여섯 개나 달려 있어 양념을 듬뿍 머금을 수 있으므로 젓을 만들어도 김장을 담가도 깊은 맛을 낸다는 것이다. 물날개라고 부르는 것은 과연 무엇일까? 날개라고도 하고, 털날개 혹은 그냥 털이라고 부르는 사람도 있다. 또 어떤 이는 하루에 일곱 여덟 시간이나 햇빛에 노출되어 성장이 주춤거리느라 생겨난 것이 날개라며 제법 과학적인 설명을 늘어놓기도 한다. 그러나 이것은 굴의 아가미를 말한 것이 분명하다. 조개류의 아가미는 대부분 얇고 넓적한 판 모양으로 생겼는데, 사람들이 이것을 새의 날개라고 표현한 것이다. 굴의 아가미는 좌우 2개씩 총 4장으로 이루어져 있다. 이는 다른 지역의 굴이 대부분 날개가 4장이라고 한 말과도 일치한다. 아직 간월도산 굴의 아가미 수를 세어보지는 못했지만 아가미가 6장이라는 말은 매우 의심스럽다. 조만간에 꼭 한 번 확인해 보고 싶다.

---

[*] 무학대사가 간월암에서 수도할 때 이성계에게 한 번 맛보라고 올린 후 진상품이 되었다는 이야기도 있다.

[**] 어리굴젓이란 이름의 유래에 대해서는 두 가지 대표적인 설이 있다. 어떤 이는 '어리'를 '크기가 작다'라는 뜻으로 보아 작은 굴로 담근 젓갈이라고 해석한다. 그러나 이보다는 역시 '어리'가 '덜된' 혹은 '모자란'이란 뜻을 가진 '얼'에서 나왔다고 보는 해석이 더욱 그럴듯하다. 짜지 않게 간을 하는 것을 얼간이라고 하는데, 이렇게 얼간을 해서 만든 굴젓이 어리굴젓이라는 것이다. 실제로 간월도에서는 굴젓을 담글 때 다른 지역보다 훨씬 적은 양의 소금을 사용한다. 여기에 고춧가루와 마늘 등의 갖은 양념을 섞어 버무리고 20℃에서 보름 남짓 발효를 시키면 '밥 한 술에 어리굴젓 한 점'이란 말처럼 입맛 없는 겨울철에도 밥 한 공기를 뚝딱 해치우게 만드는 간월도 어리굴젓이 완성된다.

여러 가지 굴

한영단 씨는 굴을 두 종류로 구분했다. 갯가에서 자라는 것은 모두 굴, 그리고 깊은 곳에서 자라는 커다란 것은 빗굴이라고 불렀다. 정약전은 굴을 네 종류로 나누고 있다. 그러나 정약전이 굴을 제대로 분류했으리라 여겨지지는 않는다. 굴은 서식 장소에 따라 큰 것, 작은 것, 길쭉한 것, 넓적한 것 등으로 겉모양이 불규칙하게 변하여 분류하기가 매우 까다롭기 때문이다. 색깔도 변이가 심하다. 기본적으로는 황백색을 띠고 있지만 다양한 빛깔로 변색되거나 보라색, 붉은색 등의 띠가 나타나기도 한다. 석화와 홍려는 이러한 굴의 개체변이를 말하는 것 같다.

[석화石華 속명을 그대로 따름]

크기는 불과 한 치 정도이고, 껍질이 튀어나와 있으며 엷다. 겉껍질은 색이 검지만 안쪽은 희고 매끄럽다. 바위 위에 붙어 있으므로 쇠꼬챙이〔鐵錐〕로 채취한다.

이청의 주 곽박은 『강부』에서 토육土肉을 석화石華로 기록했고, 이선李善은 이에 대해 『임해수토물지臨海水土物志』를 인용하여 "석화는 돌에 붙어서 사는데 그 속에는 고깃살이 들어 있다"라는 주를 붙였다. 이는 모두 지금의 석화를 가리킨다. 또 한보승韓保昇은 "운려蠣는 몸통이 짧은 놈인데, 약에 넣어서는 안 된다"라고 했다. 역시 석화를 가리킨 것으로 짐작된다.

[홍려紅蠣]
큰 놈은 3~4치 정도이다. 껍질은 얇고 빛깔이 붉다.

갯바위에 붙어 있는 굴의 대부분은 흰색이었지만 표면에 옅고 짙은 자주색의 줄무늬가 박혀 있는 개체들도 종종 눈에 띄었다. 정약전은 이 중에서 빛깔이 붉은 것들을 홍려로, 크기가 작고 색깔이 짙은 것들을 석화로 분류한 것 같다. 한 가지 마음에 걸리는 것은 석화 항목에서 '껍질이 튀어나와 있다' 라고 한 대목인데, 이것도 굴의 단순한 형태적 변이로 보면 별 문제가 없을 듯하다. 굴은 자라면서 껍질 표면에 성장의 흔적을 남기게 된다. 이것을 보통 성장맥이라고 부르는데, 굴의 성장맥은 다른 조개들처럼 매끄럽게 연결되는 것이 아니라 두꺼운 종이를 덕지덕지 눌러 붙인 듯 투박하게 이어져 커다란 주름이나 삐죽삐죽한 돌기를 형성하게 되는 경우가 많다. '튀어나온 껍질' 이란 아마도 이러한 구조를 표현한 것이리라.
정약전은 굴 항목에서 석화 외에 튀어나온 껍질을 가진 굴을 또 한 종 소

● 여러 가지 굴 굴은 서식 장소에 따라 큰 것, 작은 것, 길쭉한 것, 넓적한 것 등으로 겉모양이 불규칙하게 변하여 분류하기가 매우 까다롭다. 색깔도 변이가 심하다. 기본적으로는 황백색을 띠고 있지만 다양한 빛깔로 변색되거나 보라색, 붉은색 등의 띠가 나타나기도 한다.

개하고 있다. 그러나 이번에는 단순히 성장맥이 튀어나온 정도로는 설명이
불가능하다. 튀어나온 돌기를 아예 가시로 표현하고 있기 때문이다.

[소려小蠣]

지름이 6~7치 정도이다. 모양은 모려와 비슷하지만 껍질이 얇으며, 위쪽 껍질의
표면에는 거친 가시가 줄지어 나 있다. 모려가 큰바다의 물살이 빠른 곳에 서식하는
데 비해 이 소려는 포구의 파도에 닳아 매끄러운 돌에 붙어 자란다는 점이 다르다.

소려는 '거친 가시가 줄지어 나 있다' 라는 표현으로 보아 가시굴을 말한
것이 분명하다. 가시굴은 조간대의 암초에 붙어 자라는 종으로 크기는 대략
3센티미터 안팎이며, 모양은 둥글고 납작한 편이다. 껍질은 자회색, 둘레는
더욱 짙은 색을 띠고 있는데, 표면에는 정약전의 말처럼 흑자색의 돌기가
줄지어 돋아나 있다. 가시굴이라는 이름도 이 때문에 붙여진 것이다.

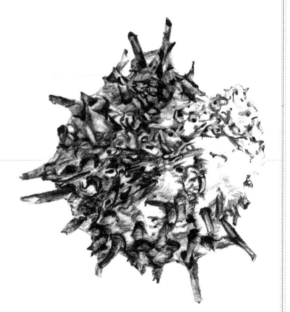

껍질은 비교적 얇은 편이다.
껍질의 모양은 붙은 장소에 따라 다르지만
둥그스름하거나 사각형인 경우가 많다.

관 모양의 돌기가 빽빽하게 돋아나 있다.

● 가시굴 *Saccostrea echinata* (Quoy et Gaimard)

굴에 대한 인식

정약전은 앞에서 설명한 모려, 소려, 홍려, 석화 외에 통호(검은큰따개비), 오봉호(거북손), 석항호(말미잘), 석사(큰뱀고둥) 등 전혀 관계가 없는 생물들까지도 모두 굴 종류로 분류해 놓았다. 이유는 간단했다. 정약전은 돌에 붙어 고정된 것을 모두 굴이라고 생각했던 것이다.

대체로 돌에 붙어 움직이지 않는 것을 굴[蠣]이라고 부르며 이들은 모두 난생이다.

검은큰따개비나 거북손, 석사까지는 단단한 껍질로 싸여 있으니 그렇다고 쳐도 말미잘까지 굴 종류로 분류한 것은 아무래도 문제가 있어 보인다. 어떻게 된 일일까? 이 같은 한계는 우리 나라의 생물학 수준이나 정약전 개인의 능력보다는 전반적인 학문 풍토의 탓으로 돌려야 할 것 같다. 동양에서는 생물을 세세하게 분류한다는 것 자체가 낯설고 불필요한 개념이었다. 생물의 가치는 그 자체보다는 식용 여부나 약성에 의해 결정되었고, 분류는 검색을 용이하게 하기 위한 수단일 뿐이었다. 이 생물의 특징이나 약성이 어떠하다는 것만 알면 그만이지 생물들 사이의 관계를 알아 무엇하겠느냐는 식이었다. 이 같은 생각은 정약전에게도 그대로 이어졌다. 그에게 가장 중요했던 문제는 자신의 연구가 백성들의 실생활에 얼마나 큰 도움을 줄 수 있느냐는 것이었다. 분류가 형식적인 수준에 머물 수밖에 없었던 것은 어찌 보면 당연한 일이었다. *

이청은 이어지는 글에서 다양한 중국의 문헌들을 인용해 가며 굴의 발생과 암수 구별에 대한 문제를 논하고 있다.

이청의주 도홍경은 『본초』에 대한 주注에서 "굴(牡蠣)은 백세조百歲鵰가 변한 것이다"라고 말했다. 또 "도가道家에서는 왼쪽으로 돌아보면 수컷이므로 모려牡蠣, 오른쪽으로 돌아보면 빈려牝蠣라고 한다. ** 뾰족한 꼭대기가 왼쪽으로 돌아가는 것을 왼쪽으로 돌아본다고 한다는 이야기도 있지만 어느 말이 옳은지는 확실하지 않다"라고도 했다. 구종석寇宗奭은 "모牡는 수컷을 말한 것이 아니다. 이는 모단牡丹(모란)이라고 할 때의 모牡가 수컷이 아닌 것과 마찬가지다. 모단이면 모단이지 어찌 수컷(牡) 단丹이 있을 것이며, 더욱이 굴은 눈이 없는데 어찌 돌아볼 수 있겠는가"라고 했다. 이시진은 "조개(蚌蛤) 종류는 모두 태생이나 난생이다. 그런데 유독 굴만은 화생化生이다. 순전히 수컷뿐이고, 암컷이 없기 때문에 수컷(牡)이라는 이름을 얻게 된 것이다"라고 했다. 그러나 지금의 굴 종류는 분명히 난생이다. 사람들이 산란기가 되면 고깃살이 줄어든다고 말하는 것만 보더라도 이를 쉽게 짐작할 수 있다. 굴이 모두 화생인 것은 아

* 생물 하나하나에 대한 정확하고도 세심한 묘사와 『현산어보』에 나온 생물 전체를 인류(비늘 있는 물고기), 무린류(비늘 없는 물고기), 개류(껍질 있는 생물), 잡류(그 밖의 생물) 4종류로 간단히 나누어버린 것을 비교해 보면 이 같은 사실이 더욱 분명하게 드러난다.
** 모牡는 수컷, 빈牝은 암컷이라는 뜻이다.

니다.

　이청이 인용한 글들은 대부분 허무맹랑하기 짝이 없다. 그러나 아무리 허무맹랑한 이야기들이라도 그런 이야기가 만들어지게 된 계기가 있기 마련이다. 백세조가 변해서 굴이 되었다고 한 것은 굴껍질이 수리〔鷲〕의 부리 모양으로 휘어져 있다는 점과 연관지어 볼 수 있겠고, 굴이 왼쪽을 돌아보면 수놈이고 오른쪽을 돌아보면 암놈이라고 한 것은 굴껍질의 뾰족한 머리 부분이 어느 쪽을 향해 있는지에 대한 이야기가 와전되고, 이것이 전통적인 음양오행사상으로 해석되면서 생겨난 말로 짐작된다.[*] 모려라는 이름도 이러한 성감별법과 무관하지 않다. 모牡는 수컷 혹은 왼쪽으로 풀이되는데, 이는 왼쪽으로 돌아보는 것이 수놈이라는 이야기와 정확히 대응한다. 그리고 이름에 수놈〔牡〕이란 단어가 포함되어 있다는 사실은 역으로 굴에는 수놈만 있으며, 화생에 의해 번식이 이루어진다는 생각으로 이어졌을 것이다.[**]

　구종석은 '모려牡蠣가 수놈이라면 모란〔牡丹〕도 수놈이란 말이냐?' 라는 논지를 내세우며 전통적인 학설을 과감하게 부정하고 있다. 구종석의 글을 인용한 이청도 중국의 옛문헌을 곧이곧대로 받아들이지는 않았던 것 같다. 굴의 화생설을 비판한 부분을 보면 이러한 생각이 더욱 굳어진다. 이청은 산란기에 굴의 고깃살이 줄어든다고 한 어촌 사람들의 말에 주목했다. 알을 만들어낸다면 굴이 화생이 아니라는 것이 분명해진다. 헛된 이론보다는 관찰과 실제 경험을 중시했던 그의 실학자적인 면모가 잘 드러나는 대목이다.

[*] 『동의보감』에도 이와 비슷한 내용이 나온다. '임신부의 왼쪽 유방에 멍울이 있으면 아들이요, 오른쪽에 멍울이 있으면 딸이다', '남쪽을 향해 걸어가는 임신부를 뒤에서 불러 왼쪽으로 쳐다보면 아들이요, 오른쪽으로 보면 딸이다' 등의 이야기는 굴의 성감별법과 놀랄 만큼 닮아 있다.

[**] 사실 굴은 암수한몸이다. 번식기가 되면 영양상태에 따라 암수 한쪽의 성질이 뚜렷해질 뿐이다. 어떻게 보면 굴의 암수를 논하는 것 자체가 부질없는 일이었다는 생각도 든다.

   한영단 씨가 굴을 따던 갯바위 아래쪽에는 조그만 둠벙이 하나 있었다. 둠벙가에 쪼그리고 앉아 물 속을 바라보는데 뭔가 꼬물꼬물 움직이는 것이 눈에 띄었다. 물결이 이는 곳 주위를 양손으로 둥그렇게 둘러싸고 물가 쪽으로 가만히 끌어당겼다. 흙탕물 속에서 모습을 드러낸 것은 새우를 닮은 조그만 녀석이었다. 곤쟁이였다. 일광욕을 즐기러 온 것일까? 먹이를 찾고 있는 것일까? 다시 한 번 주위를 살폈다. 그런데 이제 보니 한두 마리가 아니다. 시선이 닿는 곳마다 곤쟁이가 떼를 지어 몰려다니고 있었다. 바로 그때였다. 한 곳에서 뿌연 흙탕물이 이는가 싶더니 도다리 한 마리가 불쑥 솟아올라 곤쟁이를 나꿔챘다. 그리고 이것이 신호이기라도 한 듯 조피볼락이며 노래미 같은 물고기들이 물을 튀기며 달려드는 통에 조용했던 물둠벙은 삽시간에 아수라장이 되고 말았다. 우이도의 겨울바다는 이렇게 자연의 건강한 생명력으로 넘쳐나고 있었다.

해조류 박물관

따놓은 굴을 대야와 가방에 가득 채워 넣고 집으로 향했다. 한영단 씨는 머리에 커다란 대야와 가방을 인 채 갯바위 위를 나는 듯이 내달았다. 생활 속에서 쌓아올린 내공의 힘이었다. 근력은 아무런 소용이 없었다. 나는 가방 하나만 들었는데도 몸이 납덩이가 되어 한 걸음 한 걸음 내딛는 일이 심한 고역처럼 느껴졌다.

돌아오는 길에 해조류 이야기를 하다가 갑자기 불등이가 화제에 올랐다. 요즘 나오는 해조류로 어떤 것이 있느냐는 질문에 한영단 씨가 불등이라는 이름을 대었던 것이다.

"불등이 맛있지라. 요즘이 한창 올라올 때여."

박도순 씨도 불등이의 맛을 칭찬한 바 있었다.

"불댕이 좋지라. 다 가사리 종류인디 킬로에 삼만 원 넘을 때도 있어요. 전량 수출하지라."

어떤 종류인지 궁금해서 좀 보여줄 수 없냐고 부탁했더니 마을 뒤쪽 선착장에 가면 많이 있다면서 흔쾌히 승낙했다.

집에 도착하자마자 바로 선착장을 찾아 나섰다. 마을 뒤편으로 나 있는 고샅길을 따라 언덕을 하나 넘자 곧 조그만 선착장이 나타났다. 언덕 위에 늘어선 텃밭 사이로 콘크리트로 잘 포장된 길이 선착장까지 뻗어 있었다. 길을 따라 내려가다 문득 아래를 보니 조수웅덩이 속에 파래 종류가 자라고 있는 모습이 눈에 띄었다. 실처럼 가느다랗게 생긴 파래였는데, 무성하게 자라 웅덩이를 가득 메우고 있었다. 한영단 씨는 이렇게 생긴 파래를 보통 신경포래라고 부른다고 했다. 신경파래, 즉 신경태는 『현산어보』에도 나오는 이름이다.

[신경태信經苔]

매산태와 거의 비슷하지만 조금 거칠고 짧은 편이다. 감촉이 약간 깔깔하고 맛은 담박하다. 서식하는 수층과 나는 시기는 매산태와 같다.

신경태는 지역에 따라 신경이, 싱경이, 신갱이, 신기 등의 다양한 이름으로 불린다. 정문기 등이 작성한 『한국해조류목록』에는 무안과 함평에서 창자파래(*E. compressa var intestinalis*)[*]를 '신경이'라고 불렀다는 사실이 기록되어 있다. 창자파래는 관 모양의 파래로 조간대의 바위나 말뚝, 다른 해조류 등에 붙어 자라며 식용으로도 이용된다.

정약전은 본문에서 신경태를 매산태에 비유하고 있다. 장복연 씨도 신경

● 신경포래 길을 따라 내려가다 문득 아래를 보니 조수웅덩이 속에 파래 종류가 자라고 있는 모습이 눈에 띄었다. 실처럼 가느다랗게 생긴 파래였는데, 무성하게 자라 웅덩이를 가득 메우고 있었다. 한영단 씨는 이렇게 생긴 파래를 보통 신경포래라고 부른다고 했다.

＊ 지금은 학명이 *Enteromorpha intestinalis*로 바뀌었다.

태가 매생이와 비슷하게 생겼다고 했다.

"싱경포래는 매생이같이 생겼는데 안 길어. 부들부들하게 엉겨 있어라."

그러나 매생이가 가장 맛있는 해조류로 대우받는 데 반해 신경파래는 먹을 수는 있지만 '맛없다', '안 먹는다', '싱겁다' 라는 말을 듣기 일쑤였다. 정약전도 신경태의 맛을 싱겁다고 표현했다. 어쩌면 신경태라는 이름 자체가 싱겁다는 뜻에서 붙여진 것인지도 모를 일이다.

선착장 석벽에는 온갖 종류의 해조류들이 가득 달라붙어 있었다.

"저기 뻘건 게 김이여. 퍼런 거는 파래고."

한영단 씨가 가리키는 곳을 바라보니 과연 파래 사이에 진한 검붉은 빛을 띤 김이 섞여 자라고 있었다. 양식김에 대해 돌에 붙어 자라는 김을 보통 돌김이란 이름으로 통칭해서 부른다. 그러나 한영단 씨는 돌김 중에도 결이 고운 고운짐, 퉁겁고(두껍고) 깔깔한 퉁보, 갈포래같이 넓적한 가짐 등 여러 종류가 있다고 알려주었다. 식생활에서 해조류가 차지하는 비중이 훨씬 높았던 시기의 유산이리라.

선착장 옆 조수웅덩이에는 뜸부기, 도박, 그 외 지누아리 종류들이 군락을 이루고 있었다. 그 중에서도 눈에 띄는 종이 하나 있었다. 바위에 붙어 적갈색 잎과 줄기를 무성하게 펼친 모습이 마치 바람에 날리는 말갈기를 연상케 하는 해조류 개지누아리(*Grateloupia prolongata* J. Agardh)였다. 개지누아리가 정약전이 말한 적발초가 아닌가 하는 생각이 언뜻 머리를 스쳤다.

● **적발초** 선착장 옆 조수웅덩이에는 뜸부기, 도박, 그 외 지누아리 종류들이 군락을 이루고 있었다. 그 중에 눈에 띄는 종이 하나 있었다. 바위에 붙어 적갈색 잎과 줄기를 무성하게 펼친 모습이 마치 바람에 날리는 말갈기를 연상케 하는 해조류 개지누아리(*Grateloupia prolongata* J. Agardh)였다. 개지누아리가 정약전이 말한 적발초가 아닌가 하는 생각이 언뜻 머리를 스쳤다.

✳ 매생이와 비슷하다면 가는잎파래(*Enteromorpha linza*), 초록실(*Ulothrix flacca*) 등도 신경태의 후보로 놓을 수 있을 것 같다. 이들은 곳에 따라 매생이란 이름으로 불리기도 한다.

[적발초赤髮草]

뿌리는 돌에 붙어 있다. 뿌리에서 줄기가 나고, 줄기에서 가지가 나며, 가지에서 또 작은 가지가 갈라져 나온다. 빛깔이 붉고 천사만루千絲萬縷로 올올이 늘어진 모습이 말을 장식하는 데 쓰는 상모象毛와 같다. 해조와 같은 수층에서 자라며, 쓰임새에 대해서는 들은 바가 없다.

상모는 술 모양으로 만들어 모자나 투구, 마구馬具 등에 매다는 장식을 말한다. 정약전은 특히 말을 장식하는 데 쓰는 상모에 대해 이야기하고 있는데, 이런 경우 갈기나 밀치끈*을 붉은색의 상모로 장식하는 경우가 많았다.** 개지누아리는 붉은빛을 띠고 머리카락이나 상모처럼 치렁치렁 늘어

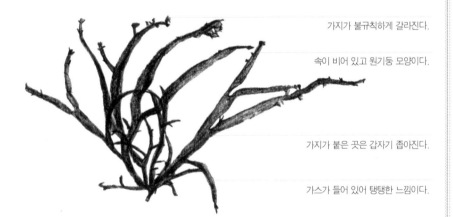

가지가 불규칙하게 갈라진다.

속이 비어 있고 원기둥 모양이다.

가지가 붙은 곳은 갑자기 좁아진다.

가스가 들어 있어 탱탱한 느낌이다.

● 불등가사리 *Gloiopeltis furcata* (Postels et Ruprecht) J. Agardh

* 말이나 당나귀의 안장 또는 소의 길마에 걸고 꼬리 밑에 거는 좁다란 막대기를 '밀치' 라고 부르며, 이 '밀치'에 연결시킨 끈을 '밀치끈' 이라고 부른다.
** 말갈기에 모숨모숨 붉은 털로 된 술을 드려 땋은 장식을 특별히 주락상모珠絡象毛라고 불렀는데, 어승마나 사복시, 규장각의 관원들이 타는 말을 보통 이렇게 꾸몄다고 한다. '열녀춘향수절가' 에도 이를 묘사한 대목이 나온다. "방자 분부 듣고 나귀의 안장 짓는다. 나귀에 안장을 얹을 때 붉은 실로 만든 굴레와 좋은 채찍과 좋은 안장, 아름다운 언치, 황금으로 만든 자갈 청홍사 고운 굴레며 주락상모를 덤썩 달아 층층다래 은잎 등자 호피虎皮 돋음의 전후걸이 줄방울을 염불법사念佛法師 염주 매듯 하여 놓고는…"

진 모습을 하고 있다는 점에서 적발초의 조건을 훌륭히 만족시킨다고 할 수 있겠다.

"이것이 불등이여. 아직 덜 길었네."

한영단 씨가 가리키는 곳을 쳐다보니 바위 표면에 까실까실하게 돋아나 있는 해조류 군락이 보였다. 울산 외가에서 가사리라고 부르는 것과 같은 종류였다. 불등이의 정식 이름은 불등가사리인데, 정약전이 말한 종가채와 같은 종인 것으로 추측된다.

[종가채鬷加菜 속명 종가사리鬷加士里]

크기는 7~8치 정도이다. 뿌리에서 네다섯 개의 잎이 나온다. 잎 끝은 갈라진 놈도 있고 그렇지 않은 놈도 있다. 모양은 금은화金銀花의 꽃망울과 비슷하고 속은 비어 있다. 부드럽고 미끄러우며 국을 끓이는 데 좋다. 석기생의 위층에서 산다.

불등가사리는 풀가사리과의 바닷말이다. 풀가사리를 닮았지만 몸 속이 비어 있다는 점으로 쉽게 구분할 수 있다. 줄기는 짤막하고, 여기에서 속이 빈 가지가 불규칙하게 갈라져 나온다. 가지 중간중간에 잘록한 부분이 생겨 전

● 불등가사리 크기는 7~8치 정도이다. 뿌리에서 네다섯 개의 잎이 나온다. 잎 끝은 갈라진 놈도 있고 그렇지 않은 놈도 있다. 모양은 금은화金銀花의 꽃망울과 비슷하고 속은 비어 있다.

※ 개지누아리 외에도 본문에서 묘사한 것과 비슷한 겉모습을 가지며, 특별한 쓰임새가 없고, 흑산도 인근 해역에서 흔히 발견되는 다양한 해조류들을 적발초의 후보로 놓을 수 있을 것이다.

체적으로 바람을 불어넣은 풍선 같은 느낌을 주는데, 정약전은 이런 모습을 금은화의 꽃망울에 비유했다. *

정약전은 불등이나 불등가사리라는 이름을 쓰지 않았다. 그러나 종가채를 설명한 내용을 보면 모양과 크기가 불등가사리와 거의 일치한다는 사실을 쉽게 확인할 수 있다. 불등가사리는 조간대 최상부에 서식하므로 석기생보다 위층에서 번식한다는 본문의 설명과도 잘 들어맞는다. 그리고 무엇보다도 확실한 증거는 지금도 완도에서 불등가사리를 중가사리(종가사리와 발음이 비슷하다)라고 부르고 있다는 사실이다.

---

* 금은화는 인동을 달리 부르는 이름이다. 인동꽃은 처음에 필 때는 흰색이다가 시간이 지날수록 점점 노란색으로 변해가는 성질이 있는데, 금은화라는 이름은 여기에서 유래한 것이다.

톳나물무침

불등가사리를 촬영하는 동안 한영단 씨는 톳을 뜯고 있었다. 뜯어 모은 톳은 맛있는 반찬이 되어 저녁상에 올랐다. 톳을 양념장에 그대로 무쳐놓은 것이었는데, 신선한 바다내음이 그대로 느껴질 정도로 산뜻한 맛이었다. 어머니가 해주시던 톳나물무침이 생각났다. 으깬 두부에 톳, 간장, 참기름을 섞어서 무쳐 놓으면 담백한 두부의 풍미와 꼬들꼬들한 톳의 씹히는 감촉이 절묘하게 어우러진 톳나물 두부무침이 완성되는데, 입맛이 없을 때 먹으면 그만이었다. 톳은 양념무침이나 두부무침 외에 데쳐서 그냥 양념에 찍어먹거나 된장국에 넣어 끓여도 맛이 있다. 과거 배고팠던 시절에는 쌀밥 대신 잡곡밥에다 톳을 섞어 먹기도 했다. 이것을 톳밥 혹은 톨밥이라고 부르는데, 흉년이 심할수록 밥보다는 톳의 비중이 높아졌다고 한다. 정약전은 톳을 주로 데쳐서 먹었던 것 같다.

[토의채土衣菜 속명을 그대로 따름]

●선착장 갯바위에서 자라는 톳나물 불등가사리를 촬영하는 동안 한영단 씨는 톳을 뜯고 있었다. 뜯어 모은 톳은 맛있는 반찬이 되어 저녁상에 올랐다.

끝은 뾰족하다.

공기주머니는 곤봉 모양으로 부풀어 있다.

줄기는 원기둥 모양이며 곧게 선다.

뿌리는 섬유 모양이며 길게 바위 위를 긴다.

길이는 8~9자 정도이다. 하나의 뿌리에서 하나의 줄기가 나온다. 줄기의 굵기는 새끼줄 정도이다. 잎은 금은화의 꽃망울을 닮았다. 가운데가 부풀었고, 양끝은 뾰족하다. 속은 비어 있다. 지종과 같은 층에서 섞여 자란다. 맛은 담박하고 산뜻하여 데쳐서 먹으면 좋다.

● 롯 *Hizikia fusiforme* (Harvey) Okamura

톳은 모자반과에 속하는 해조류다. 조간대 하부에서 큰 군락을 이루는데, 특히 바깥 바다에 면한 평탄하거나 완만하게 경사진 바위 위에 붙어 자라는 경우가 많다. 늦여름부터 초가을에 걸쳐 발아한 싹은 이듬해 봄에 급격히 자라나 성숙하게 된다. 돌에 단단히 붙은 뿌리에서 긴 줄기가 뻗어 나오고, 원기둥 모양의 줄기는 다시 곤봉 모양의 가지를 내는데, 이 가지가 곤봉 모양으로 부풀어 공기주머니가 된다. 정약전이 금은화의 꽃망울과 같다고 한 것이 바로 이 공기주머니다. 4~5월 날씨가 따뜻해지기 시작하면 톳의 몸체는 뿌리 쪽만 남기고 몽땅 시들어버린다. 그리고 가을부터는 남아 있는 뿌리에서 다시 새싹이 돋아나 새로운 삶을 시작하게 된다.

토의채를 글자 그대로 해석하면 땅 위에 옷처럼 덮여 있는 나물이라는 뜻이 된다. 갯바위를 온통 덮고 있는 톳나물의 군락을 보면 꽤 잘 붙인 이름이라는 생각이 든다. 그러나 정약전은 토의채가 속명 그대로를 옮긴 이름이라고 밝혔다. 일반 백성들이 중국 문헌에도 나오지 않는 토의채라는 한자 이름을 스스로 만들어 불렀을 가능성은 매우 희박하다. 그렇다면 역시 토의채는 순우리말인 톳나물을 한자로 옮긴 이름으로 보는 것이 옳을 듯하다. 토의채의 '의'를 '옷'으로 풀이하면 '토의'는 '토옷', 즉 '톳'이 된다. 여기에 나물 '채' 자가 붙으면 토의채를 톳나물로 해석할 수 있게 된다.

※ 『현산어보』에는 이런 식으로 해석해야 뜻이 통하는 이름들이 종종 등장한다. 화절육花折肉 항목이 그 대표적인 예다. 화절육의 '화花'를 '꽃'으로 옮기면 화절육은 꽃절육으로 읽히게 되는데, 실제로 흑산도에서 이와 발음이 비슷한 꽃제륙이라는 이름을 확인할 수 있었다.

대초리에서

성촌 사람들

우이도에서의 3일째 아침이 밝았다. 도감을 챙겨들고 성촌으로 향했다. 성촌에 살고 있는 노인들을 만나보고 싶어서였다. 현지인들 사이에서 별것 아닌 것처럼 여겨지는 경험이나 윗세대들로부터 전해들은 이야기들이 실제로는 큰 가치를 가질 수 있다는 것을 점점 절실하게 깨달아가고 있다. 오래된 골동품에 높은 가치를 매기고, 전통예술을 무형문화재로, 기술을 보유한 사람을 인간문화재로 평가해주는 것과는 달리 오랜 전통이 살아 숨쉬는 현지인들의 삶 자체에 대한 관심은 매우 부족한 것이 사실이다. 이들의 말과 행동, 풍습들 하나하나에 선조들의 지혜와 삶의 방식이 녹아 있다는 점을 생각할 때 안타까운 일이 아닐 수 없다. 무형의 생활문화는 급속한 시대와 사회의 흐름 속에 너무나도 쉽게 변형되고 파괴된다. 어떤 식으로든 이를 기록하고 보존하는 작업이 필요하다고 생각된다.

성촌 마을은 매우 한산했다. 대부분의 집은 비어 있었고, 몇몇 집을 들여다보았지만 인기척을 느낄 수 없었다. 마을을 한 바퀴 돌고 내려오는데 망치질소리와 함께 사람들이 웅성거리는 소리가 들려왔다. 조그만 텃밭 사이로 난 좁은 길을 따라 들어가자 몇 사람이 마당에서 뭔가 열심히 작업을 하고 있는 모습이 보였다. 간단히 인사를 나누고 정약전에 대해 물었더니 재미있는 대답이 흘러나왔다.

"저 너머 대치미에 서당터가 있소. 정약전 선생이 거기서 훈장 노릇을 하고 첩을 얻어 살다가 흑산 나갈 때 데리고 나갔다 그라지라. 대치미가 대초리여. 한 25년 전만 하더라도 20호 정도 살았는디 지금은 폐촌이여. 여기 성촌도 지금은 7, 8호밖에 없지만 옛날에는 23호나 살은 적도 있으니께."

보다 자세한 내용은 박안식 씨한테 물어보면 잘 알 것이라고 했다. 그러나 박안식 씨는 박화진 씨의 말대로 이미 목포로 출타중이었다. 작업이 바쁘니 저녁때나 다음날쯤 다시 찾아오라는 말에 일단 돈목으로 돌아왔다. 우선 대초리 마을을 찾아 볼 생각이었다.

대초리 마을을 찾아서

대초리를 찾아가는 길은 그다지 어렵지 않았다. 돈목 해변에서부터 산길로 난 전봇대를 따라가기만 하면 대초리, 진리까지 연결되기 때문이다. 돌너설로 된 산길은 생각보다 잘 뚫려 있었다. 길을 따라 보리밥나무와 광나무가 가로수처럼 길게 늘어섰고, 그 위로는 짙푸른 잎새를 드리운 마삭줄과 인동덩굴이, 아래로는 작고 노란꽃을 무수히 피워 올린 산국이 무성하게 우거져 겨울이라는 것이 도저히 믿어지지 않을 지경이었다.

고개를 넘어서자 우이도의 최고봉인 상산봉이 보이고, 산 아래쪽으로 여기저기 흩어져 있는 건물들이 모습을 드러냈다. 대초리 마을이었다. 마을 위쪽 공터에는 염소 두 마리가 묶여 있었는데 낯선 방문객을 경계하는 듯 계속해서 노려보며 울어댔다. 숲속에 숨어 있던 직박구리도 경계음을 내더니 하늘로 날아오른다.

마을 쪽으로 내려가니 우물터가 나타났다. '1971년 3월 1일 새마을 가꾸기'라는 글자가 씌어 있는 것을 보면 만든 때가 그리 오래된 것 같지는 않

● 대초리 마을 고개를 넘어서자 우이도의 최고봉인 상산봉이 보이고, 산 아래쪽으로 여기저기 흩어져 있는 건물들이 모습을 드러냈다. 대초리 마을이었다.

은데, 우물 속은 거의 말라 있었고 쓰레기들만 가득했다. 우물터를 만들고 난 후 얼마 지나지 않아 마을 전체가 쇠락해버린 탓이리라. 바람을 막아주기 위한 대나무 방풍림은 여전히 푸르렀지만 허물어진 돌담, 무너진 서까래, 지붕 없는 축사들이 이 마을이 폐촌이라는 사실을 말없이 보여주고 있었다.

대초리는 우이도에서 가장 먼저 사람들이 살기 시작한 곳이다. 450여 년 전 탁씨, 방씨, 정씨, 윤씨 등이 대초리의 수려한 경관을 보고 이곳에 정착했다고 한다. 동네를 관통하여 흐르는 개울은 비교적 수량이 풍부한 편이고, 바다로 터진 입구는 오목하여 외적의 눈에 쉽게 띄지 않는다. 골짜기 내부는 꽤 넓어서 농사를 지을 만하다. 좌우로 산줄기가 포근히 감싸 사나운 바닷바람을 막아주고, 식수와 농사 지을 땅이 있으니 처음 도착한 사람들이 이곳에 정착하려 마음먹은 것도 어찌 보면 당연한 일이었으리라. 그러나 이처럼 좋은 조건들에도 불구하고 결국 대초리는 몰락하고 말았다.

마을 한가운데쯤에 서 있는 커다란 팽나무가 대초리의 역사와 현실을 그대로 반영하고 있었다. 팽나무는

큰 그늘을 드리우는 수형도 아름답지만, 열매를 짓찧어 그물을 만들 때 쓸 수 있다는 이유 때문에 해변 마을에서 많이 심었던 수종이다. 이 나무도 마을 사람들이

◉ **폐촌이 된 대초리 마을** 쓰레기들만 가득한 우물, 무너진 서까래, 지붕 없는 축사들이 이 마을이 폐촌이라는 사실을 말없이 보여주고 있었다.

정착한 후에 심어졌을 것이다. 그런데 마을이 번성하고 있을 때는 하늘을 메워버릴 듯 무성하게 가지를 펼치던 나무가 이상하게도 사람들이 떠나갈 때를 즈음해서 시름시름 앓더니 죽어가기 시작했다고 한다. 과연 얼핏 봐도 알 수 있을 정도로 나무의 상태가 좋지 않았다. 몇 백 년의 세월을 동네 사람들과 함께 해 왔던 정을 못 잊어 속병이 난 것일까?

대초리 마을과 팽나무의 쇠락한 모습이 정약전과 조선의 운명을 말해 주는 것 같아 착잡한 기분이 들었다. 조선은 성리학이 지배하던 사회였다. 성리학에서 지향했던 사회는 농업과 뚜렷한 신분제를 기반으로 한 것이었다. 그런데 왜란과 호란이 국토를 휩쓸고 지나간 후 나라의 기반이 뿌리째 흔들리기 시작했다. 농업의 기초가 되는 농토는 황폐화되었고 나라를 제대로 지키지 못한 집권층의 위신은 땅에 떨어졌다. 난리 중에 남발된 납속과 공명첩으로 인해 양반의 수가 급격히 늘어나면서 신분의 벽이 허물어져 가고 있었다. 집권층은 이런 사태를 도저히 묵과할 수 없었다. 농토를 확보하기 위해 토지개간을 장려하고, 예학을 일으켜 무너진 신분제를 다시 일으키려 했다. 그러나 이 같은 시도는 시대의 흐름에 역행하는 것이었고, 더욱 처참한 결과만을 불러오게 된다. 이 혼란의 시기가 바로 정약전이 살았던 시대였다.

◉ **대초리의 팽나무** 마을이 번성하고 있을 때는 하늘을 메워버릴 듯 무성하게 가지를 펼치던 나무가 이상하게도 사람들이 떠나갈 때를 즈음해서 시름시름 앓더니 죽어가기 시작했다고 한다. 과연 얼핏 봐도 알 수 있을 정도로 나무의 상태가 좋지 않았다.

무너진 부국의 꿈

양란 이후 경제가 회복기에 접어들면서 조선에서도 상공업이 급격히 발달하기 시작했다. 국내상업뿐만 아니라 청나라나 일본을 대상으로 하는 국제무역이 기지개를 켜고 있었다.[*] 또한 이 시기는 신분제가 동요하던 때이기도 했다. 평민들은 전쟁통에 재물을 내거나 공을 세워 양반의 지위를 샀고 엄청난 수로 불어난 양반의 권위는 땅에 떨어지고 있었다.

시대는 바야흐로 변화를 요구하고 있었다. 만약 이때 정부가 나서 사농공상의 비효율적인 신분제도를 철폐하고 보다 적극적인 상공업진흥책을 내놓았더라면, 그리고 국제교류에 힘을 쏟았더라면 우리의 근대사는 달라질 수 있었을 것이다. 그러나 서양에서 시민의 개념이 생기고 자본주의와 민주주의가 싹트고 있는 동안 국제시류에 어두웠던 집권층은 변화를 거부하고 구시대의 질서에만 매달려 있었다. 사회경제적인 조건은 변화하는데 체제는 이를 따라잡지 못했다. 여전히 조선을 지배하는 것은 농업 중심의 성리학적 질서였다. 상업은 철저하게 억압되었고, 자유로운 국제무역도 언감생심이

---

* 최인호의 베스트셀러 『상도』도 이 당시 인삼무역을 통해 동양 최고의 거상이 된 임상옥이란 인물을 주인공으로 다룬 책이다.

었다. 그리고 여전히 신분제의 벽은 높기만 했다. 제아무리 뛰어난 실력을 가졌더라도 신분이 낮으면 뜻을 펼 수 없었고, 신분이 높은 이들은 현실에 안주하여 특권을 향유하는 일에만 탐닉했다. 서양이 과학기술을 앞세워 부국강병의 꿈을 이루어가고 있을 동안 우리는 느긋하게 공리공담만 일삼고 있었다. 우리 나라에서 자연과학을 담당한 주요 계층은 의학, 역법, 산학, 수공업 등을 맡고 있던 중인층이었다. 그러나 나라에서는 이들을 제대로 대우해주지 않았고 중인들 스스로도 자신이 가진 기술을 비밀리에 세습하며 현실에 안주하기만을 원했다. 이래서야 과학기술이 발전할 리가 없었다.

개혁성향을 가진 실학자들은 수직적 상하관계로만 맺어진 신분질서에 비판적인 의견을 내놓았다. 이익은 노예제도의 잔악성을 비판했으며, 정약용은 선비들도 농사를 짓고 상공업에 종사하여 놀고먹는 사람이 없어야 한다는 점을 강조했다. 홍대용은 극단적으로 신분에 상관없이 실력 있는 백성들을 등용하고, 능력이 없으면 양반이라도 하급직으로 내려보내야 한다는 주장을 펴기까지 했다. 그러나 이는 소수의 의견이었고 현실화되지 못했다. 갑오개혁이 있기 전까지 끝내 신분해방은 이루어지지 않았다.

신분제는 나라와 나라 사이의 관계로도 확장되었다. 조선시대는 사대주의가 극에 달했던 때였으며, 사대부들 대다수가 화이관華夷觀에 젖어 있었다. 그들에게 중국은 세상의 중심이었고, 주변국들은 문명의 개화를 받아야 할 오랑캐였다. 명나라에 대해서는 왕세자가 몸소 나서 사신들을 맞고 문무백관이 모화관 문 밖에까지 나가 배웅할 정도로 극진한 예를 다했지만 명을 멸망시키고 국력이 더욱 강성해진 청나라에 대해서는 겉으로만 상국으로 대할 뿐 오랑캐라 멸시하며 접촉하기조차 꺼려했다. 오히려 명의 원수를 갚기 위해 청을 치자는 북벌론을 주장하기까지 했다. 사대부들은 얼토당토않게 소중화주의라는 개념을 들고나와 자존심을 내세웠다. 조선은 중국의 문명을 잘 받아들여 보존하고 있는데 중화민족이 세운 나라인 명이 이미 멸망하고 없으니 중화의 중심이 우리 나라로 옮겨왔다는 것이 그들의 주장이었다. 그리고 이러한 생각은 청나라로부터 발달된 문물을 받아들이는 것을 끊임없이 방해했다. 정약용이나 북학파 실학자들이 절대적인 화이의 구별을 부정하고, 청나라로부터 배울 것은 배우자고 주장했지만 이 역시 제대로 실현되지 못했다.

그나마 신분제의 폐해에 대해서는 개혁적인 성향을 보였던 실학자들도 해묵은 농본주의적 관념을 쉽게 벗어 던지지는 못했다. 이익은 화폐를 사용한 이래 백성들이 사치하고 지나치게 이익을 추구하여 농업을 기피하게 되었으므로 근검절약을 위해 상업을 억제하고 화폐유통을 금지할 것을 주장했다. 유형원은 상공업이 너무 성하면 농업생산의 저하를 초래하므로 억제해야 하는 것은 분명하지만 세금을 적절한 수준으로 조절하여 물화유통의 길은 열리게 해야 한다는 절충안을 내놓았다. 이익보다는 덜하지만 역시 상업에 대해 비판적인 견해를 버리지 못했다.

정약용은 젊은 시절 상당히 적극적인 상업관을 표명했다. '천하의 이익에 장사만 한 것이 없다'라고 하여 상업이 부를 축적하는 수단이라는 사실을

---

* 이익이 살았던 지역은 인천과 수원의 접경지역으로 상업이 크게 발달한 곳이었다. 이익은 일찍부터 상업자본에 의해 농촌경제가 파괴되는 모습을 생생하게 체험해 왔을 것이다. 상품화폐경제의 발달을 경계하고 유통구조를 농민층에게 유리하도록 개혁하자는 주장도 이 때문에 나온 것으로 보인다.

인정했으며, 상업을 마냥 억제하기만 해서는 나라의 부를 쌓는 데 도움이 되지 않는다고 주장하기도 했다. 그러나 유배기간 동안 아전세력과 결탁한 상인들의 횡포와 중간상인의 매점매석이 농민들의 삶을 더욱 힘들게 하는 것을 목격했기 때문인지 점차 상업의 이점을 강조하기보다는 그 폐단을 비판하는 쪽으로 생각이 기울게 된다.

돈 궤짝을 들고 포구에 나가 앉아 먼 섬에서 배가 오기만을 기다린다. 배가 도착하면 무지한 어민들과 입이 닳도록 싸워 몇 푼의 이익을 더 남기려 애쓰는데, 이는 남의 것을 깎아내려 자신의 뱃속을 채우려는 속셈이다. 이를 위해 근거 없는 말로 상대를 속이고, 눈을 부라려가며 오히려 자신이 억울하고 성이 났다는 듯 행동하니 이 어찌 세상에서 지극히 졸렬한 짓이 아니겠는가?

살림살이를 꾀하는 방법에 대해 밤낮으로 생각해 봐도 뽕나무 심는 것보다 더 좋은 일이 없으니 이제야 제갈공명의 지혜가 으뜸임을 알겠다. 과일을 파는 것은 깨끗한 명성을 잃지 않는다는 점에서는 좋지만 장사하는 일에 가깝다는 것이 문제다. 그러나 뽕나무를 심는 것이야 선비의 명성을 잃지도 않고 큰 장사꾼의 이익을 남길 수도 있으니 천하에 이런 일이 다시 있겠는가.

정약용은 경제활동의 중심인 시장도 오히려 축소할 것을 주장했다. 그가 바라보았던 것은 새로운 미래상이라기보다는 고대중국과 고조선시대에 펼쳐졌던 이상적인 황금시대였다.

오랫동안 민간에 있으면서 그 물정을 살펴보니 시장을 마을마다 설치해 놓았는데 이는 커다란 폐속이 아닐 수 없습니다. 재물을 낭비하고 산업을 그만두고 술주정하고 싸움질하고 도적질하고 사람을 죽이는 등의 사고가 모두 시장으로 말미암아 일어나니 단연코 엄금해야 합니다. 커다란 마을에는 시장을 두세 개만 남겨두고 조그만 마을에는 한 곳만 남겨둔다면 반드시 풍속이 순화되고 송사와 옥사도 간소해질 것입니다.

모든 학자들이 농업을 위해서 상업을 억제해야 한다고 생각한 것은 아니었다. 유수원은 일찍부터 도시의 대자본 상인을 육성할 것을 주장했고 박제가와 같은 북학파 학자들은 국내상업을 발전시키기 위해 외국과의 통상을 적극적으로 벌여야 한다고 주장하기까지 했다. 하지만 통일신라시대 장보고가 이루었던 국제적인 무역왕국과 부국의 꿈은 다시 실현되지 않았다.

열린 사회와 그 적들

사회구조와 경제발전은 깊은 관련을 맺고 있다. 조선에서는 경제발전과 가장 관계 깊은 상공업이 천시되었고 상공업자들 스스로도 자신의 직업을 부끄럽게 생각했다. 많은 돈을 벌었지만 그 돈을 상업이 아니라 땅과 노비를 사는 데 투자했고, 거금을 들여 양반자리를 사기도 했다. 조선개국 이래 계속된 상공업 억제정책은 너무나도 철저했다. 상공업은 농업보다 천한 직종이었고 상공업자의 신분도 농민보다 아래였다. 상공업자는 과거에 응시할 수 없었으며, 그 후손의 응시자격마저 박탈당했다. 상공업에 종사하는 사람은 말단관리로도 진출할 수 없었던 것이다. 돈의 흐름에 민감하지 못한 사람들이 정치를 떠맡고 있으니 나라는 가난해질 수밖에 없었다.

정부는 성리학적 신분질서를 고착시켜 상업을 억제했고, 그 결과는 다시 사회와 경제의 발전을 저해했다. 이런 점에서 신분제를 철폐하고 상공업을 진흥하여 부강한 나라를 만들자는 북학파 학자들의 주장은 확실히 선진적인 것이었다. 그러나 이 역시 제대로 실현되지 않았고, 또 가능한 상황도 아니었다. 사회구조의 변혁은 몇몇 선각자의 주도만으로 이루어질 수 있는 것이 아니라 여러 가지 사회경제적인 조건들이 성숙되고, 무엇보다도 다수 대중들의 주체적인 변화노력이 있어야만 비로소 가능한 것이었다.*

이러한 악순환을 벗어나기 위해서는 무엇보다도 시대의 흐름을 읽을 수있게 하는 정보가 유입되었어야 했다.** 정조가 서양의 상황을 제대로 인식했더라면, 정약용이 청나라 연행을 다녀왔더라면, 정약전이 서양에 유학을 가서 더 많은 서양 과학기술서적을 읽을 수 있었더라면, 상인들이 자본주의와 산업혁명의 불길을 체험할 수 있었더라면, 그리고 일반 백성들이 유럽에 시민혁명의 물결이 거세게 일고 있다는 사실을 알 수 있었더라면 상황은 크게 달라졌을 것이다. 유럽 여러 나라들이 서로에게 영향을 미치고 정보를 주고받으며 근대화를 위한 노력을 계속하고 있을 동안 우리는 나라의 문을 걸어 잠그고 자신만의 세계에 침잠해 있었다.

활발한 정보교류를 위해서는 사회구조가 개방적이어야 한다. 일부 기득권 세력만이 지식과 재력을 독점한다면 사회성원 대다수는 정보교류에 참여하지 못하게 되고, 이는 커다란 낭비요소가 될 수밖에 없다. 누구나 새로운 정보를 창출하고 이를 외부와 활발히 교류할 수 있는 공동체가 보다 발전적인 사회의 모습일 것이다. 그러나 조선은 이러한 사회를 이루어내지 못했다. 조선은 안팎으로 너무나 폐쇄된 사회였다. 그리고 결국 외세의 압력과 불가피한 내부의 선택으로 인해 굳게 닫아걸었던 문을 열기 시작했을 때, 이미 모든 상황은 극을 향해 치달아가고 있었다.

---

* 개혁군주인 정조가 조금만 더 오래 살았더라면 우리 나라가 달라졌으리라 생각하는 사람들이 많을 것이다. 그러나 그가 더 오래 살았더라도 결정적인 변화는 일어나지 않았을 가능성이 크다. 당시 정조나 그를 보좌하던 대다수의 학자들, 무엇보다도 일반 백성들의 의식이 근대적인 사고와는 동떨어진 것이었기 때문이다. 심지어 신분제를 비판한 실학자들조차 일반 민중을 역사발전의 주체로 보지는 않았다.

** 이런 측면에서 보면 상업의 중요성은 더욱 높아진다. 정보가 이동하기 위해서는 사람이 이동해야 한다. 사람의 이동을 촉발하고 이를 지속적으로 유지하기 위해서는 경제적 이익이 있어야 한다. 상업이 발달하면 물산과 사람의 이동이 촉진되고 새로운 지식과 정보를 쉽게 받아들여 발전적인 변화를 체험할 수 있게 된다.

상산봉과 최치원

역사 속에서 보수와 진보의 갈등은 시대를 가리지 않고 반복된다. 천백여 년 전의 상황도 마찬가지였다. 대초리 마을 앞에 버티고 선 우이도 상산봉은 최치원에 대한 전설을 담고 있다.*

최치원이 제주도에서 중국으로 건너가던 중 우이도에 들르게 되었다. 당시 우이도는 극심한 가뭄을 겪고 있었으므로 섬 주민들이 그에게 도와줄 것을 간청했다. 최치원은 즉시 북해용왕을 불러 가뭄을 해결하라고 했다. 그러나 용왕은 옥황상제의 명령이 없으면 자기 마음대로 비를 내릴 수 없다고 고집을 부렸다. 최치원은 화를 벌컥 내며 속히 비를 내리라고 호령하여 마침내 가뭄을 해갈할 수 있었다. 옥황상제가 뒤늦게 보고를 받고 흥분해서 용왕을 잡아죽이라고 명령을 내렸다. 그러나 최치원은 용왕을 도마뱀으로 만든 다음 자신의 무릎 밑에 감추어 죽음을 면하게 했다. 최치원은 이를 기념하기 위해 상산봉 위에 철마와 은접시를 놓아두고 섬

◉ 우이도 상산봉 대초리 마을 앞에 버티고 선 우이도 상산봉은 최치원에 대한 전설을 담고 있다.

* 화려한 경력 때문인지 최치원과 관련된 전설은 무수히 많다. 우리 나라 역사인물 중 영정이 가장 많은 이 또한 최치원이다. 그리고 후대인들은 최치원을 신선으로 추앙하기까지 했다.

을 떠났다. 시간이 흘러 은접시는 누군가 가져가 버리고 철마만 남았는데 주민들은 오랜 세월 철마를 모시고 제사를 지내왔다. 해방 후 이 섬의 주민 문씨가 철마를 가져다 대장간에서 다른 연장을 만들려고 한 일이 있었는데, 철마가 불에 녹지 않아 연장은 만들지도 못하고 오히려 가산을 탕진하는 등 큰 피해만 입었다. 그후 철마는 어디론가 없어지고 지금은 제사 풍습마저 사라지게 되었다.

이 이야기는 한낱 전설일 뿐이겠지만 실제로 최치원이 우이도를 거쳐갔을 가능성도 완전히 부정할 수는 없다. 최치원은 전남 영암에서 당나라행 유학길에 오른다. 영암에서 출발한 배는 흑산도 근해를 거쳐 중국 양저우 방면으로 향하게 되는데, 우이도는 그 경로상에 위치한다.

최치원은 어려서 당나라 유학길에 올라 과거에 장원급제하고 문학으로 이름을 떨쳤다. 중국의 문인이자 최치원의 과거 동기였던 고운은 최치원을 위해 다음과 같은 시를 지었다.

12세에 배를 타고 바다를 건너와
문장으로 중국을 감동시켰네
열여덟에 문단을 휩쓸어
한 화살로 금문책을 꿰뚫었네

◉ **고운 최치원** 최치원은 어려서 당나라 유학길에 올라 과거에 장원급제하고 문학으로 이름을 떨쳤다.

최치원은 당대의 유명한 시인들과 어깨를 나란히 할 만큼 시를 짓는 일에 뛰어난 재능을 보였다. 그가 중국 각지를 여행하며 남긴 시는 중국과 일본의 시집에 소개될 정도로 명성을 떨쳤다. 20대 초반의 젊은 나이에 그것도 외국인으로서 중국의 관리를 지냈고, '토황소격문'으로 중국황제로부터 자금어대를 하사받기까지 했다. 심지어 중국의 정사 『신당서新唐書』에서도 그의 작품을 언급하고 있다. 중국의 정사에 외국인의 작품이 소개된 것은 전무후무한 일이었다.

최치원이 당나라로 건너갈 때의 나이는 고작 12세였다. 먼길을 떠나는 아들에게 아버지는 "십 년 공부하여 과거에 급제하기 못하면 나의 아들이라고 하지 말라. 공부에 힘을 다하라"라는 한 마디를 던졌다고 한다. 다행히 좋은 결과를 낳긴 했지만 당시 당나라의 과거에 합격한다는 일 자체가 지극히 어려운 일이었음을 생각해볼 때 아버지의 말은 너무 냉정하게 들린다. 사랑하는 아들을 이역만리로 그것도 홀몸으로 떠나보내야만 했던 이유는 당시 신라의 불합리한 신분제도 때문이었다. 신라는 골품제도로 운영되는 사회였다. 최치원의 집안은 6두품에 속해 있었고 아무리 능력이 뛰어나다 해도 어느 정도 이상의 벼슬에는 오를 수 없었다. 최치원의 아버지는 신분제를 극복할 수 있는 유일한 방법을 당나라 유학에서 찾았던 것이다. 사실 당시에는 최치원 외에도 유학길에 오른 학생과 승려들이 많았다. 일 년에 수백 명에 이르는 사람들이 꿈을 좇아 중국으로 향하고 있었다.

최치원은 본인만 원한다면 얼마든지 중국 땅에서 영화를 누리며 살 수 있었음에도 불구하고 다시 귀국길에 오른다. 중국에서 성공하고 명성을 떨치면서도 자신이 신라인임을 잊은 적이 없었기 때문이다. 그러나 귀국 후 최치원은 자신의 뜻을 마음껏 펼칠 수가 없었다. 신라의 귀족들은 기득권을 전혀 내놓을 생각이 없었고 최치원은 정치력을 발휘할 수 없는 한림학사나 지방태수와 같은 미관말직을 전전하면서 세월을 보내게 된다. 함양 태수시절인 892년, 최치원은 진성여왕에게 시무십조時務十條라는 사회개혁안을 올렸다. 그러나 시대말기적인 분위기가 흔히 그렇듯이 개혁을 주장하는 목소리는 안정희구세력의 위세 앞에 묻혀버리고 말았다. 진성여왕은 최치원의 건의를 높이 평가하고 당시 6두품이 도달할 수 있는 최고벼슬을 내렸으나 그것으로 끝이었다. 시무 10여 조는 실행되지 않았던 것이다. 이후 최치원은 관직을 내놓고 전국 각지를 유랑하다가 가야산 해인사에서 여생을 마치게 된다.

국제화의 의미

최치원이 유학생활을 했던 장안은 당나라 정치·경제·문화의 중심지이자 외국 사절과 유학생들이 몰려들었던 국제도시였다. 장안에는 천여 개에 달하는 숙소를 가진 국립교육기관, 즉 국자감이 있었는데, 한때 고구려, 신라, 백제, 토욕혼, 투르판 등 세계 각지에서 몰려든 유학생들이 무려 8,000명에 달할 정도로 엄청난 규모를 자랑했다. 당나라 정부는 유학생들에게 숙소와 식사를 제공했다. 장학금이나 마찬가지다. 당시 당나라의 정책은 오늘날 미국을 떠올리게 하는 부분이 있다. 세계 각지의 유수한 인재들을 끌어들여 수준 높은 교육기회를 제공한 다음 이들을 수용하여 자국의 국가발전에 도움이 되도록 했던 것이다.*

우리 나라에서는 이와 같은 국제적인 마인드가 부족했다. 동아지중해를 호령했던 삼국시대와 통일신라시대, 국제무역이 성행했던 고려시대의 마감과 더불어 조선왕조가 탄생했다. 그러나 새로운 사상과 질서는 국가발전에 힘을 실어주지 못했고, 체제도 점차 폐쇄적으로 변해갔다. 근대화의 세계로

---

* 오늘날 미국을 이끌어 가는 인력 중 상당수가 이런 과정을 거쳐 미국에 머무르고 있는 사람들이다.

뛰어들기에 집권층은 너무나 무능했고, 시류를 제대로 읽지 못했다. 상황의 반전을 위해서는 적극적인 정보의 교류가 필요했다. 국제정세가 어떠하고 새로운 사상과 기술이 현실생활에 어떻게 적용되고 있는지 끊임없이 고민하고 받아들였어야 했다. 그러나 우리는 개방의 문을 꼭꼭 닫아걸고 새로운 지식과 정보를 받아들이기를 거부했다. 최치원이 유학길에 오르고 장보고가 아시아의 해상무역을 제패하고 고려가 서역과 교류하던 때보다도 오히려 국제적인 감각은 떨어지고 있었다. 바로 그 결과 백 년도 채 지나지 않아 밀려오는 서구와 일본의 세력 앞에 나라의 운명은 풍전등화의 지경에 이르고 말았던 것이다.

국제화와 세계화를 외치고 있는 지금의 현실은 어떠한가. 외국을 배우자면서도 정작 외국에서 배운 사람들이 국내에서 일할 자리가 없다. 나라를 위해 봉사하겠다고 해도 이들을 받아들일 여력이 없을뿐더러 국내에서는 아직도 이전투구식 집안싸움이 근절되지 않는다. 지역감정에 학연, 혈연을 찾느라 정신이 없다. 이래서야 세계화의 구호가 무색하지 않은가. 진정한 세계화를 위해서는 보다 열린 체제를 마련하여 실질적으로 정보와 인력의 흐름이 원활하게 이루어질 수 있도록 해야 한다. 그리고 정보의 흐름이 돈이나 상품의 흐름과 그 궤를 같이 한다는 사실을 잊지 말고 경제적인 국제교류에도 더욱 힘을 기울여야 할 것이다. 대초리가 폐촌이 되었어도 선착장이 있어 외부와의 소통이 원활한 진리와 돈목은 살아남았다. 이러한 사실은 오늘을 살아가는 우리에게 중요한 시사점을 던져준다.

● **당나라의 장안성** 최치원이 유학생활을 했던 장안은 당나라 정치·경제·문화의 중심지이자 외국 사절과 유학생들이 몰려들었던 국제도시였다.

철마의 전설

상산봉에 얽힌 전설 중 철마에 대한 이야기가 나온다. 과연 쇠로 만든 말, 철마란 실재하던 것이었을까? 그런데 흥미롭게도 정약용이 고향을 그리며 읊은 시에 바로 이 철마가 등장한다.

"푸른 산줄기 휘감긴 곳에 철마가 서 있고"

정약전과 정약용이 태어난 마재 마을에도 철마가 있었던 것이다. 정약용의 6대손인 정해원 씨의 말도 이 같은 사실을 뒷받침하고 있다.

"우리 나라 말로 쇠말산이고 한자로는 철마산이야.* 바로 마재 뒷산이 철마산이지. 얼마 전까지도 제도 지내고 그랬다니까."

정약용의 또 다른 글「철마변증설鐵馬辨證說」에서는 철마를 모시고 제사를 지내는 풍속의 유래가 상당히 오래되었다는 사실을 확인할 수 있다.

유산酉山의 서쪽 산마루에 철마가 있는데, 크기가 작은 쥐만 했다. 마을 노인들은 "왜구가 난을 일으켰을 때 그들 중에 풍수학을 잘 아는 자가 있

---

* 마재도 철마와 관련된 이름이다.

었다. 그가 이곳의 산천이 수려하므로 철마를 만들어 그 정기를 눌러놓는다는 말을 남기고 돌아갔는데, 그 이후로 동네에 전염병이 돌거나 사람들이 요절하는 일이 많았다. 백성들이 이를 막기 위해 콩과 보리를 삶아서 철마에게 제사를 지냈다고 해서 동네 이름이 마현이 된 것이다"라고 말한다. 그러나 나는 이를 무식한 사람들이 지어낸 이야기라고 생각한다. 왜인이 이것을 만들었다면 그가 우리에게 정기를 눌러놓고 간다는 이야기를 했을 리가 없지 않겠는가. 그리고 우리 쪽에서 그 철마가 산천의 정기를 누른다는 사실을 알았다면 내다 버리거나 달구어 칼로 만들어버리거나 하면 될 일이지 어찌하여 그것을 신으로 여겨 제사를 지냈으며, 재앙을 없애고 복을 가져다주기를 빌었겠는가. 이로써 미루어보건대 철마는 유래가 오래된 것이지 왜인들이 놓고 간 것이 아니다. 그러나 유래가 오래된 것이라 하더라도 사람이 말에게 제사를 지내는 것은 음사陰祀이다. 옛날에 마조馬祖에게 제사를 지내는 풍습이 있었는데, 맨 처음 말을 기른 자에게 제사한 것으로 이는 마치 맨 처음 양잠을 가르쳤던 자를 선잠先蠶으로 모셔 제사 지내는 것과 같은 것이지 고의로 말을 받들어 신으로 삼아 그에 제사 지내는 것과는 다르다.

이처럼 마을 백성들이 철마에게 제사를 지내는 것은 아주 어리석은 일이다. 그런데 어떤 이가 "무슨 물건이든 오래되면 신이 깃드는 법일세. 저것이 비록 철로 주조한 것이라고는 하나 그 유래가 오래되었을 것이네. 유래가 오래되었다면 신이 있을 터인데 어찌 제사를 금할 수 있겠는가?"

◉ **쇠로 만든 말, 철마** 쇠나 돌, 나무, 사기 등으로 만든 말을 모셔놓고 제사를 지내는 풍속은 우리 나라에서 꽤 오래된 전통이다. 말은 대체로 서낭당 안에 모셨으며, 질병을 물리치고 마을을 수호하는 역할을 한다고 믿어져왔다.

라고 반문한 일이 있었다. 그래서 나는 "생명이 있는 물건은 살기도 하고 죽기도 하지만 생명이 없는 물건은 옛것 아닌 것이 없는데, 만일 옛것이라 하여 모두 제사를 지내야 한다면 자네는 앞으로 제사지내는 일을 감당치 못할 것일세"라고 깨우쳐주었다.

미신을 타파하고 합리적인 사고를 지향하는 실학자들의 태도가 잘 드러난 명문이다. 어쨌거나 정약용의 글을 읽어보면 철마라는 것이 실재했다는 사실이 더욱 분명해진다. 이뿐만이 아니다. 정약전에 뒤이어 우이도로 귀양온 최익현도 철마를 보았다고 기록했으며, 진리에 살고 있는 문채옥 씨도 은접시는 못 봤지만 철마는 어렸을 때 본 적이 있다고 했다.

"우리 어렸을 때니께 한 60년 정도 되었지. 아마. 요만(20센티미터 정도) 해 갖고 뒷다리는 부러져서 없더만. 그거 상산봉 꼭대기에다가 이렇게 돌 가지고 사각형 모양으로 집 지어 놓고 그 안에다가 넣어놓았더라고. 우리 집안에 어느 한 사람이 대장간에 가지고 가서 녹인다고 불로 해봐도 안 녹고 그대로 있더라고. 그 사람 그라다가 반신불수가 되었제. 지금 생각하면 그것도 유적인디. 고운 선생 해놓은 거니까 대단한 유적인디 말이여."

정약전도 상산에 철마가 있다는 이야기를 들었을 것이다. 호기심이 강한 그의 성격으로 미루어 철마를 찾아 직접 산에 올랐을 가능성이 높아 보이는데, 철마를 본 정약전은 과연 어떤 반응을 보였을까? 그가 남긴 글이 아쉽다.

절벽 위의 염소

박동수 씨가 말한 서당터나 정약용이 다산초당에 남긴 정석丁石과 같은 흔적을 발견할 수 있을까 하고 여기저기를 헤매고 다녔지만 아무것도 찾아내지 못했다. 흔적 찾기를 포기하고 개울을 따라 내려가 보기로 했다. 개울 옆에 나 있던 길은 몇 걸음 걷지도 않아 곧 잡풀에 파묻혀 사라졌고, 주위는 온통 누런 억새들의 물결로 뒤덮였다. 왜 마을 입구에 있는 해변에 '띠밭너머' 라는 이름을 붙였는지 알 만했다.

지독한 가시덤불 때문에 한 걸음 옮겨놓기가 심한 고역이었다. 몸을 온통 긁혀가며 한참을 걸은 후에야 트인 공간이 나왔다. 띠밭너머 해수욕장이었다. 이곳에도 모래사장이 잘 발달해 있었다. 옛날 대초리에 살던 사람들은 썰물 때마다 이곳에 나와 조개를 잡고 해초를 주웠을 것이다. 걸어온 길을 돌아보니 되돌아갈 엄두가 나지 않았다. 어떻게 할까 한참을 고민하다 힘들게 결정을 내렸다. 발품을 줄이기 위해 띠밭너머 왼쪽에 버티고 선 절벽을 넘어가기로 한 것이다. 경사가 급하긴 했지만 미끄러운 절벽은 아니어서 올

● **띠밭너머 가는 길** 개울 옆에 나 있던 길은 몇 걸음 걷지도 않아 곧 잡풀에 파묻혀 사라졌고, 주위는 온통 누런 억새들의 물결로 뒤덮였다. 왜 마을 입구에 있는 해변에 '띠밭너머' 라는 이름을 붙였는지 알 만했다.

라가기가 그리 힘들 것 같지는 않았다.

절벽을 바라보며 어느 쪽으로 올라가야 할지를 고민하고 있는데 갑자기 하얀 물체 하나가 시야에 들어왔다. 염소였다. 우이도 염소는 꽤 유명하다. 산이며 절벽을 마음대로 헤매고 다니며 온갖 약초를 뜯어먹고 자란다고 해서 약염소로 인기가 높다. 염소가 해안 쪽으로 튀어나온 바위절벽 위에서 위태위태하게 걸어다니고 있는 모습을 처음 본 사람들은 탄성을 지르거나 혹여 떨어지지나 않을까 발을 동동 구른다. 그러나 정작 절벽 위의 염소들은 태연자약하기 그지없다. 원래 염소의 조상들은 험준한 산악지형에서 살았다. 황무지에 가시덤불이 우거지고, 가재가 돌 밑을 찾아드는 것처럼 염소가 절벽 위로 기어오르는 것은 본성으로의 회귀일 뿐이다. 그리고 염소는 이러한 자신의 본성을 잘 알고 있기에 절벽에 머물면서도 결코 불안해하거나 두려워하는 법이 없다.

인간 본연의 모습이란 어떤 것일까? 앞서 살았던 선조들이 항상 고민했던 문제였다. 그들은 때로는 신을, 때로는 자비를, 이理를 숭상해가며 늘 어떤 삶이 옳은 것인지를 고민했다. 그러나 근대화가 진행되면서 이러한 고민들은 점차 희미해져갔다. 높은 지위와 부와 명예는 끊임없이 사람들을 일터로 몰아붙였고 고민을 할 여유조차 없애버렸다. 사람들 대부분은 그저 주위의 동료들이 살아가는 대로 이리저리 휩쓸려 다니다 생을 마치고 만다. 이렇게 사는 것이 과연 옳은 일일까?

정약전의 삶을 추적하고 있는 나 자신을 돌아보게 된다. 나는 이미 눈앞

● 절벽 위의 염소 절벽을 바라보며 어느 쪽으로 올라가야 할지를 고민하고 있는데 갑자기 하얀 물체 하나가 시야에 들어왔다. 염소였다. 우이도 염소는 꽤 유명하다. 산이며 절벽을 마음대로 헤매고 다니며 온갖 약초를 뜯어먹고 자란다고 해서 약염소로 인기가 높다.

의 관심사에 지나치게 마음이 쏠린 나머지 스스로의 방향감각을 잃어버리고 있었는지도 모른다. 내가 정약전에게서 찾아내려고 했던 것은 무엇인가. 나는 들뜬 마음으로 그가 관심을 기울였던 서양과학의 편린들을 주워 모았다. 그의 글에서 조금씩 모습을 드러내는 과학정신의 시초를 확인하며 흥분하고 감격해했다. 동시에 정약전을 포함한 실학자들이 왜 끝까지 성리학의 굴레를 완전히 벗어 던지지 못했는지, 왜 자신의 학문을 현대과학으로 발전시키지 못했는지를 이해하고 싶었다. 그들의 실패를 거울 삼아 지금의 우리에게 도움이 될 만한 무언가를 찾아내고 싶었다. 그러나 보다 근원적인 질문을 놓쳐버린 것이 아닐까 하는 생각이 머릿속을 떠나질 않는다. 근대화라는 것이, 그 근본을 떠받치고 있는 과학이라는 것이 과연 우리에게 꼭 필요한 것이었을까? 근대화의 시기에 접어들면서 경제발전이 지상가치가 되고 진보의 논리가 세상을 지배하기 시작했다. 그리고 그 밑바탕엔 과학이 있었다. 과학의 힘으로 세상은 점점 편리해지고 물질적으로 풍요해졌다. 이제 과학의 세례를 받지 않고서는 정상적인 삶이 불가능할 것처럼 느껴지기까지 한다. 그러나 전지전능한 과학이 우리에게 말해주는 것은 무엇인가. 과학은 어떤 것이 지향해야 할 가치인지 우리가 어떻게 살아가야 할 것인지에 대해 아무것도 가르쳐주지 않는다. 아무런 생각 없이 지쳐 쓰러질 때까지 마냥 부대끼며 살아가다 보면 삶의 목적과 방향을 상실한 채 관성적으로 살고 있는 모습만이 남을 뿐이다. 이것이 진정 우리가 바랐던 삶일까? 근대화의 대가는 행복이 가득하고 질 높은 삶이 아니었던가.

　정약전과 당시의 학자들이 선뜻 과학의 길을 선택하지 못했던 것은 이런 이유 때문이었는지도 모르겠다. 옛사람들에게는 과학이 안겨줄 힘과 편리함보다도 어떻게, 그리고 무엇을 위해 살아가야 할 것인가에 대한 마음의 문제가 훨씬 중요했다. 비록 현실의 문제가 심각하긴 하지만 어떻게든 극복할 수 있으리라 생각했고, 수양에 수양을 거듭하면 자아를 실현하고 후회 없고 보람있는 삶을 이끌어나갈 수 있다고 믿었으며, 이는 머나먼 요순시절의 성현들이 이미 성공적인 사례를 보인 바 있는 일이었다. 지금도 우리는 과학이 자아실현이나 인생의 방향설정에 큰 도움을 주리라고 기대하지 않는다. 선조들의 입장에서 인생에 대해 아무것도 이야기해 주지 않는 과학을 위해 전통적인 유교관념을 내던진다는 것은 말도 안 되는 일이었을 것이다. 선조들은 자신의 인생과 자신이 속해 있는 사회의 운명을 진지하게 고민하고 있었다. 어찌 보면 지금의 우리보다 훨씬 분명하고 바람직한 삶의 태도가 아닌가. 실학을 과학의 관점으로만 파악하는 것을 자제해야 할 것 같다. 당시의 실학자들에게는 과학뿐만 아니라 올바른 이념을 정립하는 것, 공정하게 나라를 다스리는 것, 나라 살림을 잘 꾸려가는 것, 집안과 사회생활을 잘 수행하는 것 모두가 실생활의 학문, 말 그대로의 '실학' 이었던 것이다.

　절벽 위의 염소가 위태롭다고 느끼는 것은 자아를 정립하지 못한 자의 감정이입일 뿐이다. 자신이 있어야 할 곳을 찾지 못하고 어떻게 행동할지 결정하지 못하는 위기의 삶은 다른 생물의 삶조차도 자연스럽지 못하고 위험한 것으로 보이게 만든다. 나의 경우는 어떠한가. 나는 어떤 삶을 바라고 어떻게 행동하고 있는가. 또 그 삶에서 과학은 어떤 가치를 지니는가.

나는 현대 과학문명의 무한한 진보를 믿지 않는다. 문명의 발전은 사회체제와 밀접한 관계를 맺고 있으며, 지금의 문명은 자본주의 체제를 바탕으로 이루어진 것이다. 그런데 이러한 체제는 굴렁쇠와 같아서 끊임없이 앞으로 달릴 것을 요구한다. 발전은 체제유지의 필수조건이며, 발전하지 않으면 허망한 종말만이 기다리고 있을 뿐이다. 개인의 욕망을 증폭시키고 소비자를 늘려야 한다. 보다 많은 생산을 위해 땅을 개간하고 바다를 메우며 공장과 건물을 지어 올려야 한다. 이러한 과정은 과도한 에너지 소비와 폐기물 발생을 불러오기 마련이다. 이용할 수 있는 물질과 에너지는 점점 고갈되고 지구환경은 황폐화된다. 사람이 굴렁쇠의 속도를 따라가지 못해 먼저 나가떨어지는 사태가 벌어지게 되는 것이다. 그리고 이러한 대가를 지불하고 얻은 이익은 공평하게 분배되지 않는다. 개인과 개인, 이웃과 이웃, 나라와 나라 사이의 불평등은 타협으로 쉽게 해결되지 않는다. 결과가 뻔히 보이는데도 이를 심각하게 생각하는 사람은 그리 많지 않다. 통찰력과 합리성도 개인적인 이익 앞에서는 너무나 쉽사리 자리를 양보한다. 새로운 윤리의식을 만들어내기란 버거운 일이다. 무엇이 사람들을 공존공영하는 세상으로 이끌어나갈 수 있을까. 다시 신을 향해 돌아서야 할 것인가.

나는 종교가 없다. 따라야 할 신의 말씀에 신경 쓰지 않는다. 꼭 지켜야 할 유가의 윤리적 교훈들도 곧이곧대로 받아들일 수 없다. 인간도 자연의 일부이고 다른 생명체들과 유기체적 관계를 맺어가며 살고 있음을 믿지만 노장사상가들처럼 자연스러운 것이 곧 진리라고까지는 생각하지 않는다. 나는 어쩔 수 없는 회의론자다. 염소를 닮아야 하지 않을까? 자신의 위치를 찾고 자신 있게 발을 내디딜 수 있는 그런 사람이 되어야 하지 않을까? 더욱 암울한 것은 나나 내가 아닌 누군가가 스스로 나아가야 할 길을 찾았을 때조차 그것이 시회 전체의 미래를 보장해주지 못한다는 사실이다. 전국시대를 살았던 맹자는 성선설을 주장하며 사람 죽이기를 즐기지 않는 자가 천하를 통일할 것이라고 예언했지만 그의 장담과는 달리 천하는 냉혹한 진시황제의 차지가 되었다. 지금은 그때와 다른 상황이라고 할 수 있을까?

우이도 절벽의 염소는 자신의 본성에 따라 자연스럽게 살아가고 있지만 결국 인간과 똑같은 운명의 길을 걷게 된다. 꽹가리와 냄비 뚜껑을 시끄럽게 두드려대는 사람들에게 절벽 쪽으로 내몰린 염소는 낙화암의 궁녀들처럼 절벽 아래 바다 속으로 뛰어내린다. 아래쪽에서 배를 타고 기다리던 사람들에게 붙잡힌 염소의 운명은 더 이상 생각할 것도 없다. 정약전이 윤리와 과학이 조화를 이루며 발달해나갈 수 있는 방법을 찾아냈다 하더라도 과학과 이를 이용한 무력에 치중한 나라를 물리칠 수는 없었을 것이다. 무력은 너무나도 쉽게 그리고 자주 문화와 선을 압도한다. 그렇다면 그것이 옳든 그르든 살아남기 위해서는 과학을 군사력을 경제력을 키워갈 수밖에 없다. 이러한 운명의 고리를 끊는 방법은 무엇일까? 과연 존재하기나 하는 것일까? 수많은 민족과 국가들, 인종과 생명체들을 아우를 수 있는 시각, 지구 전체를 조화로운 유기체적 공동생명체로 볼 수 있는 시대가 과연 찾아올 것인가.

지구는 둥글다

판단착오였다. 밑에서는 전혀 보이지 않았는데 절벽 위쪽에는 가시덤불이 가득했다. 끈끈이처럼 몸에 달라붙는 가시를 일일이 떼어놓으며 간신히 고개 하나를 넘어서자 가시덤불 가득한 고개가 또 하나 나타났다. 하지만 다시 돌아가기엔 이제까지 걸어온 거리가 너무 아깝다. 맥이 풀려 그대로 바위 위에 주저앉고 말았다.

수평선이 끝간 데 없이 펼쳐져 있었다. 눈을 최대한 크게 뜨고 시야를 넓히면 수평선이 미세하게 휘어져 있다는 사실을 알 수 있다. 수평선에 걸려 있는 배들이 바다 속으로 사라졌다 나타났다 하는 모습들도 지구가 둥글다는 사실을 잘 보여준다. 그러나 우리 선조들이 지구가 둥글다는 것을 깨닫게 되기까지에는 오랜 시간이 필요했다.

고대인들은 사물을 눈에 보이는 그대로 파악했기 때문에 지구를 땅이 편평하고 둥근 하늘이 그 위를 천장처럼 덮고 있는 구조라고 생각했다. 동양에서도 마찬가지였다. '하늘은 둥글고 땅은 모나다' 라는 천원지방설은 고

◉ **절벽 위에서 바라본 풍경** 끈끈이처럼 달라붙는 가시를 일일이 떼어놓으며 간신히 고개 하나를 넘어서자 가시덤불 가득한 고개가 또 하나 나타났다. 하지만 다시 돌아가기엔 이제까지 걸어온 거리가 너무 아깝다. 맥이 풀려 그대로 바위 위에 주저앉고 말았다.

＊ 사실 지구地球라는 말 자체가 땅이 구형이기에 붙여진 것이다.

대인들의 관념을 잘 반영하고 있는 이론이다. 그러나 그리스 반도에 살고 있던 사람들은 그렇게 생각하지 않았다. 고대 그리스인들은 일찍부터 땅이 둥글다고 생각했다. 피타고라스는 수와 기하학의 신비에 빠져 있었고, 시작하는 점도 끝나는 점도 없는 원이나 구를 모든 도형 중에서 가장 완전한 형태로 보았다. 때문에 지구를 포함한 하늘의 모든 천체가 당연히 구형일 것이라고 생각했던 것이다.

철학자적인 입장에서 땅이 둥글다고 주장한 피타고라스와는 달리 몇몇 그리스 학자들은 지구가 둥글다는 사실을 합리적으로 증명하려 했다. 그리스문명은 해양을 바탕으로 한 것이었다. 활발한 무역활동은 자유롭고 합리적인 사고를 발달시켰으며, 오랫동안의 해상활동은 기하학적 감각과 지식을 고양했다. 그리스인들은 늘 수평선 너머로 사라져 가는 배를 보며 생활했고, 정확한 해로를 찾기 위해 자신의 눈과 멀리 보이는 지형지물들을 잇는 선이 이루는 각도의 변화를 감지해야 했다. 또한 그들은 자신이 고향으로부터 남쪽으로 내려옴에 따라 북극성이 해수면과 이루는 각도가 변한다는 사실을 발견했다. 이를 설명하기 위해서는 땅의 모습이 둥글다고 생각할

수밖에 없었다. 한 걸음 더 나아가 에라토스테네스는 땅이 둥글다는 것과 태양광선이 평행하다는 단 두 가지 가설과 기하학적 지식만으로 지구의 크기를 계산해내기도 했다.

● **고대인들의 우주관** 고대인들은 사물을 눈에 보이는 그대로 파악했기 때문에 땅이 편평하며 둥근 하늘이 그 위를 천장처럼 덮고 있다는 식으로 생각했다. 동양에서도 마찬가지였다. '하늘은 둥글고 땅은 모나다'라는 천원지방설은 고대인들의 관념을 잘 반영하고 있는 이론이다.

사실 동양에서도 지역에 따른 북극성의 고도변화가 알려져 있었고, 몇몇 학자들은 지구의 표면이 둥근 모양으로 굽어 있다고 주장하기도 했다. 그러나 지구 전체가 둥글다는 생각은 감히 하지 못했다. 이들에게 둥근 모양은 특별히 완전한 것이 아니었고 세상이 꼭 둥글어야 할 필요도 없었다. 가장 큰 문제점은 지구가 둥글다면 사람이 서 있는 반대쪽은 아무것도 붙어 있을 수 없는 무용지물이 되고 만다는 사실이었다. 이러한 생각들로 인해 동양과 지구설의 불화는 오랫동안 계속되었다.

그러나 서양문명과의 접촉은 이 같은 상황에 변화를 가져왔다. 주자학의 거센 입김 속에서도 지구설은 그 사유의 명확함으로 점차 힘을 얻어 가기 시작했고, 그 변화의 한편에 우리 선조들이 서 있었다. 이익은 우리 나라에 지구설을 가장 먼저 소개한 사람 중의 하나였다. 그는 지구가 탄환 과 같은 모양이라고 설명했다.

땅은 하늘의 중간에 위치하며, 모양이 탄환과 같다. 간혹 높고 낮고 깊고 치솟은 곳이 있으나 대체로 둥근 공을 닮았다. 사람이 하늘을 이고 땅을 밟고 사는 이상 어느 곳에서나 자기가 서 있는 곳을 가장 높은 곳으로 볼 수밖에 없다. 바닷가의 높은 산에서는 어디서든 해가 뜨고 지는 것을 볼 수 있는데, 만약 지구가 둥글지 않다면 바다 저편에 있는 높은 땅이 반드시 해를 가릴 것이다.

◉ **탄환 모양의 지구** 땅은 하늘의 중간에 위치하며, 모양이 탄환과 같다. 간혹 높고 낮고 깊고 치솟은 곳이 있으나 대체로 둥근 공을 닮았다.

＊ 옛 총알은 둥근 구형이었다.

　　정약용은 위도에 따른 북극성의 고도변화를 통해 지구가 둥글다는 사실을 증명하는 방법을 알고 있었으며, 북극성의 고도를 측정함으로써 자신이 서 있는 곳의 위도를 계산하는 법도 정확하게 이해하고 있었다.

　　일본 지형의 남쪽과 북쪽에 대해서는 그 나라 사람에게 물어볼 필요도 없다. 북극의 땅에 올라온 높이가 몇 도인지만 보면 그 땅의 북쪽이 우리나라의 어느 군과 대치되는지를 쉽게 알 수 있다.

　　정약전도 당연히 이런 사실을 알고 있었을 것이다. 어쩌면 흑산도의 북극성을 바라보며, 또 그 고도가 마재에 비해 얼마나 낮아졌는지를 견주며 그리운 고향 땅과의 거리를 가늠해보았을지도 모르겠다. 다른 학자들도 서서히 지구설을 받아들여가는 추세였다. 홍대용은 월식 때 달에 비친 지구의 그림자가 둥근 모양이므로 지구가 둥글다는 사실을 알 수 있다고 주장했으며, 김석문은 훨씬 이른 시기에 지구설을 주장한 바 있었다.

　　지구설이 쉽게 받아들여지지 못했던 가장 큰 이유는 역시 지구 반대편의 문제였다. 서양학설에서는 지구 반대편, 즉 지구의 아래쪽에도 사람이 살고 있다고 하는데 어떻게 이런 일이 일어날 수 있는지 대부분의 사람들은 잘 이해하지 못했다. 그러나 이익은 나름대로의 방식을 동원하여 이에 대한 설명을 시도하고 있는데 그 내용이 자못 흥미롭다.

참판 김시진은 지구 아래위에 사람이 살고 있다는 말을 몹시 그르게 여겼다. 그래서 남극관이 "계란 하나가 있다고 하세. 개미는 계란 껍데기에 올라가 두루 돌아다녀도 결코 떨어지지 않는다네. 사람이 지면에서 사는 것이 이와 다를 바 없지 않은가?"라고 비판하는 글을 지어 보냈다고 한다. 나는 남극관이 김시진을 나무란 것은 잘못된 말로 잘못을 공격한 것이라고 생각한다. 개미가 계란 껍질에서 돌아다녀도 떨어지지 않는 것은 개미의 발이 물체에 잘 달라붙는 구조로 되어 있기 때문이다. 발이 없는 벌레가 있어서 벽에 기어올라가다가 꿈틀하자마자 당장 떨어지고 만다면 이런 비유를 가지고 어떻게 다른 사람을 깨우쳐 줄 것인가? 이 문제는 마땅히 지심론地心論으로 풀어야 할 것이다. 지심론이란 지심, 즉 땅 중심의 한 점으로 상하 사방의 모든 것들이 모여든다는 이론인데, 지구가 하늘의 중앙에 크게 걸려 조금도 움직이지 않는 것으로부터 이를 추측할 수 있다.

모든 것을 지구 중심으로 쏠리게 하는 어떤 힘이 있기 때문에 지구 아래쪽에서도 사람들이 정상적으로 살아갈 수 있다는 말이다. 곧 중력으로 연결될 이 개념을 이익은 간단히 받아들였으며, 정약전은 이를 더욱 발전시켰던 것 같다. 정약전은 "한 잔의 물조차도 그 중심은 솟아올랐다"라고 말하여 정약용을 감탄시킨 일이 있다. 정약전이 정확히 어떤 의도로 이런 말을 했는지는 알 수 없지만 이 같은 주장의 이면에는 지구가 구체이며 지상의 모든 물체, 심지어 물 한 방울까지도 자신의 중심으로 끌어당기는 성질이

※ 서양에서는 뉴턴에 의해 만유인력의 개념이 도입되기 이전에도 지구 중심으로 사물을 끌어당기는 힘이 가정되어 있었다. 이는 아리스토텔레스의 영향을 받은 것으로 엄밀히 말하면 과학적인 개념은 아니었다. 사물은 자신이 원래 있어야 할 바로 돌아가고자 하는 속성이 있으며 물체들이 원래 있어야 할 곳이 바로 지구이므로 모든 것들이 지구를 향해 아래로 떨어지게 된다는 것이 이 같은 주장을 편 사람들의 논리였다. 지심론도 아마 이와 비슷한 개념이었을 것으로 추측된다.

있다는 생각이 자리잡고 있었던 것 같다.* 이런 생각을 가지고 바다를 바라보면 이전과는 전혀 다른 느낌을 받게 된다. 한없이 물결치면서도 바닷물은 지구 위로 쏟아지지 않는다. 바닷물을 끌어당겨 달아나지 못하게 하고 결국에는 자신의 모양을 닮게 만들어버리는 거대한 지구의 힘이 느껴진다. 정약전도 이런 느낌을 받았을까?

지구가 둥글다는 지식은 또 다른 효과를 불러일으켰다. 지도제작에 관심이 많았던 정약용은 지구가 둥글다는 사실을 알지 못하고서는 땅의 모양을 정확히 나타낼 수 없음을 강조했다.

지구가 둥글다는 이치를 알지 못하는 사람은 어쩔 줄 모르는 경우를 당할 때마다 반드시 지리에 대한 책자는 믿을 수 없다고 탓하게 되는데, 이 역시 처음부터 지구의 모양을 고려하지 않았기 때문입니다. 지구가 둥글다는 이치를 깨달은 뒤에야 비로소 올바른 지도를 제작할 수 있는 것입니다.

정약전도 나무를 깎아 지구의를 만든 후 이를 지도로 옮기는 법을 연구한 적이 있다. 실학자들은 과학적인 관심 외에 지구설을 지도제작 같은 실용적인 측면과도 연결지었던 것이다. 그러나 지구설이 끼친 영향은 여기에서 그치지 않는다. 지구설은 지금까지 모화사상에 얽매여 있던 조선의 지식인들에게 독립심과 자신감을 심어주었다. 그 동안 세계의 중심은 어디까지나 중국이었다.** 그러나 지구가 둥글다면 중심이란 것은 의미가 없어진다. 어느

---

* 지구가 둥글고, 주위의 사물을 중심 쪽으로 끌어당긴다면 지구 표면에 있는 수면도 둥근 표면을 가질 수밖에 없을 것이다.
** 중국中國이라는 이름 자체가 세상의 중심에 위치한 나라라는 뜻이다.

나라든 세상의 중심이 될 수 있는 것이다. 실학자들은 지구설을 통해 중국 중심적인 세계관을 조금씩 벗어 던지고 스스로에 대한 자신감을 높여가기 시작했다. 이익은 『성호사설』에서 '중국이란 둥근 땅덩이 중의 한 조각에 불과하다' 라고까지 말해 사대주의를 완전히 탈피한 모습을 보였다. 하나의 자연과학 이론이 인식의 지평을 한없이 넓혀 놓았던 것이다.

고개를 들어 드넓게 펼쳐진 바다를 바라보며 지구 전체의 모습을 그려본다. 정약전도 흑산 바다를 마주하고 홍대용이 느꼈던 기분을 맛보지 않았을까.

3백 리를 가면 대륙이 바다처럼 가없이 넓어 해와 달이 들에서 떴다가 들에서 지는 모습을 관찰할 수 있다. 신점촌에 이르자 뒤쪽에 열두어 길이나 되는 작은 구릉이 나타났다. 그 위에 올라가 주위를 돌아보니 조망이 참으로 상쾌하였다. 우리 나라에서는 평야라 하더라도 사방의 조망이 10여 리에 지나지 않는 경우가 보통이니 바다를 보지 못했거나 바다처럼 광대한 요동의 들판을 건너보지 않은 이로서는 땅이 둥글다는 원리를 이해하기 힘들 수밖에 없다.

◉ 우리 나라 최초의 지구의(1857년 최한기가 제작) 정약전도 나무를 깎아 지구의를 만든 후 이를 지도로 옮기는 법을 연구한 적이 있다.

심
정
화

시간이 많이 흘렀다. 더 이상 지체할 수 없어 자리를 털고 일어섰다. 절벽 위쪽에는 동백나무숲이 무성했는데 벌써부터 빨간 꽃부리를 뚝뚝 떨어뜨리고 있었다. 더욱 인상적인 것은 백서향의 군락이었다. 바위틈 사이사이에 몇 그루씩 숨어 있던 것이 나중에는 지겨울 정도로 우거지며 길 앞을 막아섰다. 가지 끝에서 돌려난 윤기 있는 잎 중앙에는 벌써 하얀 꽃들이 옹기종기 모여 꽃망울을 터뜨리고 있었다. 백서향은 향기가 짙기로 유명한 꽃나무다. 이 때문에 백서향을 천리향이라고 부르는 사람들이 많다.* 백서향 꽃이 활짝 필 때쯤이면 이름처럼 진한 향기가 온 섬 안에 가득할 것이다.

  절벽만 넘으면 바로 성촌 앞장골이 나오리라 생각했다. 그러나 절벽 다음에는 또 다른 절벽이 버티고 서 있었다. 천신만고 끝에 성촌 북쪽 해변과 모래산을 넘어 집으로 돌아올 수 있었다. 저녁식사를 마친 후 박화진 씨에게 천리향이란 나무를 아느냐고 넌지시 물어보았다. 잘 모르겠다고 대답하기에 대충 생김새를 설명했더니 그제서야 알겠다는 듯 고개를 끄덕였다.

---

* 사실 천리향은 꿀풀과에 속하는 관목으로 백서향과는 전혀 다른 종이다. 우이도에 오기 전에 읽은 여행안내서에는 '천리향, 후박나무의 향이 온 섬에 가득하다' 라는 내용이 나와 있었다. 천리향은 그렇다 치더라도 후박나무는 별다른 향기가 없는 수종이다. 또 어떤 책에는 '후박나무의 천리향이 코를 자극한다' 라고 하여 후박나무와 천리향을 혼동하고 있기까지 했다.

"여기서는 심정화라 부르지라. 향기 좋지라. 나도 한 뿌리 캐다놨는데 한 번 볼라?"

박화진 씨를 따라 마당으로 나가자 과연 백서향 한 그루가 화분에 담겨 이제 막 꽃망울을 터뜨리려 하고 있었다. 심정화. 유래는 알 수 없지만 뭔가 전설을 담고 있음직한 이름이다. 꽃을 한참 들여다보고 있으려니 마을 사람들이 지어 붙인 심정화라는 이름 속에 외딴섬 우이도로 유배온 정약전과 그를 그리워하던 정약용의 심정이 한껏 녹아들어 슬픈 향기를 흩뿌리고 있는 듯했다.

북풍이 나를 몰고 오다가
오다가 오다가 바다를 만나 멎더니
우리 형님 더욱 거센 바람을 만나
깊은 바다 속까지 들어갔다네
두고 온 아내는 과부가 되고
이별한 자식은 고아가 되었네
형님 바다로 들어갈 때도
태연히 기쁨을 느끼는 듯했으며
가슴속에는 호걸기풍이 있어
백 번 눌러도 백 번 다 일어났지
해와 달이 방안을 비춰주고

● 심정화 백서향 백서향의 가지 끝에서 돌려난 윤기 있는 잎 중앙에는 벌써 하얀 꽃들이 옹기종기 모여 꽃망울을 터뜨리고 있었다.

지공무사한 것 천리가 아니던가
어디서 온 것인지 두 사발 밥이
홀연히 나타나 나를 먹여 살리는데
황제처럼 큰 부자라도
두 사발 밥밖에 더 먹겠는가
적현赤縣은 너무나 멀리 떨어져
맨눈으로는 볼 수가 없어
큰 가문이 몽땅 전복이 되었는데
걸린 시간은 고작 오 년이라네

　박화진 씨는 약초에도 관심이 많았다. 다시 방으로 돌아와 군부대 부근에 많다는 후박나무, 인동덩굴, 더덕, 잔대, 계요등에 대해 늦게까지 이야기를 나눴다.

박동수 씨와의 대화

박동수 씨

오전 내내 사진과 메모를 정리하면서 시간을 보냈고 점심을 먹고 나서도 한참을 자리에서 뒹굴었다. 모처럼만의 여유다. 바쁘기만 한 여행은 멋이 없다. 해야 할 것을 다 못 끝내더라도 쉬고 싶을 땐 쉬어야 한다. 성촌 사람들을 찾아 나선 것은 오후 네 시가 넘어서였다. 책 몇 권을 챙겨들고 시원한 바닷바람을 느껴가며 천천히 돈목 해수욕장을 가로질러 걸었다. 성촌 쪽 갯바위 앞 물가에는 가마우지 한 마리가 떠 있었다. 머리와 꼬리를 흔들어대다가는 물 속으로 쏙 들어간다. 손에 닿을 듯이 가까운 거리였지만 녀석은 전혀 긴장하는 기색이 없다. 건너편 갯바위에선 바다직박구리 수놈이 종종걸음을 치며 부산을 떨고 있다. 역시 낯선 방문객을 고개를 갸웃거려가며 쳐다볼 뿐 경계하지 않는다. 자연과 신뢰감을 쌓아가기란 어렵지만 무너뜨리기는 한순간이다. 장난스런 돌팔매 한 번에도 녀석들은 두 번 다시 이 정도 거리의 접근을 허락하지 않을 것이다.

　어제 찾아갔던 집에는 사람이 아무도 없었다. 아침에 오라는 말을 무시

● **바다직박구리** 건너편 갯바위에선 바다직박구리 수놈이 종종걸음을 치며 부산을 떨고 있다. 역시 낯선 방문객을 고개를 갸웃거려가며 쳐다볼 뿐 경계하지 않는다.

ⓒ 김현태

한 내 탓이다. 바로 아래쪽에 있는 박동수 씨 댁을 찾았더니 반갑게 맞아주었다.

"얼른 들어갑시다. 남자 혼자 사는 집이 다 이렇지 뭐. 이해하시오."

이불이 깔려 있는 것을 보니 내가 잠을 깨운 모양이다. 서로 간단한 소개 인사를 나누었다. 박동수 씨는 원래 인천에 사는데 몸이 좋지 않아 고향마을로 내려와 요양하고 있는 중이라고 했다. 얼굴색은 좋아 보였다. 고향의 신선한 공기가 보살펴준 덕이리라. 그런데 일은 엉뚱한 방향으로 흘러가고 있었다.

"인천 살 때는 술을 말로 먹었는데 여기서는 조금씩밖에 안 하니께 살 만허요. 선생님도 술을 좀 하시오?"

"아뇨, 잘…"

"전혀 못하시오?"

"그렇지는 않구요."

"그럼 조금만 합시다."

말릴 새도 없이 부엌으로 달려가더니 페트병에 담긴 2.7리터들이 소주병과 커다란 그릇 두 개를 들고 왔다. 그리고 "안주도 있어야지" 하면서 다시 나가 걸쭉한 홍합국물을 가지고 와서는 미처 만류할 새도 없이 한 그릇 가득 소주를 따랐다.

"한 잔 합시다."

박동수 씨는 내가 술그릇을 입에 가져다 대기도 전에 소주 한 사발을 훌쩍 다 마셔버렸다. 따라놓은 술을 마셔가며 대화를 나누는 동안 알딸딸하게 취기가 오르고 있었다.

박동수 씨는 오랫동안 객지생활을 했음에도 어린 시절의 기억들을 고스란히 간직하고 있었다. 배 갑판 위로 날아오르던 날치 이야기, 뼈가 새파랗고 맛이 없어 돼지사료로나 썼다는 항갈치 이야기가 이어졌다. 한참을 받아 적은 후에 이전부터 꼭 알고 싶었던 내용을 물었다.

"물개 보셨습니까?"

물고기도 아닌 것이
짐승도 아닌 것이

사할린 부근의 오호츠크 해는 대표적인 물개 번식지 중 하나다. 물개들은 이곳에서 새끼를 낳고 먹이를 찾아 회유하다가 월동을 위해 그 일부가 남하하여 우리 나라를 찾는다. 따라서 우리 나라의 경우 번식지에서 가까운 동해 쪽에서 발견되는 것이 보통인데, 우이도 근해까지 물개가 찾아오는지 알고 싶어 질문을 던진 것이었다.

"물개 있지라. 요새는 없을 거여. 옛날에 석황도, 칠팔도 밑에 많다고들 그럽디다요. 밤이면 많이 올라오는데, 포수들이 밤에 배 타고 잠복해가서 잡아간다고."

과연 우이도 부근에 물개들이 많이 나타났던 모양이다. 사리 마을 박판균 씨의 목소리가 귀에 감겨들었다.

"물개 봤제. 여기는 없고 우이도 쪽에 가야 있어라. 시커멓게 생겼는데 크기는 별로 안 커요. 수놈도 커봐야 이 정도야(팔을 벌려 보였다). 수놈이 수가 적다 그래요. 열에 하나가 있는가 백에 하나가 있는가. 지금은 없어. 배

● **오호츠크 해의 물개 번식지** 사할린 부근의 오호츠크 해는 대표적인 물개 번식지 중 하나다. 물개들은 이곳에서 새끼를 낳고 먹이를 찾아 회유하다가 월동을 위해 그 일부가 남하하여 우리 나라를 찾게 된다.

타고 가면 보이제. 배 타고 가면 바위 위에 올랐다가 틱 구부러져 내려서 막 도망가요."

박판균 씨는 혹시 물개를 본 적이 있느냐는 질문에 당연하다는 표정으로 고개를 끄덕였다. 흑산도 인근 해역에 지금도 물개바위나 물범바위라는 지명들이 남아 있는 것을 보면 예전에는 물개가 훨씬 많았을 것으로 추측된다. 박도순 씨도 자신은 보지 못했지만 주변에 물개를 본 사람들이 많다고 이야기했다.

"수달은 많이 봤는데 물개는 한 번도 본 적이 없어라. 물개를 봤다는 사람은 많은데…"

정약전도 물개를 관찰했던 모양이다. 『현산어보』의 물개 항목에는 물개의 겉모습과 습성, 잡는 방법, 쓰임새 등에 대한 내용이 상세하게 기록되어 있다.*

해수海獸

[올눌수膃肭獸 속명 옥복수玉服獸]

개와 비슷하지만 몸집이 크다. 털은 짧고 뻣뻣하다. 검푸른색과 황백색의 점으로 이루어진 무늬가 있다. 눈은 고양이를 닮았고 꼬리는 당나귀, 발은 개와 비슷하다. 발가락이 나란히 합쳐져 있는 모양이 오리발과 같고, 발톱은 매발톱처럼 예리하다. 물에서 나오면 주먹이 펴지지 않아 제대로 걷지 못하고 누운 채로 전전긍긍하는 까닭에 항상 물 속에서 헤엄쳐 다닌다. 잠을 잘 때는 반드시 물가로 올라와서 자는데, 올눌수

---

* 정약전과 『현산어보』를 주제로 한 다큐멘터리 프로그램에서 물개를 중요하게 다룬 적이 있다. 이 프로그램에서는 우이도에 살던 정약전이 흑산도에 물고기도 짐승도 아닌 이상한 동물이 나타났다는 제보를 듣고 직접 찾아가 그 동물이 물개라는 사실을 밝혀냈다는 식으로 이야기를 풀어가고 있었다. 그러나 박동수 씨와 박판균 씨의 말을 들어보면 정약전이 물개를 관찰한 곳이 흑산도가 아닌 우이도였을 가능성도 전혀 배제할 수는 없을 것 같다.

를 잡으려는 사람은 이때를 노려서 붙잡는다. 생식기는 양기를 크게 돋우는 성질이 있어 약재로 사용하며, 가죽으로는 신발, 말안장, 주머니 등을 만들 수 있다.

<u>이청의 주</u> 『본초강목』에서는 올눌脃肭의 딴 이름이 골눌骨豽 또는 해구海狗이며, 수놈의 생식기를 해구신海狗腎이라고 부른다고 했다. 구종석은 "그 모양이 개도 아니고 짐승도 아니고 물고기도 아니다. 앞다리는 짐승을 닮았고 꼬리는 물고기를 닮았다. 배나 옆구리 아래쪽은 전부 흰색이다. 몸에는 짧고 조밀한 담청백색의 털이 나 있으며, 털 위에는 짙은 검푸른색의 점이 흩어져 있다. 가죽은 두껍고 소가죽처럼 질기다. 변방의 장수들은 이를 많이 잡아 말안장을 장식한다"라고 했다. 이것이 곧 올눌수이다. 우리 나라에서는 올눌수를 해표海豹라고 부른다. 해표는 그 가죽에 표범과 같은 반문이 있다고 해서 붙여진 이름이다. 견권甄權은 "올눌제는 신라국의 바다에 있는 물개의 생식기를 말하는데, 물개를 잡으면 반드시 이를 취한다"라고 했다. 『당서唐書』「신라전」에서는 "개원開元(713~741)에 과하마果下馬와 어아주魚牙紬, 해표피海豹皮를 바쳤다"라고 했다. 『삼국사』「신라본기」에도 같은 내용이 기록되어 있다. 그리고 고황顧況의 종형從兄이 신라에 사신으로 갔을 때 쓴 시에 "수표水豹가 좌우에서 고개를 내밀고 숨을 내쉰다"라는 표현이 나온다. 모두 올눌수에 대한 자료로 삼을 만한 내용들이다. 우리 나라 사람들은 올눌수를 가끔 수우水牛라고 부르기도 하는데, 이는 크나큰 잘못이다.

물개라는 이름은 '물에 사는 개와 비슷한 짐승'이란 뜻이다. 실제로 동물

◉ 올눌수 개와 비슷하지만 몸집이 크다. 털은 짧고 뻣뻣하다. 검푸른색과 황백색의 점으로 이루어진 무늬가 있다. 눈은 고양이를 닮았고 꼬리는 당나귀, 발은 개와 비슷하다. 발가락이 나란히 합쳐져 있는 모양이 오리발과 같고, 발톱은 매발톱처럼 예리하다.

원에서 물개를 바라보고 있노라면 어렵지 않게 개의 모습을 떠올릴 수 있다. 내지르는 소리조차 개를 닮았다. 그러나 방추형의 몸과 지느러미 모양으로 발달한 네 다리는 육상동물인 개와는 달리 수중생활에 잘 적응한 모습을 보여준다. 이러한 신체적 특징은 물 속에서는 유리하게 작용하지만 땅 위에 올라오면 치명적인 약점이 된다. 위험한 상태가 닥치더라도 뒤뚱뒤뚱 불안정하게 걸어다닐 수밖에 없게 되는 것이다.

흔히 물개를 일컬어 정력의 화신이라고 한다. 수놈 1마리가 30~50마리의 많은 암놈을 거느리기 때문에 나온 말일 것이다. 물개의 수놈은 암놈과 분명히 구분되는 특징을 가진다. 암놈의 두 배에 달하는 몸집과 목에서부터 어깨에 걸쳐 발달한 덥수룩한 갈기는 매우 위풍당당해 보인다. 그러나 소문난 정력과는 달리 물개의 생식기는 그리 두드러지지 않는다. 교미를 할 때만 밖으로 노출될 뿐 평소에는 몸 속 깊이 감춰져 있기 때문이다. 이는 물 속에서 빠르게 헤엄치고, 땅 위에서는 배를 끌다시피 걸어야 하는 신체적인 특성상 어쩔 수 없는 일이다.

여러 마리의 암놈을 거느리는 습성에 주목한 때문인지 예로부터 사람들은 물개 수놈의 생식기를 해구신海狗腎이라고 부르며 대단한 정력제로 여겨 왔다.* 귀하다보니 값이 올라가고, 값이 오르다보니 가짜 해구신도 많이 나돌았던 모양이다. 『본초강목』에서는 시중에서 나도는 해구신 중에 가짜가 많은데, 털구멍 하나에 노란 털이 세 가닥씩 나 있고, 개의 머리 위에 올려놓았을 때 미쳐서 날뛰게 만드는 것이 진짜라고 그 구별법을 밝혀 놓았다.

---

* 한의학이나 민간요법 중에는 몸의 특정 부위에 병이 생겼을 때 이와 유사한 모양이나 기능을 지닌 동식물의 부위를 취해 약으로 삼는 경우가 많다. 관절염에는 관절이 부드러워 도약력이 뛰어난 고양이가 좋고, 머리에는 뇌의 모양을 닮은 호두가 좋다는 식이다. 물개의 생식기도 이런 이유로 약재로 쓰이기 시작했을 것이다.

물개는 여러모로 사람에게 요긴한 동물이었다. 약재로 쓰이는 생식기 외에도 물개로부터 짜낸 기름은 등불을 밝히는 데 사용되었으며, 가죽은 갓신, 담배쌈지, 남바위 등 다양한 생활용품들의 재료가 되었다. 이처럼 용도가 다양하다보니 자연 남획이 뒤따를 수밖에 없었다. 물개는 번식기에 큰 무리를 짓는 습성이 있다. 따라서 일단 집단을 발견하기만 하면 한꺼번에 많은 개체를 잡을 수 있다. 사냥꾼들은 무자비하게 이들을 사냥했고, 18세기 이후부터는 물개의 수가 격감하기 시작했다. 이에 위기를 느낀 일본 · 영국 · 미국 · 러시아 등 4개국은 1911년 마침내 물개보호조약 체결에 합의하게 된다. 이후 세계적인 물개보호운동이 일어나 물개는 가까스로 멸종의 위기를 넘길 수 있었다.

귀가 길다.

갓 낳았을 때는 검은색이지만
나이를 먹을수록 털갈이를 하여
짙은 갈색 혹은 회흑색으로 변한다.

앞다리와 뒷다리가 지느러미 모양으로
변형되어 있다.

● 물개 *Callorhinus ursinus* Linnaeus

물개와 물범

지금까지 정약전이 말한 올눌수가 물개라는 가정하에 이야기를 진행해왔다. 그러나 여러 가지 단서들을 종합해보면 뜻밖에도 이와는 정반대의 결론이 나온다. 물개는 올눌수가 될 수 없다는 뜻이다. 우선 서해에 물개가 서식하고 있다는 기록이 보이지 않는다. 물론 가끔 표착해 오는 개체가 있을 수도 있겠지만, 물개는 보통 동해안까지만 내려온다. '검푸른색과 황백색의 점으로 된 무늬가 있다', '가죽에 표범과 같은 무늬가 있다'라고 한 본문의 표현도 문제가 된다. 물개의 몸에는 이러한 반점이 존재하지 않기 때문이다. 마지막으로 정약전은 올눌수가 잠을 잘 때는 반드시 물가에 올라와서 쉰다고 했는데, 물개는 번식기 이외에는 땅 위에 올라와서 쉬는 일이 없다.*

그렇다면 올눌수의 정체는 과연 무엇일까? 아무래도 정약전이 관찰했던 종은 물범이 분명한 것 같다.** 물범은 위에서 말한 올눌수의 조건을 모두 만족시킨다. 물범의 몸에는 정약전이 말한 바와 같이 검푸른색의 반점이 찍혀 있으며,*** 잠을 자거나 휴식을 취할 때 반드시 물가로 나오는 습성도 본

---

* 물개는 평소에 잠을 잘 때도 물 위에서 잔다.
** 흑산 주민들이 말한 것도 마찬가지다.
*** 물범이란 이름도 이 반점이 표범을 연상케 한다고 해서 붙여진 것이다.

귓바퀴가 없고
목이 매우 짧다.

앞발과 뒷발이 짧아
몸을 일으키지 못한다.

몸빛깔은 변이가 심하지만 황갈색인 경우가
많으며 등과 옆구리에 검은 반점이 흩어져 있다.

문의 설명과 그대로 일치한다. 그리고 물개가 동해에서 주로 발견되는 것과
는 달리 물범의 주서식처는 서해 쪽이므로 과거 흑산도에서 관찰되었을 가
능성이 훨씬 높다.

물범은 천연기념물 제331호, 환경부 지정 특정야생동물로 지정되어 보호
받고 있다. 현재 물범을 가장 쉽게 볼 수 있는 곳은 서해의 백령도다. 겨울
을 나고 번식을 하기 위해 중국 쪽으로 넘어갔던 물범 떼는 해마다 봄이 되
면 해류를 타고 다시 우리 나라를 찾아오는데 백령도는 바로 그 중심지가
되는 곳이다.[*] 백령도의 두무진 부근에는 작은 바위섬이 있는데 이곳에 수
십 마리의 물범이 찾아와 물고기나 새우 등을 잡아먹으며 생활한다.[**] 백령

● 물범 *Phoca hispida ochotensis* Pallas

[*] 예전에는 흑산도를 비롯한 서해 곳곳이 그들의 놀이터였겠지만 이제는 백령도가 거의 유일한 안식처가 되어
버렸다. 인간의 손길이 쉽게 닿을 수 없는 군사분계선 지역이라는 점이 이곳을 물범들의 낙원으로 만들어 준 것
이리라.

[**] 현지주민들은 이곳을 물개바위라고 부른다. 물론 물개바위에 찾아오는 동물은 물개가 아니라 물범이다. 대
부분의 사람들은 물개와 물범을 구별하지 않고 물개라고 부른다. 정약전이 물범을 올눌수로 생각한 것도 같은 이
유에서였을 것이다.

도의 물범들은 가을이 깊어가고 찬바람이 불기 시작하면 떠날 준비를 서두른다. 매끈하던 몸체가 거칠어지고, 털갈이를 하면서 몸색깔이 짙어진다. 그리고 다음해 봄을 기약하며 자신이 태어났던 곳으로 되돌아간다.

내가 서울로 돌아온 후 박화진 씨네 그물에 물범 한 마리가 걸려들었다고 연락이 왔다.

"물표범이 그물에 나왔어요. 시커먼 게 올라오는데 물표범이여. 죽어 있었지라. 이런 일은 내 평생 처음이여."

설명을 들어보니 물범을 말하는 것이 확실했다. 과연 우이도 근해가 물범의 서식처라는 사실이 증명되는 순간이었다.

정약전은 올눌수의 속명을 옥복수라고 밝혔다. 그리고 박판균 씨는 옥복수가 물개, 정확히는 물범을 가리키는 이름이라는 사실을 확인해주었다.

"물개를 보고 옥보이라 그래요. 옛날에 그걸 옥보이라고 했지요. 먹기도 했는데 지금은 없어라."

박화진 씨도 역시 물범을 옥보기, 옥복이라고 불렀다. 옥보이, 옥보기, 옥복이는 모두 옥복수와 같은 계열의 말임이 분명하다. 그런데 『현산어보』에는 이것과 비슷한 이름이 또 하나, 그것도 '인어'라는 동화적인 표제어와 함께 등장하고 있다.

[인어人魚 속명 옥붕어玉朋魚]
모양은 사람을 닮았다.

동북아의 인어전설

비록 가상의 존재이긴 하지만 인어라는 이름을 들어보지 않은 이는 아마 없을 것이다. 어릴 때부터 거품으로 변해버린 인어공주 이야기를 읽으며 글을 배우고, 어른이 되어서도 인어를 주인공으로 한 캐릭터나 영화에 열광하는 현실이 인어의 인기를 잘 보여준다. 그런데 나의 인어 편력은 조금 특이한 점이 있다. 안데르센의 인어공주를 읽고 아름다운 인어에 대한 환상을 키웠지만, 듀공(dugong)이 인어라는 어느 과학잡지의 설명과 괴물을 닮은 인어미라의 사진 한 장은 그 환상을 산산이 부수어 놓고 말았다. 일찍부터 나는 인어에 대한 매력을 잃고 있었던 것이다. 그런데 뜻밖에도 『현산어보』를 읽으면서 새로운 전환기를 맞게 되었다. 사실 이전까지는 인어란 것이 서양인들만의 문화적 산물이라고 생각해 왔다. 그도 그럴 것이 우리 나라나 아시아권 국가에서 인어를 다룬 문헌을 한 번도 접해 본 적이 없었기 때문이다. 그러나 『현산어보』를 읽고 다른 문헌들을 찾아보면서 인어가 동양문화에서도 꽤 중요한 자리를 차지했으며, 그에 얽힌 재미있는 전설이나 다양한 속

● 인어공주 이야기 비록 가상의 존재이긴 하지만 인어라는 이름을 들어보지 않은 이는 아마 없을 것이다. 어릴 때부터 거품으로 변해버린 인어 이야기를 읽으며 글을 배우고, 어른이 되어서도 인어를 주인공으로 한 캐릭터나 영화에 열광하는 현실이 인어의 인기를 잘 보여준다.

설들이 함께 전해 내려온다는 사실을 알게 되었다. 다음은 이청이 정리한
내용이다.＊

　인어에 대한 설은 대개 다섯 가지로 나누어진다.
　첫째는 제어鯷魚이다.『산해경』에서는 "휴수休水(낙수의 지류)는 북쪽으로 가서 낙
수로 흘러드는데 그 속에는 제어가 많다. 모양은 주유盩蜼(커다란 원숭이)와 같으며
발톱이 길다"라고 했다.『본초강목』에서는 제어를 인어人魚 또는 해아어孩兒魚라고 기
록했으며, 이시진은 여기에 "강이나 호수에서 서식한다. 모양이나 빛깔이 모두 메기
나 동자개류〔鮎鮠〕와 같다. 아가미 쪽에서 삐걱삐걱〔軋軋〕 소리를 내는데 마치 아이가
우는 소리처럼 들린다고 해서 제어라는 이름이 붙었다"라는 설명을 덧붙였다. 이 종
류는 강과 호수에서 서식하는 것이다.
　둘째는 예어鯢魚이다.『이아』「석어편」에서는 "예鯢의 큰 놈을 하鰕라고 한다"라고
했고, 곽박은 이에 대해 "예어는 점어鮎魚(메기류)와 흡사하다. 다리가 넷 있는데 앞
다리는 큰 원숭이〔獼猴〕를 닮았고, 뒷다리는 개를 닮았다. 소리는 어린아이가 우는 것
과 비슷하다. 큰 놈은 8~9자나 된다"라는 주석을 붙였다.『산해경』에서는 "결수決水
에 인어가 많다. 그 모양은 제어와 비슷하고 네 개의 발이 있으며 소리는 어린아이와
같다"라고 했다. 도홍경은『본초강목』제어 항목에 대한 주에서 "인어는 형주荊州·임
저臨沮·청계靑溪에 많다.＊＊ 그 기름은 불을 붙여도 잘 닳지 않는데, 진시황의 여산총
驪山塚에 사용한 기름〔人膏〕이 곧 이것이다"라고 밝혔다.＊＊＊『본초강목』에서는 예어를
인어人魚·납어魶魚·탑어鰨魚와 같은 것으로 보았으며, 이시진은 "예어는 산골짜기

＊ 인어 항목은 거의 전적으로 이청의 작품이다. 정약전은 단지 '형사인形似人(모양이 사람과 비슷하다)' 세 글
자만 적어놓고 있을 뿐이다. 이청은 많은 종류의 중국 문헌을 인용하고 어민들의 속설을 종합하여 인어에 대한
대부분의 학설을 정리해 놓았다.
＊＊ 형주가 양쯔강변에 위치한 도시라는 점을 생각해 볼 때 여기에서 말한 인어는 양쯔강에 서식하는 민물돌고
래를 가리킨 것일 가능성이 매우 높다. 민물돌고래는 강돌고래과에 속하는데, 이름에서 알 수 있듯이 평생을 강
에서 살아간다.
＊＊＊〔원주〕『사기』「시황본기始皇本紀」에서는 여산총麗山塚(진시황의 지하궁전) 내부에 인어의 기름으로 불을
밝혔는데 금방 꺼지지 않고 오래 타올랐다고 했다.

에 흐르는 시내에서 산다. 모양이나 소리가 모두 제鱭와 비슷하지만 나무에 오를 줄 안다는 것이 서로 다른 점이다. 점어鮎魚가 나무를 오른다고 하는 말이 있는데, 이때의 점어도 사실은 예어를 말한 것이다. 예鯢라는 이름은 바다의 고래〔鯢〕를 가리키기도 한다"라고 밝혔다. 이 종류는 산골짜기에 흐르는 개울에서 서식하는 것이다. 대체로 제와 예는 그 모양과 소리는 서로 같지만 사는 곳과 나무에 오르는 능력이 다르다. 따라서 『본초강목』에서는 이 둘을 모두 무린류〔無鱗之部〕에 집어넣고 같은 종류로 분류해 놓았다.

셋째는 역어鯢魚이다. 『정자통』에서는 "역鯢은 모양이 점어와 같다. 발이 네 개이고, 꼬리가 길다. 소리는 어린아이를 닮았고 대나무에 올라가기를 좋아한다"라고 했으며, '역어鯢魚는 바다 속의 인어이다. 눈·코·입·귀·발톱·머리를 모두 갖추고 있다. 가죽과 살이 옥과 같이 희다. 비늘이 없고 몸에는 가느다란 털이 나 있다. 오색의 머리카락은 말꼬리와 같고 길이가 대여섯 자에 이른다. 몸의 길이 또한 대여섯 자 정도이다. 임해臨海 사람이 이것을 잡아 못 속에 길렀는데 암수가 교합하는 것이 사람과 똑같았다고 한다. 곽박도 인어에 대한 글을 남긴 바 있다" 라는 내용을 덧붙였다. 대체로 역어는 나무에 오르고, 어린아이의 울음소리를 내는 습성이 있다. 비록 제나 예와 비슷하다고는 하지만 그 형색이 각각 다른 것으로 보아 별개의 종인 것으로 추측된다.

넷째는 교인鮫人이다. 좌사의 『오도부』에서는 신령스러운 기夔 와 교인鮫人을 찾는다고 했다. 『술이기』에서는 "교인은 물고기와 같이 물 속에서 살아간다. 언제나 길쌈질을 멈추지 않는다. 눈이 있어서 곧잘 우는데 눈물을 흘리면 곧 구슬로 변한다. 교인

* 인어는 사람과 같다고 하여 인魜자를 쓴다.
** 외발 달린 전설상의 짐승

이 짠 비단[鮫綃]인 용사龍紗는 그 값이 백여 금이나 된다. 이것으로 옷을 만들어 입으면 물에 들어가도 젖지 않는다"라고 했다. 『박물지』에서는 "교인은 물고기처럼 물 속에서 산다. 쉬지 않고 길쌈질을 한다. 때로 인가에 들려 비단을 파는데, 떠날 때는 그릇을 찾아내어 운 다음 구슬로 변한 눈물을 쟁반에 가득 채워 주인에게 건네준다"라고 했다. 이는 대체로 믿어지지 않는 괴이한 풍설이다. 베를 짜고 눈물을 흘려 구슬을 만든다는 이야기는 아마 누군가 거짓으로 지어낸 말이 옛사람들의 입소문을 타고 전해지면서 생겨난 것으로 보인다. 『오도부』에서는 "연못 속에서 베를 짜다 멈출 때면 인어는 비탄에 잠겨 진주눈물을 흘리네"라고 했다. 유효위의 시에서는 "신蜃이 기운을 뿜어 멀리서 누대를 만들고, 교인은 가까운 물 속에서 베를 짜네"라고 했다. 『동명기洞冥記』에는 미륵국味勒國 사람이 인어 무리 속에 끼어 물 속으로 들어갔다가 교인의 궁전에 머물며 눈물로 만든 구슬을 얻었다는 기록이 나온다. 이간李顧의 〈교인가鮫人歌〉에서는 "주초朱綃의 화려함을 제대로 알지 못했더니 밤마다 맑은 파도에 이어진 달빛과 같구나"라고 했다. 또 고황顧況이 신라에 사신으로 가는 종형에게 쓴 송시에서는 "제녀는 돌을 입에 물고 날아오르고, 교인은 비단을 팔며 진주눈물을 흘리네"라고 했다. 그러나 용궁[水府]에서 인어가 비단을 짜는 것을 본 사람은 아무도 없고, 교인이 눈물을 흘려 구슬을 만든다는 이야기 또한 매우 허망하고 거짓된 것이다. 이 모두는 실제로 본 일도 없이 다만 전해 내려오는 이야기를 그대로 옮긴 것일 뿐이다.

다섯째는 부인이 물고기라는 설이다. 서현徐鉉은 『계신록稽神錄』에서 "사중옥謝仲玉이라는 사람은 부인이 물 속으로 들어갔다 나왔다 하는 것을 보았는데 허리 아래가

---

* 중국 전설에 바닷가에서 아내나 남편을 잃은 주민들은 아름다운 교인들을 잡아 연못에서 기르며 자신의 아내나 남편으로 삼았다고 한다.
* * 교인이 짠 비단을 의미한다.
* * * 제녀帝女는 염제炎帝의 딸 여와를 말한 것으로 보인다. 여와는 바다로 놀러갔다가 그만 커다란 파도에 휩쓸려 목숨을 잃고 만다. 여와의 영혼은 정위精衛라는 새로 변했는데, 정위는 자신을 죽게 만든 바다를 도저히 용서할 수 없었다. 그래서 날마다 작은 돌멩이를 물어다가 바다를 메워버리겠다고 결심하게 된다. 이 고사는 무모한 일을 기도하여 헛된 고생을 되풀이함을 빗댄 것인데, 고황은 이 시에서 제녀와 교인의 안타까운 상황을 서로 대비시키고 있다.

모두 물고기였다고 한다. 부인이 곧 인어였던 것이다"라고 했다.『조이기(祖異記)』에서는 "사도(査道)가 고려에 사신으로 갔을 때 한 부인이 물 속에 있는 것을 보았다. 그 부인은 붉은 치마를 입고 양어깨를 드러낸 차림이었고, 묶어 올린 머리는 어지럽게 흘날리고 있었다. 뺨 뒤쪽에는 붉은 털 같은 것이 어렴풋하게 보였다. 부하들에게 도와줄 것을 명령하자 부인은 손을 들어 절을 하고 감격해 하면서 물 속으로 사라졌다"라고 했다. 역시 인어를 말한 것이다. 이 종류는 제, 예, 역, 교 등과 특별히 비슷한 점을 찾아볼 수 없다. 즉 증옥과 사도가 보았다는 부인을 닮은 인어는 앞에서 말한 넷과는 다른 종류로 보아야 할 것 같다.

지금 우리 나라의 서남해에는 사람과 비슷하게 생긴 물고기가 두 종류 살고 있다. 그 하나는 상광어인데 모양이 사람과 비슷하고 젖이 두 개씩 달려 있다. 이것은『본초강목』에서 말한 해돈어와 같은 종이다. 또 하나는 옥붕어(玉朋魚)이다. 옥붕어는 길이가 여덟 자 정도이며, 몸은 보통사람과 비슷하지만 머리는 어린아이와 같다. 머리에는 수염과 머리털이 치렁치렁하게 늘어져 있다. 하체는 암수의 차가 있으며, 남녀의 그것과 비슷하다. 뱃사람은 옥붕어를 매우 꺼려하여 어쩌다 이것이 어망에 들어오면 불길하다 하여 곧바로 내버린다. 이것은 틀림없이 사도가 본 것과 같은 종류일 것이다.

자세한 것은 해돈 항목을 참조하라.

인어의 정체

보편적인 인어의 형상을 그려보자. 인어는 상반신은 사람(주로 여자)의 몸이고, 하반신은 물고기의 몸을 하고 있다. 서양의 인어는 주로 머리를 길게 늘어뜨린 미인으로 묘사되는데, 라인강을 왕래하는 배를 홀려 침몰시키는 로렐라이의 경우가 그 대표적인 예다.* 동양의 인어도 서양 사람들이 생각한 인어와 크게 다르지 않았다. 중국의 옛기록에는 능어陵魚라고 불리는 인어가 등장한다. 능어는 사람의 얼굴에 물고기의 몸을 하고 있고 손과 발이 모두 달려 있는 반인반어半人半魚의 동물이다. 그러나 성질이 매우 포악하여 그리 좋은 인상을 주지는 못했던 것 같다. 그러나 후세 사람들은 점점 인어의 모습을 아름답게 미화시켜갔다. 그 대표적인 이야기가 본문에서도 소개되어 있는 '교인鮫人'의 전설이다. 위엔커는 『중국신화전설』에서 교인을 다음과 같이 묘사하고 있다.

　　남해에 교인이라고 하는 인어들이 살았다. 그들은 바다 속에 살고 있었

---

* 그러나 세계에서 가장 오래된 인어 이야기의 주인공인 바빌로니아의 수신水神 에어는 남자였다. 여자 인어는 셈족의 월신月神 아테르가티스가 최초다.

지만 자주 베틀에 앉아 옷감을 짜곤 했다. 파도 한 점 없는 깊고 고요한 밤, 별빛과 달빛만이 흐르는 밤에 바닷가에 서 있으면 때때로 깊은 바다 속에서 부지런한 교인들이 옷감 짜는 소리를 들을 수 있었다. 교인들은 사람과 같이 감정이 있어서 울기도 했는데, 이들이 울 때마다 눈에서 흐르는 눈물방울이 모두 빛나는 진주로 변했다고 한다.

품질 좋은 베를 짜는 데다 눈물로 진주를 만들어내기까지 하니 이제 인어를 싫어할 사람은 아무도 없다. 사람들은 한 술 더 떠 인어가 매우 아름다운 여성의 모습을 지니고 있다고 생각하기 시작했다.

피부가 옥돌처럼 희고 머리카락은 말총 같으며 키는 5~6척인데 술을 조금만 마시면 몸이 복숭아꽃 같은 분홍빛이 되어 더욱 아리땁게 보인다. 그래서 바닷가에서 아내나 남편을 잃은 주민들은 그들을 잡아다가 연못 속에 기르며 자신의 아내나 남편으로 삼는다.

위의 이야기들이 전설이라는 것은 분명한 사실이다. 그러나 여러 문헌들에서 인어에 대한 기술들이 숱하게 등장한다는 점이나 『현산어보』에서 우리 나라에 인어가 서식한다고 구체적으로 언급한 점 등을 고려해 볼 때 인어라고 착각할 만한 무엇인가가 실제

● 능어 중국의 옛기록에는 능어陵魚라고 불리는 인어가 등장한다. 능어는 사람의 얼굴에 물고기의 몸을 하고 있고 손과 발이 모두 달려 있는 반인반어半人半魚의 동물이다.

로 존재했다는 것 또한 부인할 수 없는 사실인 듯하다. 정석조는 『상해 자산어보』에서 인어의 정체를 해우라고 주장한 바 있다.

『자산어보』에서 약술한 인어는 모두 중국에서 고래로부터 전해 내려온 것을 종합한 것이며 그것이 과연 무슨 동물인지 확인된 바 없다. 희랍신화에서도 그와 같이 인어에 관한 여러 설이 있었는바 그것도 허무맹랑한 설뿐이다. 그러나 오늘날 인어의 정체는 해우였다는 것이 세계학계에서 판명됐다. 해우는 포유동물로서 전세계에 네 종류뿐이고 열대해역과 민물(중국 남해안, 중남미 연안, 아프리카 연안, 호주와 인도 연안)에 분포한다. 초식동물인 해우는 원래 네 개의 발과 가슴에 두 개의 젖꼭지가 있었으나 뒷다리는 퇴화해서 지느러미로 변했다. 해우는 6개월간 새끼에게 수유를 하는데 이 모습이 인어로 오인되어 왔던 것이다. 새끼가 우는 소리는 마치 사람의 어린아이의 울음소리와 같다.

그러나 해우가 옥붕어일 확률은 거의 없다. 바다소과의 포유동물 중 해우, 즉 바다소(manatee)는 대서양에 분포하므로 우리 나라에서는 전혀 서식하지 않으며, 듀공은 일본의 오키나와에서 발견된 적이 있으

● 사람을 닮은 물고기, 해우(위)와 듀공(아래) 바다소과의 포유동물 중 해우, 즉 바다소(manatee)는 대서양에 분포하므로 우리 나라에서는 전혀 서식하지 않으며, 듀공은 일본의 오키나와에서 발견된 적이 있으나 바다소와 마찬가지로 아열대성 동물이므로 황해에서 서식할 가능성은 극히 희박하다.

나 바다소와 마찬가지로 아열대성 동물이므로 황해에서 서식할 가능성은 극히 희박하다.

그렇다면 진짜 인어의 정체는 무엇일까? 이청이 인어의 첫 번째 예로 든 제어는 물고기의 일종을 묘사한 것이 확실하다. 아마도 아가미 쪽에서 소리를 내는 동자개과 어류가 제어의 모델이었을 것이다. 두 번째의 예어 역시 제어와 닮았고 어린아이의 울음소리를 낸다고 한 것으로 보아 동자개과 어류를 말한 것으로 짐작된다. 세 번째로 든 종이 역어다. 이청은 제어·예어·역어를 모두 같은 종류로 보고 있지만, 역어는 앞의 두 종과는 다른 점이 많다. 역어는 바다에 살고, 이목구비가 뚜렷하며, 온몸에 털이 있고, 사람처럼 교합하는 종으로 묘사되어 있다. 아마도 물범 종류를 이야기한 것 같기는 하지만 정확한 정체를 파악하기는 힘들다.

이야기가 네 번째 교인에 이르면 물 속에서 베를 짜고, 울 때마다 눈물이 구슬로 변한다는 등 거의 황당한 전설에 가까워진다. 그러나 신화나 전설의 근저에는 대개 이를 잉태한 사물이나 사건이 있게 마련이다. 여러 가지 생물에 대한 정보들이 사람의 입을 통해 전해지면서 변형되고, 미화 혹은 신화화되어 위와 같은 인어의 상을 형성하게 되었을 것이다. 중국의 대표적인 기서인『산해경』에는 이러한 왜곡과정의 산물들이 숱하게 등장한다. 단순히 이상한 소리를 내는 물고기가 사람의 목소리나 모습을 닮은 물고기로 바뀌고, 나무를 기어오르는 물고기가 앞에는 원숭이 다리, 뒤에는 개 다리를 가진 괴물로 바뀐다. 여기에 사람들의 소망이 드리워지게 되면 베를 짜고,

● 소리를 내는 물고기, 동자개 아가미 쪽에서 소리를 내는 동자개과 어류가 제어의 모델이었을 것이다. 두 번째의 예어 역시 제어와 닮았고 어린아이의 울음소리를 낸다고 한 것으로 보아 동자개과 어류를 말한 것으로 짐작된다.

＊ 잡아올리면 빠각빠각 소리를 낸다고 해서 낚시꾼들이 흔히 빠가사리라고 부르는 물고기를 생각하면 된다.

값진 보물을 만들어 낸다는 따위의 전설이 생겨나게 되는 것이다.

마지막 사도의 이야기는 어쩌면 실재하는 대상을 관찰한 기록일지도 모른다는 생각이 든다. 이청은 사도가 본 인어를 옥붕어로 해석하고 있다. 그러나 쪽진 머리, 붉은 옷, 드러난 어깨 등의 표현들은 동물을 묘사한 것으로 보기에는 아무래도 무리가 있다. 인어를 만난 곳이 우리 나라라면 사도는 혹시 해녀를 본 것이 아닐까? 사건을 재구성해 보기로 하자. 붉은 옷을 입은 한 해녀가 바다에서 해산물을 채취하고 있었다. 배를 타고 지나가던 사도가 사람이 물에 빠진 줄 알고 부하를 시켜 건져주려 하자 해녀는 그럴 필요 없다는 뜻으로 손을 흔들고 다시 자맥질을 시작했다. 헤엄치는 모습을 보니 물고기처럼 능숙하고, 물 속으로 들어간 지 한참이 지났는데도 도대체 올라올 줄을 모른다. 해녀를 처음 본 사람이라면 충분히 인어로 착각할 만한 상황이 아닐까?

우리 나라의 인어

이청은 우리 나라의 서남해에 두 종류의 인어가 서식한다고 밝힌 다음 옥붕어와 상광어를 그 예로 들고 있다. 본문의 설명에 따르면 옥붕어는 길이가 여덟 자, 즉 1미터 60센티미터 정도에 몸의 형태가 사람과 유사하지만 머리는 어린아이와 같고, 수염과 머리카락이 치렁치렁 늘어져 있으며, 사람과 비슷한 생식기를 가진 종이다. 생김새를 구체적으로 묘사하고 있는 데다 어망에 들어오면 불길하다고 생각하여 내버린다는 기록까지 나오는 것을 보면 옥붕어가 우리 나라에 실재하는 동물임에는 틀림없는 것 같다. 옥붕어란 과연 어떤 종을 말하는 것일까?

이청은 옥붕어의 머리에 수염과 머리카락이 나 있다고 했다. 털이 있다면 돌고래 종류는 분명히 아니다. 주둥이 끝에서 뻗쳐 나온 수염다발과 몸에 돋아난 털, 1.6미터 남짓한 체격, 커다란 몸체에 비해 지나치게 작아 보이는 머리 그리고 발음이 옥보이, 옥보기, 옥복이 등과 비슷하다는 점 등을 종합해보면 역시 물범이 옥붕어일 가능성이 가장 높아 보인다. 과연 물범을 인어로 놓고 보면 사지가 달려 있는 몸체나 이목구비가 뚜렷한 얼굴의 생김 새가 사람에 비유할 만도 하다는 생각이 든다.*

이청은 모양이 사람을 닮았고, 두 개의 젖을 가진다는 점에 주목하여 상 광어를 인어의 또 다른 후보로 꼽았다.

[해돈어海豚魚 속명 상광어尙光魚]

큰 놈은 1장丈 가까이 된다. 몸은 둥글고 길쭉하다. 빛깔이 검어서 큰 돼지처럼 보 인다. 유방과 음부는 부인의 그것과 유사하다. 물고기의 꼬리는 모두 배의 키처럼 수 직으로 나 있지만 이놈만은 유독 수평으로 나 있다. 내장기관은 개를 닮았다. 항상 무 리를 지어서 다니며, 수면 위로 올라올 때는 "색색索索" 하고 소리를 낸다. 기름이 많 다. 한 입 가득 물을 머금었다가 위로 뿜어 올린다. 흑산 바다에 가장 많지만 이곳 사 람들은 잡는 방법을 모른다.

<u>이청의 주</u> 진장기는 "해돈은 바다에서 사는데 바람과 조수를 살펴 출몰한다. 모양은 돼 지처럼 생겼다. 머리 위에 붙어 있는 코를 사용해서 소리를 내고 물을 뿜어 올린다. 수백 마리가 무리를 짓는다. 몸 속에는 기름(曲脂)이 있다. 해돈의 기름으로 등불을 밝 히면 이상한 일이 일어난다. 노름(樗蒲)을 할 때 비추면 환해지는데, 일을 할 때 비추 면 어두워지는 것이다. 사람들은 이를 보고 게으른 여자가 변해서 해돈이 되었기 때 문이라고 이야기한다. 이시진은 『본초강목』에서 "크기와 생김새는 수백 근이나 나가 는 돼지와 같고, 형색이 검푸른 것은 점어鮎魚를 닮았다. 또한 두 개의 젖이 있고, 암

* 이청은 물법이 올눌수 항목에 실려 있는데도 불구하고 인어 항목에서 또다시 이 종을 다루고 있다. 아마도 정 약전이 말한 올눌수와 자신이 관찰한 옥붕어가 별개의 종이라고 생각했기 때문에 이러한 실수를 저지르게 된 것 으로 보인다. 정약전의 묘사가 생동감 넘치는 것이기는 하지만, 사진도 그림도 없던 시절 몇 줄의 문장만으로 종을 판별하기란 쉬운 일은 아니었을 것이다.

수가 있는 점은 사람과 유사하다. 몇 마리씩 함께 다니는데, 하나가 물 위에 뜨면 다른 하나는 물 속으로 들어간다. 이를 배풍拜風이라고 한다. 뼈가 단단하다. 몸은 살진 편이나 먹기에는 적당하지 않다. 기름이 매우 많다"라고 밝혔다.

해돈어는 형상으로 보면 지금의 상광어가 아닌가 생각된다. 『본초강목』에서는 해돈어를 해희海豨 · 기어曁魚 · 참어饞魚 · 부패鯆𩶉로 기록했으며, 강물에 사는 놈은 강돈江豚이라고 부르는데 강저江豬 · 수저水豬와 같은 말이라고 했다. 『옥편』에는 "포부어鯆𩶉魚나 보어鱛魚를 강돈江豚이라고 부른다. 바람이 일어나려 할 때면 수면 위로 뛰어오른다"라는 내용이 기록되어 있다. 지금도 뱃사람들은 상광어가 출몰하는 것을 보고 비바람을 점친다. 『설문』에서는 "국어鮪魚는 낙랑반국樂浪潘國에서 나는데, 어떤 이는 강동江東에서 난다고도 한다. 두 개의 젖이 달려 있다"라고 했다. 『유편』에서는 국鮪을 포라고도 부른다고 했다. 이것 역시 해돈어를 말한 것이다. 지금 우리 나라 서남해에는 모두 이 해돈어가 서식한다. 따라서 낙랑에서 나타난다는 말도 믿을 만하다. 『이아』「석어편」에서는 기鱀를 축鱁과 같다고 했고, 곽박은 그에 대한 주에서 "기는 몸이 심어鱏魚를 닮았고 꼬리는 국어鮪魚와 같다. 배가 크며 주둥이는 작고 뾰족하다. 입 속에는 긴 이빨이 나란히 나 있는데 아래위가 서로 잘 맞는다. 이마 위에 있는 코로는 소리를 낼 수 있다. 고깃살은 적고 기름이 많다. 태생으로 번식한다"라고 했다. 이것 또한 해돈어를 닮았다.

정약전이 말한 상광어는 국립수산진흥원에서 발간한 『한반도 연안 고래류 도감』에 실려 있는 상괭이와 같은 종이다. 상괭이는 까치돌고래나 쇠돌

● 강돈 『본초강목』에서는 해돈어를 해희 · 기어 · 참어 · 부패로 기록했으며, 강물에 사는 놈은 강돈이라고 부르는데 강저 · 수저와 같은 말이라고 했다.

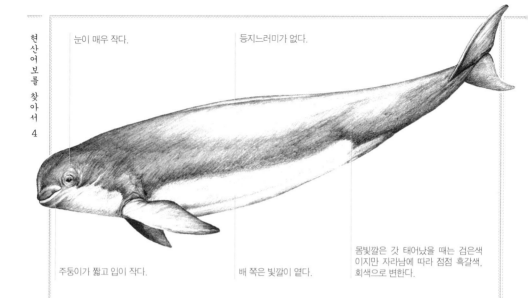

눈이 매우 작다.

등지느러미가 없다.

주둥이가 짧고 입이 작다.

배 쪽은 빛깔이 옅다.

몸빛깔은 갓 태어났을 때는 검은색이지만 자라남에 따라 점점 흑갈색, 회색으로 변한다.

● 상괭이 *Neophocaena phocaenoides* G. Cuvier

고래와 함께 쇠돌고래과에 속하는 동물이다. 이들은 대부분 소형이고 연안에 바싹 붙어서 생활하며, 주둥이가 뭉툭하고 등지느러미가 거의 발달하지 않았다는 공통점을 가진다. 헤엄을 치거나 숨을 쉬러 수면으로 올라올 때 몸체를 다 드러내지 않고 머리만 나왔다 들어갔다 하는 습성도 이들의 중요한 특징이다.

상괭이는 우리 나라 전 연안에서 관찰되지만 특히 서해안에 많은 개체수가 서식하는 것으로 알려져 있다. 박동수 씨는 우이도 근해에 상괭이가 매우 많이 산다고 했다.

● 해변에 떠밀려온 상괭이의 사체 도시에 사는 사람들은 상괭이란 이름을 잘 들어보지 못했겠지만 바닷가에 사는 사람들에게 상괭이는 꽤 친숙한 동물이다. 상괭이는 물고기 그물에 잡히거나 죽어서 갯가로 밀려나오는 일이 많기 때문이다.

"요 앞바다에 상쾡이섬이 있습니다요. 여기에 뽈라구, 장어, 노래미 같은 거를 낚으러 많이 다녔는데 상쾡이가 우글우글합니다요. 성촌 앞바다에도 돌아다니는데 특히 칠팔도에서 상쾡이섬 사이에 상쾡이들이 돌아다니는 길이 있습니다요."

상쾡이섬은 성촌 끝머리에 있는 작은상광여와 큰상광여를 말한다. 여의 이름은 아무렇게나 붙여지지 않는다. 우이도 근처의 여들도 숨어 있다고 해서 숨은여, 납작하다고 해서 납댁이여라는 식으로 이름 속에 저마다의 유래를 담고 있다. 상광여란 이름도 괜히 붙여진 것은 아닐 것이다. 상쾡이가 많이 나타나는 곳이기에 이런 이름이 붙여졌을 테고, 이는 상쾡이가 한 여의 이름을 결정할 정도로 사람들에게 친숙한 동물이었음을 암시한다.

물가치, 슈욱이, 새애기

상괭이란 이름을 백과사전에서 찾는 것은 불가능하다. 상괭이의 일반명이 따로 있기 때문이다. 1967년 문교부에서 발간한 『한국동식물도감』 포유류 편에는 상괭이가 쇠물돼지라는 이름으로 실려 있다. 쇠물돼지라면 작은 물돼지란 뜻이고, 물돼지는 하돈이나 해돈이라는 한자명을 우리말로 옮긴 것이 분명하다. 만약 우리 나라에서 오래 전부터 이 동물을 여러 가지 이름으로 불러왔다는 사실을 학자들이 알고 있었더라면 쇠물돼지라는 급조된 이름은 생겨나지 않았을 것이다.

세종 15년(1433)에 완성된 『향약집성방』에는 해돈어 항목이 실려 있다. 이 책에서는 해돈어의 향명을 '물가치〔勿乙加致〕'라고 기록한 후 진장기의 말을 인용하여 다음과 같이 설명했다.

해돈은 바다에서 난다. 바람과 조수를 살펴 출몰한다. 모양이 돼지와 같다. 머리 위에 붙어 있는 코를 사용해서 소리를 내고 물을 뿜어 올린다.

◉『한국동식물도감』에 나온 상괭이 상괭이가 쇠물돼지라는 이름으로 기록되어 있다.

수백 마리가 떼를 지어 다닌다. 그 새끼는 가물치의 새끼처럼 수만 마리가 어미를 따라 몰려다닌다. 사람이 새끼를 잡아 물 속에 매어 두면 그 어미가 스스로 다가오므로 쉽게 잡을 수 있다.

『본초강목』에 나오는 이시진의 설명도 선조들이 많이 참조했던 내용이다.

크기와 생김새는 수백 근이나 나가는 돼지와 같고, 형색이 검푸른 것은 점어를 닮았다. 또한 두 개의 젖이 있고, 암수가 있는 점은 사람과 비슷하다. 몇 마리씩 함께 다니는데 하나가 물 위에 뜨면 다른 하나는 물 속으로 들어간다. 이를 배풍拜風이라고 한다. 뼈가 단단하다. 몸은 살진 편이나 먹기에는 적합하지 않다. 기름이 매우 많은데, 석회를 개어 배를 수리하는 데 쓰면 좋다.

『동의보감』에서는 해돈을 한자로 해돈海狿, 한글로는 믈가치라고 기록했다. 설명은 『향약집성방』의 내용과 대동소이하다. 이유원은 『임하필기林下筆記』에서 해돈어를 다른 이름으로 기록해 놓았다.

지금 우리 나라 서해에 한 물고기가 있는데 바다 사람들은 이를 수욱어水郁魚라고 부른다. 모양이 큰 돼지와 같고, 색깔은 검붉은 빛을 띤다. 코가 이마 위에 있고 하하嚇嚇 하는 소리를 낸다. 암컷은 가물치처럼 생긴 새끼를 언제나 배에 붙이고 다닌다.

수욱어와 비슷한 이름으로 새애기, 쇠에기라는 것이 있다. 상괭이가 헤엄칠 때 "새액"* 하는 소리를 낸다고 해서 황해도 연안 사람들이 붙인 이름이다. 『현산어보』에서는 상괭이가 내는 소리를 색색素素으로 표기했다. 그러고 보면 수욱어도 숙숙, 슉슉 등의 소리를 묘사한 이름인 듯하다.

해돈어는 본래 돌고래의 일반명이지만 앞에서 나온 이름들은 상괭이를 가리킨 것일 가능성이 매우 높다. 상괭이는 우리 나라 서해에 가장 흔한 고래일 뿐만 아니라 겉모습이나 습성도 인용문들에 나온 설명들과 잘 일치하기 때문이다. 특히 수욱어가 상괭이라는 확실한 증거가 서유구의 『난호어목지』에 등장한다. 서유구는 해돈어를 한글로 슈욱이라고 옮긴 후 다음과 같이 설명하고 있다.

지금 우리 나라에 한 종류의 물고기가 있는데, 모양이 동아열매처럼 생겼고 비늘과 등지느러미가 없다. 색깔은 검붉은 빛을 띤다. 꼬리는 두 갈래로 나누어져 있고, 눈은 둥글고 작아서 녹두와 같다. 매양 입으로 물을 빨아들여 코로 내뿜는데 거세한 소가 천식하는 것 같은 소리를 낸다. 큰 것은 1장 남짓하다. 어부들이 이를 잡아 갑판 위에 올려놓으면 거문고를 자루 속에 넣어 평상 위에 놓아둔 것처럼 보인다. 몸 전체에 번지르르한 광택이 있으며, 혹은 없다. 새끼는 어미의 등 위에 딱 붙어서 다니는데,

---

* 호흡공으로 숨을 내뿜을 때 나는 소리를 표현한 것이다.

파도 속을 드나들어도 등에서 떨어지지 않는 것이 신기할 따름이다. 통진通津 바다에 가장 많다. 바닷가에 사는 사람들은 이 물고기를 수욱水郁이라고 부르기도 한다.

서유구의 말 중에서 '등지느러미가 없다'라고 한 부분이 가장 핵심적이다. 대부분의 돌고래는 등에 상어와 같은 삼각형의 지느러미를 가지지만, 상괭이에게는 등지느러미가 아예 없다. 상괭이의 영어 이름이 핀리스 포오퍼스(Finless porpoise)인 것도 이 때문이다.

우리의 선조들은 주변의 생물들에 대해 나름대로 깊은 관심을 기울였으며, 이를 면밀하게 관찰한 후 각자의 성질에 맞는 이름을 붙여주는 일도 잊지 않았다. 우리가 선조들의 생각에 대해 조금만 더 귀를 기울이고, 그들이 남긴 기록들을 찾아보려 노력한다면 적어도 상괭이, 물가치, 수욱이 대신 쇠물돼지라는 국적불명의 이름이 만들어지는 일은 없어지리라 생각된다.

◉ **상괭이의 등면** 대부분의 돌고래는 등에 상어와 같은 삼각형의 지느러미를 가지지만, 상괭이에게는 등지느러미가 아예 없다.

돼지를 닮은 고래

해돈어는 바다의 돼지라는 뜻이다.* 정약전은 상괭이의 빛깔이 검어서 큰 돼지처럼 보인다고 했고,** 박도순 씨도 이와 비슷한 이야기를 들려주었다.

"상괭이는 꼭 돼지같이 생겼제. 시커멓고 뚱뚱한 게 등만 나오니까 돼지 같지라."

빛깔이 검은 토종 흑돼지를 생각하면 꽤 적절한 비유 같기도 하다.

돌고래라는 이름도 같은 맥락에서 생각해 볼 수 있다. 민물고기 중에 돌고기라는 종이 있다. 서유구는 『난호어목지』에서 이 물고기를 '돗고기'라고 표기하고 생김새가 돼지새끼와 같아서 이런 이름이 붙었다고 설명했다. '돗'은 돼지의 옛말이며 '돌'과도 연결된다.*** 돌고기는 주둥이가 툭 튀어나와 있고, 배가 뚱뚱한 편이어서 돼지고기라는 이름이 잘 어울린다. 역시 툭 튀어나온 주둥이에**** 뚱뚱한 몸집을 하고 있는 고래를 돌고래, 즉 돼지고래라고 부르는 것은 매우 자연스러워 보인다.

고래는 날카로운 이빨을 가지고 있는 이빨고래와 이빨 대신 작은 먹이를

* 몇 년 전 전북 부안군 동진강 하구에서 어민들이 쳐 놓은 그물에 상괭이가 잡혀 올라와 화제가 된 일이 있다. 상괭이는 평생을 바다에서 살아가지만 가끔은 이처럼 강으로 올라오기도 하는데, 그 정확한 이유에 대해서는 아직 밝혀진 바가 없다. 『지봉유설』에는 한강에서 머리 뒤에 코가 있고 길이가 한 길이나 되는 이름 모를 하얀 생선이 잡혀 구경거리가 되었다는 기록이 나온다. 또한 1922년에도 6척 가량 되는 고래가 한강에서 잡힌 일이 있는데, 몸의 크기나 강을 거슬러 오르는 습성으로 볼 때 이들 역시 상괭이였을 것으로 짐작된다.

** 상괭이는 갓 태어났을 때는 검은색이지만 성장함에 따라 점차 흑갈색으로 변하고 나중에는 회백색이 되었다가 죽고 나면 다시 검은색으로 돌아간다.

*** 시골에서 돼지를 부를 때 '돌돌' 하고 부르는 것을 보더라도 돌이 돼지를 뜻한다는 사실을 쉽게 알 수 있다. '돌돌'은 '돼지야, 돼지야!'라는 뜻이다.

**** 대부분의 돌고래는 상괭이와 달리 주둥이가 뾰족하게 튀어나와 있다.

걸러먹기 위한 수염을 가진 수염고래로 크게 나뉘는데, 보통 이빨고래 중에서 몸집이 작은 종류들을 한데 묶어서 돌고래라고 부른다. 이렇게 본다면 돌고래라는 이름의 유래에 대한 또 다른 추정도 가능해진다. 돌고래의 '돌'을 이번에는 '작다'라는 뜻으로 풀이해 보자. 상괭이나 그 밖의 소형 이빨고래 무리를 돌고래라고 부르는 이유를 명확하게 이해할 수 있을 것이다. 실제로 돌감, 돌배처럼 원종에 비해 작거나 품질이 떨어지는 종을 나타낼 때 종종 이러한 접두어가 붙는다. 또한 동해안에서 이빨고래뿐만 아니라 크기가 작은 수염고래까지 돌고래라는 이름으로 부른다는 사실은 이 같은 추정에 더욱 힘을 싣는다.

◉ **고래의 이빨(위)과 수염(아래)** 고래는 날카로운 이빨을 가지고 있는 이빨고래와 이빨 대신 작은 먹이를 걸러먹기 위한 수염을 가진 수염고래로 크게 나뉜다.

돌고래가 되다
게으른 여자가 변해

옛날 부자집에서는 희귀한 해돈어의 기름을 구해 자식들의 공부방에 불을 밝히곤 했다고 한다. 그 기름불로 공부하면 머리가 좋아진다는 속설 때문이었다. 그런데 이청이 인용한 진장기의 말에서는 전혀 반대되는 내용이 나와 있어 흥미를 더한다.

해돈의 기름으로 등불을 밝히면 이상한 일이 일어난다. 노름을 할 때 비추면 환해지는데, 일을 할 때 비추면 어두워지는 것이다. 사람들은 이를 보고 게으른 여자가 변해서 해돈이 되었기 때문이라고 이야기한다.

해돈을 약용으로 이용했다는 기록도 있다. 『향약구급방鄕藥救急方』에서는 "맛이 짜고 무독하다. 비시飛尸, 고독蠱毒, 장학瘴瘧을 다스린다. 포로 만들어 먹는다"라고 했다. 『본초강목』에서는 "해돈의 살은 짜고 기름이 많다. 물소고기와 맛이 비슷하며 무독하다"라고 했다. 『동의보감』에서는 "가죽 속의 기름으로 악창惡瘡, 개선疥癬 및 치질에 문질러 바른다"라고 기록하고 있다.

해돈은 기름을 짜거나 약재로 쓰기에는 어땠는지 모르지만 식용으로는 그리 높은 평가를 받지 못했던 것 같다. 특히 해돈어의 대표종인 상괭이의 경우 고기맛에 대한 평판이 극히 좋지 않았다.[＊] 재원도 출신의 함성주 씨는 어린 시절 상괭이 고기를 먹었던 기억을 다음과 같이 회상했다.

"고기가 귀하던 시절이라 상괭이 고기를 많이 먹긴 했지만 냄새가 좀 역했던 것으로 기억합니다."

박도순 씨도 상괭이를 먹긴 하지만 살은 먹지 않고 주로 내장만 먹는다고 이야기했다. 박동수 씨의 묘사는 더욱 재미있다.

"맛은 없습니다요. 내장을 빼내다가 국 끓여먹는데 옛날에는 잡다가 돼지사료로나 썼습니다요. 돼지한테 상괭이 잘라서 던져주면 잘 먹습니다. 먹다가 보면 짜니까 물을 와구와구 먹고 또 먹고. 한 일 주일쯤 지나고 보면 살이 번들번들하게 오릅니다요."

＊ 상괭이와 달리 돌고래는 식용으로 꽤 호평을 받았다. 박도순 씨도 고래고기와 똑같다며 돌고래의 맛을 한껏 추켜세웠다. 실제로 돌고래고기는 고래고기 대용으로 거래되기도 할 만큼 맛이 뛰어난 것으로 알려져 있다.

영리한 돌고래

박도순 씨는 바다에서 상괭이 떼를 만난 장면을 다음과 같이 묘사했다.

"떼가 가면 무섭소, 한 마리가 끽하면 다른 것들도 같이 소리를 내며 달려요. 쉭쉭 소리를 내며 가다가 기계배 소리를 들으면 사라져요. 인솔자가 있는데 요놈이 이끌면 집단적으로 떼로 이동하지라."

박동수 씨도 상괭이 떼에는 대장이 있으며, 질서를 지켜서 군대식으로 행진한다고 설명했다. 이처럼 돌고래 종류는 떼를 지어 몰려다니는 습성이 있는데 때로는 수천 마리가 넘는 대군을 형성하기도 한다. 돌고래류의 사회생활은 오래 전부터 잘 알려져 있었던 모양이다. 진장기는 "수만 마리가 어미를 따라 몰려다닌다. 사람이 새끼를 잡아 물 속에 매어 두면 그 어미가 스스로 다가오므로 쉽게 잡을 수 있다"라고 하여 이들의 사회생활을 묘사했으며, 옛 해돈시海豚詩에서도 "뱃전에 머리를 들어 흔들고 끄덕이며 뱃사람과 말을 한다"라고 하여 돌고래류가 사람과 교류할 만큼 사회성이 뛰어나다는 사실을 밝힌 바 있다.

신문의 해외토픽란에는 가끔 돌고래*가 바다에서 상어로부터 공격받는 사람을 보호해 주었다거나 물에 빠져 허우적거리던 사람을 구해주었다는 기사가 실리곤 한다. 이러한 일화도 돌고래의 사회적 습성에서 기인한 것으로 보인다. 돌고래는 무리를 지어 몰려다니면서 상어와 같은 공동의 적을 퇴치하는 습성이 있다. 사람을 상어로부터 구해준 것은 상어를 공동의 적으로 간주하고 함께 달려들어 쫓아낸 것으로 해석할 수 있다. 또한 돌고래는 막 태어나 헤엄칠 능력이 없는 새끼나 부상을 입은 동료를 부축해서 수면으로 밀어 올려 숨을 쉴 수 있게끔 도와주는 습성이 있다. 돌고래 덕에 익사를 면한 사람들은 자기도 모르는 사이에 돌고래의 이러한 본성을 일깨웠을 것으로 짐작된다.

뱃사람들 사이에서는 돌고래가 순풍일 때와 역풍일 때 각각 다른 소리로 울기 때문에 이를 듣고 바람을 점칠 수 있다는 말이 전해온다. 이들은 오래 전부터 돌고래가 기상을 예측할 만큼 영민한 동물이라고 믿어왔던 것이다. 사실 돌고래는 지능이 매우 뛰어난 동물이다. 지능이 발달한 정도를 추정할 때 보통 몸 전체에 대한 뇌의 질량비, 대뇌 표면의 주름이 발달한 정도를 보는데, 돌고래는 두 가지 모두 높은 수치를 나타낸다. 돌고래가 놀이공원에서 갖가지 재주를 부리는 것도 이처럼 뛰어난 지능 덕분에 가능한 일이다.**

돌고래는 높은 지능 외에도 여러 가지 면에서 뛰어난 능력을 가진 생물이다. 우선 포유류인데도 불구하고 수중생활에 잘 적응한 신체구조를 하고 있

* 이하 돌고래는 참돌고래 무리를 의미한다.
** 과학자들은 높은 지능과 사회성을 두루 갖춘 돌고래를 해양목장을 관리하는 목양견으로 활용하려는 계획을 세우고 있다. 또한 구소련의 해군이 미·소 냉전 당시 돌고래를 전쟁에 이용하려고 시도하다가 동물보호단체들로부터 격렬한 비난을 받은 일이 있다. 돌고래를 훈련시켜 수중에 있는 적을 공격하게 만들거나 폭탄을 매달고 적진에 뛰어드는 자살특공대로 훈련시키려 했던 것이다.

다. 돌고래는 물 속 깊이 잠수한 채 5~6분간 숨을 쉬지 않고 버틸 수 있다. 그러나 더욱 놀라운 것은 수백 미터 깊이까지 잠수한 상태에서 빠른 속도로 수면으로 올라오는 일을 아무렇지도 않게 해낸다는 사실이다. 사람이 이런 행동을 취한다면 격심한 잠수병을 겪게 될 것이다. 잠수병이란 수압이 높은 물 속에서 머물다가 빠르게 수면 위로 떠올랐을 때 몸에 가해지던 압력이 줄어들면서 혈액 속의 질소가스가 거품으로 끓어올라 혈관을 막아버리기 때문에 생기는 병으로 근육과 관절의 통증, 현기증, 구토, 호흡곤란, 쇼크 따위의 증상을 동반하며 심할 경우 목숨을 앗아가기도 한다. 그러나 돌고래의 경우에는 잠수를 하는 동안 폐 속에 들어 있던 질소가스를 기관 쪽으로 밀어내어 아예 혈액 속으로 녹아들지 못하게 하므로 물 속을 마음대로 오르내리면서도 잠수병에 걸리지 않는 것이다.

　돌고래는 날렵한 유선형의 몸체와 넓적한 꼬리지느러미, 그리고 강력한 허리근육을 이용해서 물 속을 매우 빠른 속도로 헤엄친다. 돌고래의 최고 속도는 시속 40킬로미터 정도로 알려져 있는데, 이는 물고기들의 평균속도를 훨씬 넘어서는 수치다. 놀라운 것은 이뿐만이 아니다. 돌고래는 빠른 속도를 유지하면서도 몇 시간이고 계속해서 헤엄칠 수 있다. 속도가 빨라질수록 마찰력은 기하급수적으로 증가한다. 마찰력을 이기고 빠른 속도로 오랫동안 헤엄치기 위해서는 엄청난 체력이 요구된다. 그런데도 막상 돌고래가 헤엄치는 모습을 보면 전혀 힘들어하는 기색이 없다. 그 비밀은 돌고래의 피부에 있다. 돌고래의 피부는 매끈한 것이 아니라 약간 울퉁불퉁하고 탄력

◉ 수영의 명수 돌고래는 날렵한 유선형의 몸체와 넓적한 꼬리지느러미, 그리고 강력한 허리근육을 이용해서 물 속을 매우 빠른 속도로 헤엄친다.

이 있는 구조로 되어 있다. 이러한 피부의 구조가 헤엄칠 때 몸 주위에서 발생하는 불규칙한 와류와 마찰력을 획기적으로 줄여주기 때문에 돌고래는 힘을 적게 들이면서도 빠른 속도로 헤엄칠 수 있는 것이다.

돌고래의 눈은 크기가 작은 데다 멀리 있는 것을 제대로 볼 수 없는 근시안이다. 후각도 극히 미약해서 없는 것이나 마찬가지다. 그러나 돌고래는 이 두 감각기관의 약점을 충분히 보상하고도 남을 만큼 예민한 감각기관을 지니고 있는데, 그것은 바로 청각기관이다. 돌고래는 고도로 발달한 청각기관과 초음파를 만들어낼 수 있는 특수한 신체구조를 이용해서 주위를 탐색한다. 박쥐처럼 자신이 내보낸 초음파가 대상물에 부딪쳐 되돌아오는 것을 듣고 그 물체의 모양과 위치를 알아내는 것이다. 이러한 감각은 눈을 가린 상태에서도 자유롭게 장애물을 피할 수 있으며, 땅속에 몸을 숨긴 먹이까지 간단히 찾아낼 수 있을 정도로 예민하고 정확하다. 돌고래는 초음파 외에도 여러 가지 소리를 내어 서로간에 의사소통을 행하는 것으로 알려져 있다. 돌고래의 언어를 연구하는 학자들도 있는데, 만약 이들의 작업이 성공을 거둔다면 우리는 바다에서 새로운 동료를 얻게 될 것이다.

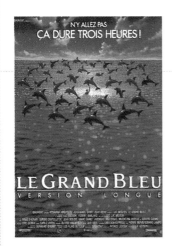

● 영화 〈그랑블루〉 돌고래의 언어를 연구하는 학자들도 있는데, 만약 이들의 작업이 성공을 거둔다면 우리는 바다에서 새로운 동료를 얻게 될 것이다.

＊ 선체의 표면을 돌고래의 피부와 비슷하게 처리함으로써 고속정을 만들려는 시도가 오래 전부터 행해져 왔다.

『현산어보』의 목차

『현산어보』의 한계를 논하면서 고래를 어류로 분류한 것을 비판하는 사람들이 많다. 그러나 실제로 정약전이 고래를 물고기로 보고 있었는지는 확실하지 않다. 정약전은 상괭이의 꼬리지느러미가 보통 물고기와 달리 가로로 펼쳐져 있음에 주목했다. 또한 상괭이의 내장 구조가 개를 닮았다는 점을 분명히 밝혔고, 태생이며 젖을 먹고산다는 사실도 제대로 인식하고 있었다. 정약전이 고래를 어류로 분류했다는 것은 분명한 사실이다. 그러나 이것을 세심하지 못한 관찰에서 비롯된 얼토당토않은 실수라고 생각하기보다는 단지 그가 동물을 나누었던 기준이 오늘날의 분류학자들과 달랐기 때문이라고 해석하는 것이 더욱 합리적인 판단이 아닐까?*

　물론 정약전이 보다 깊이 생각했더라면 어떤 특징이 학문적으로 더 중요한 것인지 깨달을 수 있었을는지도 모른다. 그러나 생물을 계통적으로 분류하기란 생각처럼 쉽고 간단한 일이 아니다. 잠시만 주변을 둘러봐도 수많은 생물들을 찾아낼 수 있으며, 그 목록만 해도 두꺼운 책 몇 권 분량에 이른다.

◉ 상괭이의 꼬리지느러미 정약전은 상괭이의 꼬리지느러미가 보통 물고기와 달리 가로로 펼쳐져 있음에 주목했다.

＊ 만약 정약전이 분류의 기준을 출산방식과 수유로 잡았다면 분명히 고래를 포유류에 집어넣었을 것이다.

이웃 지역, 이웃 나라로 시야를 넓혀 나가면 상황은 더욱 심각해져서 일일이 기록할 수조차 없는 천문학적인 수의 생물들을 만나게 될 것이다. 이토록 많은 생물들을 한꺼번에 나눌 수 있는 기준을 찾아내기란 생물에 대한 초보적인 지식만을 가지고 있었던 정약전으로서는 힘든 일일 수밖에 없었다.

시대와 장소를 막론하고 항상 생물학은 동식물을 일정한 기준에 따라 나누는 것으로부터 시작된다. 그 이유는 생물이나 생명현상 자체가 지나치게 복잡하고 이해하기 힘든 대상이기 때문이다. 오늘날 우리는 1,464개의 별들을 분류해 놓은 천상열차분야지도나 『칠정산』의 역법체계를 보고 감탄을 금치 못한다. 그러나 생물에 비한다면 별은 차라리 다루기 쉬운 대상이다. 옛사람들의 입장에서 별은 하늘에 붙박여 빛나는 하나의 점일 뿐이었다. 별들 하나하나의 특징은 알아낼 수도 없었고, 또 중요한 관심사도 아니었다. 다만 적당히 방위를 나누고 가까이 있는 것들끼리 묶어 이름을 붙이기만 하면 하늘의 지도를 만들어낼 수 있었다. 행성이나 혜성처럼 이리저리 움직이는 천체도 있었지만 이것 역시 큰 문제가 되지 않았다. 이동하는 경로와 나타나는 시기에 일정한 규칙이 있었기 때문이다. 그러나 생물은 수가 많을 뿐만 아니라 종마다 매우 다른 형태를 가지므로 그 기준을 정하기가 매우 까다로웠다. 또한 천구나 행성의 움직임처럼 간단한 자연법칙을 따르지도 않았다. 천문학자들은 간단한 프로그램을 돌려 몇 천 년 전 혹은 몇 천 년 후의 일식과 월식, 태양과 행성의 위치까지 정확히 알아낼 수 있지만 생물은 잠시 후에 어떤 행동

◉ 천상열차분야지도 생물에 비한다면 별은 차라리 다루기 쉬운 대상이다. 옛사람들의 입장에서 별은 하늘에 붙박여 빛나는 하나의 점일 뿐이었다. 별들 하나하나의 특징은 알아낼 수도 없었고, 또 중요한 관심사도 아니었다. 다만 적당히 방위를 나누고 가까이 있는 것들끼리 묶어 이름을 붙이기만 하면 하늘의 지도를 만들어낼 수 있었다.

을 취할지조차 전혀 예측할 수가 없다. 생물의 세계는 마냥 복잡하고 혼란스러울 뿐이다.*

이러한 상황에서 초창기의 생물학자들이 할 수 있는 일이라고는 정약전이 그랬던 것처럼 백과사전 식으로 각 생물을 나누고 그 특징을 기술하는 정도에 그칠 수밖에 없었다. 그러나 생물을 적당한 기준에 따라 분류하고 그 생태적 특징을 연구하는 것은 그 자체만으로도 꽤 실용적인 일이었다. 먹는 것과 못 먹는 것을 가리고, 동식물이 서식하는 곳과 습성을 파악하는 일은 생존을 위해 필수적이었으므로 오랜 세월 여러 사람들에 의해 끊임없이 시도되어 왔다.

생물학은 동서양 모두 실용적인 목적의 분류학에서 시작되었지만, 특히 동양에서는 실용성을 극단적으로 강조하는 본초학으로 발전하게 된다. 본초란 식물계, 동물계, 광물계에서 얻어진 물질을 뜻하며, 본초학은 질병치료에 쓰이는 본초를 연구하는 학문을 의미한다. 명나라 때 만들어진 『본초강목』은 본초학 최고의 명저 중 하나다. 이시진은 이 책을 만들기 위해 고서 800여 종을 섭렵했다. 또한 명의와 학식 있는 선비들을 만나고, 지방마다 특색 있는 약물을 수집하기 위해 중국 각지를 헤매고 다녀야 했다. 결국 원고를 고치는 일만 세 차례나 반복하는 등 30여 년 각고의 노력을 기울인 끝에서야 이 책을 완성할 수 있었다.

『본초강목』에는 총 1,892종의 약물이 기재되어 있다. 이 정도로 많은 항목 중에서 자기가 원하는 내용을 쉽게 찾아내기 위해서는 생물종을 어떤 기

---

* 현대의 생물학자들도 아직 생명을 정의하는 것조차 힘들어한다. 다만 '복잡한 구조로 되어 있다', '물질대사 능력이 있다', '자극에 반응한다', '생식능력이 있다', '진화한다' 등 생명이 가지는 몇 가지 특징을 나열만 할 수 있을 뿐이다.

준에 따라 각각의 분류군으로 묶어놓아야 할 필요가 있다. 『본초강목』에서는 전통적인 방식에 따라 생물들을 초부草部 · 곡부穀部 · 채부菜部 · 과부果部 · 목부木部 · 충부蟲部 · 인부鱗部 · 개부介部 · 금부禽部 · 수부獸部 · 인부人部 등으로 나누었다. 중국의 분류체계를 본받은 우리 나라에서도 상황은 비슷했다. 『동의보감』에서는 곡穀 · 인人 · 금禽 · 수獸 · 어魚 · 충蟲 · 과果 · 채菜 · 초草 · 목木 등으로 생물을 분류했고, 『재물보』에는 동물을 우충羽蟲 · 모충毛蟲 · 인충鱗蟲 · 개충介蟲 · 곤충昆蟲의 다섯 무리로 나누었다. 『물명고』에서는 동물을 유정류有情類로, 식물을 무정류無情類로 나눈 다음 유정류에는 곤충昆蟲 · 수류獸類 · 수족水族 · 우충羽蟲 등을, 무정류에는 풀 · 나무 등을 놓았다. 『전어지』에서는 수산동물을 강어江魚와 해어海魚로 나누고, 해어를 다시 인류鱗類 · 무린류無鱗類 · 개류介類로 나누었다.*

정약전이 생물을 어떻게 나누고 있었는지에 대해서는 『현산어보』의 목차를 살펴보면 잘 알 수 있다. 『현산어보』에는 1권 72, 2권 109, 3권 45 총 226개의 표제항목이 나와 있으며, 전체적인 분류방식은 다음과 같다.

인류(비늘이 있는 종류)

조기류, 숭어류, 농어류, 도미류, 준치류, 고등어류, 청어류, 상어류, 볼락류, 넙치류, 망상어류, 갈치류, 삼치류, 성대류, 날치류, 노래미류, 전어류, 병어류, 멸치류, 망둑어류

무린류(비늘이 없는 종류)

---

* 생물을 분류하는 방법으로는 사람의 편의에 따라 인위적으로 나누는 방법과 진화적 · 계통적으로 가까운 친척들끼리 묶어서 나누는 두 가지 방법이 있다. 앞의 방식을 인위분류, 뒤의 방식을 자연분류라고 하는데 자연분류가 인위분류보다 과학적인 분류방법이다. 『본초강목』 등에서 나누어놓은 분류군들을 살펴보면 각 분류군에 속해 있는 생물들이 다른 분류군에 속해 있는 생물들보다는 계통적으로 가까운 경우가 많다는 사실을 알 수 있다. 그러나 이것을 두고 자연분류를 따랐다거나 특별히 과학적이었다고 평가할 수는 없을 것 같다. 예전에는 해부학적 지식이 미비하고 진화에 대한 개념이 없었기 때문에 정확한 계통 · 유연관계를 알아낸다는 것은 거의 불가능에 가까웠다. 기껏 할 수 있는 일이라고 해봐야 그저 모양이 비슷한 것들끼리 대충 같은 부류로 묶어놓는 방법밖에 없었는데, 대개 가까운 종류일수록 모양이 비슷한 경우가 많기 때문에 그 결과가 비록 유치한 수준이지만 자연분류 방식으로 나타나게 된 것으로 보인다.

가오리류, 뱀장어류, 꼼치류, 복어류, 오징어류, 문어류, 상괭이류, 물개류, 육각복류, 새치류, 뱅어류, 꽁치류, 삼천발이류, 해파리류, 고래류, 새우류, 해삼류, 군소류, 미더덕류

개류(단단한 껍질이 있는 종류)

거북류, 게류, 전복류, 조개류, 꼬막류, 맛류, 홍합류, 굴류, 고둥류, 성게류, 군부류, 불가사리류

잡류(기타)

갯지렁이류 · 갯강구류, 바다물새류, 바다포유류, 해조류

정약전의 분류체계는 『본초강목』이나 다른 책들의 분류체계보다도 훨씬 간단한 편이다. 비늘의 유무, 단단한 껍질의 유무에 따라 분류군을 크게 나눈 다음 나머지를 모두 잡류로 처리해버렸다. 흑산도에서 나는 생물종이라고 해봐야 얼마 되지도 않는데, 굳이 복잡하게 나누어야 할 필요성을 느끼지 못한 것인지도 모르겠다. 그러나 정약전의 관심이 생물을 분류하는 것보다는 개개 생물들의 특징과 쓰임새를 정리하는 일에 쏠려 있었다는 사실을 되짚어 보는 것이 중요할 것 같다. 만약 정약전이 분류에 관심을 기울였다면 조개와 게를, 꽁치와 해삼을 같은 분류군에 넣고 물새와 포유류, 해초류를 한데 묶어 잡류로 처리해버리는 식의 성의 없는 행동은 취하지 않았을 것이다.

분류방식이 유치하다고 해서 정약전의 역량을 과소평가할 필요는 없다.

● 이시진과 『본초강목』 명나라 때 만들어진 『본초강목』은 본초학 최고의 명저 중 하나다.

정약전은 큰 범위에서와는 달리 세부적인 분류에서는 꽤 정밀한 모습을 보이고 있기 때문이다. 간혹 오류가 존재하기는 하지만 조기류 · 도미류 · 볼락류 등을 더 작은 단위로 분류해 놓은 것을 보면 지금도 그대로 통용될 수 있을 만큼 정확한 통찰력을 느낄 수 있다. 정약전이 분류에 큰 관심을 기울이지 않았던 것은 개인적인 능력이 부족했기 때문이 아니라 당시 조선 사회에 축적되어 있던 생물학적 지식기반이 일천했고, 전반적인 학문풍토가 수준 높은 자연분류를 요구하지 않았기 때문이었다.

아리스토텔레스에서 린네까지

정약전보다도 2,000년 이상이나 앞선 시기에 이미 고래를 포유류에 집어넣은 사람이 있었다. 고대 그리스 최대의 철학자로 불리는 아리스토텔레스가 바로 그 주인공이다.[*] 아리스토텔레스의 업적은 미치지 않은 바가 없을 만큼 광범위하지만 생물학 분야에서도 그의 업적은 독보적이다.[**] 아리스토텔레스는 동식물의 구조를 이해하기 위해 해부와 관찰을 반복했고, 수정된 달걀을 시기별로 관찰하여 병아리 배아의 발육과정을 알아냄으로써 해부학과 발생학의 창시자가 되었다. 서양에서 체계적인 생물분류를 최초로 시도한 사람 또한 아리스토텔레스였다. 그의 분류법은 17세기 린네가 『동식물 분류표』를 발표하기 전까지 가장 널리 받아들여지던 것이었다.

아리스토텔레스의 분류법은 그의 저서 『동물의 발생에 대하여』에 잘 나타나 있다.

[*] 정약전은 아리스토텔레스보다 훨씬 후대에 태어났지만 사실 생물을 연구하는 데 있어서는 그다지 유리한 점이 없었다. 아리스토텔레스는 어려서부터 플라톤의 문하에 들어가 높은 수준의 강의를 들으며 성장했고, 관심사가 다양한 수많은 동료, 선배학자들과 토론을 하며 지식과 생각의 폭을 넓힐 수 있었다. 헬레니즘제국을 건설한 알렉산더의 스승이었던 덕분에 많은 인력을 동원하여 자료를 수집하거나 엄청난 양의 개인적인 장서를 갖추는 일도 가능했다. 이에 비해 정약전은 자연과학의 불모지나 다름없던 조선 땅에서 태어나 서양으로부터 들여온 얼마 되지 않는 서적이나 몇몇 선배학자들의 저술과 조언 외에는 과학에 대한 어떤 종류의 기초교육도 받을 수 없었다. 게다가 자유로운 의사표현마저 제한받는 폐쇄적인 학문풍토 속에서 남과 다른 생각을 가졌다는 이유만으로 정통에 도전하는 이단자로 몰려 외딴 섬의 유배지에서 생을 마쳐야 했다.

[**] 실제로 아리스토텔레스는 생물학의 시조라고 불리며, 그가 남긴 저작 중에서도 생물학이 가장 큰 부분을 차지한다.

유혈동물(ENAIMA) : 빨간 피가 있고, 태생 또는 난생하는 동물

1. 태생	인간	
	고래류	
	태생의 네발동물	· 아래턱에 앞니가 있고 발굽이 벌어진 되새김질하는 동물
		· 발굽이 벌어지지 않은 동물

2. 난생 (때로는 난태생)	조류 — 발톱이 있는 맹금류, 물갈퀴가 있는 물새류, 비둘기류, 제비류, 기타
	양서류 · 파충류의 대부분
	뱀류
	어류

무혈동물(ANAIMA) : 빨간 피가 없고 태생, 구더기 또는 출아하는 동물

1. 난생 — 오징어 · 문어류, 새우 · 게류
2. 애벌레로 태어나는 것 — 곤충 · 거미 · 전갈류
3. 생식 점액, 출아나 자연발생하는 것 — 조개 · 고둥류
4. 자연발생하는 것 — 해면 · 해파리류

위의 분류체계를 보면 쉽게 수긍할 수 없는 부분들이 눈에 많이 띈다. 아리스토텔레스가 묶어놓은 분류군 속에는 전혀 무관한 동물들이 함께 들어 있는 경우가 많으며, 피의 색깔을 생물을 나누는 가장 큰 기준으로 삼은 것이나 자연발생설을 도입한 것 또한 크나큰 잘못이다. 그러나 이러한 여러 가지 문제점들에도 불구하고 아리스토텔레스의 분류법이 동양의 분류법보다 훨씬 체계적이고 세분화된 것이라는 점은 누구도 부인할 수 없다.*

아리스토텔레스가 생물의 분류에 힘을 기울인 데는 나름대로의 이유가 있었다. 그는 세상 만물을 위계에 따라 나누고 싶어했다.** 자신의 철학을 완성하기 위해 모든 생물들을 일정한 위계에 집어넣으려 했고, 보다 정밀한 위계를 정하려다 보니 더욱 세밀한 분류체계가 필요했던 것이다. 동양에서도 생물의 위계에 대한 개념이 없었던 것은 아니다. 그러나 자연을 존중하는 불교나 도교의 영향 때문이었는지 아리스토텔레스처럼 생물 전반에 걸쳐 위계를 나누려는 시도는 나타나지 않았다.***

아리스토텔레스에 의해 싹을 틔운 분류학은 생물학자들의 활동무대가 세계 곳곳으로 확장되면서 전환기를 맞게 된다. 이전에 밟아보지 못했던 미지의 땅에서 마주친 온갖 종류의 새로운 생물들은 그냥 늘어놓기에는 그 수가 너무나 방대했다. 어떤 식으로든 새롭게 정리해야 할 필요가 있었다. 이 작업을 해낸 사람이 바로 '린네'였다. 린네는 분류상의 기본단위인 종을 나타내는 학명체계를 고안해냈고, 이명법이라고 불리는 이 새로운 명명법은 종 표시를 간단하게 만들어 분류학의 발전에 매우 중요한 역할을 하게 된다.

* 아리스토텔레스의 분류법은 지금 우리가 사용하는 이원분류표를 연상시킬 만큼 체계적으로 구성되어 있다. 예를 들어 구렁이가 어디에 속하는지 알고 싶으면 먼저 피의 색깔을 살핀다. 구렁이의 피는 붉으므로 '유혈동물'로 간다. 이어서 새끼를 낳는지 알을 낳는지 살핀다. 구렁이는 알을 낳으므로 '2.난생'으로 간다. 구렁이가 이 중에서 다리가 없고 배로 기어다니는 '뱀류'에 속한다는 점은 누구나 쉽게 알아차릴 수 있을 것이다.
** 아리스토텔레스는 생물을 영혼의 등급에 따라 '자연의 계단' 혹은 '분류사다리'라고 부르는 구조 속에 순서대로 배치했다. 사다리의 맨 꼭대기에는 인간이, 인간 밑으로는 포유류가, 그 밑으로는 고래류·파충류·어류·문어와 오징어·곤충류·연체동물류·식물 등이 차례대로 배열되어 있다.
*** 동양에서 분류학이 크게 발달하지 않은 보다 근본적인 이유는 앞에서도 말했지만 처음부터 생물을 분류하는 일 자체가 질병치료를 위한 실용적 목적에서 발달해왔기 때문이다. 만약 아리스토텔레스가 행한 정도의 오

이명법의 핵심은 생물학적으로 비슷한 종을 같은 속屬으로 묶는다는 데 있었다. 이는 곧 자연분류를 의미했고, 다윈이 진화론을 주장한 이후 생물들 간의 근연관계나 진화순서에 대한 관심이 높아지면서 이명법의 위력은 더욱 빛을 발하게 된다.

린네가 『자연의 체계』에서 식물분류법의 개요를 밝힌 때는 1758년, 바로 정약전이 태어난 해였다. 정약전이 서양의 분류체계를 접했더라면 어떤 일이 벌어졌을까? 아리스토텔레스의 분류방식을 보았다면 정약전은 주저없이 고래를 포유류에 집어넣었을 것이다. 린네의 저서를 읽었더라면 『현산어보』에 등장하는 많은 생물들이 이명법에 따른 새로운 이름을 갖게 되었을 것이다. 그랬다면 200년 전 학계에 보고된 해양생물들의 목록에서 'hyunsan-(玆山)'이라는 이름을 발견하는 꿈 같은 일도 기대해볼 수 있지 않았을까? 그러나 아쉽게도 이런 일은 일어나지 않았다.

류를 인정한다면 동물을 비슷한 부류끼리 묶어나가는 것이 아주 힘든 일은 아니다. 그러나 생물을 적당히 나누어 놓았다가 필요한 때 꺼내어 활용하기만 하면 되었던 동양에서는 생물의 분류에 특별히 힘을 기울일 필요가 없었다. 요는 분류가 아니라 생물 하나하나의 약성이었다. 정약전이 느슨한 분류체계를 사용한 이유도 그가 이러한 동양의 실용적 분류에 익숙해 있었기 때문일 것이다.

＊ 1권 233페이지에서 이명법과 비견될 만한 정약전의 작명법을 자세히 다룬 바 있다.

＊＊ 학명에 발견자나 발견장소를 딴 이름이 붙여지는 경우는 흔한 일이다.

장골에 밀리는 물고기들

물고기 사진을 하나씩 확인하던 중 붕장어가 나왔다.

"이게 장어네. 우리는 붕장어라 안 하고 그냥 장어라 그랍니다. 붕장어는 시커멓고 큰 걸 붕장어라고 부르지요. 먹장어라고 부르기도 하고요. 개장어는 따로 있습니다. 이빨이 삐죽삐죽한데 뼈가 많고 맛도 없습니다요."

박동수 씨는 붕장어를 이곳에서는 그냥 장어라고 부르며, 그 중에서 특별히 큰 놈을 붕장어라는 이름으로 부른다고 했다. 그리고 장어 앞에 붙는 '붕'이라는 접두어를 크다는 뜻으로 해석했다. 붕장어의 크기를 묻자 길이가 2미터에 굵기는 어른 허벅지만큼 된다면서 뼘을 펼쳐 보였다.

"엄청나게 큽니다. 장골에 밀리면 지게로 지고 오는데 예전에 아버지가 주워온 걸 동네사람들이 잘라서 다 나눠 먹은 적도 있었습니다요. 일반장어하고 거의 똑같이 생겼습니다요. 별 차이 없는데 색깔이 약간 더 짙어요. 크니게 붕장어라 그라겠지요."

대둔도의 장복연 씨와 신지도의 송문석 씨도 비슷한 말을 했다.

"붕장어 있제. 장어는 장언데 한 발 이상 되고 몸뚱이가 거의 이만큼(거의 세 뼘 이상은 되어 보였다) 가는 거여. 기름기가 많어라. 또 이거 먹으면 허물 벗겨진다는 말도 있어라. 장어가 기름이 차면 물 우로 떠오른다 그라는데 그때 한 번 잡아본 적이 있어. 등은 거무스럼하고 배는 희제. 개장어. 우리는 갯장어라 안 그러고 개장어라 그라제. 가시 많은 거. 그놈한테 물리면 손이 나간다 그래. 이놈도 두어 발 나가는 놈이 있는데 붕장어하고는 틀려."

"보통 붕장어를 참장어, 아주 큰 놈을 붕장어라고 부릅니다."

오랫동안 묵혀두었던 의문 하나가 풀리는 순간이었다. 『현산어보』에는 해만리, 해대리, 견아리 등 세 가지 종류의 장어가 나온다. 견아리는 갯장어가 분명하고, 해대리도 속명 그대로 붕장어라고 보면 되지만 해만리는 정체가 분명하지 않은 종이었다. 앞에서는 해만리의 후보로 뱀장어를 들었지만 이 같은 추정에는 무리가 따른다. 뱀장어의 한자 이름이 만리어인데 따로 '해' 자를 붙여 해만리로 써놓은 이유나 10여 자에 달한다고 한 해만리의 크기를 제대로 설명할 수 없기 때문이다. 그렇지만 만약 박동수씨의 말처럼 붕장어의 일반형을 해만리로, 특대형을 해대리, 즉 붕장어로 본다면 모든 문제가 한꺼번에 해결된다. 해만리는 바다에 사는 뱀장어란 뜻으로, 해대리는 바다에 사는 큰 뱀장어란 뜻으로 해석할 수 있게 되는 것이다.

"장골에 붕장어 말고도 밀리는 게 있나요?"

"안 밀리는 게 없습니다요. 온갖 고기가 다 밀립니다. 옛날에는 총두리상

● **환도상어** "옛날에는 총두리상어도 많이 밀리고 그랬는데. 그거는 장골에 밀리면 지게로 지고 오기도 하고 후리그물로도 잡습니다."

어도 많이 밀리고 그랬는데. 그거는 장골에 밀리면 지게로 지고 오기도 하고 후리그물로도 잡습니다요."

"총두리상어가 그렇게 얕은 데까지 온다구요?"

"예, 요새는 없는데 옛날에는 많았습니다요. 요만(한아름)한데 살아 있을 때는 꼬리로 탁탁 칩니다요. 맛있습니다."

환도상어가 먹이가 되는 물고기 떼를 쫓아 얕은 곳까지 들어오는 장면이 머릿속에 그려졌다.

"오지가마구 같은 것도 많이 밀립니다. 그거는 노린내가 나서 먹을 게 아닙니다. 옛날에는 배가 고팠으니까 먹었제. 겨울에 많이 밀립니다. 아, 또 상괭이도 많이 밀립니다요. 오늘도 낮에 후리질하다 보니께 상괭이가 몇 마리 밀려 있던데."

"네? 상괭이가 밀려 있다구요?"

"예에, 몇 마리는 모래에 파묻혀 있고, 저 장골 끝에 밀린 거는 싱싱해서 당장 먹어도 되겠던데요."

상괭이가 밀렸다면 꼭 확인해보고 싶은 것이 있었다. 당장 달려가고 싶었지만 밖을 내다보니 날이 이미 어두웠다. 성촌에 올 때 아무 말 없이 왔기 때문에 걱정하고 있을 듯해서 그만 일어서기로 했다. 사실 그때 박화진 씨는 사람이 없어졌다고 진리에까지 전화를 돌리고 있었다.

모래산에서

모래산에서 바라본 달

박동수 씨와 마신 한 '사발'의 술로 알딸딸한 기분이 되어 밤길을 나섰다. 손전등 없이 갯바위 쪽으로 질러가기란 매우 위험한 일이어서 반대편 모래 언덕을 넘기로 했다. 주위를 식별하는 일은 그리 어렵지 않았다. 하얀 모래 밭이 달빛을 받아 희미하게 빛나고 있었기 때문이다. 한 걸음 한 걸음 모래 언덕을 올랐다. 달이나 화성의 밤나들이가 이런 느낌일 터이다. 먼지 같은 모래와 곳곳에 널린 돌조각들. 새삼 폐를 가득 채우는 산소가 고맙게 느껴진다. 심호흡을 크게 한 번 하고 곧 사라질 발자국들을 줄줄이 남기며 몸을 움직였다.

정상부에 가까워지면서 돌탑들이 하나둘 모습을 드러내기 시작했다. 돌탑들은 검은 하늘을 배경으로 멀리 돈목 군부대에서 비추는 등불을 받아 희미하게 빛나고 있었다. 잠시 걸음을 멈추고 탑을 바라본다. 사람이 만들어 낼 수 있는 건축물 중에서 가장 간단한 것이 바로 탑이다. 탑은 간단하면서도 많은 뜻을 담고 있다. 단지 돌멩이 몇 개를 중력의 반대방향으로 쌓아올

● 달 달이 교교한 빛을 내뿜으며 떠오르고 있었다. 공중에 떠 있는 커다란 땅덩어리가 마그리뜨의 그림처럼 신비로운 느낌을 불러일으킨다.

리는 것만으로도 특별한 의미를 갖게 된다. 마을 입구든 깊은 산속이든 차곡차곡 쌓여가는 돌탑은 사람들에게 자신이 서 있는 곳이 인간의 영역임을 일깨워 편안한 안도감을 느끼게 한다. 세월이 흘러가면 탑은 신앙의 대상이 되고, 갖가지 신비로운 전설들로 자신을 치장하여 사람들의 궁금증을 자아낸다. 누가 쌓았을까? 어떤 이유로 쌓았을까?

달이 교교한 빛을 내뿜으며 떠오르고 있었다. 공중에 떠 있는 커다란 땅덩어리가 마그리뜨의 그림처럼 신비로운 느낌을 불러일으킨다. 옛 사람들이 느꼈던 신비감은 더욱 컸으리라. 우리 선조들은 어렸을 때부터 달에 계수나무와 방아 찧는 토끼가 살고 있다는 이야기를 들으며 자랐다. 그리고 달 표면의 거무스름한 얼룩무늬를 보고는 계수나무와 토끼를 떠올렸다. 사실 이 이야기는 중국의 신화와 관계가 있다.

항아라는 여신이 있었다. 항아는 남편이 서왕모로부터 얻은 불사약을 훔쳐먹고 몸이 가벼워져 둥둥 떠올라 달에 이르게 되었다. 그러나 저주를 받아서인지 몸이 점점 오그라들어 두꺼비가 되고 만다. 달 표면에 얼룩진 검은 무늬는 항아가 변한 두꺼비의 모습이다.

이 이야기는 두꺼비 대신 토끼를 등장시키기도 하고, 이 토끼에게 방앗공이를 들리기도 하면서 여러 가지 형태로 분화해 나갔다. 고구려 고분벽화의 한 장면에도 달에 그려져 있는 두꺼비가 나온다. 항아에 대한 전설 중 하나

● 항아와 두꺼비 항아는 남편이 서왕모로부터 얻은 불사약을 훔쳐먹고 몸이 가벼워져 둥둥 떠올라 달에 이르게 되었다. 그러나 저주를 받아서인지 몸이 점점 오그라들어 두꺼비가 되고 만다. 달 표면에 얼룩진 검은 무늬는 항아가 변한 두꺼비의 모습이다.

가 우리 나라에 전해졌던 모양이다. 어떤 이는 다른 의견을 제시하기도 한다. 항아 전설이 원래 우리 선조들로부터 유래했다는 것이다. 중국에서는 우리 민족을 동쪽의 활을 잘 쏘는 민족이라고 해서 동이족東夷族이라고 불렀다.* 항아의 남편은 활의 명수인 예羿였는데, 때로는 이예夷羿라고 불리기도 했다. 이는 항아와 그의 남편 예가 모두 동이족이었음을 암시한다. 위 전설의 앞 장면에는 예가 서왕모로부터 불사약을 얻게 된 사연이 나온다. 전설상의 임금 요는 어느 날 한꺼번에 열 개의 해가 나타나자 하늘에 빌어 예를 불러들였다. 인간세상으로 내려온 예는 활을 쏘아 아홉 개의 해를 떨어뜨렸고, 하늘은 마침내 정상을 되찾았다. 중국인 학자 하신은 이를 잘 들어맞지 않던 중국의 역법을 동이족인 예가 와서 고쳐준 것을 신화화한 것이라고 해석한다. 사실이야 어찌 됐든 해와 달이 모두 우리 선조들과 관계 있다고 생각하면 하루하루의 삶이 더욱 풍요롭게 느껴질 것이다.

자연에 대한 지식이 깊어가면서 중국 사람들은 달 표면의 얼룩을 다른 관점으로 보기 시작했다. 매끈한 달의 표면에 지구의 산천이 비쳐서 얼룩덜룩하게 보인다는 설명이 등장한 것이다. 홍대용도 이와 같은 의견을 받아들였다. 허무맹랑한 얘기처럼 들리지만 신화적인 설명에서 벗어나 자연을 있는 그대로 바라보기 시작했다는 점에서 중요한 인식의 변화였다. 지금은 누구나 달의 무늬가 달 표면이 울퉁불퉁하기 때문에 나타난다는 사실을 알고 있지만 이렇게 설명할 수 있게 된 것은 인류가 망원경을 발명하여 달의 표면을 자세히 관찰하게 된 이후의 일이었다.**

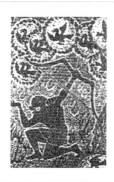

● **활의 명수** 전설상의 임금 요는 어느 날 한꺼번에 열 개의 해가 나타나자 하늘에 빌어 예를 불러들였다. 인간세상으로 내려온 예는 활을 쏘아 아홉 개의 해를 떨어뜨렸고, 하늘은 마침내 정상을 되찾았다.

* '이夷'는 사람이 활을 들고 있는 모습을 형상화한 글자다.

** 일찍부터 과학이 발달한 서양에서도 과학혁명이 일어나기 전까지는 달 표면에 지형적인 굴곡이 있으리란 생각은 하지 못했다. 그 대신 달이 천상계에 속하므로 둥글고 매끈한 표면을 지녀야 하지만 땅과 가까운 탓에 추한 얼룩이 생기게 되었다는 설명이 널리 받아들여지고 있었는데, 여기에 비하면 오히려 동양 쪽의 설명이 훨씬 과학적이다.

이익은 홍대용과 거의 비슷한 시기에 달이 얼룩져 보이는 이유가 표면에 굴곡이 있기 때문이라는 주장을 펼친 바 있다.

지구의 경우 높은 곳이 산이 되고 낮은 곳은 바다가 되는데, 달 또한 이와 마찬가지라고 생각된다. 밝은 곳에는 물이 모여 있고, 약간 어두운 곳에는 땅이 솟아 있는데, 여기에 햇빛이 비친다면 물이 있는 곳은 밝아 보이고, 땅이 있는 곳은 어두워 보일 것이다. 어떤 이는 어두운 곳을 달 표면에 비친 지구 산하의 그림자라고 설명한다. 주자의 천문 주석에서도 이 말을 좇았는데 꼭 그렇지는 않을 듯하다

이익의 저서를 탐독한 정약전도 달에 대해 상당히 선진적인 견해를 가지고 있었을 것으로 추측된다. 정약전은 달이 스스로 빛을 내는 것이 아니라 태양의 빛을 받아 빛난다는 사실도 이해하고 있었을 것이다. 다음은 『성호사설』에 나오는 내용이다.

해는 양이요 달은 음이다. 음은 양에 예속되어 있기 때문에 해가 낮에 운행하면 달이 밤에 밝게 된다. 해가 아니면 달은 밝은 빛을 낼 수 없다. 달 자체는 본시 어두운 것인데 햇빛을 받아서 밝게 빛나는 것이다.

달이 태양빛을 반사하여 밝게 보인다는 것을 이해한다면 달이 차고 기우

는 것도 태양과 달의 위치관계 때문이라는 사실을 추론해낼 수 있다. 정약용이 인용한 왕칭의 시로부터 당시 사람들이 이러한 사실을 어느 정도 이해하고 있었음을 짐작할 수 있다.

둥근 넋 햇빛 받아
예부터 차고 기움이 없네
사람들에게 초승과 그믐 보이려
몸 기울여 죽었다 살았다 하네
두꺼비가 빛을 잃고
토끼가 그 모습을 감추누나
어떻게 하면 하늘 끝에 올라가
천지의 정기 한눈에 볼 수 있을까.

본래 천체에 관심이 많았던 정약전도 당연히 이 내용에 관심을 기울였을 것이다. 혹시 왕칭처럼 우주 공간에서 태양과 달을 내려다보는 자기 자신의 모습을 그려보지는 않았을까.

조수론

잔잔한 파도의 물결이 돈목 해변을 잠식해 들어오고 있었다. 달의 힘이다. 달의 인력이 바닷물을 들어올리고 있는 것이다. 지형에 따라서 갖가지 변수와 예외가 존재하지만 일반적으로 달이 중천에 떠 있으면 만조가 되고 수평선이나 지평선 근처에 머물러 있으면 간조가 된다. 서기 23년 로마에서 태어나 폼페이 시가 화산폭발로 폐허가 될 때 죽은 플리니우스도 이와 관련된 기록을 남기고 있다.

가장 경이적인 현상은 달과 태양에 의해 하루 동안 여러 가지 형태로 일어나는 밀물과 썰물이다. 달이 별과 함께 하늘로 떠오르면 밀물이 되고, 자오선을 지나 땅 밑으로 떨어지면 썰물이 된다. 그러나 떨어진 달이 지구의 반대편 자오선에 가까워지면 다시 밀물이 나타나게 된다.

달과 밀물·썰물의 관계는 우리 선조들에게도 오래 전부터 알려져 있었

● 플리니우스 고대 로마의 정치가·군인·학자로 당시의 예술·과학·문명을 집대성한 백과사전 『박물지』를 저술했다.

던 모양이다. 사리 마을에서도 이와 관련된 말이 전해 내려오고 있었다.

"달이 쪼그매도 이게 서산 끝머리 수평선 가까이에 걸려 있으면 썰물인 줄 알지라."

이익도 조수의 원리에 대해 나름대로의 의견을 제시한 바 있다. 특히 다음 이야기는 서양의 조수론을 언급한 것으로 그 내용이 상당히 재미있다.

옛날 아리사다阿利斯多라는 명사는 물리학을 연구했는데, 밀물의 이치만은 알 도리가 없어서 이를 조사하다가 마침내 물에 빠져 죽고 말았다. 그리하여 그 지방에서는 '아리사다가 밀물을 잡으려 했는데, 반대로 밀물이 아리사다를 잡았다' 라는 속담이 전해내려 온다.

세상 만물의 이치에 통달했던 대학자가 밀물과 썰물의 이치를 제대로 알지 못해 이를 연구하다 그만 물에 빠져 죽고 말았다는 것이다.* 이 이야기는 조수의 이치에 대한 이익의 호기심에 불을 지폈을 것이다. 그리고 그 관심은 정약전에게까지 이어지게 된다.

정약전은 달과 조수 사이의 관계에 대해 많은 고민을 했으며, 여러 차례에 걸쳐 정약용과 의견을 교환했다. 다음은 그가 정약용에게 보낸 편지의 일부다.

해변에서 살아온 지 이미 오래인데 조석潮汐의 왕래와 성쇠에 대해서는

---

* '아리사다라는 명사' 는 아리스토텔레스를 가리킨 것으로 보인다. 물론 아리스토텔레스는 물에 빠져죽지 않았다. 아마도 이익이 읽은 책에 이런 기사가 실려 있었던 모양이다.

도저히 이해할 수가 없네. 자네는 혹시 헤아려 아는 것이 있는가? 달이 지면地面 위로 올라오면 조수가 밀려오기 시작하고, 중천에 걸리면 물러가기 시작하며, 지면 아래로 내려가면 다시 밀려온다네. 달이 뜰 때 밀려오고 달이 질 때 또 밀려오는 것은 무슨 까닭인가? 초승달이 뜰 때 조수가 가장 크게 왔다가 상현달이 뜰 때 가장 작게 오고, 보름달이 뜰 때 가장 크게 왔다가 하현달이 뜰 때 가장 작게 오며, 그믐 때 다시 크게 오는데, 만월 때 크게 오고 그믐 때 크게 오는 것은 또 무슨 까닭인가?

중국의 성인들은 모두 서북 지방에서 태어났으므로 바닷물의 변화에 대해서는 일찍이 조사한 일이 없었고, 『주역』이 미묘한 이치를 담고 있지만 바다의 조수에 관해서는 조금도 설명한 바 없으니 이것이 후학들로서는 아쉽기만 하네.

당시 조수에 대해 민간에 널리 퍼져 있던 생각은 신화에 가까운 것이었다.

조수란 천지가 호흡하는 것이라 숨을 내쉴 때에는 마치 고래가 물을 내뿜는 것 같고, 숨을 들이마실 때에는 마치 술잔을 홀쩍 들이마시는 것과 같다.

고래는 배를 삼킬 만큼 거대한 몸집을 하고 있으며, 바다 밑의 깊은 굴 속에서 살아간다. 고래가 굴 밖으로 나오면 밀물이 되는데, 이를 경조鯨潮

라고 부른다. 이와는 반대로 굴에서 나오면 썰물이 되고, 굴속으로 돌아가면 밀물이 된다는 말도 있다. 조수에 때가 있는 이유는 고래가 시간에 맞추어 굴을 드나들기 때문이다.

민간에서의 신화적인 인식과는 달리 조선 후기 실학자들의 조수현상에 대한 이해는 이미 상당한 수준에 도달해 있었다. 정약전과 정약용 형제가 주고받은 편지를 보면 이 같은 사실이 잘 드러나 있다. 정약전이 질문한 내용의 요지는 다음과 같다.

조수가 생기는 원인이 달에 있다는 사실은 누구나 알고 있다. 그런데 상식적으로는 달이 뜨면 밀물이 되고 달이 지면 썰물이 될 것 같은데 실제로는 달이 뜰 때도 밀물, 달이 질 때도 밀물이 되니 도대체 어찌된 일인가?

정약용은 우선 달이 조수를 일으킨다고 가정하고 그 이유를 음양오행론적으로 설명했다.

달은 물의 근본 정기이다. 근본 정기의 빛이 물을 비추면 물이 감동되어 위로 솟구쳐 일어나게 된다.

달과 바닷물은 모두 물이므로 서로 쉽게 감응한다. 달빛이 바다를 비추면

이에 반응하여 물이 솟구쳐 오르기 때문에 밀물이 생긴다는 것이다. 달이 물을 끌어올린다는 것은 만유인력의 개념과 유사한 점이 있다. 그러나 정약용은 달의 인력이 바닷물을 끌어당기는 것을 바닷물이 달의 빛에 반응해서 저절로 올라가는 것으로 이해했다. 정약전이 궁금해했던 것은 왜 달이 뜨기 시작할 때와 지기 시작할 때 밀물이 시작되고, 남중했을 때 썰물이 시작되는가 하는 점이었다. 정약용은 이를 다음과 같이 해석했다.

물의 축적량이 많지 않으면 감동되는 정도가 크지 않다. 막 떠오른 달이 지평선의 경계에 이르러 수천 리의 바다를 옆으로 비추면 물의 축적량이 매우 많아져서 조수가 일어나게 된다. 달이 이미 높이 떠올라 위에서 아래로 바다를 비추게 되면 물의 축적량이 많지 못하여 조수가 쇠약하게 되고 바다의 깊이도 수리數里를 넘지 못한다. 달이 질 때가 되어 반대쪽 지평선에서 수천 리의 바다를 옆으로 비추면 물의 축적량이 매우 많아져 또다시 조수가 일어나게 된다. 그러나 달이 멀리 지구 아래편의 하늘로 들어가 버리고 나면 빛이 미치지 못하므로 조수가 쇠약해진다.

밀물이 되는 것은 달빛이 비치기 때문인데, 달빛이 바로 위에서 비치면 비추는 면적이 좁아서 힘이 약해지므로 썰물이 시작되고, 옆쪽에서 비치면 넓은 면적을 비추므로 보다 많은 물을 끌어올려 밀물이 시작된다는 설명이다. ⁕

⁕ 손전등을 들고 밤길을 걸어다닐 때를 생각하면 정약용의 말을 쉽게 이해할 수 있을 것이다. 손전등을 바닥 쪽으로 비추면 좁은 면적밖에 보이지 않지만 기울여 앞쪽으로 비추면 넓은 면적이 한꺼번에 보인다.

정약용의 설명은 오늘날의 과학상식으로는 받아들이기가 힘들다. 달이 바닷물을 끌어당기므로 바닷물이 올라가는 것이지, 달빛을 받는다고 해서 올라가는 것은 아니다. 또한 밀물과 썰물을 달빛이 비추는 면적으로 설명하기보다는 달이 중천으로 떠오름에 따라 수면이 점점 상승하고, 서쪽으로 짐에 따라 수면이 다시 내려간다고 설명하는 것이 훨씬 간단하고 합리적이다. 그러나 정약용이 어떤 현상에 대해 특정한 원인을 설정하고 이를 양적으로 해석하는 모습은 근대과학적 사고의 시초를 보여주는 좋은 사례라고 할 수 있겠다.

뉴턴은 정약용보다 100년 이상 앞선 1686년에 『프린시피아』라는 혁명적인 저서를 내놓았다. 이 책 속에는 조석의 원인에 대한 해석이 실려 있는데 뉴턴은 서문에서 "나는 제3권에 태양과 몇몇 행성에 작용하는 천체현상으로부터 중력을 유도했으며, 이 힘으로부터 수학적인 비례관계를 이용하여 행성과 혜성 및 달과 해수의 운동을 규명해냈다"라고 밝혔다. 자신의 업적에 대해 대단한 자부심을 가졌던 모양이다. 사실 자부심을 가질 만도 했다. 뉴턴은 자신이 발견한 만유인력의 법칙을 사용해서 조석현상을 수학적으로 해석해내는 데 성공했다. 달에 의한 조석과 태양에 의한 조석, 달의 위상과 관측자가 있는 위도에 따른 조석의 크기를 계산해냈다. 그리고 무엇보다도 수학과 물리법칙으로 복잡한 자연현상을 해결하려는 이러한 시도 자체가 바로 과학혁명을 일으키는 중요한 초석이 되었다.

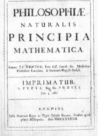

● 뉴턴과 『프린시피아』 뉴턴은 정약용보다 100년 이상 앞선 1686년에 『프린시피아』라는 혁명적인 저서를 내놓았다. 이 책 속에는 조석의 원인에 대한 해석이 실려 있다.

밀물 썰물에 대한

여러 가지 이론

프랑스의 위대한 과학자이며 수학자인 라플라스(Laplace, Pierre Simon de)는 정약전과 같은 시대에 살았던 사람이다. 라플라스도 조석에 대한 연구에 힘을 기울였다. 이미 알려져 있던 뉴턴의 이론은 실제의 조석현상을 정확하게 설명해내지 못했다. 라플라스는 그 이유를 뉴턴이 지구를 너무 단순화시켰기 때문이라고 보았다. 그리고 지구의 자전과 이로 인한 전향력, 해양지형의 크기와 형태, 수심과 마찰력 등을 모두 고려해야만 조석현상을 사실에 가깝게 설명할 수 있다고 주장했다. 또한 라플라스는 조석을 보다 잘 설명하기 위해 '물이 부풀어오른다' 라는 설명 대신 '조석파' 라는 개념을 도입했다. 조석파는 하루에 두 번씩 진동하는 주기를 가진 두 개의 긴 파장이다. 조석을 수면을 따라 전해져 가는 파장이라고 생각하면 수심과 지형 등 여러 요소들에 의한 조석의 변형을 비교적 쉽게 설명할 수 있다. 그런데 놀랍게도 정약용의 글에서 이와 유사한 개념을 발견할 수 있다.

● **라플라스** 라플라스도 조석에 대한 연구에 힘을 기울였다. 그는 뉴턴의 이론이 실제의 조석현상을 정확히 설명하지 못하는 이유를 뉴턴이 지구를 너무 단순화시켰기 때문이라고 보았다.

그러나 이는* 내 눈으로 본 것일 뿐 실정은 아니다. 그 실정은 조수가 일어나는 것도 쇠약해지는 것도 아니다. 달은 중천에 떠서 늘 지구의 반을 비추고 있다. 두 개의 둥근 물체(지구와 달)가 서로 비출 때의 법칙이 본래 그러한 것이다. 지구의 반이 지평선의 경계이기 때문에 달의 움직임에 따라 항상 앞 뒤 두 개의 조수가 발생하게 된다. 그 모양은 선발대와 후비대後備隊 같기도 하고, 전도前導와 수종隨從 같기도 하며, 쫓겨가는 이와 쫓아가는 이 같기도 하다. 달이 동쪽 지평선의 경계에 이르면 앞서 가던 것이 먼저 나타나게 되는데 이것을 밀물이라고 한다. 달이 다시 서쪽 지평선의 경계에 이르면 뒤에 오던 것이 늦게 나타나게 되니 이것 또한 밀물이라고 할 수 있다. 사정이 이러한데도 사람들은 가만히 한곳에 서서 밀려온다, 물러간다, 일어난다, 약해진다 따위의 허황한 말들을 늘어놓는다. 조수는 앞뒤 두 개의 덩어리로 이루어져 있으며, 그 형세가 산악이나 빙설과 같은데, 달과 더불어 대지의 허리 부분을 끝없이 돌고 돈다.

정약용은 조수를 끊임없이 지구 주위를 회전하는 두 개의 커다란 파장이라고 해석했다. 그가 만약 지구가 돌아간다는 사실을 알았더라면 라플라스가 조수 주기를 설명하는 것과 상당히 비슷한 설명을 이끌어낼 수 있었을 것이다.

또 한 가지 정약전을 궁금하게 만든 것은 밀물이 보름과 그믐에 크게 오고, 상현과 하현일 때 작게 오는 이유였다. 정약용은 이 문제에 대해서도 비

---

* 앞에서 인용한 정약용의 글을 말한다.

교적 정확한 이해를 보이고 있다.

이것은 태양 때문이다. 태양은 불의 근본 정기이며, 물이 불을 만나면 비등하여 솟아오른다.* 초하룻날 동쪽에 태양, 중간에 달, 서쪽에 물(지구의 바다를 가리킨다)이 있어 태양과 달과 물이 일직선으로 놓이게 되면 조수가 찬다. 보름날 동쪽에 달, 중간에 물, 서쪽에 태양이 있어 태양과 달과 물이 일직선으로 놓이게 되면 조수가 찬다. 상현일 때 하늘에 달, 그 아래 물, 서쪽에 태양이 있어 태양과 달과 물이 삼각형을 이루면 조수가 준다. 하현일 때 하늘에 달, 그 아래 물, 동쪽에 태양이 있어 태양과 달과 물이 삼각을 이루면 조수가 준다.

달이 차고 기움에 따라 조수가 달라지는 것은 태양과의 위치관계 때문이라는 설명이다. 정약용의 설명은 오늘날 우리들이 알고 있는 지식과도 큰 차이를 보이지 않는다. 태양은 달보다 훨씬 멀리 떨어져 있어 인력이 약하기는 하지만 그래도 조수에 무시할 수 없는 영향을 미친다. 지구와 달과 태양이 일직선을 이루는 보름과 그믐에는 달의 인력에 태양의 인력까지 합쳐져서 그 힘이 아주 커지므로 밀물은 밀물 중에서도 가장 높고 썰물은 썰물 중에서도 가장 낮은 상태가 된다. 이때를 '대조大潮' 또는 '사리'라고 부른다. 그런데 지구를 중심으로 태양과 달이 직각을 이루게 되면 서로의 인력이 상쇄되므로 밀물과 썰물이 모두 약해진다. 이때를 '소조小潮' 또는 '조

---

* 정약용은 달의 인력을 물이 서로 감응하는 것으로 보았던 것처럼 해의 인력을 불이 물을 비추어 끓어오르게 하는 것으로 설명했다.

금' 이라고 부른다.

같은 보름이나 그믐인데도 물이 많이 찰 때와 적게 찰 때가 있다. 정약용은 그 이유를 다음과 같이 설명했다.

달은 운행하는 길이 매우 많아서 남쪽으로는 동지선을 거치고 북쪽으로는 하지선을 지난다. 달이 남쪽으로 운행하면 조수의 길도 따라서 남쪽으로 기울게 되고, 달이 북쪽으로 운행하면 조수의 길도 따라서 북쪽으로 기울게 된다. 조수가 달을 따라 남쪽으로 기울면 그 여파가 멀리서 파급

(가) 대조

(나) 소조

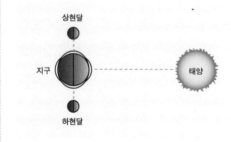

● **조석의 원리** 지구를 사이에 두고 태양과 달이 양쪽에서 인력을 미친다면 밀물은 크게 일어날 것이다. 지구에서 봤을 때 태양과 달이 같은 방향에 있다면 인력이 더해져 역시 밀물이 크게 일어날 것이다. 태양이나 달이 잡아당기는 반대쪽에서도 밀물이 일어나는 이유는 원심력 때문이다. 태양과 지구의 경우를 생각해보면 지구가 태양 주위를 돌고 있으므로 원심력이 태양의 반대 방향으로 작용하여 밀물이 일어날 것은 뻔한 이치다. 지구와 달의 경우는 다소 이해하기가 어렵지만 역시 똑같은 원리가 적용된다. 사람들은 보통 달이 지구 주위를 회전한다고 생각한다. 그러나 실제로는 지구와 달 모두가 양쪽의 질량중심을 축으로 끊임없이 회전하고 있다. 해머던지기를 생각해보면 될 것이다. 해머는 바깥쪽에서 크게 회전하지만 이를 붙잡고 있는 사람의 몸은 안쪽의 고정된 점에서 거의 움직이지 않으며 회전속도도 훨씬 작다. 즉 달에 비해 지구의 질량이 훨씬 큰 까닭에 지구는 가만히 있고 달만이 회전하는 것처럼 보이게 되는 것이다.

되어 오므로 그 힘이 미약해지지 않을 수 없고, 조수가 달을 따라 북쪽으로 기울면 여파가 우리 나라 가까이로 파급되어 오므로 그 힘이 강해질 수밖에 없다. 이것이 밀물에 조금 찰 때와 가득 찰 때가 있는 까닭이다. 또 태양의 운행은 항상 달의 운행과 그 길이 어긋나게 된다. 그 길이 어긋나게 되면 비록 초하루나 보름일지라도 지구와 함께 세 개가 나란히 직선을 이루어야 할 시기에 직선을 이루지 못한다. 세 개가 나란히 직선을 이루어야 할 시기에 직선을 이루지 못하면 조수가 약해지기 마련이다. 그러나 달의 운행이 적도 북쪽으로 온 상태에서 지구와 함께 나란한 직선을 이루게 되면 조수가 강해지게 된다.

태양이 지나는 길과 달이 지나는 길이 다른데, 이 길이 연중 변화하므로 해와 달이 바닷물에 영향을 미치는 정도도 달라져 매번 조수의 크기에 차이가 생기게 된다는 것이다. 태양의 움직임을 지구의 움직임으로 대체하면 과학교과서의 내용과도 큰 차이가 없는 설명이다.

＊ 정약용은 언급하지 않았지만 밀물과 썰물의 정도에 차이가 나는 데는 또 다른 이유가 있다. 달은 지구 주위를 원궤도로 도는 것이 아니라 타원궤도로 돈다. 또한 지구도 태양 주위를 타원궤도로 돈다. 따라서 지구와 달, 태양 사이의 거리는 주기적으로 변하게 되며, 이에 따라 조석의 크기도 끊임없이 달라질 수밖에 없다. 예를 들면 달과 태양이 지구에 가장 가까이 접근했을 때 조석의 크기도 가장 커지게 될 것이다. 백중날인 음력 7월 보름 무렵이 바로 이런 날이다. 이때는 달과 태양이 일직선상에 있는 데다 모두 지구와 가장 가까운 곳에 위치하므로 일 년 중 밀물 썰물의 차이가 가장 커지게 되는데 이를 '백중사리'라고 부른다.

동해에 조수가 없는 이유

조석을 이해하기란 쉬운 일이 아니다. 대략적으로는 위와 같은 방식으로 설명할 수 있지만 그 세부적인 측면에 있어서는 최신형의 컴퓨터로도 정확한 계산이 불가능할 정도로 복잡하기 짝이 없다. 지구는 완전한 공 모양이 아니고, 물은 지표면을 균일하게 덮고 있지 않다. 달·태양·지구의 자전 이외에도 여러 가지 지역적인 조건들이 조석의 크기와 시간에 영향을 미친다. 바다의 수심과 지형의 차이는 비정상적인 조차를 일으킨다. 위도에 따라 하루에 조석이 한 번만 일어날 수도 있고, 거의 일어나지 않을 수도 있다. 물의 관성력 때문에 달이 남중했는데도 오히려 썰물인 경우가 생긴다. 정약용은 이러한 사실도 어느 정도 이해하고 있었던 것 같다.

조수의 간만은 곳에 따라 각각 다르게 나타납니다. 만약 큰바다 가운데라면 달이 뜰 때 밀물이 함께 왔다가 달이 질 때 다시 조수가 밀려옵니다. 족하(추사 김정희)께서 말씀하신 '달이 정남이나 정북의 자오의 위치에 있어야 밀물이 생긴다'라는 말은 강화도나 연평도 근해에서만 성립하는 것이며, 대양에서는 이 같은 원칙이 통용되지 않습니다. 대개 조수의 형세는 본래 대양에서 일어난 다음 멀리 흘러와서 연안을 따라 항만으로 들어오는 것입니다. 따라서 대양과 먼 지방 사이에는 밀물과 썰물이 일어나는 시간에 차이가 날 수밖에 없습니다.

정약용은 적도 부근의 바닷물이 달빛을 받아 산더미처럼 솟아오른 다음 서서히 무너져 내려 남북으로 퍼져나간다고 생각했다. 물은 한 곳에 많이 쌓이면 사방으로 흩어지기 마련이므로 이때 흩어지는 물이 퍼져나가 주변 지역에 밀물을 일으킨다고 본 것이다.※ 정약용은 이 같은 생각을 바탕으로 서해에는 조수가 극심한데, 동해에는 조수가 거의 없는 이유에 대해서도 나름대로의 의견을 내놓고 있다.

적도에서 흘러온 조수는 서해 쪽으로는 발해만 깊숙한 곳까지 밀려들어 커다란 밀물을 일으키지만 동해 쪽으로는 시베리아와 일본에 막혀※※ 더 이상 진행하지 못하므로 밀물을 일으키지 못한다.

실제로 동해의 경우 한반도와 일본열도에 의해 대양으로부터 단절되어 있으므로 조석파의 영향이 크게 미치지 않지만 서해의 경우는 입구가 대양으로 확 트여 있으므로 조석파가 그대로 밀려들어 커다란 조석을 일으키게

※ 달의 궤도는 적도면과 대략 일치하므로 적도 부근에서 조석이 가장 크게 일어날 것은 자명한 사실이다. 그러나 달의 인력은 적도 이외의 바다에서도 해수면에 직접적인 영향을 미치므로 적도 부근에서만 조석이 일어난다고 한 정약용의 주장은 잘못된 것이다.
※※ 정약용은 시베리아의 일부가 적도까지 미쳐 있다고 생각했다.

● 제부도의 바다 갈라짐 서해안은 남해안이나 동해안에 비해 매우 큰 조차를 보인다.

된다. 약간의 지리학적 지식과 논리적 추론만으로 이 같은 결론을 이끌어낼 수 있었다는 사실이 놀랍기만 하다.*

정약용은 조석이 매일 조금씩 늦어진다는 사실도 잘 알고 있었다.** 일찍이 「해조론海潮論」에서 밀물이 하루에 한 시간씩 늦어지다가 다시 한 바퀴를 도는 일을 끝없이 반복한다고 말한 것이 이를 뒷받침한다. 정약용과 그의 설명을 들은 정약전의 머릿속에서는 장대한 조수의 순환이 끝없이 펼쳐지고 있었을 것이다.

* 물론 동해와 서해의 조석차를 일으키는 원인은 이것만이 아니다. 동해는 좁은 입구에 비해 그 안쪽이 넓고 수심이 깊은 지형을 하고 있다. 조석파가 입구를 통과했다 하더라도 쉽게 흩어져버리고 만다. 그러나 서해는 입구가 넓으며, 안쪽으로 들어갈수록 좁고 수심이 얕아지는 지형을 하고 있다. 그 결과 외부에서 들어온 파동이 하나둘 중첩되면서 커다란 조석을 일으키게 되는 것이다. 또한 동해의 해안선이 단조로운 데 비해 서해는 리아스식 해안을 이루고 있다는 점, 동해의 아래위가 트여 있는 데 비해 서해의 경우 위쪽이 막힌 만 모양이라는 점도 조석차의 중요한 원인이 된다.
** 조석은 하루에 50분씩 늦어지는 성질이 있다.

왜 조수론인가

그런데 정약전과 정약용은 왜 이토록 조석현상에 대해 깊은 관심을 보였던 것일까? 가장 큰 이유는 역시 이익의 영향 때문이었을 것으로 짐작된다. 이익은 일찍이 바닷가에 살면서 조석현상에 대해 깊이 연구한 바 있다.[*] 두 형제는 아마도 그의 책을 읽으면서 조석에 대한 관심을 키워갔을 것이다. 그런데 공교롭게도 귀양을 가게 된 곳이 또한 조석현상이 심한 바닷가였다. 책에서 접하던 내용을 실제로 눈앞에 마주하고 보니 과학적인 호기심이 발동하지 않았을 리 없다.[**]

그러나 이들이 조석에 관심을 기울인 것은 무엇보다도 이 현상이 백성의 생활과 깊은 관계가 있다는 사실을 몸소 체험했기 때문이었다. 다음은 정약전이 정약용에게 보낸 편지의 한 구절이다.

> 단지 조개의 무리만이 달의 성쇠를 따르는 것은 아니라네. 모든 물고기들이 달의 왕래에 큰 영향을 받으며, 때에 맞추어 물 속에서 떠오르고 다

---

[*] 사실 정약용의 「해조론」에 나온 적도의 거대한 물마루나 동해에 조석이 없는 이유에 대한 이야기도 『성호사설』에서 이미 언급된 적이 있는 내용이다. 이익이 아무도 자신과 같은 의견을 내놓은 이가 없다고 밝힌 것으로 보아 이러한 생각들은 그의 독창적인 연구결과였던 것으로 보인다.

[**] 이들 형제가 유배 이전부터 조석현상을 접하고 있었을 가능성도 충분하다. 한강은 대표적인 감조하천이다. 감조하천은 조석의 영향을 받아 수위, 염도 따위가 변하는 하천을 말하는데, 한강의 경우 수중보가 설치되기 전에는 만조시 잠실 상류까지 바닷물이 역류했다고 전해진다. 정약전과 정약용이 모두 서울에서 생활한 적이 있고, 배를 타고 한강줄기를 수없이 오르내렸다는 점을 생각하면 조석현상에 대해 어느 정도의 지식은 가지고 있었을 것으로 짐작된다.

시 내려가는 일을 반복한다네. 이러한 까닭으로 물고기를 잡는 데는 그믐이나 보름이 유리하고, 상현이나 하현일 때 유리하며, 조수가 밀려온 후나 밀려간 후가 유리한 것일세. 이러한 일들이 모두 자연의 지극한 이치가 아니겠는가.

정약용도 조석연구의 중요성을 다음과 같이 주장한 바 있다.

조수가 백성들의 생활에 어떤 유익함을 주는가? 아무리 물고기가 있어도 조수가 들지 않으면 잡을 수 없고, 아무리 천연의 소금이 있더라도 조수가 들지 않으면 생산해 낼 수가 없다. 조수를 이용하여 통발이나 그물을 쳐서 물고기를 잡을 수 있고, 조수를 이용하여 염전을 갈고 볕에 말리고 구울 수가 있다. 또한 조수를 이용하여 배를 항구에 댈 수 있고, 조수를 이용하여 배를 빨리 운행하게 할 수 있다. 조수가 백성들에게 유익함을 주는 바가 이와 같다.

우리 나라에서 조석을 연구해온 역사는 시간을 더욱 거슬러 올라간다. 『토정비결』의 저자 이지함(1517~1578)은 기이한 행적으로 유명하지만 이에 앞서 경사자전經史子傳·역학·의학·수학·천문·지리 등 거의 모든 분야에 해박한 당대의 대학자이기도 했다. 또한 주자성리학만을 고집하지 않는 사상적 개방성을 보였으며, 농업과 상업의 상호보완 관계를 강조하고 광

● 토정 이지함 『토정비결』의 저자 이지함(1517~1578)은 기이한 행적으로 유명하지만 이에 앞서 경사자전·역학·의학·수학·천문·지리 등 거의 모든 분야에 해박한 당대의 대학자이기도 했다.

산개발론과 해외통상론을 주장하는 등 진보적인 견해를 펼쳤다는 점에서도 높은 평가를 받고 있다. 그리고 그가 남긴 커다란 업적 중의 하나가 바로 조석에 관한 것이었다. 이지함은 항간에서 이전부터 내려오던 물때에 대한 지식들을 종합하여 조수왕래법을 완성했는데, 이 물때 시간표는 매우 정확해서 지금도 일부 지역에서 그대로 이용되고 있을 정도이며, 이순신이 이를 바탕으로 물때시간을 교묘하게 이용하여 왜군을 격파했다는 이야기도 전해온다.

이지함이 조수를 연구한 목적도 정약전이나 정약용과 마찬가지로 백성들의 삶을 개선시키기 위해서였을 것이다. 그러나 정약전과 정약용의 연구는 실용적인 목적과 함께 조수의 원인과 과정 자체에 대해 관심을 보였다는 점에서 더욱 특별하다고 할 수 있겠다.

다시 물이 빠지고 있었다. 달이 지기 시작한다는 뜻이다. 보이지는 않지만 저쪽 먹구름 사이 어디선가 달은 서서히 가라앉고 있을 것이다. 돈목 마을의 가로등이 왠지 멀게 느껴진다. 자리에서 일어섰다. 사구에 남은 바람의 흔적들을 느껴보고 싶어 신발을 벗었다. 모래의 부드러운 질감이 온몸으로 전해져온다. 사구를 넘어 모래언덕 위에 섰다. 당분간 다시 이곳에 올라오는 일은 없을 것이다. 천천히 음미하듯 80미터의 절벽을 미끄러져 내려왔다. 뒤를 돌아보니 모래언덕의 표면에 손톱자국 같은 흔적들이 남겨져 있다. 그러나 또 내일이면 언제 그랬냐는 듯 매끈한 모습을 되찾을 것이다. 늘 변함없다는 것은 얼마나 대단한 일인가.

＊ 이지함은 이상에만 머무는 공상가가 아니었다. 아산현감 재임시절 걸인청乞人廳을 만들어 관내 걸인의 수용과 노약자의 구호에 힘쓰는 등 민생문제의 해결에도 큰 관심을 기울인 바 있다.

유배지의 겨울밤

상괭이를 찾아서

12월 31일, 2000년의 마지막 날은 폭풍주의보로 시작되었다. 새벽 두 시경 잠에서 깼다. 멍한 상태에서 잠이 깬 이유를 알아차리기까지는 그리 오랜 시간이 걸리지 않았다. 영화에서나 들을 만한 바람소리가 문 밖에서 소용돌이치고 있었기 때문이다. 천막을 손톱으로 북북 긁는 듯한 소리가 나고 방문이 시끄럽게 툭탁거리며 요동을 쳤다. 문을 열자마자 강한 바람이 얼굴을 때린다. 쉽게 잘 바람이 아니라 생각하고 다시 들어와 눈을 감았다. 밤새도록 바람은 점점 심해지기만 했다. 잠이 들고 깨고를 몇 번이나 반복했을까. 주위가 흐릿하게 밝아오기 시작하고, 안방에서도 사람의 기척이 들려왔다. 출발시각이 다가오는데도 아무런 말이 없는 것을 보면 배 뜨기는 틀린 모양이다. 하긴 이런 바람에 배를 띄운다는 것은 모험에 가까운 일이리라. 화장실에 다녀오다가 박화진 씨와 마주쳤다.

"배 못 뜨겠지요?"

"폭풍주의보 내렸어요."

　자연에 분노한다는 것은 자연을 무시하는 것만큼이나 어리석은 짓이다. 자연이 사람의 말을 알아들을 리 없고, 비인격체에 분노한다는 것은 자신의 인격을 깎아 내리는 일에 다름 아니다. 방안으로 들어와 누웠다. 따뜻한 방바닥. 내일 일이야 어찌 됐든 마음이 한결 여유로워진다. 어쩌면 잘 된 일인지도 모른다. 모래밭에 묻혀 있다는 상괭이 생각이 갑자기 떠올랐다. 당장 나가보기로 했다. 옷을 단단히 챙겨 입고 상괭이가 밤새 몰아친 파도에 떠내려가지 않았기만을 바라며 집을 나섰다.

　바람의 기세가 만만치 않았다. 바다가 미쳐 날뛰었다. 온통 하얀 파도부스러기와 거품들뿐이다. 파도의 사정거리란 무의미했다. 바람이 해안선 상단까지 물을 억지로 밀어 올려 신발을 흠뻑 적셨다. 구름 위를 걷는 기분이다. 해는 숨었다 나타났다를 반복하고 물가에서 만들어진 거품이 마구 밀리며 이리저리 날아다닌다. 바람에 지친 파도가 게거품을 뿜어대는 것이다. 투명한 바람이 모래를 머금더니 둔탁한 흉기가 되어 사정없이 볼을 때린다. 옷깃을 단단히 여몄다. 모래언덕 앞에 다시 섰다. 조그만 모래알갱이들이 언덕을 스물스물 기어오르다가 중턱 부근에서는 아예 소용돌이가 되어 하늘로 치솟는다. 힘겹게 정상에 오르자 몸을 가눌 수 없을 정도의 바람이 몰아쳤다. 시험삼아 바람에 등을 기대고 천천히 몸을 눕혀 보았다. 한참을 기울여도 쓰러지지 않는다. 눈이 시리고 목에 통증이 오는 것 같아 장난을 그만두고 고개를 넘었다.

　해변에 몰아치는 폭풍은 깊은 바다 속에 감춰져 있던 보물들을 모래사장

● 폭풍이 불어닥친 바다 바다는 온통 하얀 파도부스러기와 거품들로 가득했다.

위로 끌어올린다. 평소에 볼 수 없던 해초, 물고기, 바다생물들이 모습을 드러내고, 어느 나라에서 흘러온 것인지 모를 깡통, 유리병, 부서진 뱃조각 등이 해변 가득 밀려온다. 나는 어릴 때부터 이런 것들을 탐색하는 재미에 푹 빠져 있었다.* 폭풍이 몰아칠 때면 언제나 가슴을 콩닥거리며 거센 바람과 사나운 파도가 휘몰아치는 해변으로 달려나가곤 했다. 그때와 똑같이 흥분한 마음으로 앞장골을 향해 내달았다.

과연 바다는 나를 실망시키지 않았다. 앞장골 모래밭은 바다가 토해놓은 보물들로 가득했다. 갖가지 해초, 오징어뼈, 게, 고둥, 조개껍질이 수북했고, 파도의 끝자락에는 장난감처럼 생긴 쥐치와 복섬, 그리고 커다란 가슴지느러미를 활짝 펼친 성대가 원래 그곳에 있기라도 했던 것처럼 가만히 놓여 있었다. 나비고기류의 물고기도 보였다. 화려한 색깔을 뽐내며 우이도 바다 속을 헤매어 다니던 생활도 이젠 끝이다. 손가락 한 마디쯤 되는 꼼치 치어를 발견하여 감탄사를 연발하고 있는데, 방금 밀려온 파도거품 속에서 꼴뚜기 한 마리가 팔딱거리며 숨을 몰아쉬고 있는 모습이 눈에 들어왔다. 모래와 함께 떠올려서 가만히 물 속에 놓아주었다. 그리고 장골 맨 끝에 녀석이 있었다. 모래 속에 반쯤 파묻힌 채 윤기 있는 검은 피부를 드러내고 가만히 누워 있었다. 상괭이였다.

박동수 씨의 말대로 싱싱한 것이 물 속에 놓아주면 금방이라도 헤엄쳐 달아날 것만 같다. 몸길이는 약 1.5미터. 조그만

◉ 바다가 토해놓은 보물(위로부터 성대, 세동가리돔) 앞장골 모래밭은 바다가 토해놓은 보물들로 가득했다. 갖가지 해초, 오징어뼈, 게, 고둥, 조개껍질이 수북했고, 파도의 끝자락에는 장난감처럼 생긴 쥐치와 복섬, 그리고 커다란 가슴지느러미를 활짝 펼친 성대가 원래 그곳에 있기라도 했던 것처럼 가만히 놓여 있었다.

* 외국이나 가까운 일본만 해도 sea coming 문화가 정착되어 있다. sea coming이란 해변을 거닐면서 파도에 밀려온 생물이나 인조물의 파편들을 수집하고 그 유래와 역사를 추측해보는 일종의 지적 게임이다.

입 속에는 쌀알 같은 이빨이 빼곡했고, 등지느러미는 거의 퇴화해 있었다. 손으로 살며시 쓰다듬어 보았다. 새까만 피부에는 털이 전혀 없어서 마치 탄력 있는 고무를 만지는 것 같은 느낌이 들었다. 촬영을 위해 모래에 파묻힌 상괭이를 꺼냈다. 덩치에 비해서는 꽤 무거운 편이다. 주위를 돌아가면서 촬영을 마친 후 몸체를 뒤집었다. 상괭이의 생식기를 확인해보기 위해서였다. 암놈이었다. 정약전은 상괭이의 생식기가 사람과 유사하다고 표현했다. 과연 그러한가 유심히 살펴보았다. 그림에서 본 것과 비슷한 모양이다. 세로로 파인 홈 양쪽으로는 주름이 있어 얼핏 보기에도 보통 포유류의 생식기와 다름이 없었다.

어쩌다 좌초되었을까? 크기가 작고 몸에 별다른 상처가 없는 것으로 보아 병들어서 죽은 것일 가능성이 높지만 정확한 이유는 알 수 없다. 상괭이도 고도의 사회생활을 한다는데, 이 녀석이 속해 있던 무리는 자신들의 동료가 사라져버린 것을 알고나 있을까?

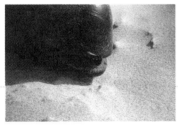

● **해변에 밀려나온 상괭이** 몸길이는 약 1.5미터. 조그만 입 속에는 쌀알 같은 이빨이 **빼곡했고**, 등지느러미는 거의 퇴화해 있었다. 손으로 살며시 쓰다듬어 보았다. 새까만 피부에는 털이 전혀 없어서 마치 탄력 있는 고무를 만지는 것 같은 느낌이 들었다.

✳ 사실 상괭이나 돌고래류의 암수를 구분하기란 쉽지 않은 일이다. 수컷도 평소에는 외부생식기가 몸 속에 감추어져 있어 암놈처럼 보이기 때문이다. 돌고래류의 암수를 쉽게 구분할 수 있는 방법은 생식기의 홈과 항문 사이의 거리를 보는 것이다. 암놈은 생식기와 항문이 거의 근접해 있는 반면 수놈은 어느 정도 떨어져 있다.

모래 속의 가마우지

돌아올 때는 모래등 쪽 길을 택했다. 길을 걷다가 재미있는 현상을 발견했다. 조그만 조약돌과 조개껍질, 게껍질이 모래 위로 삐죽이 솟아 나와 있고, 그 한쪽으로 모래가 쌓여 기묘한 무늬를 만들어 놓았다. 여러 종류의 조개껍질이 한데 모여 무슨 전시회라도 열어놓은 것 같은 모습이다. 바람의 장난이었다. 어떤 물체가 모래사장 위에 아무렇게나 놓여 있으면 바람이 불어와 주위의 모래를 날린다. 모래에 파묻혀 있던 물체는 점점 땅 위로 노출되고, 주변이 깎여나가는 동안 바람이 불어오는 반대편의 모래들만이 이 물체를 방패막으로 삼아 침식되지 않고 그대로 남아 이런 무늬를 만들게 된 것이다. 모래 위에 작은 돌멩이를 놓아 실험을 해 보니 과연 예측한 대로 앞에서와 같은 무늬가 생기는 것을 확인할 수 있었다.

다시 일어나 천천히 발걸음을 옮겼다. 얼마나 걸었을까. 십여 미터쯤 앞에 거무스름한 물체가 놓여 있는 것이 눈에 띄었다. 달려가서 확인해보니 그것은 모래에 반쯤 파묻힌 가마우지의 주검이었다. 깃털의 일부가 하얗게

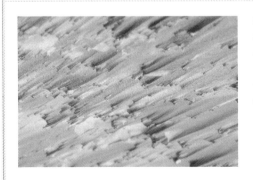

● **바람의 장난** 길을 걷다가 재미있는 현상을 발견했다. 조그만 조약돌과 조개껍질, 게껍질이 모래 위로 삐죽이 솟아 나와 있고, 그 한쪽으로 모래가 쌓여 기묘한 무늬를 만들어 놓았다. 여러 종류의 조개껍질이 한데 모여 무슨 전시회라도 열어놓은 것 같은 모습이다.

탈색이 되었지만 날카로운 부리와 몸의 맨 뒤편에 달린 다리가 자신이 가마우지임을 소리 없이 증언하고 있었다.

『현산어보』는 어보라기보다는 종합해양생물학서적에 가깝다. 물고기뿐만 아니라 절지동물, 연체동물, 환형동물, 조류, 포유류, 강장동물, 현화식물, 해조류를 망라하고 있기 때문이다. 개중에는 바다새〔海禽〕를 다룬 항목도 5개나 되는데, 특히 노자 항목에서의 생생한 묘사와 설명은 압권이라고 할 만하다.

[노자鸕鷀 속명 오지烏知]

크기는 기러기만 하고 빛깔은 까마귀처럼 검다. 짧은 깃털이 매우 빽빽하게 나 있다. 머리 · 꼬리 · 다리가 모두 까마귀와 같다. 뺨 한쪽에는 흰 털무더기가 있어 닭의 뺨과 비슷하다. 윗부리는 길고 구부러져 있으며, 그 끝이 송곳처럼 예리하다. 물고기를 잡을 때는 윗부리로 쪼아서 구멍을 낸 다음 입을 다물어 잡아낸다. 이빨은 칼날 같고 발은 오리발을 닮았다. 자맥질을 해서 물고기를 잡는데, 사람이 숨을 몇 십 번 내쉴 동안 수면 위로 떠오르지 않고 거뜬히 견딘다. 또한 기운이 매우 세어서 문자 그대로 물고기를 잡는 매라고 할 수 있다. 밤이 되면 절벽에서 잠을 잔다. 사람의 발길이 닿지 않는 곳에서 알을 낳는다. 맛은 달지만 노린내가 약간 난다. 몸에는 기름기가 많다. 몸집이 작은 놈도 있는데, 이놈은 머리가 작고 부리는 더욱 날카로우며 볼에 흰 털무더기가 없다. 물고기를 잡는 힘이나 날래기로는 큰 놈에 미치지 못한다.

● 모래 속에 파묻힌 가마우지 십여 미터쯤 앞에 거무스름한 물체가 놓여 있는 것이 눈에 띄었다. 달려가서 확인해보니 그것은 모래에 반쯤 파묻힌 가마우지의 주검이었다. 깃털의 일부가 하얗게 탈색이 되었지만 날카로운 부리와 몸의 맨 뒤편에 달린 다리가 자신이 가마우지임을 소리 없이 증언하고 있었다.

몸의 윗면은 검은빛을 띤 녹색이며 금속 광택이 있다.

부리가 길고 끝이 날카롭게 구부러져 있으며 볼에는 흰 털무더기가 있다.

목이 길다.

양지 바른 곳에서 젖은 날개를 펴서 말리고 있을 때가 많다.

깃털은 매우 짧고 빽빽하다.

◉ 가마우지 *Phalacrocorax capillatus* Temminck's Cormorant

<u>이청의 주</u> 『이아』, 「석조편」에서는 "자鷀는 의鸃이다"라고 했으며, 곽박은 이에 대해 "이는 노자鸕鷀를 말한다"라고 주석을 붙였다. 『정자통』에서는 "사람들이 이를 자로慈老라고 부른다"라고 했다. 『본초강목』에서는 별명을 수로아水老鴉라고 밝혔으며, 이시진은 그 뒤에 "크기가 작고 빛깔이 검은 점은 예鷖를 닮았고, 부리가 길고 약간 구부러진 점은 아鴉를 닮았다. 곧잘 잠수하여 물고기를 잡아먹는다. 두보가 지은 시 중에

◉ 노자 크기는 기러기만 하고 빛깔은 까마귀처럼 검다. 짧은 깃털이 매우 빽빽하게 나 있다. 머리·꼬리·다리가 모두 까마귀와 같다. 뺨 한쪽에는 흰 털무더기가 있어 닭의 뺨과 비슷하다. 윗부리는 길고 구부러져 있으며, 그 끝이 송곳처럼 예리하다.

는 '집집마다 오귀烏鬼를 기르니, 끼니때마다 황어를 먹을 수 있네'라는 구절이 나오는데, 이 역시 노자를 가리킨 것이다*라는 설명을 덧붙였다. 어떤 이는 노자가 태생이며, 새끼를 입으로 토해낸다고 말하기도 하지만 구종석은 이 새가 난생이라는 점을 분명히 밝힌 바 있다. 이상의 내용으로 볼 때 오지는 노자가 틀림없는 것 같다.

검은 몸빛, 볼의 흰 털, 길고 구부러진 윗부리, 잠수해서 물고기를 잡는 모습. 어느 정도의 조류 지식을 가진 사람이라면 여기에서 말하고 있는 새가 가마우지라는 것을 쉽게 추측할 수 있을 것이다. 정약전의 뛰어난 관찰력과 세심한 묘사 덕분이다. 박도순 씨도 가마우지에 대해 잘 알고 있었다.

"가마우지는 여기서 다르게 부르는데, 그래 맞아요. 오지, 오지라고 불러요. 늦가을에 많이 들어오지라. 가을 겨울에. 섬에 많이 오는데 앉는 자리가 있어요. 똥을 많이 싸서 눈 온 것 같지라. 낭장망에 멸치 들어가니까 쫓아 들어갔다가 그물에 잡혀서 올라올 때도 있고."

본문을 읽어보면 정약전이 가마우지의 외형과 생태에 대해 속속들이 이해하고 있었다는 느낌이 든다. 이처럼 자세하고 생생한 묘사를 위해서는 가마우지를 직접 관찰하는 수밖에 없었을 것이다. 특히 '짧은 깃털이 매우 빽빽하게 나 있다'라고 한 부분은 아주 가까운 거리에서 관찰하지 않았다면 도저히 불가능한 표현이다.** 아마도 정약전은 누군가가 잡아온 가마우지를 손으로 더듬어가며 관찰했던 것 같다. 그리고 가마우지의 맛이 달지만 노린 내가 난다고 한 것으로부터 당시 사람들이 가마우지를 종종 잡아먹었다는

---

* [흰 주] 노자의 똥은 촉수화蜀水花라고 부른다.
** 비약이 심하기는 하지만 한 가지 재미있는 가능성을 생각해 볼 수 있다. 정약전은 『현산어보』에서 몇 가지 조류의 형태와 생태적 특징에 대해 설명하고 있는데, 어떤 부분은 그 묘사가 지나칠 만큼 자세하여 맨눈으로 관찰한 것이라고는 도저히 믿기지 않을 정도다. 새들의 주의를 끌지 않고 이처럼 자세한 묘사를 해내기란 여간 어려운 일이 아니다. 혹시 정약전이 망원경을 가지고 있었던 것은 아닐까? 정약용은 여러 북학파 실학자들과 친분 관계를 맺고 있었던 것으로 알려져 있다. 정약전은 직접, 혹은 동생을 통해 청나라 연행길을 다녀온 이들과 접촉하여 망원경을 구할 수 있었을 것이다. 상상일 뿐이지만 필드스코프와 메모지를 든 정약전의 모습은 우리 나라 최초의 '아마츄어 조류연구가'라는 명칭을 붙이기에 부족함이 없다. 200년 전 그의 모습을 그려보는 것은 행복하면서도 가슴 벅찬 일이다.

사실을 알 수 있다. 박도순 씨는 가마우지를 직접 잡아 먹어 본 경험담을 들려주었다.

"잡아 먹어봤지라. 오지란 놈이 물이 안 들어가니께 털이 안 빠져요. 그래서 불에 꺼실러 먹었지. 좋은 고기는 아녀. 뼈대가 세서 이빨 다 나가요. 노린내에 기름기도 많고."

정약전도 주민들이 사냥한 가마우지를 먹어보았을 것이다. 육식에 굶주렸던 그였기에 노린내가 나도 맛은 달게 느껴졌을 것이다. 급히 먹다 체하지는 않았을까? 단단한 뼈를 잘못 씹어 이빨을 부러뜨리지는 않았을까?

물고기잡이의 명수

방송매체를 통해 가끔 가마우지를 이용한 물고기잡이 장면을 접할 때가 있다. 두보가 집집마다 가마우지를 기른다고 한 것에서 알 수 있듯 중국에서는 오랜 옛날부터 가마우지를 이용해서 물고기를 잡아왔다. 이 방법은 매우 간단하고도 효율적이다. 우선 가마우지의 목에 밧줄을 매어 물고기를 삼키지 못하도록 한 다음 물 속에 집어넣는다. 가마우지는 곧 물고기를 잡아 수면 위로 올라오는데, 이때 물고기는 가마우지의 목에 매어놓은 밧줄 때문에 식도로 넘어가지 않고 목에 걸려 있는 상태다. 이제 주인은 가마우지의 입을 벌려 물고기를 꺼내기만 하면 된다.

가마우지를 어로에 이용한다는 것은 그만큼 이 새의 물고기잡이 실력이 뛰어나다는 사실을 방증한다. 정약전이 가마우지에 물고기를 잡아먹는 매〔魚之鷹〕라는 별명을 붙여준 것도 이러한 이유에서였다. 세계적인 스파이소설 작가 플레밍의 007시리즈 첫 편에서 악당역으로 나오는 대머리 노인은 자기가 소유하고 있는 대규모 구아노 채취장에서 새똥더미에 깔려 최후를

◉ 가마우지를 이용한 물고기 사냥 동양에서는 오랜 옛날부터 가마우지를 이용해서 물고기를 잡아왔다.

맞는다. 구아노는 물새들, 특히 가마우지 떼가 물고기를 잡아 먹고 내질러 놓은 배설물이 굳어진 것을 말하는데, 예로부터 질 좋은 질소비료로 사용되었다.* 가마우지가 물고기를 잡아 먹고 싸 놓은 똥이 산더미만 하다는 사실 또한 이 새의 물고기잡이 실력을 보여주는 좋은 사례가 된다.

　과연 가마우지의 몸은 물고기잡이에 유리한 형태를 하고 있다. 뾰족하고 구부러진 부리와 물갈퀴 모양의 발은 물고기를 잡아먹는 조류에서 쉽게 찾아볼 수 있는 특징이다. 그뿐만이 아니다. 가마우지의 다리는 몸 뒤편으로 치우쳐 있어 육지에서 걷기에는 불편하지만 물 속에서는 프로펠러처럼 작동하여 강한 추진력을 일으킨다. 가마우지의 날개는 너무 짧아서 비행에는 그다지 적합하지 않다. 날아오를 때에도 고니처럼 발로 물을 차고 한참을 달린 후에야 비로소 몸을 띄울 수 있다. 그러나 일단 물 속에 들어가기만 하면 이 짧은 날개가 펭귄의 날개처럼 빠른 속도와 방향전환을 가능하게 하는 중요한 추진기관이 된다. 가마우지의 몸은 다른 조류에 비해서 상당히 무거운 편이다. 따라서 해녀나 스쿠버다이버들처럼 무거운 납추를 매달지 않고도 물 속 깊이까지 쉽게 잠수하여 먹이를 쫓을 수 있다. 또한 가마우지는 다른 새들과는 달리 몸에서 방수를 위한 기름이 분비되지 않는다. 몸이 물에 쉽게 젖어든다는 뜻이다. 물에 젖은 깃털은 부력을 저하시켜 잠수를 용이하게 한다. 그러나 물에 젖는다는 것은 잠수에는 도움이 되겠지만 물 밖으로 나왔을 때는 오히려 커다란 약점으로 작용한다. 몸이 물에 젖은 상태로 시간을 보낸다면 심각한 체온저하를 겪게 될 수도 있기 때문이다. 따라서 가

* 동양에서는 예로부터 가마우지의 똥을 한약재로 써 왔다. 임금의 똥을 매화라고 부르듯 가마우지의 똥에 촉수화라는 시적인 이름을 붙여준 것도 병을 낫게 해준 가마우지에게 감사를 표시하기 위함은 아니었을까?

마우지는 물 속에 들어갔다 나온 후에는 반드시 날개를 말려야 한다. 해변의 암초 위에서 가마우지가 날개를 활짝 펴고 햇볕을 쬐는 모습을 심심찮게 관찰할 수 있는 이유도 이 때문이다.

본문을 읽다보면 재미있는 이야기가 하나 나온다. 가마우지가 태생이며, 새끼를 입으로 토해낸다는 대목이 바로 그것이다. 그러나 구종석이 말한 것처럼 이는 전혀 터무니없는 속설일 뿐이다. 포유류처럼 젖을 분비할 수 없는 물새는 자신이 미리 삼켜 부드럽게 소화시킨 먹이를 다시 토해내어 새끼에게 먹이는 습성이 있다. 아마도 가마우지가 새끼에게 먹이를 게워주는 장면을 목격한 누군가가 이를 새끼를 토해내는 것으로 잘못 받아들여 이처럼 황당한 이야기를 만들어내게 된 것으로 생각된다. 가마우지의 새끼는 먹이를 받아먹을 때 어미 목안에 있는 먹이주머니의 깊숙한 곳까지 머리를 집어넣기 때문에 오해를 불러일으키기가 더욱 쉬웠을 것이다.

정약전은 가마우지의 종류로 몸집이 큰 놈과 작은 놈의 두 가지를 들고 있다. 이 중 작은 놈에 대해서는 '머리가 작고 부리는 더욱 날카로우며 볼에 흰 털무더기가 없다. 물고기를 잡는 힘이나 날래기로는 큰 놈에 미치지 못한다' 라고 설명했다. 처음에 이 표현을 보았을 때는 작은 놈이 그냥 가마우지의 어린 유조를 가리키는 것이겠거니 무심히 넘겼다. 그러나 쇠가마우지의 사진을 손에 든 순간 이런 생각이 너무 안일한 것이었음을 깨달았다. 어린 가마우지가 몸이 작고 힘도 약한 것이 사실이겠지만 '작은 놈' 이 전혀 다른 종을 이야기하고 있을 가능성을 생각하지 못했던 것이다. 쇠가마우지

※ 가마우지의 방언으로 더펄새라는 말이 있다. 옥편에도 '노자' 는 '더펄새 로', '더펄새 자' 라고 표기되어 있다. 더펄새는 위에서 말한 가마우지의 습성을 잘 나타낸 이름이다. 국어사전에서 '더펄거리다' 를 찾아보면 '침착하지 못하고 들떠서 되는 대로 행동하다', '더부룩한 부분이 길게 늘어져서 자꾸 날려서 흔들리다' 등의 뜻으로 풀이되어 있다. 이름만 들어도 젖은 날개를 말리기 위해 양지바른 곳에 앉아 어정쩡한 자세로 날개를 퍼덕거리는 가마우지의 모습이 그려진다.

의 특징은 모든 점에서 정약전이 묘사한 내용과 정확히 일치하고 있다. 우선 쇠가마우지는 가마우지보다 크기가 작은 편이다. 쇠가마우지라는 이름 자체도 크기가 작다는 데서 유래한 것이다. 머리가 작다거나 부리가 가늘고 날카롭다는 표현도 본문의 설명 그대로다. 무엇보다도 볼에 흰 털무더기가 없다고 한 부분이 결정적이다. 쇠가마우지의 볼에는 흰 털무더기 대신 붉은색의 살집이 노출되어 있는데, 멀리서 보면 머리 전체가 단일한 검은색으로 보인다. 역시 '몸집이 작은 놈'의 정체는 쇠가마우지였던 것이다.

● 가마우지와 쇠가마우지(오른쪽 두 마리가 쇠가마우지)
쇠가마우지는 가마우지보다 크기가 작은 편이다. 쇠가마우지라는 이름도 크기가 작다는 데서 유래한 것이다. 머리가 작다거나 부리가 가늘고 날카롭다는 표현도 본문의 설명 그대로다. 무엇보다도 볼에 흰 털무더기가 없다고 한 표현이 결정적이다. 쇠가마우지의 볼에는 흰 털무더기 대신 붉은색의 살집이 노출되어 있는데, 멀리서 보면 머리 전체가 단일한 검은색으로 보인다. ⓒ김현태

가마우지 항목의 제목은 '노자鸕鶿' 다. '노' 와 '자' 는 모두 가마우지를 뜻하는 한자이므로 노자라는 이름은 말 그대로 가마우지로 풀이된다. 그렇다면 가마우지라는 이름 자체는 어떻게 풀이할 수 있을까? 가마는 '검다' 에서 유래한 것이 분명하지만 우지는 어떤 뜻인지 얼른 감이 오지 않는다. 우지를 그냥 생물 이름 뒤에 붙는 접미사쯤으로 생각할 수도 있다. 그러나 문제는 박도순 씨나 많은 사람들이 가마우지를 오지라고 부르고 있다는 사실이다. 오지는 우지와 같은 말임이 틀림없는데, 단순한 접미사가 새의 이름을 대표한다는 것은 아무래도 뭔가 이상하다. 오지가 독자적인 뜻을 가지고 있는 것은 아닐까?

1400년대 말에 간행된 문헌에는 가마우지가 가마오디, 가마온으로 표기되어 있다. 그리고 1600년대 중엽에 이르러서야 지금과 비슷한 이름인 가마오지로 변하게 된다. 가마우지의 원말이 가마온이라면 오지의 원말은 '온' 이 될 것이다. 서정범은 가마온의 어원을 '검은 오리' 로 풀이했다. 온을

※ 때에 따라서는 '노鸕' 가 백로를 나타내는 '노鷺' 로 표기되기도 한다. 가마우지와 백로의 형태적 유사성을 생각한다면 이해할 만한 일이다.

※※ 병아리를 아리, 송아지를 아지라고 부르지 않는다는 점을 생각해 보라.

※※※ '온' 은 '온' + '이' 〉 '오디' 의 과정을 거쳐 오지가 된다.

오리로 본 것이다.* 과연 물 위에 떠서 헤엄치고 있는 가마우지를 본다면 누구나 오리의 모습을 떠올리게 될 것이다.** 또한 오지가 오리라면 가마우지를 간단히 오지라고 줄여 부르는 이유도 명백해진다. 검은 오리든 흰 오리든 오리는 오리니까.

'올'이 '새'라는 보다 광범위한 뜻으로 사용되었을 가능성도 생각해 볼 수 있겠다. 제주도에서는 가마우지를 올, 갈매기를 오다리나 옷이라고 부른다. 올빼미의 옛말은 '옫밤이'다. 조항범은 '옫'을 '새'로, 밤을 '밤[夜]'으로 보아 옫밤이를 '밤에 돌아다니는 새'로 해석했다. 모두 옫이 새를 가리키는 일반명사였음을 짐작케 하는 사례들이다. 그러나 '옫'을 오리나 새 중의 어느 하나로 꼭 정해서 해석할 필요는 없을 것 같다. 오리 모양을 본뜬 새 '을乙'자가 모든 새를 일컫기도 하는 것처럼 오리라는 말 자체가 새를 대표하는 일도 충분히 가능할 것이기 때문이다. 말은 아주 단순하고 원시적인 형태로부터 시작해서 세월이 흐르고 사람들의 지식이 쌓여감에 따라 복잡하고 다양한 형태로 분화·발전해나가는 것이다. 원래 새를 가리키던 '옫'이 오리로 분화한 것인지, 오리를 가리키던 '옫'이 새로 일반화되었는지에 대해서는 뭐라고 단정지을 수 없지만 이 둘이 서로 밀접한 관계를 맺고 있는 것만은 분명하다고 생각된다.

---

* 오리의 어원도 '옫'〉'올'〉'올' + '이'〉'오리'로 풀이했다.
** 발에는 물갈퀴까지 달려 있다.

식물인가 동물인가

우이도에서의 마지막 날이 될지도 모르는 터라 박화진 씨에게 궁금한 것들을 이것저것 물어보며 시간을 보냈다. 박화진 씨는 어장에서 잡히는 물고기와 돈목 주변의 생물들에 대해 많은 이야기를 들려주었는데, 특히 산호에 대한 이야기가 흥미로웠다.

"가끔 낚시꾼들을 섬에 실어다 주고 바닷가에 뭐가 있나 하고 돌아보지라. 전에 매물도에 갔는데 물 썰 때 보니까 나뭇가지같이 생긴 산호 같은 것도 있더만."

"산호를 보셨다구요? 단단한 산호요? 색깔은요?"

"산호를 물소나무라고 하제. 딴딴해. 나뭇가지같이 생겼는데 두 가지여. 한 가지는 색깔이 노란 색깔이여. 그란디 깊은 데는 빨간 게 나와요. 노란 건 여기도 있는데 빨간 건 깊은 데 가야 있어. 한 곳에 대여섯 개씩 몰려나제. 가지가 많고 빨간색인데. 아, 저기 코카콜라 캔 색깔이여. 우리 배에도 하나 주워다가 걸어놨는디."

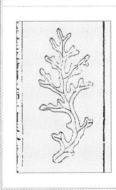

● 산호 모양이 말라죽은 나무와 같다. 가지가 있으며 가지에서 또 곁가지가 갈라지는데 모두 가새목처럼 끝이 갈라져 있다. 몸체가 돌같이 단단해서 두드리면 쟁쟁한 소리가 난다.

박화진 씨가 본 산호는 정약전이 관찰한 산호와 같은 것이 분명했다.

[가산호假珊瑚]

모양이 말라죽은 나무와 같다. 가지가 있으며 가지에서 또 곁가지가 갈라지는데 모두 가새목[杈枒]처럼 끝이 갈라져 있다. 몸체가 돌같이 단단해서 두드리면 쟁쟁한 소리가 난다. 그 열매는 무르고 약해서 손가락으로 퉁기기만 해도 부스러진다. 가지에 옹이가 많고 이리저리 휘어져 있는 모습이 기이하고 예스러워 보고 즐길 만하다. 껍질은 새빨갛고 속은 흰색이다. 바닷물의 가장 깊은 곳에 번식하며 때로는 낚시에 걸려 올라온다.

산호는 산호충류에 속하는 생물들을 함께 부르는 이름이다. 산호라고 하면 일반적으로 바위 표면에서 돋아난 나뭇가지 모양의 구조물을 떠올리지만, 사실 산호충류에는 말미잘처럼 단독생활을 하는 것부터 갖가지 모양의 군체를 형성하는 것에 이르기까지 매우 다양한 형태를 가진 종들이 포함되어 있다. 그러나 이들은 모두 폴립이라는 단위체로 이루어져 있다는 점에서 공통점을 가진다.[*]

폴립은 단단한 기질에 붙어서 자라는 데다 형형색색의 촉수를 활짝 펼치고 있는 모습이 아름다운 꽃처럼 보인다고 해서 흔히 식물에 비유되곤 한다. 실제로 유럽에서는 18세기까지 산호를 식물이라고 생각해 왔으며 분류학의 아버지라 불리는 린네조차도 자신의 저서 『자연의 체계』에서 산호를

---

[*] 가지를 뻗고 있는 산호를 물 속에서 가만히 들여다보면 몸체 곳곳에서 촉수 같은 것을 내밀고 있는 모습을 관찰할 수 있는데, 이들 하나하나가 모두 말미잘과 비슷한 형태를 하고 있다. 이때 말미잘처럼 생긴 단위체를 폴립, 폴립 여러 개가 모여 만들어진 전체를 군체라고 부른다.

말미잘 모양의 작은 폴립으로 구성되며,
폴립의 빛깔은 흰색이다.

가지는 평면상으로 펼쳐지며
진한 적색 또는 황색을 띤다.

몸체는 나뭇가지 모양으로 갈라진다.

석회질 골격이 발달해 있다.

● 부채뿔산호 *Melithaea flabellifera* Kükenthal

식물로 분류했다. 그러나 산호는 식물이 아니라 엄연한 동물의 일종이다. 이러한 사실은 폴립의 구조와 생태를 살펴보면 명확하게 드러난다. 산호충류의 폴립은 종에 따라 크기와 형태가 다양하지만 기본구조는 모두 비슷하다. 입 주변에는 촉수가 나 있으며, 촉수에는 독을 가진 세포, 즉 자포가 숨겨져 있다. 먹이가 촉수에 닿으면 일단 자포의 독으로 마취시킨 다음 입 속으로 집어넣는다. 입 안쪽에는 위 역할을 하는 주머니가 있다. 이곳에서 먹이를 소화시키고 흡수하는데, 항문이 없어 소화하고 남은 찌꺼기는 다시 입을 통해서 내보낸다. 먹이를 잡고, 소화하고 배설하는 과정이 틀림없는 동물의 모습이다.

※ 본문에는 산호의 열매를 묘사한 대목이 나온다. 그러나 동물인 산호가 열매를 맺을 리 없다. 아마도 나뭇가지 모양의 뼈대에 붙어 있는 폴립의 흔적을 이렇게 표현한 것이 아닌가 짐작된다.

바다 속의 열대우림

아무리 커다랗고 복잡한 군체도 처음에는 조그만 정자와 난자의 결합으로 부터 시작된다.* 수정된 유생은 얼마 동안 물 속을 헤엄쳐 다니다가 적당한 물체를 만나면 달라붙어 폴립으로 발달한다. 그 다음부터 몸을 둘로 나누거 나 싹을 틔우는 방법으로 수를 늘리기 시작하는데, 새로 생겨난 개체가 원 래의 폴립에 붙어 자라므로 결국 크고 복잡한 군체를 이루게 된다.** 산호 충류 중에는 군체를 형성하는 과정에서 석회질이나 각질을 분비하여 단단 한 골격을 만드는 것들이 많다. 폴립은 보통 골격의 바깥쪽에 붙어서 자라 는데, 특히 몇 종류의 산호는 원래의 폴립이 죽으면 그 위에서 다시 자라는 과정을 반복하여 산호초라는 거대한 구조물을 만들어낸다.***

진화론의 창시자 다윈은 산호초 형성에 대한 이론을 정립한 것으로도 유 명하다. 그는 지질학적 원인으로 인해 물 속으로 가라앉는 섬과 주변 산호 초의 성장을 관련지어 침강설이라는 새로운 학설을 주창했는데 그 대략적 인 내용은 다음과 같다.

---

* 산호에도 암수가 있다. 산란기가 되면 산호의 암놈과 수놈은 일제히 알과 정자를 방출하는데, 이러한 현상은 해마다 같은 시기에 집단적으로 일어나기 때문에 바다가 물감을 풀어놓은 것처럼 뿌옇게 흐려지는 일대 장관을 이룬다.

** 군체는 폴립이 결합한 방식에 따라 일반적인 나뭇가지 모양 외에도 막대 모양, 덩어리 모양, 물컹물컹한 해 조류 모양 등으로 그 형태가 달라지게 된다.

*** 산호초가 발달하기 위해서는 몇 가지 전제조건이 필요하다. 우선 수심이 얕아야 하고, 물의 온도가 20℃ 이하로 내려가지 않아야 한다. 여기에 깨끗한 수질, 세찬 파도, 강렬한 햇빛, 높은 염도가 더해지면 산호초 형성 을 위한 최적의 조건이 갖추어지게 된다. 열대나 아열대의 얕은 바다가 바로 이러한 조건을 만족시키는 대표적인 장소이며, 오스트레일리아의 북동해안에는 너비 500~2,000미터, 길이 약 2,027킬로미터에 이르는 세계 최대규 모의 산호초가 발달해 있다.

거초는 섬 둘레의 얕은 바다에 형성된 산호초를 말한다. 거초와 섬이 동시에 천천히 가라앉는다고 생각해 보자. 섬은 수면 아래로 잠겨 점점 크기가 작아지겠지만 산호초는 이전 세대를 발판으로 삼아 계속해서 위쪽으로 자라나므로 항상 수면과 일정한 거리를 유지하게 될 것이다. 그 결과 생겨난 것이 바로 거초가 바다 쪽으로 확장된 것 같은 모양을 한 보초다. 그리고 섬이 수면 아래로 완전히 가라앉아 버리고 나면 이제 산호초만 남아 가운데가 빈 고리 모양의 환초를 형성하게 된다.

관광객들은 바다에 떠 있는 보석이라고 불릴 만큼 아름다운 산호초의 모습에 놀라움과 찬탄을 금치 못한다. 그러나 해양생태계에 있어서 산호초의 역할과 중요성은 놀라움의 정도를 훨씬 넘어선다. 우선 산호초에는 크고 작은 틈새들이 많이 발달해 있어 해양생물들의 좋은 서식처가 된다. 물고기, 갑각류, 연체동물, 해조류 등 형형색색의 바다생물들로 뒤덮여 열대우림에 필적할 만큼 높은 생물다양성을 자랑하는 곳이 바로 산호초 생태계다. 그리고 산호초는 바닷물에 산소를 공급하는 에어스톤의 역할을 한다. 산호초 주

거초

보초

환초

● **다윈의 산호초 형성 이론** 진화론의 창시자 다윈은 산호초 형성에 대한 이론을 정립한 것으로도 유명하다. 그는 지질학적 원인으로 인해 물 속으로 가라앉는 섬과 주변 산호초의 성장을 관련지어 침강설이라는 새로운 학설을 주창했다.

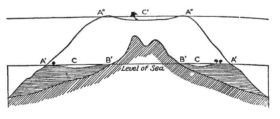

변에 발달한 해조류들뿐만 아니라 산호초 자체도 광합성을 통해 대량의 산소를 만들어낸다.[*] 또한 광합성이나 몸의 뼈대를 만드는 과정에서 온실효과의 주범인 이산화탄소를 흡수하여 지구온난화의 속도를 늦춰주는 것도 산호초의 중요한 역할이다. 산호초는 사람들에게 직접적인 이득을 안겨 주기도 한다. 해안선을 따라 늘어선 산호초는 대양의 거친 파도를 막아주는 훌륭한 자연방파제 역할을 하며, 산호초에서 잡히는 다양한 생물들은 사람들의 중요한 식량자원이 된다. 뿐만 아니라 최근에는 산호로부터 암과 에이즈 등의 각종 질병을 진단하거나 치료하는 물질을 추출해내려는 시도까지 행해지고 있다.

그러나 이처럼 소중한 산호초가 여러 가지 원인으로 인해 급속히 파괴되어가고 있다. 오염물질의 유입이나 살충제의 사용, 주변 산림파괴로 인한 토사의 유입, 이산화탄소량 증가에 의한 기후의 급격한 변화는 산호초 전체를 하얗게 탈색시키면서 죽게 만드는 백화현상을 일으킨다. 무분별한 채취행위도 문제다. 장식용으로 채취하는 것은 그나마 나은 편이다. 스리랑카와 인도에서는 산호초 전체를 부수어 시멘트를 만들었으며, 남태평양 팔라우섬의 건설업자들은 산호초를 이용해서 공항 활주로를 건설했다.

산호초는 매우 느리게 자라기 때문에 일단 파괴되고 나면 회복이 거의 불가능하다. 과학자들은 지금과 같은 속도라면 앞으로 20~40년 안에 지구상에 자라고 있는 산호초의 60%가 사라지게 될 것이라고 경고하고 있다. 산호초의 파괴는 이를 기반으로 해서 살아가는 모든 생물들의 멸종을 의미할

● 바다에 떠 있는 보석 몇 종류의 산호는 원래의 폴립이 죽으면 그 위에서 다시 자라는 과정을 반복하여 산호초라는 거대한 구조물을 만들어낸다.

＊ 산호초의 단위면적당 광합성 능력은 열대우림보다 뛰어나다고 한다. 동물인 산호가 산소를 만들어낸다고 해서 이상하게 생각할 것은 없다. 산호초를 이루는 산호들 중에는 단세포 조류들과 공생관계를 맺고 있는 것들이 많다. 산호의 몸 속에 빽빽하게 들어찬 단세포 조류들은 훌륭한 서식처를 얻은 댓가로 산호에 필요한 산소와 유기양분을 공급한다.

뿐만 아니라 인류에게도 커다란 재앙을 불러일으키게 될지도 모른다는 점
에서 우려할 만한 일이 아닐 수 없다.

정약전이 본 산호

산호충류는 몸 안쪽이 몇 개의 방으로 되어 있는지에 따라 크게 팔방산호류와 육방산호류로 나눌 수 있다. 팔방산호류에는 바다맨드라미류, 바다조름류, 해양류 등이 속해 있다. 바다맨드라미류는 몸체가 딱딱하지 않고 부드럽다고 해서 연산호라고도 불리는 종류로 바다맨드라미,* 바다딸기, 관산호 무리가 모두 여기에 속한다.** 바다조름류는 대부분 길쭉한 모양을 하고 있으며, 모래나 진흙 속에 몸의 일부를 파묻고 살아가는 습성이 있다. 골축이 아가미 모양으로 발달한 바다조름,*** 골축으로 고급 젓가락을 만드는 버들조름, 건드리면 몸에서 형광을 내뿜는 바다선인장 등이 이 무리의 대표종이다. 해양류는 바다맨드라미류나 바다조름류와는 달리 가느다란 나뭇가지 모양의 군체를 이룬다.**** 일반적으로 산호라고 하면 이 종류를 뜻하는 경우가 많은데, 해양류가 이처럼 산호의 대표격으로 인정받는 것은 골축이 단단하고 아름다워 예로부터 보석이나 장식품으로 이용되어 왔기 때문이다.*****

* 바다맨드라미라는 이름은 폴립이 몸의 윗부분에만 몰려 난 것이 마치 맨드라미꽃처럼 보인다고 해서 붙여졌다.
** 제주도 서귀포 앞바다에는 국내 최대의 연산호 군락이 형성되어 있다.
*** 바다조름이란 이름은 산호 모양이 조름, 즉 물고기 아가미의 빗살 구조와 비슷하다고 해서 붙여진 것이다.
**** 해양류海楊類라는 이름 자체가 버드나무 가지를 닮았다는 뜻을 담고 있다.
***** 빨간산호, 연분홍산호, 흰산호, 부채빨간산호 등이 그 대표적인 예다. 빨간산호(Corallium japonicum)의 뼈대를 가공한 것은 예로부터 칠보의 하나로 꼽힐 만큼 귀하게 여겨졌으며, 연분홍산호(Corallium elatius)도 뼈대에 고운 광택이 있어서 목걸이, 단추 등 최고급 장신구의 재료로 사용되곤 했다. 흰산호(Corall-ium konojoi) 역시 빨간산호나 연분홍산호만큼은 아니지만 갖가지 세공품으로 가공되어 꾸준한 인기를 누려오고 있다. 부채빨간산호(Melitodes flabellifera)는 어부들이 무나무라고 부르는 종류인데, 모양이 아름답고 빛깔 또한 다채로워서 수족관에 넣어 관상용으로 이용하거나 말려서 장식용으로 쓰는 경우가 많다.

정약전이 말한 가산호는 해양류의 일종일 가능성이 매우 높다. 정약전은 가산호를 고목에 비유하며 가지에서 또 가지가 뻗어 나온 것이 가새목과 비슷하다고 묘사했다. 가새목은 조그만 구조물을 지을 때 쓰는 끝이 두 갈래로 갈라진 나무막대를 말한다. 끝이 계속해서 두 갈래로 갈라져나가는 것은 나뭇가지처럼 생긴 산호들의 특징인데, 이와 가장 비슷한 형태를 하고 있는 것이 바로 해양류에 속하는 산호들이다. 그렇다면 흑산도 근해에 서식하는 해양류 중 본문에서 지적한 그 밖의 조건들, 즉 '몸체가 돌같이 단단해서 두드리면 쟁쟁한 소리가 난다', '껍질은 새빨갛고 속은 흰색이다' 등을 만족시키는 종이 가산호의 유력한 후보가 될 수 있을 것이다.*

육방산호류에는 하나의 폴립이 단독으로 살아가는 해변말미잘, 꽃말미잘 무리와 여러 개의 폴립이 군체를 이루는 뿔산호, 돌산호 무리가 속해 있다. 해변말미잘과 꽃말미잘 무리는 우리가 흔히 말미잘이라고 부르는 종류이며, 뿔산호 무리는 소나무 가지를 닮은 해송으로 대표되는 종류다.** 돌산호류는 딱딱한 석회질의 골격을 가진 산호다. 돌산호류 중에는 말미잘처럼 단독으로 살아가는 것도 있지만 군체를 이루어 산호초를 만드는 것들의 수가 훨씬 많다. 군체를 이루는 종들은 나뭇가지 모양, 널빤지 모양, 공 모양 등 다양한 형태로 자라며, 이름도 군체의 모양에 따라 뇌돌산호, 버섯돌산호, 별돌산호, 뿔돌산호 등으로 붙여진다.***

---

* 실물을 확인하지는 못했지만 현지인들의 말을 들어보면 이러한 특징을 가진 종이 분명히 존재한다는 사실을 알 수 있다. 이들은 예상대로 도감에서 해양류 산호들을 짚어냈다.

** 제주도의 기념품 가게에서는 해송의 뼈대를 가공하여 만든 담배 파이프, 브로치, 도장, 반지, 지팡이 등을 판매하고 있다.

*** 우리 나라에서는 울릉도, 오륙도, 서귀포, 성산포 등지에서 단체 및 군체 돌산호류가 채집된다. 수족관이나 기념품 가게에서 파는 하얗고 두툼한 모양의 산호는 돌산호류의 육질을 제거하고 표백해서 만든 것이다. 살아 있는 돌산호류는 몸 속에서 공생하는 해조류의 종류에 따라 노란색, 갈색, 올리브색 등 다양한 색깔을 띠지만 그 뼈대의 빛깔은 항상 흰색이다.

진짜 산호와 가짜 산호

산호는 진주와 함께 최고의 가치를 인정받고 있는 유기질 보석[*] 중 하나다. 유럽 사람들은 오래 전부터 빨간산호나 연분홍산호 등을 무기나 각종 장신구를 만드는 데 사용해왔으며, 우리 나라에서도 산호로 만든 비녀, 관자, 단추, 노리개 등이 조선시대 때부터 널리 제작·유통되고 있었다. 산호는 약재로도 쓰였다. 로마 사람들은 산호가 어린이의 이를 튼튼하게 해준다고 믿었으며, 고대 중국과 인도에서는 산호를 콜레라의 예방약으로 사용했다.

『동의보감』에서는 『본초강목』을 인용하여 산호의 약성을 다음과 같이 정리해 놓았다.

성질은 평平하다. 맛이 달고 독은 없다. 마음을 진정시키고 깜짝깜짝 놀라는 증상을 멈추게 한다. 눈을 밝게 하고 예장(눈에 낀 백태)을 없앤다. 코피를 멎게 한다. 약재를 가공하는 방법은 파려玻瓈(불가 칠보의 하나)와 같다.

●**산호로 만든 장신구** 산호는 진주와 함께 최고의 가치를 인정받고 있는 유기질 보석 중 하나다. 유럽 사람들은 오래 전부터 빨간산호나 연분홍산호 등을 무기나 각종 장신구를 만드는 데 사용해왔으며, 우리 나라에서도 산호로 만든 비녀, 관자, 단추, 노리개 등이 조선시대 때부터 널리 제작·유통되고 있었다.

＊ 생물에서 유래한 보석을 말한다.

우리 나라에서 공예품이나 약품의 재료로 쓰인 산호는 거의 중국에서 수입된 것이었다. 정약전이 흑산도에서 관찰한 산호를 '가산호', 즉 가짜 산호라고 부른 것도 중국산의 진짜 산호에 대해 잘 알고 있었기 때문이리라.

이규경이 지은 『오주서종박물고변』에는 산호에 대한 이야기가 잘 정리되어 있다. 이규경은 우선 "산호에는 붉은 것, 푸른 것, 선홍색인 것 등이 있으며, 담홍색에 가는 세로무늬가 있는 것이 상품이다"라고 밝혔다. 담홍색이라고 한 것은 지금도 가장 값비싼 산호로 대우받고 있는 연분홍산호가 아닌가 생각된다.※※ 이어서 진짜 산호와 가짜 산호를 구별하는 법을 소개하고 있는데, 명주로 싼 다음 불을 붙여 보아 타지 않는 것이 진짜라고 밝혔다.※※※ 그리고 이규경은 가짜 산호를 만드는 구체적인 방법까지 설명해 놓았다.

성성석猩猩石이라는 남경南京산 옥은 빛깔이 붉어서 산호와 비슷하므로 잘 갈아서 진하게 만든 다음 상아나 고래 이빨에 입혀서 만든다. 또한 사슴뿔에 홍화즙으로 염색한 것은 가짜 중의 가짜라고 할 수 있다.

산호와 재질이 비슷한 상아와 고래 이빨, 사슴뿔 등을 이용해서 가짜 보석을 만들었다는 것이다. 이규경은 마지막으로 우리 나라의 동해와 제주도에서도 산호가 난다는 말을 덧붙인 후 이야기를 마무리했다.

박화진 씨로부터 배에 놓아둔 산호를 보여주겠다는 약속을 받아내고 방으로 돌아왔다.

※ 정확한 종류와 용도가 밝혀져 있지는 않지만 국내산 산호에 대한 기록도 전혀 없는 것은 아니다. 『규합총서』와 『오주서종박물고변五洲書種博物考辨』에서는 우리 나라의 동해와 제주에서 산호가 난다고 기록되어 있다.
※※ 연분홍산호는 일본 남부에서 타이완에 걸쳐 분포하고 있지만 제주 근해에서도 서식할 가능성이 있다.
※※※ 진짜 산호는 사슴뿔로 만든 가짜 산호와는 달리 석회질로 되어 있으므로 당연히 불에 타지 않을 것이다. 진짜와 가짜를 구별하는 방법을 제시했다는 것은 당시에 가짜 산호가 널리 유통되고 있었으며, 그만큼 산호의 인기가 높았다는 뜻으로 풀이할 수 있다.

국화 그림자와 죽란시사

바람은 여전히 세차게 불고 엎친 데 덮친 격으로 전기까지 끊겼다. 진리 발전소에 문제가 생긴 모양이었다. 박화진 씨가 가져다 준 양초에 불을 붙였다. 오랜만에 보는 촛불이다. 불빛이 일렁일 때마다 따뜻한 온기가 밀려온다. 낮에 꺾어온 산국 몇 줄기가 불빛을 받아 신비한 색감을 드러낸다. 은은한 국화향이 뿜어져 나오는 듯하다. 정약용은 누구보다도 국화를 아끼고 사랑했던 사람 중의 하나였다.

국화가 여러 꽃 중에서 특히 뛰어난 점이 네 가지 있다. 늦게 피는 것이 그 하나이고, 오래도록 견디는 것이 그 하나이며, 향기로운 것이 그 하나이고, 고우면서도 화려하지 않고 깨끗하면서도 싸늘하지 않은 것이 나머지 하나이다. 국화를 사랑하기로 세상에 이름난 사람이나 스스로 국화의 취미를 안다고 자부하는 사람들도 이 네 가지를 좋아하는 것에서 크게 벗어나지 않는다. 그러나 나는 이 네 가지 외에 또 특별히 촛불 앞의 국화

● 우이도의 산국 국화가 여러 꽃 중에서 특히 뛰어난 점이 네 가지 있다. 늦게 피는 것이 그 하나이고, 오래도록 견디는 것이 그 하나이며, 향기로운 것이 그 하나이고, 고우면서도 화려하지 않고 깨끗하면서도 싸늘하지 않은 것이 나머지 하나이다.

그림자를 국화의 뛰어난 점으로 꼽는다. 나는 밤마다 벽을 쓸고 등잔불을 밝힌 다음 숙연히 앉아 홀로 국화의 그림자를 즐긴다. 하루는 윤이서에게 들러 "오늘밤 우리집에 묵으면서 나와 함께 국화를 구경하지 않겠는가?"라고 말했더니, 윤이서는 "국화가 아무리 아름답다 한들 어찌 밤에 구경할 수 있겠는가?"라고 대답했다. 그리고 몸이 아프다는 핑계를 대면서 이를 사양했다. 나는 다시 구경만 한 번 해 보자고 간청하여 그를 데리고 왔다. 저녁이 되어 동자를 시켜 촛불을 국화 한 송이에 바싹 갖다 대게 하고는 남고에게 보이면서 "정말로 기이하지 않은가?" 하고 물었다. (중략) 옷걸이 책상 등의 산만하고 들쭉날쭉한 물건을 모두 치우고, 국화의 위치를 정돈하여 벽에서 약간 떨어지게 한 다음 적당한 곳에 촛불을 두어 불을 붙이게 했다. 그랬더니 기이한 무늬, 이상한 형태가 홀연히 나타나 벽을 가득 채웠다. 가까운 곳에 비친 그림자는 꽃과 잎이 서로 어울리고, 가지와 곁가지가 정연하여 마치 묵화를 펼쳐놓은 것과 같았으며, 조금 멀리 있는 그림자는 너울너울하고 어른어른하며 춤을 추듯 하늘거려서 마치 달이 동녘에서 떠오를 때 뜨락의 나뭇가지가 서쪽 담장에 걸리는 것처럼 보였다. 아주 멀리 비치는 그림자는 분명하지가 않아서 엷은 구름놀 같기도 하고, 사라져 없어지거나 소용돌이치는 것이 파도가 세차게 넘쳐흐르는 것 같기도 해서 뭐라고 형용할 방법이 없었다. 그러자 윤이서는 큰 소리를 지르며 뛸 듯이 기뻐하고는 손으로 무릎을 치며 "기이하구나. 이것이야말로 천하의 절경일세"라고 탄성을 터뜨렸다. 흥분이 가라앉자 술을 권하고, 술이 취하자 서로 시를 읊으며 이 분위기를 마음껏 즐겼다.

정약용은 윤이서에게 자신이 찾아낸 밤 국화의 아름다움을 애써 이해시키려 했다. 이러한 즐거움을 정약전에게도 알리지 않았을 리 없다. 아니 가장 먼저 형의 소매를 부여잡고 국화 구경을 재촉했을 것이다. 그리고 몇 년이 지나지 않아 두 형제는 머나먼 남도에서 바다를 사이에 두고 그리움만 삭이는 처지가 되고 만다. 200년 전의 어느 날 밤 상어기름에 호롱불이었겠지만 정약전도 국화를 옆에 가져다 놓고 옛 생각에 빠져들었을 것이다. 그리고 사랑하는 동생의 얼굴과 죽란시사竹欄詩社의 즐거웠던 모임을 떠올렸으리라.

정약용은 1795년 겨울 죽란시사라는 모임을 결성했다.* 죽란시사는 비슷한 또래의 젊은 학자들이 주축이 되어서 만든 모임으로 이주신, 홍약여, 이성욱, 이자화, 이양신, 한혜보, 유진옥, 심화오, 윤무구, 신경보, 한원례, 이휘조와 정약전 · 정약용 형제, 그리고 채제공의 양자 채이숙 등 총 15명의 회원으로 구성되어 있었다.** 또한 15명의 동인 중에서 9명이 초계문신抄啓文臣 출신이었다는 점에서 이 모임의 성격을 짐작할 수 있다. 초계문신 제도는 정조가 인재를 양성하기 위해 만든 것으로 건국 초기 집현전의 사가독서賜暇讀書制와 독서당讀書堂 제도의 후신으로 볼 수 있다. 당시 문신들은 초계문신으로 뽑히는 것을 큰 영광으로 여겼다. 『규화명선奎華名選』에는 다음과 같은 기록이 나온다.

---

* 죽란시사라는 이름은 정약용의 집 앞마당에 있던 죽란사竹欄숲에서 이 모임이 이루어졌다는 데서 유래한 것이다.

** 죽란시사의 회원들은 모두 나이가 비슷하고, 사는 곳이 가까우며, 비슷한 사회적 지위에 그 뜻이나 취미의 지향점이 일치하는 사람들이었다.

사람들이 선망하기를 용문龍門*이나 영주瀛州**같이 여기며, 능력 있는 자는 더욱 노력하고 능력이 없는 자는 절뚝대며 따라간다.

죽란시사에서 국화는 특별한 의미를 지닌 꽃이었다. 죽란시사의 규약 중에 국화꽃이 피었을 때 한 차례 모인다는 조항이 들어 있었기 때문이다.

살구꽃이 피면 한 번 모이고, 복숭아꽃이 피면 한 번 모이고, 한여름에 참외가 익으면 한 번 모이고, 서늘한 바람이 불어 서지西池에 연꽃이 피면 한 번 모이고, 국화꽃이 피면 한 번 모이고, 겨울에 큰 눈이 오면 한 번 모이고, 세밑에 화분의 매화가 피면 한 번 모인다. 모일 때마다 술과 안주, 붓과 벼루를 준비하여 술을 마시며 시가를 읊조릴 수 있게 한다.

그리고 죽란사에 국화꽃이 핀 것을 기념하여 정약용이 지은 시에서 이 모임의 분위기를 느껴볼 수 있다.

철은 가을인데 쌀은 더 귀하고
집이 가난해도 꽃은 많다네
가을빛 속에 꽃이 피어
다정한 사람들 밤에 서로 찾았지
술 따르며 시름까지 보태 따르고

시가 완성되면 즐거운 걸 어떡해

은은한 국화향 속에 오가는 시와 술잔과 대화. 평화롭고 정겨운 풍경이다. 그러나 이 모임의 성격이 결코 풍류와 친목에만 치우치지는 않았을 것이다. 회원 개개인의 면면도 면면이려니와 이들이 정조의 기대와 총애를 한 몸에 받고 있던 신진학자들이었다는 점을 생각하면 이 자리에서 새로운 학문과 사상에 대한 토론과 시국에 대한 근심 어린 논의가 오갔으리라는 사실을 어렵지 않게 추측할 수 있다. *

---

* 『죽란시사첩竹蘭詩社帖』의 서문에서도 이들이 지나치게 유흥을 즐기는 분위기가 되지 않도록 스스로를 경계하고 있었다는 사실을 확인할 수 있다. "번옹(채제공)께서 죽란시사에 대한 이야기를 전해들으시고는 '정말로 훌륭하도다. 내가 젊었을 때 이런 모임이 있었더라면 얼마나 좋았겠는가. 우리 성상(정조)께서 20년 동안 인재를 양성하신 효과가 이제야 나타났도다. 모일 적마다 성상의 은택을 노래하며 이에 보답할 방법을 생각해야지 곤드레만드레 취해서 떠드는 일만 일삼지 않도록 하게나'라고 말씀하셨다. 이숙이 내게 서문 쓰기를 권하기에 번옹의 훈계를 아울러 기록하여 서문으로 삼는다."

진실한 친구

죽란시사에서 정약전은 동생과 함께 주도적인 역할을 하고 있었다. 성격이 화통하고 반골 성향이 강했던 정약전은 벼슬자리를 탐하기보다는 친구들과 어울리며 자신이 원하는 학문과 관심사에 대해 맘껏 대화를 나누는 것을 즐겼다. 그리고 이주신, 한혜보, 윤무구 등 죽란시사 주축 멤버들과 매우 친밀한 관계를 유지하여 때로는 정약용의 질투 어린 시선을 받기도 했다.

윤무구는 계축년(1793, 진산사건) 이후 편협하게 천전(정약전)만을 좋아했다. 날마다 이주신, 한혜보, 윤외심, 강인백 등과 남산 아래 모여 술을 마시고 떠들어대며 잡된 오락을 즐겼고, 더러는 소릉에서 더러는 직금방에서 모이기도 하며 자주 장소를 바꿨다. 나와 채이숙은 자주 그들의 단아하지 못함을 욕했기 때문에 배척받아 그 모임에 끼지 못했다.

정약용은 지나치게 술을 즐기고 말을 함부로 하는 형과 그 친구들을 달갑지 않게 여겼지만 나중에는 오히려 그들이 살아가는 방식을 이해하고 존중하는 쪽으로 생각이 바뀌게 된다.

약전 형님은 예전에 "자네는 모 상서, 모 시랑과 좋아지내지만 나는 술꾼 몇 사람과 아무것에도 구애돼 없이 이렇게 큰소리 치며 살아간다네. 그렇지만 바람이 일고 물이 치솟으면 어느 쪽이 서로를 배신해버릴지는 알 수 없을 것이네"라고 말씀하신 적이 있었다. 과연 신유년에 화란이 일어나자 이들 몇 사람은 평상시처럼 서로를 돌보고 보살펴주었다. 윤외심만 해도 대관 박장설에게 큰소리치며 우리 형제가 죽게 될지 살게 될지를 알아내려 했고, 강인백은 화원花園에서 울부짖으면서 취중에도 우리 형제가 곁에 있는 듯 찾아댔는데, 지위 높고 훌륭했던 여러 대부들은 곧장 연명 상소를 올려 나를 공격해댔으니 오호라, 이런 것이 내가 우리 형님을 따라가지 못하는 부분이었다.

정약용이 친하게 지내던 이들은 위기가 닥치자 모두가 나 몰라라 뒷짐을 졌다. 그러나 형과 친했던 한혜보와 이주신은 이들 형제를 서울로 불러 사태가 어떻게 돌아가고 있는지 소상하게 알려주었고, 큰 일이 닥치기에 앞서 마음가짐을 바로 하라는 뜻에서 인삼을 달여주기까지 했다. 유배령이 떨어지고 난 후에도 정약전의 친구들은 변함없는 우정을 과시했다.

왜남비에 고기를 구워 먹이고는 눈물을 흘리며 함께 잠자리에 들었다. 서로를 끌어안은 채 밤을 꼬박 지새고 나서야 비로소 돌아가니 아, 말세의 풍속에 이렇게 해 줄 수 있는 사람이 과연 몇이나 되겠는가.

그뿐만이 아니었다. 유배생활을 하고 있는 동안에는 편지를 보내어 안부를 물었으며, 수시로 가족들을 방문하여 위로와 격려의 말을 아끼지 않았다. 정약용은 이 일에서 교훈을 얻어 다음과 같은 시를 짓게 된다.

진실한 사귐과 거짓된 사귐이란
환난을 당해 봐야 결판이 나고
선비의 맑음과 흐림은
상란을 당해 봐야 분별이 된다네

나 한창 벼슬할 때
그대 내 나무람 들었지만
엎어지고 쓰러짐 당해서는
오직 그대만이 위배됨이 없었네

술도 역시 마실 만한 것이고
바둑도 역시 즐길 만한 것이로군

이주신은 이들을 전송하고 정약전에게 노자를 주었다는 이유로 유배를 당하기까지 했다.

겉만 위엄 있고 내면이 유약함을
군자는 인정하지 않는 법이로다

　이토록 진실한 친구를 여럿이나 만들고, 유배지에서조차 주민들로부터
한없는 존경을 받았던 정약전은 과연 어떤 인물이었을까? 정약용이 지은
시 한 토막에서 그의 성격과 풍모를 느껴볼 수 있다.

　　푸른 수염 훤칠한 키 장후*와 비슷하고
　　청고하고 고집스런 반백의 늙은이라네
　　드넓은 들 없으니 큰 박 어디에 둘 것이며

　　늘 속임수에 빠져 바둑판은 물리친다오
　　초나라 점쟁이는 첨윤에게 물으려 하는데
　　연나라 노래꾼은 술꾼과 어울리지

　　분단장을 배우려 해도 지금은 때가 늦어
　　봉두난발 그대로 기주에서 늙노라네

　이로써 정약전이 당당한 체구에 위엄 있는 용모를 소유한 인물이었음을
알 수 있다. '드넓은 들 없으니 큰 박 어디에 둘 것이며'라는 대목은 재능이

＊ 장후는 춘추전국시대 진나라의 대부 해장을 말한다.

뛰어나나 아무도 써주지 않음을 뜻하는 말로『장자』에 나온 다음 이야기를
빗댄 것이다.

　혜자가 장자에게 말했다. "위왕이 커다란 박씨를 주기에 그것을 심었더
니, 쑥쑥 자라나 5섬이나 들어갈 만한 박이 열렸소. 물을 담자니 무거워
들 수가 없고, 둘로 쪼개어 바가지로 쓰자니 납작하고 얕아서 아무것도
담을 수가 없었소. 확실히 크기는 컸지만 아무 쓸모가 없어 부숴버리고
말았지요." 그러자 장자가 대답했다. (중략) "5섬이나 들어가는 박이 있
었다면 어째서 그것으로 커다란 술통 모양의 배를 만들어 강호에 띄울 생
각은 하지 않았소? 커다란 박으로 뭔가를 만들어 즐길 생각은 하지 않고
납작해서 아무것도 담지 못한다며 걱정만 하고 있다니 역시 당신은 앞뒤
가 꽉 막힌 양반이구료." 혜자가 다시 장자에게 말했다. "내게 큰 나무가
한 그루 있는데, 사람들은 그것을 가죽나무라고 하더군요. 줄기는 울퉁불
퉁하여 먹줄을 칠 수가 없고, 가지는 비비 꼬여서 자를 댈 수가 없소. 길
에 서 있지만 목수가 거들떠보지도 않소. 지금 당신의 말은 이 나무처럼
크기만 했지 쓸모가 없어 사람들이 모두 외면해버립디다." 장자는 다시
대답했다. (중략) "지금 당신은 큰 나무가 있는데도 쓸모가 없어 걱정인
듯하오만 어째서 아무것도 없는 드넓은 들판에 그 나무를 심어 놓고 내키
는 대로 주위를 배회하거나 시원한 그늘 아래 누워 유유히 낮잠을 즐길
생각은 하지 못하는 거요?"

커다란 박이나 나무처럼 뛰어난 자질을 갖추었기에 쓰기에 따라서는 얼마든지 사회에 중요한 기여를 할 수 있었던 인물. 그가 바로 정약전이었다. 그러나 아쉽게도 당시 우리 나라에는 그와 같은 인재가 맘껏 활개칠 만한 강호나 드넓은 들이 없었다. 그리고 정약용은 정약전을 연나라의 노래꾼에 비유했다. 이는 국가에서 그를 인재로 여겨 등용하려 하는데도 본인은 오히려 방랑생활로 자기 재능을 숨긴다는 것을 뜻한다. 그러나 막상 정약전이 오랜 야인생활을 접고 과거를 통해 관계에 진출했을 때는 제대로 뜻을 펼칠 기회조차 주어지지 않았다. 곧바로 천주교 탄압의 된서리를 맞고 정치일선에서 쫓겨나는 신세가 되고 말았던 것이다. 자신의 의지로는 어쩔 수 없는 일이었다.

정약전의 다소 과격했던 행동을 어쩌면 이해할 수 있을 것 같기도 하다. 세상이 알아주지 않고 가족친지들조차 자신을 이해하지 못했으니 뭍에서도 유배 아닌 유배생활을 해왔던 것인지도 모르겠다. 그러나 뭍에서는 그나마 함께 술을 마시며 웃어주고 울어줄 친구들이 있었다. 이들을 만날 수 없는 망망대해의 외딴 섬에서 그는 얼마나 커다란 외로움과 고독에 시달려야 했을까? 국화꽃 향기가 은은하게 밀려드는 계절이면 그토록 서로를 아끼고 사랑했던 윤무구를, 이주신을, 한혜보를, 시를 낭송하던 목소리가 맑고 애절하여 사람들의 심금을 울리던 윤이서를 떠올리며 죽음과도 같은 상실감에 빠져들지 않았을까?

추운 밤

전기가 끊겨버린 탓에 보일러가 들어오지 않았다. 이제 흙벽이 시멘트 블록 벽으로 바뀌었을 뿐 정약전이 유배살이를 했던 당시와 다름없는 상황이다. 유배당한 이들은 기나긴 겨울 동안 뼈를 깎는 듯한 고통의 시간을 보내야 했다. 이들이 유배지에서 남긴 글들을 보면 한결같이 겨울의 추위를 토로하고 있다. 다음은 안조원이 지은 〈만언사萬言詞〉의 한 대목이다.

어와 외박하니 설풍에 어찌하리
보선 신발 다 없으니 발이 시려 어이하리
하물며 찬 데 누워 얼어죽기 편시로다
주인의 근력 빌어 방반간 의지하니
흙바람 발랐은들 종이 맛 아올손가
벽마다 틈이 벌어 틈마다 버레로다
구렁 지네 섞여있어 약간 버레 저허하랴

* 안조원은 주색에 빠져서 국고를 축냈다는 죄로 추자도에서 유배살이를 하게 된다. 이때 유배생활의 괴로움과 자신이 지은 죄에 대해 회개하는 내용을 시로 읊은 것이 바로 이 글이다. 시의 내용이 애절하여 이를 돌려읽은 궁녀들 중 눈물을 흘리지 않은 이가 없었으며, 그 내용이 임금에게까지 알려져 마침내 유배에서 풀려날 수 있었다고 전해진다. 〈만언사〉는 작자의 체험과 감정을 고스란히 드러내는 사실적인 작품이란 점에서 높이 평가받고 있을 뿐만 아니라 유배생활의 실상을 알려주는 귀중한 자료가 되기도 한다.

굵은 버레 죽어내고 적은 버레 던저주네
대를 얽어 문을 하고 헌 자리로 가리오니
적은 바람 가리온들 큰 바람 어찌하리
도중의 나무 모와 조석밥 겨우 짓네
간난한 손의 방에 불김이 쉬울소냐
섬거적 뜯어 펴니 선단 요히 되었거늘
개가죽 추켜 덮고 비단이불 삼았세라
적무인 빈 방안에 게발 물어 던지드시
새우잠 곱송거려 긴긴밤 새와 날제
우흐로 한기들고 아래로 냉기올라
일홈도 온돌이나 한데만도 못하고야
육신이 빙상되어 한전이 절로 날제
송신하는 숫대런가 과녁 맞은 살대런가
사풍세우 물풍진가 칠보광의 금나빈가
사랑 만나 안고 떠나 겁난 끝에 놀라 떠나
양생법을 모르거든 고치조차 무삼일고
눈물 흘려 베개 젖어 얼음조각 비석인가
새벽닭 해해우니 반갑다 닭의 소리

금방이라도 손발이 곱아들고 새하얀 입김이 뿜어져 나올 것 같은 정경이다. 새벽닭이 울어 얼른 해가 뜨기만을 기다리는 안조원의 심정이 안타깝게 느껴진다. 최익현이 우이도에 머물면서 썼던 시에도 유배지의 겨울이 실감 나게 묘사되어 있다.

오두막 두어 간이 강물에 닿았으니
한가하고 고요하기 그지없구나
조수 소리 땅 흔드니 찬 기운이 스며들고
구름 기운 산 두르니 푸른빛이 창에 어리네
일편 단심은 곤궐袞闕을 근심하고
긴 밤에 글 읽는 등불만 밝혔네
때로는 비바람에 오는 사람 드물어
떨어지는 낙엽소리 인적인가 의심하네
외로운 돛단배 다시 상강湘江에 들어가니
혜초와 난초향이 저절로 어울리네
병든 어버이를 생각하며 궤에 의지했고
어린애를 보고는 기뻐하여 창 열었네
나그네 부엌에 흉년을 만나니 반찬이 없고
겨울 방이 하도 차니 등잔을 같이 했네
다만 한스러운 건 봄이 오고 그대가 가는 곳에
어찌 견디리 집 앞에 오가는 발자국 소리

최익현은 가족과 친지들에게 보내는 편지에서도 절도의 심한 추위를 몇 번씩이나 호소한 바 있다. 그러나 추위보다 더욱 견디기 힘든 것은 추위와 함께 밀려드는 외로움과 사람에 대한 그리움이었다. 집 앞에 오가는 발자국 소리에도 귀를 기울이는 최익현의 모습에서 유배객들에게 겨울이 얼마나 참혹한 계절이었는지를 짐작할 수 있다.

이런저런 생각에 한동안 몸을 뒤척이다 새벽녘이 되어서야 겨우 잠이 들었다.

정약전의 흔적을 찾아서

우이도의 일출

새벽까지만 해도 으르렁거리던 바람소리가 어느새 잦아들어 있었다. 다시 한 번 귀를 기울여 봤지만 역시 바람소리는 들리지 않았다.

"오늘 아침에 배 뜬다는데 가요?"

"네. 가야죠."

행여 시간을 놓칠세라 허겁지겁 식사를 마치고 집을 나섰다. 바람은 수그러들었지만 파도는 여전히 기세등등했다. 돈목에 들어올 때와 마찬가지로 고개 너머에서 배를 댄다고 했다. 절벽 위에서 배를 기다리며 솔가지와 나뭇잎을 모아 모닥불을 피웠다. 잠시 쪼그리고 앉아 불을 쬐다가 다시 몸을 일으켰다. 돈목의 모습을 한 번 더 새겨 놓고 싶어서였다. 바로 그때 해가 떠오르기 시작했다. 멀리 수평선 가까이 낮게 깔린 연봉들을 뚫고 붉은 해가 넘실넘실 떠오르고 있었다.

"21세기 첫 해야."

옆에 있던 해군장교의 목소리에 정신이 퍼뜩 들었다. 뜻하지 않게 1월 1

일 2001년의 첫 일출을 보게 된 것이다. 한영단 씨도 한 마디 거들었다.

"상산 일출이 끝내주지라. 작년에 아저씨하고 부대 사람들하고 같이 올라가서 봤는데 너무 좋았어라. 온 천지가 빨개져서…"

눅눅한 대기를 뚫고 쏟아져 들어오는 눈부신 햇살에 실타래처럼 얽혀 있던 마음이 한순간에 깨끗이 풀려버리는 듯한 느낌이었다. 정약전도, 최익현도 상산 일출을 보았을 것이다. 그들의 느낌은 어땠을까?

멀리 신해 3호의 모습이 보이는가 싶더니 어느새 눈앞으로 다가와 있었다. 파도가 거칠어서 배를 대기가 쉽지 않았다. 한영단 씨에게 작별 인사를 하고 힘들게 배에 올랐다. 진리로 가는 길은 심심하지 않았다. 며칠 전에 보았던 박화진 씨의 친구가 옆 사람에게 이것저것 설명해 주는 것을 훔쳐 들을 수 있었기 때문이다.

"흑산도 보이지라? 저그 거무스름하게 보이는 거. 가을에 날씨 맑을 때는 또렷이 보이는데. 옛날 목선 타고 가면 이틀 정도 걸렸다더만요. 물때랑 바람이랑 잘 맞으면 가는데, 가다가 바람 안 불면 닻 내리고 쉬다가 그랬지라."

"오징어가 조수 때문인지 많이 밀린 적이 있지라. 거의 물 반 오징어 반이었제. 퍼담아다가 소금에 절여놨다가 먹고 싶을 땐 하나씩 물에 넣어 간을 뺀 다음에 회 먹듯이 먹었지라."

"성촌 띠밭너머 이쪽에는 다 모래라 쎄대랑 간재미랑 많이 잡혔제."

배가 한 곳에 이르자 갑자기 크게 흔들리기 시작했다. 눈으로 구별할 수 있을 만큼 물살이 세차게 흐르고 있었다.

"저그 좀 봐 물발이 겁나게 쎄어라. 저그만 넘어가면 돼. 옛날에 삼촌이랑 주낙하러 나오면 저쯤에서 붕장어 커다란 놈이 잘 물었제라."

우이도 앞바다에서는 언제나 이처럼 파도가 심하게 인다. 내해로 들어가는 길목에 섬이 위치하고 있어 밀물 때 섬 좌우에서 밀려드는 조수가 이곳에서 맞부딪치게 되기 때문이다. 그러나 박화진 씨 친구의 말처럼 커다란 붕장어가 많이 물렸다는 곳을 지나고 나자 거짓말같이 물발이 잦아들었다.

성재와 공동산

진리 선착장에 내려서자마자 마을 전경을 촬영했다. 그리고 뭐라도 하나 알아볼까 하는 요량으로 근처를 지나가던 사람 하나를 붙잡았다. 그는 자신을 우이도 내연발전소에 근무하는 직원이라고 소개했다. 우이도에 대해 알고 싶은 게 있다고 말하자 일단 따라와 보라며 발전소로 안내한다. 꽤 오랫동안 이야기를 나눴지만 별다른 수확은 없었다. 정약전에 대해서도 진터에 대해서도 알아내지 못했다. 실망한 표정을 감추며 막 일어서려는데, 그가 갑자기 뭔가 생각난 듯한 표정으로 이야기를 꺼냈다. 마을 너머 성재에 이상한 구조물이 있다는 것이었다.

"우물 지나서 오른쪽 너럭바위를 끼고 올라가면 성재가 나오지라. 산마루에 돌을 쌓아 놓은 건디 폭이 1미터, 높이도 1미터 이상 될 거여. 옛날에는 겁나게 높았어라. 노인들 말씀으로는 방풍을 위해 쌓았다고 그라더만."

성재는 성이 있다고 해서 붙여진 이름일 것이다. 구전으로야 바람막이를 위해 쌓았다고 하지만 마을로 들이치는 바람을 막기 위해 높은 산능선에 성

◉ 진리 마을 진리는 우이도에서 가장 큰 마을이다.

을 쌓는다는 것은 아무래도 이해하기 어려운 일이다. 어쩌면 진지의 흔적일지도 모른다는 생각이 들어 한 번 올라가 보기로 했다.

성재를 찾는 일은 그리 어렵지 않았다. 마을 안쪽을 향한 길을 따라 쭉 걸어가다 보면 길 오른편으로 넓적한 바위가 나타나고, 그 뒤쪽으로 오목하게 패인 산능선이 그대로 바라보이는데 그곳이 바로 성재였다. 골짜기 사이로 난 오솔길을 따라 한참을 올라가자 갑자기 시야가 넓게 트이면서 문제의 성축이 나타났다. 넓적한 돌을 쌓아올려서 만들었는데 두 겹으로 되어 있어 그 사이를 사람이 걸어다닐 수 있도록 한 구조였다. 그러나 건축이나 축성에 대한 지식이 없는 나로서는 누가 어떤 용도로 만들었는지 전혀 짐작조차 할 수 없었다.

답답한 마음을 풀어볼까 하고 성벽 한쪽에 기대앉아 반대쪽 해변을 바라보았다. 기가 막힌 풍광이었다. 넓은 모래밭 너머로 하얗게 부서지는 파도와 하늘빛을 닮은 바다가 끝 간 데 없이 펼쳐져 있었다. 한참을 마냥 그렇게 앉아 있다가 다시 마을 쪽으로 걸어 내려왔다. 미리 오후 선표를 끊어놓기

위해서였다. 매점을 겸한 매표소 앞에는 할아버지 한 분이 나와 앉아 볕을 쬐고 있었는데, 표를 끊으러 왔다고 말하자 힘겹게 의자에서 몸을 일으킨다. 12시 30분 도초행 선표를 끊었다. 배낭을 둘

● 축성의 흔적 골짜기 사이로 난 오솔길을 따라 한참을 올라가자 갑자기 시야가 넓게 트이면서 문제의 성축이 나타났다. 넓적한 돌을 쌓아올려서 만들었는데 두 겹으로 되어 있어 그 사이를 사람이 걸어다닐 수 있도록 한 구조였다. 그러나 건축이나 축성에 대한 지식이 없는 나로서는 누가 어떤 용도로 만들었는지 전혀 짐작조차 할 수 없었다.

러매고 나가려 하자 할아버지는 가게 안 소파에서 쉴 것을 권했다. 그리고
자신은 날씨가 꽤 쌀쌀한데도 밖에 놓아둔 의자 쪽으로 다시 걸어나간다.
조용한 가운데 할아버지 손바닥 안에서 호두알 굴러가는 소리만 달그락거
리고 있었다. 기묘한 정적이었다. 얼마나 지났을까. 할아버지가 뜬금 없이
얘기를 꺼냈다.

"앞 제방, 할아버지들이 등태 들고 날라 쌓았제. 큰 바람 불어도 끄덕 없
어."

매표소 앞에 있는 돌제방을 말하는 모양이었다. 지금이야 바깥쪽으로 커
다란 콘크리트 방파제가 들어섰지만, 그 이전까지는 이 돌제방이 거센 파도
로부터 주민들의 생계가 달린 배들을 보호해주는 유일한 방패막이었을 테
니 자랑스러워할 만도 했다. 수첩을 뒤적이다가 잊고 있었던 질문거리 하나
가 생각났다.

"이 마을에 공동묘지가 있다고 들었는데 어디쯤 있습니까?"

"공동묘지 있어. 저그 공동산 밑에. 요 국민학교 옆에 난 길 따라 쭉 올라
가. 골이 꽤 깊은데 한참 올라가면 왼쪽으로 뚱그렇게 커다란 바위가 나와.
산 한 쪽이 다 바위여. 그 맞은 편에 널찍한 곳이 있어. 그거가 옛날 공동묘
지였제."

공동묘지에 관심을 가지게 된 것은 박화진 씨가 내놓은 한 묶음의 복사물
때문이었다. 내가 문채옥 씨를 만나지 못해 아쉽다고 하자 박화진 씨는 도
움이 될지도 모르니 한번 보라며 예전에 문채옥 씨로부터 받았다는 자료를

● 성재에서 바라본 해변 답답한 마음을 풀어볼까
하고 능선 성벽 한쪽에 기대앉아 반대쪽 해변을
바라보았다. 기가 막힌 풍광이었다. 넓은 모래밭
너머로 하얗게 부서지는 파도와 하늘빛을 닮은
바다가 끝 간 데 없이 펼쳐져 있었다.

내놓았다. 그 자료에는 우이도의 간단한 역사가 기록되어 있었는데 특별히 관심을 끈 것은 정약전에 대한 내용이었다.

정약전 선생도 우리 고장에 와서 현지 공동묘지 주변에다 집을 지어 아동들을 가르쳤다. 정약전 씨는 우이도에서 가인家人을 택하여 거주하다가 사망하여 그 후 파묘하여 이장하였다.

정약전이 우이도에서 머물렀던 곳에 대한 정보가 기록되어 있었던 것이다. 박화진 씨에게 물어 공동묘지가 진리에 있다는 사실을 알아냈고, 진리에 도착하면 맨 먼저 공동묘지부터 찾아보리라 작정하고 있던 차였다. 어떻게 이토록 까맣게 잊어버릴 수가 있었을까? 남은 시간을 확인한 후 할아버지에게 짐을 맡겨놓고 급히 길을 나섰다.

들길을 걸으며 봄기운에 흠뻑 젖어들었다. 냉이, 별꽃, 광대나물 같은 이른 봄나물들이 지천으로 널려 있었고, 딱새, 직박구리, 바다직박구리, 어치와 같은 새들이 쉴새없이 지저귀며 날아올랐다. 얼마나 걸었을까. 매표소 할아버지가 가르쳐준 대로 널찍한 바위가 나타났다. 그런데 어느 쪽이 공동묘지인지 도무지 갈피를 잡을 수가 없었다. 밭의 경계를 구획해놓은 돌무더기들이 어지럽게 널려 있고 잡초들이 무성한데다 봉분의 모습도 전혀 눈에 띄지 않았

● 공동산 풍경 "저그여. 이렇게 오목하고 경사진 데. 옛날에는 사람들 많이 묻었는데 지금은 다 파 가버렸어라. 옛날에는 사람도 살았다 그라더만."

다. 실망하여 나중에라도 확인할 요량으로 여기저기 카메라를 들이대고 있는데, 길 아래쪽에서 마을 주민으로 보이는 한 사람이 지게에 풀을 한 짐 가득 지고 올라오는 모습이 보였다. 말을 걸었더니 자신은 대초리에서 염소를 키우는 사람인데, 염소에게 먹일 풀을 가져가는 중이라고 대답한다. 공동묘지에 대해서 묻자 손가락으로 일일이 가리켜 가며 친절하게 설명해 주었다.

"저그여. 이렇게 오목하고 경사진 데. 옛날에는 사람들 많이 묻었는데 지금은 다 파 가버렸어라. 옛날에는 사람도 살았다 그라더만."

도저히 사람이 살았을 것이라고는 생각되지 않는 곳이었다. 험하고 경사진 지형도 그랬거니와 마을 쪽을 내려다보니 집 한 채 보이지 않았다. 정약전은 진리 골짜기의 가장 깊숙한 곳, 마을과는 완전히 단절된 곳, 공동묘지가 널려 있는 이곳에 집을 짓고 살았던 것이다. 왜 이렇게 마을에서 멀리 떨어진 곳까지 나와서 살아야 했을까? 온갖 생각들이 머릿속을 맴돌았다. 답답하고 아릿한 마음에 한참을 서성이다 마을로 내려왔다. 배가 출발할 시간이 다가오고 있었다.

◉ **공동산에서 바라본 마을 쪽 풍경** 험하고 경사진 지형도 그랬거니와 마을 쪽을 내려다보니 집 한 채 보이지 않았다. 정약전은 진리 골짜기의 가장 깊숙한 곳, 마을과는 완전히 단절된 곳, 공동묘지가 널려 있는 이곳에 집을 짓고 살았던 것이다. 왜 이렇게 마을에서 멀리 떨어진 곳까지 나와서 살아야 했을까?

맘
언
사

정약전의 우이도 생활은 편치 않았던 것 같다. 흔히 유배지라고 하면 조용
하고 경치 좋은 학문의 산실을 상상하지만, 이는 유배객들이 처해 있던 현
실과는 한참 거리가 멀다. 최익현의 글을 읽어보면 우이도 생활이 얼마나
고달픈 것이었는지를 쉽게 짐작할 수 있다.

　흉년의 어려움 때문에 외부인을 한 사람도 만나볼 수가 없습니다. 지금
까지는 그럭저럭 먹고살았으나 섬 안에서는 돈이 있어도 곡식을 살 수 없
는 형편이라 걱정입니다. 인근 20여 개의 섬에 심한 가뭄이 들어 처음부
터 씨를 뿌리지 못했던 것이 그 첫 번째 이유요, 해변 포구의 곡식 왕래를
엄중히 막아 한 되 한 말도 오고 가지 못하게 하는 것이 그 두 번째 이유
요, 설사 다소간 몰래 사 가지고 오는 자가 있다 하더라도 번번이 굶주린
사람들에게 약탈당하여 보존할 수 없는 것이 세 번째 이유입니다. 그리하
여 가을이 지나 겨울이 닥쳐오는 이때에 빌어먹는 자들이 반이나 되니 그

광경이 자못 비참합니다.

　농사를 보살피는 일과 나무하고 물긷는 일에서 몸을 빼내기 어려우니 동쪽 고개의 구름을 바라보며 슬퍼할 뿐입니다.

　사제는 몹시 좁은 집에다 바람기가 없고 사방이 산으로 둘러싸인 곳에 거처하여 더위를 피하기가 어려우니 매우 괴롭고 답답한 실정입니다. 그러나 오륙십 일만 그냥 지나간다면 마음을 놓을 수 있을 것 같습니다. 날이 가물어서 사갈蛇蝎(뱀이나 전갈)이 거의 없으니 그나마 다행한 일입니다.

안조원이 쓴 〈만언사〉에는 고달픈 유배생활이 더욱 생생하게 묘사되어 있다.

　출몰 사생 삼주야로 노지우고 닻을 지니
　수로 천리 다 지나서 추자섬이 여기로다
　보이나니 바다이요 들리나니 물소리라
　풍도 섬이 어디메뇨 지옥이 여기로다
　어디로 가잔 말고 뉘 집으로 가잔 말고
　눈물이 가리우니 걸음마다 엎더진다
　이 집에 가 의지하자 가난하다 핑계하고

저 집에 가 주인하자 연고 있다 칭탈하네
이집 저집 아모덴들 적객 주인 뉘 좋다고
관력으로 핍박하고 세 부득이 맡았으니
관차더러 못 할 말을 만만할 손 내가 듣네
세간 그릇 흩던지며 역정 내어 하는 말이
저 나그네 헤어 보소 주인 아니 불쌍한가
이집 저집 잘 사는 집 한두 집이 아니어든
관인들 인정받고 손님네는 혹언 들어
구태여 내 집으로 연분 있어 와 계신가
내 살이 담박한 줄 보시다야 아니 알까
앞뒤에 전답 없고 물속으로 생애하여
앞 언덕에 고기 낚아 웃녘에 장사 가니
삼망 얻어 보리 섬이 믿을 것도 아니로세
신접처자 세 식구의 호구하기 어렵거든
양식 없는 나그네는 무엇 먹고 살려는고
집이라고 서 볼손가 기어들고 기어나며
방 한 칸에 주인 들면 나그네는 잘 데 없어
띠자리 한 잎 주어 처마 밑에 거처하니
냉지에 누습하고 즘생도 하도 할사

유배자들은 거처를 정하는 데 어려움을 겪었다. 잡다한 세금에 시달리며 제 입에 풀칠하기에도 바쁜 백성들이 군입을 들이고 싶을 리 만무했다. 정약용도 강진에서 유배살이를 시작할 무렵 이웃사람들이 기웃거리기만 해도 문을 부수거나 담장을 헐고 달아나 버렸다고 거처 마련의 어려움을 토로한 바 있다. 또한 유배자는 생활물자를 스스로 조달해야 했다. 안조원의 경우는 비참하기까지 했다. 덮을 이불은커녕 버선조차 없이 추운 겨울을 나면서 가까스로 얼어죽을 고비를 넘기고, 주린 배를 채우기 위해 멍석짜기, 마당쓸기, 불때기, 쇠똥치기, 도랑치기 등 온갖 궂은 일을 마다하지 않았다. 심지어 양반 체면에 구걸까지 해야 할 정도였으니 그 고생의 정도를 알 만하다. 정약전의 경우 어떤 생활을 했는지 잘 알려져 있지 않지만, 공동산 중턱에 집을 짓고 살아야 했던 상황 자체가 그의 힘든 우이도 생활을 암시하는 것이리라.

문채옥 씨와의 만남

문채옥 씨가 인천으로 갔다는 말을 듣고 서울로 올라가서 연락하니 이미 하루 전에 우이도로 다시 내려가 버렸다고 한다. 이래저래 쉽게 만날 인연은 아니었던 모양이다. 문채옥 씨와 실제로 만난 것은 8월의 어느 더운 여름날이었다. 주민 한 사람이 가르쳐준 대로 확성기 스피커가 달려 있는 조립식 주택을 찾아가 무작정 문을 두드렸다. 문을 열고 나온 사람은 예상외로 젊은 남자였는데 물어보니 문채옥 씨의 아들이라고 했다. 찾아온 사정을 설명하자 일단 들어와 보라며 고개를 끄덕인다. 가족모임이라도 열었는지 뭍에 나가 살던 아들 딸네들이 모두 모여 매우 북적이는 분위기였다. 끼어들기가 어색했지만 모두들 낯선 객을 지나칠 정도로 친절하게 맞아주었다.

점심식사를 대접받고 이것저것 신상에 대한 이야기를 나눈 후 마침내 문채옥 씨와 이야기를 나눌 기회를 가질 수 있었다. 먼저 조심스럽게 운을 띄웠다.

"정약전 선생님이 이 마을에서 유배생활을 하셨다고 들었는데 사실인가

● 문채옥 씨 『표해시말』의 주인공 문순득의 5대손이다.

요?"*

"그라제. 이 마을에서 첩을 얻어 살다 죽었제."

문채옥 씨는 짧게 말을 끊은 다음 정약전이 살았던 곳이 어디인지 보여주겠다며 함께 옥상으로 올라가자고 했다.

"저그 공동산 밑에서 움막같이 집을 짓고 애들한테 글도 가르쳤어. 그래서 그 골짜구를 서당골이라 그라제. 외진 곳인디 날 궂을 때나 밤에 어둑어둑할 때 그 근처를 지나면 애들 글 읽는 소리가 들린다고도 하제. 그래. 귀신이 나온단 말이여."

가리키는 곳을 바라보니 역시 지난번에 다녀왔던 곳이 틀림없었다. 정약전의 죽음에 대해서도 물어보았다. 문채옥 씨는 구체적인 내용까지는 모르지만 공동산 집 근처에 묻어놓은 시신을 몇 년 후 친지들이 찾아와 뭍으로 이장했다는 이야기를 들은 적이 있다고 대답했다.

"혹시 진이 있던 자리가 어딘지 아십니까? 성재에 진터가 있다고 들었는데."

"진터 있제. 성재에 거 아녀. 저그 교회 앞에 노란 물통하고 파란 물통 보여? 그 사이 노란 물통 뒤쪽 밭이 옛날에 진터였어. 확실해. 원래 진터 건물이 11채나 있었다 그래. 내가 어릴 때까지만 해도 1채가 남아 있었어. 요 앞에 조그만 산이 나발재여. 병사들이 나발재에서 바다 보다가 뭐 발견하면 나발 불어서 신호를 했제. 지금도 나발재 올라가면 기와편이 나와."

● 흑산 진터 "저그 교회 앞에 노란 물통하고 파란 물통 보여? 그 사이 노란 물통 뒤쪽 밭이 옛날에 진터였어. 확실해. 원래 진터 건물이 11채나 있었다 그래. 내가 어릴 때까지만 해도 1채가 남아 있었어."

* 1807년 이후 흑산도에서 머물던 정약전은 정약용에게 해배령이 내려 자신을 찾아온다는 말을 듣고 1814년 우이도로 건너와 생활하다가 3년 후인 1816년 이곳에서 죽음을 맞게 된다.

조선 초 국가체제가 정비되면서 그토록 들끓었던 왜구들의 침입도 조금씩 누그러들기 시작했다. 그러나 국가의 감시가 소홀했던 변방 도서지역에서는 여전히 왜구들의 노략질이 끊이지 않았다. 흑산도도 그러한 섬들 중의 하나였다. 왜구들이 마음대로 드나들면서 나무를 베어갔고, 심지어 지나가는 배를 불태우거나 사람을 해치는 일까지 벌어졌지만 이에 대한 정부의 대처는 소극적이기 그지없었다. 즉각적인 군사행동은 고사하고 "바닷가 군현 사람들로 하여금 해산물을 채취하러 멀리 떨어진 외딴 섬에 들어가는 일이 없도록 하라"라며 오히려 무고한 백성들에게 책임을 떠넘기는 모습을 보였던 것이다. 그러던 중 을묘왜변이 일어났다. 무역제재조치에 대해 불만을 품은 왜구들이 70여 척의 배를 이끌고 전남 연안지방을 습격하여 주변 일대를 쑥대밭으로 만들어버리는 사건이 발생한 것이다. 정부는 이를 힘겹게 토벌하는 과정에서 마침내 군사력을 강화해야 할 필요성을 절감하게 된다.

17세기 중반에 이르자 흑산도에 수군을 배치하자는 주장이 본격적으로 논의되기 시작한다. 1665년 현종 대에 전 병조좌랑 민시중은 왜구에 대한 대책을 논의하는 글에서 다음과 같은 주장을 펼쳤다.

흑산도는 나주로부터 9백여 리 떨어진 외양에 있고, 임치, 자은, 비금 등 세 섬은 모두 수영水營과 흑산도 사이에 있습니다. 만약 이 4곳에 진을 설치하여 장수를 배치하면 적들이 어찌 감히 진보鎭堡 사이로 쳐들어올 수 있겠습니까?

◉ 문채옥 씨 집에서 올려다본 나발재 "요 앞에 조그만 산이 나발재여. 병사들이 나발재에서 바다 보다가 뭐 발견하면 나발 불어서 신호를 했제. 지금도 나발재 올라가면 기와편이 나와."

이 같은 의견이 받아들여진 것인지 결국 흑산도, 가거도, 우이도의 세 섬에 각각 흑산진이 들어서게 된다.

진을 설치한 주목적은 외적에 대한 방비였지만 유배자들을 받아들이고 관리하는 일 또한 진에서 담당했던 중요한 임무 중의 하나였다. 내가 애써 진터를 찾으려 한 것도 정약전이 섬에 도착해서 처음으로 들른 곳이 바로 진터였으리라는 생각 때문이었다.   머리 속에 당시의 상황을 그려본다. 흑산진의 수군 만호는 저곳 진터 어디에선가 금부도사로부터 정약전의 신병을 인도받았을 것이다. 그리고 몇 가지 주의사항을 일러준 다음 적당한 배소를 정했으리라. 햇수로 16년간의 기나긴 유배생활이 시작되는 순간이었다.

그런데 한 가지 이상한 점이 있다. 정약전이 유배명령을 받은 곳은 흑산도였지만 정약전은 유배생활의 거의 절반을 우이도에서 보내고 있다. 대체어떻게 된 일일까? 그 이유는 간단하다. 예전에는 우이도와 흑산도를 같은 섬으로 보았던 것이다. 정약전과 마찬가지로 우이도와 흑산도로 유배지를 옮겨다녔던 최익현의 글을 통해 이러한 사실을 확인할 수 있다.

> 소흑산(우이도)에서 대흑산(흑산도)까지는 수로로 8백 리다. 예전부터 귀양와서 흑산에 사는 사람은 대흑산이든 소흑산이든 거처를 자기 편의대로 하였다.

문채옥 씨는 보다 자세한 설명을 들려주었다.

※ 몇몇 문헌에서 이에 대한 기록들을 확인할 수 있다. 특히 우이도에 설치된 흑산진에 대해 『증보문헌비고』에서는 "흑산도는 일명 우이도이다. 수로水路가 300여 리, 둘레 30리이며, 별장진別將鎭이 설치되어 있다", 『대동지지大東地志』에서는 "흑산진은 우이도에 있다. 설진 초기에는 별장別將을 두었다. 수군 만호 1명이 있다"라고 기록해 놓았다.

※ 『호남진지湖南鎭誌』에는 세금수납, 감시, 방위활동과 함께 유배자의 처리에 관한 업무가 나와 있으며, 그 중에는 정배된 죄인을 압송하는 금부도사나 영읍교졸들에게 음식을 대접하는 일도 명시되어 있다.

　"우이도가 옛날부터 귀양지로 유명했어. 서울서 보낼 때 흑산으로 보내는데, 지금이야 동력선도 생기고 그라지만 옛날에는 풍선으로 댕기고 노 저어 댕기고 교통편이 아주 나빴어. 교통이 나쁜께 가까운 우이도에 와서 많이 있었겠제. 그란디 나라에서 유배를 하고 있는지 조사를 하러 올꺼 아녀? 흑산도 있어야 되는데 우이도 있으면 안 되니께 일부러 흑산에 있는 지명을 여그다 갖다 붙였제. 그 사람들이 와서 물어보면 똑같은 거 말하려고."

　지금도 대흑산도와 우이도에는 같은 지명이 많다. 두 섬 모두 수군진이 있었던 마을을 진리, 배를 끌어 올려두었던 곳을 예리, 섬 앞에 있는 무인도의 이름을 멍섬이라고 부른다.

● 문채옥 씨의 집 『표해시말』의 주인공 문순득이 직접 지은 집이다.

최익현의 우이도 산행기

정약전이 도착했을 무렵 우이도의 모습은 어떠했을까? 최익현이 남긴 글을 통해 당시의 모습을 짐작해볼 수 있다.

금성읍 서쪽에서 백 리쯤 떨어진 영광 다경포에 이르러 수로를 따라 복잡하게 늘어서 있는 수많은 섬 사이를 통과하고 비금도 내해에 도착하면 곧 큰 바다가 나온다. 여기서 서남 방면으로 40~50리를 가면 산 하나가 우뚝 솟아 2층으로 되어 있는 것이 보이는데, 그 앞은 낮아서 북을 향하고 뒤는 높아서 남을 향하여 내외 24개의 섬 중에 가장 높고 웅장하게 떠 있으니 이것을 곧 우이도라 한다.

이 산의 앞면 오른쪽에 있는 한 산맥은 웅장한 자세로 동을 향했고, 또 뒷면 왼쪽에 있는 한 산맥은 서를 향해 굽이쳐 있으며, 평행선으로 경사져 있는 곳은 사람들이 다니는 길이다. 또 그 서쪽으로 봉우리 하나가 석벽으로 장식되어 하늘로 우뚝 솟아 있는 곳을 지나면 약간 꺼져서 시야가 트인 곳이 나오는데, 먼 곳을 바라보는 처소가 된다. 북으로 구부러지면서 높은 절벽이 웅장한 모습을 이루고 있는 곳은 굴봉의 절정이다. 그 남쪽에는 크게 열린 바위굴이 하나 있는데, 위는 둥글고 밑은 평탄하여 바람과 비를 가리고 사람 백 명을 수용할 수 있다. 그 굴의 북쪽 천장에서는 물방울이 떨어지는데 그 물 맛이 매우 상쾌하다. 또 동북편 쪽으로 10리 되는 지점에서는 본산과 오른쪽 산이 서로 마주 대하여 나루터를 이루었으니 이곳이 바로 모든 배를 대는 선착장이다. 그 바깥쪽에는 작은 섬 하나가 가로 놓여 외양과의 경계를 이루고 있는데, 잡풀과 대나무가 빽빽하게 우거져 있으며, 이름은 가도라고 한다. 한줄기의 맑은 시내가 두 봉우리 사이에서 흘러내리는데, 불과 몇 백 걸음을 못 가 바다 속으로 들어간다. 산맥의 서쪽 5리 되는 지점은 사방이 높고 중간이 깊어서 바다가 보이지 않으니 곧 대촌이 있는 곳이요, 대촌을 넘어 서쪽으로 가면 산줄기 하나가 남쪽을 향하여 둥글게 휘어지면서 물 속으로 잠겨드는 곳이 있는데, 이곳이 곧 성촌이다. 성촌의 남쪽에는 언덕이 하나 있고, 그 너머에는 구릉지가 넓게 펼쳐져 사납고 험악한 기운이 자취를 감추는데, 이곳이 곧 저항(돈목)이다. 또 저항으로부터 거슬러 올라가 그 남쪽에 이르면 지맥이 솟아올라 고랑을 이룬 곳이 나타난다. 그 비탈면에 새집처럼 매달려 있는 마을이 바로 예미다. 예미로부터 산록 하나와 나루 하나를 지나면 북을 등지고 남을 향한 곳이 나오는데, 이를 소우이라고 부른다. 소우이는 둘레가 30리 안쪽, 인가라고 해 봐야 겨우 백 호에 지나지 않는 작은 섬이다. (중략) 내가 제주에서 돌아온 이듬해 2월, 왜놈을 양놈과 같다고 말한 죄로 다시 이 섬으로 유배를 오게 되었다. 이 섬에 처음 도착했을 때, 하늘에 닿는 절벽으로 삼면이 둘러싸이고, 동쪽을 향한 하나의 입구 마저도 바다로 막힌 모습을 보고 하늘이 만든 감옥이 아닌가 의심할 정도 였으며, 겨우 부지하고 있는 목숨조차 보존하기 힘들 것처럼 느껴졌다. 그러나 막상 이곳에서 지내다보니 물과 토양이 깨끗하고 뱀이나 독충이 없을 뿐만 아니라 금년에는 큰 가뭄으로 인해 장기瘴氣* 조차 예년에 비해 10분의 3에 지나지 않으니 상황이 그리 나쁘다고만은 할 수 없었다. 주민 들을 만나 보아도 모두 임금을 높이고 신하를 낮추며, 명분을 귀하게 여 기고 오랑캐를 천하게 여길 줄 아는 것이 절대 조정에 있는 사대부들이 따를 바가 아니었다.

세상의 많고 많은 시비와 득실이 일체 귀에 들어오지 않고 갠 낮 달 밝 은 밤에 오직 돌밭에 소 모는 소리와 푸른 바다에 노 젓는 노랫가락만이 들려온다. 비록 무릉도원이 있다 해도 이 경치에 비하지는 못할 것이다. 이전의 두렵고 해괴하게만 느껴졌던 것들이 점차 온당하게 보이기 시작 하면서 의연히 입정삼매入定三昧의 경지에 들어갈 수 있었다. 그 뒤에 도산 의 『주자서절요朱子書節要』를 읽고 파옹의 철령시를 외었다. 몸으로 받아들 이고 마음으로 읊조리면서 마음을 화창하게 하니 세상 만물이 내 마음을 흔들지 못하매 귀양살이의 힘든 고통도 큰 문제가 되지 않았다. 오래 앉 아 있어서 각기병이 더칠 때는 먼저 굴봉 앞 봉우리에 올라 걸음을 시험

---

* 축축하고 더운 땅에서 생기는 독기

하고, 다시 가장 높은 봉우리에 올라 산세와 사방의 수세를 한눈에 살피며 가슴을 활짝 폈다. 또한 철마와 완정을 둘러보는 일도 잊지 않았으며,* 천 년의 세월이 깃든 황당한 고적들까지 빠짐없이 구경했다. 그리고는 마침내 이 산의 경치가 이전의 유배지였던 제주도에 못지않고, 이렇게 나다니는 것이 곤경을 참아내는 데 도움이 되리라는 사실을 깨달았다. 이번에 동행한 사람은 별감 양문환, 주인 문인주, 팔금 김대현, 영장 손희종, 솔겸 김윤환이요, 때는 병자년 추석이었다.

　　우이 한 봉우리 구름에 닿았으니
　　오르고 또 올라도 이 몸 피로 잊었네.
　　아름다워라 저 바다의 수없는 섬들이여
　　파도야 치든말든 저 홀로 천 년 만 년

최익현에 대한 이야기로 화제가 넘어가자 문채옥 씨의 말이 돌연 활기를 띠었다.

"최면암 선생도 여기에서 유배를 살았제. 저 앞에 산이 굴봉이여. 그 밑에 동굴도 있고 샘물도 있어. 면암 선생이 거기를 돌아다니며 시도 짓고 그랬다고 하제. 그런 말도 있어. 한 번은 최면암 선생이 굴봉에 올라 바다를 보며 오늘 왜놈들이 자기를 체포하러 오지 않으면 산다고 그랬는데, 그날 일본군이 와서 붙들어가 일본에서 죽게 되었다고. 예언을 한 것이제."

---

* [원주] 고운 선생이 이 산에 올라 작은 샘을 파고 은으로 만든 배를 띄웠으며, 철마를 두어 산의 기운을 눌러 놓았다는 말이 전한다. 철마는 아직 그대로 남아 있지만 은으로 만든 배는 최근에 와서 마을 사람이 훔쳐다 팔아 먹었으며, 이로 인해 그곳에서 지내오던 제사마저 폐지되었다고 한다.

정약전은 최익현보다 훨씬 오랫동안 우이도에서 생활했다. 시기가 앞선다고는 하지만 그 차이라고 해 봐야 60년 정도에 불과하다. 그러나 현지인들의 기억 속에서 정약전이란 이름 석 자를 찾아내기란 너무나도 힘든 일이었다.※ 글을 많이 남기지 않았기 때문일까? 정약전도 산에 오르고, 갯가를 거닐고, 사람들과 어울렸을 텐데 그가 남긴 자취는 희미하기만 하다.

※ 정약전에 대한 지식이라고는 그나마 문채옥 씨가 알고 있는 정도가 전부였다. 대부분의 사람들은 정약전이라는 이름조차 알지 못했으며, 다만 서당골이라는 지명과 으스스한 전설만이 그가 이곳에 살았다는 사실을 근근히 대변하고 있을 뿐이었다.

표해록

옥상에서 내려와 오래된 건물의 대청마루에 걸터앉았다. 문순득에 대해서 물었다.

"우리 5세 고조할아버지여. 이 집도 그 할아버지가 지으셨어. 다른 집은 다 물려주고 이 집을 젤 막내한테다가 줬어. 표류하고 도착해서 지었으니까 오래되았제."

정약전이 귀양을 오던 바로 그 해, 우이도 사람 문순득은 동료 5명과 함께 태사도에 홍어를 사러 갔다가 폭풍을 만나 대양을 표류하게 된다. 이후 이들은 오키나와, 필리핀, 중국을 떠돌며 힘든 여행을 계속했고, 만 3년, 햇수로 5년이 지나서야 고향으로 돌아올 수 있었는데, 이때의 경험을 책으로 엮은 것이 바로 『표해록』이다.*

『표해록』은 '표해시말'이라는 제목으로 『유암총서』**에 실려 있다. 이 책의 「운곡선설雲谷船說」이란 항목에는 저자 유암***이 이 글을 쓰게 된 사정이 잘 나타나 있는데, 흥미롭게도 여기에서 정약전과 관련된 내용을 찾아

---

* 문채옥 씨의 이름을 처음 알게 된 것도 『표해록』을 통해서였다. 최덕원이 쓴 『남도의 민속과 문화』를 읽다가 이 책 말미에 부록으로 실려 있는 『표해록』을 발견했는데, 이 책이 발견된 곳이 바로 문채옥 씨 집이라고 나와 있었다.

** 『유암총서』는 총 95쪽, 가로 15센티미터, 세로 24센티미터의 필사본인데, 표지에는 '유암총서'라는 표제와 함께 부제로 '표해록', '여송박제', '차설답객난', '차설답'이라는 글자가 쓰여 있다.

*** 유암이 어떤 인물인지에 대해서는 거의 밝혀져 있지 않다. 다만 「운곡선설」에서 자신이 직접 밝힌 바와 같이 공부를 위해 우이도에 머물러 있었고, 『유암총서』라는 개인문집을 만들어낼 만큼 충분한 학문배경이 있었던 사람이라는 사실 정도를 추측할 수 있을 따름이다. 재미있는 것은 유암이 정약용의 제자이자 『현산어보』의 또 다른 저자인 이청과 친구 관계였다는 사실이다. 「운곡선설」에는 "금년 가을 배가 표류하여 청산도에 왔다. 내 벗

볼 수 있다.

　금년 겨울 현주玄洲(우이도)에서 공부를 하게 되었는데, 문순득의 집에서 머물렀다. 문순득은 장사를 하는 사람으로 비록 글을 알지는 못하나 지혜롭고 재능이 있었다. 문순득은 임술년(1802)에 바다에서 풍랑을 만나 표류한 끝에 유구(오키나와)의 중산中山 땅에 도착했다. 환국하기 위해 중산에서 배를 타고 출발하였으나 다시 표류하여 여송(필리핀)에 이르렀다. 여송국은 바다 밖에 있는 오랑캐 나라이다. 손암 정약전은 이곳에서 귀양살이를 하고 있었는데, 표류를 마치고 돌아온 문순득의 이야기를 전해듣고 『표해록』1권을 지었다. 토산·풍속·궁실 등에 대한 내용을 상세하게 분류하여 분석했고, 배 짓는 법에 대해서도 더할 나위 없이 자세하게 정리해 놓았다.

　문순득의 말에 의하면 당시 정약전이 이곳에서의 기거가 편안하지 못해 현산玆山(대흑산도)으로 옮겨가려 했으므로　중요한 부분만을 대충 추려 기록했을 뿐 자세하게 모든 내용을 다 정리하지는 못했다고 한다. 그래서 이제 다시 문순득의 말을 듣고 잘못을 바로잡으며 정약전이 기록한 바를 참고하여 이 글을 쓰게 되었다.

　유암의 말에 따르면 『표해시말』의 원저자는 정약전임이 분명하다.　정약전은 원래부터 외국 문물에 대해 관심이 많았다. 섬주민 중 하나가 국외를

이청이 가서 이를 살폈다", "이청이 말하여 가로되" 등의 표현들이 나오는데, 유암이 이청이나 정약용, 정약전과 상당한 친분관계를 가졌음을 짐작케 하는 대목이다. 그런데 한 가지 의문이 드는 것은 유암이 도대체 왜 우이도 같은 외딴 섬에서 공부를 하고 있었는가 하는 점이다. 이 글이 씌어진 시기는 정약전이 죽고 난 후 약 2년째 되던 해였다. 혹시 유암은 새로운 훈장이 필요했던 마을 사람들이 평소 정약전과 왕래가 있던 이청에게 부탁하여 외부에서 초청한 인사가 아니었을까?

✽ 문순득의 말을 통해 당시 정약전의 우이도 생활이 순탄하지 않았으며, 흑산도로 거처를 옮기게 된 이유도 좀 더 나은 생활환경을 위해서였다는 사실을 짐작할 수 있다.

✽✽ 『유암총서』의 다른 항목들에서는 '손암정공표해록왈巽菴丁公漂海錄曰', '표해록손암소선漂海錄巽菴所選' 하는 식으로 정약전의 말을 여러 차례 인용하고 있지만, 정작 『표해시말』 자체에서는 특별한 인용의 표시가 발견되

떠돌다 돌아왔다는 소문을 듣고 호기심과 궁금증을 참을 수 없었을 것이다. 직접 문순득을 찾아가 이것저것 꼼꼼히 물어보며 취재에 열을 올렸을 그의 모습이 눈에 선하다.

『표해시말』의 내용 자체에서도 정약전의 냄새가 물씬 풍겨 난다. 문순득으로부터 전해들은 이야기를 표류의 노정, 풍속, 궁실(집), 의복, 해선(선박), 토산, 언어 등으로 나누어 체계적으로 서술한 점은 흑산도의 해양생물을 인류, 무린류, 개류, 잡류로 나누어 설명한 것을 떠올리게 하며, 동식물에 대한 특별한 관심, 이용후생과 관계된 항목의 상세한 설명, 유구와 여송의 언어를 한글로 표기한 언어대조표 등도 정약전이 『현산어보』에서 보인 관심사와 그대로 일치하고 있다. 『표해시말』의 풍부한 내용과 체계적인 구성은 문순득 개인의 기억만으로 재현되었다고 보기에는 너무나 뛰어나다. 아마도 이 책은 정약전이 미리 전체적인 틀을 잡은 다음 관련 내용을 일일이 문순득에게 물어서 확인하는 방식으로 씌어졌으리라 생각된다.*

『표해시말』의 첫 장을 펼쳐 보면 빽빽한 한자들 틈에 한글 몇 자가 섞여 있는 것이 눈에 띈다. ‘무럼’, ‘곡갈’, ‘새암’, 각각 홍어洪魚와 변도弁島(고깔섬), 조도鳥島를 뜻하는 순우리말이다. 다시 책장을 넘기면 ‘구바’와 ‘마사’라는 단어가 나타난다. 이는 유구의 토산물인 구바나무와 마사(풀의 일종)를 한글로 옮긴 것이다. 정약전은 소리글자인 한글이 방언이나 외국어를 표기하는 데 유용하다는 사실을 누구보다도 잘 알고 있었던 것 같다.** 책의 말미에 붙어 있는 유구어와 여송어 대조표를 살펴보면 이 같은 생각은 더욱

지 않는다는 점도 이 글의 저자가 정약전이라는 사실을 뒷받침한다. 만약 『표해시말』을 유암이 썼다면 다른 어떤 항목에서보다도 정약전의 말을 많이 인용해야 했을 것이기 때문이다.

* 문순득은 문맹이었지만 머리가 좋았고, 정약전은 『현산어보』를 저술할 때 장창대의 지식을 끌어낸 것에서 알 수 있듯 다른 사람의 구술을 듣고 정리하는 데 뛰어난 재능을 보였다. 결국 『표해시말』은 두 사람의 절묘한 호흡이 만들어낸 걸작품이라고 할 수 있겠다.

** 정약전이 『현산어보』의 생물 방언을 기록할 때 왜 한글을 쓰지 않고 굳이 한자로 썼을까 하는 의문이 다시 한 번 떠오른다. 『표해시말』에서 한글로 방언을 표기했다는 것은 『현산어보』에서 한글 대신 한자를 써야 했던 나름대로의 이유가 있었음을 암시한다.

굳어진다. 이 대조표는 일종의 다국어사전으로 일상적인 생활용어들을 유구어와 여송어로 번역하여 『역어유해』나 『왜어유해倭語類解』처럼 외국인과의 통역에 활용할 수 있도록 만든 것인데, 역시 외국어를 한글로 표기해 놓았으므로 누구나 쉽게 발음할 수 있게 되어 있다. 이런 자료는 외국과의 교류가 활발해질수록 큰 가치를 지니게 된다. 정약전은 이를 예측했던 것일까? 실제로 정약전의 노력이 결실을 거둘 뻔한 사건이 일어나게 된다.

정약전이 유배생활을 시작하던 무렵인 1801년 경, 외국인 5명이 제주도에 표류해왔다. 예로부터 외국에서 온 표류민은 잘 대접하여 본국으로 송환해주는 것이 국제적인 관례였다. 그러나 문제는 말이 전혀 통하지 않는다는 점이었다. 국적을 알아낼 수가 없으니 돌려보내고 싶어도 돌려보낼 방도가 없었다. 이들을 중국의 심양에 보내어 국적을 확인하려 했으나 이 역시 실패로 돌아가고, 먼 여행길에 한 사람이 병을 앓아 죽는 일까지 발생하게 된다. 이젠 정부로서도 별다른 대책이 없었다. 관청건물을 내어주고 먹을 것을 제공하며 이들이 우리말을 배우기만을 마냥 기다리던 중 또 한 사람이 죽어 이제 표류해온 5명 중에서 3명만이 남게 되었다. 이때 구세주처럼 나타난 사람이 바로 문순득이었다. 문순득의 표류사실이 전해지자 정부는 그를 표류민들과 대질시켰고, 마침내 표류민들이 여송국 사람이라는 사실이

●『유암총서』와 『표해시말』 유암은 정약전이 지은 『표해시말』을 자신의 문집인 『유암총서』에 그대로 옮겨 놓았다.

밝혀지게 된다.

흑산도에 사는 문순득이란 사람이 여송국에 표류하여 그 나라 사람들의 생김새와 옷차림을 구경하고 그 나라의 말을 배운 일이 있는데, 표류해 들어온 사람들의 용모나 옷차림이 대략 이와 비슷하였다. 한번 떠보기 위해 여송국의 말로 서로 묻고 대답하게 하였더니 마디마디 다 들어맞았는데, 마치 미친 사람이나 어리석은 사람같이 울기도 하고 부르짖기도 하는 등 정상이 매우 불쌍하였다.

결국 이들은 제주도에 표류해 온 지 9년만인 1809년 6월 27일에야 본국으로 송환될 수 있었다. 여송어를 아는 정부관리가 있었더라면 즉시 고향으로 돌아갈 수 있었겠지만 상황은 그렇지 못했다. 만약 문순득이 생존해 있지 않았더라면 이들은 또 얼마나 오랜 세월을 머나먼 이국 땅에서 보내야 했을지 모른다. 이런 경우에 정약전이 만든 것과 같은 언어대조표는 큰 도움이 될 수 있었을 것이다. 각국의 언어대조표를 표류민이 자주 떠내려오는 해안지방에 비치해두는 것만으로도 간단히 이들의 국적을 확인할 수 있을 것이기 때문이다. 또 이런 작업이 더욱 진척되었더라면 외국과의 교류를 활발히 하는 데도 큰 도움이 되었으리라는 점에서 아쉬움이 더한다.

◉『표해시말』에 나오는 언어대조표 이 대조표는 일종의 다국어사전으로 일상적인 생활용어들을 유구어와 여송어로 번역하여 『역어유해』나 『왜어유해』처럼 외국인과의 통역에 활용할 수 있도록 만든 것인데, 역시 외국어를 한글로 표기해놓았으므로 누구나 쉽게 발음할 수 있게 되어 있다.

배에 대한 관심

『표해시말』에는 배를 만드는 방법에 대한 설명이 나오는데, 섬사람인 문순득의 세심한 관찰력에 정약전의 뛰어난 정리 능력이 더해져서 매우 깊이 있는 서술이 이루어지고 있다.* 정약전은 배 짓는 법에 대해 큰 관심을 가지고 있었으며, 이는 당시 실학자들의 공통적인 경향이기도 했다. 이러한 관심은 서양문명과의 조우에 힘입은 바 크다.

하멜의 표류 이후 한동안 볼 수 없었던 서양선박들이 1800년을 전후해서 다시 조금씩 모습을 드러내기 시작했다.

가경 2년 (1797) 정사 9월에 경상도 관찰사 이형원과 삼도통제사 윤득규가 연이어 올린 장계에 "이국선 한 척이 동래의 용당포에 정박했는데, 사람은 모두 50명으로 코가 높고 눈이 푸르며 흰 전립을 머리에 썼습니다. 배 안에 있는 화물은 석경, 천리경, 무공은전 등이며 한어, 청어, 몽어, 왜어가 모두 통하지 않아 그들로 하여금 글자를 쓰게 하니 구름이나

---

* 이는 정약전이 『현산어보』의 '노각사' 항목에서 보여준 배에 대한 지식들이 어디에서 유래한 것인지를 보여준다.

산과 같이 그렸습니다. 그들은 또 손으로 동남쪽을 가리키면서 입을 쪼그리고 부는 시늉을 했는데 이는 바람을 기다린다는 뜻 같았습니다. 그리고 그들이 말한 구절 중에 낭가사기라고 이른 것이 있으니, 이는 왜어로 장기도를 말하는 것입니다. 며칠 동안 머물다가 순풍을 만나 돛을 휘날리며 떠나갔는데 빠르기가 날아가는 것과 같았습니다"라고 했다.

실제로 서양선박에 올라 보았던 한 관리는 배의 구조에 대해 더욱 자세한 기록을 남겼다.

　그 선제는 개판이 있어 마치 우리 나라의 거북선과 같았다. 개판 위로 창문을 내어 출입하도록 되어 있었는데, 나사 모양의 사다리를 타고 빙빙 돌아서 오르내렸다. 좌우의 판 안에 여러 개의 방이 배열되어 있었고, 그 판을 뚫어 창문을 만들었는데 모두 유리를 붙여 놓았다. 배 안을 들여다보니 붉은색의 칠이 황홀했다. 개, 돼지, 오리 등의 가축을 기르는 곳도 이상스러울 정도로 정결했다. 또 한 곳을 보니 장창 수백 자루를 쌓아놓았고, 사람마다 조창 하나씩을 차고 있었다. 그리고 배의 네 귀퉁이에는 모두 대포를 설치했으며, 세 개의 돛대를 세웠는데, 끊을 수도 있고 이을 수도 있어 그 장단을 마음대로 조절하게 되어 있었다. 그들이 언덕 위에 소가 가는 것을 보고 두 손을 이마 위에 세워 소뿔의 형상을 하면서 달라고 요구했으나 동래 사람들은 끝내 주지 않았다.

『운곡만필雲谷漫筆』에 나오는 표현은 동화적이기까지 한데, 커다란 서양선박을 마주한 우리 선조들이 어떤 감정을 느꼈는지를 실감나게 보여준다.

　도합도는 진도군 천도의 속도이다. 제주도의 서북쪽에 있어 천도의 외양이 되니 파도가 몹시 험악하다. 가경 병자년(1816년) 7월 여덟 개의 돛을 단 큰 배가 도합 앞바다에 와 정박했는데, 배의 둘레가 4리 가량이나 되었다. 그 배를 따르는 작은 배가 3~4척, 혹은 5~6척씩 되어 큰 배 안에 들어가 있기도 하고, 큰 배에서 나와 차항의 포구를 드나들기도 했다. 대포를 쏘면 그 소리가 천지를 진동시키고 연기가 하늘을 뒤덮었으며, 장검을 휘두르면 칼날의 광채가 햇빛에 번득여 도륙의 기세를 지으므로 섬 사람들이 모두 집을 비우고 도망가 숨었는데, 그들은 곧 개와 닭, 소 등 가축을 노략질했다. 그러나 이 밖에 다른 물건을 탈취하지는 않았으며, 사람을 해치지도 않았다. 천도 풍헌이 여러 섬의 영장 및 수십 명의 수행인을 거느리고 정세를 탐지하기 위해 그들의 배에 접근했다. 그들의 배에 이르고 보니 섬 안에서 가장 큰 이엉 3백 마름을 실을 만한 배를 타고 갔는데도 우리 배의 돛대 상단이 겨우 저들의 뱃전과 가지런할 정도였다. 위를 쳐다보니 마치 태산과 같아 올라갈 엄두조차 내지 못하고 있는데, 문득 저들의 배에서 10여 길이나 되는 긴 사다리 하나와 같은 길이의 쇠줄이 내려왔다. 두 배를 쇠갈고리로 연결하여 제판을 안정시키고 난 다음에야 비로소 배 위로 올라갈 수 있었다. 그들의 면모를 보니 우리 나라 사

람과 다름이 없었다. 머리에 쓰고 있는 모자는 마치 다리미와 같았고, 모
포나 금단으로 된 의복을 입었으며 언어와 문자가 모두 통하지 않았다.
배 안은 수백 개의 칸막이로 구획되어 있었다. 쇠붙이를 다루는 곳도, 쇠
를 두들겨 배를 만드는 곳도 있었으며, 배추나 토란을 재배하는 밭과 개,
돼지를 치는 울이 모두 정교하고 치밀히게 만들어져 있었다. 배의 수용인
원은 몇 백 명이나 되는지 알 수 없었다. 또 배에 소장한 기계가 무슨 물
건인지 몰라 우리가 그것을 알아보고자 했지만 그들이 극력 저지했다.
(중략) 하루는 별다른 소리도 없이 8개 돛대의 돛이 순식간에 펼쳐지더니
배가 십여 리를 달려나가기 시작했다. 우리 배와 저들의 작은 배도 함께
끌려갔는데, 우리 쪽 사람들이 서로 붙들고 통곡을 하자 서로 돌아보고
떠들어대더니 내렸던 쇠줄과 제판을 거두고 우리 배를 풀어보냈다. 그리
고 그들의 작은 배도 모두 갈고리로 달아 올려 큰 배에다 싣고 순식간에
제주 동쪽 바다 명월포를 향해 멀어져갔다. *

외국인들이 끌고 나타나는 거대한 배는 일반인들에게는 공포의 대상이었
지만 진보적인 실학자들에게는 서양문명을 상징하는 것으로서 하루빨리 배
우고 따라 잡아야 할 목표였다. 정약용은 서양 과학문명의 위력을 잘 알고
있었으며, 이를 받아들이기 위한 노력을 아끼지 않았다. 정조의 화성행차를
위해 배다리를 놓았고, 무거운 물건을 들어올릴 수 있는 거중기를 만들어 빠
른 시간 내에 화성을 쌓기도 했다. 화성 자체도 그때까지의 축성술을 종합하

---

* 『운곡만필』은 유암의 글일지도 모른다. 운곡은 「운곡선설」에서 보듯 유암의 호이기도 하기 때문이다. 『운곡만
필』이 유암의 저서가 확실하다면 한가지 재미있는 추측을 해볼 수 있다. 『운곡만필』에 나온 외국함선은 출현연대
나 항해기록으로 보아 영국 정부의 명령을 받고 조선 근해를 탐사했던 알세스트호였을 가능성이 높다. 알세스트
호에 타고 있던 바실 홀이 쓴 『조선 서해 탐사기』의 항해기록에는 이 배가 『운곡만필』에서 말한 바와 같이 진도
부근, 더욱 정확히 말하면 진도 남서쪽의 거차군도 부근을 지났다는 내용이 나온다. 거차군도는 우이도나 강진과
가까운 거리에 있다. 『운곡만필』이 직접 알세스트호를 관찰했거나 주위 사람들로부터 전해들은 내용을 옮긴 기
록이라면 유암은 신안군이나 진도군 부근의 섬 출신 인사일 가능성이 높다고 생각된다.

여 전쟁시 효과적인 공격과 방어를 수행할 수 있도록 자신이 직접 설계한 것이었다. 정약용은 조총과 화포에 대해서도 각별한 관심을 가졌다. 그러나 부국강병을 위해서는 무엇보다도 뛰어난 배가 있어야 했다. 정약용은 〈전선책戰船策〉에서 뛰어난 전선의 중요성을 다음과 같이 강조한 바 있다.

대체로 내지에서 적을 막는 것보다는 바다 밖에서 적을 막는 것이 낫고, 평지에서 용병할 때는 군사를 사지에다 결속시키는 것이 낫다. 전선은 나라를 지키는 데 있어 매우 효과적인 도구이다. 조수와 바람을 이용하여 마음대로 진퇴할 수 있으며, 편리한 대로 포화를 발사하여 공격할 수도 있다. 전선으로 돌격하면 가벼운 전차나 날랜 기병도 따르지 못할 정도이고, 적을 포위하면 장사진이나 조익진보다도 우세하다. 그런데 어찌하여 우리 나라는 전선의 제도에 대해 아직도 황무지에서 헤어나지 못하고 있는가.

그리고 배 밑창에 바퀴를 설치하여 돛 없이도 빨리 달리는 배를 개발하거나 배를 잘 관리할 수 있는 방법 따위에도 관심을 기울였다.

발달한 외국의 선제를 받아들이고 이를 연구하여 우리 것으로 체화하기 위해서는 구체적이고 정확한 정보가 필요했다. 그러나 외국과의 교류는 물론이고 관련서적 한 권 구해보기 힘든 상황에서 이는 헛된 바람일 뿐이었다. 자료라고는 청나라에서 들여온 전통문헌들이 고작이었고, 그나마 쓸 만한 정보는 손에 꼽을 정도였다. 정약용은 『기기도첩奇器圖帖』의 발문에서 이같은 상황을 한탄하고 있다.

위의 『기기도奇器圖』 1권은 곧 내고에 소장된 『도서집성圖書集成』 5,022권 중의 1권이다. 병진년(1796) 겨울 내가 규영부 교서로 있을 때 이 『기기도』를 보고 돌아와서 그림 잘 그리는 김생으로 하여금 옮겨 그리게 했다. 거기에는 인중, 기중 등 여러 가지 기구와 해목, 해석, 전마, 수총, 홍흡, 학음 등의 종류가 자세히 갖추어져 있었다. 병가와 농가에서 이를 연구하여 활용한다면 반드시 도움이 될 것이다. 다만 그 그림에 대한 해설이 상세하지 못하여 각 기관들이 서로 연결된 방식을 제대로 알 수 없으니 이것이 한스러울 따름이다.

책을 통해서 배우지 못한다면 현지인들로부터 직접 배우는 방법밖에 없다. 정약용은 이를 위해 표류민들을 이용할 것을 주장했다.

우리 나라 사람이 외지에 표류하면 그 나라에서는 번번이 새로 배를 만들어서 돌려보내는데, 그 배의 제도가 아주 절묘하다. 하지만 배가 도착해도 우리는 그것을 분해해 보거나 만드는 법을 배우려 하지 않는다.

문순득은 유구와 여송, 청을 떠돌아다닌 표류민이었으며, 배에 대해서도 상당한 지식을 보유하고 있었다. 선박에 대한 정보를 알아내기에 그야말로 적합한 인물이었던 것이다. 정약전이 『표해시말』을 쓰려고 마음먹은 것도 정약용과 같은 생각을 가졌기 때문이 아니었을까? 해선海船 항목에서 유구와 여송의 배에 대해 형태와 구조, 항해법까지 자세히 묘사해 놓은 것을 보면 이 같은 생각이 더욱 굳어진다.

청, 오랑캐인가
스승인가

정약전은 『표해시말』을 저술하면서 외국의 발달된 문물을 하나라도 더 받아들여 부국강병을 위한 초석으로 삼고자 했을 것이다. 정약용이 선진 과학기술의 수입 담당기관으로 이용감을 세우자고 주장한 것도 이와 같은 맥락으로 볼 수 있다. 그러나 두 형제의 바람은 끝내 실현되지 않았고, 쇄국의 빗장은 날이 갈수록 더욱 두터워지기만 했다. 애초부터 과학기술의 발달은 한두 사람의 흥미나 노력만으로 이루어질 수 있는 성질의 것이 아니었다. 풍부한 경제력이나 이를 뒷받침할 만한 사회제도가 갖추어지지 않은 상황에서 서양과 같은 성과를 기대한다는 것은 무기 없이 전쟁에 이기기를 바라는 것이나 진배없었다. 이러한 점에서 북학파 학자들의 주장은 보다 현실적이었다.

청나라의 선진문물과 발달된 생활양식에 강한 인상을 받은 일부 노론계 실학자들은 우리도 그들의 발달된 문물을 받아들이고 상공업을 진흥하여 세계적인 근대화의 추세에 발맞추어 나갈 것을 역설하게 되는데, 이들을 뭉

●**연암 박지원** 청나라의 선진문물과 발달된 생활양식에 강한 인상을 받은 일부 노론계 실학자들은 우리도 그들의 발달된 문물을 받아들이고 상공업을 진흥하여 세계적인 근대화의 추세에 발맞추어 나갈 것을 역설하게 되는데, 이들을 뭉뚱그려서 북학파라고 부른다. 박지원은 북학파의 중심인물이었다.

뚱그려서 북학파라고 부른다. 박지원은 북학파의 중심인물이었다. 그의 대표작『열하일기』는 1780년 친척을 따라 청나라에 다녀오면서 느끼고 경험한 것들을 기록한 일종의 기행문집이다. 박지원은 이 책에서 쉬운 필치로 청나라의 발달된 문물과 기술을 소개하고, 이를 본받아 조선의 문물제도를 과감히 개혁할 것을 주장했다.『열하일기』는 발표 당시 보수파로부터 격렬한 비난을 받기도 했지만, 다양한 분야에 대한 방대한 지식과 이용후생을 강조한 실학정신의 정수가 담겨 있어 후대의 학자들에게 큰 영향을 끼치게 된다.

박지원의 중국여행을 부추긴 사람이 바로 홍대용이었다. 홍대용은 박지원보다 훨씬 이른 시기인 1765년에 이미 숙부를 따라 청나라에 다녀온 적이 있었는데, 이때 청의 발달상을 몸소 체험하고 그들의 앞선 문물을 적극적으로 받아들일 것을 주장하게 된다. 홍대용은 박지원보다 적극적인 데가 있었다. 원활한 의사소통을 위해 중국으로 떠나기 전에 미리 중국어를 익혔고, 중국에 도착해서는 그곳의 젊은 학자들과 활발히 교유하면서 다방면에 걸친 대화와 토론을 나누었으며, 심지어 접근이 금지되어 있던 천주당을 방문하여 서양인 신부들과 천문학에 대한 필담을 주고받기까지 했다. 홍대용은 수학과 천문학 등 자연과학에 특별한 관심을 보였을 뿐만 아니라 그 밖의 토지제도, 군사제도, 과거제도, 교육제도, 경제정책 전반에 대해서도 개혁을 주장하고 나름대로의 대안을 제시하여 박지원과 함께 북학파의 선구자로 평가받고 있다.

이덕무, 박제가, 유득공, 이서구 등이 그가 길러낸 제자들이다.

　　홍대용과 박지원의 북학사상은 박제가로 이어지면서 만개하게 된다. 박제가는 여러 차례 중국에 다녀온 경험을 바탕으로 『북학의』를 저술했다. 그는 자신의 북학론을 집대성한 이 책에서 청나라의 발달된 제도와 문물을 소개하고 이를 적극적으로 받아들이자는 주장을 펼치면서 말도 안 되는 허위의식에 빠져 그들을 오랑캐라 멸시하고 아무것도 배우려하지 않던 당시의 세태를 통렬하게 비판했다. 그는 배움의 대상을 청나라로만 한정짓지 않았다. 중국의 과학발전이 마테오리치를 필두로 한 서양 선교사들의 유입에 힘입은 바 크다는 사실을 누구보다도 잘 알고 있었기에 우리도 선교사들을 초빙하여 서양의 기술을 직접 전수받을 수 있도록 하자고 제안했다. 배울 만한 것이 있으면 노비에게라도 배워야 한다고 역설했던 스승 박지원의 가르침을 떠올리게 하는 대목이다.

　　학문하는 길에는 방법이 따로 없다. 모르는 것이 있으면 길 가는 사람이라도 붙잡고 물어 보는 것이 옳다. 비록 노비라 할지라도 나보다 글자 하나라도 더 안다면 우선 그에게 배워야 한다. 자신이 남만 못한 것을 부끄러워하여 자기보다 나은 사람에게 묻지 않는다면 이는 평생토록 고루하고 무식한 테두리에 자신을 가두어두는 것과 진배없을 것이다.

박제가는 기술과 경제발전의 원리에 대해서도 잘 이해하고 있었다.

● 박제가의 『북학의』 박제가는 여러 차례 중국에 다녀온 경험을 바탕으로 『북학의』를 저술했다. 그는 자신의 북학론을 집대성한 이 책에서 청나라의 발달된 제도와 문물을 소개하고 이를 적극적으로 받아들이자는 주장을 펼치면서 말도 안 되는 허위의식에 빠져 그들을 오랑캐라 멸시하고 아무것도 배우려하지 않던 당시의 세태를 통렬하게 비판했다.

무릇 재물은 우물과도 같은 것이다. 퍼내면 늘 물이 가득하지만 쓰지 않고 내버려두면 말라버리고 만다. 사람들이 지나치게 검소하여 비단 옷을 입지 않으므로 나라 안에 비단 짜는 사람이 없어졌고 직조기술도 퇴보했다. 또한 찌그러진 그릇 사용하기를 꺼리지 않고 기교를 부려 물건 만드는 일을 숭상하지 않으므로 공장工匠과 도공과 대장장이의 기술이 사라져 버리고 말았다. 이것이 우리 나라의 실정이다.

물품을 소비하려는 수요가 기술의 발달을 촉진시키고, 발달된 기술이 새로운 소비를 낳는다. 이 같은 상승효과를 통해 기술과 경제가 발전하게 되는데, 우리 나라에서는 이를 전혀 도외시한 채 소비를 억누르고 근검절약만 강조해 왔으니 그 결과는 불을 보듯 뻔했다. 박제가는 상업을 장려함으로써 이러한 문제를 해결할 수 있다고 생각했다.

우리 나라 사람들은 중국의 거리에 상점이 발달해 있는 것을 보고 그들이 근본을 따르지 않고 한낱 이익을 추구하는 데 급급하다고 비난한다. 하지만 이는 하나만 알고 둘은 모르는 까닭이다. 상인은 사농공상의 사민의 하나로서 나머지 셋을 서로 통하게 해주는 사람이니 마땅히 인구의 10분의 3은 되어야 한다.

상업이 발달하면 물품의 유통이 활발해지고, 자연히 생산과 소비의 규모도 커진다. 생산자들은 이윤의 획득을 위해 보다 나은 기술을 개발하려 노력하고, 소비자들은 필요한 물품을 구입하기 위해 스스로의 생산활동에 열을 올리게 된다. 사회의 생산력을 떨어뜨리는 주범은 아무 일 없이 놀고먹는 양반들이다. 이들에게 돈을 꿔 주고 가게를 지어 줘서 상업에 종사하게 해야 한다. 장사를 잘 하는 이에게 좋은 벼슬을 내린다면 무삭성 상업을 천시하는 생각도 달라지게 될 것이다. 이것이 박제가의 주장이었다.[*]

그러나 박제가를 비롯한 북학파들의 의견은 정책에 거의 반영되지 않았다. 그들 대부분은 노론 중에서도 소외된 낙론이었고, 실질적인 권력을 행사하기에는 힘이 너무 미약했다. 집권 사대부들의 태도 또한 문제였다. 이들은 만주족이 세운 청을 미개한 오랑캐의 나라로 멸시하고 있었으며, 그들로부터 배우는 것을 매우 수치스러운 일이라고 생각했다. 그리고 무엇보다도 청은 인조에게 삼전도의 치욕을 안겨준 원수의 나라였다. 효종은 북벌로써 아버지의 원수를 갚고자 했고, 성리학자들도 왜란 때 우리를 도와준 명이 위기에 처했으니 마땅히 의리를 다해야 한다는 대의명분론을 내세워 이에 찬동했다. 이런 분위기에서 원수의 나라를 배우고 따르자는 북학파의 주장이 마뜩하게 여겨질 리 없었다.[**]

이후에도 상황은 그리 나아지지 않았다. 집권층은 모든 변화를 거부한 채 자신의 권력유지에만 급급했고, 나라를 걱정하거나 개혁을 요구하는 사람이라도 있을라치면 가차없이 윽박지르고, 빈정대기를 일삼았다. 정약용은 「기예론技藝論」에서 당시 학자들의 모습을 잘 묘사하고 있다.

[*] 사실 박제가는 서얼 출신이었다. 신분제의 폐해를 몸소 겪고 그 허구성을 누구보다도 잘 알고 있었기에 이처럼 과감한 주장을 펼 수 있었던 것이다.

[**] 성리학자들이 명분을 앞세워 북벌을 주장한 것을 곧이곧대로 받아들이기는 힘들 것 같다. 오히려 북벌 이데올로기를 그들의 권력 유지를 위한 수단으로 삼았으리라는 의혹이 짙게 배어난다. 효종과 사림의 대부격인 송시열의 기해독대는 이러한 정황을 잘 보여준다. 송시열은 평소 "우리 나라의 풀 한 포기마저 명의 덕을 입지 않은 바 없다"라고 말하며 열렬하게 북벌을 주장했다. 그러나 정작 효종이 군대를 양성하고 북벌을 도모하자는 뜻을 내비치자 송시열은 이를 반대하며 전혀 엉뚱한 궤변을 늘어놓기 시작한다. 북벌에 힘을 쏟기보다는 스스로의 몸과 마음을 닦는 것이 중요하며, 국왕이 먼저 모범을 보임으로써 사회의 윤리기강을 바로잡고, 이러한 과정을 통해서 청의 영향력을 배제하자는 것이 그의 대안이었다. 그야말로 공리공담이 아닐 수 없다. 이는 기존의 사회질서를 공고히 한 채 어떠한 변화도 거부하며 자신들의 기득권을 유지하려는 집권 사대부의 치졸한 발상일 뿐이었다.

진실로 그 법을 다 터득해서 힘써 실행한다면 나라가 부유해지고 군대가 강해질 것이며, 백성들이 오래도록 풍족하게 살 수 있을 것이다. 그런데 이를 눈여겨보고 도모하지 않으면서도 수레를 사용하자고 말하는 사람이 있으면 "우리 나라는 산천이 험악해서 사용할 수가 없다"라고 하여 이를 반박하고, 양을 키우자고 말하는 사람이 있으면 "조선에는 양이 없다"라고 하여 딴죽을 걸며, 말에게 죽을 먹이지 말자고 말하는 사람이 있으면 "풍토가 각기 다르다"라고 을러메니 이와 같은 사람들을 난들 또한 어떻게 하겠는가. 글씨를 배워서 미불이나 동기창과 같이 잘 쓰는 사람이 있으면 대뜸 왕희지의 순수한 필법만 못하다고 핀잔을 주고, 의술을 배워서 설기나 장개보와 같이 대성한 사람이 있으면 옛날의 단계나 하간만 못하다고 하면서 옛사람의 위세를 빌어 큰소리를 치는데, 저 왕희지, 단계, 하간 같은 이들이 과연 우리 나라의 안동부 사람이라도 된단 말인가?

우리가 성리학적 명분론과 소모적인 예송논쟁에 빠져 있는 동안 우리가 무시해 마지않던 일본이나 유구는 외국의 문물을 흡수하면서 빠르게 발전해가고 있었다. 정약용은 이러한 현실을 개탄해 마지않았다.

근래에는 유구국 사람이 중국의 태학에 십 년 동안이나 머물면서 오로지 그 문물과 기능만을 배워갔으며, 일본사람들 역시 중국의 강소성과 절강성을 왕래하면서 백공의 섬세하고 정교한 기술을 배우는 데 힘썼다. 그리하여 유구와 일본은 바다 저편 외딴 곳에 떨어져 있으면서도 그 기술이 중국과 대등한 정도에 이르렀고, 백성들은 부유하고 군대가 막강하여 이웃나라가 감히 침략하지 못하는 강대국이 되었다.

그러나 기술의 중요성을 누구보다도 잘 알고 있었던 정약용도 자신이 직접 기술자가 되려는 생각은 하지 않았다. 아니 심지어 의원이 되려던 아들을 꾸짖어 이를 그만두게 하는 이중적 태도를 보이기까지 했다.

네가 그 일(의원)을 그만두지 않는다면 살아서는 연락을 하지 않을 것이고, 죽어서도 눈을 감지 못할 것이니 네 마음대로 하거라. 다시는 말도 하기 싫다.

스스로도 의학에 일가견이 있었던 정약용이지만 자신의 아들을 의업에 몸담게 할 수는 없었던 것이다. 비교적 선진적인 입장에 서 있었던 정약용의 생각이 이러했으니 당시의 사회 분위기가 어떠 했을지 보지 않아도 눈에 선하다. 이렇게 조선시대는 말기를 향해 치달아가고 있었다.

정약전의 또다른
저서를 찾아내다

문채옥 씨가 소장한 고서 중에 『운곡잡저雲谷雜著』라는 책이 있었다.* 참고자
료라도 구할 수 있을까 해서 책을 뒤지고 있는데, 몇 장이나 넘겼을까. 믿어
지지 않는 일이 벌어졌다. 책을 쥔 두 손이 떨리고 가슴이 심하게 고동쳐왔
다. 책의 한 부분에서 도저히 시선을 뗄 수가 없었다. '송', '정', '사', '의'
네 글자가 그곳에 있었다. 『송정사의松政私議』**라면 이미 실전失傳된 것으로
알려져 있던 정약전의 저서가 아닌가. 페이지를 계속 넘기자 마지막에 '갑자
중동서어손관甲子仲冬書於巽官' 이라는 글자가 나타났다. 갑자년(1804) 한겨울
손관에서 이 글을 썼다는 뜻이다. 손관은 손암(정약전)이 머물던 공동산의
거처를 말한 것이 분명했다. 집으로 돌아와서 정약용의 『목민심서』와도 대조
해보았다. 목민심서에는 『손암사의巽菴私議』라는 정약전의 저서에 대한 이야
기가 나온다.*** 그런데 이 내용과 『송정사의』의 내용이 정확히 일치했다.
『운곡잡저』에 실려 있는 『송정사의』가 정약전의 저서라는 사실이 증명되는
순간이었다.

---

* 이 책이 『운곡만필』일 가능성이 매우 높지만 아쉽게도 확인하지는 못했다. 내용을 대조해 보면 명확히 밝혀질
일이다.
** 송정은 소나무에 대한 정책을 말한다. 따라서 '송정사의' 라는 제목은 소나무 정책에 대한 사사로운 의견이
라는 뜻으로 풀이할 수 있다.
*** 『손암사의』는 『송정사의』의 다른 이름으로 추정된다.

『송정사의』에 나타난 정약전의 모습은 전혀 새로운 것이었다. 사적인 편지에서조차 감정의 표현을 극도로 자제하던 모습은 간 데 없고, 격앙된 어조로 고통받는 백성들에 대한 연민과 이를 조장하고 방치하는 위정자들에 대한 분노를 맘껏 표출하고 있었다.

『송정사의』의 첫부분은 우리 나라에서 소나무가 가지는 목재로서의 가치와 전국적인 재목 부족 사태에 대한 언급으로부터 시작된다.

우리 나라에서는 녹나무, 남나무, 예장나무 같은 큰 목재가 나지 않으므로 집을 짓거나 배, 차(수레),* 관곽棺槨을 만들 때는 모두 소나무를 쓴다.

나라는 강역이 세로로 4천 리를 넘지만 서북동 3면이 모두 큰 산과 험준한 고개로 이루어져 있고, 남쪽 면에는 들판이라고 부를 만한 곳이 있기는 하나 그것조차 채 100리가 되지 않는다. 나라 전체로 보면 산지가 전국토의 6·7할을 차지하고 있으며, 산은 또 모두 소나무가 자라기에 알맞다. 그럼에도 위로는 조정, 아래로는 서민에 이르기까지 재목 구하기가 하늘의 별따기다. 관청에서 기둥 열 개짜리 집과 몇 축軸짜리 배를 만들려면 관리가 변괴를 기다리는 것도 아닌데 멀게는 천여 리에서 가까이로도 수백 리가 넘는 거리를 강물에 띄우고 땅 위로 끌어올린 후에야 비로소 작업을 시작할 수 있다. 또한 백성들이 관 하나를 만드는 데 드는 목재의 값이 400~500냥**에 이른다. 그러나 이것도 읍내에서나 가능한 일이지 가난한 마을에서는 상을 당하고도 10일이 넘도록 염만 해놓고 재목을 구

● 정약전의 『송정사의』 문채옥 씨가 소장한 고서 중에 『운곡잡저』라는 책이 있었다. 참고자료라도 구할 수 있을까 해서 책을 뒤지고 있는데, 몇 장이나 넘겼을까. 믿어지지 않는 일이 벌어졌다. 책을 쥔 두 손이 떨리고 가슴이 심하게 고동쳐왔다. 책의 한 부분에서 도저히 시선을 뗄 수가 없었다. '송', '정', '사', '의' 네 글자가 그곳에 있었다.

* [원주] 우리 나라의 풍속은 수레를 사용하지 않고, 무릇 기계에 해당하는 부류는 통틀어 차라고 부른다.
** [원주] 나라 풍속에 백전百錢을 1냥이라 한다.

하지 못하므로 백성들의 태반은 초장草葬을 한다. 내가 직접 보고 기억한 바에 의하면 20년 전에 비해 나무값이 3~4배나 올랐다. 또 20년이 지나면 반드시 지금에 비해 3~4배 오르는 정도에 그치지 않을 것이다.

정약전은 이런 상황을 매우 심각한 것으로 판단했다. 특히 왜적이 쳐들어왔을 때 반드시 수전水戰을 해야 하는데, 전선을 만들 만한 목재를 구할 수 없다는 것은 위험천만한 일이었다.* 그러나 더욱 큰 문제는 상황이 이토록 심각한데도 불구하고 앞으로도 전혀 개선될 기미가 보이지 않는다는 사실이었다.

문제를 해결하기 위해서는 그 문제가 일어나게 된 원인부터 살펴야 한다. 정약전은 이 같은 상황이 일어나게 된 원인을 3가지로 요약했다.

첫째는 나무를 심지 않는 일이요, 둘째는 저절로 자라는 나무조차 모두 꺾어서 땔감으로 써버리는 일이요, 셋째는 화전민이 불태워 없애는 일이다. 이 세 가지 환난을 제거한다면 도끼를 들고 날마다 숲에 들어가 나무를 한다고 해도 재목이 너무 많아 쓸 수가 없을 지경이 될 것이다.

나무를 심는 사람이 하나도 없는데 쓸 사람은 무궁무진하니 어찌 재목이 궁하지 않겠으며, 기껏 싹을 틔운 어린 나무조차 낫으로 베어 땔감으로 써버리니 저절로 자라는 나무가 있을 리 없다. 천신만고 끝에 자라난 나무도

* 앞에서도 살펴보았듯이 정약전은 배 만드는 법에 대해 관심이 많았다. 그런데 그 배를 만드는 재료가 바로 소나무였다. 다음 글은 정약전이 정약용에게 보낸 편지의 일부를 옮긴 것으로 그가 소나무 재원 확보와 선박제조기술의 발전에 대해 얼마나 치열한 고민을 하고 있었는지를 잘 보여준다. "선박의 재목은 반드시 봉산에서 나오니 마땅히 봉산에 선창을 만들고, 이곳에 배 만드는 장인들을 정착시켜 작업에 전념토록 해야 하네. 낡은 배를 수리하거나 사유림의 재목으로 배를 만드는 자 또한 이곳에 와서 작업을 시행토록 하고, 이를 어기는 자는 사주율私籌律을 적용해야 하네. 이렇게 한다면 선재船材를 팔아서 관의 재정을 보충할 수 있고, 여러 장인이 함께 생활하므로 그 기술이 더욱 정교해지며, 배를 새로 만들거나 수리해도 선적에서 누락되는 일이 없고, 감독이 용이하여 나무 베는 일에 절도가 생기게 될 것이네." 이는 봉산의 관리와 배 만드는 기술의 발전을 함께 아우를 수 있는 방법을 제시한 것으로 근대의 공업단지 개념을 떠올리게 할 만큼 혁신적인 생각이다.

화전민이 숲을 태워 밭을 일구고 나면 아예 씨가 말라버리게 되니 자연히 산에서 나무가 자취를 감출 수밖에 없다는 것이 그의 주장이었다.

정약전은 이 밖에도 국법이 제대로 완비되지 않은 것을 소나무가 없어지게 된 중요한 원인으로 들었다. 일찍이 유성룡이 화전의 폐단을 언급하면서 산허리 이상에서의 경작을 금할 것을 주장한 바 있는데, 정부는 이처럼 간단한 금지조차 제대로 시행하지 못하면서 무의미한 송금법만을 강요하며 백성들을 괴롭히고 있었다.※

대저 나무가 있기 때문에 벌목을 금지한다면 그래도 이로운 점이 있겠지만, 나무도 없으면서 벌목을 금지한다면 백성들은 나무를 심지 않을 것이다. 그렇다면 벌목을 금하는 것이 무슨 도움이 되겠는가? 그러나 일은 여기에서 그치지 않는다. 주먹 크기만 한 산을 소유한 백성이 소나무 수십 그루를 길러 가옥, 배, 수레, 관재의 재목으로 베어 쓰고자 하면 탐관오리가 법조문을 빙자하여 차꼬에 채워 감옥에 가두고 고문하는 등 죽을 죄를 다스리듯 하며, 심지어 유배를 보내기까지 한다. 그러므로 백성들은 소나무를 독충이나 전염병 보듯 하여 몰래 베어버리거나 파내어 완전히 없애버린 후에야 비로소 마음을 놓으며, 어쩌다 싹이라도 하나 돋을라 치면 마치 독사를 죽이듯 밟아 짓이긴다. 백성들이 산에 나무가 자라지 않기를 바랄 까닭은 없다. 다만 나무가 없어져야 자신이 편안해지기에 나무를 없애려 하는 것이다. 그리하여 결국 개인 소유의 산에는 소나무가 한

※ 조선왕조는 소나무 육성에 큰 관심을 기울였고, 그 정책의 핵심이 바로 송금정책(소나무의 사사로운 벌채를 막는 정책)이었다. 그런데, 소나무의 보호와 육성을 위한 송금 정책은 조선 후기에 접어들면서 질 좋은 소나무를 육성하는 것이 아니라 이를 빌미로 지방관이 백성들을 수탈하는 방편으로 악용되곤 했다. 전영우는 이런 측면에서 『송정사의』의 의미를 새롭게 평가하고 있다. "오늘날까지 송정에 대한 학계의 평가는 대체로 긍정적이었다. 정약전의 『송정사의』보다 14년 앞서 조선조정이 제정한 송금사목(정조 12년, 1788년)에 대한 학계의 인식을 엿보면 그러한 흐름을 더욱 확연히 알 수 있다. 김영진은 송금사목을 '소나무를 보호, 육성하기 위하여 제정된 규정집'으로 해석하는 한편, '우리나라 최초의 완전한 산림보호규정으로, 임정사와 임업기술사 연구에 좋은 참고자료'라고 설명하고 있다. 또한 임학계의 일각에서 조선시대의 송금정책을 '세계임업사에도 크게 기록되어야 할 일'이나 송금사목을 '200년 전 소나무에 대한 국가 정책의 중요성과 긴박성을 짐작할 수 있는 것'으로 해석하고

그루도 자라지 않게 되었다.

소나무가 자라기에 알맞은 산은 수군 진영의 관할을 받는다. 수영水營은 전토세田土稅와 뇌물을 받을 권한이 없어 본래 빈한한 진영인 데다 영문營門인 까닭에 장교의 숫자가 많은데도 부모를 모시고 자식을 키우는 살림살이를 달리 의지할 데가 없다. 이들에게는 오로지 소나무가 잘 자라는 산이 있을 뿐이다. 그래서 산 아래에 집을 짓기라도 하면 "이것은 공산公山의 소나무다"라고 호통을 치며, 관을 짜기라도 하면 "이것은 공산의 소나무다"라고 떼를 써서 크게는 관에다 고발도 하고 작게는 사사로이 구속하기도 한다. 강제로 빼앗고 토색질하고 능멸하고 포박하고 형틀에 묶고 고문하니 그 혹독하고 매서움이 사나운 불길보다 심하다. 천하의 소나무는 대개 서로 비슷하다. 그 결과 집안이 망하고 재산을 탕진하고 사방에 유리걸식하는 자가 열에 서넛이다. 그렇기 때문에 비록 몇 그루 베지 않은 이도 평소에 공포감을 갖고 있어 못이나 계곡에 떨어진 듯한 기분으로 살아간다. 수영 사람과 맞닥뜨리기라도 하면 토끼가 범을 만난 듯이 종종걸음으로 달려가 바닥에 바싹 엎드린 채 그의 명령만을 무조건 따른다. 그리하여 비렴이란 법이 생겼다. 한 집안에 징수하는 양이 많은 것은 수백 수천 냥에 이르니 백성들이 어찌 살아갈 수 있겠는가? 이에 봉산의 백성들이 오로지 소나무 때문에 이런 지경에 이르렀으니 소나무가 없어지면 아무 일도 일어나지 않으리라 생각하여 몰래 파내거나 베어버리는 등 소나무를 제거하기 위해 온갖 수단을 동원한다. 심지어 온동네 사람들이 도끼를 들

있는 사례처럼 지금까지 조선시대의 소나무 시책에 대한 학계의 시각은 대체로 우호적이며 긍정적이었다. 정약전의 『송정사의』의 숨은 진가는 오늘날 관행적으로 평가하고 있는 조선시대 송금정책에 대한 긍정적 인식이 잘못되었음을 통렬하게 지적하고 있는 데서 찾을 수 있다." - 『숲과 문화』 2002년 9/10월

＊ [원주] 비렴이란 것은 구걸하는 것의 다른 이름이다.

＊＊ [원주] 봉산封山의 백성은 수영에 속해 있다. 비록 속해 있지 않다 해도 자기가 그 일족이 아님을 감히 발명할 수는 없다.

고 나와 몇 리에 걸쳐 있는 산을 하룻밤 사이에 민둥산으로 만들어버리고는 뇌물을 후하게 주어 이를 무마하는 일이 벌어지기도 한다. 그리하여 작고 작은 공산에서조차 소나무 한 그루 찾아볼 수 없는 상태가 되어버렸다.

소나무를 함부로 베지 못하게 하는 것이 꼭 필요한 제도임에는 틀림없다. 그러나 이를 관리해야 할 정부조직이 부패할 대로 부패해 있다는 것이 문제였다. 이미 나무가 몇 그루 남아 있지도 않은 봉산을 감시하며 스스로 나무를 기른 사람이나 딴 곳에서 나무를 베어온 사람들, 심지어 나무를 전혀 베지 않은 사람들까지도 무턱대고 감옥에 잡아넣고 고문하여 돈을 뜯어내니 백성들이 견뎌낼 도리가 없었다.※

이렇게 개인 소유의 산과 이곳저곳에 흩어진 공산에서 소나무가 사라져가자 사람들은 이제 몇 곳 남지 않은 봉산으로 떼를 지어 모여들기 시작했다. 재목의 수요가 절실하다 보니 도벌이 성행하고 봉산을 지키는 자들이 비싼 값에 나무를 팔아 이익을 채우는 일이 빈번해졌다. 아무리 감시하고 처벌을 해도 이러한 사태를 막기에는 역부족이었다.

소나무를 구하는 사람의 욕구는 목마른 사람이 물을 찾는 것보다 다급하고, 소나무를 지키는 사람이 이익을 쫓음은 굽이치며 흘러가는 강물만큼이나 기세가 사납기 때문이다. 도둑 한 놈에 지키는 사람 열이 못 당한다는 속담이 있지 않은가? 지금 지키는 사람은 하나뿐인데 도둑은 억만

※ 정약용도 〈승발송행僧拔松行〉이란 시를 통해 이와 비슷한 사연을 소개한 바 있다.

명이나 된다. 비록 위수渭水를 붉게 물들이도록 죄인을 물에 빠트려 죽인다 해도 어떻게 금지할 수 있겠는가?

정약전은 사태가 더욱 심각해질 것을 걱정했다.

100만 호의 백성들이 살아서는 들어가 살 집이 없고, 죽어서는 몸을 눕힐 관이 없으며, 물에는 배가 없고, 일상생활에 연장과 도구가 없다면 어찌 하룬들 변란이 없을 수 있겠는가? 공산이 넓기도 하거니와 개인 소유의 산을 금지하고 있으므로 국가 소유의 소나무가 물이나 불과 같이 흔해야 하건만 현재의 사정은 전혀 그렇지 못하다. 5년에 한 번씩 수십 척의 전함을 수리해야 하는데, 목재를 구하기 힘든 관계로 매번 교체시기가 다가올 때마다 동분서주하고 나서야 이를 겨우 미봉할 수 있다. 사태가 이런 지경인데도 어찌 방책을 생각하지 않는단 말인가.

그러나 정약전은 가만히 앉아서 한탄만 하고 있지는 않았다. 울창한 소나무숲을 만들기 위한 새로운 대안을 제시했던 것이다. 그는 우선 유명무실한 송금제도를 철폐할 것을 주장했다.

대저 소나무 벌목은 금지해서는 안 되는 일이다. 이른바 금법이란 것은 소인들이 범하기 쉬운 것을 금지하는 것이다. 그런데 군자들조차 범하는

※※ [원 주] 수사의 좌우에 있는 자부터 감관監官, 산지기 및 연해沿海의 백성들이 모두 도둑이다.
※※ [원 주] 물에서 물고기를 잡지 못한다면 상인들이 장사를 하지 못할 것이고, 바다와 섬에 배가 없다면 육지에는 소금과 생선이 없을 것이며, 일상생활에 연장과 도구가 없다면 농사꾼과 장인이 모두 일을 하지 못할 것이다.

것을 금지한다면 그 금법은 틀림없이 잘못된 것이다. 지금의 송금법은 공자나 안연이라 해도 범하지 않을 수 없게 되어 있다. 공자나 안연이 지금 세상에서 산다고 가정해 보자. 그들이 부모상을 당하고도 송금법 때문에 관을 만드는 예법을 폐하려 하겠는가? 나는 그들이 절대로 그렇게 하지 않으리라는 사실을 잘 안다. 공자나 안연조차도 범하지 않을 수 없는 법을 어찌하여 보통 사람들에게 시행하려 드는가. 나는 송금법을 실행해서는 안 된다고 생각한다.

소나무를 쓰지 않을 수 없는데 나무는 부족하다. 이 같은 상황에서 어느 누가 소나무 벌채를 막을 수 있겠는가. 공자조차도 지키지 못할 법을 백성에게 강요하는 것은 말도 되지 않는 일이다. 정약전은 지켜지지도 않을 송금법을 완화하는 대신 소나무로부터 얻는 이익을 백성들에게 환원함으로써 그들 스스로가 나무를 심고 가꿀 수 있도록 장려하자는 의견을 내놓았다. 이전까지는 누구도 해내지 못했던 참신한 발상의 전환이었다.

백성들이 소나무를 미워하는 것은 나무 자체를 미워하는 것이 아니라 그와 관련된 법을 미워하는 것이다. 법이 두렵지 않다면 산 사람에게는 훌륭한 재목이, 죽은 사람에게는 편안히 몸을 누일 관곽이 되어주는 소나무를 무슨 까닭으로 미워하여 기르지 않겠는가? 사람들마다 제각각 소나무를 기를 수 있다면 준엄한 법과 무거운 형벌을 무릅쓰고 굳이 나라의 소나무를 도둑질할 이유가 없지 않겠는가? 개인 소유의 산으로 묵혀두어 황폐해진 곳은 스스로 나무를 길러서 사용하게 하고, 쓸모가 없어 버려진 봉산에도 나무를 길러서 마음대로 사용할 수 있도록 허락한다. 또한 몇 십 길이나 되는 산을 가지고 있으면서도 나무를 기르지 않은 사람에게는 무거운 벌을 내리고, 천 그루의 소나무를 심어 기둥이나 들보로 사용할 수 있을 만큼 기른 사람에게는 품계를 올려주어 포상을 한다. 산허리 이상에서 화전을 금하는 법을 엄하게 시행하고, 한 마을에서 1~2년 동안 주인 없는 산에 소나무를 길러 울창하게 가꾸어 놓으면 그 나무의 크기에 따라 1~2년 동안 세금을 면제해 준다. 무릇 이 새로운 법령은 본관本官에 맡기고 수영에서 간섭하지 못하도록 해야 한다.

정약전은 개인 소유의 산이든 봉산이든 나무를 기른 사람에게 사용권을 넘기고, 나무를 많이 심고 잘 기른 사람에게는 벼슬이나 세금상의 혜택을 주자고 제안했다.* 또한 이와 더불어 나무심기를 게을리하는 경우에는 오히려 벌을 내리고, 산허리 이상을 경작하지 못하게 하는 법을 보다 강력하게 시행하는 등 상과 벌을 효과적으로 이용해야 하며, 개인적인 이익에 휘둘리기 쉬운 수영보다는 본관에 소나무의 관리권을 이양하여 타락과 부정을 근원적으로 차단할 수 있도록 해야 한다고 주장했다.

정약전은 자신이 제안한 정책에 대해 강한 자신감을 보였다.

---

* 전영우는 200년 전에 정약전이 제안한 이 제도가 오늘날의 그린오너(Green Owner) 제도와 별 차이가 없다고 평가하며 놀라움을 표시한 바 있다. 현재 서울시에서는 희망하는 사람들을 그린오너로 지정하여 녹지나 가로수 관리의 책임을 맡기고, 경우에 따라 그 결과를 평가하거나 포상하는 제도를 시행하고 있다.

이 정책을 시행한 지 수십 년이 지나면 온 나라의 산은 울창한 숲을 이루게 될 것이며, 공산의 나무를 백성이 범하는 일도 저절로 사라지게 될 것이다.

그리고 자신의 의견을 못미더워하는 사람들에 대해서도 장기적인 계획을 세운다면 충분히 실현가능한 일이니 부정적으로만 생각하지 말고 긍정적으로 바라보면서 상황을 개선하기 위해 힘을 기울이는 것이 보다 건설적인 일이 될 것이라며 설득의 논조를 펴고 있다.

어떤 사람이 "현재 사람은 많은데 땅은 좁다네. 비록 이러한 법령을 만든다 해도 소나무를 기를 여유가 없지 않겠는가?"라고 묻기에 나는 다음과 같이 대답했다. 사람이 많고 땅이 좁은데도 이익이 다 사라지지 않는다면 사람들이 쓸 나무는 더욱 군색하게 될 것이다. 현재 나무가 없는 산에서는 풀뿌리마저 뽑아가고 있기 때문에 산은 날로 척박해지고 땔감도 날로 귀해지고 있다. 이처럼 땔감을 거두는 것만을 생각할 뿐 나무를 기를 계획은 전혀 세우지 않고 있으니 아홉 길 깊은 샘물은 파지 않고 소 발자욱에 고인 물만 기대하는 격이 아닐 수 없다. 그러나 내가 제안한 법령을 제대로 시행한다면 산에는 나날이 나무가 무성해지고, 뿌리와 줄기가 잘 보호되어 그 나뭇가지와 잎만을 주워 모아도 땔감으로 쓰기에는 충분할 것이다.

어떤 사람이 "백성들이 국가의 명을 믿지 않은 지 이미 오래인 데다 송금을 두려워하는 정도가 활에 맞은 적이 있는 새와도 같다네. 비록 국가에서 명령을 내린다 해도 백성들이 쉽게 응하지 않을 텐데 여기에 대해서는 어떻게 생각하는가?"라고 묻기에 나는 다음과 같이 대답했다. 그것은 어리석은 내가 해결할 수 있는 문제가 아니다. 백성들로부터 신뢰를 얻는 일은 군사력을 키우는 일보다도 중요하다. 위앙衛鞅은 지극히 어질지 못한 사람이었지만 세 길의 나무를 이용하여 신뢰를 얻을 수 있었다.* 신뢰를 얻지 못하는 명령으로 나라를 제대로 다스린 예는 이전에도 없었고 앞으로도 없을 것이다. 조정에서 관문關文을 내려 잘 깨우치고, 감사가 이를 거듭 알려주며, 수령은 뜻을 받들어 잘 시행하게 한다. 때때로 어사를 보내어 탐문한 결과를 임금에게 알리도록 하고, 반드시 상벌을 행해야 한다. 이렇게 하는데도 백성들이 따르지 않는다면 그것이 진정 신뢰가 없는 것이다.

백성들에게 신뢰를 얻는 것이 군사력을 키우는 일보다도 중요하다는 주장은 정약전의 정치관을 잘 보여준다. 그러나 정약전의 민본주의적 사상은 다음 부분에서 더욱 잘 드러난다.

어떤 사람이 "봉산이 버려지고 있긴 하지만 그래도 국가의 물건이네. 하루아침에 그것을 가져다 백성에게 준다고 하니 자네의 계책은 아랫사람들에게는 후하면서 윗분들에게는 어찌 그리도 야박한가?"라고 묻기에 나는 다음과 같이 대답했다. 이것은 이른바 내가 먹기는 싫지만 개한테 던져주

---

* 『사기』「상군열전商君列傳」에 나오는 내용이다. 위앙은 전국시대의 유명한 정치가 공손앙의 별명이다. 그는 10년 동안 진나라의 국상으로 재임하면서 새로운 법을 추진하여 나라의 세력을 크게 강화시켰다. 그가 처음 법을 발표할 때 백성들의 신뢰를 얻기 위해 사용했던 것이 바로 세 길의 나무였다. 위앙은 세 길의 나무를 남문에 세우고 이를 북문으로 옮기는 사람에게 십금十金을 주겠다고 포고했다. 이를 이상하게 여긴 백성들이 선뜻 나서려 하지 않자 그는 다시 상금을 50금으로 올렸다. 한 사나이가 나타나서 나무를 북문으로 옮겼고, 위앙은 즉시 그에게 상금을 주어 자신의 말이 거짓이 아님을 보였다. 그제서야 백성들은 위앙의 말을 믿고 법을 따르기 시작했다. 법을 공포한 지 1년 가량이 지나자 백성들이 법을 어기는 일이 빈번해졌고, 나라의 태자마저 법을 위반하는 사태가 벌어지게 된다. 법이 잘 지켜지지 않는 이유가 상류층 사람들이 모범을 보이지 않기 때문이라고 생각한 위앙은 태자의 보좌관인 건과 스승 공손가를 자자형(먹물을 묻힌 바늘로 얼굴에 글자를 새겨 넣는 형벌)에 처해버렸다. 그러자 다음날부터 백성들이 다시 법령을 준수하게 되었다.

기는 아깝다는 격이다. 이미 나라는 소나무를 가꿀 힘이 없어 좋은 땅을 잔뜩 가졌으면서도 몽땅 불모지로 썩혀두고 있다. 이는 내다버리는 것이나 다를 바 없으니 차라리 백성들에게 넘겨준들 무슨 잘못이 되겠는가. 게다가 백성들이 열심히 노력하여 작은 산에도 나무가 자라게 된다면 큰 봉산에서 도벌하는 일도 자연히 사라지게 될 테니 나라로서도 오히려 이익이 될 것이다. 그리고 산을 백성들에게 맡긴다 해도 그들의 산에 나무가 있다면 나라에 다급한 상황이 벌어졌을 때 베어 쓰는 것을 결코 아깝게 여기지 않을 것이다. 자고로 백성이 풍족하면 군주도 풍족한 법이다. 따라서 백성들에게 산을 나누어주는 것은 위와 아래가 함께 이익을 얻는 방책이다.

정약전이 송정에 관심을 가지게 된 계기는 탐학과 폭정에 시달리며 힘들게 살아가는 백성들의 모습에서 안타까움과 연민을 느꼈기 때문이었다. 책의 말미에 나오는 다음 대목을 읽다보면 백성을 목숨만큼 아끼고 사랑했던 그의 정성이 가슴을 파고들듯 아릿하게 전해온다.

오늘날 극에 달한 폐단으로는 환곡*과 송정 두 가지가 있다. 만에 하나이 글로 인해 과부의 걱정이 해소되고 백성과 국가의 위기가 해결될 수 있다면 비천한 신하는 궁벽한 바닷가에서 죽어 사라진다고 해도 절대로 한스럽게 여기지 않을 것이다.

정약전이 바라던 세상은 무엇보다도 백성의 안녕과 평화가 우선되는 세

---

* 조선 후기 사회의 가장 큰 폐단 중 하나는 환곡이었다. 환곡은 원래 춘궁기에 곡식을 빌려줬다가 추수 후에 되받는 구빈구휼 제도였으나 18세기 말에 접어들면서 부세賦稅로 성격이 바뀌었고 19세기에는 아예 고리대로 변질되었다. 정약용도 "환곡이 강탈이지 어찌 부세라 할 수 있는가"라고 하여 환곡의 폐해를 비판한 바 있다.

상이었다. 그는 소수 집권층이 마치 자신들이 나라의 주인인 것처럼 행세하며 온갖 부정부패를 저지르고 다니는 현실을 참을 수 없었다. 나라는 만백성을 위해 존재하는 것이지 일부의 이익과 권위를 위해서 존재하는 것이 아니었다. 다음 글을 읽어보면 정약전이 국왕조차도 절대적인 권위를 가진 존재로 인정하지 않았음을 알 수 있다.

과거 백성들이 어리석고 약하던 시절, 그 중에서 눈치 빠르고 힘 센 자가 나타나 뭇 백성들을 협박하여 스스로 왕위에 올랐을 걸세. 그가 세력을 사방으로 확장하고 조직을 다져나가니 진실로 왕이 될 만한 인재가 나타났다 해도 이미 그를 축출할 수 없는 상황이 되어버렸을 테지. 이렇게 보면 왕이나 봉건제도란 것은 그 세력과 따르는 무리들 때문에 이루어진 것이지 천리를 따른 것은 아니라고 말할 수 있겠네.

정약전은 왕이나 집권층이 백성들 위에 군림하게 된 것은 강한 힘으로 약자를 억눌렀기 때문이지 그들이 특별히 신성하거나 도덕적으로 우월해서가 아니라고 생각했다.* 그가 나라의 정책을 과감하게 비판하고 백성을 위주로 한 정책을 내놓을 수 있었던 것도 모두 이런 생각이 밑바탕에 깔려 있었기 때문이었다. 그러나 백성을 먼저 생각하는 세상은 끝내 실현되지 않았고, 조선왕조는 예정된 몰락의 길을 걷게 된다. 『송정사의』의 끝부분이나 정약용에게 보낸 편지글의 내용을 보면 아마 정약전도 자신의 뜻이 이상에

---

* 정약용도 「탕론蕩論」에서 이와 비슷한 견해를 표명한 바 있다.

그치고 말리라는 사실을 잘 알고 있었던 것 같다.

안타깝구나! 서시가 깨끗하지 못한 오물을 뒤집어써도 사람들이 모두 코를 싸쥐고 피하거늘, 나는 너무도 깨끗하지 못한 사람이라 아무리 천하가 결백하다고 한들 그 누가 돌아보리오? 슬프고도 슬프도다!

일찍부터 송정이 잘못되었음을 알고 있었지만, 남쪽으로 귀양살이 온 후 더욱 문제가 시급함을 느낀다네. 잘못된 것을 고치지 못하고 그대로 따르기만 한다면 반드시 나중에 후회할 것 같아 『송정사의』 한 편을 지었지만 분수에 맞지도 않은 이야기에 누가 귀를 기울이겠는가. 일찍 이러한 사정을 알았다면 경신년(1800)에 죽음을 무릅쓰고라도 한 마디 말을 하지 않았겠는가. 회한한들 미칠 수 없고 다만 아이들을 경계하여 조심스럽게 감추어 두었다가 뒷날 임금으로 하여금 누워서 담소로 백성을 편안하게 하는 것이 어떠한가.

정약전이 자신의 꿈을 이루지 못하고 외딴섬 우이도에서 죽음을 맞은 지 200년 가까운 세월이 흘렀다. 그 동안 농민혁명이 일어나고, 갑오개혁이 단행되고, 공화국이 들어서고, 문민정부가 탄생하는 등 변화의 물결이 파도처럼 이 나라를 뒤흔들었다. 그러나 만약 그가 저 세상에서 지금의 세태를 내려다보고 있다면 과연 어떤 표정을 짓게 될까? 괜히 마음이 울적해진다.

찾아보기

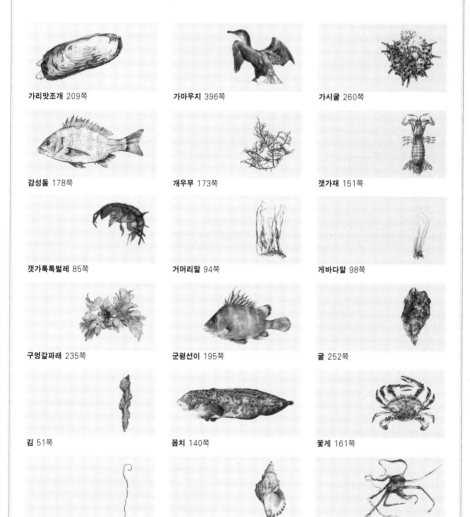

넓팟, 넓미역 204쪽

맛조개 209쪽

매끈이털탑고둥 111쪽

매생이 231쪽

모자반 43쪽

물개 321쪽

물범 323쪽

민꽃게 156쪽

부채뿔산호 407쪽

불등가사리 268쪽

붉은바다거북 121쪽

상괭이 338쪽

쏙 150쪽

쑤기미 145쪽

애기거머리말 97쪽

어리모래무지벌레 87쪽

엽낭게 199쪽

우뭇가사리 169쪽

주꾸미 67쪽

참돔 185쪽

큰구슬우렁이 80쪽

털비단풀 172쪽

톳 272쪽

혹돔 191쪽